俄国王位上的
女人们

ЖЕНЩИНЫ
НА РОССИЙСКОМ
ПРЕСТОЛЕ

［俄罗斯］叶·维·阿尼西莫夫　著

Е.В.АНИСИМОВ

孙慧洁　武利茹　王凤英　译

黑龙江大学出版社
HEILONGJIANG UNIVERSITY PRESS
哈尔滨

黑版贸审字 08-2017-082

图书在版编目（CIP）数据

　俄国王位上的女人们 / （俄罗斯）叶·维·阿尼西莫夫著；孙慧洁，武利茹，王凤英译. -- 哈尔滨 ： 黑龙江大学出版社，2019.12
　　ISBN 978-7-5686-0073-6

　　Ⅰ.①俄… Ⅱ.①叶… ②孙… ③武… ④王… Ⅲ.①传记文学—俄罗斯—现代 Ⅳ.① I512.55

　中国版本图书馆 CIP 数据核字（2016）第 298670 号

Женщины на российском престоле，Петер，2008
©Анисимов Евгений Викторович
本书中文简体字版翻译权由中华版权代理总公司代理。

俄国王位上的女人们
EGUO WANGWEI SHAGN DE NURENMEN

[俄罗斯] 叶·维·阿尼西莫夫　著　孙慧洁　武利茹　王凤英　译

责任编辑	于　丹
出版发行	黑龙江大学出版社
地　址	哈尔滨市南岗区学府三道街 36 号
印　刷	哈尔滨市石桥印务有限公司
开　本	720 毫米 ×1000 毫米　1/16
印　张	25.25
字　数	347 千
版　次	2019 年 12 月第 1 版
印　次	2019 年 12 月第 1 次印刷
书　号	ISBN 978-7-5686-0073-6
定　价	67.00 元

译者序

以史为鉴可知兴替。历史上各朝代的兴衰、存亡和更替都是一场场殊死较量,其间的一个个生动的故事、一个个鲜活的人物,都在历史的长河中留下了不可磨灭的印记。一个个历史人物和他们的生活轨迹,又会深深地影响世界的发展进程。读历史,欣赏历史上一个个留下足迹的人物的生活,品读他们的生活点滴,品鉴他们的性格和命运,了解他们的对与错、功与过,会对我们的思想产生深深的影响。

俄国 18 世纪被称为女人的时代,从 1725 年彼得大帝去世到 18 世纪末,俄国王位上粉墨登场的都是各具特点的女人:利夫兰灰姑娘叶卡捷琳娜一世、来自米塔瓦的可怜亲戚安娜·伊万诺夫娜、秘密女囚徒安娜·列奥波利多夫娜、少女君主伊丽莎白以及北方女统治者叶卡捷琳娜二世。

众所周知,翻译作为一个极其复杂的过程,涉及两种语言承载的主客体。在翻译过程中,作者作为原作的生产者,成为一个相对稳定的因素;读者作为译文的接受者,对译者的翻译决策起着一定的制约作用;而译者作为翻译活动的主体,贯穿整个过程的始终,在很大程度上对译文起着决定性作用。

历史人物传记是对典型历史人物的生平、精神等领域进行系统描述和介绍的文学作品形式。人物传记的特征是"真""信""活",人物传记必须真实可靠,符合历史事实,以达到对历史人物的特征和深层精神的表达和反映。对历史人物传记的翻译也必须秉承"信""达""雅"的翻译原则,尤其是"信",即遵循忠实和准确原则。译文必须准确和完整地表达原文的内容和作者的观点,小到词语,大到段落,使译文忠实于原文。译者不可以对原文意思做任何增加、删减或改动,使历史人物传记能够在不同民族和文化背景下产生等同的影响。在翻译的过程中坚持实事求是的科学态度,不虚构渲染,不隐恶扬善,不拔高溢美,不贬责降低,据事"直书"。

作者在讲述这五位历史人物的时候,使用了小标题的组材方式,例如"国父之死""夺权之战"等,采用了朴实无华、平白流畅的语言和多变的句式。译者采取了白描手法处理对人物的刻画,使五位历史人物以有血有肉的形象呈现在读者面前。在翻译的过程中,在具体的翻译方法和技巧上,译者不仅关注语言现象,注重词语的搭配、词的褒贬色彩、成语的翻译、数字的翻译、专有名词的翻译、代词的翻译等等,严格恪守"信""达""雅"的翻译标准,还全面考虑历史人物传记的目的性和功能性,在文体、修辞、语境等方面尽可能地与原文的行文风格保持一致,尽可能实现翻译的"传意性"。例如,在处理专有名词的翻译时,尽可能保证译名前后统一,如:姓 Голштинский 统一译为荷尔施坦因,机构 Священный Синод 译为主教公会,тайная канцелярия 译为秘密办公厅,Верховный тайный совет 译为最高枢密院,等等。有时,相同的姓名也要根据约定俗成的翻译原则,对不同人物采用恰当的译法。当书中内容与译者查阅的资料信息出现不一致的情况,为了避免产生歧义,译者在必要的地方做了标注,如关于建筑物 Исаакиевская церковь,在原文中作者的表述为"多梅尼克·特列吉尼是城市建筑工程的总设计师,在他的指导下,建成了十二委员会大厦、海军医院、伊萨基辅大教堂、大药房、冬宫附属建筑、缅希科夫宫殿",而在历史上伊萨基辅大教堂始建于 1858 年,于 1928 年正式建成,建筑师为蒙菲兰,不是特列吉尼,故译者在此标注。

译者对三人合译的译文尽可能做到专有名词翻译统一,以及叙事语言风格统一,但是难免有疏漏之处,衷心希望读者朋友们批评斧正。

译者

2019 年 3 月

目录

引言
俄国王位上的女人们

有些历史学家把俄国的 18 世纪称作女人的时代。事实上，从 1725 年彼得大帝去世到 18 世纪末，俄国一直是女人执政，她们一个接一个地登上王位。读者们，本书以历史文献为基础，向你们讲述的是 18 世纪俄国历史上女皇们的故事：叶卡捷琳娜一世（1725—1727）、安娜·伊万诺夫娜（1730—1740）、安娜·列奥波利多夫娜（1740—1741）、伊丽莎白·彼得罗夫娜（1741—1761）和叶卡捷琳娜二世（1762—1796）。作为作家和历史学家，我写本书的目的，不仅仅是向大家讲述这些被推到权力顶峰的女人的生平，更希望可以真实地刻画出她们的历史及心理状态，在思索她们命运的同时，和读者一起思考俄国的命运。

我并不准备在历史的天平上衡量俄国王位上的女人们执政的功与过。因为我们这些并不无辜的 20 世纪的人，并没有权利断然去评判历史：在流逝的两百年间，同先祖们相比，我们并没有更善良，也未必更充满智慧，他们不知道飞机、电视机和电脑，因此也就不清楚铁器时代带来的残酷与仇恨。虽然在对历史的认知上，我们取得了一些显著成绩，但最重要的是，即使清楚地知道，在认知的放大镜里，每一次手的无意识的小小抖动，都会造成对历史无法挽回的曲解，学者们仍勇于谨慎地探索这个脆弱的世界。

写本书时，我认为，对读者来说，重要的是历史人物本身，他们的性格特性、习惯和怪癖、缺点及成就，概括来说，就是他们的生活，与我们的生活有相同及相异之处，而历史事实和日期则相对次要一些（当然准确性和完整性，毫无疑问是必要的）。于我而言，最大乐趣是读完本书，读者不只获得了历史知识，同时也了解和记住了这些女人，作为一个个鲜活的人，她们爱过，也恨过；犯过错，也犯过罪；自己痛苦，也令他人痛苦。同我们现代人一样，她们各有不同，也各有不同寻常的命运。但从某种意义上来说，她们又是相似的。除不幸的安娜·列奥波利多夫娜以外，她们均是在对于18世纪女人来说受人尊敬的年龄登上王位，在享受皇权之前，都有过被人侮辱、依附他人生活的苦痛。

毫无疑问，最具传奇色彩的，是来自于拉脱维亚的农村女孩马尔塔，她先是彼得大帝的妻子，之后成为大权独揽的女皇。与之经历迥然有异的是公主安娜·伊万诺夫娜，但她之后的命运也同样令人惊奇。而温和谦虚的安娜·列奥波利多夫娜，逆来顺受地忍受着暴力折磨，但即使被监禁，至死也维持着自尊和尊严。至于拥有惊人美貌，受到长久的恐惧和嫉妒折磨的伊丽莎白·彼得罗夫娜，则渴望着将黑夜变成白日，将生活变成可以展现女皇美貌的永不停歇的舞会。最为我们所了解且距离最近的、王位上最闪耀也最有才华的女皇——叶卡捷琳娜二世，是一个能力超群、精力充沛、充满智慧、乐观积极、机智风趣的对话者，她将专一和简单与其天才统治者的威严和智慧奇妙地融于一身。

还有一个非常重要的情况。本书所有女主人公，不仅都是当时一个庞大国家的统治者，也都是一系列或神奇或偶然或平常或致命状况里命运的牺牲品，因这些状况的推动，她们在历史进程中留下了自己的印迹。任何靠近权力顶峰的人，都无法不为其闪耀的魅力头晕目眩，而在自愿或不自愿的权力角斗残酷规则下，她们的生活被国家机器所摧残。事实上，她们每个人也为此付出了高昂的代价，不仅仅是政治上的，还有爱情，有作为一个女人的平凡、幸福、安宁及舒适的家庭，也有作为母亲的快乐、自信及平和。但这并不仅仅是她们个人的悲哀，她们的命运也无可避免地成为国家的命运。俄罗斯，如尼古拉·别尔嘉也夫笔下所写，拥有女人的灵魂，直至今日仍未找到安宁和平静。

叶甫盖尼·维克多罗维奇·阿尼西莫夫

教授，历史学博士

第一章
利夫兰灰姑娘：叶卡捷琳娜一世

国父之死

1725 年 1 月 28 日，清晨，彼得大帝在冬宫二楼的私人小办公室逝世。他的死亡过程漫长而痛苦，可怕的病痛折磨着他的躯体，即使经验丰富、技巧高超的医生们，对此也爱莫能助，死亡成为非人痛苦的唯一解脱。

但是，同大家一样，沙皇并不想死。在战场上和海上风暴中，他曾不止一次面对过死亡，然而，如今的他绝望地紧紧抓住生命，如当代人所写"他意志消沉，流露出对死亡的恐惧"，他热烈而疯狂地祈祷，且多次忏悔。神甫们寸步不离他的包厢，他流着泪，抓住他们的手不放。仿佛，在昏暗灯光下闪耀着的神甫们的外衣，可以庇佑他躲过黑暗中紧追不放的死亡的追捕。

按先祖的习俗，为了拯救自己的生命，曾对违反自己制定的严酷法令法规的人施以酷刑的沙皇，下令释放监狱犯人，豁免所有人的公债和罚金。直至生命的尽头，他仍寄希望于上帝的慈悲，及他本人身体的强健——毕竟他刚刚 53 岁。

可以肯定地说，在生命的最后时刻，除了身体上的疼痛，折磨彼得的，还有对自己所建立的帝国未来的沉重思考。他为之不惜精力和健康地劳作，因之强令民众学习、建设、航海甚至战死沙场，或因工作负累而亡。而如今，在与生命告别之际，他却不知，谁能继承这些伟大的遗产——王位，圣彼得堡，军队，舰队，俄国。几年前，在 1717 年，当他与关系一直恶劣的儿子阿列克谢王子最后决裂之时，曾发出过感叹，如今他可以满怀沉痛与失望再次感叹："吾生为人，终归于死，仰天之助，吾之所有，将与谁共?!"没有答案。

传说，沙皇在临死前试图写遗嘱，然而只在纸上潦草地留下"传于"两字后，手就不听使唤了。有事实表明，这个传言并不准确。大主教费奥凡·普罗科波维奇从彼得口中最后听到的，是他不耐烦地做出赶人手势时，说出的两个字："之后。""全都出去，让我安静一下，所有问题我都会解决，之后，之后!……"这些，也许，就是他想对俯在他身前的人们说的话。

然而，这个"之后"并没有来临，死亡在清晨降临，1725 年 1 月 28 日 5 点 15 分，俄国第一位皇帝，在统治这个国家 30 多年后，逝世了。伟大的时代终结了，一个新的动荡不安的时代开始了……

夺权之战

彼得死时的办公室，墙外，一片混乱和恐慌。遗嘱的缺乏带来了紧张情势：罗曼诺夫王朝的皇座命运，将在近臣派和大贵族集团之间的碰撞中决出。

近臣派有两个：其中一个由彼得的亲密战友——国务要人们组成。他们因个人能力及改革家沙皇的欣赏而上位，沙皇一贯认为，个人的"能力"比"血统"更加重要。其中，亚历山大·丹尼洛维奇·缅希科夫理应是他们中的第一人，他是一个有阴暗过去的人，是沙皇宠臣，凭沙皇意愿，由侍从官一跃成为大元帅和特级公爵。与他同盟的有高级文官加夫里拉·伊万诺维奇·戈洛夫金，大主教费奥凡·普罗科波维奇，秘密办公厅①厅长彼得·安德烈耶维奇·托尔斯泰，枢密院总检察长巴维尔·伊万诺维奇·雅古京斯基和办公厅秘书长阿列克谢·瓦西里耶维奇·马卡洛夫。他们和其他"新"人们想将彼得的妻子、皇后叶卡捷琳娜·阿列克谢耶夫娜推上王位，因为她与他们一

---

① 1718 年成立秘密办公厅。

样：非贵族出身，但忠于改革家沙皇陛下，坚定果敢，积极进取。

缅希科夫、叶卡捷琳娜及其同盟对一些人有所戒备，因为他们出身低微，却飞黄腾达。与之对立的，是世袭贵族留里克和戈季米诺夫家族的后代——多尔戈鲁基公爵和戈利岑公爵。作为有影响力的大地主后代，他们想将罗曼诺夫王朝的王位，传给彼得·阿列克谢耶维奇，已故王子阿列克谢的儿子。此时彼得大帝之孙刚刚十岁，但其身后有男性直系亲属继承王位的传统，有世袭贵族的支持，还有所有希望减轻严酷制度和渴望在彼得开启的疯狂竞赛中得到喘息的民众。

叶卡捷琳娜的拥护者与大公拥护者，都做好了战斗的准备。1 月 28 日深夜冲突事件的参与者和见证人，荷尔施坦因大贵族巴谢维奇伯爵写道："我们待君王一咽气，就立即行动。在他还有生命迹象时，无人敢开始行动：参与者们对君王的尊敬和恐惧，深植于心。"有一句话非常准确：伟人的权力魔法强大无比，直至生命的最后一刻。

尽管如此，相较于他们的对手，缅希科夫和叶卡捷琳娜为这一刻的到来，做了更充分的准备：首都的出入口已被士兵们封锁，国家财产被转移并受到严密保护。不过，最关键的是另外一点：他们将近卫军拉拢到了身边。在彼得临死前不久，近卫军军官被邀请到皇后宫中，里面还有她的追随者们：缅希科夫、马卡洛夫及其他人。叶卡捷琳娜脸带悲伤，用温柔感人的话语接待他们这些失去彼得庇护的"孤儿"们，最后，还许以重利，承诺给予新封赏。这些发挥了应有的作用，在关键时刻，近卫军坚定不移地选择了追随叶卡捷琳娜。

叶卡捷琳娜的胜利

彼得大帝在冬宫逝世后，政治冲突的最后一幕立即揭开了。此处聚集了所有的国家高官：参政员、大主教、中央机关院主席、将军和高级军官们。在灯火通明的大厅里，挤满了内侍官和大贵族。缅希科夫、戈洛夫金、马卡洛夫和其他高官们迅速走了进来，随后是叶卡捷琳娜。她以号哭而断续之声，宣布了钟爱的丈夫沙皇之死，同时清晰地发表了早已备好的讲话，表示将继承彼得"与她皇权同享"的遗志，一如既往地关注帝国和臣民的福祉。

聚集在厅里的大众，从办公厅秘书长阿列克谢·马卡洛夫的话中，得知沙皇已经逝世，且未留下任何关于王位继承人的遗诏。这是一项非常重要的声明。在类似情况下，依照传统，新君将由高级军官、公民和朝臣们组成的"国家公议"选出。但缅希科夫及其同盟是绝不可能允许事情发展到这个地步的。他们开始劝告在场诸人承认，王位将传给沙皇的寡妻。他们声称，1724年，在彼得死前不久，彼得在莫斯科克里姆林宫的俄国主教堂圣母升天大教堂为叶卡捷琳娜举行了加冕仪式。

但这并没有成功说服反对出身低微的皇后的人们。在获悉没有对叶卡捷琳娜有利的遗嘱，且大多数贵族都摇摆不定的情况下，戈利岑和多尔戈鲁基公爵两大家族要求将王位传给合法继承人——彼得大帝的孙子。争论异常激烈。叶卡捷琳娜一方的论据非常薄弱。因此，费奥凡回忆称，在某时某处与近臣们的宴会上，彼得说过想将王位传给妻子。但在狂欢宴会中所说的话语，无法替代王位继承的官方文件，主教对此付之一笑。争辩愈演愈烈，无人能知将有什么结果。

此时，叶卡捷琳娜和缅希科夫一派预先准备的"秘密武器"发挥了作用。外面突然传来了军鼓声，所有人都奔向了窗口，透过玻璃上的霜花看到了普列奥布拉任斯基军团和谢苗诺夫斯基军团的绿色制服在宫殿前若隐若现。宫殿被包围了！彼得大公的支持者、军事委员会主席、元帅阿·伊·列普宁公爵试图弄清，没有他签署命令，是谁敢这样将军队拉出军营……但一切都太迟了，他的问话被粗暴地打断了，激昂躁动的近卫军涌了进来。大公支持者们的所有提议被淹没在近卫军嘹亮的向女皇陛下致敬声和肆无忌惮的威胁声里。他们威胁，如果大贵族们不将王位传给叶卡捷琳娜·阿列克谢耶夫娜，就将他们的头给砍了。

于此恰当之时，缅希科夫盖过殿内所有喧哗声，高声喊道："叶卡捷琳娜女皇陛下万岁!""万岁! 万岁! 万岁!"近卫军们随之响应。"最后这两个字，"巴谢维奇回忆道，"迅速被众人重复喊响，谁也不想露出一副言不由衷、只是跟随人言的模样。"上午 8 时起草了内容含混不清的叶卡捷琳娜登基公告，由胜利方与失败方共同签署。一切都结束了。近卫军军官们喝着伏特加……俄罗斯帝国的王位上，迎来了女皇叶卡捷琳娜一世。

新亲信们

1725 年 1 月 28 日，近卫军首次在俄国历史冲突中发挥其政治作用。1692年，彼得成立普列奥布拉任斯基和谢苗诺夫斯基两支近卫军团，希望以此对抗射击军，即莫斯科领主们的享有特权的步兵团。"走狗!"——彼得如此鄙视射击军。他对他们的仇恨是有原因的，他永远记得那些可怕的场景：1682年，当着十岁彼得的面，喝醉酒的射击军愤怒地刺死了他的舅舅和其他亲人。而如今，普列奥布拉任斯基军团的上校创立者还未闭上双眼，受其宠爱的近卫军们，成了新的走狗。

18 世纪近卫军的历史充斥着种种矛盾。装备完善、武装优良、训练有素的近卫军，一直是俄国军队的骄傲和支柱。他们的勇敢、坚韧、奉献精神，曾多次在对俄国有利的各类战争中起到决定性作用。不止一代的俄国民众在观看近卫军行军分列式的"整齐之美"时，激动得无法呼吸。然而，在近卫军的历史中，还有一些不怎么英勇的篇章。近卫军军官相貌英俊、好献殷勤、热爱决斗，在首都女人们的关注下被宠坏了，他们组成了拥有特权的专门军队，有自己的传统、风俗和心理。近卫军负责守卫宫廷和沙皇家庭的安宁及保护他们的安全。在皇宫内站岗时，他们看见了真实的宫廷生活。宠臣们要溜进沙皇寝殿，得从他们身边经过。哨兵们听到过无数宫廷生活不可或缺的流言蜚语与争吵。在闪闪发亮的黄金、钻石和官衔等级面前，以及在旁人看来极尽奢华的隆重典礼上，近卫军军官们并不十分虔敬、激动，甚至，他们对这一切都有自己独特的见解，且常是不太欣赏的观点。

更重要的是，在国家、首都及宫廷生活中，近卫军对自己所起的作用有过于夸大的认知。事实上，这些"凶残的走狗们"非常好管理。只需要一些奉承、许诺和金钱，宫廷投机者就能驱使他们达成自己所想。而我们的美男子们对此毫无怀疑，完全不知自己成了阴谋家手中的傀儡。

不过，对于想要其为自己效劳的人来说，近卫军是一柄危险的双面刃。沙皇和高官显爵们手中的权力，常常被不受约束、任性妄为的新走狗军团制约。1725 年 1 月，法国国王路易十五的外交大使、外交家让·雅克·康普乐顿明白这点，并在政变结束后写道："在此事变中，近卫军的决议即法理。"确实如此。18 世纪在俄国历史中是一个"宫廷政变世纪"。所有的政变都有近卫军的参与，而这一切的开端，起源于 1725 年 1 月的一个深夜。

利夫兰灰姑娘

"至仁至爱至圣的叶卡捷琳娜·阿列克谢耶夫娜女皇陛下"是谁？她在哪里出生？

"叶卡捷琳娜是瑞典人！"一些历史学家这样认为。她生在瑞典格尔米纳维特镇艾尔夫斯堡步兵团军需官约翰·拉贝的家里。丈夫死后，叶卡捷琳娜的母亲带着女儿搬到了里加的亲戚处，但不久她也去世了。叶卡捷琳娜流落到孤儿院，后被一位来自位于普斯科夫与里加之间的利夫兰小镇马林堡（今马尔堡）的知名牧师格留克带走。

此观点的真实性有据可依。在彼得寄给叶卡捷琳娜的一封信中，向她祝贺夺得诺泰堡——施吕瑟尔堡①一周年时，开玩笑地写道，1702 年夺下这座瑞典城堡，"俄国的双脚刚踏上贵国领土一英尺"，即刚迈出第一步。1725 年，在与法国外交大使康普乐顿交谈时，叶卡捷琳娜突然说起瑞典语。她希

---

① 彼得保罗要塞旧称。

望，只有曾长期在斯德哥尔摩居住的康普乐顿，才能听懂她说的话，而康普乐顿确实继续了对话……

"那又怎样?""瑞典出身论"的反对者们有理有据地提出反驳，"有什么奇怪的呢? 利夫兰曾是瑞典的属地，因而叶卡捷琳娜曾为瑞典国王的子民，这也就解释了彼得玩笑的由来，以及她为什么会说瑞典语。"确实，有更多的事实证明，叶卡捷琳娜原名马尔塔·斯卡乌龙斯卡娅，是拉脱维亚平民（农民或小市民）出身，生于 1684 年 4 月 5 日，曾受洗为路德宗教徒，双亲去世后，12 岁时到了格留克家中。最后这点所有人都认可，虽然也许无人能说出，她受过何种教育、都学过些什么，但有一点很明显，孤女曾是牧师家的女仆，在厨房和洗衣室做工。18 岁时，马尔塔已长成一个健康貌美的姑娘，她的善良、聪明和优雅令她备受当地年轻男子的关注。

马尔塔的年轻岁月，是利夫兰历史上一段悲惨的时期。1700 年，北方战争爆发，鲍·彼·谢列梅捷夫元帅率领俄国军队，如乌云压顶，扑向了年轻的利夫兰。战争摧毁了一切。从俄国和瑞典交界处逃出的难民们，给马林堡带来了噩耗：俄国军队一路所经，四处焚烧农庄、建筑和农作物。他们还将牲畜和民众一起赶去俄国。事实上，当时正在波兰征战的瑞典国王查理十二（卡尔十二世），放弃了利夫兰和爱沙尼亚，任其听凭命运的摆布。沃利马尔·安东·施利本巴赫将军的守城军兵力薄弱，无力抵抗数量庞大的敌军。

然而，生活依旧在继续，1702 年夏，发生一件重要的事：马尔塔嫁给了一个瑞典军号兵。可惜，新婚夫妇还没来得及享受家庭生活的幸福。8 月，战火已燃至马林堡城外，谢列梅捷夫的军队包围了整座城市，开始了围攻。

女俘的命运

马林堡实力薄弱，其警备长弗洛里安·蒂洛少校，在合理认清了自己的不妙处境后，同意向谢列梅捷夫协议投降，协议包括：俄国将占领所有防御工事、仓库，收缴所有火炮，同时，警备队和堡内居民将撤离出城。少校打开城门，出迎谢列梅捷夫，向其递交城市钥匙。一切都在和平中进行着：俄国军队开始进城，而堡民们撤离出城。就在此时，突然发生了意外。

翻开彼得的"记事簿"或"日常小记"，其中有一些北方战争重大事情的记录："警备长蒂洛少校及两位上尉迎向我们的大队车马，向我们移交城市。根据协议，我方军队将入城，而堡民将撤离。当时，炮兵连上尉沃尔夫和一个贵族士官（及其妻子）走进了火药库，点燃火药，他们当即在爆炸中身亡，同时炸死众多我方人员及对方人员。因该事件的发生，警备团和堡内居民未能照协议疏散，均沦为战俘。"

震耳欲聋的响声，令大地为之震颤，堡内建筑的碎片砸到了俄国士兵的头上，谢列梅捷夫当即撕毁了城堡自愿投降的协议。这意味着，马林堡是一座被攻下的敌堡，遭到了发起进攻的军队的洗劫，而居民和警备团全都成了俘虏。沃尔夫上尉的疯狂举动，彻底而不可挽回地改变了马尔塔的命运。如果沃尔夫没有点燃炸药库，马尔塔永远不可能成为叶卡捷琳娜，成为彼得大帝的妻子，进而成为俄国女皇。她和马林堡的其他居民一起，被发配上路，9月初，到了里加，有消息称，当时她的丈夫正在此地，她可能拥有籍籍无名的幸福生活。

然而，意外，这个历史的任性且有权势的儿子，将一切都改变了：暴怒的俄国士兵们进了城。他们冲进民房，掠夺财物，捆绑居民，将他们赶入集中营。战争的面孔总是使人惊恐的。尖叫声、哭泣声、骂喊声在被焚烧殆尽、洗劫一空的城市上空回响。马尔塔成了战俘中的一员。"战俘"二字在现代只是"俘虏"的意思，而古时战俘的命运总是悲惨屈辱的。战俘是活生生的战胜品，是战争的奖赏，是奴隶、奴仆，可以随意杀死、出售、相赠及交换。对待战俘的态度受到钦察汗国（金帐汗国）的强大影响：他们习惯残酷镇压那些奋力反抗的城市。有文献表明，北方战争初年，俄国军队夺得波罗的海沿岸国家后，在普斯科夫、诺夫哥罗德和特维尔的大地主庄园中，毫无人权的奴隶数量急剧增加，他们就是"利夫兰战俘"。

访问莫斯科后，旅行家德·布莱恩写道，1702 年 9 月 14 日，"有近八百名瑞典俘虏被运来莫斯科，有男人、女人和小孩。起初，很多人以每人 3—4 盾的价格被出售，但是，过些天后，售价已升至每人 20 盾，甚至 30 盾。因价格低廉，外国人非常乐意购买俘虏，幸运的是，外国人买俘虏，只是让他们在战时为自己服务，而战后就放他们自由。俄国人也购买了大量的俘虏，最不幸的是那些落入鞑靼人手中，后被囚禁沦为奴隶的人，他们的遭遇是最凄惨的"。从出售时间来看，马林堡的居民正好赶上后一种。不过，等待青春正茂的年轻女主人公的，却是另一种命运。

情妇

"叶卡捷琳娜不是与生俱来的，也不是俄国人，"1724 年，英格尔曼朗军团退伍军士瓦西里·柯贝林对自己的朋友们（自然，其中有告密者）说，"我们都知道，她被抓为俘虏，运到旗帜下时只穿了一件衬衫，后被关押，我们的一位警卫军官给她套了件长外衣。她和尊敬的缅希科夫公爵搭上了关系"。

这段典型的传闻，在秘密办公厅的审讯中经常听到。不过，传言通常是无风不起浪的。确实，马尔塔和其他战俘一起被送到军营中心——警卫队守卫旗帜、财产和战利品之地，此地也是城堡内战利品的交换与交易之处。没有私人领地的士兵们急于脱手得到的战俘，将他们卖给更富有的战友或军官们。据同时代人的描述，马尔塔被谄媚的士兵送给了博尔上尉，以谋求士官之职。之后，上尉以类似原因将她送给了谢列梅捷夫元帅。

马尔塔以洗衣女工的身份，在老鲍里斯·彼得罗维奇家住了近半年。在 1702 年底，或 1703 年初，她到了亚历山大·丹尼洛维奇·缅希科夫手中。智勇双全的彼得一世宠臣是如何得到她的，我们无从得知，很可能是他直接向元帅要来的，也可能是嘲笑了老头如此高龄却仍沉溺于肉体欲望。特级公爵在对待自己主人的臣下时，从不曾客气。不久，沙皇就在缅希科夫家里邂逅了马尔塔，这次相遇将她的命运彻底颠覆了……

再次回到退伍军士柯贝林说的话中来。当然，世上没有迷魂药。但是，叶卡捷琳娜和缅希科夫两人长期紧密的友谊，确实值得我们关注。之后每次与沙皇一起远征时，叶卡捷琳娜总是将自己的孩子们，托付给特级公爵及其夫人，完全无须为他们担忧，忠诚的丹尼雷奇从不曾有负所托。他们是一生的朋友和志同道合者。这并不令人惊奇。我们说的不是什么久远的时过境迁的爱情。相似的命运将缅希科夫和叶卡捷琳娜连接在了一起。同样"底层"出身，同被心怀嫉恨的贵族们蔑视和指责，他们只有互相搀扶，才能安然无恙。

柯贝林说出的传闻，还反映出一个无法争辩的事实：这就是沙皇对叶卡捷琳娜的迷恋强烈且持久，当代人甚至认为，他是中了某种迷魂药，肯定是的！不然，利夫兰女俘如何能将残酷的沙皇捕入自己美丽的网中。"您这夏娃的女儿，就是这样对待老头们的？！"在一封写给妻子的信里，沙皇如此玩笑道。一切自有神奇缘由。它藏在俄国伟大改革家过去的生活里，直至有一天，在缅希科夫家中，他遇到了当时还是马尔塔的叶卡捷琳娜。

"白天鹅"还是安亨？

此前，彼得的家庭生活一团糟。1689 年，彼得未满 17 周岁时，未征得他的同意，就被安排与年轻不懂事的叶芙多基娅·洛普辛娜大婚。新婚夫妇是米洛斯拉夫斯基和纳雷什金两大家族在朝廷争斗中任意摆布的玩偶，他们是彼得父亲阿列克谢·米哈伊洛维奇第一任和第二任妻子的家族。众所周知，1682 年，俄国确立了两重政权：皇座上有沙皇伊万（出身米洛斯拉夫斯基家族）和沙皇彼得（出身纳雷什金家族）。但是，因彼得尚未成年，皇权被米洛斯拉夫斯基家族掌控，伊万（出身米洛斯拉夫斯基家族）和彼得的大姐索菲亚公主摄政统治俄国。她一心渴望将彼得拉下王位，一手安排了第一沙皇伊万和普拉斯科维亚·萨尔蒂科娃的婚事。纳雷什金家族回之以彼得和叶芙多基娅的联姻。

彼得和杜尼娅在同一屋檐下生活了约十年。他们生了三个孩子，不幸的是，只有阿列克谢王子活下来了。但是，从1692年起，家庭就不再和睦，叶芙多基娅并不适合彼得，她是生活在17世纪旧传统里的女人，而彼得是生活在18世纪里摆脱了中世纪沉重枷锁的自由人。他需要的不是一个在大众的凝视中满身羞红的"白天鹅"，而是另外一种妻子：一个穿着时髦、性格开朗的妻子，一个舞会上动作灵巧的舞伴，一个艰苦远征中忠诚的伴侣，一个无尽劳作中的助手。因所受教育及见识少的原因，叶芙多基娅不是也成不了这种人，她身上闺阁传统的印迹太深，且皇后本身性格也极为固执。

这段关系在1698年结束。彼得从国外回来后，下令将妻子送往修道院，期间稍有波折。此后，沙皇公然住到了莫斯科近郊的德国小镇科库酒商蒙斯家中，他是彼得的老情人安娜·蒙斯——安亨的父亲。然而，沙皇在此段关系中也不走运。安亨是个皮肤白皙的美人，仅外貌符合彼得对爱人的要求。她是平凡的德国小市民，向往在富足舒适的家中，过着平静安宁的生活。她梦想的生活是在窗下种些美丽的野花，照顾孩子，坐在壁炉前织着衣服，等着自己的米赫尔或克劳斯从酒馆或货铺归来。

我并不是要讽刺或指责，每个人都有选择自己生活的自由。由此说来，安娜·蒙斯是一个令人惊讶的人。毕竟她非常清楚，与沙皇的关系会带给她无上荣耀。而他的打算是非常严肃的，1707年，在与普鲁士大使凯泽林交谈时，他曾沮丧地说他是"抱着和蒙斯结婚的目的在为自己培养她"的，这话是有可信度的，因为他后来迎娶并立为皇后的叶卡捷琳娜也非名门出身。

安娜不爱沙皇，这就是根源。她接受不了他的习惯爱好、他疯狂不得安宁的生活方式。在很长的时间里，彼得都不了解这点。1703年，萨克森大使科尼克森溺亡，在他的信件中发现了安亨的情书。彼得无比伤心沮丧。他将安亨及其亲人监禁在家多年，并且在此期间，因与安亨关系的破裂，他备受煎熬。为保护进入彼得家中的叶卡捷琳娜，缅希科夫竭力摒除一切可能传到彼得耳中的关于安亨的生活和娱乐的传闻，以免触及他心底的旧伤痕，也避免他生出徒劳的幻想，要知道，安亨不过是德国版的被遗忘的杜尼娅而已。

我们三人

马尔塔·叶卡捷琳娜是不一样的女人，她正是沙皇所需的女人。很早就从传统的泥沼中挣脱出来，从小就了解善与恶，她是真正的善良的杜舍契卡：既可以轻松适应龙骑兵妻子的平凡生活，也可以做老元帅家中的洗衣女，还能胜任皇后的崇高使命。一切都取决于所处的生活环境，因环境的曲折，马尔塔的生命之树成长并茂盛起来。然而，要赢得沙皇的信任与爱情，仅仅这样是不够的。彼得性好渔色，身边总是围绕着一群女人——用外国话来说是"情妇"，或者是俄语里的"放荡的女人"。他总是将她们带在身边，其中许多人随时准备并勇于改变自己，以逢迎君主之习性。然而，事与愿违……安娜·蒙斯的事情表明，令人恐惧的残酷大帝，在真挚深刻的感情面前，是一个软弱、易受伤的人。所以，他和安亨的分手过程痛苦而漫长。要深入他的灵魂，唤醒他的情感，仅靠装腔作势、唯唯诺诺、暗送秋波是不够的。也许，马尔塔找到了通往他心灵的路，一开始成为他的情妇之一，之后一步一步，打消了他的怀疑及对失败的恐惧。

1705 年春，与彼得在科夫诺（考纳斯）时，缅希科夫第一次在信中提到叶卡捷琳娜。缅希科夫给妻子达莉娅·阿尔谢涅娃写信，要求立即将"卡捷琳娜·特鲁巴乔娃及其他两个女孩"送过来。显然，从彼得及其挚友阿列克萨什卡的信件（在另一封信中可读到）中可得知，以丈夫军职名称为姓的叶卡捷琳娜，被他们归类为在无止境的远征中给他们洗衣缝补的"其他女孩"。后来，在写给彼得的一封信中，皇后暗示他有新情人，玩笑说道，也许她这个"老洗衣工"对他还有点用。但是，叶卡捷琳娜很快从一群情妇和洗衣工中脱颖而出。最重要的一点就是，彼得承认了她为自己生的孩子。1705 年 3 月，沙皇给阿尔谢涅娃——叶卡捷琳娜的朋友写信："亲爱的，请别抛弃我的小彼得……请吩咐给我儿子做衣服，让他能吃好喝好。"

同年秋，叶卡捷琳娜生下了第二个儿子巴维尔，她在一封给沙皇的信中署名"我们三人"，即她和两个儿子。彼得和巴维尔很快夭折，但这并没有导致沙皇与利夫兰女俘之间关系不和。相反，他对她的感情越来越强烈，常送些小礼物，发写有自己生活起居的信件到普列奥布拉任斯基，最初一些年里叶卡捷琳娜一直住在这里。

普列奥布拉任斯基的安宁岁月

莫斯科近郊的皇村普列奥布拉任斯基是彼得父亲的房子。他在这里长大，他的母亲娜塔莉娅·基里洛夫娜在这生活过，俄国通往荣耀与强盛的艰辛之路从这里开始。北方战争初年，住在普列奥布拉任斯基的是彼得的妹妹娜塔莉娅公主，可能，她也是沙皇最亲近的人。她比哥哥小一岁，与嫂嫂叶芙多基娅性格完全不同。整个罗曼诺夫家族中，她第一个毫不犹豫、欣然接受彼得对生活方式、传统习俗、娱乐方式及服装的所有改革。她没有像同父异母的姐姐一样进入修道院，而是自由地生活在当时被称为"开放之家"的普列奥布拉任斯基。娜塔莉娅·阿列克谢耶夫娜的画像留存至今，这是 1716 年在她死后所画的。通过画像，我们可以看到一个体态匀称的女人，黑眼睛，大鼻子，圆下巴，一头金发，梳着当时流行的高耸发型。不，她并不是个美人，她是个聪明人，这是彼得对妹妹的评价。

在当时，谈起娜塔莉娅·阿列克谢耶夫娜的普列奥布拉任斯基，就如说起一个新欧洲风尚的小岛。闻名全莫斯科的还有普列奥布拉任斯基宫廷剧院——一个当时俄国非常罕见的奇观。彼得的妹妹是它的创立者和导演。舒适宜人的老普列奥布拉任斯基宫寂静而安宁。战争没有波及宁静的花园与草坪，此处是娜塔莉娅公主和她的同伴们或新式称法的"女官们"一起散步的地方。在善于交际、富有同情心的沙皇妹妹身边，聚集了一群与她心灵相近、趣味相投的年轻女人，其中比较著名的有阿妮西娅·托尔斯泰娅和阿尔谢涅娃家两姐妹达莉娅（缅希科夫妻子）和瓦尔瓦拉。特级公爵本人的两位姐妹也在娜塔莉娅身边。

彼得将自己的女俘安置到了普列奥布拉任斯基，安置到了彼得的妹妹和她的小团体身边。在和平友好的新朋友身边，在普列奥布拉任斯基的树荫里，叶卡捷琳娜完成了自己的学业——新式俄国习俗学习和语言学习，在不久后的受洗仪式上要用来宣读信条。她被取名为叶卡捷琳娜·阿列克谢耶夫娜，教父为少年阿列克谢王子。起初，彼得没给叶卡捷琳娜写信，而是写给娜塔莉娅、阿妮西娅、阿尔谢涅娃姐妹，请求向"随身的武器和手中的针"转达问好。不过，大家都清楚，在普列奥布拉任斯基，远征中的沙皇牵挂的是谁。对叶卡捷琳娜来说，普列奥布拉任斯基时期的生活是一段考验。而她顺利通过了这次考验，她因举止柔顺、讨人喜欢、热爱劳动且要求不多而颇得大家喜欢，其中，彼得的一位姐姐马尔法公主有一次就写信劝彼得结束游荡，迎娶叶卡捷琳娜。

来自丽扎妮卡的问候

说实在的，事情早就发生了。事实上，彼得和叶卡捷琳娜早已成婚，虽然不是教堂婚姻有些"不体面"，却是现实牢固的。1707 年初，在远征途中，彼得收到叶卡捷琳娜产下女儿的消息。叶卡捷琳娜在信中笑称，女儿是为和平而生的。此时正是波尔塔瓦战争前最艰辛的阶段，这样的玩笑是恰逢其会。彼得以同样腔调回复："如果真是如此，也许，相比于两个儿子，我更喜欢这个女儿。"在被联盟的波兰国王奥古斯特二世背叛后，他确实在寻求和平，可以想见，他很感激叶卡捷琳娜适时的玩笑与关心。

而和平还太遥远，战争才刚开始，战争共持续了整整 14 年！瑞典人在逼近，彼得带着自己的军团向着帝国的深处越走越远。强盗国王查理十二日益逼近俄国，所有已建成之地都受到了威胁。1708 年 1 月，彼得几乎陷入绝境，在查理十二夺下城市的两个小时前彼得仓皇逃离格罗德诺。同年初，沙皇发送了类似遗嘱的仓促信件："如果上帝要收回我的性命，缅希科夫公爵处的

3000 卢布，留给卡捷琳娜·瓦西里耶夫斯卡娅和女儿。"这是他，一个奔赴战场的士兵，能给予亲人的所有。这令人惊慌失措的三个月里的信件，像是仓促而成的、渴望相见的情人间的情书，可惜，在思念和对方久未答复的焦虑中，他们总是被迫忍耐着，一次次推迟着相会。没有时间相会，即使见了面，时间也很短，战争消耗了人太多的时间和精力："要知道，手中既要拿剑，又要握笔，而没人能够给予帮助。"

1709 年，波尔塔瓦战役的胜利彻底改变了一切。伟大战争之王、胜利者彼得开始自信沉着起来。沙皇从此定居圣彼得堡，将国家机关搬到心爱的"天堂乐园"，建造新的轮船，加强喀琅施塔得的防御。在这远离莫斯科敌人和嫉妒者们的心爱之处，这个伟大国家的君王开始搭建自己的家——这是他一直以来都不曾拥有的。很早以前，他就将罗曼诺夫家族中他所认定的家人移到了新首都，妹妹娜塔莉娅、寡嫂普拉斯科维亚·费奥多罗夫娜皇后及其两个女儿安娜和叶卡捷琳娜、普拉斯科维亚，当然，还有叶卡捷琳娜——如今他们两人越来越常在一起。

很不幸，他们的孩子一个接一个在幼年夭折。不过，因当时习俗的关系，两人对此都比较淡然。"上帝赐予，上帝收回。"沙皇在一封信中这样安慰叶卡捷琳娜。何况他们的孩子还在一个接一个地出生（叶卡捷琳娜共生了 12 个孩子，但是，长大成人的，只有安娜和伊丽莎白两人）。安娜出生在 1708 年 1 月底；1709 年 12 月 18 日，俄国军队取得波尔塔瓦战争胜利，欢入莫斯科城时，叶卡捷琳娜又为沙皇生了一个女儿。彼得当即离开入城队伍，并为伊丽莎白的出生庆祝了三日。

在波尔塔瓦战争前夕，彼得能否预见，在 1710 年 5 月，他就可以坐上以其女之名"丽扎妮卡"命名的轮船，在芬兰岩岛群中航行，并送信问候自己的大家庭。它完全改变了沙皇的单身生活，"向妹妹、嫂嫂、侄女们及其他家人问好，亲吻孩子们，最特别最多最大的问候献给亲爱的小四（这是他对还只会爬行的伊丽莎白的称呼）"。

战友

1711 年春，土耳其发动对俄战争。这是场严峻的考验，情况很危险，因为要两线作战：对土耳其之战和对瑞典之战。为警告敌人，彼得决心将战争转到南方，尽可能远离正在对瑞典作战的乌克兰和波兰战场。远征前夕，不幸的预感折磨着彼得，他给缅希科夫写信："只有上帝知道战争的结果。"临行前，彼得带上了叶卡捷琳娜，并做了早就准备好的一件事，即与她订婚，在行军途中，他给缅希科夫写信，说如果他的女儿们成了孤儿，希望丹尼雷奇可以关照她们，当时他心爱的女儿们——安努什卡和丽扎妮卡正在缅希科夫圣彼得堡宫殿里跑来跑去。而如果上帝垂怜他得以回来，则婚礼将在"彼得小镇"举行。

沙皇的预感没有出错。1711 年 7 月初，土耳其军队切断了俄国军队与后方的联系，并在普鲁特河一带包围了他们。在摩尔达维亚的烈日下，奥斯曼军队的兵力优势，战火的连绵密集，弹药、粮食及水供应不足，让这几日的围攻变成了昔日波尔塔瓦战胜者们的真实地狱，他们曾以为这是场轻松的远征战。沙皇多次想与土耳其和谈，但均毫无所获。7 月 10 日到 11 日之夜，局势最为紧张，未等到军使返回，彼得中断了军事会议，下令准备突围。这将是一次致命的危险行动。对于筋疲力尽的俄国军队来说，突围或成悲剧，而第二天很可能就是彼得的死亡日期了。此时，叶卡捷琳娜表现出英勇、机智和果断，在彼得休息时，未征得他的同意，她召集将军们开会，指出突围形同送死。之后，她唤醒了彼得，劝他再给土耳其军队总指挥大维齐写最后一封求和信，并瞒着沙皇，随信附赠她所有的贵重宝石——都是彼得送给她的令人难以忘怀的珍贵礼物。也许，是这些礼物起了作用，第二天上午，大维齐同意和谈。普鲁特河岸的噩梦随之结束。

1714 年 11 月 24 日，授予妻子他刚设立的"圣叶卡捷琳娜"勋章时，彼得指出，此勋章是"为纪念皇后陛下，在普鲁特河岸与土耳其对战危急之时，非以妻子身份（意思是'女人'——笔者注），而如众所知地像男人一样，做出的贡献"。之后，在为叶卡捷琳娜加冕的命令中，回忆起普鲁特河岸的不幸之时，沙皇再次强调她当时的行为犹如勇士。战争的洗礼鼓舞了夫妻双方，叶卡捷琳娜越来越频繁地与彼得一起奔赴战场。尤其是 1722—1723 年间的对波斯征战中，皇后的地位再次上升到了一个新高度。只有海上航行时，沙皇是独自前行的，而叶卡捷琳娜留在岸上，等待着丈夫寄回短笺。

海军将军成婚

1712 年 2 月，发生了件令人期待已久的事：彼得和叶卡捷琳娜的婚礼。这不是一场盛大隆重的沙皇婚礼，而只是俄国海军将军彼得·米哈伊洛夫的简单婚礼。他恭敬如仆地邀请其海军直属上司海军中将科尔涅利·克鲁斯，及大桅战舰同事海军少将兹马耶维奇为男主婚人，女主婚人则是克鲁斯妻子和已寡的普拉斯科维亚·费奥多罗夫娜皇后——彼得已故哥哥、曾与他共同执政的伊万·阿列克谢耶维奇的妻子。受邀到以海军部大厦仓库图纸改建的伊萨基辅小教堂参加婚礼的众人多是海员和造船者们。还有，在新娘身后给她牵着长裙的花童，是两个非常优雅可爱的重要人物：四岁的安娜·彼得罗夫娜和两岁的伊丽莎白·彼得罗夫娜。参加了母亲的婚礼，她们的身份得到承认，不再是不光彩的私生女。"不过，因为整个仪式让两位小公主过于劳累，"英国外交大使威特沃特以诚挚的伤感指出，"她们在场时间很短，之后就换成了沙皇的两位侄女"，即普拉斯科维亚·伊万诺夫娜和叶卡捷琳娜·伊万诺夫娜。

外交官们早就写了很多关于沙皇扮演士兵、上尉和造船者的独特教育游戏。国君的这些与众不同的列兵训练、轮船驾驶及船只装配学习，给懒散的俄国贵族们树立了榜样，如今，他们也要和沙皇一样，亲自担任官职，在汗水中学习自己的新职业技能，而不是为自己的空乏爵位自豪。但必须承认，以教学为目的，在海军部大厦挥动斧头或者攀爬护索，是一回事，而娶个洗衣女工则完全是另外一回事，尤其还是场非同儿戏、严肃认真的婚姻，沙皇甚至为此，不惜无视先祖及其妻子们留下的一切有预见或没有预见的禁令和遗训。这一切不仅需要有以身作则教育臣民的天赋，也需要有一颗自由、不受拘束、敢于对抗习俗的勇敢之心。他因爱情而结婚，对其余一切都不屑一顾。沙皇的海军婚礼并不是想向谁证明什么。于他而言，这只是一件自然而然的事，就像海军将军的制服必须有别于皇袍一样。他希望将自己的私生活与君王的生活分开，在私人生活中，他要拥有完全的自由。无怪乎英国人佩里回忆称，沙皇常常对他的"大贵族们"说，"相比于俄国沙皇的生活，英国海军将军的生活要幸福很多"。所以，在重大的婚礼日，他活得随心所欲：越过宾客，在宫殿中飞奔，长久地在婚桌上空悬挂历经多月由黑檀木和象骨制成的六只烛台的枝形大吊灯。宾客散后，他也许如其他聪明的主人一样，骄傲地环视自己的杰作，自豪之情超过对敌制胜，或是立法成功。

"宴会非常棒，"威特沃特勋爵以此结束对沙皇婚礼的报告，"上等匈牙利红酒，且特别令人愉快的是，它们没有对宾客们限额供应……夜晚在舞会和焰火表演中结束。"当然，宾客们并不知道，整个宴会的费用，都是沙皇用自己海军少将的微薄薪水支付的。虽然沙皇曾下令，向每个城市征收50卢布，作为彼得的结婚之礼。

皇后

从很多留存于今的肖像画中可以看出，叶卡捷琳娜算不上个美人。她没有女儿伊丽莎白那样天使般的美貌，也没有叶卡捷琳娜二世那样的娇柔优雅。在旁人眼中，叶卡捷琳娜非常普通：大骨架、微胖、皮肤黝黑。她明显没什么穿衣品味，待人接物举止不当。1718年，威廉明娜侯爵夫人白雷茨卡娅眼含鄙视，描述着到达柏林的叶卡捷琳娜："皇后矮小结实，皮肤黝黑，外表普通，毫无优雅。只需看她一眼，就可猜到她的低微出身。她那毫无品味的裙子，像是在古董商处买来的，早就过时了，还满是银饰和污迹。身上挂满勋章、小圣像和装有圣骨的圆形饰物，这一切让她走起路来，就像一匹马骡走来。"

不过，这种欧式毒舌挖苦的可信度不算高，毕竟，她见到叶卡捷琳娜时才十岁。而且，还有一些截然相反的记载。那些作者回忆称，叶卡捷琳娜穿着精美，舞步优雅，灵巧且欢快，她与彼得是难能匹敌的一对。旁观者们对她充沛的精力、忍耐力及力量充满惊奇。据一位见证者称，匈牙利外交大使与皇后打赌，两人比试单手举起婚礼主持人的沉重手杖，他因败给皇后而丢了脸；另一位，则在看到昔日洗衣女工在宴会上举止自然时，对沙皇说，已成皇后的叶卡捷琳娜从没忘记自己的出身，他为此惊奇不已。这两种结论都是可信的：荷尔施坦因外交官巴谢维奇认为，叶卡捷琳娜在生活中的成功，"非教育之故，乃其自身精神品质之故。她很清楚自己的生存意义，因而，除在经验与思索中所获取的，她拒绝接受任何其他教育"。

毫无疑问，在叶卡捷琳娜的理解中，她的生存意义就是服务于沙皇。有百余封叶卡捷琳娜与彼得的信件留存至今，虽已过多年，仍很难只将它们当作历史文献来阅读。信件中透露出的亲密与温情，反映出在一起生活了二十多年的丈夫与妻子相互间的深厚情谊：一些暗示、玩笑、为了双方的健康和安全几乎下流却令人感动的关怀，以及，因为亲密之人不在身边的长久相思之情。"出来时，"她在涉及夏宫①的信中写道，"常常遗憾，您没有和我一起来散步。""关于你写的，"他回信，"一个人散步很无聊，即使是在好园子里，我是相信的，因我亦如是。祈求上帝，让这个夏天，成为我们分离的最后一个夏天，从今以后，我们将永远在一起。"她在信中回复："只求上帝，能听到您的意愿，让这个夏天，成为我们最后一次分离的夏天。"

从古至今，这样的感情都有相同的名字：爱情。它在这些褪色易碎的纸上到处留有痕迹。1717 年，为给妻子订购著名的布鲁塞尔花边，彼得写信要

———————————

① 即彼得宫。

求她给女师傅寄去图样。她回复说，她没什么特殊要求，"只希望，在这些花边上，能织有您与我两人的名字"。他们的名字留在了历史里，爱情的花边永不腐朽……

内心之敌

然而，叶卡捷琳娜的生活也并不是晴空一片。岁月流逝，孩子一个个地夭折，又一个个地出生，母亲一次次地思考着他们的未来，而未来是渺茫的：正式的王位继承人一直是彼得前段婚姻中生下的儿子，阿列克谢王子。他出生于1690年，八岁与母亲分离，当时，叶芙多基娅皇后被彼得送去了修道院，这是他摆脱讨厌的妻子的唯一途径。起初，男孩与沙皇妹妹娜塔莉娅一起生活，之后开始独自生活，一直远离沙皇的第二次婚姻家庭。在沙皇夫妻的通信中，只提到过阿列克谢两三次，且从未有过只言片语的温情。他被隔绝在沙皇家庭之外，他和叶卡捷琳娜的关系也不和睦。彼得本人对待儿子，有如对待最坏的臣民，冷淡而残酷。他给阿列克谢的信永远简短冷淡，没有一点认可或支持。不管王子如何表现，父亲对他都不满意。

必须说明的是，王子并不是一个像一些文学和电影作品里描述的那样（想想1937年的电影《彼得大帝》，里面由尼古拉·契尔卡索夫精彩出演的阿列克谢，就是一个歇斯底里、下流无耻、微不足道的人）软弱胆小、歇斯底里的人。作为父亲的儿子，他遗传到了彼得的坚毅和顽固，以拒绝和沉默回应彼得。他们是流着相同血液的敌人。古希腊的厄运幽灵悬于他们上空，他们无法在同一片土地上呼吸。王子相信自己的命运，他很清楚，他是唯一合法的继承人，他只需咬紧牙关，耐心等待自己的未来。然而，1715年10月，悲剧的绳结勒得更紧了。10月12日，阿列克谢的妻子，布朗什维克·沃尔冯比特尔太子妃夏洛特·克里斯蒂娜·索菲亚生下了一个以祖父彼得之名命名的儿子，16天后，叶卡捷琳娜也产下一个期盼已久的同样以彼得之名命名的活泼健康的男孩。彼得和叶卡捷琳娜在信中称他是"小球球""小心肝"。像迎接头生子的年轻夫妻一样，在掩埋了七个孩子后，沙皇夫妇欣喜若狂地迎接小彼得的出生。"我的老爷，请帮帮我吧。他总是就您的事情和我争吵：当我提到您，说爸爸离开了时，他很不喜欢离开两字，他最喜欢听到的，是爸爸在这里……"父母总是会幻想孩子的未来。当知道小球球终于冒出了第四颗牙时，彼得写道："上帝保佑，希望牙齿都顺利长出，并保佑他长大成人，以慰（我们的）他那些（失去的）兄长们之伤。"沙皇此处略微提及了彼得和叶卡捷琳娜之前夭亡的孩子们。

父母对王朝的希望全都寄托在了彼得·彼得罗维奇王子身上。叶卡捷琳娜在给丈夫的信中称儿子为"圣彼得堡的主人"，虽然阿列克谢王子就在圣彼得堡某处生活着。的确，彼得·彼得罗维奇出生后，阿列克谢给父亲写信，说要将王位继承权让给"小弟弟"。但是，对他满怀憎恨的彼得怀疑他心存恶意，提出让他难以达成的要求：要么"改改脾气"，要么进修道院。阿列克谢全都同意，但双方都清楚，前一个是不可能实现的，而后一个的代价最小。决裂越来越近。

最后，被逼入绝境的王子逃去了国外，沙皇以虚假的承诺诱他回俄国，等待他的是刑讯（有秘密消息称，彼得在刑讯室亲自掰断了儿子的指甲，或者，至少亲临了刑讯现场）、审判和死刑判决。一位近卫军军官亚历山大·鲁缅采夫讲述，在1718年6月26日的那个恐怖夜晚，彼得召集了一些忠诚可靠的人，流着眼泪，下令处死王位继承者，当时，叶卡捷琳娜正在沙皇身边，努力安慰着将内心之敌——儿子献上国家祭台的沙皇。不过，她在他身边，也因为作为"圣彼得堡的主人"的母亲，这次杀戮正是她需要的。

熄灭之灯

阿列克谢被绞死在彼得保罗要塞的特鲁别茨科伊棱堡。王位继承的问题终于解决了，彼得和叶卡捷琳娜松了口气。小儿子正在长大，感动着父母们："我们亲爱的小球球经常提起他心爱的父亲，上帝保佑，他一切都好，爱玩士兵训练和大炮射击的游戏。"即使士兵和大炮都是木制的,国王也无比开心:俄国的士兵、继承人正在长大。然而,监护人的关心及父母充满绝望的爱,未能守护住男孩。1719 年 4 月,病了几天后,不到三岁半的男孩去世了。显然,夺去男孩生命的,只是普通的流感,它在我们的城市里四处收割着生命。对彼得和叶卡捷琳娜来说,这是个沉重的打击,他们的幸福基石裂开了巨大的缝隙。1727 年女皇本人死后,即距彼得·彼得罗维奇之死八年后,在她的遗物中,发现了一些他的玩具和衣物:不是后来(在 1725 年)夭折的娜塔莉娅的,也不是其他孩子们的,而是小彼得的。办公厅的记录令人感动:"一个小金十字架、一个小银饰扣、一个带金链和铃铛的小哨子、一条小玻璃鱼、一套碧石小制图仪、一把小手枪、一支镶有金剑柄和玳瑁须的小长剑、一根小手杖……"由此可以看到一个不时抚摸这些物品的伤心的母亲形象。

1719 年 4 月 26 日,在圣三一教堂的追悼仪式上,发生了一件令人不安的事。其中一位参加者,之后查明是普斯科夫省政务委员——叶芙多基娅·洛普辛娜的亲人——斯捷潘·洛普辛,和旁边的人说了些什么,并轻慢地笑出声来,之后,一位证人在秘密办公厅说,洛普辛说的是:"斯捷潘之灯还未熄灭,洛普辛家族有的是时间。"他被立即送上了拷刑架,刑讯后,洛普辛对自己所说的话和笑声做出解释:他说他的灯还未熄灭,是因为彼得·阿列克谢耶维奇大公还在世,所以,斯捷潘·洛普辛的前景光明。读着这样的审讯词,彼得感到满心无力和绝望。洛普辛没有说错:彼得之灯已熄灭,而他憎恨的阿列克谢王子的儿子之灯还在燃烧。与已故小球球同龄,没有监护人关注和亲人疼爱的孤儿彼得·阿列克谢耶维奇正在长大。盼着沙皇过世的洛普辛家族和其他改革反对者们,都为此感到开心。

彼得紧张地思索着未来,他和叶卡捷琳娜只剩下三个淘气的女儿:安努什卡、丽扎妮卡和娜塔柳什佳。1722 年 2 月 5 日,他签署了极其罕见的法令:王位继承章程。"章程"的目的在于,更改父传子再传孙的世袭王位继承传统,沙皇有权决定自己继承人的人选。他将旧传统称为"旧恶习"。这鲜明地体现出了皇权的专制，沙皇不仅管理着国家的现在，也控制着它的未来。1723 年 11 月 15 日，颁布了即将为叶卡捷琳娜·阿列克谢耶夫娜加冕的公告。

加冕

1724 年 5 月 7 日，利夫兰灰姑娘的璀璨时刻来临：她被加冕为皇后。对俄国来说，这是一次非常盛大隆重而新颖的场面，其准备时间极其漫长。彼得为此特别成立了一个近卫重骑兵连，其成员均为军中最魁梧英俊之人，配备红绿相间的奢华制服，制服镶宽金边饰，双肩上绣有金色徽章。沙皇指定巴维尔·雅古京斯基为近卫重骑兵连连长。

彼得不准备违反传统，加冕仪式将在莫斯科进行。当时的克里姆林宫相当荒芜，而且很脏，就进行了一次大清扫。从克里姆林宫的大红台阶到举行加冕仪式的圣母升天大教堂，搭起了木台子，并铺上了红地毯，这样参加加冕仪式的人就看不到司空见惯的脏污景象。本就富丽堂皇的圣母升天大教堂被装饰得更为奢华：天鹅绒，黄金，座椅上的宝石，波斯地毯从沙皇所在地铺到圣障前的金缎，处处闪耀着拜占庭及东方奢华。仪式本身隆重、漫长而庄严。在莫斯科连绵不绝的钟声、礼炮声、军乐团的演奏声中，在近卫重骑兵连和装扮一新的贵族们（因特别命令要求）的拥护下，叶卡捷琳娜·阿列克谢耶夫娜身着巴黎直运而来的奢华紫金色长裙，高耸的发型上佩戴着钻石，走向了圣母升天大教堂。连喜好粗布衣衫的沙皇，也如法国国王一般，换上了有皇后亲绣的银色绣花的天蓝色长袍，礼帽上粘着白羽毛。

在大教堂内，沙皇将主教叫到身前，简短地告知，已公布他要为妻子加冕之事，因此"请允许他今天以宗教身份完成这一仪式"。仪式开始，宣读宗教信条、福音书和祷文。之后，彼得及其助手一起为叶卡捷琳娜披上了带白鼬毛的锦缎外袍，几公斤的重量压在了沙皇女战友结实的双肩上。然后，彼得接过镶嵌罕见珍珠、鸽子蛋大小宝石的皇冠，戴在了跪在自己身前的妻子头上。站得稍近的人能看见，叶卡捷琳娜此时心潮澎湃、泪流满面地去抱国君的双腿，但他退开了。这天彼得身体不适，仪式一结束就直接回宫了。

节日才刚刚开始。叶卡捷琳娜向大天使大教堂出发，缅希科夫紧随其后，向民众投去金币和银币。多么讽刺！不久前他还被指控盗窃公款。晚上有盛大的宴会。殿前广场上的数千民众简直不知该吃些什么喝些什么，是去吃肚内藏烤小鸟的烤牛，还是奔向从伊凡大帝钟楼流出的两支涌向高空的红酒喷泉呢。幸福的是那些拿着杯子来的人。看着被焰火映照的夜空，许多莫斯科人内心的想法，如荷尔施坦因内侍弗·威·别尔赫格里茨日记中记载的一样："天命令人惊奇，它将生长于底层的皇后，推上了人类荣耀的顶峰。"

"卡捷琳努什卡，我心爱的朋友，你好!"

数十封彼得写给叶卡捷琳娜的信以此为开头，他们的关系很亲密。多年后，他们还在信中玩着爱情游戏，扮演一对夫妻：一个是抱怨自己年老体衰的老头，一个是他年轻的妻子。收到叶卡捷琳娜寄来的包裹，里面有他正需要的眼镜，他以饰品回赠："这正是我们各自需要的礼品：你寄来的是辅助我老迈的眼镜，我寄去的是装点你青春的饰品。"在另一封信中，像年轻时一样，充满对相会与亲密的渴望，沙皇再次玩笑道："虽然，我想与你相会，但是，你可能更想喝茶，因你 27 岁时，我早已遇见你，而我的 42 年，你却不曾参与。"叶卡捷琳娜对这个游戏很配合，以同样语调和"心爱的老头"开着玩笑，并"愤愤不平"道："您可不是什么老头!"她故意表现出对沙皇一会儿与瑞典王后交好，一会儿与巴黎轻佻女人们交好的行为很吃醋。对此，他假装委屈地回信："您这都写的什么呢，说什么我（在巴黎）会马上找女人，还说什么在我这年龄这可不太体面。"

叶卡捷琳娜对彼得的影响巨大，且与日俱增。她给予他的，是敌对复杂的外部世界所给予不了的。他是一个残酷、疑心重且难以相处的人，但是，有她在场时，他完全是另外的模样。她和孩子们是他无法摆脱的沉重国事中的唯一出路。当代人会想起令人惊奇的场景。众所周知，彼得深度忧郁发作时，常怒火大发，一路砸毁所有物品，并伴有恐怖的脸部抽搐和手脚发抖。荷尔施坦因大臣盖·弗·巴谢维奇回忆，每当内侍发现沙皇怒火的征兆时，便立刻跑去请叶卡捷琳娜，然后就会发生神奇的事："她开始与他聊天，她的声音立刻让他平复下来，然后，她让他坐下来，并抱住他的头轻抚着。这一切犹如奇迹，他在几分钟内就睡着了。为不打扰他的睡眠，她将他的头放在自己胸前，并一动不动地坐上两三个小时。他醒后就又精神焕发、精力充沛起来。"

她不仅能消除沙皇的狂躁，也清楚他的爱好、弱点与怪癖，而且能让他满足，让他欢喜，她能简单温柔地做令他开心之事。在得知彼得因为自己的"孩子"——"刚古特"船不知怎么被碰坏而难过时，她写信给在部队的沙皇，说维修成功后，"刚古特"回到了"自己的兄弟'列斯诺伊'身边，如今，他们重聚在一起，并肩作战。这样的情景，我曾亲眼看见，也为之开心！"不，不管是杜尼娅，还是安亨，都不可能真诚简洁地写出这样的信。然而老洗衣女工却知道，对俄国伟大的船长来说，这世上最珍贵的是什么。

蒙斯事件

近年来，老头与年轻妻子做游戏的信中，那些充满暗示的可疑的玩笑骤然变成了现实：彼得确实不行了。常年酗酒、不规律的生活、远航、征战，还有，如沙皇所说的频繁的"变动"、精神焦虑所带来的后果，终于爆发了出来。但是，他对叶卡捷琳娜的感情，不仅没有变淡，反而迸发出最后的强烈火光。1718 年夏，他焦虑地写道："这已是写给你的第五封信，而只收到了你三封信。有些怀疑，你为什么不写信。上帝，请多来信！""已是第八天没有收到你的信了，为此有些疑惑。"写于 1724 年 6 月 26 日的一封信，是最后的信件之一，反映出了沙皇的心理状态："只要一走进房间，就立刻想跑出来：没有你，到处都空荡荡的……"

突然之间，这些安宁闲适轰然倒塌。1724 年秋，沙皇发现了妻子的背叛，并得知其情夫的名字。1708 年，受命运的牵引，彼得安排讨人喜欢的青年威利姆·蒙斯——安亨的弟弟为自己亲信。这并不是偶然的，难以忘怀自己初恋的沙皇，希望身边能有一个人，能让他想起那亲切的面容。后来，叶卡捷琳娜的身边还出现了安亨的妹妹——莫捷斯塔（马特莲娜，嫁给了巴尔克）。1716 年起，威利姆成为皇后的侍从官，并从此官运亨通。1724 年春天起，他掌管叶卡捷琳娜的领地，升为高级侍从官，如丹麦外交大使所写："（他）是我所见过的最英俊优雅之人。"

1724 年秋，沙皇收到密告，蒙斯被指控受贿和滥用权力，此时沙皇对此还一无所知。但蒙斯被捕时搜出的信件令他大吃一惊，其中数十封是写给这位高级侍从官的谄媚信件。对他的称呼居然有："尊贵的先生，保护人"，"亲爱的朋友，兄弟"！而信下的署名有缅希科夫、总检察长雅古京斯基、省长沃伦斯基和切尔卡斯基、外交官彼·米·别斯图热夫－柳明、大臣戈洛夫金、普拉斯科维亚皇后和其他人！还有不计其数的礼品：马，金币，村庄和钱。背叛！所有人都知道这件事，在这个宠臣面前卑躬屈膝，却对他保持沉默，也就是说，大家都在等着他这个沙皇的死。

11 月 9 日，蒙斯被带到调查员跟前，由彼得亲手调查。据说，与沙皇对视后，蒙斯晕倒了。这个体格匀称、英俊不凡的 36 岁男人，列斯诺伊战役和波尔塔瓦战役的参与者，近卫军中尉，沙皇的侍从将官，并不是一个胆小的人。也许，他只是在彼得的眼中，看到他对自己死刑的判决。他轻率冒失，富有浪漫情怀，是经验丰富的女性追逐者，偶尔会为女士们写些小诗。在其中的一首中，我们可以读到预言般的表白：

> 我知道　我将因何而死
>
> 我勇敢地爱上　那
>
> 只应去尊敬的人
>
> 对她的爱　如烈火正燃烧……

审讯后没几天，他就被迅速送上了断头台。收受礼品的指控是可笑的，谁都知道他因何被处死。还有着阿列克谢王子事件血腥结局记忆的首都，再次受到了震慑。刽子手的斧头悬在了叶卡捷琳娜头上，所有参与背叛的人都遭到了残酷的惩罚：近侍女官马特莲娜·巴尔克、内侍伊万·巴拉基列夫、侍从官索洛沃夫及蒙斯的秘书斯托列托夫。一些近代人写道，彼得因嫉妒，与叶卡捷琳娜多次大吵，砸碎了很多镜子。而另外一些人则相反，说是在这段恐怖时期，他们在某次纪念会上，看到他开心且平静。也许，事实也是如此。易冲动的沙皇在经受考验之时，非常善于自控。而他的内心究竟如何，只有上帝知道！我们也无从得知，告别宾客回宫，穿过圣三一教堂，威利姆·蒙斯的头颅在教堂柱子的顶端茫然地望着他们，这时"亲爱的老头"和"心爱的朋友"心里都在想些什么。

"一切留给谁?"

必须承认，蒙斯一事让沙皇彻底颓废，再加上，令人痛苦的病魔长久地侵袭他的身体，没什么能帮助他缓解：未来一片黑暗。不过，从外表看来，似乎一切都没有变化，他还一如从前地处理着枢密院、高等法院及中央各机关院的繁杂事务——呈文、信件和法令，要为将来的战争训练海军，土耳其边境正传来使人焦虑的消息。

叶卡捷琳娜同以往一样，和丈夫一起出现在公众面前。但是，外国外交官们指出，她不如从前快乐了。那是当然的！沙皇在愤怒中销毁了1724年春天写下的对她有利的遗嘱。她了解他的性格，并多次见过，为了俄国的荣誉，他是如何践踏他人生命的。

而这些天里，沙皇正思索着俄国的命运、王位和改革。也许，都是些不容乐观的思考。他一生被背叛纠缠。那些他曾经最信任的人、曾经真诚地爱着并尊敬着的人，都背叛了他：安亨，"亲爱的兄弟"国王奥古斯特二世，盖特曼伊万·斯捷潘诺维奇·马泽帕，老朋友基京"爷爷"，蒙斯姐弟，最后还有叶卡捷琳娜。纵容并保持着沉默的，有"忠诚的仆人"，亲密的友人、战友，"忠诚的阿列克萨什卡"缅希科夫和大臣戈洛夫金，"国家之眼"雅古京斯基。全都是背叛者，每个人都只想着自己的利益，而谁会为俄国着想呢？

叶卡捷琳娜背叛一事的严重性超过了其余一切事情。其根本不在于对婚姻的不忠，因彼得本人直到老年，还沉溺于女色，身边有一堆的情人。叶卡捷琳娜对此一贯淡然，当时在法国、波兰或德国的上层社会很流行这些。在信中与"亲爱的老头"就他的情人们玩笑时，叶卡捷琳娜自信，沙皇的心是与她在一起的。

18世纪，女人的不忠也不寻常。有消息称，在某段时期，安娜·蒙斯既是彼得的情人，又是他青年时期的密友弗朗茨·列夫尔特（也是他介绍沙皇与安亨认识的）的情人。而与普鲁士外交大使凯泽林间的事则非常奇怪。1707年，凯泽林在请求彼得允许他迎娶安亨时，曾与缅希科夫发生过争吵，缅希科夫对凯泽林大喊大叫，说安娜就是个妓女，他自己就和她睡过很多次。事情发生时，沙皇就在现场，不过，他对此毫不理会，并对大使说，他教养蒙斯小姐，是为了自己娶她。

但是，对于皇后，作为王位继承者的母亲，要求是完全不同的。在国家、皇权和王朝面前，妻子的不忠是犯罪行为。也许，在叶卡捷琳娜背叛一事上，彼得的思想过程与王子被绞杀之夜的是一样的：当时，他让人转告阿列克谢，作为父亲他原谅他这个头脑不清的儿子，但是作为君王他无法原谅他，这就是他的命运。在蒙斯被执行死刑前，他也说了类似的话："我很遗憾要失去你，但我别无他法。"

而如今，思索着未来，他也许首次感受到了无尽的孤独，围绕在他身边的人，对他为之献出毕生精力、而今可能化为乌有的大业，既不关心，也不理解。谁将在他死后统治这个国家？叶卡捷琳娜，还是那一个个爬上她的床的混蛋？他那摄政皇姐索菲亚不就是这样做的吗？情人一会儿是瓦西里·戈利岑，一会儿是费多尔·沙克洛维特。不过，他未必想得到，可怜的威利姆·蒙斯开启了一系列怎样无耻下流的"夜晚皇帝"之路，独裁与宠臣掌权从来都是一体的。彼得下定了决心。

期待外孙

1724 年 11 月 9 日，如前所述，彼得与蒙斯见面，10 日清晨，他向荷尔施坦因公爵卡尔·弗里德里希派遣了副使安德烈·伊万诺维奇·奥斯特曼。这位德国北日耳曼公国领主在 1721 年就来过俄国，想寻求俄国的帮助，并求娶彼得的一位女儿，安娜或者是伊丽莎白。他等了很长时间，因为彼得怀疑联姻对俄国并无好处，且不忍与心爱的女儿分离，所以他迟迟不肯同意公爵与安娜或是伊丽莎白的联姻。蒙斯事件促使他下定了决心。11 月 24 日，沙皇和公爵签订了联姻协议。沙皇将 16 岁的大女儿安娜嫁给了卡尔·弗里德里希，但是，未来的夫妻二人"从即日起永久放弃本人及其继承人和男女后代对俄罗斯帝国领土、王位及其他一切权力的继承权"。与此同时，彼得签署了秘密协议，协议规定他有权将这段联姻中生出的男孩带回俄国（可以不顾其父母意愿），将他定为俄国王位继承人。

叶卡捷琳娜失败了。如今我们清楚，很多年里，她一直利用自己对丈夫的影响力，密谋反对自己的亲生女儿安娜。聪明漂亮的安娜一直是父亲最心爱的女儿，众多观察家认为，沙皇有过将王位传给她的想法。有事实表明，在彼得·彼得罗维奇王子猝死后，他签署了对安娜有利的遗嘱。叶卡捷琳娜为扫清自己上位的障碍，一直致力于将安娜嫁给某位外国王子。皇后最终达成所愿。1724 年春，在莫斯科，在她加冕前夕，彼得修改了遗嘱内容，获利者是他"心爱的朋友"，叶卡捷琳娜将成为他的继承人。

蒙斯事件将一切都改变了。法国外交大使康普乐顿在报告中写道：彼得疑心加重并更加残酷，他"因家人和仆人对他的背叛而焦虑不安。传闻，缅希科夫公爵和沙皇一直信任有加的少将马蒙诺夫业已失宠，其中还有沙皇秘书长马卡洛夫，当然还有皇后。她与蒙斯的关系众人皆知，虽然悲伤被她竭力隐藏，但在她脸上和举止中还是清晰可见。整个上层社会都绷紧心弦，等着她的结局"。与荷尔施坦因签订的协议及当天未婚夫妻的订婚仪式，解决了令彼得头疼的王朝问题，他大笔一挥，剥夺了背叛他的妻子的继承权，同时给了阿列克谢王子的儿子、9 岁孙子彼得·阿列克谢耶维奇王位之路。52 岁的沙皇期望可以再多活些年，等到心爱的安娜生出他梦寐以求的外孙，就将他带回俄国，作为自己的继承人。这是有可能的，因为，安娜在 1728 年 2 月 10 日确实生了个男孩——卡尔·彼得·乌尔里希。后来，姨妈伊丽莎白女皇将他召回俄国，并宣布彼得·费奥多罗维奇为俄国王位继承人。只是，彼得没有等到这一天，他注定等不到外孙的出生。死亡紧随背叛而来，再一次将所有的牌都打乱了。1725 年 1 月 28 日清晨，在身体与心灵的双重折磨下，沙皇去世了，继承人之事最终悬而未决。

悲伤之城

彼得之死震惊了全国（包括整个圣彼得堡），也在其他国家（不论是俄国的朋友还是敌人）的首都引起反响。统治国家 35 年之久的伟大国君逝世了。18 世纪时，人的寿命很短，活到 40 岁的人并不多，所以，大多数给沙皇送行的人，都是在他的统治期出生和长大的。随着他的死亡，结束的不仅是他漫长的统治时期，还是一整个时代。民众感觉到往日秩序将被颠覆。他虽然不算好，但他们已经习惯并适应了，只要想到未来不可避免的改变，他们就觉得难以承受。

这是全民的悲伤。别尔赫格里茨在日记中记载，近卫军们都像孩子一样，号啕大哭。"在那个早晨，几乎看不见一个没有哭过，或是没有因哭泣而双眼浮肿的人。"很快，沙皇之死传到了莫斯科。丧钟声将莫斯科人引到了教区教堂。当代人回忆称，宣读沙皇死亡公告时，底下哀号声极大，以至很长的时间里，都听不清宣读内容。这完全不是夸张，人们确实这样做了，这是他们的真实感受。昨天，他们还在诽谤沙皇和洗衣女工的婚姻，指责他的法令严酷，咒骂他的赋税，今天，他们真诚地为这位让全民从此失怙的国父之死号哭。

圣彼得堡全体居民都可以向伟大的死者告别，彼得的尸体将在冬宫追悼厅的"灵枢台"展出 40 天。贵族、奴仆、士兵、手工艺人、工人、商人，川流不息的人群，来与彼得大帝告别。人数如此之多，导致黑地毯都被踩坏了，不得不多次进行更换，静默的人们从黑地毯走过，走到棺前，去亲吻沙皇长有老茧的手。追悼厅以其冬日的奢华装饰和悲伤氛围，令所有人都感到惊讶。金壁毯、雕像、金字塔、镶金棺罩，这一切，对普通人来说，是幸福、无忧生活的象征，而如今，却披上了黑纱，在致哀烛光的微弱光芒中，笼罩着黑暗的悲伤。人们走近棺椁，看到改了模样的陌生的国父。从前，他总是在城市街道上奔忙，手执知名手杖，身穿破旧坎肩，踏着粗糙矮靴，脚上是妻子缝补过的袜子，而如今，他安静下来，让人无法认出：身材高大，身穿绣有花边的奢华长袍的他，躺在镶金棺椁中。已故之人的着装、棺椁和追悼厅的奢华都提醒着人们，不管君王在平常生活中是如何简单和不讲究，但"该是谁的就归谁"。皇后每日在棺椁旁长坐，双颊泪迹斑斑。整个圣彼得堡都看见了她的悲伤，这不只是上位者必须展示给公众的悲伤，叶卡捷琳娜是真的很伤心。3 月 4 日，发生了新的不幸：叶卡捷琳娜和彼得的小女儿，刚刚 6 岁的娜塔莉娅公主死于麻疹。她的小棺椁也被展出，以便进行最后的告别。

3 月 10 日清晨，大炮鸣射的响声宣告着伟大的沙皇开始了最后一次旅程。民众涌向宫廷沿岸。如一个同时代人所写，当天，先是下冰雹，然后大雪纷飞。天很冷，风很大，冬日的涅瓦河畔，一如既往地令人不适。

令人忧伤的恐惧

下午 3 点，装有彼得遗体的棺椁，因从门口抬不出，开始从冬宫的窗口搬出，沿着为此特建的台阶移到了滨河路上，48 位军号手和 8 位定音鼓手为其开道。涅瓦河畔，军号、定音鼓和军鼓奏响了哀乐。此时，群众中传来了号哭声。聚集在此的民众很多。整条滨河路、窗旁、房顶、已建成的横跨涅瓦河的桥栏杆旁，有成千上万的圣彼得堡民众聚集，他们热切地关注这在俄国历史上从未出现过的场景：沙皇的葬礼！告别的悲伤中，混杂着观众们对这罕见葬礼场面的好奇，几百位送葬者身着各色服装，参与其中。队伍非常庞大：前方是印有帝国所有领土国徽的旗帜，紧随其后的是各种雕像，其中，最具特色并最引人注目的是一座"雕像家"（正在雕刻的雕像家——笔者注），这是一个象征着改革、变革和庞大实验的雕像：伟大的沙皇正在生动地雕刻着俄国，就如皮格马利翁雕刻着加拉泰亚。

而最令人印象深刻的是庄严肃穆的宗教游行，上百位教会人士身着白色丧袍，神幡在风中飘荡，唱诗班的歌声凄凉忧伤。8匹身披黑纱的骏马拉着载有彼得金棺的灵车徐徐前行。最前方引路的领头马是沙皇的爱马，载着从旧都运来的皇权象征和沙皇得过的奖章：国家之剑、帝王权杖、球状权标、皇冠、近卫军"海军将军先生"荣誉勋章。在一群助手的陪同下，叶卡捷琳娜走在棺椁之后，脸藏在黑纱下。后面跟着的是沙皇的亲人、密友、内侍和仆人。这庄严肃穆、郁郁寡欢的行进队伍，无人不为之动容。军乐团奏出的哀乐，军鼓低沉的声音，定音鼓的重击声，宗教人士的合唱声，武器发出的光芒和叮咚声响，还有数十个香炉袅袅升起的烟雾，都让人心情无比压抑。涅瓦河上空传来教堂连绵不绝的钟声。所有的嘈杂和响声都在相同的时间间隔里，被炮声掩盖。这些射击声带给人忧郁不快的印象：在长达数小时的仪式里，从彼得保罗要塞，每间隔1分钟就传来有节奏的射击声。这些巨大有节奏的响声，如费奥凡·普罗科波维奇所记载，给人们注入了"某种令人忧伤的恐惧"。在火炬照耀下，棺椁送到了木制小教堂——在尚未建成的彼得保罗大教堂中。挂着钟表的尖顶大钟楼，高高地耸立着，大教堂的墙壁还没砌到成人的高度。这也象征着彼得时期的俄国——"未建成的殿堂"，如后来缅希科夫说的一样。

"啊，俄国人啊！这是怎么了？我们遭遇了什么？"

棺椁安置在搭建的台上，祭祷仪式开始。"圣父，圣子，圣灵，请恕免我们的罪！圣父，圣子，圣灵，请恕免我们的罪！"费奥凡·普罗科波维奇走在最前，并发表了"致彼得大帝悼词"。大主教一生中发表过很多此类演讲，但这是他历次演讲创作中最优秀的一次。以适中的声音、真诚感人的语调，他简短有力地向没有完全明白发生了什么事情的听众们传递出自己的情感："啊，俄国人啊！这是怎么了？我们遭遇了什么？我们眼下看到的是什么？我们正在做的是什么？我们正在为彼得大帝送葬！这难道不是幻象吗？或是我们梦中的幻影？啊，这是多么真切的悲伤啊！啊，这对我们是怎样的灾难啊！给我们带来无穷幸福与欢乐之人，将俄国从死亡中复活并推向强盛和荣耀之人，催生和教育出今日俄国之父，罔顾我们意愿，令人悲伤地永远离去了。"

费奥凡的演讲技巧高超，他号召大家回顾并思考，在这个教堂里正发生着什么，俄国正在埋葬谁。要知道，彼得是不可战胜的参孙，撕碎了瑞典雄狮的利嘴；是勇敢的航海家，在海上纵横如圣经中的雅弗；是智者摩西，制定了所有的法律；是公正的裁判官所罗门。同拜占庭皇帝君士坦丁一样，他为俄国制定了新的宗教体制。费奥凡在哭泣，听众们也在哭泣。然而，演讲者做出一个强健有力的手势，立即将死亡与生命分隔了开来。俄国人啊，回头看吧，费奥凡号召着，看看我们年轻的城市，还有我们战无不胜的军队！所有这一切，都与我们同在，而我们，这些孤儿们，并不是一无所有，"他那力量与荣耀的无尽财富与我们同在"，而这些，需要我们继续去发展，去巩固，这就是对彼得的最好怀念！

演讲中的新转折点，费奥凡献给了站在棺椁旁的皇后："你是他生活中的助手、女主人、皇后；你继承了他的王位、事业、势力和力量，那就别辜负你的伟大使命。"这些演讲词委婉表达了对一个一次性失去丈夫和女儿（娜塔莉娅的小棺椁被安放在彼得的棺椁旁）两人的女人的同情，同时号召大家更紧密地团结在皇座周围，其中也有对未来胜利的保证，因为"彼得并未完全离开我们"。祭祷至此结束了。叶卡捷琳娜被艰难地拖离要被钉上并盖上华盖的棺椁。旁边站有哨兵，沙皇的遗体和后来叶卡捷琳娜的遗体，会在此存放，直到 1733 年夏，特列吉尼设计的彼得保罗大教堂终于建成，沙皇才在教堂的地下墓穴中找到了最后的安息之处，身旁与其同穴的是他"心爱的朋友"。葬礼仪式结束，人们陆续离开教堂。所有火炮及武器发射出三声巨响，彼得从此成为历史。第二天，开始了平常的生活……

圣彼得堡的春天

葬礼结束后，圣彼得堡进入了春天，第一个没有彼得的春天。他一直在等待春天，因为春天是海上历险航行的开始。当春天来临而他不在城里时，彼得总会觉得忧伤。"为什么涅瓦河只有三个月的航行期。"1711 年，在普鲁特远航中，他带着戏谑的抱怨，给缅希科夫写信："我觉得，涅普顿一定对我很愤怒！因我从不曾为短暂的冬天开心过，虽然我对他始终全心全意，但他非常不喜欢我。"如今，涅普顿的朋友已经不在世了，涅瓦河解冻了，飘来了拉多加湖的冰，开来了第一批轮船，夏宫的树发出了新绿。叶卡捷琳娜第一次在没有"亲爱的老头"的陪同下，独自从冬宫搬到了夏宫。悲伤不会永无止境，生活总是在继续。尤其是在这令整个大地、人民和城市都感到愉快的春天里。

18 世纪 20 年代中到过俄国首都的旅行家们，无不为圣彼得堡的蓬勃生机与气势感到惊奇。1725 年，透过成片的建筑脚手架，去查看整座城市，它与俄国传统城市是如此的不同。长长的宽阔的街道，两边栽种了很多的树木，平整干净得让人吃惊。"沙皇，"外国旅行者记载，"下令每人都要铺设一段自家房子前面的路，并对砖头的形状和质量做了指示，如今，所有的街道都平整完好，宽阔匀称。"

城市的中心是彼得保罗要塞。其强大的防御工事还未砌上砖，但是，要塞已经武装良好，可以给予任何敌人反击。彼得死后，建设也还未完成。杰出的大师多梅尼克·特列吉尼是个行家，事情进展得很顺利，新的建筑已经矗立起来，彼得保罗大教堂的石墙也筑高了，将放有沙皇遗体的老教堂围了起来。在这一切的上空高耸入云的，是从远处就可以看到塔尖的镶金钟楼大教堂。只要愿意，人人都可以登上钟楼顶层，聆听钟楼的音乐声，浏览城市全景。

最令人难忘的，是正午的钟声。从阿姆斯特丹运来的机械大钟，敲响 11 点；之后，小号手和双簧管手的乐队演奏半小时乐曲；从 11 点半到正午钟声敲响前，鸣钟人和助手们一起弹奏"手工自编钟"。"音乐家们的演奏非常有趣，尤其对从未看过类似情景的人来说，"别尔赫格里茨记载，"可是，我自己是不会选择这种手艺的，因为它需要非常难且大力的动作。还没完成一段乐曲的演奏，人就已经满脸汗了。"

从钟楼广场可以看到怎样的景色啊！我想，如果我们沿着吱吱作响的楼梯登上高处，心都要为之震颤：强劲的海风扑上脸庞，注满整个胸腔，底下是我们早已熟悉的城市。它像个孩子，那活泼可爱的容貌，不会随着岁月的流逝消失不见，只会变得更加生动、坚强，而那份美丽可亲，则一如从前。

而那里，在涅瓦河，这条和英国宽阔的灰色泰晤士河相似的河对面，建成了一排属于达官显贵们的红绿相间的宫殿，这就是宫廷滨河路、圣彼得堡璀璨的门面。左边，在察里津草地，前面可以看见邮政大楼，是宴会和假面舞会举办之地。再往左，夏宫中已经长高的椴树在风中摇曳。这是彼得最喜欢的"园子"。里面的林荫小道路面平坦，不过，因河沙的关系，颜色有些发黄。喷泉在喷着水，绿荫丛中，白色的大理石雕像闪耀着光芒。

夏宫旁有个港口，即带蓄水池的排水渠，皇家轮船在里面轻轻摇晃着，上面镀金的装饰闪闪发光。干净透明的空中，传来商贸广场的喧闹声，这源于圣彼得堡城区一侧的一溜商场。这个圣三一广场，港口上有码头，欧洲各地开来的船舶在此卸货。此处风景如画，常让外国人想起伊斯坦布尔的沿海商贸区。右边，是一个椭圆形的绿色庞然大物：瓦西里岛。整齐的河道线路，在阳光下波光粼粼，纵横交错。河岸两侧的房子还没有连成片，但已经看得见街道和广场，如规划的一样，其实就是直接将规划图搬到了地面。再往远处去，陆地那边，海军部大厦后面，可以看见小树林中的叶卡捷琳娜宫，再后面，是蓝色的大海，从喀琅施塔得开来的轮船，扬着白帆，自由自在，令人悠然神往。

这个城市，就像一棵脆弱的小树苗，在伟大园丁的悉心照顾下，在森林和沼泽地中渐渐成长起来。虽然，有一天，春天来了，园丁不再向它走来，但是，它早已独立，深深扎根于土壤之中，那里除了苔草和灌木，曾经什么也没长。二十多年过去了，很多人作为圣彼得堡人来到这个世上，在这出生，甚至长大，所以，不管城市如何变化，它都是他们的故乡和家园，永远都是。第一位圣彼得堡人的伟大梦想，实现了……

"别碰我"

叶卡捷琳娜登基后，力求展示自己宽厚仁慈的执政风格。为证明这一点，她签署了赦免债务人、削减农民人头税、释放政治犯的法令。重返圣彼得堡的有已失宠的副大法官彼得·沙菲洛夫、马特莲娜·巴尔克和其他一些人。很多昨天还在接受调查的受贿者和盗窃公款者终于可以松一口气，脖子上套着的彼得绳索突然放松了。不过，其他一切，则一如从前。圣彼得堡依旧从容不迫，安安静静。春天，成千上万的工人来到这里，建设着首都及其近郊。多梅尼克·特列吉尼是城市建筑工程的总设计师，在他的指导下，建成了十二委员会大厦、海军医院、伊萨基辅大教堂①、大药房、冬宫附属建筑、缅希科夫宫殿。

叶卡捷琳娜没有废除丈夫的任何计划或是重大创举。彼得以来的所有节日和风俗也保留了下来。新船下水仪式尤为隆重。通常，彼得不只是单纯地出席，而是亲自主持这个责任重大、极具象征意义的仪式。新轮船，像彼得

---

① 这里应为特列吉尼设计的彼得保罗大教堂，伊萨基辅大教堂始建于1858年，1928年正式建成，建筑师为蒙菲兰——译者注。

时期一样，停靠在船台。轮船装饰有各色旗帜，甲板上摆有宴会桌子，仆人们忙碌着。祈祷过后，工人们放下托架，巨大的船体颤动了一下，然后动得越来越快，越来越快，最后，船头激起高浪，在礼炮声和民众的叫喊声中，轮船行驶在涅瓦河中。对伟大的轮船专家彼得来说，每一次，都是对他能力、计算精确度的考验，甚至，是对他命运的考验。轮船行驶着，有可能会翻船，或是沉船。俄国也是如此……

1725 年春天，还有一艘轮船建造完成，它从沙皇在世时就已开始了建造。轮船被命名为"Noli me tangere"，即"别碰我"。这个名字是想对敌人进行恐吓，如果敌人能读到的话。这是一艘非常漂亮的轮船，配备有 54 顶大炮。快艇和小艇载着盛装出席的宾客们，向轮船驶去。节日开始了，为庆祝又一个"孩子"（彼得对自己的轮船的称呼）的新生。女皇在驳船上观看整个仪式，船被裹上了黑纱（服丧期还未结束），停靠在海军部大厦对面。轮船绕行两圈后，她举起手中的杯子，宣布宴会开始，而本人则回宫了。彼得时期的新船下水仪式，通常都会变成恐怖的酗酒大会。沙皇一直不放喝醉了的备受折磨的宾客们回家。如今，主人离开了，整个宴会非常安静，并很快结束，晚上 9 点大家就各自散去了。可以看出，终究还是新的时代了。

新建的科学院

"我们祝愿，在上帝的帮助下，沙皇为之奋斗的一切事业，最终都能完成。"这是女皇发出的第一批政令中的一句话。多数人理解为，这是彼得时期政策将延续的保证。在她执政的前几个月里，似乎确实是这样的。最重要的一件事是圣彼得堡科学院的成立。彼得很早以前就想要成立科学院，并对这个俄国前所未有的全新机关进行了很多构思，在周游欧洲时向许多著名学者征求过意见。1724 年 1 月，出台成立科学院的法令，并给它拨款。俄国民众不需要出一分钱，科学院全部款项来自于爱沙尼亚港口收取的关税。彼得希望，科学院不仅是科研中心，也是教育机关，他将它看成是懂科学并担负

"教育年轻人"之责的"学者林"。总之，科学院不仅成了科研中心，也成了一所为俄国培养专家的大学。

彼得没来得及成立科学院，他用了整整一年时间与国外通信，因为俄国从没有专业学者，所有人都得从德国、法国和其他国家邀请过来，还要给他们提供相应的待遇，他们放弃了欧洲大学里的舒适职位，受到为科学和文明的福祉而工作的前景鼓舞，心甘情愿地来到这个在欧洲以"荒芜野蛮"著称的国家。他们相信了彼得的言论，作为欧洲最权威的政治家，他向他们保证将为他们的科研工作提供正常条件、高薪及科研创作所必需的科研独立。坐上轮船，从涅瓦河驶向遥远的城市时，彼得时期的航向从未有过失误。1724年冬至1725年春，到圣彼得堡的学者中，有一大批卓越的天才：数学家盖尔曼、哥德巴赫，物理学家比尔芬格、克拉夫特，自然学家鸠维努、威特布雷赫特、格梅林。其中还有些享誉世界的名字，如数学家丹尼尔·伯努利、莱昂哈德·欧拉和法国天文学家约瑟夫·尼古拉·德利尔，共有22位科学家到了圣彼得堡。从他们开始，科学院、俄国科学出发了。科学院成为他们的第二故乡，他们在此获得了荣耀、名誉和敬仰。他们本身的存在就为俄国——不再是一个没有科学的国家——赢得了荣耀，俄国不会忘记他们的名字。

现在，叶卡捷琳娜统治时期，坐落于圣彼得堡城区一侧（瓦西里岛上的珍品陈列馆已匆匆建成）的沙菲洛夫宫迎来了科学院启动的隆重时刻。女皇接待了第一批科学院院士，盖尔曼教授代表全体同事向她发表了热情洋溢的讲话，其明确的内容是：不仅军事上的胜利被彼得看作是俄国的荣耀，科学艺术的繁荣也是如此。如今，他已逝世，而她，尊贵的陛下，"不仅没有取消他的规划，反而以同样饱满的精力，以不负世上最强大女皇之名的慷慨，推动它继续向前发展"。外行的利夫兰农女坐在皇座上，完全听不懂拉丁语，看看身旁站着的同样外行的英国皇家协会会员、元帅亚历山大·丹尼洛维奇·缅希科夫，点头示意赞同，大家对彼此都感到满意，对正在进行的事情也感到满意。

皇座上的厨娘

新女皇无力治理国家，这对谁都不是秘密。关于一个厨娘能否治理一个国家的提问，早已有了对乐观者不利的答案。伟大改革家的"战地女友"从不是个通晓国务的人，也不曾想要成为这样的人。要成为这样的人，不仅要有生活的智慧和技巧，还必须有特别的天分，要知道并善于思考，有行动力和预见力。如同在轮船驾驶室，对着不懂算术运算的人，解释如何在星空下于波浪和礁石间行船是毫无意义的一样，对这个女人解释如何治理国家也是白费口水。所以，彼得从来不与妻子谈论政治机密，也不谈论俄国这艘巨轮的复杂航向计算。他认为，叶卡捷琳娜有另一番命运。

沙皇船长死了，但轮船还要前行。最开始时，没有船长的驾驶室里一片混乱，两位大人物争夺着掌权位置。第一位，当然是亚历山大·丹尼洛维奇·缅希科夫，他是彼得的亲密战友，也是彼得很多年的宠臣，他曾大力辅佐叶卡捷琳娜上位，如今想要获得一切：权力、地位、金钱和爵位。沙皇的死让特等公爵摆脱了因大量过失和偷盗公款被惩罚的恐惧。他自由了！他马上露出了本性——贪婪、极端虚荣、野蛮地强压他人，并自信地认为不会因此获罪。沙皇在世时，他一直试图隐瞒这些本性，但显然没有成功。

不过，叶卡捷琳娜身边的亲信中有人对特等公爵进行了反击，可惜未能成功。其中之一就是枢密院总检察长巴维尔·伊万诺维奇·雅古京斯基。他是个不懂分寸、自制力不强的人，热衷饮酒，喜欢在公众面前揭露社会缺陷和身边人的缺陷。作为枢密院的实际领导人，总检察长手上有不少文件，可以由此得知特等公爵做过很多不可告人之事，雅古京斯基将这一切都捅到了女皇面前。缅希科夫和雅古京斯基之间难看的争吵让奸党们感觉愉快，但让一会儿训斥这个，一会儿得训斥那个的女皇很伤心。

彼得·安德烈耶维奇·托尔斯泰对"重臣们"的钩心斗角非常关注。以他的年纪，早已见过世上各种事情，作为沙皇忠诚的仆人、秘密办公厅厅长，他非常有技巧地让女皇习惯只与他商量事情。他那详细巧妙的报告，有时能令女皇着迷，有时却让她瞌睡。所有其他的"首长们"——高级文官加夫里拉·伊万诺维奇·戈洛夫金、海军少将费奥多尔·马特维耶维奇·阿普拉可辛、炮兵总监雅科夫·维利莫维奇·波柳斯，都是跑龙套的，他们与彼得一起征战了三十多年，如今都在休养。

昔日胜利者内部的不和加深还有一个原因，是叶卡捷琳娜本人并没有完全放弃参政，在情绪的影响下，她偶尔试图干涉政事。不过，她的行为没带来什么好处。

固执的费奥多西

残酷的沙皇死后，他那无情的大棒不能再威胁到臣民们，感到松一口气的不止缅希科夫一人。自由的空气让人昏了头脑，这种让人迷惑的侥幸心态的第一个牺牲品是主教公会①副主席、诺夫哥罗德大主教费奥多西。费奥多西和费奥凡·普罗科波维奇一样，都是沙皇的亲密战友，支持他开创的所有事业，并被以上帝之名恕免所有的罪。彼得之死让费奥多西感觉从枷锁中解脱出来。他所有的罪恶都显露出来：粗暴无礼、高傲自大、虚荣心膨胀。1725年4月，因不满在非规定时间（女皇休息时间）禁止入宫一事，他制造了暴动反对叶卡捷琳娜。据之后审讯记录记载，他"吐出让人非常不快的话语，说他今后再也不踏进陛下的家"。晚上，他拒绝进宫，并"大发脾气"。

在宫中，曾经顺从听话、阿谀奉承的主教的此种行为被认为是"对叶卡捷琳娜女皇陛下名誉的侮辱"。调查立即展开了。调查组成员都是费奥多西昔日的朋友和酒友：彼得·托尔斯泰和安德烈·乌沙科夫。他们对自己的老朋友毫不留情。至于主教公会的成员，就更没什么可说的了：他们纷纷告密，说出了这位同事和领导让自己受的委屈，还有他有关沙皇贪淫好色和他妻子

---

① 东正教最高会议——译者注。

出身低微的冒失言论。费奥多西的悔过与辩解一点用都没有，他被判决死刑。不过，叶卡捷琳娜展示了自己的仁慈，将死刑改为幽禁在修道院的监狱里。

费奥多西变成了一个普通老头模样，改名为费多斯，结局极其恐怖。他被囚禁在阿尔汉格尔斯克庄园科雷斯修道院的地下监狱里，只留有窄小的窗口传递食物和水。在这种寒冷肮脏的环境中，费奥多西满身臭味地生活了好几个月。1725 年底，北方严冬时节，他被转移到了有供暖的修道小室，此处的门口也被石头封住了。1726 年 2 月，哨兵充满惶恐，因为费多斯没有领取食物，对他的召唤也没回应。在省长的陪同下，修道小室的门被打开：费多斯早就死了。坐上王位的女人向所有人展示，即使是在一个弱女子手中，皇权也不容怀疑，更不容蔑视。

荷尔施坦因的欲望，或好战的丈母娘

新政府的第一个严重考验，是所谓"荷尔施坦因危机"，缘于叶卡捷琳娜泛滥的情感。1725 年 5 月，彼得的服丧期被中断，荷尔施坦因公爵卡尔·弗里德里希和公主安娜·彼得罗夫娜举行了盛大婚礼。公爵个是微不足道的人物。他从小就被荷尔施坦因权臣巴谢维奇控制。和彼得女儿的联姻也是荷尔施坦因民众所需，为在瑞典王位争夺战（卡尔·弗里德里希是死于 1718 年的查理十二的侄子）和对丹麦的战争（在北方战争初期侵占了近半个公国领土——施勒斯维希领地）中，获得俄国的外交和军事支持。彼得待公爵如亲人，但除了一些含混的承诺，他从沙皇处什么也没听到。这并不是偶然的。彼得玩弄着复杂的多边政治游戏，其最终目的不是为了增强荷尔施坦因或者瑞典的实力，而是从双方的敌对中获益以增强俄国的实力。

但在 1725 年，一切都被颠覆了。"这个瑞典女人的统治，"丹麦驻圣彼得堡外交大使威斯特法连担忧地写道，"对丹麦，将是个大威胁！因为她的女婿是我们国王一直以来的敌人。"确实如此。以巴谢维奇和卡尔·弗里德里希为首的荷尔施坦因集团对叶卡捷琳娜一世有很大的影响。好战的丈母娘承诺将率军赴战。1725 年夏，大部分外国外交官都相信，俄国对丹麦的"复仇之战"即将爆发。军队被召集到圣彼得堡，士兵们已登上战舰。丹麦不共戴天的仇敌瑞典表现出不同寻常的积极性。7 月 23 日，紧张局势发展到了顶点：如众人预料一样，俄国轮船出海，远征哥本哈根。"大群"战舰整装待发——"燕子""雨燕""麻雀""山雀""红腹灰雀""鹬""啄木鸟"及其他五十余艘"鸟类"战舰，载有上千名士兵。

荷尔施坦因方面不断催促着叶卡捷琳娜，因而，在军事行动上，匆匆制订了哥本哈根登陆计划。但是，对于长期处于和平状态的战争机器来说，它的启动并不是件简单的事。与此同时，丹麦王国的首都陷入恐慌之中，开始为俄国的入侵做准备。惶恐的求助信寄到了伦敦——英国是丹麦的同盟国。

丹麦向伦敦发出的求助，最终结束了一场未成熟的冲突，阻止了被冲昏了头脑的丈母娘的冒险行为。英丹联合舰队，赶在俄国远征的轮船和战舰之前，先发制人地封锁了帝国最重要的海上军事基地——雷瓦尔（今塔林），而在递交的国书中，英国国王乔治警告叶卡捷琳娜，如果俄国打破了"北方普遍的平静"，英国舰队将禁止俄国轮船入海。在回呈的国书中，女皇傲慢地回复，"作为除上帝外，不受任何人制约，拥有绝对权力的女皇"，她将率领自己的舰队入海。不过，她并无决心兑现自己说的话，即使是彼得本人，也一直避免与英国人进行海战，双方实力实在悬殊太大。狂热渐渐平复，丈母娘召集的远征取消了，却给俄国的威望带来了巨大损失。

最高枢密院①

虽然叶卡捷琳娜试图在政治上发声，但是，受情感和任性影响，这常常是不合时宜的。女皇不懂也并不经常处理国事。她需要帮助，也得到了帮助。1726 年 2 月，成立了新的高等政府权力机关：最高枢密院。皇令中指出，最

---

① 1726—1730 年间，枢密院被称为最高枢密院。

高枢密院的建立"只为政府在国事艰难之时，委员会能忠诚公正地给予帮助，减轻负担"。换句话说，最高枢密院起到拐杖般的辅助作用，没有它，叶卡捷琳娜寸步难行。最高枢密院成立，还因为无论是内政上，还是对外政策上，整个政治局面需要一个可以深入研究普遍政治方向的机构。以前，这些都是由彼得亲自处理的，他脑中的大量的构思、计划和规划，随着他的死亡，全都无可挽回。如今，女皇的智囊团，在某种程度上，要弥补这个损失。

缅希科夫为最高枢密院的成立做出了大量贡献。1726 年 2 月 8 日，最高枢密院成立的相关法令颁布前夕，大批高官来到特级公爵的宫殿，希望可以在全新的高等机构中得到一个职位。他们都确信，这将是个待遇优厚且舒适的肥缺。亚历山大·丹尼洛维奇有任命职位的决定权。进入最高枢密院的人，大多数是彼得大帝的战友、1725 年冬叶卡捷琳娜的同盟：缅希科夫本人，高级文官加夫里拉·伊万诺维奇·戈洛夫金伯爵，副官安德烈·伊万诺维奇·奥斯特曼伯爵，海军元帅费奥多尔·马特维耶维奇·阿普拉可辛伯爵，最后，还有让缅希科夫头疼的，荷尔施坦因公爵卡尔·弗里德里希，他进最高枢密院是因为叶卡捷琳娜的坚持，她希望，心爱的女婿能逐渐熟悉国事。

令人意外的是，巴维尔·伊万诺维奇·雅古京斯基落选了。缅希科夫不想与这个爱捣乱闹事的人为伍。彼得大公一派的领导者之一，德米特里·米哈伊洛维奇·戈利岑的入选，让众人感到非常惊讶。缅希科夫需要戈利岑公爵，因为他不仅是个经验丰富的行政管理人员，也是皇座下贵族反对派中的权威代表。他的加入象征着佞党内部的和平。缅希科夫在贵族中寻求同盟者。女皇的健康不容乐观，亚历山大·丹尼洛维奇想在叶卡捷琳娜死前，为自己铺好路。叶卡捷琳娜出席了最高枢密院最初的一些讨论会，后来，她对此感到厌烦。最高枢密院开始独立处理国事，女皇只在他们的处理意见上签字表示同意。

"Petrus erat magnus monarcha, sed jam non est"①

1726 年，枢密院秘书长伊万·基里洛夫写了沙俄帝国事务现状概述，高傲地给其取了一个华丽的名字：《全俄帝国繁荣现状》。然而，"繁荣"二字不过流于纸面。真实状况与之截然相反。处理国事的枢密院大臣们，面临的众多复杂问题，均承自彼得时期。国家和人民为三次战争（瑞典战争、土耳其战争和波斯战争）付出了高昂代价。简单说来，为打造一支实力强大、人数众多、武装精良、能克敌制胜和扩张帝国领土的新军队，彼得使自己的国家一贫如洗。

一切均为上述目的。军队需要武器，所以建造了冶金厂和兵工厂。士兵们需要制服，所以开设了上百个纺纱、织布、制革、制鞋、制帽的手工工场，好在有免费劳工农奴在手。军队需要军费和军粮，所以征收了数十种名目繁多的货币税、实物税和赋役，从无名小卒到达官贵人，无人能逃脱。还有重要的一点，军队需要士兵，所以，残酷的税民兵役制，强征年富力强之人入伍。招募入伍的农民，从此与亲人永别，亲人们为他们伤心，如同他们已死去。近三十年里，在"一切为了前线，一切为了胜利"的口号下，整个国家都成为大后方。当然，这种绷紧的状态，不管是民众，还是国家的统治者，都经受不住。

更糟糕的是，在俄国，这一切最后总是摊在农民身上。1721—1724 年间，俄国发生歉收和饥荒，即使是最富裕的县也无法幸免，农民的处境更加困难。国民经济不断遭到破坏，成千上万的流民流落顿河一带和波兰，村庄空旷无人，巨额税费歉收，产生暴动与叛乱，这就是彼得后期的国家景象。叶卡捷琳娜上位前，改革的沉重后果就已不是秘密。但彼得当时还在位，他坚定地引领着国家巨轮向前行驶。他的权威是毫无争辩的，他的话语即是真理。他

---

① "彼得是位伟大的君主，但他已经不在了。"——法国外交大使康普乐顿。

对所有一切负责，他的臣民可以安枕无忧：沙皇知道该做什么，如何做，何时做，他们只需等待充满智慧的国父做出指示，完全不自作主张。

彼得去世，所有一切都改变了。叶卡捷琳娜占据空位，所有一切的责任落在了改革家沙皇昔日的战友们肩上。要知道，权力的重担不是一顶桂冠。对国事真实现状的认知，促使他们下定决心，改变彼得时期的政策。是的，彼得确实伟大，但他并不能预见改革的所有后果，他最终也可能犯错！枢密院大臣们，对自己也对他人，如此解释他们开始反对改革的动机。很多人都觉得不可思议：居然马上就开始推翻他们崇拜了多年的偶像。万不得已，缅希科夫及其同僚开始缩减税收，精简膨胀的国家机关，同时也开始考虑裁军，改善商贸条款。枢密院在政策问题上进行了连续不断的讨论。改革的疯狂步伐慢了下来，帝国巨轮开始平稳行驶。

但是，枢密院大臣们废除彼得时期的改革，终止令民众不堪重负的庞大建设，不仅是治国的必需，也是有意识地通过批判彼得时期的处事方法，来制定自己的政策，要知道，批判前人是最轻松的事情！他们逢迎对彼得不满的众人，以获得政治资本的积累。他们与其说是为国家着想，不如说是为自己，为自己手中的权力，为自己在世上的地位着想。

您好！您是我们的姨妈吗？

1726 年初，宫内充满流言蜚语：利夫兰女俘突然凭空有了亲人。他们的存在早已为人知悉。1721 年，样貌令内侍和警卫备感困惑的里加的农奴克里斯蒂娜就找过彼得和叶卡捷琳娜，坚称自己是皇后的亲姐妹。事实确实如此。叶卡捷琳娜和她聊了一会儿，赏了些钱，很快便打发她回去了。当时，彼得交给雅古京斯基一个秘密任务，在俄国的"利夫兰战俘"中，寻找某个叫萨缪尔·斯卡乌龙斯基的农民，然而，不管如何在乌克兰和西伯利亚寻找，都没有皇后大哥的踪影。1723 年，他被找到了，在利夫兰。根据彼得的命令，萨缪尔和他的孩子们被监视起来，禁止他们炫耀自己与皇后有关。一向作风民主的彼得，在给予叶卡捷琳娜的欣赏和福利上是有分寸的，并不准备惠及她的穷亲戚。虽然沙皇以吝啬闻名，但这倒不是为了节约，而是有另外的原因。叶卡捷琳娜的农民亲戚，会给王朝的声望带来损失，也给孩子们留下阴影。

女皇即位后，里加省长，元帅阿·伊·列普宁公爵上报，有个克里斯蒂娜找到他，控告地主对她的压迫，并请求安排其与姐姐会面，此时叶卡捷琳娜才想起自己的亲人。顺便提下，列普宁是个贵族，曾任军事委员会主席，在 1725 年 1 月那个知名的深夜，因支持彼得·阿列克谢耶维奇大公上位，被女皇罢免并派往里加。也许，他正在心里幸灾乐祸：作为"忠诚的仆人"，怎么能不关怀下"我们至圣至明女皇陛下"的妹妹？最初，叶卡捷琳娜很为难，下令给妹妹及其家人提供简单住处及大量的食物和衣服，从地主处将他们作为冒充者"严格拘禁"起来，并"派遣亲信之人监管他们，以阻止他们散布毫无根据的言论"，比如说，我们女主人公贫穷的儿童时代。

然而，半年后，抑制不住内心亲情的归属感，她将斯卡乌龙斯基家族所有人都召到了圣彼得堡，准确来说，是皇村，以远离居心不良者的好奇打探。可以想象，在当时还只是简单宫殿的皇村会发生些什么事！亲人非常多。除了大哥萨缪尔，过来的还有二哥卡尔和他的三个儿子、三个女儿，妹妹克里斯蒂娜和她的丈夫及两个女儿，共计不少于二十人。扔掉了草叉和挤奶桶，皇后的亲人们洗刷干净，开始学习就座、行礼、穿贵族服装。当然，学会说法语，甚至是俄语是不可能了，而且也不重要。1727 年初，他们全都成了伯爵，获得大片领地。在俄国的宗谱上，出现了新的斯卡乌龙斯基和肯德里科夫伯爵家族。事实上，有关女皇与家族很亲密的消息并没有流传……

日夜狂欢

叶卡捷琳娜忠诚地为国君服务了二十多年，处处投其所好，时刻不忘自己曾经的身份和他给她带来了什么。而今工作结束了。我们的女主人公成了拥有无限权力的庞大帝国的女主人，最重要的是自己的主人。从今开始，所有人都只为她一人服务，努力逢迎她的喜好，完成她的任性要求。可怜的四十多岁的灰姑娘，似乎预感到，这一切都将是短暂的，很快将会响起不祥的钟声，于是，她急于享受生活的乐趣：从舞会到大舞会，从丰盛的酒宴到像年轻时一样跳舞跳到筋疲力尽，从散步游玩到爱情游戏。

当时的外国外交大使们均确信，叶卡捷琳娜在公然挥霍着生命。1725 年春，康普乐顿指出，沙皇的服丧期只是形式上的。叶卡捷琳娜经常去彼得保罗大教堂，在彼得的棺椁旁哭一哭，然后就去狂欢。"这些消遣，是日复一日不分昼夜的，在花园里，和因职责所在留宫之人一起，饮酒作乐。"

必须说，女皇的品位并不高，消遣方式很粗俗：类似彼得时期著名的酗酒大会。在一群酷爱酗酒的人中，沙皇打发着自由时光，让心灵得到休息。但身体却因与伊万什卡·赫梅尼茨基（或用外语来说，巴克科斯）的持续抗争而愈见疲惫。这些战斗，远不是波尔塔瓦战争，沙皇经常被自己的"敌人"战胜。他"心爱的朋友"也继承了他的爱好。如果说在彼得的娱乐中，主角是著名的"教皇伯爵"尼基塔·佐托夫，那么叶卡捷琳娜时期，扮着同样角色的，就是"女修道院院长公爵夫人"娜斯塔西娅·彼得罗夫娜·戈利岑娜，一个侍从丑角、女酒鬼。从叶卡捷琳娜的出纳簿我们看到，女皇和缅希科夫及其他达官显贵们"吃得很油腻"，且全都"用大高脚酒杯喝英国啤酒，仆人给戈利岑娜公爵夫人端上另一杯酒（即第二杯——笔者注），杯底被女皇陛下放置了十张十卢布的纸币"。有人会问：这是什么意思啊？意思是这样的：要得到高大酒杯杯底的钱，只能一次性喝光整杯酒。公爵夫人与伊万什卡·赫梅尼茨基"作战"时是百折不挠的勇士，得到过很多次杯底钱财。的确，是有一次失败，公爵夫人没有成功喝完有五张十卢布纸币的第二杯红酒，就醉倒在桌子底下了。这就是叶卡捷琳娜和她的朋友们的娱乐消遣。

有一次，1726 年 4 月 1 日，女皇下令在深夜敲响警钟，当然，只为开个玩笑，因为白天还有狂欢！至于半夜从床上跳下，跑上街的衣衫不整的圣彼得堡人（众所周知，圣彼得堡没在日内瓦河畔），是怎么想亲爱的女皇的，我们在此不做猜测。狂欢对大多数民众来说是神秘的。节日里，叶卡捷琳娜总是艳光四射地出现在他们面前。在圣水祭①仪式上见过女皇的法国外交家记载："她身着银色的骑马装，裙上镶有西班牙金花边，帽子上的白色羽毛在风中摇曳。"在涅瓦河闪着白光的冰上，叶卡捷琳娜坐着豪华金色马车，从人群中驶过。"万岁！"从彼得保罗要塞到奥赫塔②，站成大方阵的军人们这样大声喊着。威势，荣耀，忠臣的欢喜，灰姑娘还需要什么呢？

哦，不！有时在享受完荣耀感后，女皇会下厨房，如杂志上所写，"亲自下厨做饭"。彼得是对的，有一次因为别的事情给她写信说："习惯，是另一种本性"，或者翻译成20世纪的语言，"习惯，是第二天性"。但是，厨房的闲逛和独处是极其稀少的。她的生活节奏越来越快。仿佛，女皇的节日永无休止。1726年，法国外交家曼阳讲述，女皇"永远开心地吃吃喝喝，通常不早于清晨四五点睡觉"。这样的生活即使是年轻人也受不了。没了威利姆·蒙斯，她又有了新宠——高级侍从莱因高尔德·古斯塔夫·列文沃尔德伯爵。叶卡捷琳娜如今谁也不怕了，日夜将情人留在身边。然而，情人受不了了：缅希科夫和巴谢维奇拜访过女皇这位温柔的情人，据法国大使记载，他"受够了永无休止的酒宴"。可怜的莱因高尔德伯爵！也许，大元帅是真的非常同情他！

然而，节日和纵酒突然之间停止了：叶卡捷琳娜生病了。她已经不能像从前一样跳舞了，双脚都浮肿了。经常发作的窒息、惊厥和寒热症状让她无法走出卧室。但是，她还是战胜了自己，起床出门喝酒跳舞了，然后，很快又要长时间病倒在床。显然，这样的生活，女皇坚持不了多久。1727年初，内侍们惊恐地猜疑着：明天会怎样？如果叶卡捷琳娜死了，他们该怎么办？

---

① 基督教洗礼前的水祓除仪式——译者注。
② 涅瓦河右岸的区域，得名于注于涅瓦河的奥赫塔河——译者注。

第二个忐忑不安地试图看清叶卡捷琳娜死后自己未来的人，是亚历山大·丹尼洛维奇·缅希科夫。

至死不渝的朋友

之前写过，叶卡捷琳娜和缅希科夫之间是老交情，在一起二十多年，他们之间的友情甚至比他人的爱情更为可靠，因为御马员儿子和利夫兰农女的相似命运而更加牢固。因沙皇特令，两人从当时阶级社会的底层升到了顶层，他们紧紧地相互支撑着，对抗着那些被挤出权力与财富中心之人、被挤下沙皇床铺之人的仇视和愤恨。困难之时，叶卡捷琳娜和缅希科夫都忠于这份建立在共同利益之上的友情。从一开始，亚历山大·丹尼洛维奇就机警地保护着沙皇与他的新情人之间的关系，努力关注着并避免彼得回到他的老情人安娜·蒙斯身边。沙皇和叶卡捷琳娜的关系对缅希科夫很有利，相反，他们关系的破裂将给他致命打击。要知道，彼得的身边可能会有另外的女人出现，而谁知道，她会不会对特等公爵唯命是从，能不能在他困难之时成为他的庇护者呢？而叶卡捷琳娜的帮助经常能救到亚历山大·丹尼洛维奇。他作为一个强大且高傲的大官，因被沙皇发现他欺骗、使阴谋诡计，多次经受过恐惧和侮辱。有什么罪恶可隐藏的呢？缅希科夫是个厚颜无耻、昧良心的盗窃公款者和小偷，当不可避免的惩罚之影靠近他时，皇后就会对他伸出友谊之手。她能说出让沙皇内心愤怒的冰块融化的话语，沙皇会再次原谅狡猾的宠臣。在这样的时候，爱好劝导训诫的沙皇常说："缅希科夫是私生子，他的母亲在罪恶中生下了他，在欺骗中丢了自己的性命。卡佳，如果他不改改的话，就太蠢了！""会改的，会改的，老爷！"也许，在明白沙皇的愤怒平复下来，丹尼洛维奇又一次安全了时，叶卡捷琳娜是这样回答沙皇的。

和沙皇一起在国外时，叶卡捷琳娜会给缅希科夫寄礼物，并附上亲密温柔的信："给您寄去了刚上市不久、最新流行的坎肩，这样的坎肩只有四位人士拥有，一件就是沙皇陛下（即彼得——笔者注）所有，一件是恺撒（奥地利国王查理六世——笔者注）所有，第三件是英国国王（乔治一世——笔者注）所有，第四件就是您的了。"作为老朋友，她知道怎样恭维这个梦想着拥有哪怕是小小的没落的公爵头衔的野心家！而他给予她同等的价值，在皇后面前鞠躬尽瘁，唯命是从。叶卡捷琳娜无须怀疑他的忠诚与可靠。与彼得出去远游或者进行危险的远征时，她将她在世上所拥有的珍宝——女儿安努什卡和丽扎妮卡，之后还有儿子小彼得，留给缅希科夫照看。没什么可担忧的，在富丽舒适的特级公爵府，在他女儿们的陪伴下，和他妻子达莉娅及小姨子瓦尔瓦拉的照看下，孩子们被全身心地关怀着。每次拆开圣彼得堡来信，叶卡捷琳娜都能得知，孩子们"一切均安，身体康健"。所以，很自然地，在彼得大帝死亡那晚的冲突中，老朋友将他的寡妻推上了罗曼诺夫王朝的最高宝座。

缅希科夫出手了，赢了

不到两年，大家就清楚了，俄国的皇座将再一次空下来。那谁将继承女皇的皇冠呢？有 3 位实际候选人：1725 年未能成功上位的 11 岁男孩，彼得·阿列克谢耶维奇大公；叶卡捷琳娜的两个女儿安娜·彼得罗夫娜和伊丽莎白·彼得罗夫娜。姐姐安娜·彼得罗夫娜已经嫁给了荷尔施坦因卡尔·弗里德里希公爵，所以她上位的概率很小。荷尔施坦因对俄国宫廷里特权的觊觎吓到了不少人。17 岁的美人，候选人伊丽莎白在公众眼里也不是很有说服力。彼得大帝的孙子彼得·阿列克谢耶维奇则是另外一回事。男性世袭、由祖传父及孙的俄国王位继承传统对他非常有利。所有不满彼得时期改革和叶卡捷琳娜一世统治的人，也都站在他这边，对他抱有好感，这样的人很多。而他们与日俱增的怨言，要求减轻国家沉重赋税和兵役的呼声，不得不顾及。

要将伊丽莎白推上王位，就如之前将她母亲推上去一样，即使对于强大的缅希科夫来说，也不是件容易的事。那时，1725 年 1 月，对于俄国民众来说，彼得大帝的死，如同惊雷。而叶卡捷琳娜，作为彼得的情人、战地女友，很自然地成了沙皇庞大舞台上的伟大事业的继承人。1725 年 2 月，法国外交大使康普乐顿在给路易十五的信中写到，士兵们含着泪，互相说"Nous avons perdu notre Pere, mais nous avons encore notre Mere"（"我们失去了国父，但还有国母"）。此时，作为 9 岁的小男孩，大公是比不上她的。但是，岁月流逝，大公长大了，他身边有很多的追随者。如今，1727 年春天，在女皇将来的葬礼上，已经不可能像 1725 年春天在彼得大帝的葬礼上那样把他塞到第六位了，当时这个有辱皇家血脉的细节，被在场的很多人看在眼里。

衡量过这些情形后，缅希科夫将宝押在了大公身上，开始了果断的冒险之旅。众所周知，亚历山大·丹尼洛维奇是个国际象棋迷，在办公室的幽静中，他喜欢与自己的客人们在琥珀棋盘（欣赏一下普鲁士国王送的礼物吧！）下一两盘棋。如今，最重要一局的时间到了，到了，棋子是一个个活生生的人。其目的不仅是要吃掉对方的王，并守卫自己的王，同时还要迅速将自己的小兵送到敌方阵地的最高处，成为王后，以此结束对自己有利的全局。

这个将成为王后的小兵，是特级公爵的大女儿，15 岁的玛莎。缅希科夫决定安排她与彼得大公联姻。有证据表明，亚历山大·丹尼洛维奇此种想法是奥地利驻圣彼得堡大使拉布京伯爵灌输的。他的话对缅希科夫很起作用，因为彼得·阿列克谢耶维奇是奥地利女皇伊丽莎白的外甥。奥地利在此问题上的支持对特级公爵非常重要。总之，拉布京只能对亚历山大·丹尼洛维奇的想法起推动作用，联姻在当时是政治斗争的知名手段，在欧洲宫廷内为此断头的人大有所在。缅希科夫也走上了这样一条路。女皇很快批准了大公与玛莉亚·亚历山大罗夫娜的联姻请求，为此，缅希科夫兑换了一个对自己及叶卡捷琳娜都有利的棋子。

事实是，彼得大帝的寡妻即使站在了死亡的门槛上，还是更关注玩乐和男孩们，不管什么心灵的救赎。有这么一个她喜欢了很久的男孩，他是和公爵女儿玛莉亚·亚历山大罗夫娜一起出现在公众面前的，并在 1726 年成了她的未婚夫，他是年轻、优雅、英俊的波兰贵族彼得·萨贝加公爵。缅希科夫发现，女皇总是非常赞赏地看他。事情就这样定了。亚历山大·丹尼洛维奇去叶卡捷琳娜处，两人秘密商谈许久。回家后，特级公爵禁止玛莉亚和未婚夫见面，而萨贝加本人，则被带进了宫。我们无法得知大元帅与女皇谈了些什么。也许，狡猾的缅希科夫是请求允许他的小女儿亚历山德拉与11岁大公的联姻的。可以想象得到颇有默契的两人之后的谈话："为什么是亚历山德拉，而不是玛莉亚呢？""玛莉亚已经和萨贝加订婚了。""那又怎样？"丹尼洛维奇点头同意："好吧。"

说实在的，类似的可能的对话，消息灵通的丹麦大使威斯特法连就有记载："女皇直接将萨贝加从公爵女儿处抢了过来，让他成了自己的情夫。这给了缅希科夫机会，说出另外一桩自己女儿与年轻王子的体面婚事。女皇很多方面都得感谢缅希科夫，他是她心灵深处的老朋友。"是他介绍她这个普通的女仆给彼得认识的，"之后，为沙皇承认她是自己妻子一事，费了不少力"。马尔塔如何拒绝得了他！

口袋里的石头

缅希科夫的狡猾计划令同派的同僚们非常不喜。达成了自己女儿与未来王位继承人间的联姻，特级公爵抛弃了那些在1725年曾经一起将叶卡捷琳娜推上王位的人，让他们听凭命运摆布。彼得·安德烈耶维奇·托尔斯泰尤为焦虑。秘密办公厅厅长的手中，有许多权力密线，其中有一个被拉动并拉紧了，托尔斯泰预感到了危险的来临：彼得二世上台，对他这个阿列克谢王子的无情审讯人和刽子手来说，是权力的终结，可能，也是生命的终结。其他"彼得巢中的孩子们"也为自己的未来焦虑不安：在1725年1月那个知名的夜晚，将近卫军带进宫的伊万·布图尔林将军、圣彼得堡警察总长安东·德维尔、枢密院总检察长格里戈里·斯科尔尼亚科夫-皮萨列夫，在看到特级公爵将自己女儿嫁给大公，与"大贵族们"联合在一起时，他们知道被背叛了。

托尔斯泰、荷尔施坦因公爵及其妻子安娜·彼得罗夫娜公主和一些其他人，试图劝说叶卡捷琳娜拒绝缅希科夫，并将王位传给伊丽莎白。但女皇意愿已定。而缅希科夫也没有不作为，他行动了，并且非常果断。有一次，在和法国外交大使康普乐顿聊天时，他坦率地说："彼得·安德烈耶维奇·托尔斯泰是一个在各方面都很精明的人，无论何时与他打交道，都会想在口袋里放块大石头，在他想要咬人时，就可将他的牙敲碎。"然而，亚历山大·丹尼洛维奇手还没那么长，没法马上扔出这块石头，首先，他需要织一张严密的网，而特级公爵这样做了。

有一次，从叶卡捷琳娜房里出来后，他以她的名义，下令逮捕了说自己坏话的内弟德维尔。并当即成立了唯缅希科夫之命是从的调查委员会。德维尔被拖进了刑讯室，进行了拷问，之后，他招供出自己的"同伙"，其中就有托尔斯泰。目的达成了，老狐狸落网了：他被捕了。1727 年 4 月 26 日，开始了对他的审讯，而直到 5 月 6 日，缅希科夫才向女皇报告，"造反者的阴谋"被成功揭穿了。同一天，在死前几小时里，叶卡捷琳娜签署了特等公爵早已备好的法令，剥夺"阴谋家们"的官位、封号、财产，对他们处以绞刑或流放。安东·德维尔被流放到西伯利亚后，他的妻子安娜·丹尼洛夫娜——缅希科夫的妹妹——被发配到了农村。不管她怎样哀求宽恕，都没有一点用：哥哥完全不容商量。值得注意的是，在决定托尔斯泰命运的委员会里，有一个贵族集团首领端坐其中：德米特里·米哈伊洛维奇·戈利岑公爵。

缅希科夫获胜了。但是，在 1727 年 5 月，他还不知道，这次皮鲁斯式的胜利，只持续了 4 个月。之后，他得到了同托尔斯泰一样的命运，两人死于同一年——1729 年，托尔斯泰死在索洛维茨修道院的单人囚室里，而缅希科夫死在荒无人烟的西伯利亚流放地别廖佐夫。

酒神女祭祀的结局

"女皇身体非常虚弱，变得几乎无人能认出来"，1727 年 4 月，法国外交家曼阳这样写道。所有人都很吃惊，复活节第一天她竟然没有到教堂，也没有设宴庆贺自己 4 月 5 日的生日，太不像我们酒神女祭祀的性格了。4 月底开始，缅希科夫在宫内寸步不离，得时时照看女皇。经验丰富的医生警告特级公爵，病人的状态已无药可救。亚历山大·缅希科夫完全不想濒死之人最后的时间用在安宁、祷告和忏悔中。作为一个忙碌、虚荣、贪钱、好高官大权的人，他每天多次呈上需要她签署的法令。病弱无力、失去自由的女皇在他的全权掌控之中，绝对服从地签署了所有文件，寄望忠诚的丹尼雷奇会更清楚该怎么做，做些什么。所有这些文件都是为了保障他——特级公爵在未来可以安枕无忧。

叶卡捷琳娜遗嘱的起草是缅希科夫最关心的事。这方面有很多问题。女皇在满足丹尼雷奇所有愿望的同时，也想保护自己的女儿们。受到特级公爵阴谋的惊吓，安娜和伊丽莎白跪求母亲取消彼得大公与公爵女儿玛莉亚·亚历山大罗夫娜联姻的决定。然而，丹尼雷奇意志非常坚定。他只愿做出小妥协：大公将成为王位继承人，但是，如果他死后无子，则继承权将转到安娜和她的继承人身上，之后是伊丽莎白。除此之外，缅希科夫承诺给予公爵夫妇大量钱财，确保他们在荷尔施坦因生活无忧。以前，他就公然排挤年轻夫妇，赶他们回远离圣彼得堡的卡尔·弗里德里希的家乡荷尔施坦因基尔。现在，在女皇生命的最后几天里，他让所有人都明白，这个问题已经彻底解决了。

女皇已经不管这些了。她在和急于离去的生命抗争。死前不久，她突然想要在圣彼得堡春天的大街上兜兜风，但她很快就回去了：没力气了。1727年 5 月初，女皇彻底卧床不起。据说，在死前几个小时，她梦到与内侍们围坐在桌子前，彼得的身影突然出现了，他向"心爱的朋友"招手，让她过去，然后，他们一起飞向空中。女皇向大地看了最后一眼，在喧闹不宁的人群中，看到了女儿们。但一切都没法改了，只能希望丹尼雷奇不会欺骗她……1727年 5 月 6 日晚上 9 点整，在世 43 岁零 1 个月，在位 2 年零 3 个月又 1 星期的叶卡捷琳娜逝世了。灰姑娘的童话结束了。

第二章
来自米塔瓦①的可怜亲戚：安娜·伊万诺夫娜

混乱幽灵

对很多莫斯科人来说，1730 年 1 月 19 日的夜晚，是一个无眠之夜。在沙皇官邸，坐落于亚乌扎河河畔的列佛尔托夫斯基宫，俄国君主彼得二世·阿列克谢耶维奇沙皇逝世了。1 月 6 日，在莫斯科河的冰面上参加受洗仪式节日时，他患了严重感冒。很快又在感冒的基础上，患上了天花——一位先祖时代的常客。沙皇说着胡话，发烧加重，1 月 19 日深夜，已是垂死之态。守着病床寸步不离的医生、牧师和内侍们，对自己的统治者已是无能为力：彼得二世在昏迷中死去了。据同时代人记载，他最后的遗言是："套好车，我想去找姐姐。"沙皇的姐姐，大公女儿娜塔莉娅·阿列克谢耶夫娜死于 1728 年秋。

对俄国来说，1 月 19 日之夜是恐怖的一夜。死去的不仅仅是沙皇、独裁君主、本应活很久的 14 岁小男孩，死去的是起源于创始人和第一位沙皇米哈伊尔·费奥多罗维奇的罗曼诺夫王朝的最后一位男性直系后裔，死去的是阿列克谢·米哈伊洛维奇的曾孙、彼得大帝的孙子、阿列克谢王子的儿子。谁将继承王位？当夜在列佛尔托夫斯基宫的每个人都在想这个问题。国君死后没有留下直系继承人的事情，在俄国历史上发生过不止一次，王位空缺的恐慌席卷了全国。17 世纪初"混乱时期"的恐怖记忆还没有消散，当时费奥多

---

① 叶尔加瓦的旧称——译者注。

尔·伊万诺维奇死后无子，伊凡雷帝最后一个儿子德米特里王子神秘死去，开始了骇人听闻的王位争夺、内战、破坏和掠夺。据同时代的人说，当时的俄国人都"极度沉寂"。所有人都感觉，天马上就要跌入这深陷罪恶的俄国大地，俄国将不复存在。

1682 年春，没有儿女的沙皇费奥多尔·阿列克谢耶维奇死后发生的事情还让人记忆犹新。当时，射击军受索菲亚公主的教唆和指挥，冲进刚选出的 10 岁的彼得一世沙皇的追随者们的家中，杀掠一空。还有 1725 年 1 月的记忆犹在，同样未留下遗嘱的彼得一世的死亡，几乎引起了朝廷各派的公然冲突。而现在，5 年之后，混乱的幽灵可能再一次从坟墓中爬出。在 1730 年 1 月 19 日的夜里，在莫斯科的列佛尔托夫斯基宫，沉睡中的对一切都还未知的庞大国家俄国的命运已经被决定了。

彼得二世身后既没有继承人，也没有遗嘱。1727 年 5 月，在缅希科夫的扶持下登基的 12 岁男孩听取了特级公爵暗中的敌人们的建议，在同年 9 月就摆脱了缅希科夫，罢免了他的官职，把他流放到了西伯利亚。年轻的彼得有着与年龄不相符的高大魁梧的身材，很早就是当时"黄金青年"坏团体中的一员，和有毫无品德之名的年轻大公伊万·多尔戈鲁基公爵交好。1728 年初，搬入莫斯科的宫中后，彼得彻底沉迷于娱乐，疯狂迷恋野外狩猎。很难说，如果彼得二世不是在 14 岁就死了，而是活更长时间的话，等待俄国的将会是什么。当然，个性改变、性格改善都有可能，但终究难以摆脱原有的性格，在彼得二世身上可以预见，俄国将有个像法国国王路易十五的沙皇——一个奢淫无耻的象征。

然而，命运有另外的安排，所以，1730 年 1 月 19 日深夜在宫中的人们，备受折磨地想着同一个问题：谁将登上王位？会不会是彼得和叶卡捷琳娜一世的后代，他那个 10 岁的女儿伊丽莎白·彼得罗夫娜，或是两岁的外孙卡尔·彼得·乌尔里希——当时已逝的安娜·彼得罗夫娜和荷尔施坦因公爵卡尔·弗里德里希的儿子？也许，像最后一个来自古老的留里克王朝的沙皇去世后一样，一个新王朝将诞生？多尔戈鲁基公爵一家梦寐以求的，正是最后这个。他们也是留里克的后代，虽然是旁系，且几乎从未得到过重视。只在彼得二世短暂的执政期内，因伊万·多尔戈鲁基的受宠，他们才攀上国家首位，并获利良多：财富、权力和高官。宠臣的父亲阿列克谢·格里戈里耶维奇尤为成功。他持久地讨好年轻的沙皇，力求促成他与自己的女儿——伊万的妹妹——叶卡捷琳娜·阿列克谢耶夫娜·多尔戈鲁卡娅公爵小姐的订婚。1729 年 11 月 30 日举行了盛大的订婚仪式，婚礼定在了 1730 年 1 月 19 日。似乎，马上，很快，多尔戈鲁基家族就要与沙皇家族结亲，让所有敌人和心怀恶意的人都望尘莫及。当得知准未婚夫沙皇得了绝症时，他们是多么绝望啊！一定要做些什么！

因此，1 月 18 日，在阿列克谢·格里戈里耶维奇·多尔戈鲁基家中，他的亲人们聚在一起召开了秘密会议。经过短暂的争论，他们伪造了一个遗嘱，准备在彼得二世逝世后马上宣读。据遗嘱内容，沙皇似乎要将王位传给自己的未婚妻，叶卡捷琳娜·阿列克谢耶夫娜·多尔戈鲁卡娅公爵小姐。伊万·多尔戈鲁基公爵竟然代沙皇签署了其中的一份遗嘱。多尔戈鲁基家族怎么敢这么做？要知道，他们从来不是什么天真的老实人，伪造遗嘱犯的是严重的国罪，永久流放西伯利亚是最轻的惩罚。我们不清楚，究竟是什么推动着他们这样做，是轻率、无耻和自信可免罪，还是绝望。不过，流传至今的同时代人的观点认为，多尔戈鲁基家族没有特别聪明的人。众所周知，在政治上，这种品质是非常重要的。

幸福的妥协

彼得二世死后，最高枢密院，即最高执政机关聚到了列佛尔托夫斯基宫。除了以下 4 位枢密院大臣——首相加夫里拉·伊万诺维奇·戈洛夫金伯爵，德米特里·米哈伊洛维奇·戈利岑公爵，阿列克谢·格里戈里耶维奇·多尔戈鲁基公爵和瓦西里·卢基奇·多尔戈鲁基公爵，受邀而来的还有两位元帅：

米哈伊尔·米哈伊洛维奇·戈利岑公爵和瓦西里·弗拉基米罗维奇·多尔戈鲁基公爵，同时，还有西伯利亚省省长米哈伊尔·弗拉基米罗维奇·多尔戈鲁基公爵。总计，7位大臣有2位来自戈利岑家族，4位来自多尔戈鲁基家族。

会议一开始，阿列克谢·多尔戈鲁基公爵就将彼得二世的"遗嘱"摆上了桌。但是，多尔戈鲁基这个自以为聪明细心的主意，马上就失败了。沙皇的准岳父没有得到支持，戈利岑，甚至多尔戈鲁基元帅都不支持他，这位老军事首领说的话分量很重。这件早已酝酿成熟的荒唐之事，突然被打断了。最具权威、最富生活经验的最高枢密院成员，德米特里·米哈伊洛维奇·戈利岑开了口。他的发言简短有力，反驳了多尔戈鲁基家族的自以为是，表示"需要从显耀的罗曼诺夫家族挑选，而不是其他任何家族。由于这个家族以彼得二世为代表的男性后裔完全没了，我们只能从女性后裔中去寻找……从沙皇伊万的女儿中选取一位"。

伊凡五世，彼得大帝的哥哥和1682—1696年间的共同执政者，身后有3个女儿：梅克伦公爵夫人叶卡捷琳娜，库尔兰公爵夫人安娜，普拉斯科维亚公主。戈利岑推荐其中的安娜为女皇，这个意外的推荐让所有与会人员都感到满意，不管是受了委屈的多尔戈鲁基几人，还是其他害怕彼得一世和叶卡捷琳娜一世的后代上位的大臣们。所以，德米特里这个选择让大家都无法反驳：安娜是个寡妇，但还是适婚年龄，可以生育出继承人，且最重要的一点是，"她生来就是我们当中的一员，母亲来自于俄国古老贵族家庭（对出身寒门的瑞典人叶卡捷琳娜一世的攻击——笔者注），我们了解她的心善和其他优秀品质"。

枢密院大臣们仔细地听取了德米特里公爵的意见：候选人是已寡的库尔兰公爵夫人，对所有人都是个完美的选择。在朝廷各派系的算计中，安娜完全是个微不足道的人，谁也不怕她，正相反，大家都希望在她执政期间得到更多好处。"我们的女皇安娜·伊万诺夫娜万岁！"多尔戈鲁基元帅首先喊出，其他人相继响应。后来,这位老战士,也许多次责怪自己的急躁,并责骂自己的喜悦:他被指控损害了女皇陛下的声誉,安娜夺去了他的所有职位和封号,并将他监禁在要塞长达 8 年之久。

但是,德米特里·米哈伊洛维奇还没有结束自己的演讲,等到大家安静下来,他说出了让与会人员惊讶地张开嘴并陷入沉思的话。

枢密院大臣们的企图

确实需要好好想想。戈利岑公爵指出,需要"放松自己,放宽思维",为了最高枢密院的利益,应限制新女皇的权力。德米特里·米哈伊洛维奇限制皇权的想法有很久了。身为一个聪明、有文化修养的人,戈利岑涉猎广泛,常进行比较和反复思索,与学者交好。他见多识广,曾任驻伊斯坦布尔大使、基辅省省长、财政部部长、枢密院成员、最高枢密院大臣。他亲身经历了颠覆国家生活的彼得改革。德米特里·米哈伊洛维奇看到了彼得打造的明显优势,然而,身为年纪不轻的显贵出身高官(出身戈季米诺夫家族),他讨厌彼得和他那些从底层提拔上来的人,如缅希科夫、雅古京斯基、叶卡捷琳娜对"世袭贵族""名门望族"的轻慢侮辱态度。就是德米特里本人,活了这么多年,也受过多次侮辱和恐吓。

1723 年,发生了轰动一时的彼·巴·沙菲洛夫渎职事件。戈利岑接受调查,被解除了所有职务并监禁在家。据荷尔施坦因公爵的内侍官弗·威·别尔赫格里茨日记记载,有一次,他的主人卡尔·弗里德里希走进叶卡捷琳娜房间,看到"前财政部部长,现任枢密院成员,戈利岑公爵,匍匐在皇后陛下的脚边,磕了好几个头,恭顺地感谢她在沙皇面前对自己的庇护——沙菲洛夫事件中,他和多尔戈鲁基公爵两人被判处了 6 个月的监禁,并已坐了几天牢,但这一天,应皇后的请求,他得到了宽宥"。这种事情,当然是难忘的。

如今,随着彼得二世的逝世,突然出现了可以彻底扭转"名门望族"现状的机会。戈利岑提出安娜这样明显弱小的王位人选，同时她的权力还将受到主要由"名门望族"出身的贵族高官组成的最高枢密院的限制，这让戈利岑家族和多尔戈鲁基家族都感到满意。这让他们忘却了彼得二世执政期间及其以前两大家族之间的敌对和竞争。说实话，谨慎的瓦西里·卢基奇·多尔戈鲁基有所怀疑："即使开始了，也未必保得住！""真的，能保住！"德米特里·米哈伊洛维奇自信地回答，并提议用专门的条件，要新女皇签订"条款"，来巩固对沙皇权力的限制。

此时发生了意外：枢密院大臣召来书记官，挤在他的办公桌前，互相打断地口述着条约。可怜的小官吏被这群嗜权老头的激动和毫无掩饰的贪婪弄得不知所措。他不知道要听谁的，所以，他手中的草稿被人夺走，大臣们一个接一个地坐在桌前，不到一小时，就将条款准备好了。他们禁止女皇在未得到最高枢密院允许的情况下直接发动战争，规定税收，支配公款，赏赐他人村庄、官职，指挥近卫军和军队。"如果这些承诺未能得到执行"，文件以此结束，"则将被剥夺俄国的皇冠"。

1 月 19 日晚，瓦西里·卢基奇·多尔戈鲁基和德米特里·米哈伊洛维奇的弟弟米哈伊尔·米哈伊洛维奇·戈利岑匆匆赶去库尔兰。他们给安娜·伊万诺夫娜送去了条约。

"莫斯科！莫斯科！"

而我们的女主人公在做什么？1730 年 1 月 19 日夜晚，37 岁的库尔兰公爵夫人安娜·伊万诺夫娜，像往常一样，已经安睡了。而早上醒来，她就成了世上最强大的国家之一的统治者——俄国女皇。不过，在这个早上，第二天早上，以及之后一些日夜里，她还不清楚自己的既定命运：大雪覆盖的宁静的米塔瓦，在今拉脱维亚境内，是德国库尔兰小公国首府，距离莫斯科实在太远了。

几天后，1 月 25 日晚，最高枢密院代表团才到达米塔瓦，邀请安娜回国即位。她立即接待了莫斯科的使臣。瓦西里·卢基奇公爵向走入简朴的接待厅，走向他的公爵夫人宣布了彼得二世的死亡和选举她为女皇，当然，如果她同意签署"条款"的话。安娜·伊万诺夫娜"表达了对陛下去世的深切悲伤"，瓦西里·卢基奇在给莫斯科的报告中写道："然后要求给她朗读条款内容，听完后，亲手签署'我在此承诺，将毫无例外地接受所有条款。安娜'。"

多尔戈鲁基的信件是纯公文信件，没有反映出上述情况下他的心理状态。我想，作为一个在早前的会面中就对公爵夫人有所了解的经验丰富的外交家，瓦西里公爵对此并不太过担忧。他受最高枢密院委托，口述了条款：想要的话，就签了条款做女皇，不想的话，就继续将公爵夫人做下去。反正你还有两个姐妹，她们未必会拒绝皇冠。

我们不清楚安娜本人的心情。但是，却知道她有整整一天一夜的时间来考虑所有事情。从多尔戈鲁基处听到的事情，对她来说并不是什么新闻。尽管莫斯科的关卡加强了戒备，但信使携带安娜的老朋友卡尔·古斯塔夫·列文沃尔德的急件冲出了首都，他最先告知了她莫斯科发生的事情。

不管是当时，还是成了手握大权的女皇以后，她从未怀疑过自己继承王位的权利：身为公主、沙皇的女儿，她是来自古老家族的母亲婚内生下的孩子。以沙皇血统的纯度来说，安娜确实是最好的一个。难怪她后来幸灾乐祸地取笑瑞典洗衣工叶卡捷琳娜的女儿伊丽莎白和她那许多不久前还光着脚的亲戚：斯卡乌龙斯基家族和肯德里科夫家族。而且，安娜一直记得疯修士季莫菲娅·阿尔西贝恰嬷嬷的预言，当时她还是个小女孩，她被预言将会戴上皇冠，登上王位。和同时代的人一样，迷信的安娜对这些神秘黑暗的疯言疯语非常关注：要知道，它们能预知未来。而在历史的曲折道路上，有时，有些事情令人意外地与预言相合。

不过，重要的是，一切还有另外的原因：只要能逃离米塔瓦，摆脱多年贫穷、二流的无聊生活，安娜愿意签署任何文件，哪怕没有权力，至少享有尊敬、富足、安宁。她太想在钟声、礼炮声以及昨天还将伊万沙皇的女儿互相搞混的民众的欢呼声中，头戴皇冠，走出圣母升天大教堂。她当然不会放过这个突然降临的奇妙机会。离开，永久离开米塔瓦的日期，安娜·伊万诺夫娜定在了 1 月 29 日。

公主，沙皇的女儿

沙皇一行沿着大雪覆盖的道路，一路驶向东方，驶向俄国的深处。瓦西里公爵如刻耳柏洛斯一般，寸步不离女皇身边，甚至与她同乘一辆雪橇。他害怕安娜得知枢密院大臣们的密谋。路上走了两周时间，足够欣赏冬日的自然景观，遭遇路上的所有不便，回忆全部的过往生活。现在正是做这些的时候，因为安娜又一次面临着自己人生的转折点。

她的生活并不顺利。她被他人的强权摧残，一直屈从他人的利益，活在恐惧、屈辱、贫穷之中，没有温情，没有家人。而最开始的时候，她也曾是充满喜悦幸福的：1693 年 1 月 28 日，沙皇的女儿在克里姆林宫出生。流传至今的富丽堂皇的克里姆林宫和教堂，呈现出一种惊人之美，按照当时的说法，是包围着新生儿的"宏伟壮丽"。闪耀着的金银、色彩鲜艳的壁画、印有金纹的皮革、东方地毯、黄色、浅蓝色、天蓝色、大红色、紫红色、深红色、暗红色，一起交织出不可思议的美景，营造出一种节日、天堂的氛围。不过，众所周知，世上早无天堂，克里姆林宫里的生活和乡下没有烟囱的木屋里的生活，爱与恨，饥与饱，病与死，都遵从着相同的规律。

安娜未必还记得自己的父亲，沙皇伊凡五世，阿列克谢耶维奇在她 3 周岁前就逝世了。他的整个外表都清晰地显出了退化特征：痴呆、口齿不清、从小体弱多病。伊万并不适合做沙皇，但是，受嗜权的姐姐索菲亚公主支配，他在 1682 年成为弟弟彼得一世的共同执政者。

索菲亚一直在伊万身后支持他。正是她迫使 18 岁的沙皇在 1684 年娶了妻子。索菲亚需要一个伊万生的继承人，如上章所述，这样就可以延长她的摄政时间，并将彼得排挤下王位。伊万的新娘，是身体结实、面色红润、20

岁的俄国美女帕拉莎，来自大贵族萨尔蒂科夫家族的普拉斯科维亚·费奥多罗夫娜。有经久不衰的传闻，说伊万沙皇对婚姻生活的能力，比治理国事的能力还要弱，说安娜及其姐妹的亲生父亲是御前侍膳瓦西里·尤什科夫，皇后普拉斯科维亚对他确实非常赏识，赏赐了众多与他官职不相称的贵重礼品：村庄、宝石和钱财。

谁知道真相如何呢？这个秘密永远被掩盖在黑暗之中。我们知道，白痴的性能力常常超过正常人。然而，令人警惕的是，帕拉莎前 5 年都没有生孩子，而之后几乎每年都在生育：1689 年，玛莉亚；1690 年，费多西亚；1691 年，叶卡捷琳娜；1693 年，安娜；1694 年，普拉斯科维亚。玛莉亚和费多西亚幼年夭折，其余的孩子活了下来。

生的都是女孩，这已经不会让索菲亚公主难过了：1689 年 8 月，她被彼得夺去了权职，并囚禁在新圣母修道院，改名为苏珊娜。弟弟伊万被彻底排挤出政治舞台。安娜女皇执政期间，立案侦查了很久以前沙皇伊万在茅房被木柴堵住一事，这很明显地说明他的处境确实不好。安静低调地活着，不到 30 岁，伊万就在 1696 年迈入了坟中。守寡的皇后普拉斯科维亚·费奥多罗夫娜和 3 个女儿彻底离开了克里姆林宫，移居到自己已逝公爹阿列克谢·米哈伊洛维奇的郊外行宫：伊兹马伊洛沃。

世外桃源

安娜平静的童年里，最早及最好的记忆，都与莫斯科近郊的村庄伊兹马伊洛沃有关。17 世纪末的伊兹马伊洛沃是一块安宁、绿意盎然的地方，这里的时间似乎是静止的。奥地利外交官约翰·寇伯到过那里，将伊兹马伊洛沃称为"世外桃源"。在被池塘围住的岛上，矗立着一个新奇别致的木制宫殿。四周环绕着的花坛令人赏心悦目，栽有丰茂的异国花卉百合、玫瑰、郁金香。而远处，池塘的后面，谢列布罗夫卡河边，令人目不暇接的是一个盛开着苹果花、樱桃花、李子花的花园。伊兹马伊洛沃有暖房，里面的橘子、葡萄甚至菠萝正在成熟，以供沙皇享用。宅院内，有动物园和鸟舍。小树林里散发着芳香的黑刺李灌木丛，舒适宜人的小路上的伏牛花……一句话：自由、安宁和欢乐。

在一群监护人和奶娘的陪同下，沙皇的女儿们在花园中散步、荡秋千。你可以看到，三位公主穿着艳丽的衣裙，坐在缠有绿叶和彩布的船上，在宁静的池塘中缓缓漂荡，向深处游上来的鱼儿抛洒鱼食。历史学家米·伊·谢苗夫斯基认为，伊兹马伊洛沃池塘里生长着鱼鳃上戴有金环的狗鱼和小体鲟，那金环还是伊凡雷帝时期被戴上去的；而且，这些鱼习惯在听到银铃铛的声音后，游出水面吃食。阴雨天里，公主们坐在明亮的小房间，用丝线和金线绣花，听童话故事和歌曲。宫内有专门的管弦乐团，据寇伯记载，长笛和小号的优美旋律，"与微风的沙沙声合在一起，从树梢缓缓流出"。

成为女皇后，安娜没有遗忘伊兹马伊洛沃的岁月。为了纪念自己父亲的家，她成立了伊兹马伊洛沃近卫军团，效仿彼得大帝当初为铭记自己生活过的地方，以其名成立了普列奥布拉任斯基军团和谢苗诺夫斯基军团。

公主们从小用卡里翁·伊斯托敏的《斯拉夫俄罗斯文字，识物与训诫诗识字课本》习字。抄写二行诗字帖，了解书写。必须说，沙皇的女儿们学习并不好：女皇的字一生都写得很难看，歪歪曲曲，错误百出。教育公主们的外国老师都是新的，未来副首相奥斯特曼的哥哥，约翰·克里斯托弗·弗里德里希教女孩们德语，而法国人兰博教跳舞和法语。不过，安娜还是没学会王尔德和莫里哀的语言，跳舞也学得很糟糕，笨手笨脚，不合节拍，舞姿与"德式舞步"都不怎么样，不像她有点胖却体态轻盈的姐姐卡鸠什卡。在莫斯科时，彼得大帝常拜访伊兹马伊洛沃。他对嫂嫂普拉斯科维亚一向挺好。身为未受教育，也不算聪明的女人，她的智慧和知晓分寸足以让她不去烦扰彼得、征求他的意见，也不和改革家沙皇的敌人们来往，恭顺地接受新的生活和消遣方式，即使是她不能理解（常常也不算便利）的。沙皇本身对此很看重，在他将妻子叶芙多基娅发配到修道院后，普拉斯科维亚皇后、妹妹娜塔莉娅还有姑姑塔基娅娜·米哈伊洛夫娜成了他最亲密的亲人。1708 年，应沙皇命令，普拉斯科维亚·费奥多罗夫娜和女儿们迁居圣彼得堡。彼得将大部分罗曼诺夫家族的人都迁到了此处——他心爱的"天堂"。跟着大队车马迁往圣彼得堡的，不仅有普拉斯科维亚和妹妹娜塔莉娅，还有彼得同父异母的姐姐玛莉亚，费多西亚，还有沙皇费奥多尔·阿列克谢耶维奇的寡妻皇后马尔法·马特维耶夫娜。

不受宠爱的孩子

寡妇皇后普拉斯科维亚的家，安置在早已为她准备好的房子里，在陆地城市（即圣彼得堡）一侧。房子是"新建筑风格"，所以新居显得不怎么舒适方便。只因为它是离世外桃源伊兹马伊洛沃太远的另外一个世界。但是，没有办法，反对沙皇的意志是不可能的，就像不能向他承认自己恐水一样。要知道，谁都记得，在施吕瑟尔堡迎接从莫斯科过来的女眷时，彼得所说的话："我的家人要习惯水，以后就不会怕大海，会喜欢圣彼得堡四周环水的地理位置。想和我住一起的人，就必须经常在水上！"普拉斯科维亚皇后和马尔法皇后就得在上了年纪后，学会坐船和游泳！没有人对此提出质疑，至少没人敢出声反对。

在这个刚诞生五年的多雾潮湿的圣彼得堡，安娜公主的童年结束了，开始了青春时期。女孩们开始出入社交场所。昔日的闺阁少女开始参加各种宫廷宴会、大型舞会，坐着帆船和快艇在涅瓦河中游玩，也常和叔叔一起去喀琅施塔得。这是一个让人感觉不习惯的全新世界！

安娜公主生活得不开心。在圣彼得堡，母亲对她的厌恶更加明显。这个二女儿不知怎么总是会激怒普拉斯科维亚皇后。她长成了一个沉默寡言，甚至是郁郁寡欢的女孩，不喜欢与母亲谈心。似乎，笨手笨脚又不漂亮的安娜本身的存在，就会激怒普拉斯科维亚。通常，这种对一个孩子的厌恶，意味着她对另一个孩子的过分宠爱。事实也是如此，皇后极爱大女儿叶卡捷琳娜——"亲爱的卡鸠什卡",一个爱高声大笑和多嘴多舌的快乐女孩,卡鸠什卡和母亲总是形影不离。

总体来说,普拉斯科维亚家的家庭氛围很沉重。这里有各种宫廷流言和口角,普拉斯科维亚开心地亲自对它们进行梳理。皇后的哥哥瓦西里·费奥多罗维奇·萨尔蒂科夫是个非常乖僻、爱钩心斗角的人。他总是往宫内的各种事情里添油加醋,安娜最怕他的各种阴谋诡计。"亲爱的,老实说,"安娜从米塔瓦写信给叶卡捷琳娜皇后,"不知道会怎样责骂我们!如果我现在还在母亲身边,可能,在他们的纷争中,会活得很艰难。"库尔兰公爵夫人向对自己很好的皇后求助,抱怨着自己的生活,同时说"还请您,亲爱的,什么都别让母亲知道"。只知道女皇安娜忧郁、任性、多疑的读者们,可以想想:一个在家中从小就不受宠爱的孩子、一个家人只想尽快摆脱的累赘,如何能成长为一个亲切、热情、优雅的女人?

"叔叔,别将我嫁去异国他乡,那非基督教之国,那异教徒之乡……"

如果安娜生在 17 世纪初,而不是 17 世纪末的话,那么她的命运从出生到结束都是已知的:冬天在皇宫里生活,夏天去郊外行宫,几乎天天去教堂,老了就进修道院,最后入家族墓室。俄国的公主是不出嫁的。东正教信仰不允许她们嫁给外国王子,而先祖风俗禁止她们嫁给俄国的达官显贵。据《阿列克谢·米哈伊洛维奇时期的俄国》一书的作者格里戈里·科托什辛所写,"高官与贵族都是她们(公主们——笔者注)的奴仆。如果将女主人嫁给仆人,这将是永久的耻辱"。

但是,从彼得大帝开始,朝政上进入了新的变革时期。彼得决定建立罗曼诺夫王朝与外国王朝之间紧密的血缘联系。1709 年,在他与普鲁士国王腓特烈一世会面时,商定好将自己的一个侄女嫁给国王的侄子。彼得将选择哪一个作为新娘的机会,让给了普拉斯科维亚,而她不顾传统,决定让二女儿安娜出嫁，而不是心爱的大女儿卡鸠什卡。而且，未来的岳母并不喜欢这个1710年来到圣彼得堡的新郎，库尔兰公爵腓特烈·威廉姆：太年轻，一副营养不良的样子，喜好打闹，酒鬼一个。再说，他的公国是波兰立陶宛王国的附属领地，一块被战争毁坏的贫瘠之地，从面积上来说，不过弹丸之地，还没我们的坦波夫县大。总之，一个不怎么样的新郎，就让安娜嫁给他吧！

至于她对新郎的感觉，谁也没问过，没这样的习俗，叔叔和母亲做出了决定，这就定下来了。"从亲爱的殿下的信中，"安娜，确切地说，是大使馆办公厅给公爵发去礼貌周到的回信，"我非常愉快地得知，因上帝、沙皇陛下及我最爱的亲人们的愿望，我们订下了婚约。听到您向我求爱，我感到无比开心。殿下，请相信！我对殿下有着相同的感情。"

安娜·伊万诺夫娜执政晚期，秘密办公厅审理了一个农妇的案件，她"无意中"唱了她年轻时候的一首有关库尔兰公爵新娘的歌曲，好像是她向严酷的沙皇叔叔请求：

叔叔，别将我

嫁去异国他乡　那非基督教之国

非基督教之国　那异教徒之乡

请将我　沙皇陛下

嫁给您的将军，公爵，或是，大贵族。

鞭刑过后，农妇被放回了家，在当时来说，这个刑罚算轻的。也许，从不放过一桩侦查案的女皇震颤了一下，赦免了这个唱歌的女人，她的歌声，让她想起了早已逝去的、遥远的年轻岁月，和当年她所有的情感。婚礼定在1710年秋天。

"为什么河上有不停的射击声、欢呼声，还有舰队？"

1710年10月31日，在涅瓦河畔，举行了前所未有的盛典。河上行驶着整队的驳船和小艇，里面坐着新郎、新娘和他们的大量宾客。他们从城市一侧驶向婚礼所在地缅希科夫宫。所有活动均由沙皇亲自安排，且与往日不同的是，他身穿漂亮的大红色长袍，漂亮的武装带上配着银色长剑。涅瓦河上，传来了音乐声、军队和轮船上的礼炮声。

我们的女主角，俄国宫廷的丑小鸭，从来不曾处于焦点的中心。她的穿着非常动人，有着皇室的华美。黑亮的头发上戴着钻石王冠，白色的天鹅绒衣服和长长的镶有白鼬毛的天鹅绒外袍，与她高挑、突然变得端庄的身形非常相配。年轻的新郎穿着白金相间的长袍。宾客们吃喝，跳舞，吸烟，一直持续到凌晨 3 点。每一次祝酒都伴有礼炮声，按照彼得时期的风俗，婚礼最后，礼炮声越来越密，喝醉的宾客几乎要握不住手中为健康而举的酒杯。沙皇亲自冒着生命危险点燃的焰火，将整个夜空照亮。最后，疲惫的新婚夫妇被送入了卧室。

第二天，节日还在继续。彼得用短剑切开巨大的蛋糕，从里面跳出一个盛装的女矮人，从另外一个蛋糕中跳出了第二个，她们直接在桌子上跳起了小步舞。这是皇家矮人叶基姆·沃尔科夫为这场巨大的（如果这里可以用这个词的话）婚礼设计的别出心裁的序幕。为了这场滑稽婚礼，特地从全国各地调来了七十多个小矮人。我想，安娜和所有的宾客一样，喜欢上了这个婚礼和矮人盛宴。要知道，这个世纪的观众们都还是孩子，热衷于取笑人类的各种不幸，将这看成是"稀奇"（罕见的事）、滑稽。"难以想象，"当代人写道，"这都是些怎样的跳跃，鬼脸，怪样！所有的宾客，尤其是沙皇，都非常兴奋，因这 72 个丑人的奇形怪状和鬼脸而开心不止，大笑倒地。他们一些人是短腿、驼背；另一些人有个大肚子；还有些人双腿弯曲，像腊肠犬一样翻转过来；或是有个大脑袋；或是有一张歪嘴和两只长长的耳朵；或是有双小眼睛和一张满是肥肉的变了形的脸。"

需要指出的是，类似的滑稽婚礼，后来在 1740 年冬，被安娜在涅瓦河面著名的冰宫中再现了一次。也许，叔叔操办的婚礼给侄女留下了难忘的记忆，安娜照搬了一次这样的婚礼。17 岁的年轻夫妇是如何开始他们的共同生活的，我们一点儿都不知道。也许，他们已经开始习惯彼此，也习惯自己的新处境，也许，他们相爱了，如果……

"别向年轻的姑娘轻许爱情"

彼得没让新婚夫妇在"天堂"中享受。婚礼过后两个月，即1711年1月8日，公爵夫妇启程回国去米塔瓦。然而，夫妻两人刚到去往里加路上的第一个驿站杜德霍夫，因在圣彼得堡无休止地酗酒而疲惫不堪的弗里德里希·威廉姆突然去世了。公爵的遗体被运回了米塔瓦，进了家族墓地。而成婚三个月就成了寡妇的不幸的年轻公爵夫人，含泪返回，回到了自己严厉的母亲的宫中，大约，双方没有愉快之情。虽然，安娜可以松一口气，因为如今她不需要去"异国他乡，那异教徒之乡"，但是，她的未来也许是灰暗的：在俄国，没有子女的寡妇，命运总是凄凉、受侮辱的。如果不给她找个新的丈夫，她就必须进修道院。不过，安娜将希望寄托在叔叔身上，他大约会关心她，会想出什么办法。而暂时，她一会儿住在圣彼得堡，一会儿住在莫斯科，有时也和母亲及姐妹们一起住在伊兹马伊洛沃。半年后，彼得最终决定了侄女的命运，他命令她去米塔瓦生活。起初，沙皇打算安排安娜和她的母亲及两姐妹一起去米塔瓦，不过，他后来改了主意。1712年，安娜独自一人去了对她来说完全陌生的库尔兰。

公国会成为她的世袭领地、她会是大权在握的女主人的想法，实在太天真了。库尔兰是一个与普鲁士、波兰和俄国三国接壤的国家，每一个国家都想将它据为己有。彼得为加强俄国对公国的影响，做出了很多努力，安娜与弗里德里希·威廉姆的联姻就是其中之一。彼得早就想侵占库尔兰，但又不想恶化与普鲁士、波兰之间的关系，因而，他的行动一直谨慎小心。作为公爵的寡妻，安娜在米塔瓦的存在，就令沙皇很满意：如今，他可以随时向她提供帮助，而不形成任何对公国的蓄意侵犯。与安娜一起去米塔瓦的，还有俄国驻办公使彼得·米哈伊洛维奇·别斯图热夫－柳明。他成了库尔兰实际上的主人。按照彼得的命令，他可以在任何时候调动里加的士兵，保护公国的利益。而安娜本人的处境却不怎么好。

性好自由的库尔兰贵族们，不怎么开心地迎接新统治者的到来。最初的一段时期，安娜被迫住在一个荒废的小市民家中，宫殿在她到达时还未准备好。领地的收入微薄，仅够维持宫廷生活。这很难责怪他们，库尔兰在北方战争中完全被毁了，又遭遇了严重的传染病。对于安娜来说，这是一个寒冷的陌生国家，她在这里既不舒适，又很忧虑，尤其是最开始的时候。

米塔瓦女囚徒

安娜·伊万诺夫娜在异国的生活，可以用三个词来描述：贫穷、不安定和依附。让侄女去库尔兰，彼得没怎么想过如何保障她在那里的生活。事实上，作为公爵夫人，她需要养活朝臣，花钱维持自己身为国君的必要体面。她的母亲，介入了女儿在米塔瓦生活的所有细节，向沙皇秘书长阿列克谢·马卡洛夫询问，"她，身为公主，在那个公国里，举止是否以以前的公爵夫人们为例，内侍供养是否按例，还是全都不讲究？"而至于她在那里生活得如何，能不能供得起体面的公爵夫人生活，完全不曾过问。

安娜本人给彼得的妻子叶卡捷琳娜皇后的信说道："亲爱的太太，您知道，我什么也没有，除了您恩赏的花缎，而如果需要出席一些场合，我没有合适的钻石，没有花边，没有布，没有适合的裙子。庄子的收入仅够维持我每年微薄的家庭开支。"

每次去圣彼得堡或莫斯科都是一个大问题。安娜每一次都得为这样的行程求赐马匹和几百卢布。吝啬的沙皇不想多宠侄女，多一戈比从他那里都得不到。总之，他对她管得非常严。没有沙皇、沙皇秘书长或者别斯图热夫的允许，她一分钱也不能花。在彼得大帝办公厅的文件中还保存有饮料清单，内含对公爵夫人宫内饮料瓶数和价格的说明。她在公国的对外政策上也没有自主权。每次收到国外官方函件后，安娜都将它们发往圣彼得堡，等待对方以她的名义准备好答复。1724 年，去莫斯科参加叶卡捷琳娜的加冕仪式时，她向皇后请示参加盛典的裙子颜色。她就是这样事无巨细地请示着。

她的生活就是由无数有损自尊的琐事及大大小小的恐惧组成。她最怕的就是沙皇"叔叔－老爷"，他对侄女非常严厉，每次她来俄国，都被他"以国事需要"无情地送回去。她与母亲的关系还是像从前一样恶劣。在生命的最后一些年里，普拉斯科维亚对女儿更为严厉。在 1723 年死前不久，母亲写信给安娜："我从叶卡捷琳娜·阿列克谢耶夫娜处听说，你似乎非常怀疑我禁止（或者说是诅咒）你回来居住，关于这点至今也无须怀疑。全因我最亲爱的弟妹皇后陛下，我才宽恕你，并原谅你在我面前犯的所有错。"我们看得出，皇后只是看在皇后弟妹的面子上才咬牙"宽恕"女儿的罪。与母亲的见面，对安娜来说，是真正的折磨，所以她努力避开会面。1720 年，她向自己的庇护者叶卡捷琳娜抱怨，说母亲"愤怒地质问我，为什么我不递交去圣彼得堡的请求，或者为什么不召母亲来自己这里"。安娜请求叶卡捷琳娜配合自己，她假装递交去圣彼得堡的请求，而皇后将拒绝她离开米塔瓦。

翻阅了近三百封安娜从库尔兰发出的信件，可以清楚地看出：这是来自一个无家可归的寡妇，一个可怜的女眷，一个无依无靠、备受伤害和侮辱的人，且总是在这个强权的世界面前卑躬屈膝的女人的信件。给"叔叔－老爷"和"婶婶－太太"的谄媚信件，与给缅希科夫和奥斯特曼的卑躬屈膝的信件互相交替着。安娜每次都不忘祝贺特级公爵一家节日快乐，提醒他不要忘记自己，及自己这个可怜寡妇的苦楚。

夫妻生活的梦想成泡影

安娜渐渐地适应了米塔瓦，甚至不想离开，因为在俄国的家中，她的境遇要更差。不过，在米塔瓦，因为处境的不定和模糊不清，她也备受折磨。她不止一次地请求彼得和叶卡捷琳娜为她挑选一个合适的未婚夫。"在此向您请求，亲爱的太太，如向上帝请求，我亲爱的婶婶，请给我点母爱。亲爱的，请让亲爱的国君，我的叔叔－老爷，赐予我些仁慈，将我的婚事最终解决，让我不再与母亲争吵，不再伤心忍耐。"这封安娜写给叶卡捷琳娜的信，落款日期是 1719 年。这已是安娜寡居的第九年。

不能说彼得没有为侄女考虑过合适的伴侣，但是，做这个选择非常难，因为新郎将成为库尔兰的公爵，可能会打破公国与其周边地区形成的本就不牢固的平衡。因为这个原因，安娜和约翰·阿道夫·萨克森－维森法尔斯基联姻失败。1723 年，最终签订了与普鲁士国王侄子的联姻协议，但是，后来彼得不太信任想将库尔兰并入自己国家的普鲁士合作伙伴，取消了这次婚约。于是，漫长的等待再次开始了。

1726 年，突然出现了希望的曙光：波兰国王奥古斯特二世的养子，莫里茨·萨克森伯爵，一个令女人钟情的英俊男人来到了米塔瓦。本地的贵族们对这个空悬多年的库尔兰王位候选人很满意，无视圣彼得堡方面的警告，将莫里茨定为公爵人选。"他们喜欢我的相貌"，莫里茨写信向萨克森的朋友们炫耀。安娜是多么喜欢他的相貌啊！唯一让她伤心的，是莫里茨永无间断的风流韵事。公爵非常惊讶，在欧洲这个弹丸之地居然有这么多的美人，他不想错过其中任何一个美人。总之，众所周知，唐璜式的人是最让人羡慕的新郎，而安娜·伊万诺夫娜陷入了甜蜜的幻想。

可惜！它们很快就被生活打碎了。安娜的老庇护者，此时已经成了女皇的叶卡捷琳娜做出了残酷判决："莫里茨这个人选违背了俄国的利益"，因为这将加强波兰国王对公国的影响力。亚历山大·丹尼洛维奇·缅希科夫紧急奔去了米塔瓦，他本人早就梦想成为库尔兰公爵了。对此一无所知的安娜，几乎跪倒在特级公爵脚下。缅希科夫写信说，一见面，"还未来得及开口"，安娜就"眼含泪水地请求"允许她嫁给莫里茨。然而，特级公爵意志坚定：不，莫里茨必须离开库尔兰！安娜未得允许直接奔去了圣彼得堡，寻求"婶婶－太太"的庇护，但是，所有的请求都是无用的，她被拒绝了。

虽然，缅希科夫没能成功当选为公爵，他做得太粗鲁也太直接，但在俄国士兵的帮助下，还是将莫里茨赶出了库尔兰。轻浮的伯爵大人对自己很自信。"战争与爱情，是他一生的口号，"历史学家彼·谢巴尔斯基这样描述他，"不过，他对第一个从没费什么脑筋，第二个对他来说，则从来不是所受折磨的来源。他这两样做起来都很拿手。"1726 年 7 月 17 日，莫里茨被告知，俄国士兵将在深夜对他的住处进行强攻。当士兵们进入房子旁的花园时，看见一个裹着披风的人从窗口爬下，他们扑上去，希望抓住这个试图逃走的胆大的伯爵。然而，他们发现披风下的人不是莫里茨，而是一个从我们爱寻花问柳的伯爵家中的窗户爬出的姑娘。莫里茨本人，则和自己的随从一起参加了战斗，击退了敌人的进攻。

但是，1727 年，他还是不得不秘密逃走，除此之外，别无他法。在与库尔兰保持安全距离的地方与一个西班牙高官会面时，他伤心地抱怨，说俄国人将他装满情书的箱子拿走了，而且，最重要的，其中有"在他父亲——国王官中的私通记录簿"。莫里茨并没有为失去库尔兰王座感到担忧，而是为俄国公布这些"可怕"的文件将引爆的丑闻而担忧。不过，一切都顺利地过去了。莫里茨·萨克森后来成了法国的伟大统帅，他的名字在法国的军事史上熠熠生辉。

但是，莫里茨离开了，安娜内心的震动还未结束。

"我已经习惯他了！"

莫里茨的库尔兰之行，给彼得·米哈伊洛维奇·别斯图热夫 - 柳明带来了非常伤心的后果。他不仅是俄国驻库尔兰公使及安娜·伊万诺夫娜的首席内侍官，同时还是她多年的情夫。身为受人尊敬的大官，未来优秀的外交家米哈伊尔·别斯图热夫 - 柳明和阿列克谢·别斯图热夫 - 柳明的父亲，他是一个经验丰富的廷臣。比安娜大 19 岁的他引诱了年轻的寡妇，使她完全臣服于自己的意志。顺便说一下，这也是安娜与母亲经常争吵的原因之一。皇后普拉斯科维亚放手让女儿去米塔瓦，期望即使距离远也可以将她控制在自己的严密监视下。为此，她送了一些亲戚去米塔瓦，在公爵夫人的宫中扮演着告密者的角色。不过，别斯图热夫非常成功地迫使她母亲的间谍离开了米塔瓦。普拉斯科维亚·费奥多罗夫娜皇后不止一次向彼得请求，"更换之前那个令人讨厌的内侍长官"。但是，沙皇对别斯图热夫有自己的认知，他清楚彼得·米哈伊洛维奇是一个能干的外交家，能将俄国的利益置于道德利益之上，这让沙皇很满意。

"无法为安娜·伊万诺夫娜的淫欲做辩解，"叶卡捷琳娜时期著名的道德谴责家、历史学家米·米·谢尔巴托夫写道，"因为，别斯图热夫确实得到了她的宠信。"我不想为安娜的淫欲罪孽做辩解，如果要这样称呼这对鳏夫和寡妇之间多年关系的话。但是，公正地说，她并不是梅萨莉娜。安娜·伊万诺夫娜是一个简单、不复杂的女人，不算聪明，也不会卖弄风情。她没有叶卡捷琳娜二世的功利心，也不像伊丽莎白·彼得罗夫娜那样追逐第一美人的称号。她的一生，都在渴望着有个男人、家主、她生命中的主人，能够给她可靠的保护与支持。在安娜给彼得一世、叶卡捷琳娜、彼得二世、高官显爵们和亲人们的信中，全都充斥着寻求保护、"庇护"的请求，为此可以"献出自己的一切"。正是如此，她才这么拼命要嫁人。但是，如我们所见的，生活顽固地阻碍着她心愿的达成，随着时间的推移，别斯图热夫成了她所需要的保护人、支撑和主宰。

这当然不是最好的选择，但毕竟是一个选择。所以，安娜·伊万诺夫娜这样生活着，对整个米塔瓦谈论的别斯图热夫的罪行视而不见。其中一个匿名告密者、波兰人，对上了年纪的驻办公使和内侍长官的偷盗行为说得很不客气："侍从长从宫中凿个洞连孩子都偷走了。"

缅希科夫的库尔兰冒险失败后，特级公爵将所有错误都推到了从米塔瓦被召回圣彼得堡的别斯图热夫身上。从信中可以看到，他离开后，安娜陷入了绝望之中，几近歇斯底里。从 1727 年 6 月到 10 月，她连续给所有能寄去信的人写出了 26 封信，甚至包括缅希科夫的妻妹瓦尔瓦拉·阿尔谢涅娃和他那成了彼得二世未婚妻的女儿玛莉亚。安娜向他们请求将别斯图热夫送返米塔瓦，她说，没有他这个内侍官，公国的经济将会崩溃。但是，在叶卡捷琳娜死后将一切权力握入手中的特级公爵，对安娜的强烈哀求未予理会。

于是，她开始用信件轰炸副首相奥斯特曼，期望他能给予庇护。身为俄国沙皇的女儿，公主在自己的信中，向这个出身低微的德国人寻求帮助。这信更像是一个战士寡妻的呈文："拜求阁下为我这个可怜的人，向特级公爵请求……请发发慈悲，安德烈·伊万诺维奇，请对我卑微可怜的请求发点善心，让可怜的我高兴一下，别让我流泪。像上帝一样，可怜可怜我吧！"孤独的绝望从词句中溢出："我真的太难过了，空虚，还有恐惧！不要让我一直哭泣！我习惯他了！"

她为别斯图热夫悲痛万分，仿佛他是已死之人。然而，这里面并没有什么乍一看来对他完全奋不顾身的爱情，安娜只是不能，也不想一个人，她害怕这种空虚、孤独和寡妇床上的冰冷。

新爱人，也是最后一位爱人

从 10 月开始，她那源源不断的诉苦信件，开始慢慢减少，很快，彼得·米哈伊洛维奇·别斯图热夫－柳明的名字从中完全消失了。发生什么事了？也许，安娜对自己的命运妥协了？不，一切只是因为猎人找到了安慰寡妇的方法，公爵夫人身边出现了新宠：恩斯特·约翰·比龙①。从此，直至生命的终结，她与他从未分离。

1727 年秋缅希科夫倒台后，别斯图热夫被批准返回米塔瓦，却并没有从中得到安慰：他在公爵夫人身侧的温暖位置被人以最阴险的方式占去了。他给女儿的信中写道："我承受着难以忍受的悲伤，精神几乎支持不住。可恶的

---

① 1690—1772 年，安娜·伊万诺夫娜女皇的宠臣，库尔兰公爵，"比龙苛政"反动制度的创造者。

人们将我心爱之人从我身边夺走了，而您的朋友（此处是讽刺比龙——笔者注）却得到了许多好处……你知道，我有多么爱那个人（指安娜——笔者注）吗?"

彼得·米哈伊洛维奇非常绝望，因为是他自己将这个恶棍、无赖养成了大患。"既不是波兰贵族，也不是库尔兰人，"别斯图热夫恶毒地评论着比龙，"从莫斯科来时身上连长袍都没有，还是我费力将他安排入宫，他没有官职，一年年来，因为喜欢他，我按照他的请求将他一路提拔到了非常的高度。可是，他却因我的仁慈，做出令我无比伤心之事……趁我不在（库尔兰）谋取了我的好处。"虽然，比龙确实是贵族，也是库尔兰人，不过，他的过往有不少黑历史。我们知道，在柯尼斯堡大学就读时，他因在学生与卫兵深夜的打斗中杀死了一个士兵而坐过牢。在费力离开监狱后，大约1718年，他进入了安娜·伊万诺夫娜宫中，受别斯图热夫的庇护，待在了公爵夫人身边。他勤恳地完成别斯图热夫交代的工作，娶了女侍从官安娜·比妮格娜·戈特利布·冯·特罗塔－特列伊德。

在此不对比龙的历史做出详解，需要指出的是，别斯图热夫的年轻对手（他生于1690年）不是等闲之辈。他很快就安慰了孤独伤悲的安娜，她完全臣服于他的影响。对两人都很了解的别斯图热夫担忧着："他们会让我伤心，虽然她不想，但他会让她这样做。"

彼得·米哈伊洛维奇的担忧最终成了现实。1728年8月，安娜派遣亲信带着告密信去了莫斯科。她要求查清，别斯图热夫是怎样"窃取了她的财产并带来了巨额欠款"的。曾经的首席内侍官盗窃公国的公款、糖、酒和葡萄干的诡计浮出了水面。当然，事情不在于盗窃葡萄干，而在于全然不可挽回的对别斯图热夫的"替换"，占据了他原来所在的"葡萄干和糖"身边的位置的幸运儿有技巧地将他排挤出去了。

比龙有三个孩子：一个女儿和两个儿子。史料研究中有一种观点，说他的小儿子卡尔的母亲就是安娜·伊万诺夫娜本人（外国的外交官认为，比龙的大儿子彼得也是安娜生的）。此说法并不是因为在安娜执政期间卡尔在宫内的特殊地位（小男孩四岁就成了普列奥布拉任斯基军团炮兵上尉，九岁成了高级宫廷侍从，十二岁成了亚历山大·涅夫斯基勋章获得者和圣安德烈勋章获得者），而是因为女皇根本离不开这小孩。应枢密院大臣的召请去莫斯科时，她将刚刚一岁半的卡尔带在了身边。有人会问：她为什么要这么做？要知道，她这不是去游玩，而是进行一场无法预知结局的沉重旅行。也许，正因如此，她才将儿子带在了身边！1740 年，法国大使德·拉·舍塔尔基在报告中指出，"年轻的库尔兰王子常常在女皇的房中睡觉"。其他的当代人也都知道这一点。比龙对安娜有强大的影响，那么，女皇有一个宠臣的孩子是完全有可能的。

1720 年末，安娜在其他方面的处境，还和以前一样：没有权力、受他人支配、不自信。如果说以前她向缅希科夫和他的妻子寻求庇护，那么如今在 1727 年秋特级公爵倒台后，上台执政的是她的新"庇护者们"。安娜的谄媚信件开始寄给多尔戈鲁基公爵们和彼得二世的姐姐娜塔莉娅公主，内容和之前发给其他收信人的一样："所有的一切……寄希望于您高贵的仁慈。"而给爱打猎的彼得二世本人，她打算寄"一群猎狗"过去。一切都和平常一样，直到 1730 年 1 月 25 日。

……安娜从前的一切生活，就如漫长的冬日之路，全都成了过去。1730 年 2 月 13 日，她从福谢斯维亚茨基的雪橇中走出，来到了莫斯科。旁边喧闹着的是俄国的心跳——一个庞大城市里街道上传来的声音，它在等待新女皇的到来。

大骗局，或"清新的风让高官们沉醉"

当新女皇在大雪中向莫斯科赶去时，首都有什么事发生？

事情发展得非常快，非常意外，也完全无法预料。提醒一下，枢密院大臣代表团是在 1 月 19 日晚上带着条款奔赴米塔瓦的，而当天上午，整个"国家"都被邀请到了克里姆林宫：最高统帅部、高官们、主教公会和内侍官们。在这盛大的局面上，枢密院宣布挑选了安娜·伊万诺夫娜为俄国王位继承人。在此庄严时刻，与会人员盛赞了枢密院大臣们明智的决定，同时对解决王朝危机的神奇速度感到满意。所有人都松了一口气，俄国躲开了新的混乱时期。然而，夜晚时他们得知，枢密院大臣欺骗了众人，隐瞒了最重要的条款一事。

贵族们不是为起草条款这一事实愤怒，有关统治者权力不受限制的危害的想法一直都存在。他们愤怒的是，他们受到了欺骗，因为"削减皇权"只是为了两大显贵家族的利益：戈利岑公爵家族和多尔戈鲁基公爵家族。开始人们只是单独地小声议论，后来，到莫斯科来参加彼得二世的婚礼却碰上了他的葬礼的小贵族们，越来越大声地表达出对所发生的事情的困惑和不满。一位佚名作者对 1730 年的回忆反映出了同时代人的观点，他悲伤地写出枢密院大臣们的"企图"：如果他们是为社会福祉着想，那么为什么要无耻地欺骗大众，隐瞒条款一事？"难道我们，"这位贵族愤慨道，"都对自己的国家不忠不善，只有他们是英明的，正确的？这样蔑视所有家族和（国家）公仆荣誉不比他们少的人，是将所有人都当成傻瓜和骗子吗？"

此处涉及俄国政权和臣民之间病态关系的话题。俄国历史上多次出现权座上的人们欺骗民众的事情。他们以民众的名义，无耻地侵犯民众的权利和尊严，拿民众当傻瓜，他们想着的不是国家，不是祖国的利益，而是自私的个人利益。1730 年，所有人都相信，枢密院大臣的意图就是建立寡头政治，为"名门贵族"小群体篡夺政权。枢密院大臣的初步行动就证实了众人的担忧：他们纳入了两个新成员进最高枢密院，是来自于那两个家族的瓦西里·弗拉基米罗维奇·多尔戈鲁基元帅和米哈伊尔·米哈伊洛维奇·戈利岑。

之后，发生了一件无人能料的事：整个莫斯科沸腾了，贵族们开始聚成团谈论所发生之事。"不论到哪里，"费奥凡·普罗科波维奇回忆，"参加什么会议，都能听到对八位阴谋家（最高枢密院共有八位成员——笔者注）的沉痛非难，所有人都对他们进行了严厉的指责，诅咒他们的胆大包天、不知满足、中饱私囊。"

枢密院大臣们等待从米塔瓦带回安娜签署的条款的那两周，意外地成了自由的时间。上百名民众的公民意识苏醒了。因此，2月2日，最高枢密院大臣们重新召集"国家"齐聚克里姆林宫，宣读了假装自己也是第一次听说的条款，谁也没喊出"万岁"。以"国家"名义向安娜提供瞒着众人秘密准备的条款，再以女皇本人倡导的名义拿出她签署的条款，戈利岑的这个大胆计划轰然倒塌：谁都不相信枢密院大臣的话语。站在他们面前的是另外一些人，他们身为俄国贵族，早就等待着这样一个时刻。彼得法令中灌输的贵族荣誉、个人责任感而非家族责任感、正直诚实地服务于祖国的观念还没有消去，相反，它们越来越扎根于人们的意识之中。社会比从前更加开明起来。那些去过国外的人看到过，别说是鞭打贵族，在没有法院的判决前，就是用手指碰一碰也没有人敢，更别说在俄国经常发生的未经审理就直接判处死刑，或将领地充公。除此之外，随着彼得大帝的死亡，扼制人们的恐惧也消失了，秘密办公厅的工作几乎停止了，而普列奥布拉任斯基的法令在1729年就被完全取消了。而我们知道，社会对细微的"放松"有多么敏感，哪怕是难以察觉，毕竟还是有微风。

因为这两周以来席卷了整个莫斯科的密议和争论，民众的意识开始发生改变。2月2日在与枢密院大臣们的交锋中，贵族们强烈要求一起讨论国家体制改革的其他计划。在这样的强压下，为了赢取时间，枢密院大臣们同意了贵族们的要求。"水坝"被冲破了！在达官显贵的家中，在克里姆林的宫殿中，工作热火朝天地开展起来。大群的贵族聚集到了莫斯科，日夜不停地讨论着、写着并修改着计划方案。他们中很快出现了领导者，马上又出现了熟知西方议会体制的人。政敌们首次无惧对手的告密和刑讯，展开了激烈的辩论。数十条改革方案在最短的时间内起草出来，并有不下千人在其下面签下名字！丹麦大使威斯特法连向哥本哈根报告，说克里姆林宫的贵族会议一直不停，"发表了许多好的和不好的言论，支持或反对改革，其批判和辩护的激烈程度，让人担忧这种慌乱将可能扩大到引发起义"。

什么起义也没发生，不过，在激烈的争论中，枢密院大臣们没听到一个支持自己的企图的声音。事实上，所有国家改革计划都趋向于限制皇权，但完全没有按照枢密院大臣们将权力集中在自己手上的计划走。贵族阶级齐心协力地希望建立一个能在君主专政下，或某一两个大贵族家族的独裁下，保护他们自己的管理体系。俄国贵族从未如此坚定地要求参与管理国家。但是，枢密院大臣们是无论如何都不想迎合贵族们的计划的。与贵族们分权，真正地为自己的祖国服务，这是德米特里公爵和他的同僚们认为绝不可能的事情。2月13日，莫斯科得到了女皇陛下安娜·伊万诺夫娜到达福谢斯维亚茨基的消息。

平衡的短暂瞬间

不管瓦西里·卢基奇·多尔戈鲁基如何努力地寸步不离安娜，到了福谢斯维亚茨基这里，对她的隔离就结束了。通过萨尔蒂科夫家族的亲戚、姐姐叶卡捷琳娜、妹妹普拉斯科维亚和其他众多好心人，安娜得知了首都事务的真正状态。她明白了一件重要的事，枢密院大臣欺骗了她，让她以为条款是整个"国家"的决定。而事实上，想要限制皇权的人们并不是一体的。这方面有不少是枢密院的失误，他们陷入了与贵族们徒劳无果的争论中，白白耽误了安娜到达前的宝贵时间。他们开始失去主动权。

而贵族中也明显出现了裂痕。讨论得越深，贵族们就越怀疑他们所想之事能否成功。我们历史上就曾多次担忧民主制度不能给俄国带来什么好处。将这种担忧心情表达得最清楚的是喀山省长、未来的内阁部长阿尔杰米·沃伦斯基，他在一封私人信件中写道，贵族民主制未必能给国家带来福利。沃伦斯基的观点认为，新制度，哪怕是民主制度，很快会发生变化，"因为我们的民众都胆小怕事"，而选举将流于形式，"哪个派别得到了多数投票，他们就可以随心所欲地做想做的事，开除想开除的，提升想提升的。而那些弱小的人，哪怕是本应排到的，也得排到后面去"。除此之外，沃伦斯基还担心，贵族的自由将严重地反映在国家和军队的战斗力上，因为无所畏惧的话，没人会去服役。"如果给予绝对自由，就会知道，我们的民众并不全是功利心重的人，正相反，他们很懒，不勤劳。因此，如果不采取一些强迫的手段，那么，那些在家只有一片黑面包吃的人，必然不会想通过自己的劳动去获取任何的荣誉和足够的食物，每个人都只会想躺在自己家中。"

沃伦斯基的论断大部分是正确的，而且，其中有一个重要的见解，就是我们俄国人还"没有成长到"可以接纳这种公正制度和民主观念。这些担心催生了对可以建立这种制度的"强手"的想念！而它的直接后果，就是拥护独裁派系得到了巩固，开始强势排挤改革者。"强手"的口号在尤其重视秩序的近卫军和军中非常流行。而且，权力的衰弱加强了近卫军军人们身为御用军的情绪，和他们在自己有权决定国家命运方面的自信。易爆品已经准备好，只缺少将它点燃的一点火花。

引燃爆炸一事，发生在1730年2月25日的克里姆林宫。这一天，女皇与"国家"第一次会面时，以阿列克谢·切尔卡斯基为代表的贵族，向安娜·伊万诺夫娜递交了呈文，控诉枢密院大臣们不想听取他们对国家体制改革的意见，他们请求女皇介入此事，并批准对拟订方案进行商讨。枢密院大臣们不喜欢这种愚蠢行为，和贵族们争吵起来。安娜·伊万诺夫娜困惑地站着没动，她没有想到，在如何更好地限制她的皇权问题上，她会被选为第三方裁判。突然，她的姐姐叶卡捷琳娜走过来，递了支笔和墨水给她：既然向你求助了，女皇陛下，那你就解决一下吧！安娜·伊万诺夫娜在呈文上题写了例行批语——"予以讨论"，换句话说，就是允许此意见提交并进行讨论。

贵族们去了会议专厅，而女皇则邀请了枢密院大臣们与自己共进午餐。我想，德米特里·米哈伊洛维奇及其同僚们应该没什么胃口，因为他们要输了。安娜出乎他们的意料，没有加入他们的游戏，而是开始了自己的游戏。但是，枢密院大臣们没能猜出，下一分钟等待他们的将是什么……

幻想结束！

让我们看看同时代的人、西班牙大使德·利里阿是如何向马德里报告克里姆林宫事件的："当时，近卫军军官和在场众人都愤怒起来，开始大喊，说他们不想有什么人向女皇下令，她应该要像她的前任沙皇们一样，拥有独裁统治的权力。喧闹声如此之大，以至于女皇不得不对他们进行威胁，然而，他们跪倒在她脚下说：'我们是您忠诚的子民，陛下，我们无法忍受对您的压迫，请向我们下令，陛下，我们将掰下那些施暴者的头，扔到您的脚下！'此时，女皇才命令大家服从中将和近卫军中校萨尔蒂科夫的命令，他领导大家宣布女皇为独裁统治者。被召唤过来的贵族们与他们一起行事。"

德·利里阿的报告中有一些非常重要的信息。他所描绘的是一场宫廷政变。像 1725 年彼得大帝死后一样，近卫军再次决定了王位的命运。这哪是什么王位的命运呢！这是俄国的命运，是俄国的未来！毫无疑问，强壮的近卫军们的爆发是早有准备的。一进入俄国安娜就与近卫军联合起来演了一场。在福谢斯维亚茨基，安娜亲切地接待了跪倒在她面前的普列奥布拉任斯基军团官兵，并宣布将亲自统率他们。她给每位近卫重骑兵端了一杯酒，这是给保护皇权者的最高荣誉。为了将近卫军运用得当，女皇的亲人谢苗·安德烈耶维奇·萨尔蒂科夫费了不少心力。

当两位高级军官戈利岑元帅和多尔戈鲁基元帅在近卫军的喧闹声中匆匆跟上女皇的步伐时，他们明白，近卫军造反了。在安娜违背条款开始直接向近卫军发号施令，将指挥权转交萨尔蒂科夫时，他们沉默了。两位在战场上无所畏惧的元帅，对自己的近卫军很了解，也不敢反对一大群被激怒了的俄国叛徒：生活一如既往！

在旁边大厅里开着会的贵族规划者们，仔细地听着外面的喧哗。我想，他们一定很不舒服。在俄国历史中，大兵们不止一次地喊过："够了！烦死了！会议解散，文件、方案和投票全都带走！滚开！警戒！"就这样，当贵族们离开大厅走向女皇时，他们向她递交的不是有关国家体制的方案，而是一份呈文，"诚惶诚恐，毕恭毕敬"地请求"恩准接受您备受赞誉与荣耀的先祖们所拥有的独裁权力，取消最高枢密院向女皇陛下递交的、陛下您亲手签署的各项内容（即条款——笔者注）"。

自由的宠儿们是这样为呈文收尾的："我们身为陛下您最恭顺的仆人，希望陛下以您天生的仁慈，不让我们受到轻视，能让我们生活安宁无忧，一生顺遂。女皇陛下最恭顺的奴仆。"最后是签名。没有一字涉及自由、权利和保证。

很遗憾，当时阿尔杰米·沃伦斯基不在大厅里。不然的话，他就可以证明自己所说之话是正确的：奴性最终取得了胜利。近卫军的喊叫和恐吓起了作用，会议厅内，贵族们签署的不是改革方案，而是奴颜婢膝的呈文。

在近卫军警惕的目光中，安娜关切地倾听了贵族们的投降词，然后，下令提交条约，并如最高枢密院会议公文记事簿上的冷静记载，"在大众面前，决议（条款）撕毁"。枢密院大臣们沉默地看着这一幕，他们输了。总共只花了 37 天，俄国就恢复了专制政体。

恰巧，求得档案室保管员同意，我从珍品保险柜中获得了这份从上撕到下的已经发黄的文件。阅读它是件沉重的事：放在我面前的，是一份可以给俄国带来全新历史的开始，可以促进一个法制国家发展的文件。可能，我们现在就是一个拥有 270 年议会制度传统的国家。如果不是一些人的盲目贪权、一些人的争吵不休、一些人的愚蠢不堪、一些人的厚颜无耻和所有人的胆小怯懦，大约，我们就生活在另外一个俄国，成为另外一些人了。

安娜独裁统治的第一天，莫斯科居民为从未见过的自然景观惊奇不已：血红色的北极光照射出不同寻常的光芒。据报纸记载，"火柱"冲上天空，形成了一个火球。很多人认为这是王朝未来的不祥之兆。

地位装点人？

成为全俄的女皇，对安娜·伊万诺夫娜本人来说也是非常意外的。限制皇权的追随者和反对者在进行争权斗争时，没人将安娜当作独立的人来看待，事情关键不在她本人身上，每个派系都在为自己派系的政治理想而斗争，为他们坚持的国家制度而斗争。当斗争结束、专制制度恢复后，所有人都惊讶地盯着皇座：谁将统治我们？这个坐在王位上的女人是谁？

当然，到过皇宫的人以前就认识安娜和她的姐妹，只是，对她们并没有什么特别的尊敬。普拉斯科维亚·尤苏波娃公爵小姐曾对自己的朋友们说，以前在彼得大帝统治时期，"从不称呼安娜和其他公主们为公主，只是称呼其伊万诺夫娜"。德·利里阿，一个与彼得大帝宫廷亲近的人，在有关1730年事件的报告中，起先将新女皇和她的妹妹普拉斯科维亚搞混了，可见安娜在宫内有多微不足道了。而如今，出乎朝臣们的意料，安娜不仅成了女皇，而且成了独裁统治者。

没有一个爱谄媚的臣子——不管他有多奴颜婢膝、多虚伪——能承认安娜·伊万诺夫娜是个美人。这实在有点太难了。从正面照上，可以看到一个个子高高的、胖胖的女人阴沉地看着我们。短脖子，向下垂着的发硬黑亮头发，长鼻子，黑眼睛中的不善目光……哎哟，绝对不是美人！

性格冲动的谢列梅捷娃伯爵小姐（当时还是失宠的伊万·多尔戈鲁基公爵的未婚妻）从窗户看到旁边走过的女皇，大吃一惊："看上去太恐怖了，一张让人讨厌的脸，好大，走在士兵们的中间，比所有人高一头，非常胖。"著名元帅的儿子恩斯特·米尼赫对安娜的评价更为中肯："她身材高大俊俏。优雅庄严的脸型（此处指相貌——笔者注）弥补了美貌的不足。她有一双敏锐的褐色大眼睛，鼻子带点长圆形，有令人喜爱的双唇和一口好牙。头发非常黑，脸上有些麻点，声音洪亮有力。她体格强健，能承重压。"这样说吧，很少有女人能承受得了步枪强大的后坐力，然而，安娜·伊万诺夫娜每天都会进行射击，且多年如此。据在18世纪30年代进过宫的女皇客人、害羞的娜斯塔西娅·谢斯塔科娃回忆："让我靠近她的手来捉弄我：紧抓住我的双肩，感觉整个身体被抓住了，以至全身都疼了起来。"

总之，安娜看起来有些男人气质。德·利里阿写过，她的"脸更倾向于男性化，而非女性的脸"。其他观察者也都指出，女皇的相貌有点粗糙，肥胖过度，不优雅，没魅力。当然，每个人都希望与各方面都优秀的女皇——脸美，服装美，心灵美，且没有胡须，有音乐鉴赏力，有魅力，有智慧——打交道。不过，这却没什么办法，机智的戈利岑公爵给俄国推荐了这样一个女皇，就只能有这样的女皇……

奔向圣彼得堡

成为女皇后，安娜·伊万诺夫娜感觉在莫斯科很不舒服。她并不是特别信任那些推她坐上王位的人。贵族规划者们在关键时刻对近卫军的进攻做出了让步，却没有马上平复下来，在一段时间内，他们还试图搬出"各级高官会议"的概念。虽然在1730年3月他们已经清楚自己的算盘最终落空了，但有关年初事件可能再发生的闲言闲语却没有平息，让新女皇忧心不安。

安娜·伊万诺夫娜自然不可能马上清算压迫自己的枢密院大臣们。最高枢密院解散后，其成员几乎都进了枢密院，在1730年春安娜·伊万诺夫娜加冕时都得到了封赏。她只能对伊万·多尔戈鲁基公爵及其父亲阿列克谢展露出自己的真正意图。很多人不太喜欢的曾经的宠臣之家被流放到别廖佐夫，失宠的缅希科夫刚刚在此去世。

安娜在近卫军中没有依靠。虽然近卫军向她高喊君主专制制度，但她无法相信这些任性妄为的新射击军群体。有一次，安娜·伊万诺夫娜偶然听到近卫军们在扑灭宫中一次小火灾后往回返时的谈话，士兵们表示遗憾，忙碌中他们"没碰到应该碰到的那个人，不然就弄死他了"。这里说的是不久前从库尔兰过来的比龙——他迅速地占据了皇座旁的第一位置，而近卫军们，这些俄国宫廷的"卫生员们"，对此很不喜欢。

1730年8月，让近卫军们更不满意的是，安娜·伊万诺夫娜开始建立新的近卫军团：伊兹马伊洛沃近卫军团。优先选择以卡尔·古斯塔夫·列文沃尔德和比龙的兄弟古斯塔夫为代表的外国人作为他们的指挥员。而士兵则同彼得大帝时期一样从贵族中选出，都来自于远离首都政治倾轧的南方小地主阶层。也许，安娜期望在未来统治中出现危急时，这些人能够对她忠诚。

心怀不满的人们意图"修正1730年事件"的传闻，让安娜在1731年初采取了前所未有的行动。召集所有的近卫军军团、统帅部、高级官员到宫中集合，安娜·伊万诺夫娜向大家发表演讲，内容是"为了防止出现类似上一任沙皇死后的骚动"，她打算提前任命自己的接班人。不过，因为这个人选还未出现，她要求所有人立即宣誓效忠她将来的继承人选。安娜·伊万诺夫娜将自己的姐姐叶卡捷琳娜和梅克伦公爵卡尔·列奥波德的女儿，十二岁的外甥女安娜·列奥波利多夫娜召入宫内，打算将王位传给她，或是她将来的孩子。近卫军和高官们顺从地宣了誓。

然而，依然没有安宁。亲爱的首都莫斯科对安娜来说不是安全之地。安娜是一个迷信多疑的人，安娜·伊万诺夫娜对她妹妹普拉斯科维亚的秘密丈夫伊·伊·德米特里耶夫－马蒙诺夫在她眼前猝死一事非常震惊。尤其是郊游时在沙皇马车前面行驶的马车突然倒地一事发生后，女皇感觉非常糟糕。调查显示这是一场精心准备的阴谋。1730年末，安娜返回圣彼得堡的决议最终成熟了。当时建筑设计师多梅尼克·特列吉尼收到紧急订单，要将圣彼得堡的皇宫收拾好。

再一次成了首都，不过只有186年

1732年1月17日，《圣彼得堡公报》喜气洋洋地向世界宣布："令本地居民万分欣喜的消息——女皇陛下将于后天傍晚从莫斯科成功抵达本地。"

伯克哈特·克里斯托弗·米尼赫将军出迎女皇的到来。从安娜·伊万诺夫娜执政最开始，未来的元帅就以高度的敏感准确地抓住了来自莫斯科的新风向，并迅速向新君展示了自己的忠诚，带领整个城市、军队、舰队都宣誓效忠。然后，他向女皇告密海军将军西弗斯建议不要急于效忠女皇一事，以此博得安娜的好感，并让她将其他一些侦查性质的肮脏任务交给自己处理。

在安娜到达之前，米尼赫使出了全力，建成了豪华的凯旋门，翻新了宫殿，整顿了圣彼得堡街道秩序。可惜正是冬季，没法给女皇展示舰队。到处都是节日氛围，非常隆重：群众的欢呼声，军团成队发射出的礼炮声，鼓声和焰火。安娜·伊万诺夫娜在到达圣彼得堡后立即去往伊萨基辅大教堂①，那里安排了隆重的祈祷仪式。然后，女皇回了自己的家——冬宫。在四年后，圣彼得堡又赢回了自己的皇冠。

如今远离了莫斯科，安娜·伊万诺夫娜终于能放松下来。萨克森大使列夫尔特在迁宫圣彼得堡前夜写道，女皇想借此"摆脱这个有众多敌对面孔的地方（指莫斯科——笔者注），或者说，要去更远的地方，她想拥有完全的自由……"还有一个人也必然对迁都表示满意，他不喜欢"野蛮的首都"，再说，他在莫斯科还发生过前所未有的尴尬事：身为一个优秀的骑手，却在女皇、朝臣和一群人的面前被一匹马甩到地上。安娜·伊万诺夫娜打破了沙皇出行礼节，跳出马车亲自在莫斯科该死的泥泞中，扶起了可怜的，受了伤的，当然也是备受宠爱的首席侍从官。

严肃说来，迁都圣彼得堡是安娜执政生涯中强有力的一步。对于外国来说，彼得二世迁都莫斯科，象征着放弃彼得大帝的政治路线。此时的口号是："回到圣彼得堡，走向欧洲！"很多头脑清醒的政治家早就明白涅瓦河首都回归的重要性。安娜听取了这些建议，向全世界展示对彼得大帝政治理想的忠诚。

伊万诺夫娜地主婆

安娜·伊万诺夫娜开始了圣彼得堡的平静生活。

1732 年，秘密办公厅审理了士兵伊万·谢多夫事件。他侮辱性地评论了

---

① 此处应为彼得保罗大教堂。

一位战友讲述的在宫廷旁边看到的精彩场面。女皇陛下坐在打开的窗前，旁边一个带着金黄色帽子的小镇居民缓缓走过。安娜·伊万诺夫娜叫住了他，斥责他相貌不好，并给了他两卢布用来买新帽子。这是完全值得称赞的行为。但是，这一幕让人感兴趣的并不是它表现出来的人道主义，而是女皇本人的形象。一个看着窗外的行人或者说看着"山羊与看门狗打架"的无聊女地主，这样的形象未必能放在比如叶卡捷琳娜二世身上，可放在安娜身上，则完全没问题。她本质上就是一个女地主，当然，不是来自于普斯科夫某个被上帝遗忘的大阿列什诺村庄，而是来自庞大的俄国。她是一个小气、迷信、任性的太太，含着私心，警惕地从自己圣彼得堡的"窗口"看着整个广阔的庭院，一旦发现不规整的地方，就惩罚一下犯错的家奴。

她也有自己的"管家"，他掌管着最大的"领地"——莫斯科，他的名字叫谢苗·安德烈耶维奇·萨尔蒂科夫。读者还记得，在 1730 年 2 月 25 日这难忘的一天里，安娜·伊万诺夫娜正式授予了他指挥近卫军的权利。如今他还管理着莫斯科。

"谢苗·安德烈耶维奇！收到此信后，请去霍奇科夫修道院，带走独腿母亲的养子伊柳什卡，给他穿上小皮袄，由信使通过驿站护送过来。""谢苗·安德烈耶维奇！请去一趟阿普拉可辛家中，并亲自去一趟他的办公室，找到他父亲坐在马上的画像，将它给我们送来。它当然是在莫斯科，如果他的妻子将它藏了起来，后果自负。"

此类信件萨尔蒂科夫连续收了十年。尊敬的莫斯科总指挥、上将、伯爵、枢密院成员不止一两次地头撞上矮天花板，钻入女皇的臣民们的黑色小金库，在蜘蛛网和废品之中搜找某个"画像"、古斯里琴或是"情书"。

"探知此事：戈利岑父亲是否如他儿子在这里所报告的那样生病了，还是完全健康。如果生病了，请来信告知是何种病，病了多久了。"这是某人向地主太太告密公爵装病，所以她下令调查，如情况属实，公爵就要接受女皇被欺骗的怒火。"管家"的回信令人眼花缭乱："已知悉"，"静候恭听"，"据说……","从他人处探听到"。安娜非常重视这些流言,这是她不可替代、包罗万象的信息来源。读她的信会有一种有趣的感觉:她知晓一切,她敏锐的眼光和听力能穿透空间,看见"在瓦西里·费奥多罗维奇·萨尔蒂科夫的村庄,农民们正唱着歌,歌曲的开头是'在我们的小村庄波利万厝夫,有一个傻瓜大地主,他用筛子滤酒'",看见莫斯科"彼得酒馆窗台上有一个笼子,里面有只会说话的八哥",看见某个康德拉托维奇没有去上班,"在莫斯科闲逛";看见萨尔托夫村庄"有个庄稼汉止住了火灾"。伊万诺夫娜地主婆马上下令:将那个庄稼汉、歌词和八哥立刻送到圣彼得堡,而那个康德拉托维奇开除公职。

为了完成地主婆的愿望,萨尔蒂科夫不得不秘密行动,用当时的话来说是"在手下进行"。监控臣民的生活和财产状况也是大权在握的统治者喜欢的一种行为。不过,这并不是她独有的行为方式。统治者一贯喜欢搜查臣民们的小储藏室,秘密调查他们的钱罐子,从锁眼里进行偷窥,拆他人信件。让人想起普希金对娜塔莉娅·尼古拉耶夫娜的警告:"请小心些。您的信件,可能正被拆封:这是为了国家的安全。"

安娜·伊万诺夫娜将"有点长圆形的鼻子"伸进别人的事务中,她觉得自己是这块领地的女主人,领地里满是懒惰和贼手贼脚的家仆,她遵循的原则是:"我想封赏谁,这是我的自由!"这句话确实非常正确,1730 年 2 月,在克里姆林宫那次难忘的会面中,正是那些递交呈文的人们,渴望女皇拥有至高无上的权力。他们请求安娜"接受您备受赞誉与荣耀的先祖们所拥有的独裁权力",而她正是接受了"此种权力"。

全俄媒婆

部分安娜·伊万诺夫娜和萨尔蒂科夫之间的通信,完全可以称为全俄媒婆档案。我们来读一读这些信:"找到军政长官的妻子科洛格里娃娅,将她召到你身边,通知她将自己的女儿嫁给德米特里·西蒙诺夫,因为他是个善良的人，所以我们不吝于向他表达我们的善意。"军政长官的妻子为这些承诺感到很开心，"毫不反对，随时准备嫁出"自己的女儿，但是，倒霉的是，女孩还没满12岁！自然，"传言"是错误的。媒人在加加林公爵的女儿一事上也失利了。安娜替自己的内侍官塔季谢夫说情，请求萨尔蒂科夫与公爵本人商谈所有细节问题。谢苗·安德烈耶维奇回复，加加林很愿意满足伟大媒人的意愿，但这件事三年都悄无声息，毫无动静。

在其他所有的说媒事件上，安娜·伊万诺夫娜都是成功的。读者们，别认为是她强迫了谁去结她想出来的婚！在加加林一事上，她写道："不过，我们并不强迫他。按我们的意愿，如果他能不受逼迫接受此事，将是非常令人开心的。"确实，没发生过一次父母拒绝的事件，相反，能让女皇媒人开心，大家都觉得很幸福。

安娜·伊万诺夫娜对安排臣下私人幸福生活的追求，不仅可以看出一个媒婆空幻的虚荣心，而且，也反映出这个女人个人悲剧的痕迹，她的生活受尽折磨：17岁就成了寡妇，她渴望家庭的安宁，却终究未等到新的婚姻。当然，这里也有一种身为"祖国母亲"、"领地"女主人的骄傲感，让她可以向臣民们挥洒自己的恩惠，并自信比他们自己更清楚他们需要什么。当然，其中也有人的善良因素。

1733年，安娜忙着两个贵族孤女的事。"马秋什金喜欢其中的一个女孩，求我将她嫁给他，她很穷，不过，两人都不笨不蠢，我亲自见过他们。为此，"她命令萨尔蒂科夫，"将他父母叫来，问问他们愿不愿意他结婚，同不同意他娶刚提到的女孩中他喜欢的那个。如果他们很固执，说她很穷，没有嫁妆，那你就问问：哪个富人家会将女儿嫁给他？"三个月后，安娜·伊万诺夫娜满意地给萨尔蒂科夫写信，说"婚礼在我家举行，非常棒"，也就是说，婚礼是在宫中举行的。

伊万诺娃地主婆对臣民们的自由散漫和未经准许的恋爱极其严厉。有一次，在当时唯一的国家报刊《圣彼得堡公报》上，登载了这样的"简讯"：

"最近某位近卫重骑兵军人刚爱上某位俄国姑娘，并打算将她偷走。"之后写出了整个故事，描绘出他如何在奶奶眼皮底下偷走女孩，他们在教堂秘密结婚。"与此同时，宫内知道了这件事（可以想象得到，我们的女主人公在这一刻有多么的容光焕发——笔者注），立即派了某位专员去了新婚夫妇家中，将他们抓回。此专员（我想，应该是秘密办公厅厅长安·伊·乌沙科夫上将本人——笔者注）在最好的时间到达了目的地，当时新郎脱了衣服，而新娘正躺在床上。"所有参与这次冒险的人都被监禁起来了。"而如今，"记者做出结论，"所有人都想看到，这次有趣的爱情历险记将如何结束。"毫无疑问，此次意外地将新婚夫妇抓捕在床的精彩行动，是由国家道德坚定的堡垒——女皇本人亲自领导的。

成为家庭一员的小丑

那些想着安娜·伊万诺夫娜除了会解决自己臣民的婚姻问题之外什么也没做的人，是错误的。她还要操心其他非常困难的事务。比如，有关小丑的人事工作。女皇对此非常严厉、挑剔：因为小丑是要挑选入宫，成为宫廷大家族的一员的。将尼基塔·沃尔康斯基公爵选为丑角时，女皇要求萨尔蒂科夫详细地向她报告他的所有习惯癖好："他在家住得如何，是否整洁，吃不吃菜茎，睡不睡在壁炉上，有多少件衬衣，多少天做一件衬衫。"安娜·伊万诺夫娜多疑，有洁癖，她的兴趣点很容易明白：她要选一个人到家里时，不希望他是个不好整洁干净、破坏宁静氛围、会打呼噜和吧嗒嘴的人。

由于安娜·伊万诺夫娜的严格筛选，一个有六位专业小丑的团体组成了，其中未包括大量的小丑业余爱好者。小丑中有两位外国人：德'阿科斯塔和佩德里罗。有四位"天生小丑"：伊万·巴拉基列夫，尼基塔·沃尔康斯基公爵，外号克瓦斯罐子的米哈伊尔·戈利岑公爵和阿列克谢·阿普拉可辛伯爵。他们都是精心挑选出来的小丑，在俄国已经找不到比他们更好的了。

当然，供养小丑最重要的就是"为了制造欢笑"。皇座底下揭露社会罪恶的小丑形象，只是文艺作品里出现的。在现实生活中，这一切都更简单更无聊。小丑，就是常见的一种消遣，是你身边的喜剧，是打发漫长无聊的冬日之夜和盛宴时间的娱乐。总之，那时的丑戏未必能让今日的我们发笑。这些场景是下流猥亵的。历史学家伊万·扎别林写道，丑戏就是一种独特的"快乐形式"，里面"最下流肮脏的行为恰合时宜，且能获得大众称赞"。小丑不在主流道德体系偶尔假仁假义的标准之中。他以袒露身心的方式，为隐藏在严格的社会道德准则下的心理能量找到一个宣泄口。"所以，家中会有小丑，用来表现愚蠢的生活，而实际上，却体现出自由的生活。"

也许，丑戏以自己的低级、下流和百无禁忌，让安娜·伊万诺夫娜非常重视，也非常需要：她是个假装良善的人，是社会道德的守护者和评判他人行为的严厉裁判，却与已婚的比龙非法同居，丑戏能让这个女人潜意识中的紧张得到放松。这段关系受到世俗、信仰、法律和民众的谴责，关于民众的谴责，安娜从秘密办公厅的报告中知道得很详细。

小丑是庞大的宫廷家族中重要的一员。常年在一起的生活使得小丑与统治者之间的关系亲近起来。让女皇和宫廷开心的小丑故事能说好几个月。赢得笑声最多的是伊万·巴拉基列夫的尖锐家庭问题，女皇本人、高官显贵们和主教公会都参与了它的解决。他们一会儿讨论与不愿向巴拉基列夫出嫁妆的岳父正面作战问题，一会儿主教公会严肃地讨论起巴拉基列夫和他在床上不听话的妻子之间"房事一如从前的问题"。一会儿突然出现新的不幸：女皇的宠臣打牌输了一半的马，为了挽回他的马匹，她在贵族中安排了一次抽奖。安娜·伊万诺夫娜的宫中，克瓦斯罐子戈利岑公爵也很光彩夺目。他在丑角的悲情演绎方面并不逊于巴拉基列夫，完全配得上丑角之冠。在看了戈利岑最初的相亲后，安娜·伊万诺夫娜给萨尔蒂科夫写信，说公爵"比所有人都好，打败了这里所有的小丑"。

根本不需要认为公爵们和伯爵们在成为小丑后会感觉自卑自贱和受到侮辱。这不过是为女皇工作的一种方式而已，且不是所有人都有这种才能：医学小丑完全有可能成为将军，但是，不是每个聪明人都能成为小丑。将以丑行出名的沃尔康斯基公爵招进宫时，安娜·伊万诺夫娜给萨尔蒂科夫写信说："告诉他，是因喜爱，而不是愤怒，将他叫来（宫中做小丑）。"这样，女皇和小丑们就住在了一起。

冰宫

在圣彼得堡，每年冬天都会在涅瓦河河面的冰上修建冰城和冰堡，这是城市居民最喜欢的冬日消遣。但是，1740年2月，大量的匠人开始用涅瓦河的冰修建某种不一样的建筑。圣彼得堡居民好奇地看着童话般的冰宫如何一天天地高起来。安娜宫中曾策划出令以往所有类似消遣都黯然失色的大型小丑婚礼，比如，小丑佩德里罗的山羊婚礼，让安娜·伊万诺夫娜感到无比愉快的是他和山羊躺在同一张床上。此次的新婚夫妇是小丑克瓦斯罐子米哈伊尔·戈利岑和卡尔梅克女人阿芙多吉娅·布热尼诺娃。戈利岑公爵因早前在意大利娶了个天主教徒被"惩罚"做了小丑。那个被所有人抛弃，只能听天由命的女人，最终客死异国。而戈利岑却成了优秀的小丑，现在，安娜·伊万诺夫娜决定用最特别的方式来安排他的家庭生活。为了婚礼和在首都街上举行小丑游行，她下令送两位身穿传统服饰的知名"异族人"来圣彼得堡，这个命令本身就让安娜·伊万诺夫娜感觉好笑。

指定了冰宫为新婚夫妇的新房。它完全符合当时戏谑、蒙骗的"滑稽"文化，人们看到的真实事物，实际上都是模型、骗局和蜡像。这里的一切都是由冰做成的。冰宫被冰灌木丛环绕，在它们染成了绿色的冰树枝上，坐着各色冰鸟。正门前有一头实物大小的冰象，里面坐着的人用它那高扬的鼻子吹着号角。有时大鼻子里会涌出水，而晚上是燃烧的油。

不过，最令观众惊讶的还是宫殿本身，它的构造和摆设。奢华的内室中有窗户、墙壁、门和家具，所有的一切都是由冰雕成的，并巧妙地用颜料染上真实自然的色彩。桌子上居然还有游戏牌，新婚卧室与真正的皇家卧室一模一样：冰床、冰帐、床单、冰枕和冰被子。所有仪式结束后，新婚夫妇将被关在笼中隆重地送上这张床。

瓦西里·特列季阿科夫斯基用格律诗来向全民婚礼大游行致敬：

> 小丑克瓦斯罐子和布热尼诺娃
>
> 因爱结合，然其爱令人讨厌。
>
> 摩尔多瓦女人，楚瓦什人，萨摩耶人！
>
> 开始欢乐吧，年轻的祖先们……

还有其他一些类似风格的。

新婚夫妇早上才被放出来，骨头都被冻住了。安娜·伊万诺夫娜及其随从们询问戈利岑新婚之夜的甜蜜时，宫内充满了欢乐。

重建通往"顶层"的"女皇室"

小丑只是宫中团体和编制的一部分。宫中还有许多其他的仆人，他们在旁观者看来可能是一大群丑八怪，这是一个大的收容所、活的蜡像陈列馆。事实上，一切都自有它的规则和道理。要记住安娜·伊万诺夫娜所处的时代和她所有的奇异经历。身为俄国 17 世纪的莫斯科公主，她在一个美好的日子里成了库尔兰公爵夫人，在那居住了 20 年，然后一觉醒来成了女皇。这三个阶段在她的心理、品位和习惯上留下了痕迹。安娜·伊万诺夫娜处于那个时代折中论的转折时期。

毫无疑问，安娜深陷旧日岁月——她的 17 世纪。成为女皇后，她不仅想起了天堂之地伊兹马伊洛沃，还重建了门客编制的"女皇室"——俄国女皇用它们打发闲暇时光。当然，时光不能倒流，安娜·伊万诺夫娜也没想恢复古老礼仪。内侍、内仆、高级侍从官早就取代了御前侍卫、御前大臣、内廷侍臣。不，对安娜来说，更重要的是"女皇室"本身的精神。她那不科学、只是充满怀旧之情的兴趣体现在她无数次请求萨尔蒂科夫寻找并送来老太太或老爷爷的某幅古老"肖像画"、带图文的古书还有她以前的克里姆林宫生活或伊兹马伊洛沃生活中有过的各类物品。从女皇给萨尔蒂科夫的信中，我们可以看到，她如何将当时还活着的、曾挤满了伊兹马伊洛沃宫的母亲的门客们聚集起来。信使将老太太、寡妇、"爱说话吹牛的人"（即讲童话故事的人和睡前按摩脚的人）全都送到了女皇在圣彼得堡的宫中。安娜·伊万诺夫娜身边出现了独腿母亲塔莉娅·多尔佳娅、村妇卡捷琳娜、贵族女孩这样的人。"在佩列斯拉夫，"安娜·伊万诺夫娜吩咐萨尔蒂科夫，"从贫穷的贵族女孩或是工商业者中，找一找类似塔基亚娜·诺沃克列谢诺娃的女孩，如我们所知，她快要死了，所以要找到可以替代她的人。你知道我们的要求，我们要找一个四十岁左右、爱说话的人，像诺沃克列谢诺娃，或是像娜斯塔西娅·梅谢尔斯卡娅公爵夫人和阿妮西娅·梅谢尔斯卡娅公爵夫人。"

丑角，即男女小丑、男女小矮人、傻气无力的人、肢体不全的人、哑巴和缺腿的人，组成了女皇的"皇室"。还有"女黑人""外国孤儿""卡尔梅克女人""德国女人""通古斯女孩"。1734 年，安娜·伊万诺夫娜命令驻波斯总司令列瓦肖夫将军"送来两个波斯女孩或格鲁吉亚女孩，一定要白皙、干净、漂亮、聪明"。

安娜时期似乎恢复了在单调的圣彼得堡这个欧洲城市中消失了的"向上爬"的古老概念。进入克里姆林宫代表进入"顶层"，因为这里住着沙皇们。圣彼得堡既没有克里姆林宫，也没有克里姆林宫周围的小山坡，但有"顶层"一词。在一众流言、争吵及众多门客的长故事和童话里，女皇就住在这个"顶层"。这是古老的莫斯科生活传统，是安娜·伊万诺夫娜的世界。

"伪女神，或饱经沧桑的塞米拉米达"

旧秩序在宫中不知不觉地出现了，不过，它们没有挤走新秩序，相反，它们很奇异地共存起来。库尔兰的多年生活还是留下了印迹，安娜·伊万诺夫娜对欧洲的娱乐消遣很感兴趣，如剧院、音乐、芭蕾、歌剧。宫中最受欢迎的是意大利剧院的"喜剧"巡回演出团。滑稽地模仿生活，总发生冲突的阿莱基诺、皮埃罗和斯梅拉尔京之间喧闹的吵架，打斗和互相打人后脑勺，简单的题材，都和国内男女丑角的滑稽戏非常相似。而安娜，作为一个不怎么讲究的观众，很满意地观看了短剧，短剧名本身就体现出了故事内容："对立的情人和假帕夏阿莱基诺""复仇的塞米拉米达""红杏出墙""水中和田野里的游戏""阿莱基诺换装游戏"和其他街头剧院的优秀作品。

音乐史学家指出，安娜的统治时期是俄国音乐文化的转折点。安娜执政时期除了有军乐、进行曲和彼得时期大型舞会的舞蹈，还有舞台音乐和演奏会音乐（尤其是随意大利巡回演出的演员们而来的）。出现了第一个宫廷作曲家：意大利人弗朗西斯科·阿拉贾。宫廷大合唱团唱起了歌，歌手一律是乌克兰少年。1737年，法国芭蕾舞导演让·巴蒂斯特·兰德成立了至今还在的圣彼得堡皇家芭蕾舞学校。

为了让大家胃口好和心情好，音乐家们在盛大的宫宴上进行演奏。因此，1735年在亚历山大·涅夫斯基勋章获得者的庆贺午宴上，安娜·伊万诺夫娜和他们同桌就餐，"为了让女皇陛下感到满意，音乐会由技艺最精湛的意大利音乐家和歌唱家演出"。

女皇陛下从观看和聆听歌剧中获得享受，虽然圣彼得堡并不常有演出，但这还是给首都和宫廷生活带来了明显的活力。为歌剧演出建成了可容纳上千人的剧院，允许所有愿意观看的人入场，重要的是，醉酒和穿着邋遢的人不能入场。歌剧以其宏伟的舞台布景、音乐、歌、诵白、舞蹈、藏于人身后的庞大机构的协调运作让还未被惯坏的观众叹为观止，它将"男神"和"女神"捧上云霄，来自"深渊"的轰隆声和"雷神箭"的光芒让剧院墙壁和观众的心脏齐受震撼。

艺术大行家雅各布·施戴林在报纸上解释，歌剧是"用歌唱表现行为"，通常是为某件盛事做出的安排，比如，女皇的命名日、登基纪念日、加冕纪念日等等。因此，1737年女皇生日时，上映了"庞大而丰富的"歌剧《伪女神，或饱经沧桑的塞米拉米达》。舞台布景和服装豪华，意大利音乐精良。我们对情节确实不了解，但是，毫无疑问，歌剧展现了崇高的感情，以极富同情心的场面令观众们纷纷洒泪，最后以善良战胜了邪恶、爱情战胜了仇恨为结局。观众们，如同报纸上登载，对此"非常满意"，安娜也是如此。

可怜的兔子，或彼得宫的狄安娜

回忆录作者对 18 世纪 30 年代圣彼得堡的生活回忆："因严寒天气的关系，女皇无法多享受夏天时每天在彼得宫的射击带来的欢乐，如今，每次有歌剧、喜剧或幕间小喜剧时，她都与内侍们一起去剧院观看。"

确实，只有天气不好的时候可以在剧院和宫廷接待日看到安娜·伊万诺夫娜。狩猎，准确来说是射击，是安娜真正所爱，身为莫斯科公主的一个不同寻常的爱好，对有点粗壮和傻气的女皇来说，却是非常自然的事。安娜·伊万诺夫娜不只是出席捕猎现场，也不只是放狗去追捕野兽，她会亲手射猎，且技艺娴熟。在彼得宫避暑时，她常进行射击运动。女皇通常在公园打靶，如果天气不好，就在跑马场。

女皇最喜欢的是打活动靶。从这个意义上来说，狩猎可以称为安娜·伊万诺夫娜的射击活动。各种野禽野兽从全国各地运到彼得宫附近的分牧区和鸟舍。在公园里散步时，女皇不断地向成群出现的野兽射击。因此，1739 年夏季，她亲手射了 9 头鹿、16 头野山羊、4 头野猪、1 头狼、374 只兔子和 608 只鸭子！除此之外，在我们狄安娜的 1024① 个战利品中，还有 16 只不可食用的鸥。可以想象出这样的场景：女皇不满足于待在宫内，拿起挂在墙壁上的上好膛的火枪，开枪射击每一只飞近的鸥、乌鸦或是寒鸦。即使在路上，女皇也是德式马枪不离身。"路上，"报上登载了安娜·伊万诺夫娜移居彼得宫一事，"女皇陛下在狩猎农庄以射中飞鸟为乐。"

安娜·伊万诺夫娜时期，有大型的坐在"艇车"上的野蛮狩猎活动，这

---

① 此处应为 1028——译者注。

是一种特制的轻便马车，将它放置在林间草地中间，围猎者将大森林中的野兽往这里赶。最后，在密集的追捕下，野兽跑到了直接通往"艇车"的帆布走道上，狩猎者安全地坐在里面，向逼近的鹿、狼、从窝里爬出来的熊和其他森林动物开枪射击。

由于女皇的痴迷，射击成了一种社会时尚。爱好钻营的贵族培养着自家年轻的女儿猎鸽的习惯，而安娜·伊万诺夫娜热心地向莫斯科的客人询问："莫斯科的女人会射击吗？"对方满口保证，会射的，亲爱的，会射的！怎么可能不会呢！如果女皇在冰窟窿里游泳，那么，为了讨得她的欢心，所有年轻或不太年轻的伯爵和公爵夫人小姐都会钻进冰水里。

对狩猎和射击的酷爱当然是极富表现力的。要建立功勋，彼得宫的狄安娜需要强劲有力的手、精准的目光、有爆发力的身体、足够的冷静和热情。也许，这种女骑手情结正好完全与女皇的内心世界和她那远离精神追求的心灵构造相符合。不过，为了不使读者们做出不准确的结论，必须得说，不管安娜·伊万诺夫娜对狩猎的热情有多大，也比不上她另一份主要的热情。这份热情的对象是一个男人：比龙。

手牵手

"也许，世间从未有像女皇和公爵两人一样，完全参与对方的快乐与悲伤的一对恋人，"回忆录作者恩斯特·米尼赫这样写道，"两人几乎从来不会在表情上进行伪装。如果公爵脸色阴郁，那么女皇瞬间就会有担忧的表情。如果他是开心的，那么女皇的脸就明显很快乐。如果谁让公爵不开心，那么从她的眼中和脸上可以观察到剧烈的表情变化。所有的赏赐都必须得到公爵的同意，只有他一人可让女皇下定决心。"

自从 1730 年 3 月比龙来到莫斯科的安娜·伊万诺夫娜身边，他们就再也没有分开过，直至女皇于 1740 年 10 月逝世。不仅如此，他们经常被看到手牵着手，这都成了上流社会嘲讽之事，嘲讽相应地成了秘密办公厅的调查内容。

比龙对女皇具有压倒性的巨大影响。事情关键与其说是在宠臣本人（一个英俊、相貌堂堂的人，且毫无疑问是刚毅聪明的人）身上，不如说是女皇深陷这段感情，所以欢喜地臣服于自己的主人老爷。他们永远在一起，甚至同时生病，准确地说，是比龙生病，女皇随之也生病。英国驻俄国公使克拉夫季·隆多向伦敦报告，说安娜"生了点病"时，写道："几天前，她和她的宠臣比龙伯爵（他在1737年成为公爵——笔者注）放了血。伯爵生病时，女皇在他房间吃饭。"她也是在那里接待访客，或是在比龙不舒服时根本谁都不见。米尼赫元帅写道，"女皇根本没有单独的桌子，午餐和晚餐只和比龙一家吃，甚至是在自己宠臣的豪华套房"。

比龙娶的是女侍从官安娜·比妮格娜。据我们所知的官方数据，他们有三个孩子：彼得，盖德维卡·伊丽莎白和卡尔·恩斯特。孩子们在宫中非常自由，过分顽皮，戏弄内侍官们。女皇对小比龙们非常亲热，尤其对大众猜是她儿子的卡尔·恩斯特。封赏与官职源源不绝地给予他们。这里是克拉夫季·隆多对女皇在1738年4月29日接见萨克森大使祖马的描述："他向女皇呈递两条白鹰勋章（波兰最高勋章——笔者注）。女皇立即将他们给了库尔兰公爵的两个儿子——彼得王子和卡尔王子。"

似乎有一种安娜和比龙们是一家人的感觉。他们一起参加各种节日，一起去剧院和音乐会，一起在涅瓦河上乘雪橇，晚上一起打牌。这种三角关系令旁观者们非常吃惊，但历史上有不少类似的组合，所有人都早就清楚各自的角色、位置和共同的命运。

比龙向朋友们抱怨说在他有国事要处理时，也得整天整天地与女皇在一起。不过，这也许是他短暂的软弱行为，或是他耍的花招。比龙谨记自己的前任别斯图热夫的悲惨命运，每天守着安娜·伊万诺夫娜，如果他离开了，女皇的身边就有他的妻子，或者某位暗探。对俄国驻华沙大使凯泽林，他坦率地写道："必须极其谨慎地对待陛下的垂青，以免发生不幸的改变。"比龙和安娜·伊万诺夫娜在一起的时光都遵循着这个规则。临死之时，她将自己所拥有的最珍贵的东西——皇权——给了自己最爱的人，至于他没有保住手中的这份礼物，这就不是她的错了。

比龙的美妙幻想

安娜的登基给比龙打开了令人头晕目眩的世界。安娜·伊万诺夫娜为情人在奥地利国王处谋求到帝国伯爵的封号，他成了圣安德烈勋章获得者和首席内侍官。为了让这一切看起来更体面些，官职栏上做了一些修改，新出炉的首席内侍官的官职从第四级别"挪到"了第二级别。

不过，比龙内心的梦想是成为库尔兰的公爵，占据至今悬空的米塔瓦王座。此事困难重重：普鲁士人和波兰人密切关注着库尔兰。除此之外，库尔兰贵族阶级完全不想听见王位由出身贫贱的比龙继承一事。宠臣与俄国驻萨克森－波兰大使凯泽林之间的通信留存至今。比龙竭尽全力麻痹波兰和普鲁士国王安插的潜在竞争者。他给凯泽林写道："有人向我打探，我在库尔兰一事中是否有什么目的。阁下知道，我平生对此没什么喜好，更何况在将来，因为我对自己的处境很满意，而如果上帝恩赐我们一位公爵的话，我是无所谓的，不管他是谁，只希望他与国家都能够幸福。"还有后续："我长久以来的愿望，是放弃俗世，将我短暂的生命投身安宁生活……如今，我不再是那个在辛劳中寻求荣耀的人。"

不过，我们是知道的，他根本不是那样的人！1737 年春，决断的时刻来临，比龙对此早已准备就绪。出乎政治阴谋家的意料，松懈的比龙突然采取了坚决大胆的行动。他将强大的帝国机器投入行动，开始了积极的外交压制，俄国"名额有限"的军队进入了库尔兰。俄国龙骑兵牢靠地将匆匆聚集的库尔兰贵族国会"保护"起来，并对与会代表提出警告，每个人当然有投票赞成或反对比龙的自由，但是，反对该候选者的人将会被流放到西伯利亚。

没什么可说的，选举结果是罕见的全票通过。比龙的美妙幻想实现了。

他以赢了最后的关键局的胜者姿态，给凯泽林写信谈输了的普鲁士国王："可惜他的狐狸（已）抓不住我的鹅。"比龙没想移居库尔兰，他的位置在安娜身边。米塔瓦为可能发生的撤退准备好了基地。为将它建得更舒适一些，比龙将优秀的建筑设计师弗朗西斯科·巴尔托洛梅奥·拉斯特列里派去了库尔兰，对他在任何方面都没有限制，国库也为他修建米塔瓦宫殿和伦塔尔宫殿全然打开。几年后，童话般的豪华宫殿建成了。不过，它们还需长久地等待自己主人的到来：他守在女皇身边寸步不离，而在她死后，他立即被当作国家罪人流放到了别的地方……

哪个是正确的："可以"还是"批准"？

读者有权询问：女皇安娜·伊万诺夫娜是一个怎样的国家领导人？回答很简单：非常糟糕的！完全什么都不懂！在冗长的报告或呈文上写下"已知悉""交给他"或者"可"（即准，意为预先试验、批准、同意），根本不用费什么头脑。安娜·伊万诺夫娜经常公开宣称不愿处理国事，尤其是在她的休息日里。而她几乎一直都在休息。女皇经常指责自己的部长们强迫她处理事情，尤其是一些琐碎之事。因此，1735 年，安娜·伊万诺夫娜警告部长内阁成员，不要"为小事劳烦我"。

不能说女皇完全不处理国事。不过，她是更喜欢听报告，而不是自己坐着看公文。最常向她做报告的人是安德烈·伊万诺维奇·奥斯特曼和阿尔杰米·彼得罗维奇·沃伦斯基。在与比龙讨论并听取他的建议后，安娜·伊万诺夫娜才做出决定。为运行整个庞大的国家机器，只需简短地批示或点头赞同。而这对安娜·伊万诺夫娜来说也很困难。阿尔杰米·沃伦斯基从宫中返回后，愤怒地与朋友说："我们的女皇是个蠢货，从她那儿拿不到批文！"

特别困扰女皇的是令人讨厌的上书请愿者。他们常年受到办公厅和事务处的迫害与折磨，带着最后的希望来到圣彼得堡，耐心地在皇宫旁等待女皇，希望可以在绝望的哀号声中扑到女皇脚下，递交沾满泪水、控诉不公的呈请书。某些胆子大的人狡猾地逃过女皇的子弹到达了彼得宫，或是碰上了正在散步的女皇陛下，就此递交了呈文。不过，很少有人能成功，几乎都被警卫抓到了。

1736 年，秘密办公厅审查了一位告密者的案件，他在彼得宫的灌木丛中被抓捕，其哀号声和一副快死的模样让女皇受到了惊吓。可怜的人被拖进了监狱。还有一个女请愿者的故事也很有名。她"久待时机"，成功地向女皇递交了她丈夫薪资被拖欠的呈文。安娜·伊万诺夫娜严厉地申斥了女请愿者："你知不知道，向我告状是不允许的？"然后下令将可怜的女贵族拉到广场施了鞭刑。当然，这也是为了震慑他人。

1738 年，安娜·伊万诺夫娜决定一次性解决控诉书的问题。她命令枢密院收集所有的控诉书，"按照法律进行审查并解决，让所有可怜的人都尽快获得公平，而女皇陛下无须再因这种抱怨申屈的呈文劳累"。这是非常明智的决定，是所有俄国统治者的梦想！我想，这是安娜·伊万诺夫娜亲自下的决定。

我们的伊万诺夫娜地主婆非常相信高声训斥的强大效果。"你将那个神甫叫来，"她在一封信中教训萨尔蒂科夫，"并对他大声训斥一番……"枢密院总检察长雅·彼·沙霍夫斯科伊回忆称，带着"愤怒命令"过来的圣彼得堡总警长瓦·费·萨尔蒂科夫臭着脸召集了官员，"向我们严厉地高声（非常必要的一个细节——笔者注）宣布，女皇陛下已知道我们没有认真完成工作，因此命令他向大家宣告她君王的愤怒及我们将受到惩罚"。

安娜·伊万诺夫娜相信，被高声训斥和恐吓所震撼的官员们会立即不再盗窃、偷懒和无情地对待请愿者。这让人想起另一个如谢德林一般有名的萨尔蒂科夫。

"女人不适合劳作"

1738 年，阿尔杰米·沃伦斯基在部长内阁宣布，安娜·伊万诺夫娜"从圣彼得堡出发去彼得宫时，口谕宣称她去彼得宫是为了娱乐和安宁，因此女皇陛下不想在成堆的报告中为国事操劳，所有事情由部长内阁按照特令授予他们的全权自行解决"。只有"最重要的"事务，才需要向彼得宫的女皇报告。

安娜·伊万诺夫娜像所有的俄国独裁统治者一样，从来不定义自己的义务范围，不然，独裁原则就被打破了。她没有指出哪些事务是"最重要的"，而哪些是稍微次要的。定义重要的等级得看部长们的本领，确切地说，是部长内阁的本领。这个机构是"为处理好所有国事"于 1731 年秋成立的。安娜·伊万诺夫娜登基后，最高枢密院被解散，立即就有了设立这个机构的必要。1730 年 2 月，瓦西里·塔季谢夫就在自己的计划中写道："有关女皇陛下。虽然我们相信她的聪明、优良品德，这是一届很好的政府，但是，身为女人，并不方便处理这么多的工作"，所以，"需要新设立某个东西来辅助女皇陛下"。而这"某个东西"在 1731 年成立了。

进入部长内阁的是受到非常的信任的高官——首相加夫里拉·伊万诺维奇·戈洛夫金、副首相安德烈·伊万诺维奇·奥斯特曼、内阁部长阿列克谢·米哈伊洛维奇·切尔卡斯基，1735 年增加了巴维尔·伊万诺维奇·雅古京斯基，后来又有阿尔杰米·彼得罗维奇·沃伦斯基——他被处死后，接替者是阿·彼·别斯图热夫－柳明。新机构拥有非常大的权力，部长们的签名与女皇签名有同等效力，虽然只有她有权决定哪些事情由自己解决、哪些让部长们去解决。

所有安娜·伊万诺夫娜无法解决、也不想解决的日常事务，全都集中到了内阁。这是一个治理国家的工作机构。内阁挑选得很成功：胆小的戈洛夫金（死于 1734 年）和切尔卡斯基没什么才能，不过，交给他们的事情全都处理了。机构的"马达"是安德烈·伊万诺维奇·奥斯特曼，他承担了主要的工作重任。比龙重视奥斯特曼的工作能力，但是并不是非常信任他，安德烈·伊万诺维奇是个非常阴暗、阳奉阴违的人。为了与奥斯特曼对立，比龙扶持了雅古京斯基进入内阁，他曾在彼得时期担任枢密院总检察长一职，是个直爽、易冲动的人，在他死后，又扶持了沃伦斯基，他是一个聪明、功利心重的人，也像雅古京斯基一样容易冲动。宠臣希望沃伦斯基能让奥斯特曼分身乏术，并努力挑起内阁纷争。

部长内阁背后的靠山是比龙本人。他表面上还是首席侍从官，并不是这个机构的一员，但是，没有他的许可，内阁不能做任何重要决定。部长们在女皇的豪华套房做报告时就猜到，听报告的不只打哈欠的安娜·伊万诺夫娜一人，还有坐在屏风后面的比龙。正是他决定着一切，是他在挑选部长和其余官员。1736 年 4 月 5 日，他担忧地写信给凯泽林："雅古京斯基快死了，可能就是今天晚上的事，我们得找到在内阁中替代他的人。"

官员们为了比龙的接见要等待数小时。他能将任何事务向前推动，无人敢对他提出反对。不过，为了事情的成功，当然需要一些"打点"。不，首席侍从官从来不曾受贿。他何必受贿呢?! 只是一些善良的人给他送了些礼物——马厩的公马、给妻子的某样饰品，就这些。

"我们忠诚可爱的人"

在皇权制度中占据特殊且非常重要地位的人，除了比龙，还有伯克哈特·克里斯托弗·米尼赫。1730 年初，他被留在朝中，留在被遗忘的圣彼得堡，他思考着投靠谁会更加有利。作为到俄国前换了四次军队的优秀工程师和筑城工事专家，他几乎已经准备好为谋求幸福和官职去走老路做雇佣兵。突然间，安娜·伊万诺夫娜上台了。米尼赫立即明白，在 1730 年初莫斯科的事件后，女皇正需要像他这样与"世袭贵族"和"贵族们"毫无联系的忠诚的仆人。他开始不太顾忌道德而卖力工作。

米尼赫到了安娜·伊万诺夫娜的朝中。他在女士们和没有洞察力的男士们心中留下了很好的印象，是一个有魅力、讨人喜欢的人。他高大消瘦的身材看起来既优雅又引人注目。但是，那些会辨识的人看出了米尼赫的做作和虚伪。元帅最明显的性格特点是极端的功利心和自恋。他以伟大的统帅自居，并以此名义在 1735—1739 年间将上万人白白搭进俄国对土耳其战争。在自己的回忆录中，他"谦虚地认为"，他拥有无上荣耀，俄国民众称他是"有透视眼的鹰隼"和"俄罗斯帝国的支柱"。而从秘密办公厅的案件中可得知，士兵们给他取的外号是"屠夫"。

毫无疑问，这是个倒霉的统帅。不经深思熟虑的战略计划、低水平作战部署、因循守旧的战术、不合理的人员伤亡，这就是米尼赫所谓的军事"天分"，多是偶然的幸运或者荒诞的运气将他从战败中拯救出来。米尼赫有给自己招惹敌人的罕见才能。他是个典型爱钩心斗角的人：他出现在哪里，哪里马上就会有争吵和纠纷。他善于对身边人（尤其是下属）说一些让他们恨不得将他和着高筒皮靴一起吃下去的话。他开始让大家都对他抱有好感，为他着迷，然后就突然改变了语气，侮辱贬低他人，让对方永远都不可能原谅他。1736 年，安娜·伊万诺夫娜非常担心远征中的军队状态。这里说的不是战场上的失利，比土耳其人更恐怖的，是米尼赫身边的钩心斗角，有传言称将军们密谋反对自己的统帅。俄国军队统帅部的丑闻费了很大劲儿才平息。

米尼赫对所有丑闻都满不在乎。回到首都后，他总能说出合适的话，让女皇对他做过的所有坏事都视而不见。安娜·伊万诺夫娜很清楚，只要她有米尼赫，军队就很稳固地在她手中。在给元帅的信中，她并非偶然地称他为"我们忠诚可爱的人"。他确实是这样的，为了获得女皇的赏识和升迁，他可以付出良多。米尼赫以告密者和政治刑侦案件侦查员身份而出名。他恬不知耻，不择手段，因安娜·伊万诺夫娜的密令在俄国境外组织杀害瑞典外交使臣马尔科姆·辛克莱。

比龙很早就清楚这个温柔的美男子的追逐功名之心，并竭力阻止米尼赫受到女皇的信任。比龙完全是一个平民，因而在安娜·伊万诺夫娜的眼中理所当然地输给了这个有着个人光辉荣耀的军人：众所周知，女人永远爱军人。宠臣阻止米尼赫进入部长内阁，然而他还是进去了。还有一次在与米尼赫的强大野心和自负起冲突时，比龙试图将他的精力全部引到可获得军事桂冠之处，尤其是在远离圣彼得堡的战争加剧的南方。米尼赫被派去参加1733—1735年间的俄国对波兰战争，后来几乎不断在南方与土耳其人对战。他在1740年才跳出草原重回危险的朝廷，他最终机智地对自己昔日的恩人比龙暗中下绊，于1740年11月9日深夜将他逮捕。

无可替代的安德烈·伊万诺维奇

副首相安德烈·伊万诺维奇·奥斯特曼是安娜执政时期的关键人物之一。从彼得时期担任波兰办公厅翻译一职开始，这个从威斯特法伦迁来的普通人，已成长为一个非常有影响力的大人物。他的工作能力不同寻常，用同时代人的评论来说，他日夜不停地工作，除了工作日，还有节假日，身为一个非常有自尊的部长，他当然是不许自己休息的。庞大的行政管理经验让他能轻松地了解内政和外政，他是一个非常强大的外交家。在至少十五年里，他处理着俄国的外政，且奥斯特曼为帝国工作的成效非常不错。

不过，安德烈·伊万诺维奇一直是孤独的。和他交往令人极度不快。他的城府深和虚伪是众人议论的题材，而他那技术不高的伪装又有些荒诞可笑。通常，在自己事业的最重要或是最微妙时刻，他总是生病，他一会儿突然患上足痛风，或是手关节痛风，一会儿倒在床上，谁也拖不走。1734年4月比龙就略带讽刺地给凯泽林写信："奥斯特曼从2月18日就卧病在床，这段时间里就刮过一次脸（刨除其他，即使在那个本就不太爱干净的世纪里，安德烈·伊万诺维奇也是一个极不修边幅的人——笔者注），抱怨耳朵疼（为了不听他人的询问——笔者注），将自己的脸和头都裹了起来。刚痊愈一点，就又犯了足痛风，于是又不能出门。整个病可能有些这样的性质：首先，是为了不给普鲁士不好的答复……其次，是因为对土耳其战争形势与期望值不一样。"

而英国大使芬奇对奥斯特曼的描述是这样的："我说话的时候，伯爵看起来完全一副病容，有强烈的呕吐感。这是他每次对谈话感到为难，不知如何对答时玩的诡计之一。了解他的人会让他继续玩这个偶尔挑战他人极限的恶劣游戏，并继续自己的谈话，伯爵见赶不走对方时就立刻康复了，似乎什么病都没生过。"

确实，奥斯特曼在装假上是有分寸的：身为廷臣的敏锐嗅觉总会提醒他，什么时候该唉声叹气地去宫中。安娜·伊万诺夫娜很尊重安德烈·伊万诺维奇的声望、渊博学识和严肃认真。当需要对外政策的建议时，朝廷无法绕过奥斯特曼。只需要一些忍耐，将他那些附带条件、跑题的话和含混不清的暗示都当作是耳边风，就能从他那得到最好的解决方案。

女皇安娜认为奥斯特曼的好在于他是一个完全受她支配的人。作为一个外国人，他虽然娶了来自斯特烈什涅沃大贵族家族的妻子，但是，由于自身脾性和地位，在俄国显贵中他依旧是个外人。所以，他更加对高位之人阿谀奉承，起初是特级公爵缅希科夫，为了靠上彼得二世和多尔戈鲁基家族，奥斯特曼背叛了他，然后在安娜·伊万诺夫娜执政时期，他与米尼赫争斗一番后最终得到了和比龙持平的地位。比龙并不喜欢安德烈·伊万诺维奇，也不相信他，但是直到执政的最后阶段他也没办法绕开副首相这人。而奥斯特曼成功地利用了这点。

国家安全的可靠助手

还有一个不可替代的大臣，也是安德烈·伊万诺维奇。秘密办公厅厅长乌沙科夫伯爵是女皇最需要的人员之一。他手中握有国家命脉。也许，如果没有乌沙科夫，女皇就无法从秘密办公厅得知各种知名的刑侦案件。当然，她并没有翻阅那许多卷的审讯册和审讯词记录——特别为她准备了简短的摘要。安德烈·伊万诺维奇将它们带给女皇查阅，并做了详细报告，恭顺地等待着批示、判决。

乌沙科夫是个经验丰富的人，同时也因这种职业的关系，他是个不引人注意的人。他是彼得大帝时期的近卫军办事人员，受到彼·安·托尔斯泰的锻炼，协助其调查阿列克谢·彼得罗维奇王子的案件，完成 1718 年成立的秘密办公厅中其他棘手案件。1727 年，他倒了霉：因卷入安东·德维尔一案（反对缅希科夫阴谋之事——笔者注）而被调查和流放，不过，彼得二世执政晚期，他又回归了。很简单，在那个时代，像安德烈·伊万诺维奇这样的人实在太少了。

作为忠诚的仆人、冷静的毫不迟疑的执行者，他观察世界的角度只有一个：刑侦角度。男爵夫人索罗维耶娃的案件非常有名：她在安德烈·伊万诺维奇家中做客时，在餐桌前大骂自己的女婿，两道菜上菜之间，她说他写了封有损并侮辱女皇陛下名誉的信，第二天，乌沙科夫的客人就被逮捕了，她和女婿家中所有的信件均被没收。

安德烈·伊万诺维奇很快了解到安娜·伊万诺夫娜的兴趣和爱好，并善于投其所好。这并不难做到。一方面，女皇非常不喜欢自己的政治对手，或者说，那些她认为是自己政治对手的人，并对他们进行残酷的迫害；而另一方面，她热衷于察看自己臣下，尤其是那些上流社会的人的私生活。比如，男爵夫人索罗维耶娃一案中，乌沙科夫将从她女婿的信中整理出来的摘要放在"最上面"，里面没有任何政治犯罪行为，却包含很多的"风流韵事"：抱怨男爵夫人的女儿举止轻佻、描述家中丑闻等等。这一切对女皇来说都非常有趣。

安德烈·伊万诺维奇的工作机关是个令人恐惧的地方。秘密办公厅的公文浸染着死人的汗水和刑讯室中受刑人的鲜血。当时，当众宣布国事犯罪行为，即"有人造反"体系占主宰地位。喊"有人造反"的告密者与被告者立刻被一起逮捕。刑侦机器就此开始自己从容不迫的血腥运转。

没多少人能逃脱用刑和"热情的"审讯重新获得自由。不仅对国事犯罪嫌疑人会进行刑讯，如果嫌疑人挺过刑讯什么都没有承认的话，对告密者也要进行拷问。尽管如此，人们还是会告密，因为作为非告密者落入秘密办公厅手中实在是太危险了。翻看刑侦档案是让人心情沉重的事情：拷刑架和火钳给人带来的恐惧能撬开任何人的嘴，人们在被拷问中失去了名誉、良心，总而言之，丧失了做人的面貌。安娜·伊万诺夫娜非常有兴趣探知所有内情、所有污秽的和无耻的秘密。

安德烈·伊万诺维奇·乌沙科夫一直在女皇身侧。他给人留下忠诚可靠的印象，很多时候，在国家首领与政治侦探头目之间有一种特殊的同谋关系，因为只有他们两人知道那么多的秘密，见过那么多的肮脏之事。

有没有"比龙主义"？

安娜执政时期文学上以"比龙主义"闻名，而据苏联时期的大百科全书所载，这是非常不好的："反动制度……外国恶势力，掠夺国家财产，全面怀疑，间谍活动，告密，残酷地迫害不满的人们。"

关于"外国恶势力"，我们放在后面讲，那怎么评价其他的观点呢？读者们，难道你们能说得出一段没有无情地掠夺国家财产、掠夺人民，没有监视，没有告密，没有残酷地压迫不满的人们的俄国历史吗？从这种意义上来说，"比龙主义"与"缅希科夫主义""波将金主义""阿拉克切耶夫主义"等并没有什么区别。认为比龙及其集团践踏了俄国的国民利益，侮辱了俄国民族，是不是这样的呢？确实，那些年在俄国的上层统治集团中有不少德国人，但是，他们几乎都在俄国居住了很多年。彼得大帝时期，国家的大门就为外国人完全敞开了。那些来到俄国的人已经有了各自不同的命运。一些人赚得大量卢布后返回了自己的国家；另外一些人留了下来与这片土地紧密地连在一起，他们生前和身后的荣耀都获得认可。这样的人非常多：军人、工程师、艺术家、医生、学者。很多人都非常有才华，他们甚至是天才。在这个长长的名单中，有建筑设计师特列吉尼、拉斯特列里父子，学者欧拉、德利尔、史塔林、伯努利、巴耶尔、穆勒，航海家柏林。我只列出了安娜时期的部分人名，更不用说后来在伊丽莎白·彼得罗夫娜和叶卡捷琳娜二世时期扬名的其他人。

军队里的外国人是最多的，那么，可以对比一下档案馆中军事统计资料的数据。如果说，1729 年在"比龙主义"前夕，军中有 30 位俄国将军和 41 位外国将军（有 58%），那么，到 1738 年统帅部的外国人比例居然有所下降，是 30 位俄国将军和 31 位外国将军。如果要将作战部队的所有军官，包括少校都计算在内的话，那么 1729 年的 371 位军官中，有 125 位是外国军官（有 34%），1738 年，他们数量的比例稍有上升，到了 37%（515 位军官中有 192 位外国军官），但是，一样没有什么外国恶势力，更别说德国人的了。更有说服力的是海军方面的情形。如果说在 1725 年波罗的海分舰队出海带了 16 位外国舰长和海军将军的话，那么，1738 年，20 艘轮船的船长中有 13 位都是俄国人。

当然，事情的关键不在数据上，而在实际的政权之中。比龙、列文沃尔德兄弟、奥斯特曼、米尼赫在帝国的管理中占据关键地位。而他们中除了比龙，都是在彼得大帝时期就生活在俄国的。同时需要考虑到，安娜在执政初期就遭受了"大贵族们"和贵族规划家们企图限制皇权的考验，她很快就认识到，在没有组织出一个可以让她信任的可靠团队之前，还不能放下心。这对每位君主来说都是很自然的事情。不过，在一线权力中也有不少俄国人：雅古京斯基、费奥凡·普罗科波维奇、沃伦斯基、乌沙科夫、切尔卡斯基。

朝中没有任何专门的"德国派"，德国人之间也从来不是团结一致的。在特权、封赏和权力的争夺中，奥尔登堡的米尼赫、威斯特法伦的奥斯特曼、利夫兰的列文沃尔德恨不得咬断对方的脖子。每个皇权底座下的"朋友群"从来都是无民族属性、厚颜无耻、可供出卖和不择手段的。西班牙大使是这样描述安娜统治初期的关键人物卡·古·列文沃尔德的："他无视一切手段，什么都阻挡不了他对个人利益的追逐，为此他随时准备牺牲自己最好的朋友和恩人。他生活的目的就是获取个人利益。他虚伪，心术不正，有强烈的功利心和虚荣心，没有信仰，未必信上帝。"同样可以这样说很多紧紧围绕在皇座周围的人，不管是俄国人，还是外国人。现在，我们来说说安娜·伊万诺夫娜和比龙时期对民族利益的践踏一事。

帝国在前行

安娜·伊万诺夫娜时期的对外政策与彼得大帝时期相比并没有太多变化，也没有脱离彼得大帝的帝国准则。相反，这些准则还向前发展了。1726 年，奥斯特曼促成了俄国与奥地利的联盟。圣彼得堡 – 维也纳轴心使得俄国的对外政策更加稳固：在南方与土耳其作战的长期利益，以及在波兰和德国的共同利益是联盟的基础。这是对外政策的主要方向，俄国在整个 18 世纪都照此行事，安娜时期也没有脱离这个方向。

正是在 18 世纪 30 年代，迈出了未来波兰分裂的重要一步。1733 年 2 月 1 日，64 岁的国王奥古斯特二世逝世，波兰开始了"王位空缺期"，引发了激烈的王位争夺战。这场争夺受到俄国和奥地利联合行动的操控。联盟军"拥护"波兰立陶宛王国的贵族民主制以阻止王权得到加强，也就是说，阻止波兰国家体制的强化。很久以前被彼得大帝赶出波兰的前国王斯坦尼斯瓦夫一世·列琴斯基卷入王位争夺后，情况变得复杂起来。事先获得了自己女婿法国国王路易十五的支持，他抵达了波兰。

俄国对此做出强硬且不容妥协的反应："我们一向对波兰立陶宛王国怀有善意，为了维持它的安宁，我们绝不允许任何从中谋取个人暴利的行为（选举斯坦尼斯瓦夫）。"军队抓住时机向波兰边境开进。7 月 31 日，俄国军队从两个方向向波兰发动进攻，8 月，奥地利人紧随而来，"朋友们"做好了为波兰的自由而战的准备。联盟军没能阻止骑士圆桌会议，即全波兰贵族会议上对斯坦尼斯瓦夫的选举。但是，重新当选的国王几乎立即逃去了格但斯克，因为俄国彼·彼·拉西将军率领的军队到达了华沙。自由之城给了斯坦尼斯瓦夫庇护之所，他期盼法国分舰队登陆部队的到来。这是一次冒险行为，俄国军队和奥地利军队具有压倒性的优势。对格但斯克的围攻开始了，米尼赫替换了拉西。1734 年 5 月，法国舰队在登陆后，几乎立即被俄国军队击溃，之后，法国舰队撤出波罗的海地区。6月底，格但斯克投降。列琴斯基在投降前夜穿着农民的衣服逃去了国外。

此时的波兰正处于内战之中。俄国同盟受到金钱的诱惑匆匆选出了已故国王的儿子奥古斯特三世为波兰国王，而他得到了俄国军团的支持，开始对抗斯坦尼斯瓦夫的拥护者。敌军焚烧、捣毁城市和村庄，射杀、掠夺城内居民。1734年秋，依靠俄国的军事力量，奥古斯特三世登上了波兰王座。从此以后，波兰的命运已不再取决于波兰了。俄国和奥地利在"守卫波兰王位"战争中找到了共同语言，并首次武装联合起来。

1733—1735年间俄国对波兰战争的胜利，促成帝国的又一次"成长"。战争急剧地削弱了库尔兰的宗主国波兰，比龙无视普鲁士的不满，安然将库尔兰王冠据为己有。从此刻起，库尔兰不再是一片有争议的领土，所有人都清楚：它的主人们在圣彼得堡。叶卡捷琳娜二世掌权后，将公爵的王冠还给了比龙，因为他的忠诚让俄国无后顾之忧，库尔兰是"我们的"。

南方战争

1735年，俄国突然发动了对土耳其战争。18世纪里，在1711年的普鲁特远征后，这是第二次俄国对土耳其战争。从1676到1878年间两个世纪的对立里，土耳其和俄国在30年内共计11场战役中互洒鲜血。这是对黑海、巴尔干地区、高加索地区控制权的争战，是一种宗教信念与另一种宗教信念的胜利争夺战。这场为了伊斯兰的领土扩张与"异教徒"的战争，对于另一方来说，这场与"异教徒"的战争，是为了将他们驱逐出君士坦丁堡——十多代土耳其人已将它看成是故乡伊斯坦布尔。

俄国军队的统帅米尼赫制订了作战计划：四年后俄国军队要成功入侵君士坦丁堡，将十字架插上东正教的受辱圣地圣索非亚，以此结束战争。生活多次证明类似计划的非现实性，虽然战争的开始是成功的。1736年春，亚速投降，5月，轮到土耳其附属国克里米亚汗国投降。俄国军队从彼列科普入侵克里米亚半岛。由此开始了最后一次俄国与克里米亚的冲突行动。在这之前，鞑靼军队残酷地偷袭了多年来和睦相处的邻居——但算不上友好的俄国南方边境。克里米亚在俄国的认知里一直是个"强盗窝"，如今米尼赫收到彻底捣毁它的命令。俄国军队畅通无阻地深入克里米亚，鞑靼人退入山区。克里米亚的村庄和城市被烧毁，巴赫奇萨赖富丽堂皇的汗宫被抢烧一空。然而，很快痢疾、炎热、饥饿引起的高死亡率毁灭了俄军队伍，他们在铺满俄军士兵尸体的路上，匆匆撤离了克里米亚。后来，俄国还两次入侵克里米亚，摧毁了所有第一次没有来得及摧毁的东西。

在黑海地区和摩尔达维亚展开的对土耳其军事行动中，俄国处于优势地位：1737 年，攻下了黑海地区土耳其最重要的要塞奥恰科夫，1739 年，土耳其在斯塔武恰内①战败，霍京和雅西投降。然而战争并没有按米尼赫的计划走。损失是惨重的，十多万的人员不是死在土耳其的枪下和鞑靼人的箭下，而是死于疾病和无法适应的炎热气候。作战行动未经深思熟虑，军队供给非常糟糕。米尼赫不能适应南方战争的特殊环境，他对士兵毫不留情，他们听从元帅的命令，组成大方阵向草原进军，在炎热、灰尘、疲惫和饥饿中，直接倒在方阵中不省人事。

米尼赫最大的缺点是完全不会利用胜利的成果。所有占领的城堡（除了亚速）都不得不放下，每一次战役不是由被占领的地方开始，而是从大后方开始。与参战的奥地利没有协商好一致的军事行动。

安娜·伊万诺夫娜政府的外交工作也很失败。1738 年的涅米罗夫和平会议上，俄国向土耳其提出军队胜利无法保障的过分领土割让要求，协议被撕毁。1739 年，法国外交家们以俄国名义签订了贝尔格莱德合约，俄国并没有获利。俄国只得到了亚速、乌克兰的部分领土和未来对黑海地区作战成功的希望，因为当时对于俄国的帝国政策来说，向南方扩张越来越有前景。

---

① 乌克兰切尔诺维茨州霍京市西南 12 公里处的村庄。

让女皇无聊的内政

如果说，所谓的"比龙主义"时期的对外政策无可置疑地表明安娜·伊万诺夫娜执政时期就像其他时期一样，俄罗斯帝国的利益一直是政府关注的中心，那么，现在需要提一提让女皇感到无聊的内政。对内政策是在 1730 年初事件的强大影响下形成的，准确来说，是受贵族运动影响形成的。女皇自然不可能对贵族做出政治上的退让、与他们分享皇权，却不得不考虑他们对独裁的众多不满。这决定了 18 世纪 30 年代的内政方向。对批判"比龙主义"的人来说，俄国贵族应该正在外国剥削者的压迫下痛苦呻吟，然而他们却处于放松状态，这在彼得大帝时期是很难想象的。

先说 1732 年德国人米尼赫倡议俄国军官在薪资上与外国军官持平一事，"比龙主义"以前俄国军官的薪资是同等职位外国军官的一半。1736 年，出台了法令，按照谢·米·索罗维耶夫的观点，"它开创了俄国贵族史的新时代"。法令取消了以前彼得时期贵族的终身服役制。如今的贵族们二十岁以前可以在家闲散度日，而不是十四五岁就得开始服军役。根据新法令，贵族服役期限为二十五年，而且，贵族可以留一个儿子在家"打理产业"。这是真正的俄国贵族兵役改革。贵族可以进入 1731 年由米尼赫成立的士官武备学校，毕业后就成为军官，直接越过在近卫军中受折磨的多年士兵生涯。

1730 年和 1731 年的法律对贵族们尤其重要。它们取消了彼得的长子继承制法令，根据该法令，只有长子有权继承父亲的遗产，其余所有人都得自行谋生。在"比龙主义"时期这个对贵族来说沉重的法令终于取消了，同时被废除的还有对土地所有权的严重限制。这些法令扩大了贵族权利，让他们距离 1762 年著名的俄国贵族特权书更近了一步。

18 世纪 30 年代，俄国的经济地位没有动摇。相反，"比龙主义"时期的经济持续好转，根本没有什么国民经济遭受损失之事。如果说 1720 年俄国冶炼了一万吨生铁（英国是一万七千吨），那么，1740 年生铁冶炼量已经升到了两万五千吨（英国是一万七千三百吨）。在1729到1740年间乌拉尔地区生铁冶炼量从二十五万三千普特①上升到四十一万六千普特。安娜统治时期铁出口量增长了四倍多，粮食出口量增长了二十一倍。圣彼得堡和其他港口的贸易额也大幅增长。

1739年通过了采矿工业方面的新法令——由萨克森矿业专家申贝格制定的矿务章程。该法令大大地刺激了工业的发展，重新开始了彼得大帝统治后期所走之路：国有工业私有化。

总体来说，彼得利用农奴劳动建立起来的经济，在安娜统治时期继续向前发展，独裁制度和社会关系体系巩固了。

我们的官邸

18世纪30年代是圣彼得堡的活跃时期：强大不仅仅体现在它的外貌上，还体现在它繁荣的动因上。安娜统治时期，首都建设受到的关注不亚于彼得大帝时期。对于安娜·伊万诺夫娜来说，就像对于其他沙皇一样，这个城市是他们的官邸，是帝国的正门。为此她不惜一切钱力来装点它。

流传至今的安娜时期的圣彼得堡建筑并不太多。女皇的彼得宫和冬宫早就毁掉了，没法再沿着白石阶梯走进冬宫金銮殿：内有路易斯·卡拉瓦克绘制了彩绘的天花板，精致的水晶枝形吊灯，砌着蓝色瓷砖的壁炉。在这里安娜·伊万诺夫娜坐在皇座上，接待各地来使，举办盛大的接待会和庆祝活动。早已像溶化在水中一样消失不见的，是坐落在丰坦卡河口窄长地带的瞭望宫。它是一座水上童话城堡，光滑的窗户在晚霞中反射出金色的光芒。

不过，有一些还是保存下来了。1733年夏，彼得保罗大教堂"圣化"仪式结束后，城市的伟大奠基者在它的地底下找到了安息之处。珍品陈列馆开馆，还有之后多梅尼克·特列吉尼主持设计的十二委员会大厦。伊万·科罗

---

① 俄国的质量单位。1普特＝16.38千克。

波夫建成了新的海军部大厦，它楼顶上的金色尖顶轮船闪耀着光辉。

1736—1737 年间，两次大火烧毁了圣彼得堡的"小上海"——海军部大厦旁混乱不堪的街区。意大利建筑学家西普里亚尼的天才学生彼得·叶罗普金领导的特别委员会，制定了城市中心建设的新规划。正是叶罗普金提出了城市陆地一端三线"框架"的构想，即三条大街的规划：涅瓦大街，耶稣升天大街和中街（豌豆街）都源自同一中心点海军部大厦，然后发散出去的"光线"连接起各条街道和广场，因此，如果往商贸广场方向走，至今还可以看见三次海军部大厦的金色轮船。

弗拉基米尔大街和皇村（莫斯科）大街，议会广场和很多其他广场、街道从叶罗普金的图纸中走出来，化成了闪亮的圣彼得堡桥梁和房屋上的石头。布局规整的街道和沿江路给城市增添了古典、协调的风貌。给从喀琅施塔得航行过来的外国人展现出城市奇美的全景。"涅瓦河两岸，"丹麦人哈芬回忆，"矗立着极好的房子，全都是石头建成的四层楼房，建成了统一风格，刷上了黄白相间的颜色。"之后旅行家为首都桥梁惊人的平坦和街道的干净整齐而惊叹不已。

经常可以在市区街上看到女皇，尤其是冬天。安娜·伊万诺夫娜尤其喜欢坐在雪橇上，沿着涅瓦大街散步，微寒天气和快速骑行能改善心情和胃口。夏天，整个城市都空了，朝廷搬到了彼得宫，不过，涅瓦河还是特别有活力，挤满了数百艘船舶。无数的商品，即俄国的资源从上游的拉多加河运到了首都，而其他各国的轮船从涅瓦河西边过来，停靠在瓦西里岛上箭形岔口处商业港的码头。

冬天时，在离此不远的箭形岔口、彼得保罗要塞和冬宫的三角处的涅瓦河面的冰窟窿旁举行受洗日祈祷仪式，检阅军队，放焰火。首都大肆庆祝法律认可的教历节日，常被北极光照亮的城市上空被焰火点亮了。公费宴请民众尤其令人开心。如恩斯特·米尼赫所写："民众得到指示后就奔向摆在广场上的烧牛和其他食品，还有特制大酒池中像喷泉一样涌出的红酒、伏特加。"

身穿奢华皇家毛皮大衣的高高胖胖的女人，从高高的阳台上欣赏着人民的欢乐之景和天空中印染火光的壮丽之景，还有这整座城市。她的生活与这座城市和这片土地永远地连在一起。

科学院

科学院是圣彼得堡的点缀。原则上，就安娜·伊万诺夫娜个人来说是不需要科学的。没有科学院，或者说如当时所称的科学院，她能过得挺好。然而，科学院是彼得大帝创建的，它的存在也给帝制国家增添了威望，还有最后一点，学者们也能带来好处，他们能调好造船厂的制材机，绘制新的俄国地图，发现矿产或是"制作"焰火。比如，院士约瑟夫·尼古拉·德利尔，或者俄文名的奥西普·尼古拉耶维奇，他就非常有用，不愧是欧洲最有名的天文学家。他定期将"七英尺长的牛顿望远镜"和其他仪器运到宫中，女皇亲自观测土星光环，并"宣称这带来无上享受"。德利尔提出了著名的大炮正午信号思想：他根据最精确的天文表标记出正午时间，然后从珍品陈列馆塔楼发出信号，再从要塞的棱堡发射大炮。这样大炮在当天正午时分发射。

安娜·伊万诺夫娜非常愉快地参观珍品陈列馆，惊讶于彼得的私人车工安德烈·纳尔托夫制作出的精巧机床，欣赏自己残酷的"叔叔-老爷"的蜡像。巨大的戈托尔普天体仪球面为她旋转起来。她对戈·丹·梅谢尔施密特院士的西伯利亚探险收藏品感到惊奇，他在西伯利亚旅行了整整十年（需要指出，这是完全自愿的），收集了独一无二的展品。也许，科学院的印刷厂也向安娜·伊万诺夫娜展示了一番，此处出版了第一批国家科学杂志和报刊《圣彼得堡公报》。

然而，对安娜·伊万诺夫娜及很多同时代的人来说，科学主要有实用和娱乐作用，学者就如特别部门的官员。女皇本人未必能明白哥白尼的日心说宇宙观，当然，如果她能懂这个的话。科学就是科学，土星光环是一回事儿，至于被抓的女巫婆阿加菲娅·德米特里耶娃，女皇曾签署法令：召集委员会，进行"实验"，看她能不能像说的那样变成山羊，或是狗。

与此同时，在科学院工作的是拥有非凡才能的天才学者们。在著名的科学院会议圆桌前，天才数学家莱昂哈德·欧拉旁边坐着的是杰拉德·弗里德里希·米勒。他整生都在收集和研究俄国历史资料。少了他那套著名的"米勒存稿"，我们的科学将是贫乏的。俄国给学者们提供了广泛的科研选择，他们面对的是一片几乎未被探索过的土地：没有准确的地图，没有植物标本，没有必要的收藏品，甚至没有对历史、地理、民族、自然资源的大致认知。天才数学家莱昂哈德·欧拉后来曾真诚地写过，他很感激这次幸运的机会将他这个生理学学生带到了俄国。如果是在欧洲的话，学者继续写道，"我可能不得不从事别的科学研究，而各种迹象表明，我将只能成为一个不怎样的作家"。许多创立了新学派、做出卓越贡献的人都是这样想的。

俄国的格罗多特

安娜时期，在一众有趣的人中最突出的是瓦西里·尼基金奇·塔季谢夫。他65年的生活充满了两三个人才能有的各种大小事件。身为纳尔瓦和波尔塔瓦战役的参与者，他后来完成了彼得一世及其继任者交代的各种任务：在乌拉尔地区建厂，去瑞典学习工业建设经验，管理俄国货币事务，在东南部创建要塞，镇压巴什基尔起义，曾任阿斯特拉罕省省长，主持外交谈判，等等。"这个老头，"英国旅行家汉维写道，"因他那苏格拉底式的外貌，克制自己多年以维持良好的衰竭身体，以及，对事业的孜孜不倦及其职业的多样性而特别出众。"

完全是真理！瓦西里·尼基金奇是一个难得一见的喜好钻研的高级研究人员。他是个异常多产的策划人，不停地制定出从组织丁籍调查到编写俄国史的各种不同课题的方案。他成年后醉心历史，开始收集俄国历史和地理资料。这个爱好让瓦西里·尼基金奇作为俄国历史之父、第一位历史学家而扬名。简直无法理解他在满负荷的繁重而重要的公事中，如何有时间去严肃深入地研究搜集的编年史记，主编内容丰富的科学通信集。历史学家谢·米·索罗维耶夫说到塔季谢夫主要的成就，认为他"为研究俄国历史的国人指明了道路，提供了方法"。作为一个拥有实用思维能力和逻辑思维的人，他直觉地在批判历史文献资料、了解历史文献中的隐藏内涵、对比和分析不同资料中同一事件的事实和论述的基础上，编写当代历史著作的核心部分。

瓦西里·尼基金奇是一个复杂、矛盾的人。作为教育的支持者，他是俄国第一批民族志学家之一，他将做行政官员时遇见的民族传统习俗知识编入书中。然而，在研究充满血腥和苦难的俄国历史时，他亲手为它增添了血腥和苦难：他是旧礼仪派教徒的迫害者，是巴什基尔起义的讨伐者，他亲自参加了对"异族人"的刑讯和审问，而他的从肉体上摧毁巴什基尔青年的计划更是完全的血腥行为。如他同时代的许多行政官员一样，塔季谢夫常因滥用职权和涉嫌偷盗公款而被调查，且自己也不避讳地对自己的同事进行告密。身为忠实的道德家，他很难与人们和睦相处，他的家庭生活也很不幸，只有在自己充满爱意地收集的书籍和手稿中，他才感觉到真正的舒适和自由。

宫廷诗人

"这个男人拥有伟大的智慧，博学多才，且勤奋无比，他通晓拉丁语、法语、意大利语和自己的母语，同时通晓哲学、神学、演说术和其他科学。"这是叶卡捷琳娜时期教育家尼·伊·诺维科夫对瓦西里·基里尔洛维奇·特列季阿科夫斯基做出的杰出评价。然而，很多人对特列季阿科夫斯基是另外一种看法，嘲弄他是死读书的书呆子、平庸的写作狂，他那"毫无用处的渊博"只能写出"拙劣的诗句"。在某种程度上确实如此，就像普希金笔下的萨列里，特列季阿科夫斯基试图剖析诗歌的韵律，从中找到一个神奇的公式。

这是个非常令人惊讶的生命。身为牧师的儿子，他起先在耶稣会学院学习，后来像米哈伊尔·罗蒙诺索夫一样跑到了莫斯科，进入了那所斯拉夫－希腊－拉丁语学院，对那里的学习不满意后又跑去了西欧。他是俄国第一位索邦大学毕业生，后来还曾忧伤地回忆心爱的"塞纳河岸"。

1730 年回到俄国后特列季阿科夫斯基成了科学院院士、年青诗人。他翻译的法国波·塔莱芒的小说《爱情岛游记》在上流社会非常受欢迎。特列季阿科夫斯基与宫廷关系密切，成了侍从官，事实上，是安娜·伊万诺夫娜的宫廷诗人。女皇及其不学无术、目空一切的随从们，与其说将特列季阿科夫斯基看作是诗人，不如说是将他看作写写颂诗、颂歌和下流幽默歌来讨伊万诺夫娜欢心的蹩脚诗人。"有幸，"诗人回忆，"为女皇陛下在壁炉旁朗诵诗歌，朗诵结束时，蒙女皇陛下亲赐耳光一个。"

安娜时期对待瓦西里·基里尔洛维奇非常残酷不公，他在她令人憋闷的环境中是个多余的人，他的才华不被上流社会需要。软弱无能的特列季阿科夫斯基找不到可以让他从事自己喜欢的诗歌创作的"保护壳"。他变成了一个爱吵嘴的失败者、令人厌恶的抱怨者，评论家们近乎病态地折磨着他，读者们拿他取笑。然而，尽管在宫中被嘲笑侮辱，面对秘密办公厅时也很恐惧，特列季阿科夫斯基还是忠于自己勤劳的缪斯。他以罕见的顽强精神写诗、翻译，他有数十册的翻译成果。他是俄国最好的诗歌理论学家、西方诗歌的优秀鉴赏家。然而这还是阻挡不了那些在他未完善的音节体诗中学到技巧的人对他的嘲笑和轻视。很久以后，罗蒙诺索夫和苏马罗科夫残酷地夺走了特列季阿科夫斯基在诗歌方面的冠军殊荣。

"独裁要去向何方"

科学和艺术让女皇感觉愉快，不过，乌沙科夫的报告和摘要则更加有趣。他所在的机构不大，总共就 15—20 个人，总是很忙：安德烈·伊万诺维奇监禁了两三百个带脚镣的囚犯。虽然不是什么大规模的镇压（整个安娜时期政治案件不到两千起，而伊丽莎白时期前十年中就有两千五百起），但秘密办公厅终究不是什么好地方。

爱记仇、好报复的安娜·伊万诺夫娜一直在等待机会，清算枢密院大臣们在 1730 年让她受到的侮辱。1736 年，因继承权争论案，德米特里·米哈伊洛维奇·戈利岑公爵陷进了令人恐怖的机器——秘密办公厅内。当时他已是老病之人，早已远离国事，住在自己莫斯科近郊的阿尔汉格尔斯克庄园中与书为伴。1736 年 12 月，有命令下来要动用武力抓他受审。

家仆讲的有关高傲的公爵被捕时举止如何一事流传至今。当卫兵们奉安娜·伊万诺夫娜之令要摘下他的佩剑和勋章时，"他不许他们动手，而是（自己）摘下了勋章和佩剑，将它们从窗户扔向大街；近卫军官奉命来抓他入宫，他也不许他们动手，且说道：'我的人会带我过去。'然后他的人放他下地，并送到宫中，而女皇本人探出上半身到窗外张望，并对他说：'德米特里·米哈伊洛维奇，你认错的话，我就原谅你。'而他回答：'我不会听你的，你这个娘们儿。'他见到女皇陛下后脸转向墙不看她，他就是这样性格暴烈的人"。

法庭判处了前枢密院首府死刑，后改为监禁在施吕瑟尔堡要塞，亲人均被流放。1737 年 1 月 9 日，戈利岑被运到一个幽暗的岛上，他只撑到了春天，于 4 月 14 日死在狱中。1738 年，轮到了多尔戈鲁基家族。彼得二世的宠臣伊万·多尔戈鲁基，其父阿列克谢·格里戈里耶维奇及妻儿们早在 1730 年就全都被流放了。这并不是什么暴行，俄国一向如此行事：流放或处死失宠的大官及其整个家族。多尔戈鲁基一家被指控未保护好沙皇彼得二世的健康，令他沉溺于狩猎和游玩，且"剥离沙皇陛下正直善良的交际圈"，之后更不顾沙皇"年龄尚小，未至婚龄……给他与阿列克谢公爵的女儿叶卡捷琳娜订下婚约"。

起初，家族被流放到了遥远的奔萨，路上，莫斯科派来的军官赶上了多尔戈鲁基家的大队马车，夺去了他们的勋章和其他奖章。流放者还未来得及在他们要住的村庄里安顿下来，新的责难又到了。这是伊万公爵的妻子娜塔莉娅·鲍里斯夫娜的描述："我向窗外看去，路上扬了浓重的灰尘，远远看去，许多人骑着马飞速奔来。"一队士兵奉女皇之令来逮捕多尔戈鲁基一家，并将他们送去西伯利亚的别廖佐夫。漫长的悲伤之旅开始了，跨过河流，走过难以通行的道路，向着远离莫斯科的方向，越行越远，越行越远……

　　流放别廖佐夫对高官们来说是一场严重考验。事情不仅在于让他们难以适应的贫穷，或许还在于头一次将木勺和瓦杯拿在手中。家族很大，并不和睦。家长阿列克谢·格里戈里耶维奇经常与因看到这样简陋的住所而感到绝望的大女儿、沙皇"前未婚妻"叶卡捷琳娜吵架，在多尔戈鲁基一家到达前不久，它的前任住户，同为彼得二世"前未婚妻"的玛莉亚·缅希科娃去世了。伊万公爵与当地居民亲近，经常一起喝酒，他管不住舌头，诅咒给自己带来不幸的安娜·伊万诺夫娜和比龙两人。

　　俄国生活没有告密是不正常的，总会有"好心人"出现，小官吏吉申向圣彼得堡告发了流放者的言论。这已经是他们被流放的第八年。多尔戈鲁基一家（除了 1734 年逝世的阿列克谢·格里戈里耶维奇）全被遣送到托博尔斯克，1739 年初，转到了施吕瑟尔堡。调查、审问、用刑开始了。不多指责遭受了刑讯室的恐怖后痛苦地死去的伊万·多尔戈鲁基公爵，但是，不得不说，侦查员们逮捕、处死和刑讯了很多与他有关的人，只有他的口供透露了最多信息。伊万在一系列的偶然中讲述了那些无损自己死后名誉的"犯罪"片段。就这样，侦查员及之后的安娜·伊万诺夫娜首次得知了多尔戈鲁基家族其他成员保持缄默的伪造彼得二世遗嘱一事。如果不是伊万公爵的口供，案件未必会有那样血腥的结局。1739 年 10 月 31 日，由一等大臣们（顺便提一句，均是俄籍大臣）组成的法院判决伊万公爵车裂，他的叔叔们谢尔盖·格里戈里耶维奇和伊万·格里戈里耶维奇，及瓦西里·卢基奇被判决砍头。11 月 8 日，他们在诺夫哥罗德被处死。安娜·伊万诺夫娜"赦免"了伊万·阿列克谢耶维奇，将车裂改为分尸，而他的弟弟们尼古拉和亚历山大在托博尔斯克被割了舌头，施以鞭刑。虽然在最后时刻，对两位年轻人的处罚都取消了，但是宽恕令到晚了，西伯利亚长官向圣彼得堡报告，罪犯已被处罚完毕，并流放到托博尔斯克和堪察加。等待伊万公爵姐妹的也是残酷的命运，三人均被强制剃度：沙皇未婚妻叶卡捷琳娜流放托木斯克，叶连娜和安娜分别流放秋明和上图里耶。吉申得到了升迁，成为书记员，同时获得了六百卢布奖金。按照安娜的吩咐，这些钱将分六年付清，因为他"喜欢喝酒和挥霍浪费"。国家总是令人感动地关心着自己的告密者们。

血色

多尔戈鲁基一家的处决给整个社会带来了沉重的影响，虽然大家都清楚血腥迫害的政治内幕，不过是爱记仇的安娜·伊万诺夫娜对早就不构成威胁的人们的报复。多尔戈鲁基家族案件的话题还未停歇，就又发生了让当地居民忧心不安的新政治案件，这次是在圣彼得堡。

在著名的冰宫节前一天发生了一件后果严重的令人不快之事。内阁部长阿尔杰米·沃伦斯基痛殴了来控诉他擅权的诗人特列季阿科夫斯基一顿。事情发生在比龙的会客室，也打破了宠臣对他的最后一丝忍耐。他早就发现自己提拔上来的忠仆沃伦斯基对自己这个曾经被他崇拜的庇护人越来越疏离，不再感恩，不再像往常一样寻求恩赐。像沃伦斯基这样傲慢虚荣的人，不会长久地重视那些在事业上提拔了他们的人。在比龙的帮助下成了内阁部长后，阿尔杰米·沃伦斯基不满自己受他支配，向朋友们抱怨很难让任性的宠臣感到满意。在部长内阁中，他与奥斯特曼结了仇，对方让这个年轻易冲动的同事被比龙责骂了一顿。安德烈·伊万诺维奇行事一向小心，久候可将沃伦斯基踢出内阁的时机。然而，为此需要先让多疑偏心的宠臣做好思想准备（像克劳迪·隆多写的，向比龙提问是没用的，从他那儿什么回复也得不到）。

就这样，在奥斯特曼的努力下，比龙渐渐地听到传闻说沃伦斯基试图接近当时已经嫁给了安东·乌尔里希的女皇外甥女安娜·列奥波利多夫娜公主。这让宠臣非常不安，因为他和安娜·伊万诺夫娜希望从这对夫妻处得到一个听话的继承人。

除此之外，沃伦斯基家中的某些深夜不眠之事也开始为人所知。的确，阿尔杰米·彼得罗维奇及其友人，即"亲信"一起写出了"国事修正总计划"。内阁部长及其高级官衔同僚们的知识和经验让他们发现了不少国家体制上的缺陷，并提出了修正方法。单身汉沃伦斯基家中的夜聚，甚至是方案的编写，原则上都算不上犯罪，纸上谈兵在当时很盛行，并受到当局的鼓励，然而，多疑的比龙在"亲信们"的倡导中发现了犯罪阴谋。

特列季阿科夫斯基事件之后，比龙对沃伦斯基非常恼怒，受到奥斯特曼的巧妙挑拨，要求女皇除去阿尔杰米·彼得罗维奇。女皇毫不犹豫地同意了，而乌沙科夫对自己的工作非常精通，开始了审讯，笔录很快就到了安娜·伊万诺夫娜宫中，她对侦查产生了兴趣，竟亲手为沃伦斯基写了"审讯问题"："1. 他是否从领地的变动上知道了想取消君主专制制度，是第一个知道的还是彼得二世沙皇去世后知道的？2. 他知道了些什么新计划，俄国以后将会如何？3. 他本人在此事上参与了多少？"等等。

5月7日开始用刑，他们强迫沃伦斯基承认自己想密谋夺取俄国王位。调查初期阿尔杰米·彼得罗维奇请求宽恕，哭着跪倒在侦查员前，但是，到了进刑讯室和上拷刑架的时候，他在死亡面前发生了惊人的变化。至少，审问材料表明傲慢的内阁部长拥有高尚的人格，他没有大哭，没有下跪，没有诬陷无辜之人，甚至袒护"亲信"，将他们的过错揽到自己身上。

1740年6月20日，奉安娜·伊万诺夫娜之令成立的法庭，即大会，判处前内阁部长割舌和尖桩刑，而其亲信赫鲁晓夫、穆辛－普希金、索蒙诺夫、叶罗普金处以分尸刑，艾克勒处以车裂，而苏达则直接砍头。是谁做出了这样残酷的判决？不是比龙或奥斯特曼，虽然他们正是调查的秘密领导，是法院的成员——元帅伊·尤·特鲁别茨基公爵、首相阿·米·切尔卡斯基公爵和枢密院成员们，他们全是俄国显贵，也几乎都是慷慨好客的阿尔杰米·彼得罗维奇家中的常客和酒友。到他家中，他们喜欢和阿尔杰米坐在一起，吃吃喝喝，也许，还爱抚了与鳏夫沃伦斯基一起住的孩子们：一个儿子和三个女儿。然而，6月20日，他们毫不犹豫地判处了阿尔杰米本人尖桩刑，而这位朋友的大女儿，无辜的少女安努什卡被判处强制剃度，流放到遥远的西伯利亚修道院，四个月后，在沃伦斯基被处死后，这个残酷的判决未能被阻止。此时爱国之情、友情、其他所有仁爱之情全都沉默了，这里只有恐惧。众所周知，担任沃伦斯基的法官之一总警长瓦·费·萨尔蒂科夫（之前与沃伦斯基一起在德·米·戈利岑案件中担任过法官）曾在 1736 年签署了将阿列克谢·德米特里耶维奇·戈利岑及其妻子流放基兹利亚尔的判决书，该枢密院大臣的儿媳是萨尔蒂科夫的亲生女儿阿格拉芬娜·瓦西里耶娃！这有什么呢，他一样沉默着忍过去了，也许，他和其他所有的法官想的一样："上帝，但愿这种痛苦不要发生在我身上！"

同以往发生类似事情时一样，安娜·伊万诺夫娜展示出自己的仁慈：沃伦斯基在食品市场（今美食市场）被割舌砍头，彼得·叶罗普金和安德烈·赫鲁晓夫同样被割舌砍头。其余人被施以鞭刑，流放去服苦役。

白色幽灵

然而，这一切并不让安娜·伊万诺夫娜担忧。她的生活一如从前：狩猎，尽情地游玩，丑角们和演员们逗她开心，而厨师们烹饪出难以消化的丰盛菜肴，这对 47 岁的胖女人来说没什么好处。她对生活中的很多东西都感到了厌倦，只有对比龙的热情没有消散。为了与他一直在一起，她甚至开始学骑马：比龙的多数时间都花在了驯马场，他的马厩被公认是最好的。

1740 年 8 月 12 日，发生了一件重要的事：女皇的外甥女安娜·列奥波利多夫娜生了个儿子，被命名为伊万。所有人都确信他将成为王位继承人，不过也认为，伊万不可能很快成为沙皇。安娜·伊万诺夫娜的身体非常健康，正如普鲁士大使马尔德费尔特所说，"所有人都感到慰藉的是，她将活到很老"，然而，10 月 5 日，女皇"突然大吐血，她的健康状况越来越糟糕"。

安娜·伊万诺夫娜早就患有肾结石，1740 年秋，她的病情加重，肾开始坏死。10 月 16 日，在她死前一夜，马尔德费尔特宣布："女皇昨晚睡眠良好，但是，歇斯底里的发作和其他的病痛让她无法安宁。"医生认为这与女皇逐渐恶化的身体状态有关，也许，与她死前不久，深夜在宫中发生的怪事有关。

宫中守卫的当值军官突然在黑暗中发现一个身穿白衣、与女皇很像的身影。她在金銮殿中游荡，对他人的招呼没有反应。警觉的警卫觉得很古怪，因为他知道安娜·伊万诺夫娜已经睡了。被他叫醒的比龙也确定了这一点，他是不可能不知道女皇在哪里的。尽管引起了喧闹声，这个身影还是没有消失。最后，他们叫醒了安娜，她到殿中查看了这个与自己外貌相同的人。"我的死期到了。"女皇说完就回了自己寝宫。死亡真的很快降临到她身上。1740年10月17日，安娜·伊万诺夫娜蒙上帝召唤，享年47岁，在位10年。临死时，她一直看着站在她脚边哭泣的比龙，然后对他说……

不，最好让英国大使芬奇来描述一下吧，他在1740年10月18日向伦敦报告了女皇的最后时刻："Her Majestry looking up said to him：'Niebois！'——the ordinare expression of this country，and the import of it is：'Never fear！'"（女皇陛下看着他，说："别怕！"——这个国家常说的一句话，意思是"永远别害怕！"）

第三章
秘密女囚徒和她的孩子们：安娜·列奥波利多夫娜

军事的但友好的手

这件事早在安娜·列奥波利多夫娜1718年出生之前，在伊万·安东诺维奇1740年8月出生之前就发生了。为了讲述这件事，我们需要对北方战争期间震动整个欧洲的军事和政治事件进行深入研究……

1712年彼得大帝的俄国军队及其盟军（萨克森人和丹麦人）攻入位于德国北部的梅克伦－什未林公爵领地。是的，在此之前1700年开始于里加和纳尔瓦的俄国、萨克森、丹麦抗击瑞典的北方战争蔓延至德国。盟军们的目标是德国占领瑞典、波美拉尼亚①、吕根岛以及沿海的几个要塞。1716年之前几乎所有这些地区都被盟军占领了，而在瑞典人手中只剩下位于波罗的海梅克伦堡岸边的维斯马要塞。它被阿·伊·列普宁去救援的俄国的同盟军们包围了。

在这之前，彼得大帝和梅克伦堡的卡尔·列奥波德公爵之间有着非常友好的关系。1713年公爵登位之后发现与沙皇的亲近关系存在巨大的好处。第一，彼得答应要帮助梅克伦堡夺回以前瑞典人从其手中抢走的城市维斯马，第二，俄国军队进驻公爵领地，这让卡尔·列奥波德非常满意，因为他与梅克伦堡贵族们的关系比较紧张，他希望借助于俄国的大棒政策来驯服对自己

---

① 亦称"波莫瑞"。欧洲历史地区名。

封建领主专横举动不满的崇尚自由的贵族们。

彼得大帝也在梅克伦堡寻找自己的"利益"。沙皇不打算轻易地离开如此便利的北方德国，这是重要的战略地区，在这里可以威胁到的不仅仅是瑞典人，还有丹麦人，他向经过松德海峡的每条过往商船收取关税。1716 年 1 月 22 日在圣彼得堡签订合约，为接下来我们将谈到的事情拉开了序幕。依据该合约，卡尔·列奥波德与彼得大帝的侄女叶卡捷琳娜·伊万诺夫娜成婚，而彼得必须以军事手段去除所有内乱保证公爵及其继承人"绝对的安全"。为此，俄国计划在梅克伦堡设置九个或十个团，确保卡尔·列奥波德处于绝对的安全之中，保护公爵"不受到梅克伦堡敌对贵族阶层的任何不公正指责并让他们听话"。除此以外，彼得还承诺送给未来外甥女婿同盟军未占领的维斯马。事不宜迟，他们决定立即举办婚礼，毫不拖延，婚礼在自由的格但斯克市，在复活节之后立即进行。

就这样，正如《彼得一世记录簿或者日志》所记载的，"（1716 年 4 月）8 日，沙皇，在格但斯克期间，清早，命令梅克伦公爵戴上圣安德烈勋章确认夫妻约定，而在下午 3 点多，叶卡捷琳娜·伊万诺夫娜公主殿下和梅克伦公爵殿下幸福地完成了婚礼仪式，出席婚礼的有沙皇与皇后、波兰国王陛下（奥古斯特二世），还有俄国将领们和大臣们、波兰和萨克森以及其他知名人士，晚上还有烟火"，彼得一世亲自安排了烟火，在格但斯克的市场广场上，他是烟火娱乐方式的爱好者。

喀秋莎之光芒

按照 18 世纪女孩十四五岁就可以嫁人的标准，梅克伦公爵年轻的妻子并不年轻：她出生于 1691 年 10 月 29 日，因此，她出嫁时已经 24 岁了。她在结婚前的生活非常幸福。几乎整个童年和少年，从 5 岁到 16 岁，叶卡捷琳娜都是在伊兹马伊洛沃度过的。在那里，在自己已逝祖父沙皇阿列克谢·米哈伊洛维奇舒适的木制宫殿里，在田野和花园中，她无忧无虑地快乐地生活着，与寡居的母亲普拉斯科维亚·费奥多罗夫娜以及两个妹妹安娜、普拉斯科维亚住在一起。但是当1708年叶卡捷琳娜不得不与亲人在伊兹马伊洛沃分别，她很快适应了。与许多想念涅瓦河泥泞而阴森的河岸的圣彼得堡新住户不同的是，在"被晒热的"莫斯科，叶卡捷琳娜·伊万诺夫娜很快适应了新的原来不习惯的环境，适应了年轻的圣彼得堡的生活方式，这是沙皇改革家非正式的首都。公主的性格对此非常有利，她是一个乐观甚至过于快乐的姑娘。她和其他年轻女士一样，对于彼得一世积极支持的上层社会的新生活方式和各式节日，感觉非常时尚，非常喜欢，认为它们为展现个性提供了无限的可能。总之，社会上形成一种印象，即17世纪的俄国女人一直在期盼彼得一世的改革，她们渴望投身自由。这种渴望是迫切的，《真诚守法镜①的青春》（青年行为法典）的作者们提醒姑娘们要保持谦虚和贞洁，不要"粗枝大叶"，不要坐到年轻男子腿上，不要醉酒，不要在人群中闲逛，不要像个小人四处凑热闹。

叶卡捷琳娜尤其喜欢彼得一世时期的舞会，在那里她和男舞伴们跳得汗如雨下。娇小的、两颊绯红的、胖胖的她活泼充满活力，她像一个小圆面包，跳啊跳啊，到处都能听见她的笑声和说话声。叶卡捷琳娜的性格后来也没有发生变化："公爵夫人是一个非常快乐的女人，她总是直截了当地说话，想到什么就说什么。"荷尔施坦因公爵的低级侍从别尔赫格里茨这样写道。西班牙外交官德·利里阿公爵赞同他的说法："梅克伦公爵夫人，是一个性格非常活泼的女人。"在她身上鲜有谦虚，她没有难事，脑袋里想到什么就说什么。"她很胖，她喜欢男人。"叶卡捷琳娜与她高个子的忧郁的妹妹安娜截然不同，普拉斯科维亚·费奥多罗夫娜并不喜欢自己的这个二女儿，她非常喜爱大女儿，"喀秋莎光芒四射"，皇后在信件中这样讲大女儿。而为了让心爱的女儿

---

① 在顶端有双头鹰的三棱镜，旧时帝俄官厅中的陈设物，贴有彼得大帝敕令守法的谕旨，作为守法的象征。

尽可能长久地留在自己身边，正如上文所讲的，1710 年皇后把二女儿安娜嫁给库尔兰公爵弗里德里希·威廉姆，虽然自古以来都是大女儿先出嫁的。1716 年，与喀秋莎分别的时刻来到了，1 月底从圣彼得堡动身去格但斯克时，彼得一世带着侄女，她勇敢地迎接自己的命运。

不幸的婚姻

38 岁的未婚夫在等待着另一位新娘，他以为会在妻子候选人中选中更年轻的伊万诺夫娜，即库尔兰公爵夫人安娜——她在婚礼之后立即就成为寡妇。但是彼得一世另有打算，他气愤地用西伯利亚威胁固执的梅克伦大使孕比赫斯塔利。梅克伦堡的人们不得不接受叶卡捷琳娜。

新娘自己也不敢与吓人的"叔叔"说话。送侄女去结婚的时候，彼得一世给她简单解释了一下在国外怎样生活，就像军事命令一样："你一定要保持信心并守法。不要忘记自己的民族，但是要更加热爱和尊重别人，爱丈夫，倾听别人的意见。"

关于爱情，当然，并没有谈及：卡尔·列奥波德无论是在自己的臣民还是自己的第一任妻子身上都没有产生这种情感，他在迎娶叶卡捷琳娜那一刻之前才和索菲亚·盖德维卡断绝关系，是彼得一世自掏腰包替他支付的分手费。根据现代人的评论，这是一个粗鲁的、没有教养的、专横的、任性的人，对所有人都非常吝啬，从不掏钱。公爵的臣民们是整个德国最不幸的，他没有任何原因就打骂臣民，凶狠地惩罚那些抱怨他恣意妄为的人。卡尔·列奥波德对自己年轻的妻子很冷淡，时而有侮辱的话语，只是沙皇在场的时候，他才对叶卡捷琳娜有礼貌。婚礼后回到梅克伦堡，公爵不再遮掩自己的不友好，叶卡捷琳娜过得很不愉快。这一点我们根据普拉斯科维亚·费奥多罗夫娜写给彼得一世及其皇后叶卡捷琳娜·阿列克谢耶夫娜的信件可以看出。如果一开始她感谢沙皇对"喀秋莎的仁慈"，那么后来这个寡妇的信件很像是抱怨和哀求："尊敬的皇后陛下"，她给叶卡捷琳娜写道，"感谢您没有让我女儿喀秋莎悲伤痛苦……她对我说她生活得不如意……"很显然，乐观的喀秋莎在丈夫家里需要忍气吞声，母亲在信中宽慰她："不要悲伤地苛待自己，不要扼杀思想。"

公爵夫人的处境异常复杂。卡尔·列奥波德认为自己被骗了，维斯马向他承诺的东西未果：同盟军甚至不允许列普宁的俄军进入被瑞典人夺走的城市，这是国际摩擦的一个原因。彼得大帝在梅克伦堡期间，还有一个更大的丑闻——很不客气地逮捕了对其侄女婿不满的贵族代表们。这和梅克伦堡俄军"限制定额"一样，引起了许多德国统治者尤其是近邻汉诺威选帝侯乔治·路德维希的极大愤慨，这位汉诺威选帝侯当时还是英国国王乔治一世，他对德国有着特殊的兴趣。梅克伦堡当时是德意志名族神圣罗马帝国的组成部分，梅克伦堡的贵族们及其惊慌不安的邻居们开始向最高封建领主——专制君主，即奥地利皇帝抱怨公爵。彼得大帝看到他在梅克伦堡推行的种种尝试引起了严重的反抗，决定撤退，实际上，就是让公爵听天由命。起码，他决定在北方战争结束之前不再援助卡尔·列奥波德。

1721 年签订《尼斯塔特和约》之后，不愿意示弱的沙皇给叶卡捷琳娜·伊万诺夫娜写道："现在我们能帮助您，只是您的丈夫有些弱。"沙皇在另一封信里建议公爵"不要不分时宜、随心所欲地行事"。但是"固执的"公爵绝不妥协，坚持与自己的贵族们和德国人进行不明智的斗争。

上帝垂怜，我怀孕了

从叶卡捷琳娜的信函看得出，她作为一位被教育要听命于自己丈夫的妻子，起初并不想从梅克伦堡逃走，何况她不敢不听沙皇叔叔的话。听从于专横的丈夫时，叶卡捷琳娜甚至给沙皇写信寻求保护。在信中她请求彼得一世在波罗的海做大动作的同时不要忘记卡尔·列奥波德的利益："恳请陛下无论何时不要改变对我丈夫的圣恩，因为我丈夫与您荣辱同在。"

叶卡捷琳娜的处境不佳，因为她是不适合 18 世纪而是适合中世纪的那个人的妻子。即使是德国穷乡僻壤的男爵们也很轻视她，他们称呼这位莫斯科公主为"野蛮公爵夫人"。梅克伦公爵夫人没有地位、低首下心表现在所有方面：在彼得一世写给她的命令式的主人式的信件中，在她写给圣彼得堡的卑躬屈膝的信件中。1718 年 7 月 28 日她给叶卡捷琳娜皇后写信："上帝垂怜，我怀孕了，已经五个月了，原谅我之前没有写信告诉您，因为我真的不知道。"12 月在罗斯托克公爵夫人生了一个小公主伊丽莎白·叶卡捷琳娜·克里斯蒂娜，她在俄国洗礼之后信奉东正教，不知道为什么这个小姑娘被人们称为安娜·列奥波利多夫娜，而不是安娜·卡尔罗夫娜。

女孩生下来就体弱多病，但祖母皇后普拉斯科维亚·费奥多罗夫娜非常疼爱她。外孙女的健康、教育、消遣都是皇后日常关心的内容。而当小姑娘满三岁的时候，普拉斯科维亚·费奥多罗夫娜已经开始给她本人写信了。在这一老一小之间保留着人的热情和感动："亲笔给我写信告诉我你自己、父亲、母亲的健康情况，替我亲亲你的父亲和母亲：亲吻父亲的右眼，亲吻母亲的左眼。我寄给你——我亲爱的孩子——小礼物是厚实的长上衣，好让你到我这里来的时候暖暖和和的……我亲爱的孩子，好好安慰你的父亲和母亲，告诉他们不要难过，叫他们到我这里来做客。你和他们一起来，我要快点儿见到你，我时刻惦记着你。我甚至想把我自己的眼睛送给你（信件的这个位置皇后用笔画了两只眼睛）……它们迫切地想代替你的老祖母见到自己的小外孙女。"

渴望见到心爱的女儿和外孙女成为老皇后写给彼得和叶卡捷琳娜·阿列克谢耶夫娜的信件的主题。普拉斯科维亚非常想让她们去俄国，即使是暂时的，也想把她们永远地留在那里，然而卡尔·列奥波德所做的事情却让情况越来越糟糕：去援助梅克伦堡贵族的德国联盟军将他和他的妻子从公爵领地赶了出去。很难帮助他。1721 年春天彼得气愤地给叶卡捷琳娜·伊万诺夫娜写信："我表示深切的同情，但我不知道，怎样帮助。如果您的丈夫听我的建议，就什么事情都不会发生了，而现在闹到这种程度，已经无能为力了。"

在祖母伊兹马伊洛沃的别墅

1722 年前皇后普拉斯科维亚·费奥多罗夫娜的信变得绝望。她觉得自己快要死了，不断地恳求、请求、要求，无论如何要如她所愿，让女儿和外孙女在她身边。"外孙女，我亲爱的孩子！我祝福你，我心爱的朋友，我衷心祝福你，心想事成，我的朋友、外孙女，外祖母老了，看到小小的你和别人相处融洽：老的和小的友爱地生活在一起。替我亲吻你的父亲母亲，让他们带你来我这儿，我要和你在一起说说悄悄话。"皇后用很多狠毒的话吓唬叶卡捷琳娜，希望她不来看望生病的母亲。1722 年夏天老皇后终于达成了自己的心愿，彼得答应卡尔·列奥波德和叶卡捷琳娜来俄国。彼得写信说，如果公爵不能同去，那么公爵夫人就自己去，"因为您的母亲患病，想见您一面"。

君主的旨意就是法令，于是叶卡捷琳娜·伊万诺夫娜和女儿将卡尔·列奥波德一个人留下与自己的属国和其他敌人作战，她们来到俄国，来到莫斯科。普拉斯科维亚在贴心的伊兹马伊洛沃等待着她们的到来，还专门写信催促她们："你们还有多久？快告诉我，你们现在到哪儿了？我们等得很心急！"1722 年 10 月 14 日荷尔施坦因公爵卡尔·弗里德里希来到伊兹马伊洛沃，看到了心满意足的皇后普拉斯科维亚。她坐在摇椅上，"梅克伦公爵夫人的小女儿坐在她的双膝上，非常快乐的四岁大的小女孩"。是的，叶卡捷琳娜和女儿来到伊兹马伊洛沃时已经是 1722 年的 8 月了。喀秋莎重新置身于熟悉的房子，在亲人和夫人中间。而在旧宫殿的窗外，依旧和公主童年一样，是伊兹马伊洛沃花园枝头上累累的秋天硕果。

而母亲和内侍官们微笑着，看着喀秋莎：生活的艰辛、疾病、不明朗的未来并没有改变她快乐的性格。她还是像以前那样无忧无虑。她几乎立即就忘记了梅克伦堡的噩梦，她跳舞，因为各种传统的和"时髦"的娱乐活动而开心地笑着。1722 年 10 月叶卡捷琳娜特意为自己的客人们安排了戏剧。她从宫中女官和侍从中挑选出适合的人选，订制了服装，向荷尔施坦因公爵借来道具，忘我地进行戏剧排练，正如别尔赫格里茨所写，这场戏"纯属无聊之举"。霍尔施坦因宫廷内侍们观看了戏剧演出，他们后来惊讶地发现，他们衣兜里的很多东西不翼而飞。别尔赫格里茨很郁闷，因为有人趁着大厅昏暗时把他的一个很贵重的鼻烟壶偷走了。

小公主一下子从德国的生活转换到俄国 17 世纪的环境中，这个时期，说实话，已经在 18 世纪新文化的影响下失去了自己的特征。1722 年 10 月 26 日别尔赫格里茨在自己的日记中记录了与梅克伦公爵夫人及其女儿在伊兹马伊洛沃的见面。叶卡捷琳娜带着荷尔施坦因的人们走进自己的卧室，卧室地板铺着红色呢绒，母亲和女儿的床分立两侧。客人们因为看到某位"视力不好的很脏的散发着大蒜味的"班杜拉琴弹奏者而感到难堪，别尔赫格里茨认为，他专门为叶卡捷琳娜唱一些她喜爱的但不是特别适宜的歌。"但是当我看到在她们的房间里有光着脚随意走动的一位又老又瞎又脏又丑又蠢的女人时，我更加惊讶了，她身上只有一件衬衣……小公主经常让这个家伙给她跳舞，只要她一句话，这个女人马上就捡起自己破旧发臭的破衣烂衫跳给她看。我无法想象，公爵夫人在德国生活如此之久，在那里按照自己的头衔生活，而在这里却能忍受自己身边有这样一个女人。"幼稚的低级侍从！因此彼得大帝认为："习惯是另一种习性……"

叶卡捷琳娜在自己母亲的皇室里长大，她周围的人都是侍从丑角，傻里傻气，非常贫穷，不会从梅克伦公爵夫人身边逃跑，也不会从伊兹马伊洛沃宫逃跑。小公主也处于这样的环境——外祖母和母亲已经习以为常的环境。

与世隔绝

关于从喀秋莎及其女儿由梅克伦堡来到俄国至安娜·伊万诺夫娜 1730 年掌权这段时间，我们知之甚少，对小公主的性格我们也不太了解。我认为，她和一个普通孩子一样长大了。1722 年别尔赫格里茨写道，有一次，在和皇后普拉斯科维亚道别时，他有幸见到小公主的光脚丫和膝盖，她"穿着短睡衣，和另一个小姑娘在外祖母卧室铺着床垫的地板上玩着"。很明显，这个漂亮小女孩非常喜欢好看的低级侍从。同年 12 月 9 日别尔赫格里茨记录公爵夫人的宫廷侍从来看望自己并希望他"在午后去伊兹马伊洛沃和小公主跳舞，她总是问到我，她不想和别人跳舞"。

众所周知，小公主与母亲和外祖母从伊兹马伊洛沃乘车来到圣彼得堡。在这里，1723 年 10 月 13 日，皇后普拉斯科维亚·费奥多罗夫娜去世了。去世前，她吩咐拿来一面镜子长时间地看着镜子里自己的脸。禁不住叶卡捷琳娜·阿列克谢耶夫娜的坚持，她在给自己不喜爱的女儿库尔兰公爵夫人安娜的和解信上签名，她们多年争吵不休。

1723 年 10 月 22 日举行了普拉斯科维亚的葬礼，按照皇室标准隆重而长久：绣着双头鹰的紫色天鹅绒，精致的皇冠，覆盖着黑纱的黄色国旗，哀伤的钟声，近卫军、皇帝和圣彼得堡所有上流社会的达官显贵都身着丧服，最后是披着黑色马衣的六匹马拉着的很高的黑色灵车，在别尔施涅克金大街上慢慢地行进。五岁的安娜和母亲以及普拉斯科维亚姨母一起把皇后普拉斯科维亚送到亚历山大 – 涅夫斯基修道院的圣母升天大教堂前。她坐在四轮轿式马车里被带走了，潮、脏、湿滑、冷，圣彼得堡的深秋就是这样的……

而与此同时，梅克伦家族的事情越来越糟糕。叶卡捷琳娜·伊万诺夫娜的丈夫不打算改变自己的自杀式政策，德国皇帝是德国大公们的最高封建领主，他威胁自己执拗的属国把公爵领地管理权转让给他兄弟赫里斯季安·路德维希。叶卡捷琳娜很伤心，卡尔·列奥波德拒绝去圣彼得堡找在欧洲也具有影响力、有能力帮助"狂野公爵"的彼得大帝。1725 年彼得一世去世了。最后，在长期的斗争后，丝毫没有改变自己"天性"的公爵 1736 年被德国皇帝免去了王位，他投奔自己的兄弟后被捕，1747 年 11 月死在梅克伦堡的杰姆尼茨监狱里。在他的妻女去了俄国之后他再也没见过她们。

而喀秋莎的伤心难过并不是很深痛，也不长久，她所向无敌的乐观精神占了上风，她依旧欢乐，甚至变胖了。别尔赫格里茨在自己的日记中写道，有一天，公爵夫人向他抱怨：皇帝看到她胖了，建议她少吃少睡，她为此感到很痛苦。但是，正如低级侍从注意到的，"公爵夫人很快放弃了节食和不眠，她根本就没坚持多久"。安娜总是和母亲在一起，她在叶卡捷琳娜一世和彼得二世时期彻底地与世隔绝了，安娜已经对谁都不感兴趣了。

与姨母的幸福时光及其后果

我们的主人公杳无音信，在伊兹马伊洛沃的宫殿也鲜有人提及。如果在1730 年 1 月彼得二世没有去世，那么库尔兰公爵夫人安娜·伊万诺夫娜（11岁梅克伦公主的姨母）也不会被最高枢密院大臣们请至王位。

正如我们所知，很快安娜·伊万诺夫娜便摆脱了那些大臣们企图强加在她权力上的那些限制，成为有实权的独裁君主。既然如此，那就不可避免地产生了王位继承的问题。安娜还没有孩子，至少没有婚生子，她的去世可能会为伊丽莎白·彼得罗夫娜或者是另一个"小鬼"开辟通向王权的道路，因为在宫殿里还有一个 2 岁的小王子——荷尔施坦因的卡尔·彼得·乌尔里希，他是 1728 年去世的安娜·彼得罗夫娜的儿子。安娜·伊万诺夫娜在任何情况下都不会允许这样的事情发生。女皇本人在很早之前便和比龙伯爵建立了一种引起外人猜忌的关系，因此，她并不想嫁人。但 1730 年在莫斯科突然出现了一个未婚夫：葡萄牙国王的弟弟，埃玛努伊尔王子。皇室贵族们纷纷嘲笑他，匆忙地给他送了一件皮袄便把他赶回家去了。在俄国没有任何人想要这样介绍：在女皇身边竟然出现了一个丈夫！那么到时候到底是谁来统治民众呢？

为了解决继承问题，机智的大臣安德烈·伊万诺维奇·奥斯特曼和伯爵卡尔·古斯塔夫·列文沃尔德想出了一个很复杂的计划。由于没有别的方案，女皇便同意了。1731 年初，令很多人都感到意外，就像我前面提到的那样，女皇要求自己的臣民发誓对自己今后亲自挑选出来的继承人绝对忠诚。这样，安娜·伊万诺夫娜就恢复了彼得大帝在 1722 年关于王位继承所颁布的条令，其内容为君主有权力挑选臣民中的任何一位作为自己的继承人。

臣民们恭顺地按皇室所要求的那样发了誓，但稍稍有些疑惑，到底谁才是未来的继承人呢？很快答案便揭晓了，是将来要和女皇外甥女结婚的人，并且在那时女皇的外甥女刚好满 20 岁，也没有丈夫。这便是奥斯特曼和列文沃尔德想出来的计划。根据女皇委派的任务，列文沃尔德立刻动身前往欧洲给其外甥女物色未婚夫，然而年轻的安娜·列奥波利多夫娜的命运在 1731 年开始发生奇妙的改变。

小姑娘被从母亲身边带走，送去皇宫。按规矩给予她一些体面的物质生活条件后，宫廷侍从开始匆忙地给她灌输一些东正教的思想，要知道一个大的国家阴谋正和她的名字紧密相连。费奥凡·普罗科波维奇亲自教导她。正是因为梅克伦公主是叶卡捷琳娜·伊万诺夫娜和卡尔·列奥波德的女儿，所以这个未婚妻要根据路德宗的仪式进行洗礼，成为叶卡捷琳娜·克里斯蒂娜，并且以这个名字进入了俄国的历史。1733 年东正教神甫为她进行了洗礼，并取名为安娜。这给外人留下了很深的印象，好像女皇将外甥女收为养女。当然并不是这样，确切地说，安娜·伊万诺夫娜是安娜·列奥波利多夫娜宗教名义上的母亲。

亲生母亲梅克伦公爵夫人出席了女儿在 1733 年 5 月 12 日盛大隆重的洗礼仪式。一个月后，叶卡捷琳娜·伊万诺夫娜便去世了。在嫁做人妇的这些年中，她饱受妇科疾病的折磨，并且水肿很严重。当她刚过 40 岁时，死亡随之而来。她被安葬在亚历山大－涅夫斯基修道院，在她的母亲皇后普拉斯科维亚的墓旁。

1733 年 2 月 5 日，列文沃尔德从幅员辽阔的德国给安娜找的未婚夫来到了圣彼得堡，安东·乌尔里希是德国不伦瑞克·贝文·吕讷堡的王子，奥地利女皇伊丽莎白 18 岁的侄子。女皇夫妇均效忠于罗马帝国的查理六世。他来时刚好赶上寒冬和即将到来的女皇命名日。那天晚上他和要过命名日的人以及皇室宗亲一起看到了那令人叹为观止的场面：花园中成千上万的绿光、蓝光闪闪发亮，照在冬宫前方覆盖着薄冰的地上更是熠熠生辉。"在花园中间，女皇名字的缩写用各种颜色的彩灯装饰着，彩灯装饰的皇冠呈现出各种各样的颜色，那样子就好像是用天然的石头做成的。"绚烂的灯光装点着彼得保罗要塞、海军部和科学院。超过 15 万盏灯装扮了这些荣誉的"耻辱"。王子应该相信自己十分走运，被邀请到这个强大帝国的首都。

非未婚夫和非未婚妻

安娜公主并没有给那个时代的人留下什么好印象。"既没有美貌，也没有底线"，1735 年英国驻扎官的妻子隆多夫人这样描写。她还说："她的思想并没有什么闪光之处，她总是一本正经，言辞不多，不苟言笑，这让我觉得这个年轻的姑娘特别做作。我想，在她严肃的背后，隐藏的应该是愚昧。"

然而，未来的宫中高级侍从、元帅之子米尼赫·恩斯特对于安娜公主却有另一种看法。他写道，大家都认为公主非常冷淡、傲慢，并且"好像瞧不起所有的人"，事实上她的内心十分柔软、善良、宽容、温和，表面的冷淡只是为了让自己免于那些"无礼的阿谀奉承"，不想让这些谄媚之言散布在她姨母的宫殿里。

但不管怎样，公主在所有人眼中都是一副孤僻、忧郁、冷漠的形象。许多年之后，法国公使舍塔尔基讲了一个故事，说叶卡捷琳娜·伊万诺夫娜不得不"用十分严厉的态度对待自己的女儿，即便当她还是一个婴儿的时候，就是为了不使她养成桀骜不驯的性格，以便出现在公共场合"。大概，解读安娜·列奥波利多夫娜那不太讨人喜欢的性格不应该在她与生俱来的品质里分析，而是应该在她生活的细节上去发现，特别是在 1733 年之后。

未婚夫的到来令所有人都感到失望，包括未婚妻、女皇和整个皇宫。他非常瘦弱，头发颜色很浅，并且看起来有些女里女气。这位阿尔布雷希特·斐迪南公爵的儿子在宫廷里那些"公狮"和"母狮"不友善的目光的注视下，由于紧张和害怕显得有些笨拙。就像比龙在自己简短的回忆录中写的那样，"安东王子十分不幸，女皇并不喜欢他，女皇十分不满意列文沃尔德的选择。但是失误已经造成了，女皇自己和其他人只能伤心，想要纠正这个错误已经不可能了"。安娜·伊万诺夫娜没有给官方媒人奥地利公使准确的回答，没说好，也没说不好，就这样把王子留在了俄国。想要让他等到公主成年，对他而言，在这段时间里也就习惯了这个新的国家。他被授予了骑兵团中校军衔，并安排了体面的物质生活。王子多次想要亲近自己未来的妻子，但都徒劳无功，公主总是冷淡地拒绝他。比龙后来写道："他的倾心却得到如此冷淡的回报，在这些年中，他再也不可能对爱情抱有幻想、对婚姻抱有希望。"

1735 年夏天，传出了丑闻，因为安娜公主对安东一贯的冷淡，所以大家怀疑这个 16 岁的小姑娘和爱向女人们献殷勤的美男子卡尔·莫里茨·利纳尔伯爵存在暧昧关系，他是萨克森的特使。安娜的老师艾德勒克斯太太因此受到了指责。在同年的 6 月末，艾德勒克斯太太被匆匆送上轮船驱逐出境。然而来年，根据俄国政府的请求，再次召回了利纳尔伯爵。原因就像英国驻扎官克拉夫季·隆多所写的那样，"公主很年轻，伯爵又很帅"。公主身边的低级侍从伊万·布雷尔金竭力替公主安排秘密约会，然后被流放到了喀山。

关于这一事件还有更多的内容。但我们所熟知的是，自从安娜·列奥波利多夫娜在 1740 年掌权后，利纳尔在圣彼得堡宣布正式成为宫廷的一员，参加议会，获取圣安德烈勋章，身配镶钻长剑，获得了一些其他的奖励。这让所有的人都觉得他是宠臣。忠诚的布雷尔金同样也得到了嘉奖，被任命为枢密院厅务总监。

将安娜·列奥波利多夫娜和利纳尔分开后，女皇对外甥女采取了十分残酷、警惕的监督，公主身边一半的人都是女皇的眼线，并且十分复杂。她完全和朋友、交际圈、皇宫隔离，也只是偶尔在官方的场合出现。隔离持续五年之久，安娜·列奥波利多夫娜的心理和脾性不可能不受到影响。特别是她本来天生很活泼、健谈，现在变得很孤僻，喜欢独处和沉思。正如米尼赫·恩斯特写的那样，公主是德国书籍和法国书籍的忠实爱好者。她每天起得很晚，漫不经心地着装梳洗，怀着不甘和恐惧的心情迈向宫廷纪念会上那流光熠熠的地板。甚至当安娜·列奥波利多夫娜成为统治者以后，她周围的交际圈最多不超过 4 个人——都是她亲近熟悉的人。过往的经历对于她来说十分难过，因此，喧嚣的节日庆祝和化装舞会上，在有她出席的情况下，任何人都不敢畅所欲言。公主的隔离在 1739 年 6 月末解除，当时奥地利公使博托·阿多诺侯爵以王子安东的名义请求从女皇手中接管安娜公主，并得到了满意的答复。

含泪的婚礼

女皇迫不得已地同意外甥女和安东的婚事。起初，安娜并不在乎女皇 37 岁时提出的继承人问题，但后续几年的经历、屈辱、贫困，让她觉得生活才刚刚开始。那个时候，不管是外甥女还是外甥女未来的夫君，女皇都不喜欢。所以对于这门婚事女皇拖了很久才做出决定。比龙公爵更担心公主的命运，在看到安娜·列奥波利多夫娜对未婚夫那种示威性的抗议后，1738 年公爵开始了自己的试探。他想通过皇宫里的某个女人打听公主是否愿意嫁给彼得·比龙这个宠臣的大儿子。关于这一点他得到了女皇本人的回应，彼得小公主 6 岁，但是又不能使这位宠臣感到难堪，要知道一旦比龙的意图得逞了，那比龙家族就会和当权的王朝结为亲家！安娜·列奥波利多夫娜绝对不会让比龙的野心得逞，说已经准备好嫁给安东。至少，"他是这座旧宫殿里年龄相符的人"。王子这时已成年，作为志愿军参加了土耳其和俄国的战争，在乌克兰的奥恰科夫表现得非常英勇，晋升为将军，荣获圣安德烈勋章。

按比龙的话来说，安娜·伊万诺夫娜曾经跟他说过："人人都觉得我手里的公主应该嫁人了，时间飞逝，她确实也到了该出嫁的时候。当然，我和公主都不喜欢王子。但是，我们这个阶层的人不能按照自己的喜好来缔结婚姻。"还有一点十分重要，英国驻扎官克拉夫季·隆多写道："俄国的大臣们普遍认为公主应该出嫁了，她已经开始发胖，而根据他们的观点，如果出嫁的时间再推迟一些的话，肥胖就有可能导致不孕不育。"

在权衡了所有的情况后，女皇将婚礼提上了日程。1739 年 6 月 1 日，两个年轻人互换了戒指。安东走进举办仪式的大厅，身着绸缎制作的白底金边的礼服，他的浅色长发有序盘绕，散在肩头。隆多夫人站在自己丈夫旁边，脑海里突然涌现出一个奇怪的想法，她把这个想法在信中告诉了自己远在英国的友人："我突然觉得，安东王子看起来就像是牺牲品。"令人惊讶的是，无意当中的这句话一语成谶，安东的确成了俄国混乱王朝中的牺牲品。

但是在那一刻，未婚妻觉得自己才是牺牲品。她一边说同意和安东结婚，一边紧搂着自己姨母的脖子，泪流满面。那时，女皇陛下还努力地克制着自己，然而下一刻自己却忍不住大哭起来。哭声持续了几分钟，最后直到奥地利公使博托去安慰女皇，而宫内大臣莱因高尔德·古斯塔夫·列文沃尔德则去安慰公主。在交换完戒指后，伊丽莎白·彼得罗夫娜公主第一个上前道贺，公主的泪水再一次倾盆而下。比起婚礼，这仿佛更像是葬礼。

1739 年 6 月 3 号举行婚礼，浩浩荡荡的车队缓缓向圣母大教堂行进，圣母大教堂在喀山大教堂的位置上修建。女皇和未婚妻身着白色礼服，面对面地坐在豪华的四轮马车里。接下来是冗长无味的午宴以及舞会。最后，他们给未婚妻穿上绣着精致布鲁塞尔花边的绸缎晚礼服。门打开了，比龙公爵将身着长袍的王子领了进来。皇宫整整一周都在庆祝婚礼：午宴，晚宴，穿着橙黄色多米诺大氅来参加化装舞会的人，歌剧在皇宫剧院中上演，烟火、华灯点亮了整个夏宫。隆多夫人作为宾客中的一员，在后面说道："每个人的盛装都别具一格，一些人的十分漂亮，一些人的十分奢华。这场恢宏的婚礼就这样结束了，但在这场婚礼中我并没有休息好，甚至觉得疲劳。这场盛大舞会的所有排场，都是为了两个人联姻，但我觉得，这两个人好像打心眼儿里憎恨对方。至少能确切地看出公主的态度，在一周的庆祝活动中她都表现得十分得体，然而脱离了女皇的视线，她对王子却流露出十分蔑视的神情。"

但无论如何，十几个月后，这不幸的婚姻结出了自己的果实，1740 年 8

月 12 日，安娜·列奥波利多夫娜诞下一个男婴，取名伊万，和他祖辈一样。

在政坛运筹帷幄

英国公使埃·芬奇这样描述这个现如今热度依旧的事件："当时我正忙着把情报译成密码，礼炮声也正在宣告安娜·列奥波利多夫娜公主生儿子的幸福结果。我立即丢掉信件，穿上新衣服……急着去皇宫庆贺。现在我刚从那里回来。公主昨晚还在她居住的夏宫的花园里散步，睡得很好，今天清晨大概五点多，她由于疼痛醒了，七点派人通知女皇陛下。女皇立刻来到公主寝宫并且在公主那里停留到晚上六点。"也就是说在公主圆满地生下儿子之后过了两小时女皇就离开了，女皇一直尽可能待到见到她梦寐已久的健康婴儿为止。

这对年轻夫妻的儿子出生使安娜·伊万诺夫娜女皇十分开心。她是这个新生儿的教母。这个冒险的王朝实验意外地成功了：一个健康和强壮的男孩出生了。比龙同样也很开心，因为将权力转给安娜·列奥波利多夫娜或者伊丽莎白·彼得罗夫娜的危险延迟了，至少到伊万具有行为能力前是这样的。宠臣暂时可以活得很安稳。安娜·伊万诺夫娜从这对父母身边夺走了小男孩，并且把他的房间安置在自己房间旁边。安东·乌尔里希和安娜·列奥波利多夫娜发挥了自己良好的作用，再不需要别人的侍候。但是女皇只能照看一会儿外孙，来不及教育他。1740 年 11 月 5 日，安娜·伊万诺夫娜在吃午饭的时候感受到肾结石引起的强烈疼痛（后来的研究显示，在女皇的肾脏里形成了整整一块珊瑚状的沉积物，这最终导致了女皇的死亡）。

在这一天，比龙召开了会议，在这个会议上他邀请了陆军元帅伯·克·米尼赫、首席宫内大臣莱·古·列文沃尔德、一等文官阿·米·切尔卡斯基和副高级文官阿·彼·别斯图热夫－柳明。就像米尼赫的儿子写的那样，宠臣"流着眼泪，内心悲痛交加，高声大喊"，他不仅仅是为了自己的命运（当然这是很真诚的），还为了俄国的命运，由于伊万·安东诺维奇的年幼以及安娜·列奥波利多夫娜的懦弱。最终，比龙宣布："应该让不仅仅具有足够丰富的经验，同时也具有非常强大的内心，能够使变化无常的人民保持平静、不会失控的人来进行最重要和最有益的国家调整。"

大臣们，"热忱的爱国者们"——比龙是这样称呼他们的，热情地宣布：他们没有看见除了比龙以外的其他统治者。但是比龙不同意。但这里还有另一种说法，别斯图热夫对现任统治者大放厥词，指责统治者对俄国的忘恩负义，对带给他荣誉而现在却被他抛弃到绝望境地的国家的忘恩负义。比龙非常羞愧，并且同意成为摄政王，但是他马上又说：四个大臣请愿他做摄政王是不够的，要让"国家"决定一切，应召集陆军、海军、教会、枢密院、联合会和宫廷里的所有最高官员来决定。他想要这个请愿被所有人都知道，包括对他不满的人。

第二天他们真的来了，在给安娜·伊万诺夫娜的集体请愿书上签名，指定公爵为摄政王。伯·克·米尼赫和奥斯特曼比其他人更支持比龙。比龙认为，米尼赫会是他成为摄政王的第一策划者。不管怎样，这位陆军元帅在女皇去世之前一直是比龙成为摄政王的第一请愿者。并且在这里他碰到了非常意外的障碍：女皇因为怕死不想签署任何遗嘱。因为就像舍塔尔基说的那样："在俄国有一个预兆非常盛行，这基于切切实实的例子，是说君主在签署完遗产分配文件之后就活不了太久。"

后来比龙做出了另外一种解释：安娜·伊万诺夫娜替自己的权力担心，并且说需要正式宣布伊万王子为继承人，"这样的话所有的人才会去追随他，而不是她"。女皇非常了解自己"最底层的奴隶们"，并且奥斯特曼勉强劝说她最好随身携带必要的文件。安娜·列奥波利多夫娜表现出果断并宣布：她没有任何要求，因为她相信，女皇陛下会为其家庭做出必要的"安排"。对于比龙来说，事态转向不利，如果安娜·伊万诺夫娜不签署遗嘱，那么伊万·安东诺维奇的父母将会成为摄政王，而不是他。

当时比龙跪在地上恳请女皇签署遗嘱，或者，像小米尼赫幸灾乐祸地开玩笑所说的："公爵认为自己必须为自己的事业做出牺牲。"必须迅速行动，要知道安娜·伊万诺夫娜的生命正在一步步流逝。比龙没有离开女皇的寝宫，直到女皇最终签署了伊万继承王位的任命书，任命书标注的日期是已经过了的日期：10 月 6 日。安娜·伊万诺夫娜在 10 月 17 日永远地闭上了眼睛，事实上她在死前为伊万王子签署的对其有利的任命书被宣布了，这样一来，摄政王就是比龙（到皇帝 17 岁之前）。根据法律，即使伊万·安东诺维奇夭折了，如果他有未成年的兄弟继位，比龙依然是摄政王。

比龙终于可以拭去额头上的汗水了。他成功了。

鹿死谁手？夜间政变

历史上曾经发生过无数次这样的事情，就是当一个人到达权力巅峰的时候，仅仅由于一个不忠诚的行为或者一个小小的冲击就会坠入深渊。就像是俄国巨人缅希科夫的跌落，即使他也曾扫清了权力之路上的所有障碍。而现在轮到比龙了：任何人都无法逃避命运！比龙的摄政生涯是短暂的，只有 3 周，完全不是他所设想的 17 年。

开始的时候一切顺利。阿列克谢·彼得罗维奇·别斯图热夫－柳明向萨克森外交家别措利特吹嘘，他们会和比龙一起扭转事态，在安娜·伊万诺夫娜死后的一夜之间，他们就准备好了关于比龙摄政的通告和誓词，第二天直接向首都的人们宣誓。这一切发生得太快，以至于其他潜在对手甚至来不及做出反应。"现在，"宠臣的宠臣预言，"为了达到完全一致，我们必须做出这样的规定：奖励有正统思想的人，惩罚难以控制的人。"事实上，近卫军的宣誓进行得非常顺利，这是最需要谨慎对待的一件事。正如英国大使埃·芬奇描述的那样："比起在海德公园对近卫军的监控，所有的一切十分平稳地进行着。"

比龙在各个地方都可以依仗自己人：在军队里有自己的同盟陆军元帅米尼赫，在国家机关（在内阁）有阿·彼·别斯图热夫－柳明和切尔卡斯基，在秘密办公厅有忠诚的安德烈·伊万诺维奇·乌沙科夫。很快喜欢告密的人，即那些喜欢进献谗言的人向比龙告发，皇帝的父亲曾经公开讨论过比龙的摄政并且怀疑比龙摄政决议的真实性。还有人对比龙说，很多近卫军和官员很同情安东·乌尔里希，甚至为不伦瑞克家族（人们开始这样称呼皇帝伊万·安东诺维奇的家族）准备政治阴谋。

摄政王果断快速地行动：20个嫌疑犯全部被逮捕，对他们进行了详细审问和严刑拷打，还给公主召开了一个类似于"在集体会议上个人案件的讨论会"，在政府高等官员参与的会议上，像之后的文件上写的一样，"比龙开始用很多不入流的责备来厚颜无耻地压制安东·乌尔里希"，简单来说，是在向皇帝的父亲咆哮，与此同时用决斗来威胁他，而乌沙科夫叫他"毛孩子"并且宣布对待他就像对待国家罪人一样。王子完全慌乱了，四处奔走，为自己申辩并且请求宽恕。在这之后，那些人把他从自己的职位上撤下，把他圈在家里监禁，"以在街上奔走很危险为借口"。

他们强迫安东·乌尔里希在从军队和近卫军退出的请愿书上签下自己儿子的名字，"为的是让他在我们伟大的陛下当政期间一直寸步不离"，他们还用一张有比龙签字的指令赦免了所有"最底层的奴隶"（他是这么写的）："以约安皇帝陛下的名义，摄政王和公爵。"由于是关于新晋皇帝的名字，这个指令被传遍了莫斯科，因此他们偷偷尝试用巧妙的方法打听，现在在莫斯科人们是如何讨论这个决定（即摄政的决定）以及是否会发生一些预料之外的事情，人们是否会说一些风言风语和不入流的评论。

公爵向安娜·列奥波利多夫娜承诺说，如果她听话，就把安娜·彼得罗夫娜的儿子卡尔·彼得·乌尔里希这个"小鬼"从基尔赶走，其实他作为彼得大帝的孙子，比起伊万·安东诺维奇更有权登上王位。比龙暗示说，可以把不伦瑞克家族送到德国去，但是那样会一场空。他和太子妃伊丽莎白谈过话，许诺给她很多供奉，其实他大概是想让自己的儿子娶这个漂亮的姑娘。

总之，摄政王虽然很怀念已故女皇，但仍行动积极，一切也都进行得非常顺利。1740年11月8日他和米尼赫进行了长谈。像往常一样，米尼赫向比龙介绍来自不同国家机关的各式文件，"轻声地，温顺地，令人满意地"。

谈话的最后时刻，他突然问米尼赫："陆军元帅，你们军队深夜里从没发生过大事件吗？"据米尼赫副官曼施泰因讲，米尼赫回答："不记得了，但是一旦出事就要尽可能地让事情向好的方面发展。"

我认为，米尼赫在向副官讲这件事的时候，一定是添枝加叶了。实际上他因为害怕坐在椅子上不敢乱动，小声说一些中立的或者模棱两可的含糊话，他脚下的大地已经在摇晃了。要知道比龙根本就没看他，而是直截了当地戳中要点：米尼赫正准备今晚去"军队"，"征讨"正在睡觉的摄政王。或许比龙已经起了疑心。他不相信米尼赫，因为"这位陆军元帅伯爵的性子大家都知道，狂妄自大，专横，非常好奇"（也就是说他是一个无所顾忌和容易感兴趣的人）。他承认他害怕近卫军……

从强大到败落的瞬息变化

米尼赫扳倒比龙的想法已经由来已久。他对比龙不满的原因在于摄政王对权力贪得无厌，在比龙获得摄政王的道路上米尼赫作为陆军元帅提供了大力支持，可是没有奖赏，没有温和的态度。在政变前米尼赫和安娜·列奥波利多夫娜有很多共同语言，她不擅长阴谋诡计，她会直接向米尼赫抱怨比龙的欺压和粗鲁，因此就促使这位陆军元帅的果断行动。综上分析，安娜·列奥波利多夫娜和比龙之间的冲突迟早会产生。就像埃·芬奇在11月1日所写的，尽管比龙在公众面前对安娜表现得很温和并且充满尊重，但他们仍是敌人："公爵永远都把公主看成是死敌并且感觉必须害了她自己才可以夺取政权，必须把她推下王位，她永远都不会原谅他。"就是这样。

在得到皇帝母亲的赞许后，勇敢的军人带着80名士兵在1740年11月9日逼近摄政王睡觉的夏宫。在接近皇宫的时候，米尼赫吩咐自己的副官曼施泰因去逮捕比龙，如果他尝试抵抗的话，就杀了他。曼施泰因进入皇宫，并且经过站岗的和鞠躬的仆人时很自信很平静地走进大厅，就好像有紧急事件需要向摄政王报告一样。但其实他都冒冷汗了，心里的恐惧慢慢加剧。他显然迷路了，于是他就问路上偶然碰见的仆人公爵在哪里，这真的太奇怪太可疑了。后来曼施泰因以第三人称描述自己："他毫无障碍地穿过花园一直到达寝宫。但是并不知道公爵在哪个屋子里睡觉，他陷入了困境，不知道何去何从。"

我们停下来设想一下被深夜过堂风冻僵了的陆军元帅以及在皇宫过道的黑暗中迷路的倒霉副官的感觉。在几分钟的犹豫后，他决定带着希望继续往房间里走，最好能找到他想找的。事实上，在继续穿过两个房间后，他不知不觉地走到一扇不用钥匙就能打开的门前。幸运的是，这扇门从里面、从外面都可以打开，而且仆人忘记了插上门中间的插销，这样一来，他就可以不费力气地打开门（如果仆人没有忘记插插销，曼施泰因该怎么办）。在这里他找到一张大床，公爵和公爵夫人在床上睡得很熟，甚至开门的声音都没有吵醒他们。

曼施泰因走到窗前，拉开帷幔并且说有事要和摄政王讲，在确信他是带着不好的消息来到他们这里的时候，两个人很意外地都清醒了并且用尽所有力气大喊。曼施泰因正好在公爵夫人躺着的那一侧，因此摄政王可以从床上跳下来。很显然，他在摄政王面前隐藏了自己的意图，但是也着急地绕过床向摄政王扑去，尽可能地用两只胳膊牢牢按住摄政王直到近卫军出现。公爵挣脱胳膊后希望摆脱这些人，他用拳头左右攻击，士兵们用枪托狠狠地回应他，再一次把他推倒在地，把手帕塞进他嘴里，用一个军官的围巾捆住他并且把他赤裸地带到卫兵室，在那里给他盖上了军大衣并且把他扔到了陆军元帅的马车里等候发落。

比龙在后来的自传里描述自己掉入陷阱的忧伤时做了一些补充："他们什么都没有问我。"对，当然了，观察员们才会问你呢！夜间的慌乱和吵闹已经传到宫殿的上空，只有已故女皇到现在为止都什么都不知道，她安静地躺在豪华大厅的棺材里，听不到那些喧嚣声，也看不到人们是如何拖走她的发出含混声音、双脚乱踢的摄政王的。

"当时，当士兵和公爵争斗的时候，"曼施泰因自己总结这个惊险故事，"公爵夫人从床上跳下来，穿着一件衬衫跑到街道上，那里有士兵抓到她了，问曼施泰因怎么处置她。他吩咐自己的手下把她送回她的房间去，但是士兵不想给自己找麻烦，把她扔在地上，扔在雪里，然后走了。"

第二个戈都诺夫

第二天，向被废黜的摄政王寄出一封冗长的揭发性宣言。"他，库尔兰公爵……竟敢公然侮辱且蔑视我们最亲爱的女皇陛下，利用'闻所未闻的低级威胁'，违反国家法律，偷偷'窃取我们的国家财产'。"此外，比龙获得了与鲍里斯·戈都诺夫做比较的"殊荣"，鲍里斯·戈都诺夫曾作为杀害德米特里王子的凶手及篡权者接受审判。最终，比龙在他傲慢自负且对权力总是不满足的时候，做出"与上面提到的戈都诺夫一样的行为"。

为进行这种比较，成立了专门委员会开始调查比龙的罪行。调查资料保留了下来，从资料可以看出，很难找到摄政王的犯罪证据，他轻易地摆脱了打击。有人指责他忽视安娜·伊万诺夫娜女皇的健康，尽管安娜患有足痛风、手痛风及肾结石病，还是被迫与比龙在练马场花费很多时间，而他，先是买通医生不告诉女皇病情，然后讲述自己为了女皇的健康多么忘我地努力，看到"女皇很抗拒吃药，经常不想服药"后，他跪在女皇脚下，"哭着不懈地央求女皇服用医生开的药。他被迫做的最让女皇讨厌的事是让女皇同意进行灌肠……最终他说服了女皇做这件事"。

公爵的过错还在于他"不去教堂"，"所有事情都随自己的意愿与喜好"，"保留自己的天性，强求摄政职位"，对待宫廷侍从及贵族很无礼，对其喊叫、放肆地责骂，甚至连女皇陛下都经常想要躲到一边。读者们，想象一下这样的画面，正如作家笔下所写："用一连串下流难听的骂人话驱散一群贵族，使安娜女皇不得不躲到一边的比龙。"

那一时期关于他对待俄国老实人及整个国家恶毒的指控比这严重得多，他把一个动作迟缓的宫廷侍从称为"俄国坏蛋"。为了让这些指控尽可能有分量，调查者们暗示其有叛国行为：比龙好像与其他国家签订"损害国家利益的秘密协议与保证书"。

应该说，比龙的回应很详细且有说服力。他坚决不接受每一个指控，但他说服女皇进行灌肠的感人故事也没有说服严格的法官：4 月 14 日伊万·安东诺维奇皇帝做出判决："因比龙残忍迫害百姓，忠实臣民深受其害，没收比龙及其兄弟名下所有动产及不动产，判其终身监禁。"

总之，比龙及其家族被永久性地流放到西伯利亚的佩雷母。伟大设计师米尼赫费心地为其敌人准备了房子的图纸，并派专员前往佩雷母监督西伯利亚的建筑工程。事实上，比龙在西伯利亚停留的时间不长，很快伊丽莎白·彼得罗夫娜命令将其送到雅罗斯拉夫尔。

不可靠的权力栖木

就在比龙被捕之后，军队聚集到冬宫，向伟大的国家统治者、俄国女皇安娜宣誓效忠。陆军元帅米尼赫的时机来到了。1740 年 11 月 9 日的"夜间政变"已经将他带到了权力的顶峰，当然，他也是冒了很大风险完成这个任务的。曼施泰因对他这位爱好功名的伙伴非常了解，他发现米尼赫有不止一次可以在白天逮捕摄政王的机会，但是"希望行动出色完成的他选择了最困难的方式"，即夜间政变，他明白，哪怕只有一个人（惊慌），那陆军元帅的行动都不会成功。

整个皇宫都在取笑奥斯特曼，推翻比龙之后的早上，他借口生病拒绝参见女皇。那时，米尼赫派人转告这位等着发生叛乱的狡猾的家伙，有一些可以强迫他控制自己"病情"的原因——摄政王就坐在卫兵室。奥斯特曼马上康复，急着去分享成果。"陆军元帅米尼赫，"曼施泰因写道，"逮捕库尔兰公爵只有一个目的：获得更高层次的幸福……他想掌握所有权力，只给女皇一个统治者的名号，而自己使用这个名号所具有的权力，他以为没有人敢采取什么行动反抗他。但是他错了。"

是的，米尼赫错了，这个安静且懒散的女人——安娜·列奥波利多夫娜很快将他这个俄国的马尔斯、可怕的比龙的战胜者，推下了他的"奥林匹斯山"。发生了这样的事：米尼赫想要借其副官在夏宫的"功勋"成为最高统帅，但是他失算了，11月10日安东·乌尔里希获得高级军衔。米尼赫感觉受到侮辱，被极不尊重地对待，他的不满在宫廷之上也可以察觉到。另外，陆军元帅成为开国大臣后，女皇将对外事务交给奥斯特曼，国内事务交给米哈伊尔·加夫里洛维奇·戈洛夫金。最终，米尼赫无事可做。

米尼赫只坚持到了1741年春。3月3日他申请辞去职务，这位无可替代的陆军元帅不止一次使用这种恐吓方法，而且总是成功。但是女皇突然签署命令，宣称：既然"因为年事已高，有病在身，而且长久以来为我以及我们的国家效力，亲自请求解除军队及内务事务"，那么就满足他的请求。米尼赫的自负感消失了，要知道，他以为自己无可替代，女皇不能没有他，就像彼得二世及安娜·伊万诺夫娜时期一样，女皇会请求他留下，并满足他的一切要求。

"这个消息像是晴天霹雳一样使他大吃一惊，"奥斯特曼写道，"他得到退休作为多年效命的酬谢的时候正是他以为自己势力最大的时候。""我想，摩尔人已效劳完毕……"萨克森大使馆文官别措利特引用的拉丁谚语很是恰当：Proditionem amo, proditorem odi（我喜欢背叛，却痛恨背叛者）。米尼赫退休了，并且他房子周围安排了卫兵，不知道为什么，这位退休但充满谋略与力量的活动家不同于其他人，是受人尊敬的。

应该说，柔弱的女皇控制着奥斯特曼，他认为自己的时机到了，权力将会属于他。现在，我们知道了，这位执政者在米尼赫下台几个月后也跳下了权力的栖木，并且伊丽莎白上台后他和米尼赫一起被流放到西伯利亚地区，一个去了佩雷母，一个去了别廖佐夫。命运弄人，曾经的陆军元帅在流放佩雷母的路上，在喀山遇到了从佩雷母前往新的流放地雅罗斯拉夫尔的曾经的摄政王。这次碰面，双方都是不愉快的。米尼赫要去比龙曾经的地方。但是他没有机会住自己曾为敌人建的房子了，火灾妨碍了米尼赫检验自己是否是一位优秀建筑师。奥斯特曼幸运得多。他将安居别廖佐夫，曾经住过这里的是由于1727年秋天多尔戈鲁基与奥斯特曼的阴谋被流放的缅希科夫，然后1730年多尔戈鲁基亲自出现在了这个地方。1742年，这里迎来了安德烈·伊万诺维奇，这个"神圣"的地方不曾空闲过。

朴实与轻信

1740年11月10日，宣布安娜·列奥波利多夫娜为女皇、国家统治者。实际上成为专制女皇之后，她继续像过去一样生活。她不理会自己的丈夫，甚至经常不让丈夫进入房间。至今也很难弄懂为什么他们的关系变成这样，为什么他让安娜如此不高兴。也许是因为他不如利纳尔那般的优雅、勇猛与英勇。陆军元帅米尼赫曾说，虽然他跟随女皇的丈夫参加过两次军事战役，还是不知道他是鱼还是肉。某次阿尔杰米·沃伦斯基问安娜，为什么她不喜欢亲王时，安娜回答："因为他太温顺，什么也不敢做。"

事实上，比龙短暂的摄政时期证明，在需要捍卫自己的荣誉及家庭幸福的关键时刻，女皇的丈夫看起来像个窝囊废，也难怪公爵以带有嘲笑的口吻对萨克森外交官别措利特说：安东·乌尔里希串通宫廷侍从反对他。对于摄政王的这种问题，别措利特天真地回答："他想造点反。"之前比龙有点下流地对别措利特说，女皇丈夫在俄国最主要的使命就是"生孩子，但他还不是那么擅长。只愿他的孩子不像他，而是像母亲"，即安娜·列奥波利多夫娜。总之，恐怕安东·乌尔里希不要指望得到年轻妻子炽热的爱。

安娜自身的悲剧在于，她完全不为自己女皇的职位感到骄傲，当然她原本也没有想过成为女皇。除此之外，她还缺少许多女皇的品质：勤奋，野心、能量，毅力，受国民爱戴的能力，或者相反的，通过残忍手段使国民恐惧的能力。陆军元帅米尼赫写过："安娜天性懒惰，从不出现在内阁，早上我拿着在内阁编写的文件，或是需要她批示的文件找她，她感觉自己能力不足，经常对我说'我希望我的孩子在我这个年纪能够独立掌管国家'。"

后来米尼赫写到一些也可以通过其他资料——书信，自传或画像——证实的内容："安娜天生粗枝大叶，把白色头巾绑在头上，不穿裙子（读者都明白，这是绝对不允许的事）就去日祷，这副模样出现在饭桌，正午过后，和她挑选的伙伴一起玩牌，包括她的丈夫、利纳尔伯爵、维也纳宫廷文官伯塔侯爵、她信任的人……芬奇先生——英国公使也是我的兄弟（伯·克·米尼赫男爵）。"在这种情境下，恩斯特·米尼赫补充道："安娜是自由的，并且对交际感到快乐。"

这些夜晚都是在女皇亲近的女朋友，也是她的女官的公寓度过的。没有"这位漂亮的姑娘"安娜一天也活不下去。她们的关系很不寻常。正如芬奇所写，安娜对尤利娅的爱"就像男人对女人炙热的爱情"。谁都不想深入研究这种猜测。只知道，利纳尔和尤利娅曾要结婚，因为变革而没有实现，但是1741 年 8 月他们举办了婚礼，安娜送给她的女朋友无数珍宝及布置好的房子。这场婚姻的目的是掩饰女皇与利纳尔的关系。许多观察员都注意到：安娜时期利纳尔的重要性不断提高。法国公使舍塔尔基从伊丽莎白手中得到人们截获的利纳尔给女皇的纸条。字条的内容及语调证明了萨克森公使对安娜的重要影响。

1741 年秋利纳尔去了德累斯顿，想辞职留在那里，变为安娜·列奥波利多夫娜的总侍从，即安娜·伊万诺夫娜时期比龙所在的职位。启程回俄国的路上，他听到安娜·列奥波利多夫娜被推翻的消息，然后掉头返回了。他做对了，不然难逃体验西伯利亚严寒的可能。无论如何，尤利娅·门戈金一边坐在壁炉旁陪着安娜做针线活（这对女朋友花了几个晚上的时间拆掉了被推翻的比龙上衣的金线花边），一边给女皇提出统治俄国的建议。这位对于女皇有极大影响，来自利夫兰省的小姐的这些建议让奥斯特曼及其他官员吓得头发都竖起来了。

总体来说，安娜·列奥波利多夫娜是不伤人且善良的人。正如曼施泰因所写，女皇爱做善事，但是却不善于找时机。如此天真、朴实、易相信人的安娜在政治家的圈子里找不到位置，早晚都会消失。在安娜周围也的确发生了这样的事。得到他们准备做对伊丽莎白有利的变革的可靠消息后，除了将此事告诉太子妃，她找不到更好的办法，她最信任的人是列斯托克医生。除了扔掉使她痛苦的怀疑与害怕，抛弃自己的家人，伊丽莎白什么都没有给她留下。

但这发生在 1741 年 11 月，在此之前的整整一年是伊凡六世皇帝在统治俄国，他和约安三世·安东诺维奇齐名（这里只有沙皇才被称作是伊万几世，因此，伊凡四世即雷帝是俄国第一位沙皇伊万一世，彼得大帝的兄弟伊凡五世阿列克谢耶维奇是第二位沙皇伊万二世）。让我们跟随着母亲来到小皇帝冬宫卧室的摇篮。

"不幸而临世"

关于一个在两个月零五天大成了沙皇，一岁零三个月又十三天被推下王位的婴儿，有什么可谈论的？关于他"签署"的冗长法令，他的军队获得的军事胜利，都没什么可说的，婴儿就是婴儿，躺在小摇篮中，睡着或是哭着，喝着奶，弄脏衣服。流传至今的版画上，可以看到四周环绕司法、繁荣和科学的讽喻形象的小摇篮。胖脸蛋的婴儿身上盖着松软豪华的被子，严肃地注视着我们。他的脖子上缠有像镣铐一样沉重的圣安德烈勋章链条，几乎刚一出生，继承人就获得了俄国最高勋章。这就是伊万·安东诺维奇的命运：他的整生，从出生到最后，都在枷锁中度过。

这里有唯一一份文件，对小伊万真正的生活做出了说明，对沙皇内室进行了描述。穿过沙皇的办公室、给顾问和秘书的房间、部长办公室、给"海军部"的办公室、长廊、另外七个房间、"大厅及另外一个厅",我们来到了卧室,这里的所有人,都受寸步不离婴儿沙皇的乳母安娜·费多罗夫娜·尤什科娃指挥,她在相邻的房间里过夜,住在一起的还有从众多候选人中精心挑选出来的乳母卡捷琳娜·伊万诺夫娜及其儿子。

沙皇有两个"外贴锦缎,内贴绿色塔夫绸"的橡树摇篮,里面放有"小垫子、小枕头、小被子、小绒毛褥子"。摇篮是约翰·施密特船厂的木匠帕尔提库里亚尔诺伊制作的,用了价值七卢布十八又三分之二戈比、三十三普特的木材。小长凳上放着用红呢子裹好的小枕头。小椅子也很漂亮,上铺深红色天鹅绒、金色绦带。卧室中安有高大车轮的小椅子,是沙皇的第一个皇座。房间中的家具和装饰,均是大师的优秀艺术作品,由建筑设计师拉斯特列里和画家卡拉瓦克监督完成。绣花壁布尤为出色,其材料有银线和银带、图尔绸、法兰绒、塔夫绸、金银窄宽绦带等。窗帘和门帘按壁布颜色挑选而出,可以是绿色、黄色、深红色,均需有绦带。地上铺有红色或绿色地毯,可以掩去所有的喧闹声和嘎吱声。只有远处房间中温柔的钟声,只有远处房间里钟表的滴答声与照顾小沙皇的女仆和乳母们裙子发出的簌簌声能传进沙皇的房间。

埃·芬奇对沙皇在 1740 年 10 月 21 日星期六的早晨从夏宫到冬宫的"旅行"的相关描述也留存至今:"路上,我遇到了年轻的沙皇。陛下由一队近卫军陪同,最前方骑行的是首席内大臣和另一位内廷高官,高级宫廷侍从们步行。沙皇本人在马车中,躺在乳母的腿上,其母亲公爵夫人安娜·列奥波利多夫娜陪同前行,在他们的第一辆马车后,还跟随有一些车辆,这些构成了这次出行队伍。我立即停下了自己的轻便马车,并走下马车,向陛下及公爵夫人问好。"

与小象交友

是的,小沙皇有这样的机会。1741 年 10 月 10 日,为了看看让所有节日庆祝都失色的前所未见的场面,圣彼得堡居民涌向街头。波斯阿夫沙尔王朝国王纳狄尔沙①使团到达俄国首都，此时的他抵达了荣耀的顶峰，大莫卧儿帝国匍匐在他的脚下。洗劫了德里，他获取了七亿卢比战利品，沙赫决定和伟大的北方国家一同分享其中的一部分，他们与纳狄尔沙的敌人，即土耳其打过仗。在与安娜·列奥波利多夫娜会面时，波斯大使这样说："我的君主想与像俄国沙皇一样善良的同盟，一同分享从大莫卧儿处夺取的战利品。"

庞大的驮运队经过涅瓦大街。大使身着宽大的金色服装，骑着一匹良马行进，其后十四匹大象踏着雄伟齐整的脚步，它们是送给沙皇伊万的礼物。数不清的骡子和骆驼一行，驮着礼品和物资。这远不是使团的全部。波斯驮运队在阿斯特拉罕刚进入帝国境内时，令整个圣彼得堡惊慌起来：一万六千人的庞大使团，像是以和平橄榄枝做伪装的一支军队。好不容易成功说服波斯大使缩减三分之一的使团数量，这依然是一支庞大的队伍。

更令人不可思议的是礼物，不，是波斯国王神奇的馈赠：无价的东方布匹，器皿，武器和马具，繁多的宝石，罕见的金刚石。也许，安娜·列奥波利多夫娜和她的女朋友扔下了比龙绦带，翻捡着这些宝石，猜测着纳狄尔沙的首都马什哈德有多少令人惊讶的财富。

纳狄尔沙的使团在比龙被推翻后才到达圣彼得堡。有趣的是，一年前法国公使舍塔尔基获悉比龙被任命为摄政王时，曾惊奇于这两个几乎同龄之人命运的相似。某方面来说，他们的生活轨迹令人惊讶地重合了。纳狄尔沙不是波斯人，是来自阿夫沙尔部落的突厥人，身为花剌子模的逃奴，他让沙赫达赫马斯普二世·萨非完全受他的支配。之后他采用诡计、武力及阴险行为，废黜了自己的君王，立达赫马斯普十八岁的儿子阿巴斯三世为沙赫，而纳狄尔沙本人则成为他的摄政王。然而，四年后，他决定结束萨非王朝。1736 年，纳狄尔沙在草原召开了代表大会（近两万人的大会），建议选举出新的沙赫：

---

① 纳狄尔沙：波斯阿夫沙尔王朝国王（1736—1747 年在位）。沙即沙赫，为国王称号。波斯为伊朗旧称。

阿巴斯三世还是个孩子，而他纳狄尔沙疲于各种政事，想要获得安宁。这不过是伪装行为，当支持保留萨非王朝的什叶派宗教首领被杀后，所有人开始明白，谁应该坐在波斯王座上。纳狄尔沙在人们的多次请求后，最终同意肩负起这项重担。被废黜的男孩阿巴斯三世及其父亲达赫马斯普二世在纳狄尔沙的命令下被处死，萨非王朝从此不再存在……

有趣的是很快就查清了，纳狄尔沙使团此行的目的是求亲。关于蓝眼美人伊丽莎白·彼得罗夫娜的美貌的故事，流传到了遥远的马什哈德，在征服了印度后，纳狄尔沙决定用黄金和钻石的光芒来诱惑彼得大帝的女儿。可惜，公使未能亲眼见到她的一双大眼，奥斯特曼未曾允许。公主无比愤怒，并传令向安德烈·伊万诺维奇转达以下话语："他忘记了我是谁、他自己是谁，一个抄写员，因我父亲的宠信成了部长。我从未忘记，上帝及我的出身赋予了我何种权力。他必须清楚，他不会得到原谅。"正如我们所知道的，她没有宽恕他！事情不在于伊丽莎白想成为纳狄尔沙的后宫成员，而是她在追求权力！她的时刻正在临近，她已经感觉到了自己的力量，并清晰地在她的愤怒中表现了出来。

"瑞典人在哀号：啊，我，啊！我害怕！"

也许，这首彼得时期著名的坎特歌，在 1741 年秋天的圣彼得堡很是流行。8 月 23 日，女执政者授命彼·彼·拉西将军率领伊万沙皇的军队，在对于俄国人来说非常拗口的威尔曼斯特朗德要塞，将弗朗格尔将军的瑞典军队彻底打败。我想胜利者的士兵们很快就适应了，因为他们将雷瓦尔称为列瓦尔，施吕瑟尔堡称为施吕什诺伊，而奥拉宁鲍姆①称为拉姆博夫。

瑞典在 1741 年 7 月底开始了战争。安娜·伊万诺夫娜之死、比龙被推翻及之后米尼赫事件成了斯德哥尔摩复仇者们的导火线。他们抓住时机，试图

---

① 俄罗斯城市罗蒙诺索夫的旧称。

夺回东部波罗的海地区，以此重修 1721 年签订的《尼斯塔特和约》。瑞典列出了战争的三个主要原因：俄国暗杀了瑞典外交信使辛克拉尔男爵；俄国拒绝运送粮食到瑞典；最后一点，这是一场解放战争。瑞典宣战公告中写道："瑞典国王所求，是令人称赞的俄罗斯民族的安全，让他们摆脱沉重的外国压迫和毫无人道的暴政……"

正如读者所看到的，说的就是将俄国从外国统治中解放出来！在拉西的领导下指挥俄国士兵们的将军有德国人，英国人，苏格兰人凯特、伊克斯玖利、斯托弗林，费尔莫尔、阿尔布雷赫特。显然，他们对瑞典人的高尚目的一无所知，且一如从前专业、迅速且果断地各司其职。他们从维堡急速行军对抗瑞典军队，8 月 23 日深夜，抵达了威尔曼斯特朗德城墙下，一些子弹（因失误）射穿了彼得·彼得罗维奇·拉西沉睡的帐篷，"他虽然是外国人，但是个善良的人"，这是士兵们对他的评价。

上午，俄国军队越过沟壑纵横之地，对瑞典军队发动袭击，之后冲进了城堡。大部分瑞典士兵战死沙场，他们的司令弗朗格尔将军及上千军官士兵被俘。俄国军中将军伊克斯玖利与上校罗曼、贝尔孟战死；将军阿尔布雷赫特、斯托弗林，上校曼施泰因和列瓦肖夫受伤。瑞典五千三百名参战人员中，总体伤亡数为四千五百人；而俄国则相对少些，一万人中，伤亡两千人。

对俄国军队来说，这是一次非常沉重的远征。曼施泰因回忆："当想到俄国需要面对瑞典方面的有利条件和自身地形的不利因素时，就会非常惊奇于瑞典居然被打败了。"两个袭击敌营的掷弹兵团的负荷尤为沉重。曼施泰因记载："战地非常窄，俄军所处的树林只能正面出击且只能有两个连，不得不在紧密的枪林弹雨中，从陡峭的峡谷中爬下，爬上山迎敌。就是要引起恐慌，然后撤离。"凯特下令阿斯特拉罕和英格尔曼朗两大军团向瑞典进攻，"此令被迅速完成，且幸运的是，在距离瑞典军队六十步距离处发起第一波投射后，对方开始逃跑，逃向了两大军团紧追而去的城市"。

据一个外国人的观点，俄国士兵再一次证明了自己的辉煌声名。萨克森公使祖马在战争前夕写道:"在防御战上,我认为这个国家是不可战胜的……俄国人只要武装起来,立即成为士兵,可以全然用于处理任何事务,因为他的服从盲目且无可比拟,他满足于恶劣贫乏的食物,俄国人似乎就是为大型战事而生的。"

与瑞典雄狮作战的胜利非常突出、出人意料,圣彼得堡为此大肆庆祝。沙皇对敌人来说是可畏的!米·瓦·罗蒙诺索夫在 1739 年米尼赫攻下土耳其霍京堡时写下的颂诗受到官方认可,此次也匆忙写就:

> 对俄国军队的赞许在增长
>
> 心中剧烈的恐惧在颤抖
>
> 幼鹰将雄狮撕碎!

外国不出好主意

证明俄国强大的对瑞典作战的胜利,似乎巩固了安娜·列奥波利多夫娜国内的政权。政府首脑奥斯特曼将希望寄之于它,他写出了详细的"俄国现状和需求意见书",可以给新手女皇当作说明书来使用。除了有关节约开支、征收欠税、供养海军的建议,精明的安德烈·伊万诺维奇还对法律汇编给出了详细建议,以"减轻统治负担"。他逐渐使女统治者安娜养成了必须与部长们,尤其是与他商讨的习惯。"因为,"副首相写道,"沙皇需要部长和仆人,因而需要一种公平——沙皇与奴仆相互间必须是完全信任的。"

奥斯特曼的甜言蜜语并没有将安娜·列奥波利多夫娜哄得昏昏然,她还听了他的对手们的意见,而首当其冲的是部长米哈伊尔·戈洛夫金和枢密院厅务总监伊万·布雷尔金,他们建议她立即宣告称皇,接收全部皇权。安娜对这些建议表示同意,甚至确定了公告安娜二世成为女皇的日期:1741 年 12 月 7 日,她 23 岁生日的当天。

然而一切成泡影,迎接安娜的 23 岁生日的是从纳尔瓦被押送去往里加的苦闷旅行,首都再也不会在她生日当天鸣炮和放焰火庆贺。我们如今并不清楚，安娜·列奥波利多夫娜会是个怎样的沙皇。也许，在头顶戴上皇冠后，她会有所改变，环境会迫使她发生变化。因为奥地利大公夫人，后来的女皇玛莉亚·特里西亚就完全变了。她几乎是安娜的同龄人（生于 1717 年），在 1740 年自己父亲查理六世逝世后继承王位，立即被迫开始了一场与众多敌人的恶战，他们渴望抢到更肥大的帝国领土，夺去她的王位。最危险的敌人是成功占领了西里西亚的普鲁士国王腓特烈二世。然而，年轻的毫无经验的玛莉亚·特里西亚完全不愧自己的使命，不仅保存了帝国，还巩固了它的世界地位。她身边集合了一众优秀之人：卡乌尼茨伯爵、卡乌格维茨伯爵、霍特克伯爵等人，她进行了行政、司法、财政方面的改革，让帝国在数十年里安稳。女皇的好帮手先有她的丈夫弗朗茨·斯蒂芬·拉塔林格斯基，后有儿子约瑟夫二世——她的共同执政者和继承人，只比伊万·安东诺维奇晚生几个月……

1741 年 11 月，以伊丽莎白为首的众人最终策划阴谋推翻伊万及其母亲。利用近卫军对自己的好感，在法国和瑞典公使的帮助下，公主早就在暗中策划反动阴谋。然而，这个"策划"非常拙劣，很多人都知道彼得大帝女儿的意图。政府从各种渠道获知密谋者们的行动和他们的国外庇护者。

最严重的警告来自于 1741 年春天的伦敦。国务大臣加林顿给俄国政府的咨文中所含的信息准确，正文每句话都非常明确、毫无模棱两可，令人惊讶。这样的公文只有高层专业人士才能写出："瑞典国会枢密院决定立即集结位于芬兰的军队，在瑞典外对军队进行加强……为支持这些阴谋，法国答应支付两百万克朗。枢密院的这些行动，受到了瑞典驻圣彼得堡大使诺尔肯所收到的消息的鼓舞和激励，俄国似乎成立了一个新派系，准备武装将女大公伊丽莎白·彼得罗夫娜推上皇座……诺尔肯同时写道，整个计划是他和女大公的代表们在法国大使德·拉·舍塔尔基侯爵的帮助下策划和完善的。他们与女大公间的所有交涉都是通过从她儿童时期就在她身边的法国外科医生（列斯托克——笔者注）进行的。"

英国大使芬奇将国王陛下乔治二世的国家咨文呈递给了奥斯特曼和安东·乌尔里希，两位国务政要表示了感谢，点了点头，表示了赞同，但实际上什么也没做，众所周知，国内从不重视国外对预谋暴动、战争和阴谋的友好警告。且睿智的奥斯特曼大约根本不相信，这个娇贵任性的美人、生活放荡的女人能有这样米尼赫风格的男性行为——发动政变。不，完全是胡说八道！然而，事实并不如奥斯特曼所想。受到安娜的朴实率直的惊吓，1741 年 11 月 25 日深夜，伊丽莎白下定了决心：她穿上胸甲，去了普列奥布拉任斯基军营，然后……占领了冬宫。

"啊，我们完了！"

安娜·列奥波利多夫娜在士兵军靴的喧闹声和嘈杂声中醒来，他们是为她而来。关于不伦瑞克家族的被捕有两个版本。据第一个版本所说，伊丽莎白走进了女皇的卧室，用这些话唤醒了她："该起来了！"床上安娜的身边躺着朱尔佳。据另一个更真实的版本所说，公主确信宫殿被包围起来了，派遣了一队掷弹兵上二楼逮捕女皇，而自己在楼下等待"圆满解决和胜利"。因为伊丽莎白未必想和外甥女见面。

看到士兵后，安娜尖叫起来："啊，我们完了！"从各种资料可以看出，她没有进行抵抗，顺从地穿好衣服，坐上备好的雪橇，被送到伊丽莎白坐落于马尔索夫广场的宫殿。一个同时代人谈到一个恶兆：政变前夕，女皇在与伊丽莎白会面时向后退，并在众人眼前跪倒在地。预兆成了现实。安东·乌尔里希未被允许着装，几乎是半裸着被带下楼，坐上了雪橇。想必这是蓄意如此：当初比龙，还有后来他的弟弟古斯塔夫也是被如此对待的。很简单的盘算：即使是个大元帅，未穿制服和裤子也无法指挥他人。

"逮捕"一岁的沙皇时不算太顺利。士兵们被命令等孩子醒来后再进行逮捕，因此他们有近一小时的时间默默地站在摇篮旁，直到小男孩睁开眼睛，因看见掷弹兵们凶残的脸孔而害怕得大叫起来。在卧室的忙乱中，沙皇四个月大的妹妹叶卡捷琳娜掉到了地上，之后得知，她因此丧失了听力。不过，谁也没有关注这些小事。伊万被小心地带到了伊丽莎白面前，她抓住他的双手，似乎说了："小孩儿，你什么都没错!"她将这个小孩——她的战利品、敌人和宿命，紧紧地抱在胸前。

虽然伊丽莎白夺取了政权，但她的地位毫不稳固：她在大贵族中没有得到支持，最开始军队和近卫军的忠诚也受到质疑（因为只有 300 名士兵支持她，其中没有一个军官）。无人清楚该如何处理沙皇及其双亲。政变没有流血，没有对宫殿进行强攻以致不伦瑞克家族成员意外身亡。

伊丽莎白清楚自己是篡位者，因为她推翻了合法沙皇，他是安娜·伊万诺夫娜根据 1722 年彼得的王位继承章程写下的遗嘱中的继承人，即使按照自己母亲叶卡捷琳娜一世在 1727 年的遗嘱，伊丽莎白也没有王位继承权，此遗嘱开启了她外甥，即大姐安娜的儿子，当时已经 13 岁的荷尔施坦因公爵卡尔·彼得·乌尔里希的继承之路，而不是伊丽莎白。同时伊丽莎白必须考虑到安东·乌尔里希与欧洲统治王朝的紧密联系：他的一个姐姐嫁给了普鲁士国王腓特烈二世，另外一个则嫁给了丹麦国王克里斯蒂安六世。

新女皇的思索并不久，11 月 28 日宣读了公告，将被推翻的沙皇及其姐妹父母流放到国外，到库尔兰首都，这与伊丽莎白"天生特有的仁慈"有关，她对舍塔尔基说的"以德报怨"，是她的愿望。一个那样小的男孩能对一个表姨婆作什么恶，没人说得出来。当天深夜两点时，雪橇车队和瓦·费·萨尔蒂科夫总警长率领的押送队沿着通往里加的道路，匆匆离开了圣彼得堡。

拉年堡或奥伦堡：他们不都无所谓吗?

临行前，萨尔蒂科夫得到命令，前沙皇要尽快经纳尔瓦、杰尔普特、里加到达米塔瓦，给予"殿下应有的恭敬、尊敬（尊重——笔者注）和礼遇"。众多带顶棚的轿式雪橇一行还未离开圣彼得堡，萨尔蒂科夫就收到内容完全相反的新命令："某些状况的原因，此决定（即快速行驶到米塔瓦——笔者

注）取消，路上请尽量慢些，途中每地休息两天"，而在纳尔瓦不少于八到十天，到里加待命。

"某些状况"在于，伊丽莎白对自己的宽大行为感到了后悔。她更有经验的战友们询问："沙皇伊万在国外的话，不会引起什么危险吗？"而且，伊丽莎白还担心，安东·乌尔里希的父亲不伦瑞克公爵与安娜·列奥波利多夫娜的亲叔叔梅克伦公爵不会阻止几乎同时被女皇赶出俄国的荷尔施坦因公爵卡尔·彼得·乌尔里希经过他们的领地。而且，普鲁士女皇伊丽莎白·克里斯蒂娜、腓特烈二世的妻子，如之前所说，正是安东·乌尔里希的姐姐。

总之，伊丽莎白·彼得罗夫娜需要人质。也许，很快她想要将不伦瑞克全家留在俄国的愿望就成熟了，否则，就不能明白为什么安娜·列奥波利多夫娜在里加被迫以自己及孩子名义宣誓效忠伊丽莎白。宣誓词如下："我想要，并必须成为女皇陛下……忠诚、友善和顺从的奴仆和臣民。"简而言之，他们还被当作俄国子民。

对这个家族的监禁渐渐严格起来：严密地监视着一切可能的联系和通信，"尊重和礼遇"已不见踪影。1742 年底，所有被捕的人被转运到了位于答乌加夫不易通行的迪纳明德要塞，牢笼最终完全关上了门。1744 年 1 月，萨尔蒂科夫收到命令，将整个家族送到俄国的荒野之地拉年堡（今利佩茨克州的恰普雷金），并且"写信告知从迪纳明德要塞过去的公主及其丈夫的表情是愤怒还是满意"。总警长告知，家庭成员看到他们被安排进好些辆马车中时，"哭了一刻钟"。他们也许以为要被分开了。

押送队队长马·德·温多姆斯基因失误将囚犯们运到了奥伦堡（众所周知，地理不是贵族要学的！），而不是拉年堡。路上才调整了路线。拉年堡是座缅希科夫为自己建立的要塞城市，1727 年他从此处出发去了遥远的东方，到了西伯利亚。而如今轮到了不伦瑞克家族，他们在拉年堡没有待多久。1744 年 8 月底，女皇的私人特使、近卫军少校尼·阿·科尔夫带着密令到了此地……

彻底绝望

科尔夫应在深夜从父母身边夺去伊万·安东诺维奇，并将他转交给米勒大尉，他受令用封闭的轿式雪橇送将四岁的小男孩送到索洛维茨基群岛，不让任何人看到他，一会儿都不让他出雪橇。尤其需要指出的是，米勒需要给男孩取个新名字格里高利。这是否在暗示他同伪德米特里一世、格里高利·奥特列比耶夫一样？

从他的信中分析，科尔夫不是一个愚蠢的执行者、仆人。他清楚自己做的不是善事，他询问了如何处置小男孩——如果他"因与父母分离而不安"的话。科尔夫收到了圣彼得堡的残酷指令："遵令行事！"科尔夫的第二个问题就有关女皇的密友尤利娅·门戈金，他写道："如果将公主和她的内侍官分开，那她将陷入彻底的绝望之中。"首都对科尔夫表示出的善意视而不见，他被命令立即将囚犯送去索洛维茨基群岛，而门戈金留在拉年堡。安娜与当时还病着的儿子，尤其是与尤利娅分离的感受是很难想象的。因为离开圣彼得堡时，安娜在回复女皇答应完成她心愿的保证时，要求"不要与尤利娅分离！"伊丽莎白当时勉强同意了，而如今她更改了主意。

科尔夫报告称，与女友分离的消息，和即将面临如他们所料的去西伯利亚的旅程，令所有人都大吃一惊。"这个消息让他们陷入了极度悲伤，痛哭流涕。虽然如此，虽然公主很虚弱（她怀孕了——笔者注），他们还是答复说准备按女皇的意愿行事。"在秋天的泥泞道路中，在恶劣天气下，囚犯们被发配上路。

这个使他们备受侮辱的残酷行为很可能并非国家需要或为囚犯们的安全着想。此处可鲜明地看出伊丽莎白对安娜和朱尔佳切齿痛恨的私心。1745 年3 月，当尤利娅和安娜已经相距数百俄里时，女皇写给科尔夫的信件中充满了仇恨："问一问安娜，她那些找不到的钻石饰品都给谁了。而如果安娜拒不承认，觉得没给任何人任何钻石的话，就告诉她，我将不得不搜查（即刑讯——笔者注）朱尔佳，如果对朱尔佳有所怜惜的话，就不要让朱尔佳受到那样的折磨。"

伊丽莎白以前多次询问安娜某把她怎么都找不着的镶有红宝石和钻石的贵重扇子，这令她备受折磨。女皇的成见在 1742 年 10 月 1 日她写给萨尔蒂科夫的信中也显而易见。"将军先生！"她写道，"我们获悉，安娜公主在责骂我们"，她要求弄清此事。瓦西里·费奥多罗维奇回复道："我每天都到公主家，她一向恭敬，无任何反抗，我本人，还有在……其他的军官处，均未听到任何话语，而当她有什么需要之时，就恭敬地向我请求。"可以想象，伊丽莎白并不喜欢萨尔蒂科夫的回复，她的嫉妒、愤恨没有消除。

不伦瑞克家族走了将近两个半月，在申库尔斯克之后因为道路难以通行，轿式雪橇无法前行。科尔夫恳求：必须停止这段不可能的旅程，哪怕只是安置下囚犯们，比如在霍尔莫戈雷荒废的主教家中过冬。伊丽莎白不情愿地同意了。第二年春天，他们认为霍尔莫戈雷并不比索洛维茨基群岛更差，准确来说，是更好，因此囚犯们留在了主教家中。开始了漫长的霍尔莫戈雷囚禁期。

死后成为"贤公主"的"知名人物"

安娜·列奥波利多夫娜在霍尔莫戈雷没有居住多久。她和丈夫、两个女儿——叶卡捷琳娜和 1743 年出生于迪纳明德要塞的伊丽莎白来到此处，1745 年 3 月 19 日，安娜生下了儿子彼得，而 1746 年 2 月 27 日，生下了阿列克谢。显然，王子的出世并不让女皇感到开心。收到阿列克谢出生的报告，伊丽莎白"读后将那份报告撕碎了"。

伊丽莎白的愤怒是可以理解的，因为根据安娜·伊万诺夫娜死前签署的法令，如果伊万"在成年前未留下合法继承人即死去的话"，王位应由"他之后的第一王子，我亲爱的外甥女……安娜和亲爱的安东·乌尔里希王子生出的他的弟弟继承，而在他也去世的情形下"，则王位转给其余"由该夫妻生出的合法王子"。除此之外，1741 年 7 月 26 日公主叶卡捷琳娜·安东诺夫娜一出世，就公告了将继承权扩大到女童身上的法令。

前女皇的孩子们的出生之事被小心地藏了起来，他们的监狱管理员甚至被禁止提到孩子和"他们的性别"。甚至在安娜去世后，伊丽莎白要求王子告知妻子死亡的详细信息时，警告他为保密"只能写死于什么病，不能提及王子出生之事"。然而，就像在俄国经常发生的，很多文献表明，霍尔莫戈雷的集市中已有了王子们的故事。这些充满对囚犯们的同情的传闻，在上百个其他集市中广泛流传，不要忘了，此时全俄市场即使还未成型，也毫无疑问地开始成功形成了。

在令伊丽莎白如此伤心的阿列克谢王子出生的报告之后进入首都的，是 1746 年 3 月 7 日安娜因产褥热死亡的消息。官方文件为保密写了另外的病名"热病"，即发热、全面发炎。管理员古里耶夫照 1745 年春天收到的指令行事："如果，上帝保佑，知名人物中有谁过世，特别是安娜公主或伊万王子，则马上对尸体进行解剖，放入酒精，立即通过军官将尸体急运给我们。"

3 月 18 日，比萨列夫中尉将女皇的尸体送到圣彼得堡，准确地说，送到亚历山大－涅夫斯基修道院。在官方的安娜·列奥波利多夫娜死亡通知中，她被称为"贤公主安娜·不伦瑞克·吕讷堡"，死后没有获得女皇和女大公的封号，正如她儿子死后未得沙皇封号。在公文中提及他们时常常是不具名的"要人"。如此，安娜在死后成了"贤公主"。

她被当作罗曼诺夫家族二等成员落葬。安魂弥撒和出殡安排在 3 月 21 日上午。所有的国家高官都到达了亚历山大－涅夫斯基修道院，所有人都想看一眼这个女人，她的悲惨一生充满了各种流言蜚语。据说，伊丽莎白站在安娜的棺椁旁稍微哭了几声。也许，这些眼泪并不虚假，罪就是罪。

安娜·列奥波利多夫娜在圣母升天大教堂下葬，之前她的外婆普拉斯科维亚·费奥多罗夫娜和叶卡捷琳娜·伊万诺夫娜也安葬在此处。她陵墓上方的白色大理石板保存至今。在 1746 年 3 月 21 日，三位有血缘关系、互相喜爱的女人——皇后普拉斯科维亚、"亲爱的卡鸠什卡"和不幸的安娜·列奥波利多夫娜，在同一个墓地中，永远在一起了。

"他对自己充满怜悯"

在霍尔莫戈雷的主教家中过世前，安娜不知道，她的第一个孩子和她隔着墙壁，已经住了整整一年。我们无所得知，米勒大尉是如何运送小男孩，如何从父母身边夺走的小男孩的，所有这些漫长的日子，他们在同一辆雪橇中度过。而自然，伊万·安东诺维奇被与家庭成员隔离秘密送到了霍尔莫戈雷，安置在房子的单独之处。也许，伊万囚房的安置，让除了米勒及其仆人之外，谁都无法接近沙皇。他被严密监禁起来。米勒询问圣彼得堡："什么时候（自己的）妻子会过来，可不可以（让她）看到男孩?"这被拒绝了。显然，伊万注定整个余生都看不到一个女人，除了两位女皇：伊丽莎白和叶卡捷琳娜二世。

很多事实指出，在四岁就与父母分离的伊万是个正常活泼的男孩。毫无疑问，他知道自己是谁。值得注意的是，伊丽莎白在 1742 年 11 月 11 日（男孩当时两岁）给瓦·费·萨尔蒂科夫的关于在迪纳明德要塞囚犯的信中写道："将军先生！我们获悉，伊万王子在与小狗玩耍时，打了狗的额头，而当向他询问'少爷，你要砍谁的头'时，他回复说要砍瓦西里·费奥多罗维奇的头。"后来在 1759 年，伊万被关在施吕瑟尔堡时，军官奥夫岑报告，囚犯称自己为沙皇，并说："我谁都无须服从，除非是女皇亲自下令。"

有关彼得三世在 1762 年与伊万的交谈也有描述。当沙皇询问前沙皇"你是谁"时，对方回复："沙皇伊万。""谁让你有这样的想法?"彼得再问。"我的父母和士兵们"，囚犯回答，他记得父亲和母亲，谈起了对他很好，甚至允许他去散步的军官科尔夫。

所有这些表明，伊万完全不是偶尔被描绘成的低能儿、白痴。自然，他被囚禁在霍尔莫戈雷度过的童年、少年、青年时期是真正的折磨，非常令人痛苦。也许，囚禁在监狱中，他只能听到自己房间墙外的喧闹声，只能看到狱卒，即主教家的管理员和他的仆人，不知为什么他们喊他格里高利、并不回答他的任何一个问题，对他粗暴无礼。提及有关"他（即米勒——笔者注）的仆人对男孩行事莽撞"的事情留存至今。

当然，伊丽莎白应会很高兴得知她对手的尸体被送到圣彼得堡。女皇的医生列斯托克曾在 1742 年 2 月对法国大使舍塔尔基自信地说过，伊万与年龄不相符地小，他"必然将在第一场重病中过世"。然而，自然似乎比女皇更人道，它给了男孩机会活下去。1748 年，八岁的小男孩得了天花和麻疹，管理员看到他的整个状态严重，向圣彼得堡询问可不可以给孩子派来一位医生，如果他死了，则是否可以派来一位神甫。答复非常明确：只可以派来一位神甫，为在最后的时刻获取圣密。换句话说，不治疗，让他死！

一位见过当时已经二十多岁的伊万的同时代人记录："伊万一头金发，甚至有点发红，中等个子，脸色白皙，鹰钩鼻，有双大眼睛，说话结巴。他的智力受到了损伤，他说伊万死了，而他本人是圣灵。他对自己充满怜悯，穿着糟糕。"

关于"智力受损"我们之后单独说，现在需要指出的是，伊万在霍尔莫戈雷一直生活到 1756 年初，在一个僻静的深夜，当时已是十五岁少年的他突然被运到了施吕瑟尔堡，而霍尔莫戈雷的军官和士兵们被下令加强对安东·乌尔里希及其孩子的监视，要"最严厉地监视，以防有所遗漏"。

无忧宫接见西伯利亚男人的后果

匆匆将秘密囚犯转运到施吕瑟尔堡的情形至今依然神秘。1755 年夏，在俄国和波兰边境抓到了某个托博尔斯克的商人——逃犯伊万·祖巴列夫。他的供词让一众帝国重臣们接手处理他的案件。祖巴列夫供述，他是逃脱了警卫看守到了边境，来到柯尼斯堡。在此地有人试图将他招募进普鲁士军队，后来他落入了我们所知的副官曼施泰因手中，当时他已成为国王腓特烈二世的御前大臣。曼施泰因将祖巴列夫运到了柏林，之后又运去了波茨坦。在路上他结识了斐迪南王子，他是安东·乌尔里希的兄弟、腓特烈二世的杰出统帅。王子说服他潜入霍尔莫戈雷，通知安东·乌尔里希1756年有军船在"商船"的掩护下抵达阿尔汉格尔斯克，打算"偷救出伊万·安东诺维奇及其父亲"。祖巴列夫似乎经介绍与即将启程的远航长官大尉结识。

除此之外，祖巴列夫还应挑起分裂分子的愤怒，用伊万沙皇的名义诱惑他们。据祖巴列夫交代，曼施泰因说过："在我们偷救出伊万·安东诺维奇之后，就发动老人们的暴动以将伊万·安东诺维奇推上皇座，因为伊万·安东诺维奇喜欢旧教。"

两天后，腓特烈二世亲自在无忧宫接见了托博尔斯克的商人，赏赐他金钱和上校军衔。之后，曼施泰因给祖巴列夫提供了黄金和安东·乌尔里希认识的特制奖章，将他从波兰边境送出。祖巴列夫在华沙拜访了普鲁士公使并获得了他的支持后，越过俄国边境，在过境时当场被捕。

祖巴列夫作为一个不顾生死的冒险家和无赖，讲述的故事令人费解。他讲述了自己在普鲁士逗留期间离奇的详细情形，与此同时，还带来完全可靠的消息，称可能有西伯利亚人去过无忧宫。而且他警告说，曼施泰因是他所说内容中始终如一的主人公，是整个冒险行为的策划者。这一点非常重要。伊丽莎白一登上王位，曼施泰因就离开去了普鲁士，在王室供职。此类事情在当时是很寻常的。但是，俄国政府坚决要求曼施泰因回来，后来法院在他的缺席下以叛逃罪判处他死刑。与此同时，米尼赫的前副官在腓特烈处官运亨通，成了他的俄国事务总顾问。

值得注意的是，祖巴列夫还讲述了与凯特元帅的会面。他和曼施泰因一样，都在俄国工作多年，后来也在腓特烈二世处供职。刨除祖巴列夫对伊万·安东诺维奇的明显臆测，"旧教派沙皇"反映出民间流传的有关沙皇的传闻，他因"支持旧教"而遭受迫害，被囚禁在监狱中，我们可以推测出，在祖巴列夫的帮助下，腓特烈二世打算将自己的亲人从监禁中解救出来。

可能，整个计划都是冒险家祖巴列夫本人向普鲁士人提出的。一位此事的证人指出，祖巴列夫与同伙来到柯尼斯堡后，向普鲁士士兵询问市政厅在哪里，之后说："永别了，兄弟们，我要报名成为一名步兵（士兵——笔者注），请将我送到普鲁士国王本人处，国王他需要我！"我想，正是因为这个需要祖巴列夫被带去无忧宫得到了接见。而曼施泰因和他身后的腓特烈二世决定用金钱进行一次冒险，万一解救不伦瑞克家族的计划成功了呢？

然而，无论如何，祖巴列夫的案件还是充满可疑之处。相关的调查文件突然中断了，没有任何冒险家遭受惩罚的消息。不过，我们的时代已经清楚，在所有上述事件之后，托博尔斯克出现了一个贵族祖巴列夫，过着自己的小日子。可能，整个故事不过是一次安排好的挑衅行为。有关贵族对伊万有好感的流言传到了伊丽莎白耳中，她身边的人决定以某些行动对失宠沙皇的国外亲人进行挑衅。按照当局的想法，这个可以迫使俄国境内的伊万追随者自己暴露出来。某位吉姆宁斯基的案件在秘密办公厅很有名，他承认说："愿上帝赐予我们的受难者幸福，为此，他（伊万——笔者注）的很多派系都坚守……特别是旧贵族们全都不顾性命。"同样有名的是俄国派出了某位"可靠人士"到柏林。所有这些都让人产生一种想法：祖巴列夫是按当局的要求在做事，后来被奖励了之前无法得到的贵族身份。

不管怎样，1756 年 1 月 26 日，主教家中的管理员收到立即秘密将伊万运往施吕瑟尔堡的命令，并吩咐"别让囚犯露面……向知道要运送囚犯的团队严厉重申，不许向任何人透露此事"。

最不幸的人生

在专门团队的监视下，伊万·安东诺维奇在施吕瑟尔堡的特别营房中住了八年。毫无疑问，他的存在让更替的三位当权者都倍感头疼。1741 年推翻了小男孩后，伊丽莎白承受了这份罪恶。然而，临死之时，她将他转交给了彼得三世，而对方把他转给了自己的妻子——恶妇叶卡捷琳娜二世。而该怎样处理这个人，无人知道。

有关伊万·安东诺维奇的狱中生活，及他"为支持正确的信仰"而殉难的传闻，一直在民间流传，并引起了当局的深切担忧。其中为大家所知的，是在 1756 年，有一次伊万被送到圣彼得堡伊万·舒瓦洛夫家中，伊丽莎白 15 年来第一次见到他。1762 年 3 月，彼得三世去施吕瑟尔堡，和囚犯进行了一番交谈。在 1762 年 8 月，叶卡捷琳娜二世上位后，也很快去见了他。

这次探访前发生了一件非常有趣的事。1762 年 6 月 29 日，在彼得三世被推翻的第二天，叶卡捷琳娜下令将在命令中被称为"带足枷的无名囚犯"的伊万·安东诺维奇运去凯克斯霍尔姆，而在施吕瑟尔堡紧急"将最好的房间都腾出来，并采取一贯方式将它们收拾得干净整齐"。不难明白，叶卡捷琳娜曾打算在施吕瑟尔堡安置新囚犯——又一个前沙皇、彼得三世。西林少校在 7 月初用平底船将伊万运出，但是狂暴的拉多加显现出自己的本性：在距离施吕瑟尔堡 30 俄里的地方，轮船被撞毁了，囚犯和押送队死里逃生，不得不返回要塞。此时正好发生了罗普沙前沙皇被杀事件，他需要被运到亚历山大 – 涅夫斯基修道院的大墓室，而不是施吕瑟尔堡。

然而，叶卡捷琳娜并没有遗忘伊万·安东诺维奇，她想给他找个更荒芜更安静的地方。女皇给自己的亲近顾问尼基塔·伊万诺维奇·帕宁伯爵写信说，"重要的是不能脱手，不能让他心怀怨恨。如今只有给他剃发，将他的住所换到不太近也不太远，没有教徒朝圣的修道院"，比如，穆罗姆森林、诺夫哥罗德教区或是科拉（即科拉半岛）。然而，这些想法最终没能得到实行。

毫无疑问，伊万给自己的高层访客留下了沉重的印象。如守卫他的大尉弗拉西耶夫和中尉切京记载，他"口齿不清，即使是对方直接看着他听他说话，也很难听懂他的话。为了说出的话多少让人明白一些，他不得不用手托着下巴，将它往上提"。还有狱卒记载："他的智力受损，没有一点记性，对什么都没有概念，不管是开心、悲伤，还是对什么东西的特别爱好。"在伊万的死亡公告上，叶卡捷琳娜也证明了这点："（我们）很伤心，除了于他本人很难堪，于他人很难听懂的口齿不清外，他丧失了人类的指挥和思维。"

需要着重指出的是，关于伊万疯了的消息，是从守卫他的军官和他们的领导中传出的，他们或多或少都懂些精神病学知识。英国公使在1764年记录了与帕宁伯爵的密谈。对方只对他（自然就是对整个英国政府）"公开了前沙皇的秘密"："他常常在不同的时间看到王子……他常常发现对方神志不清，思维混乱，一无所知。这与大家对他的一致观点相符，不过，我听到的他与已逝沙皇（彼得三世）会面的详细情形却与之截然相反。这位沙皇……指出，他的话语不仅理智，甚至非常生动。"事实上，上面说的伊万·安东诺维奇与彼得三世的谈话，并不支持囚犯是个疯子这个版本的传闻。

将伊万说成是个疯子对当局有利。一方面，这可以为残酷地将他拘禁做辩护，因为当时精神病人不被当作人，是用链条拴住关在"储藏室"中或偏远的修道院里的；另一方面，这在一定程度上为他的死亡做了辩护：精神病人不能自控，很容易成为冒险家们手中的玩偶。当然，怀疑狱卒、帕宁和叶卡捷琳娜二世所说版本的权威和客观性之时，我们需记住，20年的囚禁不可能不对孩子的个性发展起作用。人不是能在完全的隔绝中长成一只大猫的小猫。孤独，即医生所说的"教育放逐"，对伊万的个性发展是毁灭性的。很可能，他既不是当局官方版本中的白痴，也不是疯子，他只是缺乏生活经验。

在证明伊万疯了一事上，狱卒们记录了他们认为的他对守卫行动的不当反应："（1759年）6月，暴躁性格发作：病人向守卫们大喊大叫，与他们吵架，试图打架，撇嘴，对军官们挥拳相向。"当然，守卫的军官们惩罚了他：取消了他的茶、防寒物，因他的执拗任性偷偷揍了他，也许还对他像狗一样戏弄。关于这些，军官奥夫岑在1760年4月的报告中有记录："囚犯很健康，偶尔军官们（守卫弗拉西耶夫和切京——笔者注）让他烦躁不安，总是戏弄他。"对伊万来说，守卫们是他十分仇恨的虐待者，他骂人的话是精神正常的人的正常反应。

"伊万的处境非常糟糕，"一个同时代的人写道，"他单人囚室的小窗户是封闭的，日光照射不到里面，蜡烛整日点燃，囚室的外面有守卫。自己没有手表的囚犯不知道时间，他不会阅读，不会写字，孤独让他沉思，他的思维偶尔不太正常。"

这点在 1756 年秘密办公厅厅长亚历山大·舒瓦洛夫制定的管理员章程的片段中有所补充，里面加了"囚犯不许出营房，当需要有人进入营房收拾垃圾时，囚犯要在屏风后以防他人看见"。1757 年有更明确的说明："您的章程中提到，即使将军到了要塞，也不能放他进去，您还补充说，即使是元帅或相同级别的人，也不能放进去，并通知说没有秘密办公厅的命令什么都不许做。"

无从得知，如果 1764 年没有发生那个悲剧的话，这种不幸中的不幸生活还要持续多久。

"以一个生命的终止结束"

1764 年 7 月 4 日深夜，施吕瑟尔堡的居民突然听到要塞传来激烈的射击声。那是一次非常意外的解救秘密囚犯格里高利的行动，该行动的领导人是斯摩棱斯克军团少尉瓦西里·米罗维奇。1763 年秋，他在首都服役时知道了囚犯沙皇的故事，生活的挫折和嫉妒感折磨着这个 23 岁的军官，他想要富贵，然而他递交的两份关于归还马泽普的战友的祖父从前被充公的领地的呈文都被拒绝了。他想要出名，然而（据他后来所说）他不被允许作为军士进入皇宫，并且，当叶卡捷琳娜二世在一众显要随从的陪同下进入皇家剧院时被赶了出来。后来，帕宁伯爵问到如此冒险行为的原因时，他直接回答："为了成为你这样的人！"

米罗维奇和朋友阿伯龙·乌沙科夫制订了行动计划：替代了要塞守卫头领后，米罗维奇很快从已抵达的信使（乌沙科夫）手中得到有关解救伊万并用小艇将前沙皇运到首都的"命令"。他在那里向民众和士兵举起事先以伊万名义起草的诏书、誓词和其他命令：占领彼得保罗要塞，带领部队和机关宣誓效忠。

然而，同谋出差过河时溺水而亡。米罗维奇开始独自行动，几乎是一开始担任指挥后，他就在 7 月 4 日至 5 日的深夜以警报为由令士兵们端起火枪，下令关闭要塞大门，逮捕要塞司令，将自己的军队挺进伊万被监禁的营房。在守卫的呵斥声中少校没有说出暗号，而是回复："我为沙皇而来！"双方开始射击。米罗维奇下令取来火炮，这解决了一切：卫兵放下了武器。"而我们，"弗拉西耶夫和切京在报告中写道，"看到了（敌人的）武装优势，将囚犯……杀死了。"

他们是按照收到的指令行事的，指令中有关于此种事件的处理方案。我们看到了令人惊心动魄的杀害细节：弗拉西耶夫和切京并未迅速杀死伊万·安东诺维奇，长剑的第一击令他腿上受了伤，他绝望地进行了反抗，在匆忙与慌乱中他被胡乱刺伤，直到弗拉西耶夫最后给了他致命一击。冲入营房的米罗维奇看到了伊万的尸体，下令将他放在床上，然后一起搬入院中。他哭着亲吻了逝者的手和脚，并向弗拉西耶夫投降。

一个半月后，暴动者被处死，被砍了头。据杰尔查文记载，大群民众挤满了刑场，即熟食市场和临近水渠的桥上，期待着叶卡捷琳娜能赦免罪犯，而"当看见刽子手手中的头颅时，都惊叹出声，因颤动过于激烈，桥梁晃动起来，桥栏倒塌"。晚上，尸体与断头台一起被焚烧。参与暴动的士兵被赶出了军队，而俄国历史上真正的受难者在叶卡捷琳娜的命令下秘密安葬于要塞中的"特别之地"。所以，当我们在施吕瑟尔堡中散步时，他就安睡在我们脚下的某处。

杀害伊万·安东诺维奇之事是永恒的道德和政治问题。上帝和国家两个真理在此激烈冲突，无法解决。如果这是指令预见了的"忠于职守"，是为了国家的福利，为了大众的安全，那么这个杀人罪就是不成立的。这是无法解决的自相矛盾。我们不能轻率地推翻叶卡捷琳娜的公告，其内证明弗拉西耶夫和切京是忠于职守的军官，勇于"以处死一个不幸出世的生命制止"米罗维奇冒险行为成功可能带来的不可避免的大量牺牲。从案件的刑讯中可以看出，士兵们毫不思索地跟随少尉行动，叶卡捷琳娜当局的执政初期并不稳固，而伊万获救的消息可能引起首都近卫军的骚动。

跟随米罗维奇的士兵们的情绪不可能不引起当局的警惕。刑讯表明，卫兵们对少尉召唤的回复是："如果士兵们同意，我们也同意。""士兵们"同意了，施吕瑟尔堡遍地流血。叶卡捷琳娜给帕宁的信并非偶然，"需要非常注意斯摩棱斯克军团的纪律如何"，米罗维奇在此服役。据外国外交官的消息，政府不得不令圣彼得堡的野战部队进入战备状态以对抗躁动不安的近卫军。而如果前沙皇伊万和米罗维奇一起去了圣彼得堡的话，士兵们会有什么行动，将有多少鲜血流出，无人知晓。也许，冒险家米罗维奇获得的成功，将不亚于彼得三世期间的冒险家叶梅利扬·普加乔夫所取得的。

然而，甚至米罗维奇的法官都对当局行为有所怀疑。据英国公使记载，叶卡捷琳娜二世非常担心审讯进程，"女皇对很多事情都很不满，比如，某些热心的法官试图问军官杀死伊万之事是否正确"。

在施吕瑟尔堡悲剧事件发生一些天后，俄国驻外外交代表收到了帕宁伯爵发出的相关事件通函。公使们和驻扎官们从中获知了些什么？他们被告知，"早前被拘禁在该要塞的一位无名囚犯，因民事原因及其本身智力缺陷受到监禁，因此委派了资历老的两位军士及由其领队的小型警卫队和纠察队进行特别看护"。之后简略地讲述了同样无名的少尉解救囚犯的举动，"不过，他的背叛行为理所当然地遭遇了当之无愧的最忠诚的军官们的抵抗，最后（他）被自己的分队抓捕"。公使们得到保证，解救无名囚犯的举动不是"显贵们的阴谋行为"，而是"陷入绝望和幻想中的年轻流浪汉"的疯狂冒险行为。通函以命令结束："在此通知，望您得知此事，以便有利于女皇陛下的事务开展，并消除其中必不会少的谣言。"

可以想象到俄国外交官在读到这封不仅不着边际，且令人奇怪的政府文件时如何陷入沉思。谁是"无名人士"，什么是"民事原因"，为什么陷入幻想在某处游荡的不知名少尉要解救神秘的囚犯？哪怕是为了更好地用谎言来反驳来自俄国的敌人们不可避免的诽谤，也该说出事实！

不，这太简单了！马上就有当地报纸报道了此事，俄国的公使从中得知，米罗维奇少尉 7 月 4 日试图解救被囚禁的前沙皇伊凡六世，并且警卫军官们将囚犯杀死了，而米罗维奇被捕了。之后，他们向全世界的公众谎称，并未发生过此类事件。而生活在 20 世纪的我们却对这一切熟悉到心痛。

"霍尔莫戈雷知名委员会"

似乎，伊万·安东诺维奇的死亡让叶卡捷琳娜二世及其亲信非常开心。尼基塔·帕宁给女皇写信："这起案件是一场突发行为，其终止完全得益于弗拉西耶夫上尉和切京中尉极其令人褒奖的决断。"女皇回信写道："我极为惊讶地读到您的报告，获知施吕瑟尔堡发生的奇怪之事。上帝的引导真是奇妙，前所未见！"总而言之，这句开场白是：没有人就没有问题。弗拉西耶夫和切京各获得了七千卢布和退役的奖励。

当然，"问题"是解决了，但并不是全都解决了："霍尔莫戈雷知名委员会"——官方文件中对主教家中囚犯们的所谓称呼——还在继续"工作"。安东·乌尔里希王子一家（他本人，还有两个女儿和两个儿子）还在那里居住。房子坐落在（从窗前可隐约看见）德维纳湾畔，四周的高高围墙与院中的池塘、菜园、澡堂和车棚相接。男人们合住在一个房间，女人们在另外一个房间，"静中取静，一样的门，窄小的老房间"。其他的房间被王子及其孩子们为数众多的仆人们，即士兵们占据。

多年（最后的卫兵有 12 年未换岗）在同一个屋檐下生活，这些人争吵、和好、互相喜欢、互相告密。吵闹一个接一个：一会儿是安东·乌尔里希与碧娜（雅科碧娜·门戈金，尤利娅的妹妹，不同于姐姐，她被允许去霍尔莫戈雷）吵了架，一会儿抓到偷盗的士兵，一会儿抓到军官与乳母偷情。雅科碧娜的故事持续了好些年：原来她有了情夫，是从霍尔莫戈雷过来的医生，

1749 年她生下了一个"男孩",因此被关进单独的房子,而她跟过来查看的军官打架闹事。霍尔莫戈雷囚犯们对当地居民提供的食物也有不少怨言。

王子一如既往地温和宁静。随着时间的流逝,他越来越胖,皮肤渐渐松弛。妻子死后,他开始和女仆同居,霍尔莫戈雷有不少他的私生子,长大后成了不伦瑞克家族成员们的仆人。王子有时给女皇写信:为送过来的匈牙利葡萄酒,或是某样赏赐,尤其是他每天必不可少的咖啡表示感谢。

1766 年,叶卡捷琳娜二世派阿·伊·比比科夫去霍尔莫戈雷,以女皇的名义建议王子离开俄国,然而,对方拒绝了。丹麦外交官写道,王子"习惯了囚禁生活,他生了病,精神不好,拒绝了女皇给予他自由的建议"。这并不准确,王子因为想和孩子们一起离开,才不想要自由。然而,叶卡捷琳娜对这些要求并不满意。她担心类似米罗维奇的事情发生,也担心公众中关于她可能嫁给一位"伊万什金兄弟"的言论,他们也是沙皇家族的血脉,幻想与女皇联姻的出身低微的格里戈里·奥尔洛夫与之无法相比。王子收到答复:不可能将他和孩子们一起放出,"我们事业的秩序暂时还没有巩固到可以形成对他有利的帝国新局面"。

安东·乌尔里希没有等到女皇的事业形成对他有利的局面。60 岁时,他彻底衰老了,失明了,被囚禁了 34 年后,在 1776 年 5 月 4 日逝世。装有他尸体的棺木在深夜被秘密搬到院中,像一个自杀者、流浪汉或是溺水而亡之人,在没有神甫、没有仪式的情况下被埋葬了。孩子们有没有送他最后一程,就连这一点我们也不知道。

草地上的神秘花朵

安东·乌尔里希的孩子们在他死后还被囚禁了四年。1780 年时他们早已成年:失聪的叶卡捷琳娜已经 39 岁,伊丽莎白 37 岁,彼得 35 岁,而阿列克谢 34 岁了。他们全都带有明显的身体缺陷,病弱不堪。警卫军官写道:"他(彼得)体弱多病,患有肺结核,有些斜肩弯腿。最小的儿子阿列克谢体魄健康结实……有爆发力。"王子的女儿叶卡捷琳娜"体弱多病，几近肺结核，而且有些失聪，有些哑，吐字不清，总是生各种病，有非常安静的性格"。

然而，虽然过着囚禁的生活，没有受过教育（1759 年霍尔莫戈雷曾收到伊丽莎白关于"未收到命令前禁止教知名人士的孩子们识字"的命令），他们均长成了理智、善良、讨人喜欢的人，也学会了识字。

曾拜访过他们的雅罗斯拉夫尔行政长官阿·彼·梅尔古诺夫描述叶卡捷琳娜·安东诺夫娜，说虽然她失聪了，可"从她的举止可以看出，她腼腆，随和，有礼貌，害羞，是安静快乐的个性。看到他人在交谈中笑时，即使不知道原因，也会和他们一起笑……兄弟姐妹们之间相处友好，且都温和仁爱。夏天他们在园子里劳作，照料喂养着鸡鸭们，而冬天则在池塘边骑马互相追逐，阅读教会书籍，打牌下棋。除此之外，女孩们有时还缝缝内衣"。

他们的日常生活，像他们的要求一样，非常简单朴素，在迪纳明德出生，有点丰满且非常活泼的伊丽莎白是家中之主。她告诉梅尔古诺夫，"我们和父亲在我们小时候请求获得自由，而当我们父亲失明、我们已经不再年轻的时候，只是请求可以出去逛一逛，依然没有得到任何答复"。她了解他们无法实现的"在上流社会生活"和学会交际礼仪的愿望。"不过，现在的处境，"伊丽莎白·安东诺夫娜继续说，"让我们无法期待更多，只能希望可以在此幽居。我们在此出生，我们很满足，习惯了本地，也开始老了。"

伊丽莎白有整整三个请求，敏感、仁爱、热忱的阿列克谢·彼得罗维奇·梅尔古诺夫听到后特别心酸："请陛下恩准我们走出家门，去草地上散步，我们听说那里有我们花园里没有的花"；请陛下恩准警卫军官的妻子们与她们交往，因为实在是太无聊了；最后一个请求是"圣彼得堡给我们送来了束胸衣、包发帽和直筒高女帽，不过，我们不用是因为我们及我们的侍女都不知道怎么用。请恩赐一位可以教我们用这些的人"。在与梅尔古诺夫谈话的最后，伊丽莎白说，如果这些请求能够实现，"我们将感到非常满意，再不会添什么麻烦，也不再求什么，乐于永远这样生活"。

读了梅尔古诺夫的报告，叶卡捷琳娜震动了，她发下了筹备安娜·列奥波利多夫娜的孩子们出行的命令。

迟到了一生的自由

叶卡捷琳娜二世与安东·乌尔里希的妹妹，霍尔莫戈雷囚徒们的姑妈丹麦女皇尤里娅·玛格丽特通信，建议他们搬去当时还属丹麦外省的挪威。女皇回信，说可以直接将他们安置在丹麦。准备工作开始了。主教房子的朴素院子中，突然有黄金、白银、钻石闪耀起来，那都是女皇运来的礼物：银餐具，给男士们的钻石戒指和女士们的耳环，罕见的神奇香粉，口红，鞋子，衣服。

七位德国裁缝和50位俄国裁缝匆匆赶到雅罗斯拉夫尔，为四位囚犯准备服装。为叶卡捷琳娜·安东诺夫娜和伊丽莎白·安东诺夫娜准备的一律是"带貂毛的金缎皮袄"。虽然女皇是纯正的德国人，但行事如同俄国人，大家知道我们俄国人是怎样的！让丹麦的亲戚们看看我们是如何供养有沙皇血统的囚犯们的。

1780年6月26日，梅尔古诺夫向不伦瑞克一家宣布了女皇将他们送去丹麦的姑妈处的命令。他们为获得的自由感谢了梅尔古诺夫，并请求将他们安置在远离人群的小城中。他们在人生中首次脱离监狱的范围，坐上轻舟，在他们平生只从窗户中看见过一点的宽阔美丽的德维纳湾中游荡。在阿尔汉格尔斯克白夜的朦胧中出现了新德维纳要塞的阴沉堡垒时，兄弟姐妹们放声大哭、开始告别，他们以为自己被欺骗了，以为事实上等待他们的是要塞中的单独囚禁。不过，在给他们看了码头停靠的等待启航的巡洋舰"北极星"后，他们的情绪被安抚了。

安东诺维奇一家被严密守护，领导本次远航的上校茨格利尔收到严厉的命令，禁止囚犯们写信，禁止任何人接触他们。"不过，如果有谁，"规程指出，"出人意料，敢武力登上巡洋舰，且打算从茨格利尔手中夺走王子和公主们的话，在此情况下，允许武力击退对方，反抗到底。"幸运的是，规程中没有杀死囚犯一项要求，显然，1780年时叶卡捷琳娜已有了"相应的地位"。

7月1日深夜，米·阿尔谢尼耶夫下令起锚。安娜·列奥波利多夫娜的孩子们永远地离开了自己的祖国，他们哭着亲吻了给他们送别的梅尔古诺夫的双手。航行异常艰难，九个星期不间断的风暴、大雾、逆风妨碍了"北极星"抵达丹麦的海岸。我们无从得知，乘客们想了些什么，说了些什么。也许，他们紧密地互相靠坐着，用俄语向俄国的上帝祈祷，只想着一件事，那就是死在一起。

不过，命运之神眷顾着他们。1780年8月30日到了卑尔根，安东诺维奇一家在此换乘了去丹麦的轮船。他们依旧没有自由，被强制与仆人们，即非婚生的兄弟姐妹们分离，仆人们因愚笨的官僚主义规矩（仆人没有通行公文）被留在了俄国的领土，即"北极星"的甲板上。

脱离了他们所熟悉的环境，被说着外语的陌生人包围，王子和公主们很悲伤，互相依靠。姑妈女皇将他们安置在日德兰的小城霍森斯，但从未想过与他们见面。而他们犹如被放归的老鸟，对此并不习惯，开始一个接一个地死去。1782年10月第一个死去的是他们的首领伊丽莎白，1787年阿列克谢死了，1798年彼得死了。寿命最长的是活了整整66年的大姐，那位在1741年11月25日深夜政变的慌乱中被掉落在地的叶卡捷琳娜。

1803年8月，沙皇亚历山大一世收到一封似乎来自另外一个已经逝去的时代的信。叶卡捷琳娜·安东诺夫娜向沙皇请求将她带回俄国的修道院，丹麦的内侍和仆人利用她的疾病和无知将她掠夺一空，并"将钱用在自己的利益上，他们以前一贫如洗，什么都没有，而如今因为很狡猾富裕起来……我每天都哭泣，不知道上帝为什么要将我送到这里来，为什么我在世上要活这么久，每天都想念霍尔莫戈雷，因为那里是我的天堂，而这里是地狱"。沙皇沉默了。没有等到答复的不幸的不伦瑞克家族最后一位女儿在1807年4月9日死去。

第四章
少女君主——伊丽莎白

少女眼泪的价值

1741 年 11 月 25 日沉闷的夜里，咚咚的敲门声把枢密院总检察长雅·彼·沙霍夫斯科伊公爵从床上惊醒。是枢密院庶务官在敲门。沙霍夫斯科伊在自己的回忆录中写道："亲爱的读者，您知道我有多么心慌意乱！不仅一点儿不知道这些事情的消息，而且一点儿也没有预料到。我起初以为庶务官是疯了，让我惊恐不安，可他却转眼又走了。但很快我就看到窗外的街道上有很多我们的人，成群地向宫殿方向跑，我也很快到了宫殿……我连想都没想就去了那里。"所有人都往察里津草地——玛尔斯广场那儿跑，伊丽莎白·彼得罗夫娜公主的宫殿在那广场附近。在这个沉闷、漆黑的寒夜，宫殿被火光照得通亮。近卫军愉快的喊声、街道上烧得通红的篝火、密集的人群把通往彼得大帝女儿住所的所有道路挤得满满的，所有这一切都确切地告诉总检察长，在他睡觉时首都发生了国家政变，政权转到了伊丽莎白手中。因此，开始了"伊丽莎白女皇的伟大时代"。

我认为，经验丰富的大臣沙霍夫斯科伊对因政变感到慌乱的叙述有些不真实，他肯定早已知道了。这早已是公开的秘密。关于伊丽莎白追逐权位的想法有人不仅一次地提醒过俄国伊万·安东诺维奇幼帝时期的女执政者公爵夫人安娜·利奥波利多夫娜及她的大臣。关于此事，密探进行告密，各国外交官写信。但让首席大臣安德烈·伊万诺维奇不安的是来自西里西亚和佩列斯拉夫的信。消息灵通的代理人报告说，伊丽莎白的政治阴谋已经形成并在近期付诸实施；必须立即逮捕公主的私人医生列斯托克，他手中有政治阴谋的全部线索。

安娜·利奥波利多夫娜不听从建议，我行我素，既幼稚又愚蠢。在最后的宫廷接见日——1741 年 11 月 23 日，当纸牌游戏结束后，女执政者从桌旁站了起来并邀请女孩走进旁边的房间。她拿着从佩列斯拉夫来的信，想以家法管教伊丽莎白。当两个女人重新回来时，在场被接见的外交官立刻就看出她们都非常激动不安。正如赫·盖·曼施泰因将军在回忆录中写的，"公主很好地控制了这个谈话，她使公爵夫人相信，她永远都不会反对夫人和她儿子，她宣誓，完全信仰上帝，而且这些信息是她的敌人——那些想使她不幸的人告诉夫人的"。一句话，大量的眼泪淹没了所有的怀疑，因为夫人忠实的侦探也和伊丽莎白一起痛哭。确实很遗憾，他也确信公主没有任何罪过。

回来后，伊丽莎白吓得不知所措。她十分清楚，假如列斯托克被捕，那么这个爱说且意志薄弱的法国外科医生在秘密办公厅的酷刑下必然会讲出一切。那时……遥远的修道院，剃度……永别了甜蜜的生活！不，这是伊丽莎白不能想象的！既然已经走上了谎言与背叛的道路，她决定一直走到最后。一天之后，1741 年 11 月从 24 日到 25 日的夜里，流着泪热烈地向上帝祈祷之后，公主穿上骑兵服，坐上雪橇沿着漆黑的冰雪覆盖的首都街道向普列奥布拉任斯基军团兵营飞奔。

三百多人组成的愤怒的老大哥骑兵队

普列奥布拉任斯基军团已经在城区等待伊丽莎白了。由于寒冷和激动，她脸色泛红，显得更加美丽，像维纳斯。她像尤里·采扎里一样对着士兵简洁地说道："我的朋友们！犹如效力于我的父亲一样，今天这个时刻用你们的忠诚为我效力！"作为回答，近卫军齐声高喊："愿为陛下和祖国献出生命！"然后跟着自己美丽的统帅向冬宫方向奔去。

大概要说一下为什么这么突然，甚至总检察长沙霍夫斯科伊还没起床。其实，他们早就为伊丽莎白的"革命"做准备了。预备性的意见、暗示、他们慷慨许下的金钱和诺言，这些都是他们为了自己事业成功采用的最好方法。但是，假如政治局势对伊丽莎白十分不利的话，也不能一切都顺利成功。1740年秋天，女皇安娜·伊万诺夫娜死后开始了动乱时期。正如读者熟知的，政权形式上是由两个月大的伊万·安东诺维奇皇帝掌管，实际上是女执政者安娜·列奥波利多夫娜和安东·乌尔里希掌管。小皇帝的王位立刻引起了激烈的争斗。最初政权由去世女皇的宠臣比龙占有，过了三周他被米尼赫元帅推翻，而米尼赫也很快被奥斯特曼从权位上挤了下去。

　　参与王位频繁更替的主要是在俄国任职的外国人，执政者安娜·列奥波利多夫娜没有个性和权威，且不伦瑞克家族大大刺激了很多人。首先是近卫军。伊丽莎白·彼得罗夫娜公主也充分利用了这一点。她在近卫军中特别受欢迎：随同伊丽莎白攻占冬宫的308名列兵中总共有54人是贵族，也就是少于20%。其他人出身于农民、教堂派、独院农户和奴仆。尽管他们已经脱离了先前的社会环境并且在典型的近卫军心理支配下愚钝地团结友好，对最高政权有着过分亲近的态度，过分夸大个人在王位和国家命运中的作用，但是仍特别喜欢沙皇大帝和来自利夫兰的洗衣女工的女儿。

　　与此相反，贵族，特别是名门望族，当时及后来都忽视了伊丽莎白。她"低微的"私生子的出身（因为伊丽莎白在彼得大帝和叶卡捷琳娜结婚以前出生）以及她平民百姓的行为举止让上流社会的太太和年轻男子们讨厌。而近卫军却非常喜欢这个美丽的、愉快的、"有着可爱眼神的"美人。她不拘礼节，总是像她伟大的父亲一样和他们结为伙伴。不仅如此，伊丽莎白甚至和许多近卫军官结亲，接受邀请，愿意做他们后代的教母。按俄国东正教传统，因干亲关系称"你"被认为是十分亲近的，因为这种亲属关系来自上帝。因此，我们在法国公使舍塔尔基的情报中读到关于米尼赫1741年新年来向公主祝贺节日时使他震惊的场面：他的面前是"穿堂、楼梯和前厅，到处挤满近卫军士兵，他们毫不拘礼节地用父名称呼这位公主为自己的干亲家。在伊丽莎白公主的办公室里一个多小时他都无法恢复知觉，什么都看不见也听不见"。

这个老元帅的不安不言而喻：伊丽莎白——近卫军的干亲家的力量在于她是彼得大帝的女儿，按近卫军的观点来说，把她排除在王位继承者之外，而把王位交给不伦瑞克家族是不公平的。看到伊丽莎白宫殿的近卫军后米尼赫对此很肯定。

女执政者长期占据着伊万·安东诺维奇的王位，对与彼得大帝的理想（严厉，但是公正，关心自己臣民的幸福）相结合的薄弱制度不满。这一理想完全传给了他的女儿，近卫军们看到了现在被遗忘的彼得大帝事业的真正继承人。流传到今天的政变参加者名单显示，伊丽莎白的近卫军队伍中几乎有三分之一是从彼得大帝时代开始服役的。到1741年已经50年了，他们是头发花白的老将，他们跟随大帝度过了光荣时期，浅色头发的女孩是他们眼看着长大的大帝可爱的女儿，年轻的士兵都迅速服从：政变参加者中有120人（也就是超过三分之一）是在安娜·伊万诺夫娜在位末期参加近卫军的。这是比龙想出来的，由于担心穿近卫军制服的贵族自由主义者，临时执政者开始以农民和其他"出身低微"的新兵充实近卫军，也就是使勇猛的老将和没有经验、幼稚、毕恭毕敬、听从吩咐的年轻人相结合，使他们成为政变的可燃材料。伊丽莎白亲自来到近卫军——自己的老大哥中间，把火星扔到他们身上。

舍塔尔基侯爵如何领导政治阴谋

1741年11月25日革命事件中有一页是伊丽莎白总想忘掉的，就是积极参加政治阴谋的在俄国以法国公使伊奥西姆·让·特洛奇侯爵和舍塔尔基以及瑞典公使埃利克·马佳斯·诺尔肯为代表的外国人。1739年法国外交官带着具体任务从凡尔赛来到俄国：破坏俄奥1726年联盟。因为这一联盟使昔日的敌人——"笃信基督教"的路易十五像当时人们所说的因佩里亚的地位得到巩固。只有通过安娜·列奥波利多夫娜的政府垮台达到这一目的。

诺尔肯就怀有这一目的。在斯德哥尔摩有很强的复仇情绪。瑞典统治者觉得，在俄国政权薄弱及圣彼得堡第一次事件发生时期可以修改 1721 年尼斯塔特范围并恢复瑞典东波罗的海沿岸地区。诺尔肯和舍塔尔基开始实行破坏活动：寻找和支持那些能够推翻安娜·列奥波利多夫娜政府的力量。于是，1740 年秋天诺尔肯第一个来见伊丽莎白并进行洽谈，确切说，他不配和彼得大帝的女儿在政治上讨价还价。

诺尔肯向她提出简单明了的计划：公主签署义务呼吁书，请求瑞典国王帮助她登上王位，国王发动反俄国的战争，攻打圣彼得堡，使伊丽莎白的政变更容易。为了执行计划他给伊丽莎白 1 万埃居，而她答应在事情成功时满足瑞典所有的土地要求。公主同意一切条件，但要求在她需要钱的时候继续给她。诺尔肯不同意，要求先签书面保证后给钱。伊丽莎白不反对，准备立刻签署必要的文件，但要求先给钱。这个无结果的争议使阴谋家舍塔尔基从诺尔肯这儿嗅到了伊丽莎白追逐权位的意图。他立刻参与了阴谋并开始行动。

诺尔肯和舍塔尔基的行为当然是犯罪行为，但当时委任本国外交官参与外国宫廷的倾轧是很普遍的现象。关于俄国公使为了俄国的需要，在波兰、瑞典和其他国家用黄金铺路的事可以写出一系列故事。总之，大多国际条约都包括缔约双方身居要职人员干涉第三国内政的秘密条款。诺尔肯和舍塔尔基也在这些卑鄙规则的行列中。

舍塔尔基与谨慎的诺尔肯不同，对于公主来说他不惜金钱，他十分热衷于阴谋，他的动力是他把自己想象成——如现在人们所说的——协调人。侯爵天生是个性急、浪漫却轻率愚蠢的人。标志性特征是在跳小步舞或八人舞时转交密码、字条，在漆黑的夜换装，以一整套令人生厌的阴谋家打扮出门。正如叶卡捷琳娜二世的母亲——公爵夫人约翰娜·伊丽莎白所写的那样，阴谋家的约会总是在漆黑的夜里、雷雨和暴风雪中进行，在那些卑鄙的人去的地方——垃圾桶旁边，暗探们定期向上司报告关于法国公使每天夜里秘密地穿过栅栏到伊丽莎白的宫殿的事，但显然"不是为了谈情说爱"。

舍塔尔基和诺尔肯不断给自己的部长们写冗长的报告，称如何如何顺利地完成了与公主的谈判。但是根本没有！伊丽莎白不知为什么开始勉强应付：她犹豫、怀疑、拖延，而更主要的是没签任何文书。最后，诺尔肯和舍塔尔基得出结论：伊丽莎白真正担心是，假如签署了某一将来割让土地的保证书，而这些土地正是她父亲战胜瑞典人夺取的，她会招惹来瑞典人，用这样的代价登上王位，她就要被人民痛恨。

外交官们很快弄清无法停住已发动的汽车：关于顺利同伊丽莎白谈判成功的胜利报告起了决定命运的作用：没等收到诺尔肯与公主签署的文书，斯德哥尔摩就决定采取行动。1741 年夏天瑞典在芬兰发动了对俄战争……1741 年 8 月 23 日在威尔曼斯特朗德遭到毁灭性的失败。借助瑞典帮助的希望落空了。性急的舍塔尔基也没了主意。伊丽莎白只能寄希望于自己了。于是在 1741 年 11 月 23 日接待日之后她决定独立行动。

不过，舍塔尔基侯爵到最后都认为终究是他领导并帮助了伊丽莎白阴谋政变，11 月 25 日夜士兵来到他位于海军部广场（差不多就在皇帝官邸对面）的住处时，可以想象他的恐惧。整个皇帝官邸对面几乎都站满了粗鲁的士兵。他认为自己已经暴露并且等待他的一定是西伯利亚。实际上是出了错：护送伊丽莎白的那部分近卫军被调离专职部队，去逮捕奥斯特曼、米哈伊尔·戈洛夫金和安娜·列奥波利多夫娜的其他高官。在黑暗中士兵们弄错了地方，把以舍塔尔基为代表的整个法国使团吓得要死。

可以想象，戴着睡帽穿着睡衣站在窗口的侯爵，亲自看到了"冬宫风暴"，这场风暴是他在舞会上和垃圾桶旁竭力策划过的。在三百多名自己的老大哥的护送下，伊丽莎白走出雪橇来到海军部广场，为了不发出太大的响声她步行前往冬宫。士兵们由于紧张走得太快，使公主被裙子绊倒陷入雪中，而且大概因为穿着沉重的胸甲，她走路很费力。总之，显然她挡住了自己忠诚的伙伴的路。于是就发生了革命和政变中史无前例的事件：没用多想，近卫军士兵像雷神一样抓起美丽的维纳斯，放到自己宽宽的肩膀上。她就这样坐在自己士兵的肩上进入了冬宫。

冬宫风暴

大主教阿尔先季在伊丽莎白加冕日布道时惊讶于她在难忘的冬宫风暴之夜做了女皇，为她的勇气祈祷。当时这个小女孩被迫忘记关于自己性别的礼节，为了生命和小人物结伴去冒险，"为了信仰和祖国，我们不惜战斗到最后一滴血，我们要做军队的领袖和引领者，集合忠实的士兵奋起反抗仇敌"。

善于辞令的牧师对这一夜晚的描述是：这个"仇敌"怡然自得地睡在摇篮里，晚上他从乳母卡捷琳娜·伊万诺夫娜的乳房中吸足了乳汁，不会料到"一大群人突然进来"抓他。皇帝的父母、亲信和仆人也都睡了。闯入宫殿后伊丽莎白没有拖延：堵住入口和出口，卫兵立刻倒向暴动者一边。然后"一大群夺权者"奔向二楼皇帝的豪华卧室。士兵叫醒并逮捕了俄国女执政者安娜·列奥波利多夫娜和她的丈夫安东·乌尔里希。不论是王子还是他的妻子，都没有抵抗。他们顺从地屈服于自己痛苦的命运并允许士兵把自己带到伊丽莎白的宫殿，宫殿的主人也很快前往那里。她这个幸运儿该接受祝贺了，通信员叫醒了自己的长官们，这些人勉强穿上衣服，像沙霍夫斯科伊一样鞠躬致意。

结束了对于"冬宫风暴"的描写，我们看到，尽管政变轻松不流血，在整个事件中每一时刻也都很紧张，伊丽莎白当时表现出了自己全部的意志和性格。习惯了快乐而无忧无虑生活的她绝不是简单地决定国家政变。当她在列斯托克、沃龙佐夫和音乐老师施瓦茨三人陪同下坐着雪橇去普列奥布拉任斯基兵营的那一时刻，谁也不能保证阴谋家的活动不遭到抵抗，犯了国家罪行，最后等待她的却不是惩罚。政变的夜晚永远像深渊一样漆黑恐怖，在这样的夜晚应不假思索地前进。为了战胜这种恐惧，坚强的男人也需要勇气。

公主——一个柔弱的女人表现出了这样的勇气，甚至是双倍的勇气。首先，她发动士兵举行暴动，然后领导暴动队伍行动，因为参加暴动的人中一个指挥士兵的军官都没有。所以她确实得忘记"关于自己性别的礼节"，第一次也是最后一次扮演将领的角色。

接下来的就是灯火通明的宫殿、香槟、扑倒在她脚下的成群的谄媚的廷臣。到了早晨，公主登基的公告及公民宣言都已准备就绪，伴随着军队、居民们的宣誓声和"万岁！"的喊声及炮声，女皇踏进入冬宫。她的新住所能清楚地看到彼得保罗要塞、地下长眠着她父母的教堂尖顶。也许，在搬迁新居的忙碌中，站在窗口的那一刻，伊丽莎白想起了过去，在她的新宫殿和城堡之间延伸的不仅是涅瓦河白色的冰面，而且是成为女皇前的公主生活。

"可心的宝贝儿"

毫无疑问，伊丽莎白是伴随着幸运之星出生的。这一事情发生在 1709 年 12 月 18 日，当时俄国军队取得了 1709 年战争的胜利并进入莫斯科。保存下来的雕刻显示，这是极生动壮观的场面：成千上万的士兵和军官扛着缴获的旗帜，押着众多俘虏（包括查理十二的将军和心腹）。彼得指挥整个仪式，就在仪式要开始的时候他得到了关于叶卡捷琳娜顺利生下女儿的消息。他下令让胜利者推迟 3 天进入首都，摆盛宴庆祝女儿出生并给她取了当时较罕见的名字——伊丽莎白。

伊丽莎白的童年、少年在莫斯科和圣彼得堡度过。她和 1708 年出生的姐姐安娜一起接受教育。她们的父亲总是在外面奔波，母亲经常陪着他。沙皇的女儿由彼得的妹妹娜塔莉娅或者缅希科夫家照看。现在穿过装饰华丽舒适的缅希科夫宫殿博物馆列厅，就让人情不自禁地想起伊丽莎白的童年时光。当时这里没有这样安静规整：沙皇的女儿和显赫的大公女儿萨莎、玛莎以及他的儿子亚历山大愉快地在一起，跑来跑去非常热闹。然后由体贴的驼背的瓦尔瓦拉·阿尔谢涅娃领他们去吃饭或睡觉，她是房子的主人公爵夫人达莉娅·缅希科夫娜的妹妹。在给彼得和叶卡捷琳娜的信中缅希科夫娜写道："感谢上帝，你们亲爱的孩子很健康。"

彼得大帝最初提到伊丽莎白的一封信是 1710 年 5 月 1 日，他向 5 个月大的女儿问好。总之，在给女儿写信时谈及关于女儿的事时，严厉、日理万机的彼得有些改变——他亲切、愉快、关切：安努什卡和丽扎妮卡的玩耍和游戏充满了他钢铁般的心，他心里觉得非常舒服。他经常问候孩子们，特别是小女儿，他经常给她们寄礼物。

伊丽莎白的第一次正式出行是 1712 年 2 月 9 日。这一天对于未来女皇的命运非常重要：因为她和她的姐姐都是私生子，或者按当时俄国的说法叫野种。彼得用教堂婚礼使叶卡捷琳娜与自己的关系合法化，并且跟着父母在教堂举行结婚仪式，女孩们也成为沙皇合法的两个孩子——"受承认的婚前生的子女"。婚礼仪式结束后安娜和伊丽莎白作为未婚母亲的"血缘近亲女儿"端坐在宫殿的桌旁，直到她们累得睡着了才被送到床上。

1717 年 6 月 11 日叶卡捷琳娜给丈夫写信说伊丽莎白得了天花；但病得很轻，女儿很快"摆脱了那个病并且没有损伤小脸"。确切地说，如果病好了以后伊丽莎白变成了麻脸，那么她整个人生甚至俄国的历史大概都是另一个样子。因为公主有绝佳的美貌，又是皇后的女儿，极好的形象影响了她的性格、习惯、行为甚至谋略。

沙皇的女儿很早就开始识字了。早在 1712 年彼得就给伊丽莎白和安娜写信，不过，他没希望得到回信。可在 1717 年往来书信就非常多了。随彼得在国外的叶卡捷琳娜要求安娜"看在上帝的份上努力写，为此给予你们表扬并因为勤奋给你们寄礼物，无论如何小妹妹都要尽力得到礼物"。小妹妹确实得到了礼物！1718 年初伊丽莎白收到了父亲的信："丽扎妮卡，我的孩子，你好！谢谢你的来信，但愿能高兴地见到你。你的兄长（沙皇的儿子彼得·彼得罗维奇差不多比她大两岁——笔者注）替我吻你。"

公主长大了，也就是到了出嫁的年龄，1721 年 9 月 19 日，当她还不满 12

岁时得到成人认可。在隆重的仪式上彼得在女儿的裙子上剪出白色的小翅膀，于是她生命的新时代开始了——她成为待嫁的新娘。在这之前人们还说公主几乎没脱离尿布。1716—1717 年除了熟悉的乳母和保姆外，在公主身边出现了一个法国人——舞蹈老师。伯爵小姐和格留克老师教女孩们意大利语、德语和法语，法语是已成年的伊丽莎白精通的。其结果是彼得的女儿学会了读、写并流利地讲几种语言，精通音乐、跳舞，穿戴合宜，懂礼仪，并且有这样惊人的美貌，成为法国女皇还需要什么？

这样的命运，确切地说，是为彼得的二女儿（在这之前娜塔莉娅出生了）准备的。1721 年他给俄国瓦·鲁·多尔戈鲁基大公——1719 年去法国巴黎任公使——写信，让他对国王路易十五的母亲说"为我们的女儿向国王提亲，主要是二女儿，因为她与他同岁（路易 1710 年出生——笔者注），由于马上要出发，详细的就不说了，这事今天委托给你，希望获得成功"。沙皇的委托对于多尔戈鲁基来说是很难的，实际上是无法完成的，凡尔赛不愿意和洗衣女工与彼得在婚前生的女儿婚配，法国人搪塞说国王还年轻。1725 年彼得大帝去世后，继承人叶卡捷琳娜一世根本不尊重他的意见，提出让路易与被俄国推翻的波兰前国王斯坦尼斯瓦夫·列琴斯基的女儿玛莉亚结婚，因而提出俄法连亲谈判的观点。就这样伊丽莎白成为腐化的路易十六的妻子玛丽·安托瓦内特婆婆的事没有结论。然而，她的命运很久无法确定。

享受生活

1727 年 5 月伊丽莎白的母亲叶卡捷琳娜一世去世，留下遗言让女儿嫁给卡尔·奥古斯特——她姐夫荷尔施坦因公爵（安娜·彼得罗夫娜的丈夫）的弟弟。卡尔·奥古斯特是一个可爱的有礼貌的青年人，来过俄国并成为伊丽莎白的未婚夫。然而，不幸的是 1727 年夏天他突然得病死了。后来，1744 年看到未来的叶卡捷琳娜二世的母亲约翰娜·伊丽莎白时，女皇伊丽莎白哭诉说，她非常像卡尔·奥古斯特——公主死去的未婚夫——的妹妹。

不过当时未婚妻公主没有悲伤多久，就成为年轻皇帝彼得二世宫中的第一颗明星。1727年他摆脱了缅希科夫的政权，享受到专制独裁者的自由。但是，小皇帝——在彼得保罗要塞监狱死亡的阿列克谢王子的儿子不能独立管理国家。他屈服于宠臣——强势的19岁的伊万·多尔戈鲁基大公及想巩固权势的多尔戈鲁基全家。为了达到目的，他们迁就皇帝全部的苛求，千方百计地让他开心，取悦于他。打猎是彼得二世的主要生活意义。1728年初迁到莫斯科宫殿后，彼得和伊万·多尔戈鲁基大公接连几周在莫斯科郊外的森林里打野禽。另外，伊万大公在社会上以纵酒行乐闻名，最受女人欢迎，常让自己的皇族朋友参加"青春妙龄类"娱乐活动。在性格方面皇帝很早就表现出不太可爱的特征，俄国统治者的形象特点是自命不凡、冷漠、不爱学习和劳动。"对于自己的年龄来说他长得又高又大，"隆多夫人写道，"他皮肤白皙，但打猎时晒得很黑，他脸部轮廓很好，但眼神忧郁，尽管皇帝年轻又漂亮，但他身上没有什么叫人喜欢的令人愉快的东西。"关于彼得冷酷的心、平庸的智商、固执、喜欢无所事事地贪玩、不喜欢学习的情况许多外国观察家也都有描写。

1727年末关于皇帝与他的美人的浪漫消息传开了。的确，流言的传播是有根据的：18岁的伊丽莎白不是清教徒，而12岁的皇帝长得高大、结实，他结识伊万·多尔戈鲁基大公后从罪过之树上了解了很多东西。彼得和伊丽莎白开始形影不离。他们俩有很多共同点：他们俩都喜欢过放荡的生活，没有头脑，喜欢游乐——节日、出游、跳舞、打猎。西班牙公使利里阿公爵给马德里的信件中写道："俄国人害怕在沙皇之上的公主伊丽莎白拥有的大权：她的智慧、美貌和对名利的追逐使所有人都害怕……"我一点也不想探听姑母和侄子的亲密友谊是如何发生的。让彼得和伊丽莎白以画家瓦伦丁·谢洛夫看到他们时的样子留在我们的记忆中：两个优雅的骑手骑着骏马奔驰在秋天的田野上，年轻的皇帝追赶着，但追不上从他身边急速而过、嘴角带着诱人微笑的美人……

不过，这种友谊没有持续多久，很快在莫斯科郊外田野上，公主身边参加比赛的就是其他伙伴了。这几年伊丽莎白无忧无虑，非常快乐，她面前是无限的年轻生活。她很早就明白自己极好的美貌会男人产生影响，她成为对享乐充满忠诚的女儿。快乐、安逸、无所事事充满了伊丽莎白的头脑。关于公主的爱好她周围的人和她的好友玛夫拉·塞别列娃从基尔发出的信中有生动的描写，她和安娜·彼得罗夫娜一起去过基尔。她写道："亲爱的公主，王子太美了！真的，我觉得他像我们见到的一样美：个子像布图尔林那样高，那样清瘦。眼睛跟您一样的颜色、一样大。睫毛漆黑，眉毛是俄国式的黑色，脸颊总是红扑扑的。牙齿洁白又好看，嘴唇永远红润美丽，说话和笑声像已故的比绍夫。沙皇（就是彼得二世）19 岁，头发留到齐腰……还有，我买的鼻烟壶，盒上的人物像陛下您。"

在这封信中提到了亚历山大·鲍里斯维奇·布图尔林。这个身材魁伟的美男子是伊丽莎白的宠臣和情夫。大臣们（在小皇帝执政时期掌管最高枢密院的人）关注着伊丽莎白的行动，他们对公主和她的高级侍从在伊丽莎白莫斯科郊外的领地（亚历山大庄园）狂饮作乐的消息很不安，找了个借口把布图尔林派到了远离莫斯科的乌克兰部队。然而，热衷于过放荡生活的伊丽莎白轻易地改变了布图尔林的命运：派另一个人代替他去了。

1728 年春天伊丽莎白失去了自己最亲近的人，从基尔传来她姐姐安娜去世的消息。彼得大帝女儿的命运非常悲惨。1725 年按照已故父亲的遗愿她嫁给了荷尔施坦因·卡尔·弗里德里希公爵。为了决定嫁两个女儿（伊丽莎白和安娜）中的哪一个，彼得曾长时间犹豫。安娜完全可能成为伊丽莎白或是命运相反。1727 年夏天安娜被迫前往荷尔施坦因首都——她丈夫那里。当时人们的看法是：彼得大帝的女儿在陌生人中觉得孤独，就连她的丈夫也不重视她。公爵是个酒鬼、浪荡公子，游手好闲。安娜给妹妹和彼得二世的信中总是充满忧伤、眼泪。然而什么都无法改变了：安娜怀孕了。1727 年秋天马夫拉·舒瓦洛娃给伊丽莎白写信说基尔宫廷里的人在准备小孩衣服和尿布，并且安娜的"肚子里有东西在动"。

1728 年 2 月公爵夫人生了个男孩，取名卡尔·彼得·乌尔里希。不久，安娜得急性粟粒性肺结核去世了，死前嘱咐把自己安葬在圣彼得堡父母身边。我认为，安娜和小妹妹那么亲近，想让她参加葬礼，因为整个童年和少年时期她们都形影不离。但她的尸体秋天才运回圣彼得堡，而秋天正是打猎时节，伊丽莎白不能在两三天内到达首都与亲人的遗体告别。我们都知道她当时过得很愉快。

1730 年初彼得二世生病去世时，伊丽莎白在乡下还遇到两件事。法国外交官给巴黎的信中写到，在选举沙皇时伊丽莎白公主根本不在莫斯科。尽管支持她的朋友要求她在安娜·伊万诺夫娜被选中之后回到城里，但她仍住在乡下。一些观察家们在这一点上对追求权位、等待时机的彼得的女儿也有特别的看法，另一些人不出声，恰在这时她怀孕了。一切都很简单，追逐权位的公主还在睡觉，她对权力不感兴趣，她的身上只流淌着年轻的血液。说实话，那时她夺取王位的机会微乎其微，她根本没有时间思考。彼得二世死后枢密大臣立即宣布选举公爵夫人安娜·伊万诺夫娜登基。在商讨此事时，枢密院大臣德米特里·戈利岑（老贵族）提供了"纯俄国人"的候选人——沙皇伊凡五世和女皇普拉斯科维亚·费奥多罗夫娜的女儿，同时不怀好意地提到过利夫兰洗衣女工的后代。从此公主的名字再也没出现过。

顺从的奴仆伊丽莎白

伊丽莎白的堂姐安娜·伊万诺夫娜在位时期对于公主来说，是长期担惊受怕的、不愉快的。不过，她什么事也没发生。根据宫廷记录，伊丽莎白占据着非常荣耀的地位（第三位），排在女皇的外甥女安娜·列奥波利多夫娜公主之后。她有自己的宫殿、仆人、世袭领地和生活费。但是她作为娇生惯养的小美人、众人崇爱的人，任性的习惯导致了不愉快结果：新女皇不喜欢堂妹。安娜·伊万诺夫娜的不愉快有很多原因：蔑视伊丽莎白的"非贵族出身", 对未来的担心, 但主要是对女孩幸福的命运、无忧无虑的快乐的强烈嫉妒, 不像她（库尔兰公爵夫人安娜）这样既穷困又屈辱。

另外, 伊丽莎白什么都不用做, 只要她戴着钻石、梳着漂亮的发型、穿着新裙子、嘴角带着迷人的微笑出现在舞会就能引起女皇的憎恨。同时, 舞会上还有客人和宫廷中的人们低声称赞。女皇在自己的宝座上用忧郁的眼神注视着伊丽莎白这颗舞会之星。女皇麻脸、过度肥胖、年老（伊丽莎白比安娜小 17 岁!), 无法与舞会上的公主相比。隆多夫人这样描述来参加舞会的中国大使: "当他和翻译一起到达时, 有人把中国人领进大厅, 陛下问他们（共三人）中的一人, 这里在场的女士哪一位最美。他说: '在这星光耀眼的夜晚很难说哪颗星最亮。' 但发现她正在等待他确定的答案后, 他向伊丽莎白公主躬身施礼: 在众多漂亮的女士中, 他认为她是最美的, 只要看到她, 就会心驰神往, 眼中再无他人了。" 很难想象在那一刻安娜·伊万诺夫娜女皇的感受。

她心里产生了另一个想法: 在经济上和精神上控制伊丽莎白。起初, 她每年给伊丽莎白 3 万卢布用于做衣服, 一个戈比也不多给。这对于伊丽莎白来说是不幸的事, 以前她从来不考虑钱的事。公主在安娜·伊万诺夫娜的宫殿里非常苦闷: 伊丽莎白感觉自己是沙皇家庭中的多余人。关于安娜和伊丽莎白之间的关系, 在 1736 年公主给女皇的呈文上写得很清楚。伊丽莎白监禁了自己庄园的管家, 她怀疑他偷盗。但是, 按安娜·伊万诺夫娜的命令他突然被放了。这让公主很吃惊, 她决定警告有可能告密的管家。她用传统的侮辱性的语气写了呈文, 并在最后签名: "陛下顺从的仆人伊丽莎白。" 之后事情就变了: 像所有臣民一样, 伊丽莎白独立掌权。安娜·伊万诺夫娜只能像对待普通宫中女孩一样对待堂妹。

安娜·伊万诺夫娜希望政权永远不要落到叶卡捷琳娜一世的后代手里。尽管伊丽莎白当众宣誓信守女皇关于王位继承的每个决定, 但是, 无论是安娜还是她周围的人都不能安心。谨慎的副首相安德烈·伊万诺维奇·奥斯特曼写道："不用怀疑，因为他们（指伊丽莎白和她的外甥卡尔·彼得·乌尔里希——笔者注）没有能力登上王位，总是喜欢打猎。"

最简单的解决"伊丽莎白问题"的方法是把她嫁给一个外国王子，并且这样的未婚夫在公主面前有很多：拜罗伊特的卡尔·勃兰登布尔克、英国的乔治王子、葡萄牙的曼努埃尔王子、萨克森的马弗利克伯爵、西班牙的道恩·卡尔罗斯王子、不伦瑞克的恩斯特·路德维克公爵。派来媒人的还有波斯国王纳狄尔沙。也许公主喜欢未婚夫人选中的一些人，但女皇本人和奥斯特曼不喜欢他们，希望把伊丽莎白嫁给"一个让他们永远也不会有任何担心的王子"。设想一下，如果彼得大帝的外孙在马德里或在伦敦长大，就有登上王位的可能，会拥有超过安娜·伊万诺夫娜的势力。因此，她把伊丽莎白出嫁的事一拖再拖，直到她去世。

安娜·伊万诺夫娜在位期间一直注意着伊丽莎白。1731 年当公主搬到圣彼得堡时，米尼赫收到了女皇的秘密命令：白天黑夜都要监视她，看她去哪里，去谁那儿。伊丽莎白知道被监视后尽量远离政治，但是，她的名字几乎出现在安娜整个执政期。从多尔戈鲁基和阿尔捷米·瓦雷斯基的资料汇编中可以看到，无论是安娜·伊万诺夫娜还是比龙都没有领教公主的政治手段，可还是一直担心她夺权。因此，很多廷臣由于担心惹多疑的女皇对自己不满而躲避着彼得大帝的女儿，避免与她见面和说话。就连伊丽莎白本人也很少引起安娜·伊万诺夫娜宫廷生活的注意。尽管宫殿奢华，但活泼愉快的女孩却感觉很无聊：很少安排她参加跳舞和化装舞会，女皇和她的廷臣们喜欢打牌，看小丑消遣。伊丽莎白尽量躲在察里津牧场附近自己的宫殿或郊外住所里。这一点也不奇怪，她和自己的亲人在一起，远离女皇那些不怀好意的人的视线。

公主本人的宫殿不大：连仆役都算上不超过 100 人。她的廷臣里包括：彼得和亚历山大·舒瓦洛夫及米哈伊尔·沃龙佐夫。宫中女官大部分是伊丽莎白的近亲：斯卡乌龙斯基和肯德里科夫伯爵小姐。她们是利夫兰农民——

叶卡捷琳娜一世兄弟姐妹的女儿，她们1726年被带到圣彼得堡，离开了草叉和挤奶桶成为助手和伯爵。叶卡捷琳娜一世去世后他们从王位边被排挤掉，王位上坐的是沙皇的真正的女儿安娜·伊万诺夫娜，她瞧不起那些昨天还光着脚的伯爵和伯爵夫人。对于伊丽莎白的多数侄子来说，她是他们生命中唯一的支柱和希望。公主一直想办法安排他们学习和就职，操心他们的升迁，调解他们的矛盾，借给他们钱，总而言之，她担负着居高位的亲戚的重任，她的强大和能力对于这些亲戚而言是无限的。

公主伊丽莎白的宫廷生活显然与"大宫殿"的不同。公主的廷臣既没有封号，也没有勋章和国家职务的重压。而重要的是他们都年轻。1730年公主本人满21岁，舒瓦洛夫兄弟大约20岁，俄国未来的大臣米哈伊尔·沃龙佐夫16岁。他们都是彼得时代的孩子，在欧洲的圣彼得堡生活，他们觉得自然舒服，他们像所有年轻人一样快乐，跳舞，游玩。精力充沛的伊丽莎白是所有庆祝会、郊游的愉悦的组织者。骑马、跳舞、唱歌、写诗、编歌曲，谁也没有她做得好。在她的身上很早就表现出创作的才能，她在1730年初写的不完美的诗直到今天仍是恋人的哀歌。

因此，在安娜·伊万诺夫娜执政初期伊丽莎白遭受了痛苦。这期间，公主有个恋人——少年侍从苏宾。他们热烈的浪漫被女皇粗暴地打断了，1732年1月她命令米尼赫逮捕并把公主的宠臣流放到西伯利亚。苏宾的流放使彼得的女儿与近卫军军人的所有联系都中断了，他们不止一次地对她说过，她会"因为自己的激情"把警探引来。虽然没有找到任何有损苏宾名声的材料，但安娜的决心很坚定。或许，除了政治上的考虑，还有仇恨使她针对堂妹。伊丽莎白不幸的情人在西伯利亚度过了10年。1742年初，女皇伊丽莎白·彼得罗夫娜登基的公告一公布，她就签署了关于释放他的命令。但是，被专门派去西伯利亚的军官不得不长时间在西伯利亚的监狱寻找，因为在名单中没有提到他的名字。苏宾本人听说军官在四处寻找他后很害怕：因为他不知道伊丽莎白当了女皇，他害怕更残酷的惩罚等着他，在这之前不久女皇安娜从西伯利亚找到并处决了多尔戈鲁基公爵。只能靠运气找苏宾了……

伊丽莎白的恋人被流放到西伯利亚之后，安娜·伊万诺夫娜不放心。她急于打听公主所做的一切：她在想什么，在自己的小宫廷关闭着的门内和自己的亲朋说些什么。而愉快乐观的彼得大帝的女儿经常悲伤。在伊丽莎白自己写的一首歌中，或像当时人们说的，美人——自然女神坐在小河岸边，对着急流唱：

> 今天洁净的河水在沙滩上静静地流淌，
>
> 不要冲洗掉我泪水的痕迹，
>
> 只要洗刷我的忧伤……

年轻的美人为什么忧伤、痛苦？可以去郊外的庄园，在田野上飞驰，带着狗打猎，安排水上游玩或化装舞会，只要有时间和想象力，她的青春能为自己找到很多事。还可以料理家务：在伊丽莎白的信件上可以看出，尽管花费很大，可她还是一个节俭甚至是吝啬的主妇。可她写给城里的管家的信说，"斯捷潘·彼得罗维奇，如果有人想买苹果，就吩咐皇村和普尔科沃那里卖苹果，因为我们这里没有合适买主，有两个果园出 50 卢布，因为太便宜我们拒绝卖给他们，告诉买者：果子如果按我们的要求，今天就卖，否则他们什么也得不到了"。

但是，不！正如秘密办公厅讲的，公主的一个在宫廷站岗的近卫军战士巴斯比洛夫听到，主人走到门廊唱起了歌："唉，我的生活，我的不幸！"在兵营里巴斯比洛夫对自己的士兵朋友叶尔绍夫讲了此事，而他不假思索地贸然说："农妇……娘儿们还在唱歌！"这有点粗鲁，但很准确。在当时，没有出嫁的女孩的未来是不安定的。只要女皇的一句话，你就得去荒芜的德国，成为某一个德国侯爵或公爵的妻子，并终生为了蜡烛向他要可怜的一点钱，或是相反，看着他和情人花掉你的钱财。只要皇家一句话，你就会被发落到遥远的修道院，18 世纪 30 年代在黑暗寒冷的单间居室死去的固执的公爵尤苏波夫的命运就是你的命运。到时就只有戏剧（世界上的第七个奇迹）能救你了。

在理想的戏剧舞台上

1735 年秘密办公厅突然逮捕了公主宫廷教堂的合唱指挥伊万·彼得罗夫，同时带走了在他那儿找到的一些相关文件。秘密办公厅厅长乌沙科夫伯爵花费很大精力审讯彼得罗夫，并警告不许向任何人泄露，关于此事不许向公主、女皇透露一点消息。合唱指挥彼得罗夫被捕的不幸事件不是偶然发生的。他是伊丽莎白宫庭剧院戏剧的积极参加者，而从他那儿拿到秘密办公厅的文件，是他出演的各个角色内容。安娜·伊万诺夫娜把内容送给大主教费奥凡·普罗科波维奇（戏剧专家和业余政治侦探）鉴定，看剧本里是否有侮辱女皇陛下名誉的台词。当时政治责难是很普遍的。谨慎的费奥凡没发现文件里有犯罪行为，之后就放了彼得罗夫。

女皇对公主宫殿戏剧的兴趣显然不在戏剧本身。她知道，演出在秘门内进行，像审讯彼得罗夫时他说的那样："除了宫廷人员，没有其他人看剧。"确实，伊丽莎白创造了严密封闭的圈子，暗探和特务无法进入"大院"。公主身边聚集的只是亲人、忠诚她的人。他们和她一起分担不幸，他们明白，在安娜的宫殿里没有他们的职位。

于是在小厅里有一大群这样的观众——自己信任的人着迷地看戏，在他们的面前，在不稳定的蜡烛世界里戏剧为他们展现了"赫赫有名的巴基斯坦国家女皇"季阿娜——沙皇格奥格拉夫的美丽、善良、可爱的妻子，她像公主一样。凶恶的、肥胖笨重的、有麻子的婆婆无情地折磨她，使她忧郁不开心。观众不需交换眼色就能明白，本领不大的剧作家马夫拉·舒瓦洛娃把"她"在舞台上演出来了。观众在哭，控制不住地帮助由于婆婆诋毁、污辱，被丈夫赶到沙漠的季阿娜。母狮还从她身边夺走了她幼小的儿子。

但是，天上永远有上帝，地上永远有真理！旅行家们找到了她和她的孩子，把她们带回到被欺骗的格奥格拉夫的母亲那儿，一切都清楚了，恶毒婆婆的谎言和阴谋被揭发，季阿娜也成功地和她丈夫一起登上宝座。这个讽喻的风格在其他作品中也有，后来的研究者们称之为公主宫廷里的"对立"戏剧。

戏剧是神奇的、不同寻常的东西。戏剧里的奇迹在于善良能够战胜阴险、美丽能够战胜丑陋、正义能够战胜邪恶，我们的美人和她年轻的朋友每次看到戏剧，都觉得这种奇迹一定会发生在他们身上。

意识形态的奇迹或"当代的季特"

1741 年 11 月 25 日，这个奇迹实现了：女皇伊丽莎白一世·彼得罗夫娜在自己的冬宫窗口看着现在属于她自己的城市和国家。她执政 20 年中的第一天正在过去。失宠的公主第一天就迎来了先前不知道的一大堆问题和麻烦事。必须立即解决的问题有：如何处理被捕的不伦瑞克家族，要了解部队有没有变动，莫斯科——旧首都是否接受她。起草彼得大帝女儿登基的宣言，这件事情并不简单：要向全国和全世界说明，伊丽莎白是怎样登上宝座的。因为全世界都知道根据安娜·伊万诺夫娜的遗言，伊万·安东诺维奇在 1740 年登基，包括伊丽莎白在内的所有人都向十字架和福音书宣誓忠诚于他。伊万皇帝的政权是合法的，而她不合法。在欧洲受人敬重的国王家庭中的篡位者当然是不受欢迎的。

1741 年 11 月 25 日，女皇签署的第一个宣言大概是忠厚的人写的。一眼就能看出，这时缺少不可替代的经验丰富的安德烈·伊万诺维奇·奥斯特曼：他的时代结束了，他在彼得保罗要塞的监狱里等待自己的命运，稍后他将被永久流放到西伯利亚。宣言中指出了伊丽莎白被近卫军扛着进冬宫的两个原因：第一，是神职人员和忠实的世俗官员，特别是近卫军所有人的要求；第二，是彼得大帝和女皇叶卡捷琳娜一世的"直系血亲"的要求。三天后，在一份宣言中明确了伊丽莎白是根据叶卡捷琳娜一世的遗嘱登基的。很快人们忘记了这个原因：根据遗嘱，有登基优先权的不是伊丽莎白，而是她的侄子：

13 岁的卡尔·彼得·乌尔里希。

很快从官方文件中消失的还有那些被提到的忠诚的人，因为伊现莎白非常不愿意回想起那些帮她爬上王位的人。伊丽莎白的当务之急是让社会认可她，承认她登上王位是上帝的意志，王位是属于她的。在莫斯科的凯旋门上有一幅画是关于伊丽莎白1742年春天的加冕典礼的，画着王冠上的太阳，并有题词"自己为自己加冕（Semet coronat）"。在凯旋门的"介绍词"中有这样的解释："这个太阳与太阳自身不同，女皇陛下对王位有着绝对的权力，自己为自己加冕。"

显然，凯旋门上的画是提前准备好的，提前准备好的还有加冕典礼上的那个给人以深刻印象的手势，她想用这样的手势强调自己完全独立。《圣彼得堡公报》报道了莫斯科克里姆林宫圣母升天大教堂的盛况："女皇陛下亲手为自己戴上王冠"，"为自己加冕！"

加冕典礼按传统是在旧首都莫斯科的克里姆林宫举行的，彼得大帝的女儿也成为俄国克里姆林宫统治者中的一员。克里姆林宫在莫斯科乃至整个俄国都占有特殊地位。这里有具有重要意义的建筑物：宏伟古老的教堂，令人赞叹的宫殿，伊凡大帝钟楼。这不仅是一座高高的山，古时在山上建有第一座木头城堡，克里姆林宫及其周边的土地浸满了进攻者和守卫这些古老城墙者的鲜血，他们有的被送上断头台，有的被愤怒的人们折磨而死。克里姆林宫看到了人们的叛乱、可怕的火灾及鞑靼大汗和拿破仑时的瘟疫。而克里姆林宫墙内有阴谋、暗杀，它知道一些人的背叛和另一些人的勇敢。克里姆林宫是权力所在地。因权力的诱惑，在这个山上永远充斥着诱人又令人讨厌的力量。所以，俄国人踏上克里姆林宫的土地时感到莫名的激动和恐惧。在克里姆林宫中会感觉奇怪和不适，可同时山坡上枝繁叶茂的苹果树和空中小燕子的叫声又让人觉得那么亲切。伊凡大帝就在这里，将俄国统治得繁荣昌盛。

为了得到俄国的承认，伊丽莎白·彼得罗夫娜在克里姆林宫戴上权力的王冠。1742年春天她站在圣母升天大教堂，18年前，即1724年春天，她的母亲叶卡捷琳娜也站在这里。当时彼得大帝把皇后的王冠戴在自己妻子的头上，而现在伊丽莎白·彼得罗夫娜自己把王冠戴在头上。在 1730 年，安娜·伊万诺夫娜戴上统治者的王冠。整个仪式像新俄国女皇祖先当时那样隆重、华丽、辉煌：无数个莫斯科钟一齐鸣响，教堂装饰得金光闪闪，合唱团在演唱，对女皇进行赞美，穿着沉重白色的鼬皮长袍，伊丽莎白的脸由于大主教用细毛笔涂了少许圣油而略觉凉意——这样就意味着人民承认了国家的新统治者。接下来是盛宴、酒会，莫斯科的人们注视着愉快的、身材秀美的公主热烈高喊，她很久以前曾骑着白马从旧首都的街道奔向田野去打猎。

在伊丽莎白统治的短短几周内就出现了一些对于当时的 18 世纪而言使人惊讶的思想、令人望而生畏的东西以及印记，即使是意识形态也无法说出它们是什么。当然，这些并不是伊丽莎白本人想出来的，而是学者、高级僧侣、大主教费奥凡·普罗科波维奇、忠实信徒、剧作家、演员和所有忠实于她的人帮她想出来的。

伊丽莎白统治的意识形态本质非常简单：她——彼得大帝的女儿，看到俄国人民在令人痛恨的外国宠臣的控制下极度痛苦，这些宠臣——俄国的残害者和窃贼却很幸福，她奋起反抗，从她这里升起了幸福的太阳。黑暗属于过去，光明属于现在，破败属于昨天，繁荣属于今天，这种对立在伊丽莎白在位时期一直重复着。为了确立深夜夺取的政权的合法性，伊丽莎白的拥护者们一直在宣扬爱国主义精神——达到了前所未有的程度。话剧《两个俄国士兵之间的聊天》（1743 年）的主人公诚恳地说："老兄，确实，如果没有伊丽莎白女皇，那我们——俄国人民就会在地狱般的黑暗中到死都看不见光明。"

1742 年，大主教德米特里·谢切诺夫在布道时抨击不久前人们忠心服务的对象："他们将我们的国家据为己有，毒害我们的孩子，迫害基督教徒和虔诚的信徒，那是黑暗的年代和地区。"相信在那一时刻，人们心中会涌起爱国主义情怀。"身着皇袍的姑娘"以神奇的方式登上王位，一切都会顺利进行的：

> 人民的母亲，

> 大自然引领你，

> 完成彼得大帝的事业。

俄国首屈一指的诗人亚历山大·苏马罗科夫这样赞叹。而另一部作品是歌剧《季托夫的怜悯》的序幕，它的一个小标题是《悲伤的俄国再次雀跃》。女神阿斯特拉从天上来到黑暗的满是废墟的不幸的俄国，"她带给俄国希望，要恢复彼得大帝时期的荣光，带给孩子们富足安康，同时要赋予伊丽莎白最高的赞美和荣耀，为她建雕像"。

最爱自己

认为伊丽莎白在位时期的意识形态使她不安，那就错了。像安娜·伊万诺夫娜一样，她不希望作为王位上的哲学家闻名于世，使她不安的是其他的事：穿什么参加舞会，脸上真的长粉刺了吗？

的确，女皇最爱自己。古希腊河边的那耳喀索斯与一生都在自己宫殿中的无数镜子前长大的伊丽莎白·彼得罗夫娜相比，像个难看的男孩儿。男性作家评价：在当时没有比伊丽莎白更美的人。至少当时的人，无论他们坚持什么样的观点，也无论他们有什么样的性格，都这样认为。关于作为路易十五可能的新娘（当时她12岁）的伊丽莎白，在俄国的法国公使让·雅·康普乐顿在1721年这样写道："她的作用是她的美貌将美化凡尔赛宫……法国将使她天生的美貌更美。她身上的一切都那么迷人。可以说，她是一个完美的美人——她的腰身、脸色、眼睛和优美的手。"

1728年西班牙公使利里阿向马德里报告了19岁的伊丽莎白的情况："伊丽莎白那种美，我从来没见过。她有美丽的脸色、漂亮的眼睛、好看的脖子、无与伦比的身材。她缺少才智，优雅并且很有魅力。"

当女皇34岁时，安哈尔特-采尔布斯特公主（后来的叶卡捷琳娜二世）

第一次看到她："第一次看到她时，确实是不能不为她的美丽和高傲的姿态感到惊讶。她个子很高，虽然很胖，但是她的行动丝毫不笨拙；她的头非常漂亮……她精通舞蹈，她做的一切都特别优雅，穿男人服装和女人服装都一样优雅。希望一直目不转睛地看着她，只在不得已的时候才把视线从她身上移开，因为找不到任何东西可与她媲美。"这也间接证明了伊丽莎白女皇的美貌，要知道叶卡捷琳娜二世年轻时经常受到伊丽莎白女皇的挑剔，这让她对伊丽莎白女皇产生了恨意。

有的读者想去翻阅插图，想找到关于上述内容的证据。唉！几乎伊丽莎白所有的画像都是在她年近50岁时创作的，这些画像上通常都是高大又笨重、行动迟缓、盛装的女皇，而且当时贝拉斯克斯或者伦勃朗不在俄国，这位美人的魅力、深蓝色的大眼睛、优美的姿态和动作无法传递给我们。

这些画像的背后不仅有天生的美丽，而且还有裁缝、珠宝匠、理发师甚至女皇本人的功劳，她对自己的美貌要求十分苛刻。伊丽莎白的兴趣是最细致的，对标准和协调的感觉令人吃惊，对待服饰的要求是最苛刻的。每一次出宫、见人，对于她来说都是要准备的事情，像统帅去决战一样。法国人让·路易·法弗耶在伊丽莎白生命的最后几年见过她，他写道："在上流社会，她与众不同，穿着的宫廷服装用罕见的珍贵布匹制作，颜色是最柔和的，有时是银白色的。因为头上的钻石总是很沉重，头发通常往后梳在上面，用玫瑰发带束起，留着长长的飘带。她大概赋予这个头饰以王冠的意义，因为这个发式赋予自己特殊的权力。在帝国没有一个女子梳她这样的发型。"

伊丽莎白的美貌逐年退去，18世纪的妇女不懂饮食节制也不知道从事运动。法弗耶（在她50岁那年见过她）写道，伊丽莎白"仍然保持对服装的热情，并且对服装的要求愈发苛刻。失去青春和美貌，对于女人来说任何时候都难以忍受。通常，在化妆上花费很多时间后，她开始对着镜子生气，命令把头饰和其他的妆饰拿掉，放弃就要开始的演出或者晚宴，闭门不出，不见任何人"。

伊丽莎白无法承受她的时光正在逝去，出现了新的能在服装与发式上与她竞争的美女。当然，她做了她能做的抗争。叶卡捷琳娜二世在回忆录中写道：女皇不喜欢女士们在舞会上穿着太漂亮。有一次在舞会上，叶卡捷琳娜回忆，伊丽莎白女皇把娜·费·纳雷什金娜叫到跟前，当着所有人的面拽断年轻女士头发上的饰带。还有一次，她亲手把两个宫中女官前面的卷发剪掉一半，借口是她不喜欢这样的发型。然后，两个女子承认女皇随着头发扯下了一些头皮。最终，在1748年她颁布了一项法令：禁止与女皇陛下梳一样的发型。叶卡捷琳娜二世回忆：在一个美好的日子，女皇产生了一个古怪的想法，命令所有的宫女都剃光头发。所有的人都哭着服从命令，伊丽莎白送给她们黑色的质量很差的假发，强迫她们戴上直到头发长出来。事实是，女皇为了追求美把头发染坏了，所以她不得不把头发剪掉，因此，她要让其他女人勇敢地与她一起分担痛苦，就产生了这项世界上前所未有的最高权力机构发布的法令。伊丽莎白·彼得罗夫娜希望所有的人，包括"中国大使馆"的人都永远欣赏她的美丽。

通常，晚上开始的假面舞会在宫廷生活中占特殊地位。舞会在伊丽莎白的生活中是重要的事情，她就是为此而活着的。假面舞会是非常复杂的娱乐活动：服装、面具、舞蹈、音乐远不是舞会上仅有的标志。客人们根据请柬上的要求事先穿戴好服装和面具。不戴面具的人入场后被安排在包厢，在那能观赏到舞池和舞台上的舞者。不仅如此，还要为单独房间里的客人准备饮料和小吃，摆放玩牌的桌子，还能抽彩。著名的卡萨诺瓦曾到访圣彼得堡，他写道：的确，已经是叶卡捷琳娜二世时期——1765年，由于食物太多太重，桌子坏了。无论是房间还是客人的服饰，所有的一切都"奇妙、奢华"得令人吃惊。

舞会如同所有隆重的庆祝活动和节日一样，伴随着音乐。宫廷乐队和演员的节目内容丰富：宫中的舞会和盛宴持续时间长，整个过程音乐不断，基本是当时在欧洲流行的意大利乐曲。有时伊丽莎白会安排一种化装舞会：男人穿女人服装，女人穿男人服装。据叶卡捷琳娜二世回忆，所有的人都显得很可怕，又笨又热，只有伊丽莎白女皇一个人觉得好，觉得穿男人服装有成就感。

时尚的暴政

女士们穿着白色塔夫绸制作的翻袖口、镶着毛皮边的长衫和绿色的丝绸裙，腰间有细细的金边，头上有绿色缎带，头发向上梳得光滑；男舞伴穿白色有小翻边的无袖外衣，在扣环边镶有花纹，而且所有的扣环都有一小串银饰。设计师没有在 1752 年的时尚杂志中推荐这样的服装，而女皇的圣旨是：出现在宫中的人必须严格执行。

知道了她的臣民的敷衍和懒惰，伊丽莎白就严格监控，以确保每个参加舞会的宫廷人员准备了舞会服装，显示出主动性和创造性——但要在法规允许的范围内。1750 年 11 月，她严格下令，所有的贵族，"除了年龄小的"以外，都应参加公开的假面舞会。但不许穿朝圣服和小丑服（这样的服装价格很便宜——笔者注）。如此一来，因为担心受罚，谁都不敢穿不体面的服装。站在门口的宫廷侍卫检查所有入场者的穿着，入场者有 1 500 人。

女皇永远是第一个追求时尚的人。同时代的人写道：同样的衣服伊丽莎白从来不会穿两次，更重要的是，她每天要换几次衣服。我们在 1753 年莫斯科火灾的描写中找到了证据，当时宫殿中烧毁了女皇的 4 000 件礼服。王位继承人的教育家雅各布·施戴林说：伊丽莎白死后，新皇帝在她的衣橱里发现 15 000 件衣服——大多数都没穿过，还有两大箱丝袜、几千双鞋子和一百多件完整的法国面料。

俄国派驻欧洲的外交官，不仅从事他的本职工作，还为女皇采购时尚新品。这对外交官来说是特别困难的，因为巴黎是欧洲时尚之都。1759 年 11 月，首相米哈伊尔·沃龙佐夫给下属写信说，女皇十分清楚在巴黎有个名字叫"金戈蓝特雷斯"的"特约店"，在那里出售"每个季节最好的东西"。首相已承诺聘请一个"可靠的人"在那里买最时尚的东西并立即发到圣彼得堡。这些费用拨款达 12 000 卢布，当然，对于女皇来说这是微不足道的数额。俄国在法国的代表费多拉·别赫捷耶娃给伊丽莎白写信说，她的丈夫由于在巴黎为女皇陛下购买丝袜破产了。

所有的女人都要遵守伊丽莎白的习惯。每次她们奉命来参加宫廷庆祝活动时都得穿新衣服。为了不让她们捣鬼，在她们离开宫殿的时候，警卫都在她们的衣服上做不能磨掉的印记或国家印痕：这样她们就无法再次穿这件衣服！然而，尽管她们的丈夫叫苦不迭，女士们仍然不惜弄坏衣服。叶卡捷琳娜二世写道：所有的人都忙于购置衣服和奢侈品，服装打扮每天更换两次。虽然女士们明白，为了能向女皇展示服装的花色要快速换衣服，每个人都试图超越其他人，在这样的气氛下无法保持"各种娇态"。

在伊丽莎白时代，不仅是女人在追逐时尚，男人也在追逐。这很奇怪，伊丽莎白的父辈们报怨追逐时尚的人，他们穿着彼得时代的瘦外衣，根据格罗兹尼改革派的愿望，要求一定要把很久以前剪掉的胡须放到坟墓里，现在神奇地发生了变化。在讽刺文学中甚至出现了轻浮型的时髦人——纨绔子弟，他们全身心地去装扮。在 18 世纪 50 年代非常流行伊万·叶拉金的讽刺作品《致纨绔子弟与卖弄风情的女人》，作品抨击了这样的浪荡公子：他坐在家里，屋里充满了臭味，理发师在给他卷头发，由于被太阳晒黑纨绔子弟感到郁闷，当时晒黑被认为是不体面的。至今，下面的文字在俄国还存在：

由于香水，他们欠了各种各样的债，

只知道全身心追逐新奇，

徒劳无益地花费三倍的钱仍在欢笑。

假如不把法国的口红带回来，

纨绔子弟就会像特洛伊失去帕里斯一样。

上流社会的女人与伊丽莎白竞争是很难的，因为女皇的能力是无限的。除了平时对外国商船的海关检查，伊丽莎白还亲自检查。当然，这并不涉及任何葡萄酒或工业品，主要是日用百货、服装、面料以及女人喜欢的用品。外国商人提供给女皇本人的商品被禁止销售，否则，女皇的愤怒是可怕的。

1751 年 7 月 28 日，她在给内阁成员瓦西里·杰米多夫的信中写道："我查明，法国来的船带着各种女性妆饰品、男士帽子以及女性俏皮膏，还有各种珍贵的塔夫绸，下令立刻连同商人一起带来。"很快，商人把一部分货物出售给了其他赶时髦的女性。他十分清楚：虽然女皇是收购，但与她讨价还价是不可能的。伊丽莎白听到这个消息后失去了理智。杰米多夫收到了新的书面命令："把商人叫来，问他为什么欺骗我，说我选的翻领和大衣领一个都没有，而且我看到的无一例外都是红色的。我所选择的有 20 多个，现在要求他们，也就是命令他们去找。而如果谁隐瞒的话，包括那些不交出来的女人，他们会不幸的。而我要看到与她们（女皇指出了能买这些东西并穿戴的女人，并要求商人立刻到她们那儿把所有的都选出来）穿的相同的"，"要是她们不给他的话，你可以亲自带着我的命令去"。其他人很难想象，伊丽莎白的个性和脾气比这个命令更甚。

伊丽莎白的宫殿极度奢华，连续的庆祝活动需要巨大的花销。女皇本人是可以从国库里拿钱的，而她的宫廷人员就比较难弄到钱了。谁也不想丢脸：穿旧衣服参加化装舞会或穿得像牧羊人一样。伊丽莎白的达官贵显认为：最好的和最昂贵的一定是来自巴黎的。首都的贵族家里有法国家具、画作、华丽的餐具装饰。尤其重要的是出行时要有穿着华丽的马车夫，气派的马匹、马具，站在后踏板上的优选的黑皮肤、身材魁梧的随从。但不是所有的人都有足够的钱用在这上面。的确，在那个奢华的俄罗斯帝国时代有规模、标准，但没有文雅和风度。叶卡捷琳娜二世在回忆录中不无讽刺地写道：常常可以看到，庞大的宫廷里堆满了脏物，简陋破旧的小屋旁是腐烂的木头，穿着华丽的女士坐在由六匹疲惫不堪的劣马拉着的华美的马车里，后排是头发蓬乱、穿着漂亮制服的仆人，由于蠢笨的服饰，所以显得很难看。

最富裕的大臣按规定摆"开放性宴席"，以便能随时体面地招待突然到来的女皇和她大量的宫廷侍从，为此耗费了巨额资金。为了让廷臣能用钻石点缀，女皇吩咐给他们提前发放一年的薪水，让他们可以购置例行的庆祝活动服装。但他们的钱还是不够。当时的富人之一，首相米哈伊尔·沃龙佐夫，掌管上百座要塞、工厂、店铺，仍然不断地请求女皇赏赐土地给自己。而且，一得到土地，他就立刻要求国家赎回这些土地，一切都需要钱、钱、钱，他为缺钱而痛苦。在一封请愿书中首相忧伤地写道，他被迫购买和建造新宫殿，购置新马车和仆人，必须给他们穿新制服，更不用说花在彩灯和烟火上的费用。"穷人"叹息着总结道："我的职务迫使我像大臣那样而不是有哲理地生活。"显然，觉得世俗忙乱的哲学家们只能让自己生活在贫穷中。当彼得·舒瓦洛夫（伊丽莎白时期最富有的显贵）去世时，他的遗产估计为天文数字 58 万 8 千卢布，而这些钱不够支付舒瓦洛夫的 68 万卢布的债务！这就是保持"开放性宴席"的"意义"！

反复无常的天性

据上所述，甚至不是特别精明的读者也能明白，女皇的性格不像她的容貌那样好。宫廷大多数的客人，和我们一样，并没有机会看到盛宴边上的布景，许多人猜想，伊丽莎白像一个熠熠发光的锦匣，却有着两层底。

1735 年隆多夫人描写了与公主见面时公主留给她的印象："她的友善和温柔使人情不自禁地对她产生爱和尊敬。她对人毫不拘束，有些轻率，所以觉得她整个人就是这样的。在私底下交谈的时候，我听到她的一些话是睿智的、有理有据的，我认为她的某些行为是佯装的。"

有机会看到女皇最后生活的让·路易·法弗耶的描写更接近真相："从她的善良和人性的纯真中，时常流露出自豪、高傲，她有时残忍，但最多的是怀疑。她抬高自己的伟大和权威，很害怕权力缩小或被夺走。她不止一次地在此事上表现出极强的敏感。但是，女皇伊丽莎白有遮掩、不外露的方法。她内心细微的变化，连那些最老和最有经验的朝臣都很难懂，在惩罚他们时她从不心慈手软。"

所以，那些在女皇身边的人，不能对自己有任何幻想。他们看到的伊丽莎白是邪恶、无法容忍、琐碎、粗鲁的。亲戚、朝臣和仆人没少受她的狭隘和猜疑的苦。与女皇沟通比穿高跟舞鞋在冰上行走还难。叶卡捷琳娜二世回忆："在女皇陛下面前说话与知道她吃饭的时间一样难。有很多话题她不喜欢：完全不能谈论任何有关普鲁士国王、伏尔泰、疾病、死人（她命令禁止在宫殿和附近的街道运载尸体——笔者注）、漂亮女人、法国礼仪以及科学的话题。此外，她有很多不容冒犯的迷信，她还常反对一些人，无论他们说什么她都喜欢把一切歪曲到另一面。周围人想使她反对另一些人，但没有人能确定她是否反对。因此，谈话要非常谨慎。"女皇常常愤怒地把餐巾扔到桌子上，扔下所有的人离开。

镀金大门刚刚在客人的身后关上，女皇就把可怕的愤怒发泄到亲信身上。她美丽的面孔异常扭曲，脸上像泼了红油漆，她开始丑陋地尖声喊叫。"她把我大骂一顿，"叶卡捷琳娜说，"愤怒又傲慢……我等了一会儿，她开始打我，至少我很害怕，我知道她在愤怒时常殴打宫中的女人、她最亲近的人甚至她的男伴。"

她的某些性格特征与她父亲非常相似：喜怒无常、沉闷、易冲动、惊慌不安。这位可爱的美人，表现其"天生的母性仁慈"的同时，却毫不犹豫地将一名孕妇送去拷问，并写信告诉秘密办公厅厅长，态度严厉、冷酷、残忍，和她父亲如出一辙。而性格上同样有着父亲的急躁和神经质。和彼得大帝一样，她选择在教堂唱诗班唱歌不仅仅是因为喜欢，更是因为她不能在教堂里站立过久，她在教堂里走来走去，甚至不能等到礼拜仪式结束就离开了教堂。

像父亲一样，伊丽莎白喜爱旅行，说走就走。她特别喜欢乘坐舒适的有暖气和夜壶的马车在冬天进行快速旅行。她在48小时内以不同寻常的时速完成了从圣彼得堡到莫斯科的路程，为此，她每隔20—30俄里在换马站更换新马，在冬季光滑的道路行驶。但有时女皇不急于行驶，会在专门为她修建的行宫停留。从圣彼得堡到莫斯科的路上有25座宫殿，平均每25俄里一座。每座宫殿都为迎接挑剔的女主人做好了一切准备：一切都是最好的、美味的、愉快的。大多数旅行基本上是毫无意义的，这只是她的任性的一时兴起的想换换感觉的空间移动。

讲述伊丽莎白时，我不想塑造一个天使面具下的穷凶极恶的女人形象。不，不是这样的。伊丽莎白的性格并不是特别深沉的，她所呈现的言行都是她的自然反应，她很少大悲大喜，无论是生活中还是在路上她都很任性。这种任性很自然地以任何方式表现出来：愉快多于痛苦，善良多于邪恶，几乎总是轻率，有时会愤怒，但很快息怒。伊丽莎白受的教育不完善。法国公使让·雅·康普乐顿1721年建议法国政府邀请12岁的伊丽莎白到法国做路易十五的新娘时写道：当然，她缺乏良好的教育，但公使同时希望，这个年轻女孩会以自己的机敏灵活来适应法国的风俗习惯，法国会成为她的第二个祖国。

但是这事并没有成功。这个小树苗是没有被及时修剪而肆意长大的。她知道圣彼得堡人不大喜欢自己，认为自己的母亲是洗衣女工或奴仆出身。人们批评她迷恋英国啤酒。而伊丽莎白像她的父亲，什么也不需要向任何人证明：她是如此快乐、舒服、有乐趣。伊丽莎白简单的性格为她夺取政权提供了很大帮助：近卫军士兵喜欢她这样的女人，她不躲着他们，善良，和蔼，可亲。这也使统治者总是深受普通老百姓欢迎。但是，人们所了解到的公主（然后是女皇）的民主，也正是她低级出身的证明。没有显示出善良美德的显贵和他们的妻子，在自己的圈子里谴责伊丽莎白轻浮、庸俗的习惯。女皇的行事作风于少年时在生活简朴得像荷兰市民一样的伟大父亲的家里就形成了。但是，像彼得大帝一样，伊丽莎白多次表现了自己的庸俗的真诚，统治者在日常生活中的民主并不意味着其制度民主。

女皇按其祖先的传统徒步朝圣，这不是虚伪，她真诚地相信上帝。但是，她的"徒步朝圣"与其他朝圣者是不一样的。其他朝圣者要步行50俄里，从莫斯科走到俄国人的圣地之一——圣三一大修道院。去往俄国 14 世纪的圣三一大修道院的路程漫长而又艰苦，对于信徒而言具有净化的意义，是在为朝圣做准备。而伊丽莎白周围是一帮随从、亲信、男伴，他们离开莫斯科去圣三一大修道院，走 5—10 俄里就休息，一边欣赏着大自然的美景，一边愉快地交谈着。

根据女皇的授意，在空旷的田野上出现了神话般的帐篷，他们在那里享受所有可能的休闲和娱乐。女皇休息了几天，骑马，娱乐，狩猎，然后这一帮人又继续前行。有时，她甚至坐着马车去莫斯科休息，然后，过一两周回到上一次出发的地方，前往下一个营地。这样的朝圣行程可以持续几周或数月。而指责敬畏上帝的女皇有偏见和虚伪，是一个错误（她这样随意，只是她一时兴起）。

她的生活的确像是永恒的节日，但也有其阴暗的一面。同时代的人注意到，女皇可能突然在深夜离开王宫到其他地方过夜。在这种情况下，我们可以认为，这并非心血来潮，这是恐惧把愉快的女皇从一个地方赶到另一个地方。从她闯入安娜·列奥波利多夫娜宫殿的那天晚上开始的 20 年的统治里，她没有安宁过：伊丽莎白担心夜里政变，害怕晚上士兵在她卧室门前走来走去的嘈杂声。

伊丽莎白特别喜欢重新布置房间以及改变室内装饰是因为她害怕自己被暗杀。叶卡捷琳娜二世证明，女皇如果没有吩咐改变家具和其他物品的位置，就不会出去散步或看戏剧。她经常把她的床铺从一个房间搬到另一个房间。女皇很少在同一地点连续睡两次，她甚至没有卧室。艺术家亚历山大·伯努瓦研究皇村的采买计划和目录清单后，证实了叶卡捷琳娜二世的想法：她害怕夜间政变。我认为，女皇下令搬走她的床铺或突然搬到其他宫殿过夜，不仅是因为害怕政变，而且害怕邪术，尤其是巫术，特别是在她的床下发现了包着头发的青蛙骨头——这明显是巫师干的。

但更令人惊讶的是，伊丽莎白在自己执政的 20 年里夜间从来不闭上眼睛。她整夜不睡觉！珠宝商波吉耶在他的笔记中写道："她从没在早上 6 点钟以前睡觉，会睡到中午或更晚一些。因此，伊丽莎白会晚上派人来找我，交代某一项她的古怪任务。我有时不得不熬一夜，等她想起要我做什么。有时候我到家片刻，就被要求再次到她那里去：她经常很生气，因为我没有等她。"

叶卡捷琳娜二世确认："从来没有人知道女皇陛下什么时候吃午饭或晚饭，常常……朝臣们玩牌（唯一的娱乐）输到夜里两点，他们刚刚要睡着，就被叫醒去陛下那里出席晚宴，他们和她一样在饭桌前坐很久，他们很疲劳，迷迷糊糊不说一句话，女皇很生气。"认为女皇夜间不睡觉是怪癖的话，那就错了。她确实有理由为自己的生命担心。1742 年她的侍从阿·图尔恰尼诺夫和他的两个近卫军朋友被捕，他们计划夜里包围并暗杀伊丽莎白。我认为女皇是真的被这件事吓到了，她双手颤抖，当她从图尔恰尼诺夫的同谋者普列奥布拉任斯基军团准尉克瓦什宁的审讯笔录中读到可怕的内容：第一次企图暗杀失败后，他们认为："过去的就这样吧，将来不会就此结束，我们或者不是我们，总会有人把事情做成功。"显然，为了自己主宰政权，从那时起伊丽莎白一直害怕夜间政变。

巴洛克艺术的产物

巴洛克建筑具有涡形装饰的奇特性、弯曲的别致性、感性和雍容奢华，它仿佛专门为伊丽莎白而建，作为珍藏稀有钻石的宝盒。为了这个宝盒，伊丽莎白不吝惜钱。她可能为了胸针之类的小件和商人讨价还价，但是对于建筑大师弗朗西斯科·巴尔托洛梅奥·拉斯特列里给她的庞大预算，她几乎不看就签字。在俄国，特别是在圣彼得堡，意大利巴洛克艺术流派的建筑杰作恰恰归功于这位乐观的天才。他的建造神速而雅致。为了建造首都郊外神话般的皇村，他用了 11 年的时间。

在 18 世纪 30 年代安娜·伊万诺夫娜时代，皇村是相当偏僻的地方。在林中空地上伫立着叶卡捷琳娜一世的小宫殿（从前彼得大帝赠予她的），然后由他们的女儿伊丽莎白继承下来。公主喜欢这个庄园，在这里可以打猎，可以与朋友欢度时光，远离暗探和特务的监视。但是在这里生活是相当危险的，四周布满茂密的原始森林。保留着的一封1735年伊丽莎白从皇村寄给圣彼得堡管理者的信上写道：她请求马上运来火药和子弹，因为周围有强盗在逡巡，甚至恐吓着要进攻宫殿。

随着伊丽莎白的执政，皇村的一切都在发生惊人的变化。这个地方对她而言弥足珍贵，这是她对父母的回忆，这是她的娘家，就像彼得大帝的普列奥布拉任斯基、安娜·伊万诺夫娜的伊兹马伊洛沃一样珍贵。伊丽莎白总是向往这里，在这儿她曾度过幸福的童年、无忧无虑的青少年，在这儿她逃避丑陋的老年，在这儿她去世……1749年拉斯特列里开始建造新宫殿，尽管他才华横溢，但是，怎么也不能迎合女皇的口味，她一而再再而三地要求一切改建，而且有时她根本不清楚到底想要什么，想让建筑师做什么。但当伟大的建筑师最终结束自己杰作的时刻，他带来的是无尽惊喜。

优美的景色呈现在那些从城市来到皇村的人们面前：在森林和田野中间，在蔚蓝天空的背景下，巨大的金色宫殿在闪耀。正像拉斯特列里本人所写，宫殿的整个正前面是意大利风格，柱头、山墙和窗户的饰框、支撑阳台的柱子，还有安放在沿着宫殿上方栏杆的台座上的雕像，所有这一切都是镀金的。而在这个富丽堂皇的宫殿上方闪耀着宫廷教堂的金色圆顶。

更加使客人震惊的是宫殿的内部装饰。呈现在他们面前的是阳光中闪烁的陈列厅和成排的房间，延伸为一片无边无际的金色。突然在最深处有东西闪耀起来并开始移动，光线传来，伴有衣物的簌簌声和香气——这是女皇走过来了。非常了解皇村宫殿的专家亚历山大·伯努瓦这样描述"女皇驾临"："她走近了，最初只是隐约的珠光宝气，慢慢地现出轮廓，她身上的锦缎和珠宝清晰可见。"

伊丽莎白女皇另外一种给人以深刻印象的现身方式使她同时代的法国外

交官梅谢利耶尔异常惊讶："豪华宅院的美丽和它们的富丽令人惊叹，但是，它们却不敌400位女士齐聚的美好场景。她们都很美并且衣着华贵，在大厅两侧一字排开。很快出现另一个令人赞叹的理由：所有窗帘同时落下造成的黑暗中，突然亮起1 200支烛光，并从四面八方映射到镜子中。"

这是镶有金框的300面镜子，从上到下占据着大厅窗户间的墙壁。梅谢利耶尔描述的梦幻效果是：所有蜡烛多次映射到镜子和明净如镜的地板表面，形成神奇的扩大空间的错觉。然后，法国外交官回忆，由80位乐师组成的乐队突然开始演奏，舞会开始。"在最初的小步舞曲间听到低沉的喧哗，但是，有些隆重的意味。门很快完全敞开，我们看到闪亮的宝座，女皇从上面下来，周围是廷臣，她进入舞厅。"随之而来的是全场鸦雀无声——所有人都听得见伊丽莎白的声音……

"大厅非常大，人们跳一圈平均需要演奏20首小步舞曲，这就形成一种相当不寻常的场面。舞会持续到23点，此时宫廷事务大臣来向陛下通报晚餐准备就绪。所有人转身来到一个巨大的大厅，它由900支蜡烛照亮，其中引人注目的是摆着400份餐具的形状特殊的餐桌。演奏会在大厅的敞廊开始，一直持续于整个宴会期间。宴会提供各国菜肴，仆人是法国、德国、意大利人，他们去询问与其同一民族的客人想要什么。"

这个晚餐显然是在画廊饭厅进行的：所有墙面全都覆盖着画，这些画只是通过金色的窄框划分出来。给人一种印象：这是由著名艺术家的几十幅画作构成的一个画板。还可以同样地描述其他大厅：它们彼此并不相像，但是同样都很美。琥珀厅引起客人的特别赞叹，由各种不同琥珀拼接而成的壁板装饰着它的墙面，这是当年普鲁士国王腓特烈·威廉一世赠予彼得大帝并被拉斯特列里安放在伊丽莎白宫的。这个独一无二的作品的命运是悲伤的：1941年秋天德国军队占领皇村，琥珀厅与其他战利品一起落入他们手中。从那时起它就不知去向。在战后出现了关于琥珀厅去向的各种说法，不止一次让人觉得它很快就要被找到了。但是每一次的期待都落空：琥珀厅就这样毫无音讯。可能它很久以前就已经不在世上了，就像圣彼得堡公园和宫殿里被敌人野蛮毁灭的数十个精美的雕像和装饰一样。战后在彼得宫和皇村附近发现大片像雪一样的白色大理石碎块——对于法西斯德国军队来说不适用的雕像都被锤子重击毁坏，琥珀厅也可能遭到这种命运⋯⋯

皇村宫中曾到处都是中国瓷器、稀有家具，镀金的雕刻品在闪耀，高炉上的蓝色瓷砖闪闪发光，在数十种珍贵树木铺设的地板上花毯绚丽夺目：所有这一切让人仿佛置身于天堂。如果对奢华宫殿、美女、美食、音乐感到厌倦，那么可以来到巨大的阳台：空中花园。亚历山大·伯努瓦在自己对皇村宫的研究当中重建了它："列柱从两侧向里纵深，它们的柱冠贴上厚厚一层金，还有各种图案装饰、雕像。远眺这个没有天花板的奇异大厅，整个深处是教堂的正面及半个钟楼，而在其上方的空中金色圆顶和十字架闪烁着。五彩缤纷的鲜艳花圃蜿蜒前行，代替了拼花地板的图案，石凳分布于樱桃树、苹果树和梨树下。"

散步之后可以再次沉浸于节日的热烈气氛当中。当圣彼得堡夏日暮色稍浓的时候，客人们奔向窗户和阳台，最后的焰火盛宴开始了。焰火是真正的艺术，它的秘方后来失传了。含有寓意的图形编成各组，焰火按设计逐一燃放。以不同速度燃烧的白色和彩色焰火形成大量影像，它们的美丽和清晰引起观众的赞叹。突然从黑暗中闪现火红的花园或者火红的湖泊，湖岸上火团似的动物在"奔跑"、马车在"前行"、诸神和鸟儿在空中翱翔。焰火盛宴以巨大的、色彩鲜艳的礼花告一段落，它使天空布满梦幻般的陨星雨。整个天空由于无数烟花而燃烧起来，它们最后散落为各种颜色的小火花。节日结束了，可节日在持续⋯⋯

然而，不是所有住宅（不论是贵族的还是女皇的住宅）都像皇村宫一样舒适和富丽堂皇的。叶卡捷琳娜二世在自己的札记中回忆，有一次夜里她与丈夫（皇储彼得·费奥多罗维奇）在圣彼得堡近郊，在女皇的宠臣阿列克谢·拉祖莫夫斯基的房子里差点死掉。多亏两名近卫军警觉，及时发现了巨大的房屋开始慢慢坍塌并唤醒了熟睡的客人，客人们才得以幸免。"我们刚一迈过门槛房子就开始倒塌，我们听到类似放船下水的嘈杂声。"倒塌的建筑压死了睡在底层的 16 个仆人。在宫里发生火灾是很平常的事，通常是由于仆人的疏忽大意或者火炉故障，与此相比，所有其他因素（宫中冒烟的炉子、极大的过堂风、每次运到女皇所去之处的破烂家具、基本设施的缺乏、蟑螂、臭虫和老鼠）似乎都是小事了。

歌声飘扬的时代

诗人加夫里拉·杰尔查文将伊丽莎白统治时代称为歌声飘扬的时代。的确，这 20 年是俄国音乐文化史上的辉煌岁月。在这里起着主要作用的是女皇的个人爱好：毫无疑问她具有天生的音乐才能。当时音乐是如此盛行，乃至伊丽莎白的整个统治时代就如同一场连续不断的国际音乐会演。我们读着 1749 年 9 月 10 日颁发的指令："从今以后，宫廷中的每个下午都应该有音乐：周一是舞曲，周三是意大利音乐，而周二和周五（根据之前的指令）是音乐喜剧。"

当然，在宫中盛行意大利音乐。1742 年弗朗西斯科·阿拉贾（他是作曲家、指挥家和导演）从意大利回到俄国，由乐队和演员、歌手组成的剧团马上就开始上演规模宏大的歌剧。歌剧是舞台艺术和音乐艺术的顶峰。18 世纪的歌剧无论体裁还是舞台表现，实际上都有别于现代歌剧。独唱、合唱、芭蕾舞与朗诵交替出现。古典主义严格的条条框框迫使歌剧导演遵循两点原则：一是主题多半源自古希腊罗马；二是恶总是要受到惩罚，而善总是要胜利。歌剧演出之前是寓言性的序幕，用来说服观众，使他们相信在俄国没有比伊丽莎白·彼得罗夫娜更好的君主。演员在舞台上塑造"俄国的平安顺利"和"忠臣的喜悦"，最后还有"兴高采烈的热忱"。有报纸报道："在歌剧结束的时刻，女皇陛下恩准以鼓掌表达高兴，所有其他监督员也都如此，而且外国的大臣们证实，这种完美出色的歌剧，尤其是其中剧院、大街的装饰，在任何地方尚未遇见。"

俄国对意大利歌剧的了解对于俄国艺术而言并非无用。俄国歌剧演员马克西姆·别列佐夫斯基、斯捷潘·拉舍夫斯基及其他人恰恰是在意大利歌剧当中初次表演。雅各布·施戴林写道："这些年轻歌剧演员精确的乐句处理、难且长的唱段的纯正表演、华彩段的艺术传递、自己的朗诵和自然的面部表情都使听众和行家惊讶不已。"1758 年,当时还是 7 岁男孩的未来俄国作曲家德米特里·博尔特尼安斯基参演了歌剧《阿尔切斯特》。在芭蕾节目当中越来越多地出现俄国的女舞者和男舞者。

歌剧仍旧是罕见的景象,因为歌剧演出在当时过于复杂。乐团演奏及合唱更加可行和易接受。宫廷乐团通常由嗓音洪亮的乌克兰人组成,它凸显出最高的艺术水准,而伊丽莎白对合唱已经相当内行。在伊丽莎白时代,古典音乐传到了宫墙之外。首次公开音乐会的海报上如是说:1748 年在圣彼得堡首次举办的公开音乐会,对所有人开放,除了"醉汉、仆人和放荡的女性"。由于女皇对音乐的喜爱,新的乐器——竖琴、曼陀林琴,而主要的是吉他等——出现在俄罗斯文化当中。一些音乐史学家认为伊丽莎白本人是俄国城市(抒情)歌曲的首创者,她曾唱过几首 18 世纪特别流行的抒情歌曲。她也喜爱俄国民歌,会在剧场演出的休息空档听这些民歌。有一次"女皇陛下曾说,与舶来品相比,俄国本民族的东西总是更能影响俄国人的心灵"。彼得大帝的女儿没有脱离自己的人民!

伊丽莎白时代产生了一种特殊的乐队——号角乐队,由捷克圆号手约翰·安东·马列施在 1748 年发明。他来到俄国并找到资助者斯捷潘·纳雷什金。在 1757 年秋日,一次女皇沿莫斯科郊外的田野骑马闲游,一阵气势磅礴的音乐之声仿佛从天上倾泻而至,女皇惊讶万分。旷野上听到约翰·塞巴斯蒂安·巴赫的赋格曲。这是纳雷什金为女皇带来的惊喜:号角乐队的音乐会由数十位音乐家演奏,他们起劲地弹奏着自己的巨大乐器。他们可能不了解音乐常识,只是数出休止符,避免错过自己的音部。这像是规模庞大的真实生动的管风琴，在 300 至 500 米的相当远的距离就可以听到它，无须再近。很快它成为拥有无数奴隶的最富有地主的奢侈象征，只有这些奴隶才可以组成这样的乐队。然而，女皇并没有接近过这种乐队，对它就像对臣民的生活一样，是不熟悉的。

苏马罗科夫的激情

在声望上能够与音乐竞争的只有戏剧，剧院也建于伊丽莎白时代：在圣彼得堡瓦西里岛上培训年轻贵族士官的武备学校。女皇对戏剧的异常迷恋始于安娜·伊万诺夫娜时代自己宫中的小"反对派"剧院。她使自己的宫廷疲惫不堪，因为她能数小时、数天观看演出，并且一而再再而三地要求重演她喜欢的戏剧。

当然，这种戏剧与现代剧不同。古典主义的教条严格制约着它，必须是五幕、地点与时间统一、提高音节，似乎显得矫揉造作、枯燥无味和滑稽可笑。遵循当时的演技要求，演员的行为无论如何也不像是人们的正常行为。演员不能把手插到衣袋里、攥紧拳头，当然，除非"舞台上出现平民，他只能采用这种姿势，因为他粗鲁和丑陋"。

这是为登台演员提供的一些重要的建议：表达厌恶的时候需要"将脸转向左侧，伸出双手并朝右侧微微抬起，仿佛推开一件讨厌的物品"。惊讶时"应该抬起双手并略微贴近胸的上部，掌心朝向观众"。"处于强烈的痛苦或者忧伤时甚至可以姿势很美地弯腰，用双手和肘部完全遮掩面庞，在这种状态下冲着肘部或者胸带喃喃自语，哪怕是观众也不清楚他们在说什么——这种嘟囔声比话语更有说服力，更能让人了解痛苦的力量。"

读过这些之后，试着在你们家人面前再现一个这样的形象并观察一下产生的效果：毫无疑问，它是很强烈的。但是，不要认为伊丽莎白时代的观众脸上会出现你们刚刚在自己亲人那里看到的表情，因为那个时代的观众对于这种戏剧语言已经习以为常，就像我们的戏剧语言，可能，对于我们的后代来说也同样很怪异。

18 世纪的人们，就像所有时代的人们一样，被戏剧深深吸引。果戈理在 1842 年写道，"在那里，剧院的楼座和栏杆在呻吟：自上而下的一切都受到震撼，一切都演变为一种情感、一个瞬间、一个人，所有人相遇，像兄弟一样，处于同一种内心活动中"。这是在伊丽莎白之后的一百年，同样在我们之后的一百年也将如此：在如何表现内心的痛苦上存在着差别，如果整个大厅静止并传来哭泣声，那才是真正的痛苦！

莎士比亚的《哈姆雷特》被苏马罗科夫改编到无法辨认的程度：造反的王子推翻克劳狄斯，娶奥菲莉亚为妻并成为丹麦国王。但是仍保留了那句伟大的独白"生存还是毁灭？"（"现在我该怎么办？不知道该做什么？"这是苏马罗科夫的意译），作为永恒的生死问题，它不仅使 18 世纪的观众激动，同样也使莎士比亚同时代的人和我们——20 世纪末的人激动：

棺材和灾害的门是否已打开？

当死了，睡着了……要入睡和睡眠；

但这夜的梦代表什么？

死亡……进入棺材——宁静美丽，

但随之而来的甜美的梦里会是什么？是未知。

我们知道，神慷慨地许诺我们希望、精神，

但人的躯体很脆弱！

俄国第一位喜剧作家苏马罗科夫作品中的主人公让所有人高声大笑：镀金包厢里的女皇、池座的贵族、顶层楼座的平民。一切都是这么活灵活现和令人发笑。

想象一下，无精打采的小官吏不明白法官在法令中写的是什么；想象一下，他出生就穿戴讲究，鼻子鼓鼓的，头发永远美丽，就像他认为的那样，为了恋爱说服自己去做一个傻瓜；想象一下，我骄傲，浮肿，像一只青蛙，吝啬，打算用 1/4 戈比买领带……

苏马罗科夫这样表述自己的信念：剧作家是社会罪恶的抨击者。但是在他的作品中还流露出另外一些情节，他甚至敢于教训女皇。他的来自俄国历史题材戏剧的主人公在舞台上呼唤女皇做一位善良和公正的君主：

保持善良、坚定、诚实，

来自王位的无情的人夺去了

包括你父亲在内的人民心灵的保护。

对此伊丽莎白倾听、鼓掌、称赞，然后……就没有下文了！她对这些劝谕的话和建议置若罔闻，如果告诉她这些呼吁是针对她的，她倒会惊讶。女皇总是多疑，但当谈到她政权的时候，她发自内心地深信她是自己伟大父亲当之无愧的继承者，是自己人民的母亲、恩人和卓越的统治者，所以对于苏马罗科夫的这些暗示她并不理解。

肆无忌惮地统治！

执政之后，伊丽莎白认为，作为国家领导人她的任务相当简单——清洗、消除自彼得大帝逝世起滋生的一切曲解及赘生物，如果完全遵循他的所有指令和规则，一切将恢复正常。我马上要说，彼得女儿的"复辟"政策以完全失败告终：即使是不久以前的并且非常光荣的过去也不可能被复辟，就像不可能按照他（彼得大帝）的法律生活一样。伊丽莎白立刻给枢密院布置了一个任务：对彼得大帝死后颁布的所有法律进行修订并删掉那些反对彼得原则的内容。这项工作开始了，但是快到 1750 年的时候才仅仅浏览了一遍彼得死后第一个四年（1726—1729）的指令。最终，得势的彼得·舒瓦洛夫在 1754年向女皇和枢密院进言称这条道路是错误的，需要编撰新的法令汇编——法典，因为"风俗习惯在逐渐改变，所以法律上的改变是必要的"。

伊丽莎白女皇表面上参与管理是有重要意义的：较之安娜·伊万诺夫娜的时代，她签署的指令数量增加了。但是很快真相就显露出来：伊丽莎白既没有精力也没有能力胜任这堆积如山的复杂国务。如果国务适用的彼得大帝时期的法令没有被找到，需要提出并制定新的立法，那么事情就会被女皇拖延，可能几年都被束之高阁、无人问津。这显示出彼得大帝的女儿对于国务工作没有做好任何准备，并且对于从事令人厌倦的繁重国务没有任何意愿。毫无疑问，她确实有不少善意的动机，希望给人民展现"母亲的仁慈"，但是她不知道如何做到这些，而且她也没有时间：还要一一试穿那么多的礼服，观看演出和参加庆祝活动。

所以，她表面上撤销内阁之后，也像安娜·伊万诺夫娜一样把所有事情转托给大臣们。但是为了获得她的签字而面见女皇对于大臣们来说是非常不容易的。1755 年，米哈伊尔·沃龙佐夫给伊丽莎白女皇的宠臣伊万·舒瓦洛夫谄媚地写了一封信："从宫中出发去皇村之前，我以希望安慰自己，希望通过阁下获得有关杜格拉斯先生一事的上谕，而现在绝对不敢麻烦您帮忙提醒，极其担心激怒陛下并因此妨碍了陛下在那样一个快乐的心爱之地的消遣，然而，仍希望在空闲的时候帮忙提醒。"如同我们所见，整个问题在于必要的文件"在合适的机会才能呈给女皇签字"。但这可不简单：只要看一眼女皇的作息时间表就懂了。

她的全部时间都排满了，她穿梭于音乐会、戏剧演出、舞会、游玩和化装舞会之间。根据宫廷日志的记载，伊丽莎白是这样度过 1751 年 1 月的：

1 月 1 日，庆祝新年；2 日，化装舞会；3 日，去亚历山大·布图尔林那儿做客；5 日，（洗礼节）前夜；6 日，法国悲剧表演；7 日，法国喜剧表演；8 日，宫廷化装舞会；9 日，乘坐四轮轿式马车漫步街道，在苏马罗科夫那儿做客；13 日，教堂弥撒，宫中朝觐日；15 日，宫廷舞会；18 日，公共化装舞会；20 日，朝觐日，法国喜剧表演；22 日，宫廷化装舞会；24 日，俄国悲剧表演；25 日，法国喜剧表演；28 日和 29 日，内侍官的婚礼。其他月份和年份女皇也是这样度过的。读者能够很容易计算出，女皇把自己一多半的时间都用来娱乐，接下来是娱乐后的休息，再接下来是筹备新的娱乐，总而言之，没有时间工作！

然而，局势从来没有变得紧张或者危险易爆。从前在彼得大帝手中疏于管理的国家官僚机器仍在继续自己的工作。这部机器（由于自己"永恒的"官僚原则）富有生命力并硕果累累，尽管它的缔造者已死，而一个接替另一个执政的都是庸才。此外，在伊丽莎白·彼得罗夫娜周围不仅有为她安排娱乐活动的心腹，还有十分精明强干的人。伊丽莎白统治时期成为俄国贵族解放道路上的重要阶段，曾制定许多有关贵族的法律，这些法律在以后的彼得三世和叶卡捷琳娜二世时代均得以实施。在 1744—1747 年进行了自彼得大帝时代起的首次人口普查，此后免除了人民累积了 17 年的人头税欠缴税款。这不仅是仁慈的法令，而且是合情合理的政治和行政措施：征集欠缴税款是一件白费力气和收效甚微的事情，在俄国，及时并全数缴税一向被认为是莫名其妙的所谓高尚或者是愚蠢。

　　近 1750 年的时候，国家的经济摆脱了 1700—1721 年长期北方战争所带来的危机；彼得一世在其改革进程中强制的经济粗放经营此时开始显现功效。到 18 世纪中期俄国优质铁的需求量达到前所未有的水平：产量的百分之百！这带来了工业的繁荣。加快的工业建设、不可计量的矿产财富、无尽的辽阔森林、宽而深的河流、农奴们的无偿劳动（这是最主要的）——这一切就在身边，唾手可得。废除从莫斯科罗斯承袭下来的内部关税（重要的经济新举措）促进了商业的繁荣。圣彼得堡自建城之日起的全部岁月中第一次能够没有特殊的优惠待遇而生存：它的确成为国家的主要港口城市并为国库带来日益增加的收入，而不是之前的纯支出。

　　伊丽莎白在位的 20 年间有 15 年是和平的：这在俄国历史上是没有过的。和平对于每个国家来说意味着什么无须多言。在这方面，彼得大帝的女儿就像她的整个生活一样很走运，当 1756 年开始七年战争（对于俄国来说仅持续了 4 年）的时候，国家经受住了这场战争且没有沉重压力。

　　尽管几乎完全脱离国务，但伊丽莎白始终是一位专制君主：绝对的女皇，不允许任何人控制自己。女皇在政治上经验不足，但是这不意味着她就是一个朴直和轻信的人。在她的政治行为中可以看到倾向性、好感、任性，但是没有忙乱和仓促的决定。最好将事情搁置一段时间，以免给她的政权带来损害——这就是她的原则，虽简单却久经生活的考验。

伊丽莎白的爱好和趣味也反映在其政府的政策上。从1742年起，与旧教派信徒的斗争变得严峻起来，开始压制教友派信徒，毁坏伊斯兰教堂和亚美尼亚教堂。1742年颁布了从俄国全面驱逐犹太人的命令。其背后原因是伊丽莎白在宗教上的偏执性。一部分高级教士产生了幻想：现在，在虔诚的年轻女皇当政的情况下，或许能够恢复被彼得一世废除的大牧首的权力。但是这并没发生：伊丽莎白没有背离彼得大帝政策的原则。而且，女皇通过1743年2月19日颁布的命令提醒了铁腕沙皇死后略微放松的臣民，她不能忍受外表上的太过随便、蓄胡子和穿长襟衣服！

和善的懒人和他的院长弟弟

伊丽莎白的宠臣阿列克谢·格里戈里耶维奇·拉祖莫夫斯基伯爵与她相亲相爱了几乎20年。对他的宠爱，如同当时所传，"偶然"地开始于1731年。费奥多尔·维什涅夫斯基上校在切玛拉的切尔尼戈夫村教堂合唱团里挑选了一名年轻的乌克兰人——体态匀称、有着天籁般的嗓音的美男子阿列克谢·洛祖姆，并将他带到宫廷乐团，从那里他又进入了伊丽莎白公主的宫中。

这是很平常的事，乌克兰歌手在宫中享有高度评价，根据女皇的要求，在整个乌克兰征集最有天赋的男童和少年。父母很高兴地准许孩子们去圣彼得堡：生活在宫中被认为是最高恩典，而且待遇很好。一部分少年没有通过考试或者倒嗓只能领点儿奖赏回家，而另一些则留在首都。洛祖姆即在后者之中。

在伊丽莎白宫中的仆役名册上第一次提到他是在1731年末，名字为阿列克谢·格里戈里耶夫，并不是在歌手和下等仆人之列，而是在上等近侍之列。它准确地表明这个美男子——歌手——在公主的生活当中已具有特殊意义。

尽管拉祖莫夫斯基没有参加 1741 年 11 月 25 日的政变，但是他仍得到特别表彰：成为高级宫廷侍从、将军、圣安德烈高级勋章获得者、伯爵和大片领地的主人。

大约从 1742 年开始流传传言：女皇和拉祖莫夫斯基在莫斯科近郊别洛沃村举行了秘密婚礼。但是模糊不清和不可验证的过于严密的帷幕将这个破坏女皇威信的事件笼罩了起来。1747 年萨克森大使馆的秘书别措利特写道："所有人很早就已经推测到了，而我现在确实知道女皇几年前与他结婚了。"但外交官没有为此提出证据，可能担心证据落于纸上。

对于他们是否结婚我们也没有直接的证据。只是有一处奇怪的空格意味深长，它出现在伊丽莎白御前人员婚姻状况的统计表中，正对着拉祖莫夫斯基的姓氏。所有 300 个御前人员（伊丽莎白近卫军当中享有特权的部分）的姓氏下都标注"已婚"或者"鳏居"，而在拉祖莫夫斯基这里则是空格。也没有填写"单身"。这未必是偶然：统计表是官方的，而且很详细。

有几个姓塔拉卡诺夫的公爵引起更多的传言：据说他们是拉祖莫夫斯基和伊丽莎白的孩子，起初好像把他们禁闭起来，然后送到国外接受教育了。根据研究拉祖莫夫斯基家族的阿·瓦西里奇科夫的观点，这应该是拉祖莫夫斯基的外甥们，他们的妈妈姓达拉干，是拉祖莫夫斯基的姊妹。他们长期生活在伊丽莎白的宫中，然后被送去瑞士接受教育。在德国报刊中他们变成神秘的塔拉卡诺夫一家。然而，我一定不会相信任何观点，因为在安娜·伊万诺夫娜宫中玩耍的比龙家的孩子当中就有一个是女皇与其宠臣（比龙）的儿子。

拉祖莫夫斯基在伊丽莎白统治时代具有很大意义。别措利特写道："拉祖莫夫斯基对女皇的影响在他们婚后得到加强，尽管他不会直接干涉国务——对此他既没有兴趣也没有才能，但是每个人都坚信只要拉祖莫夫斯基说一句话，他们就能达成所愿。"但是，在伊丽莎白还是公主的 18 世纪 30 年代拉祖莫夫斯基的影响就已经很大了。那时已经有许多人与他交好，对他致以谄媚的敬意，极力通过他得到伊丽莎白的青睐和帮助。

同时代的人将这个宠臣描绘成一个特别招人喜爱的形象：他拥有很大的权力却非常不愿意倚仗权势，尽量不卷入常见的宫廷倾轧，不觊觎国家的最高职务。从回忆录来看，他是一个和善的懒人，很少对什么感兴趣，但是不失其民族所固有的幽默感，其中包括对于自己的走红和使他成为帝国第一个大官"良机"的幽默感。他非常依恋自己的家族，关心切尔尼科夫的众多亲戚，他们由于自己这个贵戚绝对不会受穷。

他对待自己的母亲（一位普通的哥萨克妇女）的态度特别令人感动：将她请至宫中，定期寄给母亲表示关心的信件和小礼物。1744 年伊丽莎白决定动身去基辅（洞窟修道院的圣地）朝圣，途经拉祖莫夫斯基的故乡。于是宠臣给自己的母亲写信让他领地的管家谢苗·普斯托达照顾众多的亲戚，"让他以我的名义命令无论是同辈还是长辈的所有亲戚都集中在列梅萨赫村，在那里等待我的会见，但是要强调决不允许他们中的任何一人以我的名义显摆和吹牛"。

伊丽莎白时代，在很大程度上多亏拉祖莫夫斯基，乌克兰减少了一些专制统治的压迫，甚至恢复了盖特曼政权。切尔尼科夫之行的几年后阿列克谢将自己的弟弟基里尔安排到宫中。他的故事就像牧童成为王子的神话一样神奇。也确实如此。有一天，信使们从圣彼得堡来寻找这个放牧牲畜的 16 岁少年并将其带到首都。在那里基里尔穿上漂亮衣服，然后被派到国外旅行和学习。在 20 岁时他已经成为圣彼得堡科学院的院长。但这不是宠臣的主要目标。乌克兰外交使团从乌克兰到圣彼得堡的活动频繁起来，恳求"妈妈"伊丽莎白恢复乌克兰的盖特曼政权。从前的牧童刚刚 22 岁，就被提拔到盖特曼岗位上……

即使是当时见识过不少宫廷中奇迹般升迁的人也对这个故事惊讶不已。昨天牧童还是一个普通、可爱、和善的人，就像他哥哥一样。顺便说一下，俄国科学史和科学院本身的历史证明在历届科学院院长当中基里尔·格里戈里耶维奇·拉祖莫夫斯基并非最差，即使他不曾对学者们给予特别帮助，但是也完全不妨碍他们做那些他自己不懂的事情，而这一点，在俄国，众所周知，总是一种幸福。

叶卡捷琳娜二世在回忆录里想起自己在伊丽莎白宫中的年轻时光时，她写道，基里尔·拉祖莫夫斯基曾有点儿爱上她这个太子妃："这是一个很快活的人，我们年龄相仿。我们很爱他。众所周知，宫廷和城里所有最美的女士把他分成了几部分。的确，这是一个性情独特的美男子，令人很愉快并且比自己的哥哥聪明得多，尽管二者容貌相当，但是他胜在慷慨和行善。这两兄弟组成了所有人都喜爱的宠臣家庭。"

天生极其没有自尊心

叶卡捷琳娜二世回顾与伊万·舒瓦洛夫最初见面的情形："我发现他总是手里拿着书在前厅。我也喜欢阅读，因此我发现了他。打猎时我有时候与他说话，我觉得这个青年聪明、非常愿意学习……他有时也会抱怨离开家乡很孤独。他当时 18 岁，长得不错，很卖力，非常细心，性情温和。"

不久，即 1749 年秋，少年侍从的命运发生了重大变化：他不再因孤独而感到痛苦，因为女皇与他一起分享孤独。舒瓦洛夫的"机缘"开始了。起初，40 岁的女皇对 22 岁的宫中低级少年侍从感兴趣只是暂时的，这种情况常发生在宫中年轻人身上。但是几周过去了、几个月过去了，舒瓦洛夫将阿列克谢·格里戈里耶维奇从女皇的心中以及女皇的房间中挤出去了。无论是前任宠臣还是现任宠臣，都是值得称赞的：他们没有舞台，没有丑闻，没有诽谤。拉祖莫夫斯基干脆地让路了，舒瓦洛夫没有对他进行迫害。女皇把涅瓦大街的阿尼奇克宫殿送给了拉祖莫夫斯基，让他做总将军，他平静地接受了"前任女伴"独特的补偿并享受安静的生活。

伊丽莎白和舒瓦洛夫的关系是长久的：一直到 1761 年 12 月女皇去世。所有认识他们俩的人，都为这一对伙伴的性格、智力的差异感到惊讶。首先要进一步了解伊万·伊万诺维奇·舒瓦洛夫。他来自不富裕的非贵族家庭，生于 1727 年，当公主与侄子（彼得二世皇帝）在莫斯科郊外打猎的时候他还躺在襁褓里。舒瓦洛夫能来到宫中要感谢他的堂兄彼得·舒瓦洛夫和亚历山大·舒瓦洛夫，他们从 1720 年就进入了伊丽莎白亲密战友的圈子。在这些优秀的宫廷人群中他各方面都不突出：个子、文笔、勋章和装饰品。他不英勇，没经验，甚至特别没有男子气概。

伊丽莎白·彼得罗夫娜死后，彼得三世任命舒瓦洛夫为武备学校的校长，他的朋友大笑。伯爵伊凡·车尔尼雪夫写道："对不起，亲爱的朋友，只要我想象到你穿着保暖鞋罩大喊'敬礼！'我就一直在笑。" 1762 年 3 月 19 日，舒瓦洛夫自己也忧伤地告诉他的朋友伏尔泰："积聚我沮丧灵魂的全部力量，在超出我野心的位置履行职责"，然后划掉，写下"我要学习种种细节，这些知识与我唯一渴望学习的哲学完全不相符。" 第二年他在国外写道："如果上帝允许我活着回到我的祖国，我再也不想过安静和悠闲的生活、远离我所了解的上流社会。当然，上流社会中的生活不是完全幸福的，其实只有一小部分人是亲戚或和我有友好关系。请相信，无论是荣誉还是财富都不能使我开心。"当然，读完当年宠臣的这些实话，可以怀疑他已经不在已故女皇的宫廷中。但是我们不能急于下结论。

大量的事实表明，伊万·伊万诺维奇仍然是不同寻常的宠儿。他很腼腆，不渴望得到高官、授勋，而最重要的是，他没有像其他宠臣那样意识到他们受宠的日子并不长久而试图通过其情妇的礼物致富。1757 年首相米哈伊尔·沃龙佐夫让舒瓦洛夫把任命书送给女皇签字，让伊万·伊万诺维奇做伯爵、枢密院成员、高级政府（宫廷顶级）会议官员，获得圣安德烈勋章和一万名农奴。舒瓦洛夫拒绝把这个任命书送去签字并回复沃龙佐夫："我只能说我天生极其没有自尊心，对财富、荣誉和地位无欲望。仁慈的主告诉我，如果人有恐惧和虚荣心，在任何情况下都不要贪财，那么现在我的确就更没理由要了。"我重复一句，1757 年是舒瓦洛夫权势最强大的一年，而必须承认的是：

如果一个人长时间地听到的都是对他的赞美，他自身就会变得很弱。

伊万·舒瓦洛夫实际执政十多年。毫无疑问，他对国家事务的影响超过在他之前的拉祖莫夫斯基好多倍。他编写了沙皇命令，负责与部长、大使、将军通信，他连续多年是唯一的关于女皇情况的通报员。他看到她的美丽消逝，她不想接见任何人，大部分时间在内宫。关于舒瓦洛夫1761年法弗耶写道："他爱管闲事，没有特殊称号，没有特殊职务。总之，他不是部长但享有部长的一切优势。"在很多年后不自信的女皇越来越依赖舒瓦洛夫，她有多次机会可以检验自己年轻朋友的诚实和正派，他总是能证明自己不贪私利的美好声誉。1759年沃龙佐夫去舒瓦洛夫的朋友那儿，让宠臣向伊丽莎白请求批准他（沃龙佐夫）完全垄断出口俄国面包事宜。在类似的情况下，理所当然地，申请人要分享部分利益，但舒瓦洛夫特别礼貌地回复朋友：此刻不能垄断国家粮食出口，"我反对损害国家利益，任何有损我名誉的事我都不能做，公爵大人，您有天才般的智慧，当然，不会再向我提这样的要求"。

然而，舒瓦洛夫聪明又精明，知道友谊的真正价值：他是女皇的宠臣。在伊丽莎白死前的一个月，1761年11月29日他给沃龙佐夫的信中写道："我看到我不理解的避免对人民造成伤害的高招，我充满感恩。不可能继续阻止他们对我的尊重，当然总应该期望，但要想让他们爱我也没有那么简单。"这是对"忠实的朋友"米哈伊尔·伊拉里奥诺维奇的责备，他和其他廷臣一样，感觉到女皇的死亡临近，就开始围绕在她的继承人——大公彼得·费奥多罗维奇身边。

当然，舒瓦洛夫的无私、诚实和忠诚是宠臣伊万·伊万诺维奇长寿的原因之一。但也有其他原因——女皇对他的特别的热爱。步入中年的伊丽莎白，很快开始憎恨老年，瓦涅奇卡·舒瓦洛夫给了她拉祖莫夫斯基不能给的，即年轻、快乐、新鲜的感觉。伊丽莎白一天也没和心爱的人分开，为自己留住了时间，她感觉自己年轻。

上面提到的叶拉金的讽刺作品《致纨绔子弟和卖弄风情的女人》，讽刺的一定是伊万·伊万诺维奇，所有的人都知道那些与众不同的纨绔子弟总是想着美丽的染了的指甲和法国香水。他漂亮优雅，正如法弗耶写的，"他长得漂亮，说一口纯正的法语"。舒瓦洛夫曾误解了这个讽刺作品并要求诗人、学者米哈伊尔·罗蒙诺索夫回复叶拉金。经过长时间的犹豫，罗蒙诺索夫勉强写了一首不是很有力的诗，开头是这样的：

年轻人的幸福和无忧无虑的时光，

谁想使人难过，他就不是人……

穿戴邋遢的人不能成为时尚女皇的宠臣。伊万·伊万诺维奇整天想的都是怎么穿得漂亮，怎么看起来雅致，指甲该是什么颜色，怎样与女皇共享快乐的节日时光，他成了一个干练的人。

离开豪华的大厅、闪耀的金属，

伊丽莎白急着去田野，

你跟在她的后面，我亲爱的舒瓦洛夫，

到锡兰东北部。

技艺高超，胜过大自然，

把春天的美景献给秋天……

罗蒙诺索夫这样赞颂女皇和她的宠臣在皇村温室和冬日花园散步的情形。但下边的诗是另外一首：

许多的欢乐，不同的娱乐，

你不能挡住帕尔纳斯山，

只有俄国的缪斯让你感到快乐，

对他们的爱能遮住它。

这几行诗是 1750 年献给伊丽莎白非常年轻的爱人的，没有诗意的夸张。从年轻时起舒瓦洛夫就深深地真心沉溺于文化、文学、艺术。他愈发热爱这些，逐渐厌烦世俗悠闲的生活。所以 1763 年舒瓦洛夫给妹妹写了关于空洞的世界，是真的，他追求另一种生活：和谐与安静，静静地读书，与朋友坦诚深入地交谈，享受音乐和艺术世界。但是他只能在现实生活中梦想这些。

然而，在权力顶峰和不安定的宫廷阴谋旋涡中，他把时间和精力献给音乐女神，成为俄国伟大的赞助人。

艺术庇护者和诗人

毫无疑问，舒瓦洛夫不具备创作天分。他失败了，他写的诗不能与年轻的罗蒙诺索夫相比，无论他的诗还是绘画，都是不成功的。但是，舒瓦洛夫身边很少有平庸之人，他不嫉妒其他人的才智，相反，他为别人表现出来的才能感到高兴，并且乐于帮助其发展。舒瓦洛夫是真诚的艺术庇护者：他是用心和感恩的听众、美的行家、疯狂的收藏家，精通鉴赏，慷慨，非常富有。在文化中他看到了自己的生活目标，他看见造物主给他的真正的享受。

当然，诗人和艺术庇护者的关系不是不相干的双方。诗人要依靠艺术庇护者的物质和精神支持，而艺术庇护者也需要艺术家的感谢。而艺术家如果不愿意让艺术庇护者在艺术作品中流芳百世，不愿意帮助热心的爱好者在岁月的长河里永垂不朽，那艺术家的感谢能是什么呢？

这就是舒瓦洛夫和罗蒙诺索夫的关系。但是，他们有一个共同的认识，使他们之间的关系更为坚固，即他们都坚信教育具有无限的可能性，可以使俄罗斯民族变得睿智，造福自己并改变周围的一切。他们都是祖国真诚的儿子——当时都这样称呼爱国者。伊丽莎白时代是民族高度发展、乐观的时代。彼得一世的改革使俄国摆脱了"野蛮的束缚"而成为一个开明的统一的和睦的大家庭，这一思想对农民米哈伊尔·罗蒙诺索夫和贵族伊万·舒瓦洛夫的影响是完全一样的。只有勤勉地工作，俄国的资源才会变得无限，人们才会充满智慧，语言才能表达人类最细腻的感情。罗蒙诺索夫的学生和舒瓦洛夫的门徒尼古拉·波波夫斯基 1755 年在莫斯科大学露天体育馆为年青的学生们演讲时说："如果你们心中有热情，做事很勤奋，那么你们很快可以向世人证明，你们的智慧值得所有人的赞美；请相信光明，俄国的教育虽然起步晚，但是它一定不是苍白无力的，俄国一定会成为一个人民受教育程度高的开明国家。"

舒瓦洛夫在给法国哲学家爱尔维修的信中写道：在俄国有经验的人很少，或者更准确地说，根本没有。但造成这种情况的原因是俄国人缺乏对科学的热爱，而教育事业组织不完善。在建立科学和教育机构的过程中舒瓦洛夫看到了自己的职责。他和罗蒙诺索夫一起在俄国选择发展教育的理念：俄国教育思想是不破坏旧秩序，巩固、培养新一代俄国人——聪明、有天赋但一定守法和忠诚的人。舒瓦洛夫如此理解教育，敬佩伏尔泰的创作天赋，他不赞同自己法国朋友的观点（主张破坏旧秩序）并谴责了他的无神论。

由于有了舒瓦洛夫，1755 年在莫斯科成立了俄国第一所大学，在莫斯科和喀山成立了第一批中学，在 1760 年圣彼得堡开设了皇家艺术学院。舒瓦洛夫收集了伦勃朗、鲁本斯、凡·戴克、普桑及其他画家的大量油画，这些画成为圣彼得堡埃米塔什博物馆闻名世界的艺术收藏的基础。艺术庇护者不遗余力地在俄国创建知识园地，他对一些法律的制定尤为关注，这些法律会保护大学不受无知世俗和宗教的干扰。多年来，他为大学和艺术学院收集书籍，但最主要的是寻找和发现青年人才。

支持虽贫穷但有才华的年轻人是他的原则。1761 年，就皇家艺术学院锅炉工费多特·舒宾入学一事他写信给宫廷办公室："只要他抱有希望，随着时间的推移，他也能成为熟练的艺术大师。"因此，作为俄国著名雕塑家，费多特·伊万诺维奇·舒宾开始了他的职业生涯。艺术学院历史上短暂的"舒瓦洛夫"时期要归功于其创始人的智慧、远见、关心，他在聘请外籍教师、绘画、雕塑、购买教材和资料等方面从不吝惜金钱。他有力地推动了俄国艺术的发展，开创了人才的新世界。艺术学院的第一批毕业生中有优秀的建筑大师伊万·斯塔罗夫、雕塑家费奥多尔·科尔捷耶夫、画家安东·洛先科等。没有他们，无法想象 18 世纪至 19 世纪初的俄国艺术。

诗人是艺术庇护者的主要顾问和朋友。对于舒瓦洛夫来说罗蒙诺索夫是俄国人民知识教育活生生的完美化身。由于舒瓦洛夫（他的靠山是女皇）的坚持，罗蒙诺索夫研究俄国历史，写了很多诗。但是就像生活中常见的那样，他们的关系不是普通的、平等的，他们是完全不同的人。使舒瓦洛夫和罗蒙诺索夫分开的因素很多：年龄悬殊，出身、社会地位不同，性格差异。一个是智慧、温和又无忧无虑、娇生惯养；另一个是难以相处、性格狂放、病态地虚荣、在酒精的作用下猜忌、永远感受伤痛，正如他自己感觉到的一样微不足道、平庸无才。罗蒙诺索夫想让舒瓦洛夫不仅钦佩他的才能，而且帮助他实施重大计划，在女皇宫殿实现非常宏大的愿望。

一次徒劳的访问后，罗蒙诺索夫从彼得宫回来，在林边的空地上休息，然后写了一首诗献给又跳又唱、自由、畅快：

你看到的都是你的，在他家里的任何地方，

什么都不要问，任何人不要给。

舒瓦洛夫（纨绔子弟和贵族）有时不怜惜罗蒙诺索夫敏锐的自尊心，从不忘记自己的社会出身。苏马罗科夫和罗蒙诺索夫偶然相遇，苏马罗科夫是罗蒙诺索夫诗歌方面的对手和生活中的死敌，吃饭时看到他如此不自在，发自内心地嘲笑他。

伊万·伊万诺维奇的一位客人回到家后在日记中写道："吃饭时队长苏马罗科夫在侍从官伊万·伊万诺维奇面前的疯狂举动，搞得他们和罗蒙诺索夫之间很可笑。"罗蒙诺索夫从中已看出了另外含义：他们认出了他，试图把他比作特列季阿科夫斯基，开玩笑地叫他蹩脚诗人。回到家后，他给自己的庇护者写了一封充满愤怒和侮辱人格的信："我不仅不想成为饭桌上的贵族或者土地拥有者的傻瓜，至少（甚至——笔者注）上帝没赋予我这样的想法（智慧——笔者注），也许暂时没有。"伊万·伊万诺维奇并不生气，也许还会请求罗蒙诺索夫原谅，因为他真诚地喜爱罗蒙诺索夫。

这件事发生后不到一年伊丽莎白就去世了，舒瓦洛夫出国住在巴黎，在费尔涅的伏尔泰那里，后来他在意大利住了多年。当他回到家里，诗人已经不在世了：罗蒙诺索夫死于 1765 年。伊万·舒瓦洛夫失去了恩宠（当时他 35 岁），后来证明这只是他生命的一半。他的生命还有 35 年，直到 1797 年死亡。舒瓦洛夫的生活和梦想一样：远离尘世，生活在姐姐舒适的宫中，在喜爱的书画中，在安详和平静中。

他保持单身，直到生命结束。一次舒瓦洛夫的客人进入他的房间，发现主人在软椅上，穿着浴衣，手里拿着一本伏尔泰的书。"虽然我不喜欢他，老奸巨猾，但他的文笔很好！"伊万·伊万诺维奇幽默地说。他是幸福的人，他享受到了每个艺术庇护者都梦想的：他的名字被流芳百世的诗人写进诗里，只要有俄国的语言，这些诗人就健在。

他们公正地思考事情，舒瓦洛夫

崇敬矿物下的玻璃

或：

请开始我伟大的工作，庇护者缪斯，

如同总是接受我健康的体魄一样，

我喜欢俄国的语言，

给我写诗歌的灵感。

你的鼓励让我走上这条路，

你将是它的审判者。

舒瓦洛夫游历世界，不断地结识一些天才。他在美丽的意大利待了几年，体验到了力量、荣誉、爱情和荣耀。他在后半生写道："终于有空闲了，能够有机会去结识优秀的人，这是我至今都不曾知道的快乐，我的所有朋友，或者其中的大部分，以前带给我平安顺遂，现在他们带给我幸福。"

强盗兄弟

伊万·伊万诺维奇·舒瓦洛夫头脑简单又无私，但他善良又很唐突，甚至大胆使用近亲——堂兄彼得·舒瓦洛夫和亚历山大·舒瓦洛夫伯爵，有时把普通的有才青年领到宫中。彼得尤其明显地觉得是自己有派头，甚至从外表上看就是大哥。这是 18 世纪这一概念的完美体现。他就像法弗耶写的那样："极其豪华的家居和自己的生活方式引起嫉妒，身边总是布满钻石，如同蒙兀儿（16 世纪初征服印度半岛的蒙古人后裔的称号），周围是马夫、副官和传令兵随从。"

彼得非常幸运地结了婚，他的妻子不漂亮，是宫中女官，女皇身边的马夫拉·舒瓦洛娃。女人聪明灵巧，马夫拉非常了解自己主人的性格，并巧妙地利用自己的影响，为自己的丈夫赢得好感。大公雅科夫·沙霍夫斯科伊在自己的记叙中讲述道，马夫拉·舒瓦洛娃完成丈夫的任务时，会当着女皇的面诽谤沙霍夫斯科伊。知道在这种情况下直接向伊丽莎白投诉猜疑是不合适的，她会耍猾：她会在宫殿的窗前安排一个宫女跟她耳语。这足以引起寂寞的女皇的注意了，她一定会走到她们那里去。马夫拉不好意思并安静下来。伊丽莎白很感兴趣，要她讲宫女们说了什么隐秘。马夫拉涨红着脸推却，然后会勉强迎合女皇的心意……往自己丈夫的敌人身上泼脏水。大公米哈伊尔·谢尔巴托夫在描述伊丽莎白·彼得罗夫娜宫中及其主要贵族的喜好时，把彼得·伊万诺维奇·舒瓦洛夫叫作真正令人厌恶的"怪物"。但同时又说他"不仅灵活好虚荣"，而且聪明。

彼得·舒瓦洛夫无疑是伊丽莎白时代最显耀的人物，是中央政权的支柱之一。他的身上有很多能量、权力、意志，他的思想明确广泛。同时代的人认为他是那个时代罕见的政治家，能够理解和重视，甚至喜欢新事物。他是多产的方案制定人并竭力保护不同领域的不切实际的计划——从金融到焰火制品。他在庞大的圣彼得堡宫殿大片成立"计划工厂"项目，在那里产生的不少想法在伊万·伊万诺维奇的支持下得以实现。彼得·舒瓦洛夫进行的最重要的措施之一是财政和经济改革。为了俄国财政他开始实施新的革命想法，从直接征收（人头税）转变为间接征收，提高盐和酒的价格。但更大胆的改革是征收海关税。舒瓦洛夫取消国内海关（中世纪的遗产），金融家担心国库收入下降。事实上，这有风险，但他证明了通过自由贸易的方法可增加贸易额使国库收入增加。

根据彼得·舒瓦洛夫的倡议，新汇编——法典开始创作。他亲自主持工作，法典后来被彼得三世和叶卡捷琳娜二世政府使用。舒瓦洛夫在军队的成功改革令人印象深刻：炮兵部队成为全世界最先进的之一。"舒瓦洛夫式"榴弹炮有精准的射击，他的名字在俄国武器历史上永存。

比国务活动多的仍然是彼得·舒瓦洛夫（像他的哥哥亚历山大一样）的贪污，贪婪地聚敛钱财，肆无忌惮攫取国家财物。舒瓦洛夫的哥哥能够执行这种法律，允许他们以及他们的朋友从乌拉尔冶金工厂中获得巨大收益，拥有前所未有的优惠，甚至国家财政援助。

对其竞争对手——民营企业家，舒瓦洛夫是个拦路强盗，他让他们全部破产。对工业的大量垄断给彼得·舒瓦洛夫带来了更多的收入和名誉。1760年他死了，参加葬礼的人们因出殡时间过长而叫苦不迭。叶卡捷琳娜二世回忆道："想起舒瓦洛夫的烟草税，有人说用烟草撒满他的身体；有人说用盐撒，以此纪念他设计的盐税；另一些人说，把他放到海象油脂里，因为有海象油脂和捕鳕鱼税。人们记住了这个冬天无论用多少钱都不能得到鳕鱼。所以，开始骂舒瓦洛夫。"

于是，在成千上万的合唱和污秽的语言的陪伴下，彼得·伊万诺维奇·舒瓦洛夫被送到亚历山大–涅夫斯基修道院，这是政治家的悲惨命运。

亚历山大·伊万诺维奇·舒瓦洛夫始终处在"巨头"——大哥的影子中。但是人们更怕强有力的方案制定人。安德烈·乌沙科夫死后，他从1747年起担任秘密办公厅厅长，领导这个机构一直到彼得三世把它取消，没有人想更深入了解亚历山大·伊万诺维奇的地下室，就连他的容貌也令人厌恶：他的脸时常因为神经抽搐而严重扭曲。

然而，他在职期间几乎没有重大案件：伊丽莎白的统治地位在政治意义上是安定的，甚至是安静的：没有严重的阴谋，没有暴动，没有大规模的骚乱。登上王位后，伊丽莎白发誓不使用死刑，并坚持了她的誓言：在她的统治时期没有死刑的法令。当然，人们通过其他方式使人离开人世（的确做到了）。但我们不能相信，在俄国一千多年的历史上其中的一个 20 年里没有人被执行死刑。

彼得大帝的体制

关于伊丽莎白·彼得罗夫娜几乎完全脱离了政府管理的说法，我们只做一个修正：在任何情况下，没有她任何事情都不可能决定。她一直保持独裁，不想失去这个权力，她被迫签署上谕，维持最低限度的公文处理数量。

但是，在伊丽莎白签署的文件中，也有一些反映女皇最关注的特定类型的事件。这是外交政策的问题，正是女皇要求的：细心、勤奋和天赋。尤其是在连续不断的节日和娱乐中，伊丽莎白发现了"窗口"：听大臣阿·彼·别斯图热夫－柳明或伊万·舒瓦洛夫做报告，阅读俄国特使从国外带回来的报道和从外国报纸上摘录的报道。这些文稿都有女皇做的注解。如何解释女皇的这种例外，她不是远离所有的管理了吗？

其实事情极简单：女皇很喜欢外交政策。当时外交是"国王的职业"，整个欧洲（大概除了威尼斯之外）都是君主制，到处都坐着皇帝、国王、公爵、侯爵。这是一个统治者不和睦的大家庭，虽然大家关系相近，但矛盾和敌意可以使它分裂。皇冠家族成员经常钩心斗角：要么寻求同盟，要么获得新盟友。伊丽莎白十分喜欢政变以前的外交。还有一个重要的情节：外交一直是个性化的和常态化的，指的是奥地利、普鲁士或法国："玛莉亚·特里西亚""国王腓特烈"或"路易"。

在这个圈子里有阴谋活动家蓬巴杜、主教弗列里、沃利波里和其他数十位知名人士，他们之间建立了相当复杂的关系：好恶、友谊和敌意。许多人从来没有见过对方，但觉得自己是皇家近亲。伊丽莎白明确地认为自己是这个家庭的成员，公然喜欢难看的玛莉亚·特里西亚，对普鲁士国王腓特烈二世令人气愤的举止进行挑衅。我不怀疑，俄国参加七年战争多是源于伊丽莎白的复仇欲望，她想"惩戒"高傲自大的人、无神论者和共济会会员腓特烈。从她统治的最初几天看出，他们在皇家学会上表现出目中无人、傲慢无礼。显然，女皇不喜欢这个"淫荡的凡尔赛"。不过，她承认凡尔赛是不容置疑的最佳"百货店"。

伊丽莎白喜欢阅读报告，特别是那些使节详细描述宫廷生活和自己派驻的宫廷里的私密情节。1745 年 5 月在哥本哈根，别斯图热夫鼓励俄国特使科尔夫在自己的报告中继续"自由评论和报道女皇陛下，尤其是从瑞典传来的涉及女皇陛下皇室利益以及涉及荷尔施坦因这个姓的一些消息"。别斯图热夫继续写道："女皇陛下自己亲自阅读，请相信，陛下对阅读的内容总是满意的。"她常非常好奇地阅读国外报纸。为了了解欧洲所有重要的传言和丑闻，女皇做了很多摘录。伊丽莎白喜欢做这件事是因为她自己有这样的阴谋和绯闻。她把这个圈子想象成一个巨大的宫殿，在那里你可以突然打开一个房间的门，就会看到士官生在黑暗中紧抱着宫中女官。当然，这一切都发生在欧洲。

然而，尽管这可能看起来很奇怪，可伊丽莎白表现出了一位优秀外交官的品质。她的性格和行为中有很多特征促成了这一点。一些外国使节看到女皇之后，会认为她是一个坦诚、天真、爱轻信他人的漂亮小姑娘。她很容易被操纵，通过她可以很容易地达到他们的目的，甚至是损害俄国的利益。但残酷的失望不可避免地等待着他们。法国人拉斐尔米耶尔 1761 年写的也不是没有根据的，伊丽莎白女皇管理人民的伟大艺术具有两大优点：保持自己的尊严和掩饰。

最后一个优点，正如我们所知道的，对于外交官来说是最重要的，当然是排在智慧之后的。它使伊丽莎白多次避免莽撞行为。漂亮侯爵舍塔尔基的故事就是最鲜明的例子。起初，舍塔尔基是政治阴谋的积极参与者，承担着多个角色。近卫军士兵拥抱法国朋友，女皇称他为自己的"私人朋友"。就是说，她领着天主教徒侯爵去圣三一大修道院朝圣，甚至传说允许他比外国公使做得更多。

同时凡尔赛宫憎恨他们的外交官：他定期报告在俄国女皇这里的成就。但最重要的是把他派到俄国的目的是打破俄奥联盟和废黜仍然难以捉摸的别斯图热夫－柳明首相。尤其是法国人看到女皇对他非常友好，甚至为他百般避免严肃的谈话和承诺。几个月过去了，伊丽莎白与舍塔尔基温暖的友谊一直没有切实的成果。侯爵很生气。如叶卡捷琳娜二世所写，"他发现以前为他打开着的门，这次都锁上了。他很恼怒，把这件事写信给自己的宫廷，毫不顾忌脸面。他认为他能控制女皇和事态，他错了。他写信的语言恶毒尖酸，他用这种态度和我的母亲说话"。

事实上，对保存下来的舍塔尔基的信件的检查证明了上述说法。他恼火地写信给凡尔赛说：女皇整天无所事事，她关心的是每天换四到五次衣服和内宅下等人的娱乐。我们知道，这是真的，但不是全部。直到局势改变，女皇上台前，舍塔尔基在俄国都没明白。根据叶卡捷琳娜二世的说法，她看到帝国的利益与伊丽莎白公主所拥有的不同：除了爱装扮，女皇伊丽莎白·彼得罗夫娜可能有一些原则，这些原则用来指导自己的行为，不是为了做周围人崇拜的女皇，而是作为独裁者想拥有自己的权力和自己的帝国。

与舍塔尔基不同，伊丽莎白的基本原则是坚持所谓的"彼得大帝体制"，其中包括把俄国的国家利益作为对外政策的主要标准。这个原则女皇在童年时就掌握了：女皇读的著名故事《水中的肥皂》。1741 年 11 月 25 日在政变前夕摆脱了诺尔肯和舍塔尔基的骚扰，这是最生动的例子。

由于仿效"彼得体制"，相当长时间内首相阿列克谢·彼得罗维奇·别斯图热夫－柳明处于第一位。他是彼得学校资深外交官，同时也是彼得之后狡猾的廷臣。正是他，看着伊丽莎白和舍塔尔基动人的友谊，命令揭露和解读（通过科学院）法国特使的信。然后，1744 年夏天伊丽莎白遭受了相当多的书面上侮辱。他抓住机遇把摘录（自己的秘密劳动成果）递交给女皇。女皇对自己"私人朋友"的忘恩负义很恼怒，下令宣布舍塔尔基朋友在 24 小时内离开首都，永远不许在俄国出现。这是被舍塔尔基深深伤害过的别斯图热夫的胜利。

总之，关于别斯图热夫的话题在俄国宫廷内、外交使节的往来信件中持续了很多年。毫无疑问的是首相非常腐败，收受了很多国家的贿赂。他还采用彼得大帝时期的外交政策，即在政治方面关注与俄国有长期利益的那些国家。

在 1757 年后年老的别斯图热夫－柳明犯了一些严重的错误。首先，他使俄国纠缠在"不相干的"七年战争中：国家成为奥地利的长期傀儡，几乎不为自己工作。其次，他开始参与大公彼得·费奥多罗维奇和他妻子叶卡捷琳娜·阿列克谢耶夫娜公爵夫人的危险宫廷阴谋。阴谋被揭露，首相砰的一声从他的座位上被扔了出去。米哈伊尔·沃龙佐夫担任首相，他不是特别聪明，但坦率和忠诚。他是伊万诺维奇·舒瓦洛夫的第一个朋友。

在复杂的权力斗争中沃龙佐夫不是最灵活最狡猾的。他长期处于第二的角色。虽然是副首相，但不利用宫廷的影响。在各个方面都输给灵活的上司——别斯图热夫－柳明。他知道沃龙佐夫倾心于伊丽莎白：少年米哈伊尔·沃龙佐夫在公主的秘密戏剧中参加过演出，1741 年 11 月 25 日晚上站在雪橇踏板上把她带到卫队军营，当着她的面竭力破坏女皇老战友的信誉，他成功了。只是新星伊万·舒瓦洛夫升起了。沃龙佐夫走出阴影，他紧紧靠着年轻的宠臣，伊丽莎白比以前更亲切地看着几乎被遗忘的老朋友。沃龙佐夫与彼得·舒瓦洛夫不同，同时代的人对他有好印象。关于他，法弗耶写道："这个人性格很好，清醒，有自制力，和蔼可亲，温柔，彬彬有礼，外表冷漠，单纯稳重……他对事情拥有精确的概念，判断很理智。"伊万·舒瓦洛夫对俄国的对外政策的极大影响超过沃龙佐夫。

伊丽莎白统治的最后几年染上了战争的色彩。俄国军队连续多年在欧洲中心（普鲁士领土）作战。她两次赢得战胜普鲁士军队的辉煌胜利：1757 年

8 月格罗斯–叶戈尔斯托夫战和整整两年的库勒斯道夫。俄国军队在 1758 年 1 月拿下了柯尼斯堡，大哲学家伊曼纽尔·康德——柯尼斯堡大学教授和城市所有居民一起宣誓效忠新的国家元首——伊丽莎白·彼得罗夫娜，东普鲁士加入俄国。1760 年俄奥部队占领柏林。

当然，军队在战争中表现出很多缺点：混乱，一如既往地偷窃，滥用职权，愚蠢。然而，尽管俄国军队损失巨大，可它的资源是无穷无尽的，并且军人的经验足，士兵及军官的技能不断完善，因为所有的俄国军队自信能走到战争的最终胜利。伊丽莎白的统帅和外交官设法对政策和策略做出必要调整。首相沃龙佐夫将军在 1758 年给军队指挥官费尔莫尔写信，鼓励他纠正缺陷，借鉴敌人所有新的和有用的内容："我们没什么可羞耻的，因为我们不知道其他有用的军事秩序，但是不可原谅敌人。如果我们知道了哪些对行动有利，就不能忽视这些。我们勇敢的人民，在他们的堡垒中服从法定的政府，好像善良的母亲，可以以任何形式接受。"

很难与这种说法争辩。1761 年底似乎胜利在望，但伊丽莎白去世了，其继任者是彼得三世，老天才腓特烈二世急忙把俄国外交的轮船转向了亲近普鲁士……

"人类的丑陋"和莫斯科"国王"

伊丽莎白统治时期发生了两个令人愤慨的刑事案件，两人的名字进入了俄国的历史和文学——萨尔蒂科娃和万卡·该隐。两人在莫斯科进行的犯罪活动几乎同时给当局带来不少麻烦和恐惧。在旧首都流传着一则可怕事件的谣言，这些事发生在斯列坚斯克市年轻寡妇达利亚·尼古拉耶夫娜·萨尔蒂科娃的家里：有 100 个奴仆受到女地主的残酷折磨，这些奴仆死前饱受摧残。这引起莫斯科社会的调查。调查委员会经过长时间的调查，不得不承认，萨尔蒂科娃的暴行是造成奴仆死亡的原因，"即使死亡人数不是 100 人，也能达到 50 人"。调查发现，女地主是个虐待狂，用各种物品和工具痛打自己的奴仆（主要是女仆人），往他们身上泼沸水，让他们在雪地里挨冻。她用鞭子把农奴和女马倌抽死。调查委员会在记录中提到的主要施暴原因是：女主人看到"洗涤的帐子和衣服损坏"时的愤怒。

毫无疑问，萨尔蒂科娃是狂热的暴虐狂，但因为她杀的人不是在遥远的庄园，而在莫斯科中心的房子中，几乎是在警察的眼前。警察被萨尔蒂科娃自上而下地贿赂，每一次都顺从地例行公事地处理她宅院里的"意外死亡"案件。由于富有的女地主的贿赂和侦查队长的命令，犯罪调查停顿了很长时间。经过长时间的拖延，在叶卡捷琳娜二世时她被剥夺了贵族封号，被判处终身监禁，33年后她依然没有后悔，还咒骂所有的人。

萨尔蒂科娃的名字成为一个家喻户晓的野蛮残酷的象征，是当时俄国独特的和典型的代表。在不同程度上，很多主人对他们的农奴残酷和不人道。农奴制既腐蚀奴隶也腐蚀统治者。叶卡捷琳娜二世写道，伊丽莎白女皇统治期间，莫斯科地主家里的地下室都是为奴隶准备的监狱和酷刑室。统治者认为仆人不是人，而是"下贱人"和"下流女人"，这是残忍的贵族意识。正如叶卡捷琳娜认为的那样，18世纪中叶在俄国未必能找到多少人谴责农奴制。当然，伊丽莎白永远也不会产生这种想法。这个世界每天的暴力和欺凌对她来说是正常的，是永远也不会让她担心的人道主义问题。她觉得自己的前任女皇安娜·伊万诺夫娜就是地主，对待不顺从的仆人也是很严厉的。

万卡·该隐的名字在俄语中成为背叛和无原则的象征一点不奇怪。莫斯科农奴商人彼得·菲拉奇耶夫从最早的童年就背负"天才罪犯"的名号，盗窃、诈骗成了他的标志。在18岁时万卡偷光了主人的一切，出走并成为莫斯科的"底层"，很快又取得杰出的犯罪成绩。

在计划和偷窃方面他是恶魔天才和发明家：能解决坚固的围栏，欺骗机警的警卫，逃避连续的追赶。无论是在莫斯科还是去看夏季"巡回演出"的其他城市，该隐与自己亲密的朋友彼得·堪察加一伙人一起犯了数百次罪。在1741年万卡·该隐靠米哈伊尔·佐里帮派，打劫交易会和路人。

万卡显然不喜欢这种极其危险的动荡的生活，1741年圣诞节后，他应侦探的命令来认罪。他拿出了自己偷窃同伙的名单，得到士兵队的帮助，开始在著名的莫斯科贼窝抓捕。以万卡为首的警察在莫斯科河岸上的一个窝点抓捕了逃亡的士兵索罗维耶夫，他每天在月光下写犯罪日记。这个册子一直保存到现在："星期一晚上在四季澡堂拿了70美分……星期四：50美分，裤子是蓝色的……在石头桥：54戈比"等等。这个册子记载了几天之内进行的数十起犯罪。

对该隐的侦查没有停止：在一个美好的日子他向警察投降并供出了自己的好朋友堪察加——他在危难时多次救过该隐。该隐的活动范围逐年扩大。他收到当局特别信柬：保护他不受告密和迫害。他不仅不再拘谨地做强盗、小偷和收赃物，而且还抢劫、勒索、杀人。该隐结婚了，购置了房子，在家里为警察、士兵设有守卫室，同时，在秘密小酒馆的"窝点"进行大买卖。这里集聚着罪犯和妓女，该隐和士兵一起到这里来，袭击"贼窝"在莫斯科的房子。他的力量是巨大的，由于他揭露莫斯科美好生活的阴暗面和有罪却不受处罚，该隐成了那些不遵守法律的人——商人、走私者、掌握秘密手艺的工匠、有名的市民、依法应予惩罚的人——的威胁。首先，他有勇气投靠当局；其次，他知道他们会沉默，可以无情地抢；第三，会吓唬一下就把他放了；第四，自己甚至帮他们干坏事。

他用脚踢开所有警察局长的门，侦查部门的小官员觉得和万卡喝酒、喝茶很荣幸，他们都被贿赂了，会经常收到他的礼物，分享他的"一技之长"带来的"进账"。富人家中发现丢东西不用悲伤，只要去找万卡（当然要给他酬金），就能找到被偷走的东西。有一个小队的小偷和骗子按万卡布置的任务在市场搜寻整个莫斯科被偷盗的东西。

该隐的权力持续了将近10年。他机敏大胆，有表演和蒙骗的禀赋，他能巧妙地逃脱法网，司法无法惩治他。他是一个惊人的组合体：勇敢、剽悍、性情豁达、背信弃义、奸诈、贪婪。但是，在生活中他经常被女人所害，更准确地说，是被无限的肉欲所害。其中一名受害者的父亲设法"突破"莫斯科总督，开始调查万卡，万卡的其他罪行开始浮出水面，他被关进监狱。和以前一样，他一如既往地被背叛者拯救并开始出卖自己众多的朋友，包括警察头子。

惊恐不安的当局不信任腐败的莫斯科警察机关，就该隐案件成立专门委员会并开始调查。它揭开了渎职犯罪：官员与犯罪人员密切联系，完全无视国家法律和公平。万卡详细讲述了在莫斯科官员的庇护下他如何快活地自由自在地生活。但是，众所周知，官官相护，参与该隐案件的官吏什么都没做。但是万卡一直待在监狱里，后来又一直羁押在西伯利亚：他的最后一次背叛不能再被原谅。

欢庆生活的最后时日

1759 年 12 月自己 50 周岁纪念时，伊丽莎白严重衰弱。所有的香脂、油膏、香粉、理发师、裁缝师、珠宝商都已经无能为力：她接近丑陋的老年。无论对伊丽莎白，还是对另外一个女人，都有这样残酷的格言："老年就是女人的地狱。"她惊恐地看着镜子，它已经不再对她（普希金童话中的女皇）说："无疑地，你，女皇，比所有人都可爱，比所有人都红润白净。"

多年无节制的夜生活，毫无限制的食物、饮料、娱乐，这一切迟早会影响女皇的身体。伊丽莎白在像教堂和招待会这种不合适的地方出现了意外，深度晕厥，持续了相当长的时间，整个宫廷被这种意外吓坏了。她苏醒后很长时间没能恢复健康。如叶卡捷琳娜二世回忆说，当时什么也不能跟她说。医生认为，主要原因是晕厥时间长，病人不平衡和歇斯底里，也不愿意遵守规定。18 世纪的医生表达模糊而神秘，他们表示："毫无疑问，随着青春的远去，体内液体更浓并且循环缓慢，特别是伴有坏血病。"医生的意见是安静、灌肠、放血。药物对伊丽莎白都是难闻的，在她的生活中只有高兴、喧闹和乐趣。甚至给她开药也必须加果酱和糖，她像任性的小女孩。

大家都知道，彼得愉快的女儿的生命中最后的欢乐时光临近了。的确，很难叫她快乐的女皇：她越来越常回皇村，谁也不接见，变得任性、郁闷、悲伤。"对娱乐和热闹欢庆的喜好，"法国外交官拉斐尔米耶尔写道，"变成了喜欢孤独寂静，但不做事。到最后女皇伊丽莎白·彼得罗夫娜感觉到比以往更多的厌恶。她恨任何提醒，有时大约用一分钟就能签署的法令或信函，为说服她要等半年。"

就是说，她突然意识到在她的帝国中自己并不完全那么顺利，她接触不到很多官员的抱怨投诉。透过最后诏书可以看到伊丽莎白的苦恼："我们很难过，对我们臣民的爱，可我们必须看到，许多法律规定的国家幸福和福祉由于内部敌人无法执行，他们非法获利，不履行誓言和责任，不喜欢荣誉。"伊丽莎白急需整顿她没有怀疑过的司法和全力制止滥用职权。然而，这并不奇怪，同时代的人在描述女皇时说她"无忧无虑或懒惰"，女皇将权力控制到生命的最后一刻，这个诏书也是舒瓦洛夫想出来的，从草稿中可以看出，女皇只是在文件上签字而已。

皇室家庭不是一切都顺利的。家庭很小：女皇，她的外甥彼得·费奥多罗维奇大公和他的妻子叶卡捷琳娜·阿列克谢耶夫娜及儿子——王子保罗·彼得罗维奇（1754 年出生）。外甥和姨母的关系很紧张。一登上王位伊丽莎白就立刻从荷尔施坦因召回了 14 岁的外甥——公爵卡尔·彼得·乌尔里希。男孩的父亲公爵卡尔·弗里德里希于 1739 年去世。这是伊丽莎唯一的近亲，他已经被命运抛弃。很快举行东正教仪式，为彼得·费奥多罗维奇受洗，然后将其任命为自己的继任者。在这之前女皇一直没让他回俄国。这不是因为姐姐对儿子的伟大的爱，而生活在国外是必然的：卡尔·彼得·乌尔里希对彼得的小女儿的王位能构成严重威胁。现在，他是在一个金色的笼子里了。

彼得·费奥多罗维奇的风度、容貌和行为让女皇气恼，而女皇她幼稚任性，表现出肆无忌惮和奢侈的特质。"他们的智力和品格是如此不同，"叶卡捷琳娜二世后来写道，"他们交谈五分钟后就不可避免地争吵。这不应有任何怀疑。"伊丽莎白让王位继承人远离国家公务，丝毫不信任他。1745 年，他娶了安哈尔特 - 采尔布斯特公主索菲亚·奥古斯塔·弗雷德里卡（叶卡捷琳娜·阿列克谢耶夫娜）——未来的女皇叶卡捷琳娜二世。

伟大的王子保罗·彼得罗维奇刚一出生，伊丽莎白就立刻把婴儿带到自己这儿，并在他身上花了大量的时间。保存下来的女皇最后几年的信件中说，她深爱这个小男孩并真诚地关心他的健康和教育，想着他的未来。有传言称，伊丽莎白和舒瓦洛夫计划把彼得·费奥多罗维奇和他的妻子从王位继承人中去除。把他们驱逐到荷尔施坦因，而把王位交给开始精心准备未来伟大事业的保罗。

叶卡捷琳娜担心的正是这个，开始与别斯图热夫以及给大公夫人提供钱的英国特使威廉姆斯密谋，正如我们看到的，在不到 20 年的时间里，又一位雄心勃勃的年轻女人粉墨登场了，还是那样的路数：她的身边有资金雄厚的外国外交官，私情，通信，交谈和舞会上人们脸上浮现的意味深长的笑容。但伊丽莎白比安娜·列奥波利多夫娜坚决。政治串通被迅速扼杀在萌芽状态，叶卡捷琳娜以可怕的意志经受住了伊丽莎白的亲自审问，并没有供出自己。当然，从那时起女皇开始对大公夫妇更不信任……

死神来到了圣诞节

1761 年的整个秋天，女皇在皇村不出门，不被窥视。她只是和伊万·伊万诺维奇·舒瓦洛夫密不可分。我们几乎不知道伊丽莎白在最后的时日是怎样的，舒瓦洛夫不对任何人讲这件事。伊丽莎白的虔诚和迷信与日俱增，她绝望了，而在异常的深秋，宫殿上空突然的强雷暴使她害怕，这预示着冬天临近。甚至有些老人都不记得这事儿了。

也许在隆隆雷声中和使人窒息的树木光秃秃的公园里伊丽莎白看到了不祥的预兆。众所周知，她恐惧死亡。拉斐尔米耶尔在 1761 年 5 月写道："每天越来越令人沮丧的健康状况不允许她活得更久。但要小心翼翼地隐瞒着她本人和更多的人。没人比她更害怕死亡，她在世的时候这个词从来没有被说出来过。她无法忍受关于自己死亡的想法。她努力删除任何可能提示终结的内容。"

但死神无情地临近了：像动物惧怕死亡一样，伊丽莎白对治疗是抵触的，她拒绝任何治疗方案。在 1761 年，丹麦使节哈克斯特豪森写了关于女皇的病情："她的腿长满了疖子，完全不能站立。"她反复晕厥。最终来到了这一天：基督教世界庆祝的节日——圣诞节。由于命运的安排，女皇穿着节日的服装，她死亡时的日子正是 1761 年 12 月 25 日。前一天她用轻轻的微弱的声音和彼得·费奥多罗维奇及他的妻子告别……

1762 年新年她被安葬。一切都如以往的沙皇葬礼一样：拥挤、劳累和美丽。每个人都看着古怪的新皇帝彼得三世主持仪式，游行一会儿缓慢地走，一会儿连蹦带跳地跑。对此伊丽莎白已经不关心了，她躺在棺材里，仍然像她在世时那样是个卖弄风情的女人。如叶卡捷琳娜二世写的，在棺材里的女皇穿着一袭银色蕾丝袖长袍，头上戴着金皇冠，发箍上面刻着："虔诚，独断专行，伟大的女皇伊丽莎白·彼得罗夫娜，生于 1709 年 12 月 18 日，1741 年 11 月 25 日登基，卒于 1761 年 12 月 25 日。"另一目击者哈克斯特豪森报道称，皇冠价值 10 万卢布，并且将留在坟墓中，留在女皇的头上……

第五章
北方女统治者：叶卡捷琳娜二世

第一次接见的魅力

1785 年 9 月 23 日，法国公使谢久尔伯爵去冬宫参加叶卡捷琳娜二世的第一次接见。他很紧张，怎么也想不起自己在女皇面前应讲的官方贺词。大家跟在伯爵后面匆匆地走，以免迟到……

走过一个个房间后，他站在关闭的门前。"门突然打开了，"谢久尔后来回忆道，"我站在女皇面前。她衣着华贵地站着，把胳膊肘支在圆柱上。她姿态庄重、优雅、高贵，目光骄傲，有些矫揉造作的姿势，所有这一切让我震惊，我什么都忘了。"

俄国女皇的第一次接见对许多人产生了巨大影响。有经验的政客们、外交官们、统帅们变得面色苍白、局促不安。著名的德尼·狄德罗简直就是吓呆了，叶卡捷琳娜的老朋友格里姆男爵 1774 年第一次站在她面前时表现得仓皇失措。

惊惶不安是毫不奇怪的：来访者们是在名声于三分之一个世纪内响彻全世界的一个特别的惊人的女人面前。在富丽堂皇的冬宫的衬托下，她庄严的外表更加符合这一名声。但是一分钟之后，女皇平静的、友好的甚至温柔的声调改变了一切，惊慌和拘束的坚冰渐渐融化，很快叶卡捷琳娜刚结识的人就感觉自己在她身边很轻松很自由。她的话语简单，渗透着威严，在谈话的最初时刻就使交谈者震惊不已。这一切与关于叶卡捷琳娜女皇——北方的塞米拉米达的传言不符。叶卡捷琳娜在 1787 年给格里姆男爵的信中写道："德林大公向我坦诚，他第一次旅行时以为我会是一个行动迟缓的高个子女人，像一个谁都会对其感到惊讶的细长铁条，他很高兴，他错了，他看到的是可以交谈并且很善谈的一个活生生的人。"

又过了一段时间，对叶卡捷琳娜女皇仔细观察之后，一位来访者发现她全然不是一位美人。法弗耶，米哈伊尔·沃龙佐夫大臣的秘书，对我们 35 岁的女主人公态度冷峻："无论如何不能说她的美貌是惊人的：高挑、纤细，但腰肢不柔软，姿态高雅，但步态矫揉造作，不婀娜娉婷；胸小脸长，尤其是下巴，经常咧嘴笑，但嘴唇很平，向里凹；鹰钩鼻；眼睛不大，但是目光灵活，令人愉快；脸上有些麻子印。只是不丑，但谈不上好看，不能对她产生迷恋。"

英国外交家约翰·贝克汉姆伯爵对叶卡捷琳娜有另一种观点。他在她脸上没看到麻子印，因为她从没得过水痘，但他同意法弗耶的观点："她面部轮廓不是那样精细端正，与真正的美有很大距离。"他仍认为她是有魅力的："眼睛生动睿智，嘴唇轮廓令人愉悦，栗色头发茂密有光泽，总之，只要一个男人不是对她抱有成见或者麻木不仁，那么他不会对其外貌无动于衷。（叶卡捷琳娜当时 33 岁，在 18 世纪这是一个可敬的年纪——笔者注）她无论是过去还是现在都有许多值得别人喜欢、吸引人的地方，无关美貌。她身材匀称，脖颈和手臂很漂亮，各部分优雅地组合在一起，女人和男人的衣服都适合她。她的眼睛是蓝色的，奕奕有神，使她敏感但不萎靡的目光变得柔和。她似乎丝毫不在意自己的服饰，但是相对于对自己的外表无所谓的女人而言，她永远穿得过于漂亮。"

又过了 30 年，叶卡捷琳娜的另一位客人施特恩贝格伯爵在自己的回忆录中描述了与他的前辈写过的相同的内容："女皇中等身材，非常丰满，这让她走路有些困难。年轻有生机的轮廓，应该是有魅力的。椭圆形的脸有点长，下巴略向外突，嘴唇闭合，她有轮廓很漂亮的弧形鼻子、水汪汪的有活力的眼睛、高高的额头。"或许，有一点是观察者弄错了，这毫无疑问地引起了叶卡捷琳娜的滔天怒火：她的鼻子是完美的。它不是弧形的，而是笔挺的、希腊式的。叶卡捷琳娜不无骄傲地写道，她的侧面轮廓简直就是亚历山大·马其顿。埃米塔什博物馆中的叶卡捷琳娜二世浮雕真的可以确定这一点。

话题回到接见。听到她优雅地说着法语，客人们得出结论：这位女皇很聪明，她的知识渊博，对事物的认识深刻、见解独到。在 1787 年叶卡捷琳娜二世游览克里米亚期间一直陪伴在其左右的卡尔·盖尔赫·那萨乌吉根大公兴奋地写道："真的，我为她所倾倒，这种情感与日俱增，很难想象她是那么平易近人。她的谈话富有吸引力，当内容涉及重要事件时，她精辟的见解证明了她思想的宽泛和正确性。她是一个最具有吸引力的独特的人。"

她被谈话对象的一句玩笑话逗笑了，对他说着什么，很明显，叶卡捷琳娜很具有幽默感，她的笑声很欢乐并具有感染性，说明她性格随意、本性乐观开朗。她的确是这样的。叶卡捷琳娜认为自己的最大优点是乐观，或者，有人说过她是快乐的人。"必须是快乐的，"她在 1766 年写给母亲多年女友别利卡夫人的信中写道，"只有快乐才能忍受和克服一切。我凭经验这样说：在生活中我经历了很多，只要我能欢笑，我就能忍受和克服一切。向你发誓，虽然我在这个位置面临这么多的困难，但只要有机会，我就要高兴地和我儿子或者别人玩捉迷藏"。这一点反映了她的天性，叶卡捷琳娜相信，一个人的天赋体现在其乐观的态度。得知腓特烈二世是一个性格开朗的人，她注意到，他的这一特点源于自身的优越感，他的快乐似乎取之不尽用之不竭。在她身上这种乐观的储备似乎也是无穷无尽的。在她去世前的几个月，她告诉格里姆：直到那时她自我感觉非常好，快乐轻松，像鸟儿一样……

谢久尔遗憾地与迷人的女皇道别，离开了皇宫。而受到女皇接见的一些来访者变得头脑发昏：狄德罗抓住她的胳膊，而格里姆要求留在她的身边做宠臣。我们不会厌烦叶卡捷琳娜，让我们跟随谢久尔的脚步，坐在档案馆和图书馆，更详尽地了解这只"鸟儿"——女皇叶卡捷琳娜二世。

鸟儿出现的巢窝

她不喜欢庆祝自己的生日。"每一次，一年一次，没有它我可以过得非常好，"叶卡捷琳娜1774年写信给格里姆，"你说实话，如果女皇永远停留在15岁的年纪该有多好？"她竭力回避各种生日祝贺和庆祝活动。不知何故，其他人认为生日是一年中最重要的一天，但对于叶卡捷琳娜来说，这是用来工作和回忆的正常的一天。正如她在自己的回忆录中所写："我于1729年4月21日（俄历5月2日）出生在波美拉尼亚的斯德丁，今年42岁。"你能想象到：1771年4月21日，叶卡捷琳娜像往常一样，醒得很早，用前一天晚上准备好的柴火点燃壁炉，喝了一杯浓咖啡，坐到桌前，桌上等待着她的是一张张白纸。女皇每天都是这样度过的，包括她的生日……

索菲亚·弗雷德里卡·奥古斯塔——这是叶卡捷琳娜按照基督教仪式取的洗礼名，来自一个古老的不富裕的安哈尔特-采尔布斯特大公家族。父亲是克里斯蒂安·奥古斯特大公，母亲约翰娜·伊丽莎白大公夫人出身更加高贵一些，因为荷尔施坦因-戈托尔普大公是德国的贵族，而叶卡捷琳娜的舅舅阿道夫·弗里德里希（或者瑞典语：阿道夫·弗雷德里克）是1751年至1771年间的瑞典国王。

索菲亚公主（家里的小名是菲卡）出生前，她的父亲指挥一支驻扎在斯德丁（今什切青，波兰）的普鲁士军团，他是一名将军，后来在很大程度上是凭借了自己女儿婚姻的成功，根据腓特烈二世的命令成为元帅和州长。他并不是在小小的采尔布斯特工作，而是在普鲁士国王身边任职，这在德国是司空见惯的。德国的贵族统治者们要比俄国谢列梅捷夫（1652—1719，俄国元帅，伯爵）或者萨尔蒂科夫（1700—1772，俄国陆军元帅，伯爵）过得差，因此他们不得不到更强大的王国（法国、普鲁士、俄国）任职，例如，俄国陆军元帅是有世袭统治权的黑森·洪堡大公。未来的叶卡捷琳娜二世的父亲很早就采用这种方式，因为来自小小领地的俸禄根本养活不了全家人，有传闻说，贫穷的大公手里拿着蜡烛为猪倌打开城堡大门。

菲卡就出生在迄今保存完好的斯德丁城堡里。"我在城堡的一角里生活和受教育，"叶卡捷琳娜二世写道，"占据着上面三个带拱门的房间，在教堂旁边，在角落里。我卧室旁边有一个钟楼。在那里女家庭教师卡尔杰莉教我学习，瓦格涅尔先生负责教育。我一天两至三次转过这个角落，蹦蹦跳跳地走到住在房子另一侧的母亲身边。顺便说一句，我看不到任何有趣的东西，或许，你们认为，地位意味着某种东西，对女皇具有某种影响。"是的，历史学家们有理由这么认为。

菲卡公主的童年对于 18 世纪的孩子，甚至对于大公家庭出身的孩子而言是普通的。要知道对于父母来说，当时的孩子们不像现在是无价的珍宝。通常，家里众多孩子之一（特别是女孩儿）得了重病或者死了，没有人会特别忧愁。"上帝给予的，上帝会带走。"孩子的健壮与否最终决定他的命运。并非偶然，1777 年，叶卡捷琳娜二世想到将要出生的孙子亚历山大，开玩笑地对她的女官们耳语说："夫人们，请赐予他健康。"对于菲卡公主，女官们"给予"她相当多的健康。这让这个小姑娘在今天看来很艰难的环境中生存下来并撑过了童年时期的重病。她 7 岁的时候剧烈地咳嗽、发烧、肋部刺痛。难受 3 周之后，小姑娘痊愈了。"当有人给我穿衣服时，"叶卡捷琳娜二世回忆，"他们看到我抽搐着，像字母 Z：右肩比左肩高，脊柱弯曲了，而左肋部形成一个凹陷。"她全身酸痛，接骨医生——或者是现代人习惯的叫法推拿医生，建议用唾液涂抹肩部并进行按摩，穿紧身胸衣。小女孩穿了好几年紧身胸衣。

健康是健康，同时菲卡公主也很幸运：要知道她 13 岁的时候，她的一个弟弟被传染伤寒的虱子咬了，死于斑疹伤寒；在她 1 岁半的时候，睡着的保姆没把她摔到地板上，而她的这个弟弟却未能幸免并因此得了股骨脱臼，到死前走路一直跛得很严重。她没有因为维生素缺乏、淋巴结核而失明，但整个童年她从头到脚都是疮痂。"当头上出现疮痂时，有人给我剪短了头发，往头上扑粉，逼着我戴帽子。当手上出现疮痂时，有人给我戴上手套，我根本就摘不下来，直到痂皮脱落。"——摘自叶卡捷琳娜二世的札记。还应当注意到，如果在小时候因为意外的剪刀扎伤而变成独眼，她就不能成为俄国女皇，当时剪刀已经扎到小姑娘的眼睑，没碰到眼球简直是奇迹。

父母和孩子之间并不亲近。父亲已过中年，忙于各种事情，是家里的无上权力者，但总不在家，孩子们很少见到他。母亲约翰娜·伊丽莎白14岁的时候嫁给了42岁的克里斯蒂安·奥古斯特，她特别肤浅，喜欢权术和"闲情逸致的生活"。她主要的精力不在孩子们身上（叶卡捷琳娜二世回忆道，母亲完全不喜欢温柔的话语），而是关注上流社会的消遣娱乐。有趣的是，后来，当带着14岁的女儿——伟大的大公的未婚妻来到俄国之后，32岁的约翰娜·伊丽莎白表现得就像整个行程都是特意为她一个人安排的，她嫉妒自己的女儿成为俄国的注意力中心。

与自己的丈夫——军人、不爱出门的人——不同，大公夫人经常旅行，到居住在德国不同城市的众多亲戚家里做客。她经常带着菲卡和她的小弟弟弗里德里希·奥古斯特，而小女孩从小就习惯了去各种新地方，很容易适应陌生的环境、迅速地和人们交上朋友。后来，这一点对她很有用。

还有一个影响女皇性格的要素不能忘记，就是叶卡捷琳娜生活在德国最发达的新教区。自17世纪末，由于害怕天主教镇压，相当多的法国胡格诺派逃到这里。所以在这里，在德国的北部，在普鲁士，法国文化和教育深深地植根。未来的叶卡捷琳娜二世的家人就生活在这样的氛围中。应该聆听路易十六的意见，他反驳一位叶卡捷琳娜二世史料研究家克·卡·留利耶尔，后者写道，她的早期生活似乎充满了军营的感觉。"没有的事！"国王感慨地说，"只是笔者对德国无足轻重的大公家庭和宫廷生活方式不了解，他们用优雅的法语说话。"

不管怎样，菲卡自幼学习法语，在18世纪，这对于她智力的发展具有强有力的推动作用。成年后，她经常回想起给自己进行启蒙的女家庭教师伊丽莎白·卡尔杰莉（芭贝特），一位法国女侨民。在叶卡捷琳娜看来，芭贝特是非常善良和可爱的人，并且具有与生俱来的崇高的心灵、非凡的智慧和极好的心肠。"她耐心、温柔、快乐、有正义感、坚定，事实上她是那种大家（对于孩子来说）都希望找到的人，"叶卡捷琳娜在 1775 年的信中回忆自己已经去世的启蒙老师时这样写道，"除了各种学科之外，她还对各种喜剧和悲剧了如指掌，并且可以滔滔不绝地从中引经据典。"

菲卡公主是个活泼和敏感的孩子，她可以吸收一切，她对拉·封丹寓言的了解不次于对圣经的了解，在人们的要求下她甚至可以一字不差地背诵下来其中某些片段。但是要强调的是，不管是在家里，还是在德国新教徒的社会里，在菲卡身上都没有那个年代经常摧残孩子内心的宗教狂的影子。我将在之后说到关于成年女皇叶卡捷琳娜二世对宗教的看法，现在要说的是，很难想象，小公主可以与自己的神父（牧师）就德国天主教的问题展开辩论，这个问题是为什么人们一定要用大火把古代的天才烧掉，仅仅因为他们比耶稣出生得早？并且她不能理解神父劝人为善的理论。

菲卡特别热爱读书。芭贝特找到了最可靠的方法培养这个爱好：她给自己的学生大声朗读一些有趣的事情，这能让她更好地把菲卡带入课堂情景；如果芭贝特对菲卡的成绩不满意，她就会不出声地看书，这让小姑娘很伤心。而在同时期，在里加这个地方，与叶卡捷琳娜同龄的荷尔施坦因王子卡尔·彼得·乌尔里希（即她的未来丈夫）的老师布留米勒伯爵经常打他，不给他饭吃，还把他绑在桌腿上或者让他裸着膝盖跪在豌豆上，因此王子的腿都肿起来了。也许，就是这个原因让彼得三世和叶卡捷琳娜变得不同。

当然，菲卡公主接受的家庭教育是不连贯的和不系统的。人们并不打算把她变成一个有学问的女人。人们确认菲卡公主活得比较健康后，就给她规划好了另一种命运：当她十四五岁时，索菲亚公主将成为某个王子或者国王的妻子。在她的世界就是如此，从年幼时开始，人们在教她礼节、语言、手工、跳舞和唱歌的时候就在为她未来的婚姻做准备。由于缺乏音乐细胞，菲卡实际上绝对不适合最后一门课程。不过，她已经掌握的技能足够她成为一个好的国王或王位继承人的妻子。菲卡已经等不及见到自己未来的丈夫了。不知为何，在很多年后的谈话中叶卡捷琳娜却抨击有所贪图的婚姻。我认为女皇是在掩藏一个事实：她从小就没准备嫁给一个自己爱的人，而是准备嫁给皇室看重的人。但我认为，年轻的菲卡作为一个真诚的和正派的姑娘，梦想着能够爱上命运和父母带给她的丈夫，并且给他生一个继承人，然后所有的一切都会很美好。这些梦想没有实现是她的错吗？

她盼望已久的决定她命运的那一天到来了。叶卡捷琳娜是这样回忆的："1744 年 1 月 1 日，当人们给我父亲送来一大捆信的时候，我们正在吃饭。打开第一封信之后，父亲转交给母亲几封寄给她的信。我当时在母亲旁边，认出了那是当时荷尔施坦因大公首席宫内大臣的字迹。母亲拆开信，我看见了他的话：'带着公主，您的大女儿。'我牢牢地记得这句话，我猜到了之后的事情，而事实上，我的猜测是正确的……"

通向未来之路

是的，信的内容正是姑娘等待的：以伊丽莎白·彼得罗夫娜女皇的名义，布留米勒伯爵邀请约翰娜·伊丽莎白携女儿前往俄国，就对他们家族的仁慈厚爱向女皇陛下表达感激。"刚从桌旁起身，"叶卡捷琳娜回忆道，"父亲和母亲就被关押了，顿时家里一片混乱……没有人告诉我到底发生了什么。就这样 3 天过去了……"

叶卡捷琳娜在回忆录中提到，她迫使母亲告诉她信件的内容并说服父母同意她前往俄国。这点是否属实有待商榷。但众所周知，约翰娜·伊丽莎白早就为自己铺好去俄国的路：她给伊丽莎白女皇寄去了赞不绝口的祝贺信，随信还寄去了女皇姐姐荷尔施坦因大公夫人安娜·彼得罗夫娜的肖像画，1743 年 3 月，约翰娜·伊丽莎白的哥哥荷尔施坦因亲王奥古斯塔亲自将由画家彭创作的索菲亚公主的肖像画带往圣彼得堡。画作保存至今，我们在画中看到的是一个有着鸭蛋脸、樱桃小嘴、厚重下颌的年轻姑娘。画家并没有着色于人物天性，但我们通过面相以及果敢、专注没有笑意的眼神，看到了画家为我们展示的主人公的性格特点。

其实，这副肖像画未必能使伊丽莎白女皇下定决心选择菲卡，这种画的作用并不大，况且在这个世界上没有不漂亮的和丑恶的公主！女皇有着自己的打算和想法，并非关注美貌。女皇一直以来都在欧洲皇室和贵族中为自己和大公挑选未婚妻。候选人包括有法国皇家血统的公主和波兰国王的女儿玛莉亚安娜——美女，伊丽莎白女皇选择了前者，她符合两个很重要的条件：第一，她是基督教新教教徒，因此很容易转信东正教；第二，她来自并不起眼的贵族家庭，没有关系和随从的公主一定不会引起俄国朝臣的特殊关注和嫉妒。女皇如此向副高级文官阿·彼·别斯图热夫–柳明解释道。

我认为，采尔布斯特公主没有复杂的关系和有势力的亲戚，这在女皇眼中反而是她最突出的优势。伊丽莎白不希望在她的宫殿里出现任何由王位继承人妻子的海外皇室亲属拥护的特殊"党派"。然而在 1744 年 1 月 10 日，在最后时刻，一个非常有能力的人还是不露声色地钻进马车，陪同菲卡永远地离开了采尔布斯特，离开了德国。这个人就是普鲁士国王腓特烈二世。他一知道布留米勒伯爵的来信内容，就立刻写信给约翰娜·伊丽莎白，提议她的大女儿与俄国继承人联姻，并嘱咐他提议并帮忙斡旋的这件事必须是最深的秘密，对公主的父亲也要保守秘密！克服了重重困难，最终他达到目的，收到了来自伊丽莎白女皇的邀请函。腓特烈希望用这种冒险的方式攫取他国的劳动果实。

前往俄国的路途中，菲卡和父母在柏林逗留了一段时间。那里专门为她举办了接待会，然而在此之前，这里的接待会上不可能见到任何一个来自德国外省的公主。更出乎意料的是，在她被邀请的宫殿里，她被安排坐在国王腓特烈二世的旁边。索菲亚公主感到很尴尬，想要离开，但国王拦住了她。这一晚国王异常温和有礼并且只和她交谈。是的，腓特烈二世的异常殷勤可以理解为：影响俄国的最好方式就是通过继承人的妻子，接着可能的话，通过女皇，这点很难想象。这将导致什么结果，我们稍后再讨论。现在我们先来探究菲卡与父亲分别后的路途和命运（不同于她的母亲，伊丽莎白女皇并不希望见到她的父亲）。

在分别时父亲克里斯蒂安·奥古斯特把一本札记留给了菲卡，希望她保持路德宗的信仰，服从上帝、女皇和未来的丈夫，并劝诫女儿不要参与到尔虞我诈的政府事务中，小心管理自己资产，远离大型赌博，不要与任何人结下友谊，与人相处谨慎留意。并不是菲卡不爱自己的父亲才使得她连一条父亲的教诲都没有遵守。要知道从奥古斯塔公国的公主索菲亚踏上俄罗斯帝国土地的时候起，她的生活就发生了巨大的改变。

事情发生在 1744 年 1 月 26 日，里加。这是一个令人难忘而又重要的日子：伟大的帝国第一次迎来了自己未来伟大的女皇！欢迎仪式盛大而隆重：礼炮齐鸣，锣鼓喧天，有豪华的马车、穿戴华丽的政府高官、雄伟的宫殿，接着是一个令人赞叹的"雪船"——由十匹马拉着的外面镶着银、挂着貂皮的巨型雪橇，最后由仪仗队收尾。约翰娜·伊丽莎白注意到了由身手敏捷的大尉带领的英勇的莫洛佐夫铁骑，并在家书中写了这件事。也许她当时询问过这个出色的大尉的姓名，但转身就忘记了，对她和菲卡，甚至是其他所有人来说，这个名字没什么意义。但对于我们，这个名字却意义颇多：24 岁的骑兵大尉，未来女皇仪仗队的队长，闵希豪生男爵①卡尔·弗里德里希·伊耶罗宁，是的，正是这个骗子，前无古人的"骗子王"。可是，他真的是这种骗子吗？

或许，许多年以后，在自己的故乡，安静的勃间维尔间，他和朋友们围坐在一起喝着啤酒，讲述着自己当年在俄国，一个生长着恶狼、呼啸着能淹没屋顶甚至将教堂十字架到穹顶都覆盖的可怕暴风雪的国度里发生的令人难

---

① 许多德国文学作品中的人物，是一个荒唐无稽的吹牛者。

以置信的际遇。也许，其中一个故事他会这样开始讲述："当我还在指挥仪仗队迎接伟大的叶卡捷琳娜的时候，我曾帮她坐上由十匹像天鹅一样雪白的马拉着的从上到下镶着银、挂着价值连城的雪貂皮的巨型雪橇……"听着这些故事的客人们一个个笑得肚子疼，殊不知，无论是关于狼，关于能把整个俄国农村屋顶都淹没的不分昼夜的暴风雪，关于女皇（事实上是未来的），还是关于由十匹马或许是十六匹马拉着的披银戴貂皮的雪橇队的故事……这些都是真的。

"我们的女儿得到了充分的认可"

当然闵希豪生在讲述故事时总会对一部分事实进行杜撰：帮菲卡坐上雪橇的不是他（否则菲卡不可能会坐），而是谢苗·纳雷什金。叶卡捷琳娜回忆说："为了教我学会驾驶雪橇，他告诉我说：应该把一条腿放下，来吧，放下！这个词我以前从来没听过，亲爱的，真是太好笑了，以至于每次我一想起来就忍俊不禁。"

索菲亚公主还保持着少女菲卡爱笑、开朗的性格。她无所畏惧地乘着雪橇飞驰在去往圣彼得堡的光滑的雪地上，或许此时她正幻想着未来，要知道年轻的特点就是充满幻想，而不是追忆。雪橇旁边坐着的是她的母亲，大公夫人约翰娜·伊丽莎白。虽然她是一个有阅历的人，见过许多世面，但一系列的转弯也让她昏了头，从柏林出发途经柯尼斯堡和布满淤泥的梅梅里的漫长又痛苦的旅途上有露宿臭虫窝的夜晚、强盗、冰冷的海风，所有的一切在俄国边境都奇迹般地消失了。关怀，荣誉，丰盛的饭菜，从国王肩上取下的紫貂皮，踏平了雪地的欢快的骑兵，雄赳赳的车夫队……

神奇的雪橇一昼夜就飞速地将行者从纳尔瓦送到圣彼得堡，阳光下彼得保罗要塞堡垒齐放凌空枪欢迎她和她母亲的到来，迎接她们的还有高官、朝臣，以及女皇派来的宫中女官，在冬宫里也已经为他们安排好豪华的住处。遗憾的是此刻伊丽莎白·彼得罗夫娜本人并不在圣彼得堡——行宫已迁至旧都。虽然女皇没有出席,大公夫人和女儿依旧受到了高规格的王室标准接待,约翰娜·伊丽莎白将此事告知了德国外省的亲属们,令他们好生羡慕。

为了迎接尊贵的客人,圣彼得堡举行了盛大的欢迎仪式和大象表演,与那些寂静、白雪皑皑的德国城镇完全不同的是,俄国此时正是谢肉节,话剧演出、秋千、薄饼、巨型滑雪坡、尖叫、呼喊和歌声在热闹喜庆的首都大道上演,对女孩来说这是一个她从未见过的绚烂的五彩缤纷的世界⋯⋯

接下来他们要马不停蹄地赶往莫斯科。这一次他们坐上由 16 匹马拉着的雪橇,正如约翰娜·伊丽莎白给丈夫的信中写道:他们几乎是用飞的速度,即使在恶劣的道路条件下依旧以每 3 小时 70 俄里的速度飞驰,这在当时是非常快的速度。2 月 9 日到达莫斯科,在亚乌扎的安娜行宫里伊丽莎白女皇热情地接待了他们。在此之前,在她们刚更完衣,一位大公就赶来并立刻和菲卡攀谈起来,像是旧相识。是的,1739 年在德国他们就见过。

相亲开始了。"他们好奇地从脚到头再从头到脚地打量着这两个德国女人。"母亲写道,虽然他们主要看的应该是女儿,而且女儿很讨他们的喜欢。伊丽莎白女皇与索菲亚公主初次见面时"女皇非常喜悦",大公彼得·费奥多罗维奇的老师雅各布·施戴林这样记载。而约翰娜·伊丽莎白告知丈夫:"我们的女儿得到了充分的认可,女皇对她态度友善,大公也喜欢她。"3 月初菲卡突然病重,女皇立刻中断在圣三一大修道院的朝圣之旅,连忙赶回莫斯科。叶卡捷琳娜回忆,当她醒来的时候,发现自己躺在女皇的怀中。与她早已是朋友的大公也十分担忧她的病情。这次事件之后所有人对她的质疑都消除了:大家都明白了菲卡作为新娘的候选资格得到最高权力的认可。

此刻为了竞争王位继承人的宝座,朝廷内部党派间的斗争接连不断。副高级文官阿·彼·别斯图热夫–柳明是最有权力的最受女皇尊敬的政治家,他担心大公与安哈尔特–采尔布斯特公国公主的联姻会加强普鲁士对俄国的影响。这些恐惧也并非毫无根据。

为了完成腓特烈二世安排的任务,还没来得及看看莫斯科,约翰娜·伊丽莎白就立即与法国公使德·拉·舍塔尔基侯爵、他的老友——伊丽莎白女皇的御医约翰·盖尔曼·列斯托克伯爵、元帅继承人奥托·布留米勒伯爵，以及普鲁士公使阿克谢利·马尔德费尔特男爵汇合并开始插足俄国政治。腓特烈二世还曾给普鲁士特使写道："非常期待采尔布斯特大公夫人对自己提供的帮助。"这些人无一例外都是副高级文官，是十足的反法国、反普鲁士者，他们等待着老滑头和政界上层分子的落马。约翰娜·伊丽莎白耍诡计，对别斯图热夫嫉妒女儿的这种愚蠢的行为提出抗议。然而诡计被伊丽莎白女皇识破，开始这只是引发她的不满，紧接着女皇大发雷霆。意料之中，彼得与叶卡捷琳娜举行婚礼之后，女皇立即将约翰娜·伊丽莎白逐出俄国境内，并禁止她再踏足俄国，也不允许她与女儿通信。

菲卡并没有参与到母亲的阴谋当中。虽然约翰娜·伊丽莎白并没有料到，她尝试继续掌控女儿的生活，然而女儿的生活线路与母亲所期望的渐行渐远。伊丽莎白女皇似乎已经要把菲卡完全接纳到自己的小家庭中，并保护她的利益，因此大公夫人遇到的来自女皇的阻力越来越多。在伊丽莎白童话般的宫殿中，我们的女主人公一心沉浸在这个由女皇为自己和其他人举办的永恒的盛宴中。

"我是如此地热爱跳舞，"叶卡捷琳娜在回忆录中记叙道，"我以上兰德老师（他既在宫廷里也在城里教课）的芭蕾舞课为借口，从早上7点跳到9点，然后下午4点钟兰德吃过午饭回来，我接着以排练为借口跳到6点，之后我穿戴好去化装舞会又跳上整晚。"对她来说，这是她生活里短暂而令人陶醉的时光，令人烦躁的学生身份突然结束，单调乏味、厌倦至死的制度也消失了，殷切渴望的成人生活终于来临，甚至没有令人厌烦的成人的责任，此刻期盼已久的自由就是幸福：可以尽情地跳舞跳到厌倦，穿任何想穿的衣服，做自己喜欢的发型，甚至可以彻夜不眠！

夜晚与年轻的伯爵夫人鲁缅采娃在自己的独立卧室里时，索菲亚公主简直把这里弄得一团糟，整晚和女仆们翻腾、跳舞、追打，经常快到早晨才入睡。当作为大公的未婚妻被指派了 8 个女仆时，她的喜悦之情还源于：这群年轻活泼的姑娘们每个夜晚都要蹦蹦跳跳，爬得老高，捉迷藏是她们最爱的游戏。菲卡那时还在向阿拉贾——女皇的意大利合唱团指挥学习如何弹奏大键琴，当阿拉贾来了之后，她回忆道："他在弹奏，而我在房间蹦来蹦去，晚上我的大键琴盖对我们来说也非常有用，因为我们会把床垫靠在沙发背上，然后把琴盖放在床垫上，这样就变成了一个可以在上面滑的滑梯。"

这伙人，包括新娘，都躺在地板上睡觉，女仆们直到早上还在叽叽喳喳地讨论着……关于不同的性别。"我想，"叶卡捷琳娜几年之后写道，"我们之中大部分人对这个问题都完全没有认知，我可以发誓，尽管我当时已经满 16 岁（叙述的事件发生在 1745 年），但我完全不知道男女之间到底有什么区别，于是我这样做了，我答应我的姑娘们关于这个问题第二天问问我的母亲，于是大家不再讨论，然后睡着了。第二天我确实问了母亲几个问题，但她把我大骂了一顿。不久之前我还突发奇想，我命令人给我修剪刘海，想要它卷起来，并且我要求这群姑娘也这样做，她们其中一部分不愿意，另外一部分一边哭一边说这样子像鸡冠。最终我还是成功地强迫她们烫卷了刘海。"

此时菲卡已经改名了，1744 年夏天她转信东正教，成为大公夫人叶卡捷琳娜·阿列克谢耶夫娜。为这个重要的事件，她很早之前就在做准备：她要学习俄语，但最需要注意的是要记住和背熟信条"我只相信上帝——他是我们的祖先、统治者、天堂和大地的缔造者……"1744 年 6 月 28 日，在莫斯科克里姆林宫圣母升天大教堂，女皇出席，高级神职人员为她举行了庄严的仪式。菲卡·叶卡捷琳娜一直以来表现出色，很快母亲约翰娜·伊丽莎白向丈夫"报告"了这件事，他们的女儿清晰而坚定的声音和标准的俄语发音使在场的所有人都惊呆了，并且她一字不漏地读完了信条。教堂里所有人都感动地落泪，甚至是嫉妒心强的叶卡捷琳娜的母亲也无法抑制自己对这个未来王位继承人的妻子表现出来的高贵和优雅的钦佩之情。

第二天举行期待已久的订婚仪式：彼得·费奥多罗维奇大公和大公夫人

叶卡捷琳娜·阿列克谢耶夫娜被宣布正式结为夫妻。百姓欢欣鼓舞。为了纪念这个盛大隆重的日子，皇家为百姓准备了礼物：6只大烤牛，包好的烤鸡，无数的面包和红酒。免费为百姓发放食物的场面总是惊人的，直到1897年"霍德卡"事件才终结了此类事情。

　　"在宫殿前面有一个很大的广场，"叶卡捷琳娜二世时期一位法国外交官科尔伯龙描述这个发放食物的场面时写道，"广场上差不多可以同时容纳三万人。广场的中央竖立着带台阶的由原木搭建的平台。上面摆放着用红布盖着的露着头和角的烤牛，人们围拥在台子周围，警察们一个个手里拿着鞭子随时压制管控着这群急不可耐、贪食的百姓。这使我想起等待分食自己那份鹿肉的猎犬，在捕获鹿之前，他们先把鹿追赶到筋疲力尽，然后把它大卸八块分食。广场上，人们撞击着台子左侧和右侧的能流出红酒和格瓦斯的花瓶形状的喷泉。大炮第一次发射时，所有人都警觉起来，然而第二声炮声响起后警察都被挤到一旁，疯狂的人们都拥挤到前面，瞬间给人一种野蛮人和野兽的印象。除了食物之外，这里还有另外一种诱惑：若有人能抓住牛角，将牛头扯下，并将牛头带到宫中，那么他将获得100卢布的奖金作为对他的勇敢敏捷和力量的奖励。多少人想要获得胜利啊！人们互相推搡、殴打、踩踏，所有人都想参与到竞争这份荣誉的战争中。300多个可悲的人呼喊着，拖拽着属于自己的丑陋的战利品，每个人都只扯下不完整的一小块，那么承诺的100卢布奖金也将在他们当中进行分配。"

　　然而我们不要忘记，科尔伯龙来自的那个国家，在1770年春天，在路易十六和玛丽·安托瓦内特婚礼庆典上，凶猛的人群也在抢食免费发放的食物，参与人数同样超过千人。我想场面与法国人在俄国看到的一样残忍和野蛮。但是这次没有一个人获得奖金，甚至红酒喷泉也没有被打坏，人们在第一声炮响时就已经冲破警戒线，然后在恶战中撕扯着牛……"越接近我婚礼的日子，"已经年迈的叶卡捷琳娜回忆道，"我就越悲伤，而且我经常哭泣，自己也不知道为什么……"

"我们从来没有用爱的语言交流过"

叶卡捷琳娜的眼泪，并不是寻常的即将告别无忧无虑的少女时代的新娘的眼泪。这里另有含义：她梦想能嫁给一个她爱的王子，然而梦想很快就要破灭。曾经有那么一个王子，但叶卡捷琳娜根本不可能爱上他，她无法把自己的心交付给王子，他不需要，甚至不理解，因为尽管他已经 17 岁，但他其实还是个孩子，仍旧十分任性和鲁莽……

而这是有一定的原因的。卡尔·彼得·乌尔里希是彼得大帝的大女儿安娜和荷尔施坦因大公卡尔·弗里德里希的儿子，他于 1728 年 2 月出生在基尔。不久之后 20 岁的母亲由于急性粟粒性肺结核去世，他的父亲也没有教养他，而是把他交给了一个教育家。这个教育家就是我们上面提到的奥托·布留米勒伯爵。这个糟糕的教育家对年轻的王子所做的事令人难以想象：他挖苦年轻的王子，揍他，并且没有教会他什么知识。

他的父亲也是一个具有悲惨人格的人，父亲对他的影响只有一点：从小培养他军事操练的能力，以及教会他严苛机械的练兵方式，他的确学会了这些，真是命运的捉弄！这些同时也成为接下来整个罗曼诺夫王朝的祸根，带来了练兵场上斩落的人头、被挑长的袜子以及荷枪实弹的接待。可是，此刻为了训练王子，他被交给普通军官，和士兵们一起训练。他们一生都过着军队单调辛苦的生活，似乎他们也都知道如何将一个体弱多病、娇生惯养的纨绔子弟打造成伟大将军的秘密。因此荷尔施坦因军官们根据大公的指令，痛斥年仅 7 岁的卡尔·彼得·乌尔里希，教会他所有他们知道的：宪章、枪支、行军、纪律和秩序。

当然，不可能期待从他们身上获得亚里士多德和哥白尼的系统知识，而他们的兴趣、玩笑和要求都非常简单。可是伟大的弗里德里希有一种与生俱来的基于战略战术需要的对军事活动的热爱，这并不影响他成为一个杰出的并且有学问的睿智的政治家。练兵场、军营、整齐的队列在未来的沙皇彼得三世的生命历程中具有完全不同的意义。对军队的热爱暴露的不是一个人的力量，而是软弱。陷入这种热爱的同时，他也逃离了这个糟糕、复杂、充满敌意的外面的世界。但这是后话，在俄国，当街上隆隆的鼓声响起，或者宫殿大门被打开，他便抛下所有课程，兴致勃勃地趴在窗前享受着关于行军的沉思，因此他对世界的感知在童年就已经形成了。

他的父亲在 1739 年去世，当时他 11 岁。即刻他成为荷尔施坦因大公，虽然事实上他还只是一个体弱多病、娇生惯养的孩子。同年菲卡在奥伊廷与自己未来的丈夫第一次见面。这是一次亲戚之间的见面，因为彼得是菲卡的堂兄弟。

他们之间的亲属关系是这样的：17 世纪末荷尔施坦因 – 戈托尔普大公家族由两兄弟分为两支。大儿子弗里德里希二世大公在 1702 年的战争中牺牲。之后坐上荷尔施坦因王位的是他的儿子卡尔·弗里德里希，即安娜·彼得罗夫娜的丈夫，同时也是未来的彼得三世卡尔·彼得·乌尔里希的父亲。弗里德里希二世的弟弟，克里斯蒂安·奥古斯特是约翰娜·伊丽莎白的父亲，即菲卡的祖父。约翰娜·伊丽莎白同时还有一个兄弟，阿道夫·弗里德里希，当时是利佩茨克教区的主教，1739 年成为年少的荷尔施坦因大公卡尔·彼得·乌尔里希的摄政王。在舅舅的宫殿中 10 岁的菲卡与 11 岁的彼得结识了。

年少的菲卡当时并未注意到彼得，她沉醉在好不容易获得的可以在城堡中闲逛的自由中，当然还和女仆们一起准备了某种神奇的牛奶汤。真的，当彼得周围围绕的都是老师，并且他走的每一步都被计算好时，菲卡发现他非常羡慕自己享有的自由。

1741 年 11 月刚执政，伊丽莎白·彼得罗夫娜女皇便立刻想起自己的外甥。伊丽莎白不仅仅想到骨肉亲情，还有政治上的考虑，他是彼得大帝的外孙，根据外祖母叶卡捷琳娜一世的遗愿，在有监护人的情况下他比伊丽莎白拥有更多的俄国王位的继承权。1742 年初彼得被带到俄国，接受东正教洗礼，改名彼得·费奥多罗维奇，并被宣布成为俄国王位继承人。他的智商、受的教育和兴趣都给周围的人留下很差的印象。外甥的过度幼稚和喜怒无常、暴躁的脾气以及他相当多的失仪的行为都令伊丽莎白十分担心。1746 年 5 月高级文官阿·彼·别斯图热夫 – 柳明为大公行宫编制了大元帅守则。守则中写到要用尽一切办法阻碍彼得与仆人以及随从做游戏和开玩笑，"避免任何没有意义的事情的发生"。除此之外，必须保证继承人在教堂中行为举止得体，"避免任何不得体的言行，在神职人员面前禁止恶作剧，也就是说禁止表情和手势的侮辱以及类似的疯狂行为"。不要忘记，我们这里不是针对一个没有礼貌的淘气少年，而是针对一个此时已经结了婚的 19 岁的成年人。

在俄国生活的头几个月里，菲卡与彼得成为朋友，但这种男女之间的友谊并不会转变为爱情。"他当时 16 岁，长相非常帅气，但太稚嫩了，完全是个孩子。他和我谈论可以让他从早到晚一直忙活的玩具和士兵。我完全是出于礼貌和为了满足他才听他说话。我经常不自觉地打哈欠，但我从来不会主动离开，所以他认为有必要和我交流。当他谈到他喜欢的东西时，他娱乐性很强，跟我能聊很长时间。很多人把它看作真正的感情，尤其是那些希望我们结婚的人，然而我们之间从来没有用爱的语言交流过：我从来没有开始过这样的对话，我的矜持不允许我这样做。哪怕我感受到了柔情，但我内心与生俱来的骄傲就足以阻止我迈出这一步。至于他，他从来没想过这件事，说实话，我对他来说并没有什么太大的用处：不用说，无论受过多么良好的教育，每个女孩都喜欢听温柔和甜蜜的话语，尤其是从那些她们愿意听的人口中说出的情话。"彼得需要的不是一个妻子，叶卡捷琳娜在回忆录中写道："是需要一个负责他幼稚行为的代理人。"她对彼得来说正是这样的人，没有其他的。

1745 年 8 月 21 日，他们举行了结婚仪式，菲卡成为王位继承人的妻子。新婚之夜，叶卡捷琳娜躺在床上，等待着她丈夫的到来，而当"皇帝陛下享用过晚餐进来睡觉时，他开始和我讲要是他的一个男仆看见我们两个人躺在床上，男仆该有多高兴啊。之后他就睡着了，安详地睡到第二天早晨……我睡得很不好，因此当太阳升起时，阳光透过没有帐纱的窗照射在床上，我感到很不舒服……第二天女侍官想要询问新娘新婚之夜的情况，但明显她的希望是无结果的，而且这样的状况在接下来的九年里没有丝毫改变……"

"我曾有很好的老师：孤独生活的不幸"

菲卡在爱情与家庭生活中是不幸的，虽然从她的性格来看，她应该是为幸福而生的。1767 年 1 月，她很难过地对别利卡夫人写道："有一类女人总是认为如果丈夫不爱自己那都是丈夫的错，我也属于她们之列，因为我真的会非常爱自己的丈夫，如果有这个可能，并且我的丈夫也希望如此。"

关于这一话题她在自己的回忆录中也曾提到："如果我的丈夫希望如此或者他是值得爱的，我一定会非常爱他……如果我的丈夫只爱我，和他在一起我不怕受到任何委屈，那么我的心会无条件地全心全意地属于他；我总是把嫉妒、怀疑、不信任及由其产生的一切看作最大的不幸，并且我一直坚信，善良、温柔的妻子是否可爱取决于丈夫，丈夫彬彬有礼、良好的态度会征服妻子的心。"

这里并没有很具体地描述。在叶卡捷琳娜写下上面引用的话语的几年之前，约翰·贝克汉姆伯爵写过，女皇天生温柔无限，只要看她一眼便知道她会爱人，并且她的爱将是配得上她的仰慕者的幸福。

叶卡捷琳娜的丈夫多年停留在一个大孩子的状态。当伊丽莎白女皇想让她 16 岁的外甥结婚时，她的医生列斯托克建议不要让彼得在 25 岁之前结婚，这位继承人的身体及智力发育都停滞了。叶卡捷琳娜描述道：在他们几年的夫妻关系期间，彼得直接将玩具拿到卧室的床上，连续几个小时玩着娃娃，连侍女也陪他一起玩。但是问题不仅仅在于这位大公幼稚的毛病上。叶卡捷琳娜是一位自尊自爱的女性，第一次见到她就会看到她的优点。这种女人最害怕的就是被侮辱或是被轻视。

叶卡捷琳娜回忆刚刚开始与丈夫一起生活的日子："我产生了很残忍的想

法……我对自己说：如果你爱上这个人，你会成为世界上最不幸的生物。按你的性格，你想要相互回应的爱情，这个人几乎不看你，他只谈论娃娃或对所有其他女人更加关注。你这么有自尊的人不会因为这些事吵闹，因此，请克制对这位先生的温柔，考虑考虑自己吧，夫人。这块印记永远深深刻在我的心里，这种想法从来没有从我脑中消失，但是我尽量不说出这一坚决的决定：永远不要爱上不给你任何回应的人。"由于这种意识，她表现出一种年少时不同寻常的可怕的理性。这种不断产生虚荣心的自私的盘算是温柔的菲卡的"另一面"。

我们还记得，在菲卡父亲的训示中，他让女儿要敬爱上帝、女皇及自己的丈夫。叶卡捷琳娜将这一要求转变为以下形式："1. 喜欢大公；2. 喜欢女皇；3. 喜欢人民……的确，为了做到这些我一点也不敢轻慢：迎合、顺从、尊敬、想喜欢、想表现好、真诚向往，从 1744 年到 1761 年，我使用了所有这些方法。我承认，当我对第一点失去了信心，为了做好余下两点，我开始加倍努力；我觉得我在第二点上成功了不止一次，但在第三点上我取得了巨大的成功，没有任何时间限制，因此，我认为我很好地完成了自己的使命。"

第一项任务很明显，是不可能完成的。通常，随着家庭生活的继续，矛盾会淡化，夫妻也会更亲近，甚至在某些地方变得难以察觉的相似。但对于这对夫妻一切正好相反：在象征他们共同生活开始的盛装肖像中，夫妻俩站在一起，紧握对方双手，那时是两个被命运牵扯在一起的彼此相似的长鼻子青年。晚些时候的肖像可以看出他们的变化，变得惊人的不同，那是沿着各自的人生轨道走了很久的彼此陌生的两个人。

彼得从与乡野士兵级仆人的游戏转为固定的野外军事游戏，这一游戏取代了他的其他生活，他建立了荷尔施坦因兵团，夏天带领他们在奥拉宁鲍姆近郊举行演习、远征、阅兵、交接班。他成为真正的军人，并且很享受兵营生活。他觉得自己不是俄国王位的继承人，而是荷尔施坦因公爵，暂时莫名其妙地被遗忘在这个与他格格不入的国家，这里有糟糕的气候，悲凉的国都，肮脏的乡镇，多神教会，他断然拒绝进入的可笑的蒸汽浴室，傲慢、奴颜婢膝的贵族，喜怒无常的姨母——女皇（没有成为他可亲的人）。与她相关的事他都勉强忍受、暗自憎恨甚至绝望地害怕着。

为了维持这个真实的自己，他用各种方法进行捍卫：少年时的谎言，成年后的粗鲁行径，与仆人及他自己荷尔施坦因兵团战士自我孤立，将自己的荷尔施坦因公国理想化，对腓特烈二世无限爱戴。但是这一切都有那么一点可笑：无论是谎言、粗鲁的行为，还是与真人士兵、玩具士兵之间的军事游戏。大公的爱国主义、对波茨坦英雄的崇拜如同他的外形一样滑稽可笑：窄肩、瘦弱的普鲁士人模样，穿着紧身制服，身侧挂着长剑，穿着一双大得出奇的长靴。

读着叶卡捷琳娜二世的回忆录，我们从她的视角了解彼得·费奥多罗维奇，感受到从他的那些房间传出来的被他虐待的狗的尖叫声、小提琴吱嘎作响、噪声及轰隆声。有时候，他闯入妻子的房间，带着一身烟草味、狗毛味，还有酒气，叫醒她，跟她讲一些淫秽的故事，谈论库尔兰公主的漂亮身段，或是和某一位他正在献殷勤的夫人进行的愉快谈话。在俄国刚开始生活的那几个月，叶卡捷琳娜假装听得很认真，不自觉地打着哈欠，盼着他快些讲完这些令她讨厌的新鲜事。

他们是完全不同的人，并且说着相互听不懂的语言。叶卡捷琳娜写道，在他们的谈话中听得最无聊的就是军事相关细节——些他很乐意讲的小事，即便如此，她也努力不让他察觉到自己已经感觉无聊且累得没有力气。"我喜欢阅读，他也是，但是他都读些什么呢？强盗土匪的故事，或是我完全不感兴趣的小说。从来没有人像我们一样想法如此不同。我们完全没有共同的兴趣，我们的思维方式及看事物的观点非常不同，如果不是我为了不直接激怒他而经常选择让步的话，我们的意见从来不会有一致的时候。"当他终于不再向她讲述故事的时候，最枯燥的书也成了她愉快的消遣。

除此之外，叶卡捷琳娜认为，她的丈夫是胆小鬼，并且不能保护他们弱小的家庭不受旁人、公职人员及伊丽莎白女皇的奸细不断肆意干扰。曾经，当伊丽莎白女皇斥责她的时候，为了让姨妈满意，他也一起责骂妻子。叶卡捷琳娜在 1758 年过得尤其痛苦，她被怀疑与阿·彼·别斯图热夫－柳明私通，伊丽莎白女皇在秘密办公厅大臣舒瓦洛夫公爵及大公在场的情况下亲自审问叶卡捷琳娜，但是大公不仅没有保护自己的妻子，还将女皇的愤怒集中到她身上，最后反而惹怒了伊丽莎白女皇。曾经多少次，坐在桌子旁，看着身旁喝得烂醉的丈夫，他的装腔作势、胆小以及王位继承人不该有的行径让她羞得满脸发热……

这一切都阻碍了他们变得亲近。但我们不能忘记，上述内容仅是叶卡捷琳娜的回忆录中描述的。我们以她的视角看到了一个令她仇恨的丈夫。不能说彼得对自己的妻子完全冷漠。当有人怀疑叶卡捷琳娜对英俊的仆人安德烈·车尔尼雪夫有好感时，夫妻间出现了感人的一幕：午饭后，叶卡捷琳娜正躺在长椅上看书，彼得走了进来，"他直接走到窗边，我起身走向他；我问他难道他不因此生我的气吗，他犹豫，沉默了几分钟后说：我曾希望您可以像爱车尔尼雪夫那样爱我"。

此后，他开始向她，也就是叶卡捷琳娜求助，他在宫中是完全被孤立的，他的每一个行动都有人监视。当他最宠爱的仆人卡梅拉和鲁姆比尔科——他最信任也是从小最亲近的人被送走时，叶卡捷琳娜写道，"他不可能向别人敞开心扉，痛苦时会来找我。他经常走进我的房间，他很快感觉到，我是他唯一可以交谈的人，不会介意他的微小的言语错误，我知道他的处境，并且曾觉得他可怜…"但是他们仍没有因此建立信任及亲近的桥梁。他好像没有把她看作女人，最好的情况就是同志，而她也许下残酷的誓言。

众所周知，大公夫人，也就是后来的女皇，是一位交际天才（下文我会讲述），她可以诱惑、吸引各种不同的人。叶卡捷琳娜身上存在某种人和动物都可以感觉到的迷人的吸引力。当时的人说，所有小狗都摇着尾巴跑向她，在院子里找到通道来到女皇的房间，躺在她的脚边，鸟类、猴子只认识她一个人。

当然，丈夫并不是猴子，但不知为什么叶卡捷琳娜的诱惑力对彼得没有作用。他们家庭的不幸不仅仅在于彼得的幼稚或冷酷、叶卡捷琳娜的高傲及其对伴侣超高的要求，也在于她在这场婚姻中一开始就有的冰冷、清醒的算计。这一点我们可以从她在回忆录中的自我坦白看到，在家庭生活一开始，她就对彼得产生那些残忍想法："考虑考虑自己吧，夫人！"

在回忆录另一处她不小心说出："在我生病的时候，大公对我很关心；当我感觉好些时，他依然表现出关心，看起来他喜欢我。我不能命令他喜欢我或是不喜欢我，我能做的只有服从。母亲让我出嫁。"最重要的是："事实上，我认为与他相比我更喜欢俄国王位。"不幸的是，她并不追求同盟，她把自己看作彼得的竞争者，采尔布斯特公主——俄国大公夫人早已高涨的野心不允许他们亲近。

家庭大学

征服俄国的整个计划中的第二项任务，即讨女皇的喜爱，也是不简单的。一开始，伊丽莎白女皇对这个来自采尔布斯特的姑娘很有好感，给她写亲切的信件，信中叫她"亲爱的外甥女"。但是后来发生了变化。女皇非常不喜欢公爵夫人约翰娜·伊丽莎白在俄国宫廷发起的阴谋，并且她的女儿也违背她的意愿加入其中。随着时间流逝，女皇对外甥的厌恶延伸到他的妻子身上，与大公夫妇的来往令她很不舒服。叶卡捷琳娜很快明白在伊丽莎白光鲜的宫廷之后隐藏着肮脏的阴谋、嫉妒以及仇恨，而神圣的女皇才是真正的巫婆，她可能因为微不足道的原因一下子变成愤怒骂人的泼妇，折磨周围的人，把无辜的亲人、大臣及仆人骂得"狗血淋头"。最主要的是，很难使女皇满意：她的奇思怪想及猜疑永远没有尽头。叶卡捷琳娜在伊丽莎白女皇身边生活的那18年受尽了刺激，一直忍耐。痛苦地回忆着自己年少时候的事情，叶卡捷琳娜在回忆录中写道，伊丽莎白女皇经常责骂她，并且大多数时候是没有缘由、粗鲁地对待她，从来不给予她关心及抚爱。

大公夫人生活中的一切都是安排好的：斋戒日，沐浴日，长椅摆放位置，散步时间。她没有纸笔，仆人会跟她说什么样的裙子可以穿，什么样的不可以穿。女皇与这对年轻人只一墙之隔，却可以连续几个月不见他们，但是会经常提醒他们，她那挑剔的眼睛一直没有离开过：她派宫廷内侍甚至是仆人对叶卡捷琳娜或彼得传达责备，一些暗中监视的人会把其过失向她报告。叶卡捷琳娜甚至没有与父母通信的权利，只能在由外事部以她的名义写的信件上署名。

1747 年叶卡捷琳娜父亲去世时，女皇派来内侍女官传达指令：停止哭泣，因为安哈尔特 - 采尔布斯特大公并不是国王，"损失不大"。叶卡捷琳娜只能与打扫房间的女工、仆人或刚派来的内侍女官调整好关系。她有意识地这样做，她不允许叶卡捷琳娜与任何人亲近或交好，不管是男人还是女人。这尤其使这位好交际并且开放的大公夫人感到难过。因此，有了失去亲近的人的痛苦经历后，叶卡捷琳娜学会了如何表现得让自己对任何事物不产生依恋。

得不到丈夫的支持及保护，她感觉自己孤独地被伊丽莎白女皇的内侍官们包围着，她把他们看作空虚、不学无术、贪婪的阴谋家。但是这种生活也给叶卡捷琳娜带来很多：教会她机智、忍耐与城府。她了解到政治的伟大艺术：把握自己，控制感情。一个与叶卡捷琳娜同时期的人写道：她的身体好像充满某些小火花燃烧产生的火焰，但是她可以完美地控制这些火焰。

这位大公夫人一年又一年地辛苦地夺取并划出自己的生活空间。能够一个人在卧室尽兴地不受干扰地读书是她最大的胜利。起初，叶卡捷琳娜因为烦闷和孤独开始读书，但是后来深陷阅读，阅读成了她的嗜好、救赎、磨炼智慧的试金石。从一大早到深夜她都和书在一起，只有在吃饭、散步或娱乐的时候才十分不舍地放下书。叶卡捷琳娜阅读各种书，并且刚开始不加挑选。关于牧童与牧女故事的无限长且乏味的法国小说很快就不能满足她了，她开始阅读更加严肃的文学作品。应该说，很多熟悉叶卡捷琳娜的人都说她的未来会无限美好，并建议她接受教育。这些人包括宫廷医生列斯托克、普鲁士公使马尔德费尔特、瑞典公爵久林波尔戈。公爵的建议和许诺在一定程度上点燃了叶卡捷琳娜的功名心，激励她通过阅读提升她的智慧，这也是她唯一可能形式的大学。《给萨维尼也夫人的一封信》——17 世纪一位受过教育的法国女贵族激昂、妙趣横生的自我剖析——对叶卡捷琳娜产生了深刻的影响。从塔西佗到巴尔的《德国通史》教会她对待生活及政治的态度。阅读已经不是消遣，不仅仅为了逃避苦闷，而是智力劳动，叶卡捷琳娜有意识地要求自己：一个星期读一本巴尔的书，力争读完他的 10 本书。叶卡捷琳娜如此勤奋、有效率，4 年时间研读贝尔的《百科全书》——汇集各种历史、哲学、宗教、语言学资料，带有原始的评论性说明。法国国王亨利四世——不可超越的政治及国君典范一直是她的英雄。多年之后，她写信给伏尔泰，想要见一见亨利国王。我想，他们之间存在共同话题，是真正相互匹配的交谈者。也许，在他们身边坐着其他两个叶卡捷琳娜崇拜的人：孟德斯鸠和伏尔泰。他们给这位未来的女皇——国务活动家、倡导者带来强烈的精神撞击。

后来，她承认不认为自己是真正的思想家。此外，1791 年，她在暮年时写道：我从未认为自己拥有创造才能，而且经常遇到比我智慧的人。要在这位优秀的、在享有世界盛誉之时能有如此认识的女人面前脱帽致敬。即使她是对的，叶卡捷琳娜从孟德斯鸠及伏尔泰作品中领会的关于社会、国家、权利、道德及宗教的新颖且深刻的思想体系也足够让她一生拥有很高的智慧——超越其他许多同时代的人，甚至是后代。

那时与现在一样，很多人以老生常谈但正确的"书乃知识之源"为生命口号，并且读过比叶卡捷琳娜多好几倍的书。但是这些人正如我们所知，都不足以成为像叶卡捷琳娜这样的人及国君。要知道大量书本知识应该转为政治家的能量、谋划、胆量及谨慎态度，使其善于思考。

但是她绝对不是"女学究"、书虫。成了大公夫人后，叶卡捷琳娜第一次骑马，就立刻表现得很出色，甚至发明了舒适的马鞍，伊丽莎白·彼得罗夫娜很欣赏她骑马的姿势——伊丽莎白本身就是出色的骑手。叶卡捷琳娜很迷恋打猎、在森林里长时间游玩，总是运动及参加舞会。作为一个真实的女人，她对穿衣打扮很在行，出席宫廷舞会的打扮不止一次让女皇——有品位的时髦女人忌妒得咬牙切齿。叶卡捷琳娜喜欢打扮，在回忆录中，她详细地描述了自己那些"所向无敌"的裙子以及伊丽莎白女皇和其他夫人服装的式样及颜色。

关于彼得的儿子保罗

1754 年 9 月 20 日，结婚 9 年后叶卡捷琳娜生了一个名叫保罗的男孩。关于他的出生马上产生不少传闻。最常见的传闻是这位未来皇帝保罗的亲生父亲不是彼得大公，而是其宫廷内侍谢尔盖·瓦西里耶维奇·萨尔蒂科夫。无疑，王位继承人的家庭在 9 年这么长的时间里一直没有孩子不可能不让伊丽莎白女皇担忧，她一直记得在霍尔莫戈雷监禁着的被废黜的皇帝伊万·安东诺维奇，及其两个兄弟和两个姐妹。婚后 9 个月左右，伊丽莎白女皇发现这场婚姻没有给皇室带来需要的后代，就指定新的事务大臣——她的表妹玛莉亚·乔格洛科娃照管大公夫人，并且命令她仔细观察叶卡捷琳娜。

乔格洛科娃收到命令——尽管文辞华丽，但是意思非常明显：这场婚姻需要继承人，她应该观察叶卡捷琳娜是否为怀孕及孩子的诞生做了充足的准备。从皇室的利益出发，这种行为既不无耻，也不算对人隐私的侵犯，只有国家角度的合理性及必要性。严格的生活制度及对叶卡捷琳娜的监视说明了一切。顺便说一下，保罗出生后，这种制度立刻放松，大公夫人获得了前所未有的自由。

命令是这样要求并且需要执行：即使一晚也不准大公在妻子的床以外的地方过夜。总是有人监视着他们，但是几个月甚至几年过去了，他们仍然没有孩子。伊丽莎白女皇禁止叶卡捷琳娜骑马，她认为骑马可能不利于怀孕。但是一切都是徒劳的。读者已经明白，叶卡捷琳娜对与彼得的婚姻有自己的冷酷的看法，但这是皇室婚姻。即使是互不相爱的夫妇也要有孩子。后来出现闲话，说彼得有某种身体缺陷，几年后被医生治好了。此外，大公对男女之间的私房事没有经验。不过，叶卡捷琳娜在她1774年为波将金写的《真诚的自白》书中有所谈到。

这是一个与众不同的爱情故事，讲述的是叶卡捷琳娜遇到波将金之前的男人们的故事。"玛莉亚·乔格洛科娃看到9个月过去了，"叶卡捷琳娜写道，"可情况依然和婚礼前一样，玛莉亚·乔格洛科娃经常受到已故女皇的责备，怪她现在不努力让他们改变，怪她以前没有找到办法让双方向她心里满意的人选求婚。以前给男方选的是遗孀格罗特——她现在嫁给了炮兵中尉，给女方选的是谢尔盖·萨尔蒂科夫。无论是个人喜好还是按照母亲（即伊丽莎白——笔者注）的约定，巨大的利益和需要都要求她这样做。"

叶卡捷琳娜回忆录中的一些片段与这个讲述非常接近，在回忆录中她描述了1752年与乔格洛科娃的谈话，乔格洛科娃在说了许多题外话之后，说"有时候会出现一些状况，不得不做出超常规的选择"，还说："您看到了我是多么爱自己的国家，我是多么真诚。我不怀疑，如果我让您在谢尔盖·萨尔蒂科夫和列夫·纳雷什金之间选择的话，您不会偏爱任何人。如果我没有弄错，您会选择后者。对此，我要大声说：'不，不，绝对不行。'"当时她说："如果不是他，那就是另一个。"叶卡捷琳娜没说任何反驳的话，她继续说："您看，我不会是您的绊脚石。"她装作很天真……

基本上，道德和上层的国家目标让乔格洛科娃采取类似方法对自己的被监护人进行性教育。18世纪的风尚，尤其是在沙皇的宫廷中，是有助于此的，如果说得委婉一些，就是他们是无拘无束的，叶卡捷琳娜本人在回忆录中经常讲述发生在她身边的男女间的私情。没有被"丘比特"眷顾的女士是很糟糕的。不忠被认为是标准的，而夫妻之间的爱情鲜能遇到，正如苏马罗科夫一部喜剧中的女主人公惊叹，她"不是热爱自己丈夫的市井女人"。

毫无疑问，叶卡捷琳娜喜欢已婚的26岁的谢尔盖·萨尔蒂科夫，并且与他分别成为产生"巨大悲痛"的症结。他"像生活一样美好",我们从《真诚的自白》中能感觉到,他不是突然出现在大公夫人前 9 个月的婚姻生活中的,而是在乔格洛科娃任大公夫人女官几年之后,在 1752 年——按照《真诚的自白》中的时间顺序。

叶卡捷琳娜二世的回忆录中关于萨尔蒂科夫的故事笼罩着属于初恋的最纯洁最高尚的爱情特有的浪漫面纱。打猎时的表白就好像小说中的情节:"谢尔盖·萨尔蒂科夫找准时机,在所有人去追逐兔子的时候,走到我跟前,跟我说他最喜爱的话题,我听得比平常更加有耐心。他向我描述他想到的计划——如何秘密掩盖其他人在类似情况下体会不到的这份幸福。我一句话也没说。他利用我沉默的时候,想使我相信他疯狂地爱我,并且请我允许他抱有希望,至少我不会对他漠不关心。我对他说,我不会打扰你的想象游戏。最后,他开始把其他宫廷内侍与自己做比较,让我同意他受到偏爱,不知什么原因让他认为曾被偏爱。我对他说的话付之一笑,但是心里已经承认我非常喜欢他。大约一个半小时后我说让他走开,因为如此长时间的谈话会被人怀疑。他反过来说,如果我不对他说不会对他冷漠他就不走。我回答'是的,是的,只是现在走开吧',他说'我会记住这句话',然后骑马快步离开。我对他喊:'不是,不是!'他重复:'是的,是的!'就这样我们分开了。"这里我们可以发现,约会地点在与萨尔蒂科夫亲近的乔格洛科夫家族的庄园。

谁也不能证实保罗的父亲就是萨尔蒂科夫,但是这种流言却一直没有停止,从叶卡捷琳娜女皇跟前传到了保罗皇子的耳朵里,这让他心里很不踏实。大概是 1783 年,女皇给总事务大臣戈利岑公爵写了一封语气强硬的便函,禁止高级宫廷内侍德米特里·马秋什金今后出现在她眼前。可以断定,女皇愤怒地黜免宫廷内侍是由关于保罗身世的流言引起的,这位内侍疏忽大意地把流言告知了皇子本人及妻子。叶卡捷琳娜把这件事看作挑唆她与儿子吵架、诋毁她名誉的行为。我发现,德米特里·马秋什金的妻子是出生于加加林的安娜·阿列克谢耶夫娜,是叶卡捷琳娜大公夫人的女仆之一,也是她年轻时亲近的朋友之一。保罗出生后安娜被赶出宫廷，那时萨尔蒂科夫正好被发派到国外。叶卡捷琳娜指示总事务大臣在马秋什金妻子在场时宣告对他的极度愤怒，并强调他的妻子与丈夫的废话无关，叶卡捷琳娜还是针对安娜·阿列克谢耶夫娜，间接警告她做一个聪明的女人，要守口如瓶，不要给她的丈夫——愚蠢且嘴快的人提供谣言或者她知道的信息……引人注意的还有叶卡捷琳娜二世于1762年7月25日——她登上王位后——任命萨尔蒂科夫为巴黎公使的命令。8月19日她催促外交部门尽快派遣谢尔盖·萨尔蒂科夫。后来，得知曾经的宠臣生病，女皇要求在萨尔蒂科夫逝世后查封他的档案。

保罗的出生给整个宫廷带来巨大欢乐。小男孩刚刚清洗完毕，便被女皇派人带到自己身边，彼得·费奥多罗维奇去他自己的房间与友人庆祝继承人诞生，而产妇则被所有人抛弃，独自一人留在空荡荡的房间里，备受过堂风及口渴之苦。生产后那痛苦的几个小时令她终生难忘，对她来说，这是一个对她态度的象征，他们只把她当作生继承人的女人。当然还夺走了她的头生子，她过了40天才第一次见到自己的儿子！伊丽莎白完全承担了照顾保罗的工作，甚至不让他见他的父母。

儿子的出生使叶卡捷琳娜得到了自由。彼得几乎很少去看她，将全部心思都投入他的军事活动、朋友宴席，此外，他当时非常迷恋女仆伊丽莎白·沃龙佐娃。大公夫人可以毫无障碍地完成她计划的第三项，也是最重要的使命——"受人民爱戴"。

关于受人民爱戴的小秘密

1754—1755年，叶卡捷琳娜十分努力地掌握政治策略。她很早就明白，她作为一位女政治家的未来决定于两个因素：社会舆论及在俄国社会上层与军队的关系——准确地说是与近卫军的关系。这就是受人民爱戴的秘密。

一开始最需要的是尽快入籍。成为俄国王位继承人的妻子后，叶卡捷琳娜为了被承认是俄国人做了很多。对她来说这并不困难。来到俄国之前，菲卡在德法路德教宗。家庭的生活方式、个人在德国的游历经历使小姑娘不会对某一特定地点产生依恋。菲卡从小富有适应能力及灵活性。她在回忆录中写道，不得不按照受人民爱戴的规则生活，并用心学会他们的行为方式，"我想成为俄国人，希望俄国人民喜爱我"。

之后，1776 年叶卡捷琳娜给她儿子未婚妻的信中，她形成了自己的"同化理论"：改变父称，对更喜爱女代表的新的祖国充满感激之情。叶卡捷琳娜自身也体会到了这种感觉。当她说出"我的国家"时，她以及其他人都没有关于她说的这是哪个国家的疑问，她说的当然是俄国——这个她喜爱的国家，命运把她送到这里，她有多么自豪。同一时期的人这样描述叶卡捷琳娜："她天生就是俄国人，为了我们国家而生。她保留所有风俗，穿俄式裙子，通晓所有成语、谚语，甚至在浴室洗浴。"

当然，有比浴室和复盘歌①更重要的事情。宗教是最应该尊敬的，或者只有东正教徒可以称为俄国人。叶卡捷琳娜很快了解到这一点，可以想象，这个女人——无神论者、伏尔泰的学生，需要多少忍耐及意志力才能坚持这么长时间的礼拜及数十个行礼，然后带着心平气和的脸走出教堂，走到她的新同胞之中。成为女皇后，她允许自己一边听着合唱团的礼拜，一边在小桌子前摆纸牌阵，但是在此之前这是绝对不行的！

最后，正如叶卡捷琳娜传记作者瓦·阿·比利巴索夫所写，在各种不同的现实、环境及干扰的压力下，菲卡一步一步地变成了俄国人叶卡捷琳娜·阿列克谢耶夫娜。她已经成功地俄国化到何种程度，可以从她对待仆人什库林的方式上看出来：不顾叶卡捷琳娜的禁令，什库林将叶卡捷琳娜的话传给乔格洛科娃，知道这件事后，叶卡捷琳娜走到什库林平时所在的存衣室，打了他一记耳光，"这还是来自采尔布斯特的菲卡吗？"比利巴索夫感叹道。

---

① 圣诞节期间妇女坐在一只盖着盘子或底朝上扣着的碗的周围，边唱歌边从里面依次摸出小物品以占凶吉。

我们再补充一个发生在 1768 年与重要客人丹麦国王来访圣彼得堡有关的小插曲。叶卡捷琳娜当时已经成为女皇，她命令莫斯科省省长寄给她所有莫斯科美女的名单。她想从中选择即使在铁器时代也是最漂亮的姑娘们，把她们"押解"到北方的首都来。为什么呢？为了用俄国女士的美来引起丹麦君主的赞叹，然后故作随意地说：我们俄国，所有人都这样！丹麦国王没来，但是自吹自擂来蒙混外国人（我们很高兴这样做）已经成为女皇的习惯。

叶卡捷琳娜在俄国生活的最初几年里学会了一个重要的东西：尽管社会缺少公开性，但是在俄国存在后来称作社会舆论的东西，只有傻子才对其采取无视的态度。随女皇进行全国旅行的外国人非常惊讶于叶卡捷琳娜对上帝的笃信，她在所有途经的教堂里做弥撒、他们看到女皇经常离开马车，与跑向她的人民说话。谢久尔伯爵回忆，人群最开始跪倒在女皇跟前，但是然后就把她围了起来，农民们称呼她"母亲"，高兴地和她说话，他们心里的恐惧感消失了，而村妇们钻进人群亲吻她，场面有些混乱，农村里赶时髦的女人们滥用的脂粉都掉了。

叶卡捷琳娜如此亲民的表现有着一定的意义及道理。她并非来自于留里克王朝或者拉曼诺夫王朝，并且在 1762 年 6 月 28 日对自己的丈夫做出邪恶的事情，这样的她非常需要声望及人民的爱戴。她明白，在被上帝遗忘的村镇短暂停留或是出现在贫穷的教区教堂日祷的消息，会变成周围地区的财富，关于女皇善良、不厌烦、不高高在上、亲近子民的传闻会迅速传到各个县和省。1763 年，她要求阿·瓦·奥苏菲耶夫和尼·伊·帕宁，在她去罗斯托夫之前，无论如何不要把圣骨匣放在人民尊敬的圣徒季米特里·罗斯托夫斯基的干尸之上，目的是让普通百姓不要认为圣骨匣"被女皇藏匿起来"。

还只是向往权力的时候，她就养成了自己的行为方式，并且她亲自讲述如何获得俄国社会的支持："不管是盛大的会议，还是普通的聚会及晚会，我走到老妇人身边，坐在她们身旁，询问她们的健康问题，建议她们在生病时应该吃哪些药物，耐心地听她们讲述自己年轻时候的故事、现在的寂寞、年轻人的轻浮，问问她们对不同事情的意见，然后真诚地感谢她们。我了解到，她们的莫普斯狗、狮子狗、鹦鹉叫什么名字，知道什么时候这些女地主中有过命名日的人，在这一天我的仆人会去她那里以我的名义祝福她，并送给她奥拉宁鲍姆温室里的鲜花和水果。不到两年，整个俄国都传递着此类消息，盛赞我的智慧和好心。这种简单而纯洁的方式为我积攒了盛誉，当有消息说我要登上王位时，绝大多数人都站在我这一边支持我。"当然，叶卡捷琳娜说的不完全是真话，她通向权力的道路是不简单的而且漫长的，但是，毫无疑问，她永远考虑社会舆论并善于利用社会舆论。

我们记得，伊丽莎白女皇选菲卡作为她外甥的妻子，还有另外一个原因，那就是她认为菲卡不会在俄国拥有自己的"党派"。起初，女皇的算计是正确的，叶卡捷琳娜在回忆录中痛苦地记录了婚后前几年几乎完全孤独的状态。但是儿子出生后，对叶卡捷琳娜的控制减弱，境况改变了。由于几个内侍官，特别是从波兰回来的谢尔盖·萨尔蒂科夫——他在阴谋方面是"真正的恶魔"（按照叶卡捷琳娜的话来说），以及列夫·纳雷什金，她偷偷地出宫，与朋友们见面，一起玩乐，讨论国家大事。伊丽莎白宫廷的高官，如舒瓦洛夫、阿普拉可辛元帅、副长官沃龙佐夫、拉祖莫夫斯基·阿列克谢及基里尔兄弟、甚至连别斯图热夫长官也开始关注她的政治见解。

正是别斯图热夫，看到叶卡捷琳娜聪明且具有坚强、果断的性格，第一个决定让这位大公夫人加入自己的政治阴谋。18世纪50年代中期，伊丽莎白女皇的健康状况恶化，长官知道彼得三世掌权对于他这个普鲁士的敌人来说意味着终结。因此，他看到叶卡捷琳娜身上的强韧个性时决定依靠她。别斯图热夫指定自己为叶卡捷琳娜的指导老师及领导者。他努力让叶卡捷琳娜喜欢自己：帮助她偷偷与母亲通信，庇护她与1755年来到圣彼得堡的斯坦尼斯瓦夫·奥古斯特·波尼亚托夫斯基之间的风流韵事。

别斯图热夫和叶卡捷琳娜害怕伊丽莎白女皇去世时会签署有利于保罗皇子的遗诏，命令舒瓦洛夫家族的人作为年幼大帝的摄政王，使彼得及叶卡捷琳娜远离王位。别斯图热夫制定了诏书，使叶卡捷琳娜掌权，作为保罗大帝的女摄政王，而他自己，成为所有部门的总长，并统领近卫军兵团。大臣将自己的计划告诉叶卡捷琳娜，并未怀疑自己是与不需要教化以及庇护的政治家打交道，而大公夫人的虚荣心早已经显露出来……

我要么称帝要么死去

1796 年 9 月，死前的两个月，叶卡捷琳娜写信给格里姆说道："称帝或是死去！这是我们的口号。应该一开始就把这几个词刻在我们的盾牌上。现在已经太晚了……"女皇没有说谎，她只是忘了，这个口号已经刻在她那块隐形盾牌上 40 年了。1756 年 8 月 12 日，大公夫人在给英国特使威廉姆斯的信中详细地讲述，如果舒瓦洛夫打算拥立保罗即位并想废除她及她丈夫的权力，她将在伊丽莎白女皇去世那天采取行动。想到被丹麦会议限制了权力的弗里德里希·阿道夫国王，她写道："如果他们占了上风，这将是我的过失。但可以相信的是，我不会是一个温顺弱小的瑞典国王，我要么称帝要么死去。"

这是这个一直梦想着王位的 27 岁女人的信条。威廉姆斯是她最亲密的政治伙伴，威廉姆斯经常向这位大公夫人提供金钱，她在给他的信中开诚布公地透露所有自己有关未来攫取政权的计划。细节现在已经不那么重要和令人感兴趣，有价值的是其他的内容，给威廉姆斯的信向我们展示了别样的叶卡捷琳娜，其回忆录和故事中都没有提到她在圣彼得堡参加聚会的太太们之间说一些八卦消息。在这里她是一种新面貌：厚颜无耻，精于算计，勇敢果断，为了政权筹谋已久，极其爱慕虚荣。读着这些信件，你就会想起她开玩笑地对德林大公说的，当她在埃米塔什博物馆看到自己的大理石胸像："我不能心情平静地从它旁边走过，它的神情里……有一种厚颜无耻，正是蹩脚的画家和雕刻家称为的雄伟庄严。"在大公夫人给威廉姆斯的信中就有一种厚颜无耻的感觉。不过，可能在政治中没有这种厚颜无耻就会一事无成。

阴谋家叶卡捷琳娜的首秀不成功：伊丽莎白病情好转后，别斯图热夫和叶卡捷琳娜的勾搭被公布于众，不过关于老文官和年轻进取的太太之间的计划，调查者什么都没有发现（别斯图热夫为了自己和叶卡捷琳娜的幸福，销毁了他们之间的往来信件），他们之间的事情好像从来没有向坏的方向发展。1758 年的春天，别斯图热夫被剥职发配到乡下，同时在 1758 年 8 月的审讯中支持阴谋家的阿普拉可辛元帅逝世，波尼亚托夫斯基和威廉姆斯被送往国外，而波尼亚托夫斯基的亲人伊万·叶拉金被送往喀山省。彼得最后和妻子断绝来往，向老鼠一样逃窜。

"贫穷的大公夫人陷入绝望……""大公夫人的事业不振……"这些都是在别斯图热夫颓败后，外国外交官们关于叶卡捷琳娜情况的报告中的主要内容。几个月里她完全处于隔绝的状态，事实上就是被监禁在家里，处于歇斯底里的边缘，她写信给女皇，请求为她提供"面见女皇陛下的无上光荣"。但是伊丽莎白沉默不语。叶卡捷琳娜彻底绝望了，装作要死了，让神父听她的死前忏悔……诡计成功了，进行了无记录讯问形式的接见后，叶卡捷琳娜以她所有的智慧和意志力在权威调查者面前证明自己无罪，向女皇陛下恳求说，如果俄国完全不相信她，认为她有罪，那么就把她送回德国，回到母亲身边。这是一个巨大的举措，让伊丽莎白女皇的态度出现了转变，1759 年 5 月大公夫人被准许出现在公众面前。这一事件之后，女皇得出一个结论：她的外甥是个愚蠢的人，但他的妻子极其聪颖。

对于叶卡捷琳娜而言最危险的时期已经过去了，但她依旧过得不轻松：奥古斯特被迫离开俄国，她忍受着与斯坦尼斯瓦夫·奥古斯特分离的痛苦。"性急的人，"她在 1758 年写给当时被派到乡下的伊万·叶拉金的一封信中这样称呼波尼亚托夫斯基，"一个月之前就走了，我非常孤单和悲伤，我期待他的归来。"但是过去了几个月，过了一年，然后又一年，斯坦尼斯瓦夫·奥古斯特也没回来，他甚至好像任何努力都没有做过。

就这样在敌人和异己中孤单地生活，如此地艰难，但叶卡捷琳娜的忧伤逐渐平息下来，寂寞不知不觉地消失了。1760 年她的新爱人出现了———一个美男子，军人，极其勇敢无畏，格里戈里·格里戈里耶维奇·奥尔洛夫，25岁的炮兵大尉，刚刚从普鲁士战场回来，是以战场功勋和战绩在圣彼得堡夫人们之间闻名的奥尔洛夫五兄弟之一。

奥尔洛夫对于叶卡捷琳娜是非常适合的人选：依偎在他宽阔的后背上可以躲避生活的种种不幸。叶卡捷琳娜在与他的爱情中找到了幸福，奥尔洛夫是真正的骑士，可以为了他的爱人奔赴战场。更重要的是，他不是萨尔蒂科夫那样的宫廷里的花花公子、纨绔子弟，也不是波尼亚托夫斯基那样的外国人、俄国人的异己。他是地道的俄国军官，可以与他结伴一起去圣彼得堡；他有很多的朋友、酒友、同人，他的爱是善良的、渺小的、快乐的、慷慨的，他掌管炮兵部的财产，当然，他不只把钱花在制造炮兵马车上……

1761 年 12 月 25 日下午两点，伊丽莎白·彼得罗夫娜女皇去世。在自己生命临近结束之时，她没有准备什么特殊的礼物，简单地向叶卡捷琳娜和彼得告别，请求继承人爱护自己的小儿子。没有任何障碍，大公成为皇帝，而大公夫人成为皇后。但是关于未来的焦虑并没有消失。正如法国外交家布雷特里写道，大多数的伤痛都在心里，给予未来皇帝的不是爱，而是恐惧和胆怯，所有人都激动地急于在女皇闭眼前表明自己的服从。

从那时起，在我们和彼得·费奥多罗维奇告别时，他有了小小的改变：他已经是成年人了，不再玩洋娃娃，现在也不苛待仆人，而是武备学校荷尔施坦因部队的毕业生；他享尽欢乐，像以前一样，经常毫不避讳地在公众面前拉小提琴，因此所有的外交家一致认为："这样的皇帝坐王位是不会太长久的。"

早在 1747 年，彼得 19 岁的时候，普鲁士公使芬克斯坦给腓特烈二世写信，预言说俄国人民不喜欢大公，因为大公做事太冒险了，即便是女皇去世后王位会自然传给他，他仍冒着失去王位的风险鲁莽行事。1761 年，彼得 33 岁时，法国拉斐尔米耶尔写了关于彼得的相同的内容："大公向人们展示的是他令人惊奇的天性，或者更确切地说，依然是他童年里的最初印象。13 岁从德国被带走，马上被托付给俄国人，由俄国人教他宗教和皇室礼仪，他现在仍是真正的德国人，永远也不会成为别的国家的人……收养的继承人永远不会得到太多人民的爱戴。作为一个外国人，他明显更喜欢德国人，常常伤害人民的自尊心，没有在自己的臣民身上倾注过多的关注。自己很少有宗教信仰的行为，他不善于得到神甫的信任。"

接下来只是讲一些细节就可以说明这一点，新帝与腓特烈二世缔结了对俄国不利的和平条约，为了荷尔施坦因的利益准备与丹麦开战，公开蔑视教会礼拜，不在教堂接受洗礼，亲近很多德国人，穿普鲁士制服，在军队里进行对于被宠坏的叶卡捷琳娜而言必须而严苛的每日操练，等等。这个死脑筋、固执的人肆意妄为，从不考虑别人的任何怨言，也不采取自己偶像腓特烈二世和其他希望他好的人的意见。

英国公使凯特看着彼得三世，忍不住对伯爵夫人布鲁斯说："听着，你们的皇帝是个彻头彻尾的疯子，要不是疯了的话，不能像他那么做。"不，彼得三世没有疯，他不是傻瓜，也不是恶人，没有杀死过谁。他似乎是荒唐地、奇怪地、意外地坐上了俄国的王位。他不受拘束又狂妄，拥有无限的权力，却不能控制事件，不能成为一名政治家，不能认识到自己是俄国的君主。

彼得三世是一个戏剧性的人物，他很不走运，重要的是，连带着国家不走运。如果他一直待在荷尔施坦因，那么一定会活得很长久，并且死后还会作为模范大公受到自己善良子民的哀悼。但是他来到了俄国，被冠上了令人尴尬的德国佬的绰号："俄国仇恨的人""严酷机械练兵的爱好者""刚愎自用的蠢货"。但尽管如此，如果说每个人都是自己命运的主宰者，那么彼得则是无能为力地支配自己的命运：需要和叶卡捷琳娜商量。叶卡捷琳娜曾经写过这样的话：彼得三世的头号敌人就是他自己，在这种程度上他所有的行为都是不理智的。

现在我们把话题再转向叶卡捷琳娜。当人们向已故女皇遗体告别的五周时间里，她一直穿着丧服陪在灵柩旁边。她一天也没有离开死者，甚至强烈腐烂的气味也没吓跑她。当然，她每天早上送叶卡捷琳娜去昏暗的葬礼会场完全不悲痛，我们都知道，她与伊丽莎白的关系非常紧张，大公夫人给威廉姆斯的信中热切地重复着波尼亚托夫斯基的话："噢！这个笨手笨脚的胖子，她简直是要让我们忍无可忍了！她快点死了才好呢！"这里还有其他的出发点。作为一个聪明的女人，她知道这种长期的悲伤一定会被人注意到并且一定会带给她好处，要知道她的丈夫一直在旁边装腔作势，和女官们闲谈，嘲弄神甫们。

同时她没有离开伊丽莎白的棺材，好像害怕与过去的不愉快、考验、痛苦分离，这一切都在葬礼大厅墙壁后面等待着她。所有人都发现，彼得三世登基的公告里甚至没有提及皇后的名字，这是皇帝对自己妻子的公开羞辱，她富有思想、知识以及雄心勃勃的想法和愿望，却没有一点儿实权。

英国公使凯特在 1762 年 3 月给伦敦的信中写道："皇后的影响力是微不足道的：不仅仅没人和她商量国事，而且指望通过她的调停解决私事也是毫无意义的。"法国公使布雷特里同意自己同僚的话："皇后的情况是令人绝望的：对她完全地蔑视……皇帝对女官沃龙佐娃倍加关注，他任命她为皇室侍从长。她住在皇宫里，享受着至高无上的荣耀。说实在的，这是多么奇怪的品味啊！她智慧不超群，至于谈到外貌，甚至是其貌不扬的。她的方方面面都很像最低等的粗鄙侍女。"

好吧，人各有所好，我们没有看到布雷特里的妻子！有一点是毋庸置疑的，即彼得对伊丽莎白·罗曼诺夫娜·沃龙佐娃的爱恋既强烈又深沉。这对叶卡捷琳娜是非常危险的。以其叔叔米哈伊尔·伊拉里奥诺维奇为首的沃龙佐夫家族（在宫廷里有影响力的派别）都非常支持这个受宠的女人。彼得不仅没隐瞒自己和她的关系，而且不止一次流露出打算和令他生厌的妻子分开。关于在伊万·安东诺维奇监狱附近施吕瑟尔堡要塞秘密准备一个舒适的私宅的传闻在首都传开。1762 年 6 月给男爵奥斯津的信中，叶卡捷琳娜本人说：沃龙佐夫计划把她监禁在一个修道院里，然后让彼得和自己的亲人一起坐上王位。

1766 年在莫斯科有一首关于皇后的民歌，讲的是皇后因孤单而痛哭，与小偷和强盗相比较，她更害怕自己的丈夫。她的丈夫公开与自己心爱的女官丽扎妮卡·沃龙佐娃散步，牵着她的右手，心心相印，似乎考虑要"扳倒"皇后。

对女皇而言还有一个不幸，那就是她怀孕了。1762 年 4 月 11 日她生下了一个小男孩，儿子奥尔洛夫（未来的阿列克谢·格里戈里耶维奇·博布林斯基伯爵），男孩刚生下来就立刻从宫廷里秘密地送到女皇老仆人什库林的家中。

重新回到布雷特里说的话，所有人都注意到，他的结束语相当乐观："我认为皇后，以我所知道的勇气和激情，早晚会解决一切。她的朋友尝试来安慰她，如果她有需要，他们会为她倾尽所能。"

事实上，叶卡捷琳娜的朋友建议她不要袖手旁观，应利用大家对彼得的共同仇恨来推翻他，把他监禁在监狱里，自己做女皇来统治或者辅佐年幼的保罗一世摄政。1762 年夏初情况变得有利：军队和近卫军特别愤怒，他们很快就要坐上船去与丹麦打仗，俄国皇帝因 1702 年荷尔施坦因部分领土被吞并而要报复丹麦。这场战争不得人心，士兵们穿上了普鲁士样式的制服。叶卡捷琳娜知道，她不是孤单的，忠诚的朋友会毫不犹豫地追随她，只要看着奥尔洛夫和他的兄弟就足矣。她和基里尔·拉祖莫夫斯基伯爵，有权势的达官显贵，也是伊兹马伊洛沃军团的长官，同时还有尼基塔·帕宁导师的继承人一起讨论政变计划，二者都准备拥护叶卡捷琳娜。但是，在这种情况下，决定做政变这种无望的事情是很艰难的，这需要一个理由、一个导火索，而且毫无退路。

这个导火索就是 1762 年 6 月 9 日午宴时发生的事，彼得对妻子大发雷霆，当着将军和外交团的面隔着桌子大声呵斥道："蠢货！"和叶卡捷琳娜一起生活了这么多年，彼得从不明白，像她这样的女人是不允许受到侮辱的。从这天开始，叶卡捷琳娜认真听取了立即采取行动的建议。

6 月来了，宫廷搬到了郊外。叶卡捷琳娜移居到彼得宫，而彼得住在自己喜欢的奥拉宁鲍姆。6 月 19 号皇后来到这里，最后一次看到自己的丈夫，她在奥拉宁鲍姆宫的小剧院看了一场喜剧，而皇帝在乐队里拉小提琴。我们永远不会知道，这个时候叶卡捷琳娜在想什么。可能是看着乐队中自己的皇帝丈夫，她想起了罗马皇帝尼禄最后的话："这样的一个音乐家就要陨落了！"看完戏剧之后叶卡捷琳娜回到了彼得宫。她为政变做着准备并且等待着奥尔洛夫的消息。

6 月 28 日，自己命名日的前一天（6 月 29 日：彼得和保罗的节日），彼得和文官沃龙佐夫、从流放地被召回的米哈伊尔元帅、普鲁士公使、女官沃龙佐娃和其他"亲近的"太太先生们前往彼得宫。到了那里，皇帝和他的随从看到了皇后居住的曼普列吉尔宫竟然是空的，惊讶地听说她早在凌晨 5 点就离开前往圣彼得堡。太太们感觉情况不妙，大喊起来……

6 月 28 日的光荣革命

腓特烈二世在谈到 1762 年 6 月 28 日政变时对谢久尔伯爵说："他们的密谋是疯狂的，并且制定得不好。断送彼得三世的是他缺乏勇气，他任由别人把自己从王位上推翻，像一个被送去睡觉的孩子。"但是，普鲁士国王补充说："不能认为叶卡捷琳娜有责任，这次政变中她无荣无罪，她年轻弱小，是个外国人，并且是在和她丈夫的离婚前夕，还处于监禁状态。所有的事情都是奥尔洛夫支持者们做的。叶卡捷琳娜不能控制任何事情，她需要求助于想要解救她的人。"

普鲁士国王的话里有许多公正的地方。奥尔洛夫支持者们，这些好捣乱的人、酒鬼和爱说大话的人在扮演着密谋家的角色，看来是一群滑稽可笑的人。他们支持"母亲"的行动是如此笨拙，以至于彼得三世亲信的高官们在得知格里戈里·奥尔洛夫反国家行动之后，在他身边派出了暗探——彼得三世的副官斯·别尔菲利耶夫，要求他查出奥尔洛夫的所有计划。

但是，所有人都不怀疑腓特烈二世的经验和智慧，比如说，俄国和德国不同，其政变几乎总是成功的。难道 1741 年伊丽莎白·彼得罗夫娜"制定"的密谋或者 1740 年秋天反对比龙的那场密谋比较好吗？所有的革命都是疯狂的，革命者的想法是不合逻辑的、难以实现的、违背现实的，但是，尽管如此，在俄国他们屡屡得手，在任何情况下。

6 月 28 日的光荣革命的准备工作包括大胆的奥尔洛夫支持者们与近卫军军官们在友好酒宴上进行的有利于叶卡捷琳娜的宣传鼓动，并且在为皇后健康干杯时给每人发钱（为了让人们记住"母亲"的善良），彼得三世本人疯狂的政策招致了士兵和军官们的不满，所有人都对他不满意，而暴乱只需要导火索。皇帝本人却非常自以为是。在回复腓特烈二世关于叶卡捷琳娜的虚荣企图以及近卫军的阴谋时，他写道："至于您对我的人身安全表示担忧，我请您不要对此担心，士兵们称呼我为父亲，按照他们所说，他们更愿意听从男人而不是女人的话。我独自沿着圣彼得堡的街道散步，如果有人想蓄意伤害我，那么在很久以前就能完成他们的意图了，但是我对所有人行善，一切都遵循上帝的旨意，在他的保护下，我没什么害怕的。"但是，彼得三世不知道俄国的一个谚语：是得靠上帝，但自己也别大意。

一个与姓普列奥布拉任斯基的下士有关的片段说明了政变前夕的情况，这拉开了 6 月 28 日革命的序幕。这名下士害怕错过历史事件，从一名军官走向另一名军官，询问什么时候会推翻皇帝。中尉伊兹梅洛夫赶走了好奇的下属，但是出于自己对安全的考虑，他向连长报告了发生的事情，连长再向自己的上级汇报情况，而之前那个下士就此事还询问过大尉帕谢克，但是，与军人伊兹梅洛夫不同的是，帕谢克赶走了好奇者，并没有向指挥官报告此事。知情不举在俄国是很严重的罪行，帕谢克被逮捕并且关进团部禁闭室。他是奥尔洛夫支持者们最亲近的朋友和酒友，因此，密谋家们得知他被捕后满首都地折腾："帕谢克被捕了！密谋暴露了！豁出去了，立即采取行动！"格里戈里·奥尔洛夫没参与这件事，他和密探别尔菲利耶夫在一起喝酒，因此他的小兄弟阿列克谢（外号为阿列汗）和费奥多尔组成了"革命指挥部"。

费奥多尔找到基里尔·拉祖莫夫斯基并说，阿列克谢打算去彼得宫找叶卡捷琳娜，要把她带到伊兹马伊洛沃兵团，在那里有许多支持皇后的军官。拉祖莫夫斯基没有在办公室内瞎转，也没有瞎忙，他很了解奥尔洛夫支持者们，所以在回复费奥多尔热情洋溢的讲话时，他只是默默地点了点头并且赶他回家。但是奥尔洛夫刚一走，拉祖莫夫斯基作为圣彼得堡科学院院长吩咐科学院印刷厂做好充足准备，一听到指令就要开始印刷女皇叶卡捷琳娜二世登上王位的告示。也就是说，聪明的院长对于女皇成功登上王位是充满信心的。

"该起床了，一切准备就绪，向您宣布！"这是 6 月 28 日早上阿列克谢·奥尔洛夫在曼普列吉尔宫对突然被叫醒的叶卡捷琳娜说出的历史性的话语。她立即起身，迅速穿好衣服，并和她的女官叶卡捷琳娜·沙尔戈罗茨卡娅一起坐在马车上。奥尔洛夫跳到赶车人的座位，马车疾驰而过……腓特烈二世没有错：叶卡捷琳娜确实没有操纵密谋，没有这个必要，她有自己的角色，并且扮演得很好。角色很简单：人民被彼得三世的统治激怒，叫她来，她就来了。

所以，实际上，外交部对驻俄国公使们的通告上写道："女皇陛下是应自己忠实臣民和帝国真正爱国者们的一致要求和强烈愿望"而登上王位的。但是需要承认，叶卡捷琳娜表现出了勇气。在困难时期她总是具有自制力、意志和冷静。有一次她乘坐马车去南方，马受惊了并且将她的马车拉向了山脚下，她是镇静的。还有一次，叶卡捷琳娜乘坐的船与另一艘船相撞了，她却没有从自己的船舱走到甲板上。早晨她向内侍官解释自己镇静的原因："如果有危险，我什么也做不了，只能影响你们，而如果需要考虑救助，那么你们当然会通知我。"

在 1762 年 6 月 28 日发生了类似情况，累得满头大汗的几匹马载着她乘坐的四轮马车沿着满是灰尘的彼得宫前往圣彼得堡。叶卡捷琳娜用乐观宿命论者的镇静态度迎接着自己的命运：前面没有路，而马狂奔起来，在灾难中忠实的人们不知道该做什么，上帝不会出卖你，母猪不会吃了你（吉人自有天相）！一路上她哈哈大笑，拿沙尔戈罗茨卡娅消遣取乐，她由于匆忙把一个女人梳妆时非常非常重要的小东西落在了曼普列吉尔宫。具体是什么东西，历史上没有提及。

阿列汗是个极好的车夫，从彼得宫到红色小酒馆，再到阿夫托沃，他一个半小时之内就把女皇送到了，并小心翼翼地把她，就像一个贵重的接力棒，交给格里戈里兄弟，这个人比别尔菲利耶夫还能喝酒，他与费奥多尔·巴里亚京斯基大公一起等候女皇的马车。与他们在一起的还有四轮敞篷马车，他们安置叶卡捷琳娜转乘这辆车。这辆糟糕的破旧的轻便马车成为叶卡捷琳娜女皇专车，在博物馆里被放在装甲车——"资本主义的敌人"旁边，1917 年列宁曾经登上这辆马车，遗憾的是，它并没有被保留下来。

在伊兹马伊洛沃兵团大村庄附近，追随者们围住了四轮马车，向"母亲"大声呼喊着祝福语。在这里，兵团牧师带着士兵们和军官们进行宣誓，在自己指挥官拉祖莫夫斯基伯爵带领下，追随者们跟在四轮马车后面向谢苗诺夫斯基军团营房走去，从那里跑出因意外迎接"母亲"而兴高采烈的谢苗诺夫支持者们。普列奥布拉任斯基支持者们很快也加入了他们的行列，并为迟到而道歉：他们必须捆绑起一些不听话的军官们。当离开前往涅瓦大街时，马队全副武装向女皇致敬，盔甲和武器闪闪发亮，横幅迎风招展。所有人都高呼"乌拉！"人们四处奔走相告：这不是政变，而是胜利的行进，是胜利者们的游行，叶卡捷琳娜在圣母诞辰大教堂①前祈祷了一段时间，然后继续前行。人们兴奋起来，许多酒馆老板没有商量而做出统一的决定：免费向"祖国忠实的儿子们"提供美酒。"儿子们"越来越多，涅瓦大街挤满了人，叶卡捷琳娜的马车难以前进。最后，到了冬宫。在那里整个国家机构——枢密院、东

---

① 地处圣彼得堡涅瓦大街，建于 17 世纪末期，现已不复存在——译者注。

正教最高会议及最高统治者、宣誓效忠自己的新女皇的大臣们都在等待着女皇陛下。

是如此的热情，马车披挂着被彼得三世废除的伊丽莎白时期的外饰，直接来到了宫廷广场，士兵们没有因为女士而感觉拘束，他们就在这里换衣服，扔下了讨厌的普鲁士制服。在稍事休息以及与委托人商议之后，决定事情到此结束。叶卡捷琳娜以枢密院的名义写了一道军队行军的命令。终点是奥拉宁鲍姆，而反对者是上任皇帝彼得三世及其追随者们。历史上很少发生类似事情：妻子发动反对丈夫的战争。叶卡捷琳娜换上普列奥布拉任斯基军团的绿色制服，歪戴三角制帽，腰间挂剑，一个敏捷的独眼警长格里戈里·波将金及时递上剑穗，她骑着一匹好马，嗯，她是一个骑手，我们知道的！

晚上 10 点出发。这是一个温暖的晴天晚上。场面令人兴奋：兵器闪亮，近卫队排成一排，旗帜，沿着街的人群，在前面是一匹雄壮的马，剑在手中，漂亮的女皇骑着马……但关于这个描述得最好的是杰尔查文，为追求诗意的词语，他替换了带羽毛的三角制帽并且夸大了叶卡捷琳娜的成功：

> 你披戴的盔甲闪闪发光，
>
> 勇敢而美丽，
>
> 头盔带着羽毛，
>
> 微风吹拂你的头发，
>
> 纵马驰骋，马蹄飞扬，
>
> 马儿嘶鸣，
>
> 北方因她而惊奇，
>
> 选择她统治自己。

罗普沙悲剧

彼得三世和自己的随从于 2 点到达彼得宫，也就是在同一时刻，叶卡捷琳娜在圣彼得堡召开了高级官员会议，并在这个会议上决定了被推翻的皇帝的命运。3 点彼得从首都回来的中尉别尔果尔斯特那里得知了普列奥布拉任斯基军团的暴动。不能说彼得表现得像一个孩子，他立即向喀琅施塔得发出一项命令，立即向彼得宫派出 300 士兵；驻扎在首都的非近卫军阿斯特拉罕军团和英格尔曼朗军团也收到了同样的命令。他命令他们立刻行军进入奥拉宁鲍姆。如果彼得及其追随者计划成功，叶卡捷琳娜及愉快的近卫军们就不会凯旋。

米尼赫陈述了自己的计划：皇帝来到圣彼得堡，并且以自己雷霆方式来平定暴动，就像彼得大帝对付弓箭手一样。但是，唉，彼得大帝的孙子仅仅是自己天才爷爷的可怜影子。犹豫不决和懦弱的他陷入恐慌之中，开始不知所措并且取消刚刚通过的命令。他还有机会逃到利夫兰和纳尔瓦，在那里能够进入丹麦，然后逃往国外。他能够乘船去芬兰或者瑞典。但是，彼得没有这样做，部分原因是他立即被隔离了：被他派到各地的信使（他们要么是被叶卡捷琳娜追随者们控制了，要么是跑到了胜利者那里）都没有回来，所以皇帝弄不清楚在圣彼得堡到底发生了什么。

叶卡捷琳娜似乎比自己的丈夫更麻利。她立即向彼得可能逃生的地区发布命令，以防止他通过各种手段逃走。最后彼得错过了时间，当他乘坐战船去喀琅施塔得港时，入口处已经被封闭并且警卫队的海军准尉米哈伊尔·科如霍夫也接到了皇帝要路过这里的命令。彼得三世在海港大喊：现在没有彼得三世，只有叶卡捷琳娜二世。这意味着，叶卡捷琳娜的密令要早于彼得三世的命令到达喀琅施塔得。开放海域的出口处也被武装船只封锁了。彼得变得垂头丧气，并不再有任何对抗的尝试。他回到奥拉宁鲍姆，正如腓特烈二世所说的那样，就像被送去睡觉的孩子被别人从王位上推翻。

6 月 29 日上午，军队来到斯特列利纳，叶卡捷琳娜收到彼得的一封信，他在信中请求他妻子宽恕他的背叛，并承诺改过自新。她对她的丈夫什么也没有说，并且活动仍在继续。在彼得宫，彼得的特使把用铅笔写的笔记出卖给了女皇，其中彼得曾答应放弃王位，以换取一个小退休、荷尔施坦因王位和宫中女官沃龙佐娃。彼得大帝的孙子对祖父的遗产毫不看重！

这一次叶卡捷琳娜做出了回应，并要求他以书面的形式放弃王位。将近中午的时候，格里戈里·奥尔洛夫把彼得三世手写的退位稿从奥拉宁鲍姆带到了彼得宫，随后还有前皇帝和沃龙佐娃。在彼得宫马上就有人把他们分开了，直到永远。当天晚上，阿列克谢·奥尔洛夫、大尉彼得·帕谢克和费奥多尔·巴里亚京斯基大公押送彼得三世去罗普沙。在施吕瑟尔堡做好准备之前，犯人先在罗普沙住了几天。为了在一个小岛上不出现两个前任皇帝——那里还有一位囚犯伊万·安东诺维奇，决定再往北走，去凯克斯霍尔姆要塞。结局如何，读者要记住。

兵团返回首都，6月30日，星期日，是共同欢乐和饮酒的日子。但是女皇并不快乐。她应该控制全国，应该思考未来。最尖锐的问题是彼得三世这个未来的终身囚犯和受苦者（根据民间的传闻，伊万·安东诺维奇受苦是为了"真正"正统的信仰，所有人这么口口相传）。和彼得达成协议是不可能的。他的表现像孩子一样幼稚、任性、天真，对所处情况全然不理解。6月29日他写给他妻子的信中还透露出这种不稳定和幼稚。

在第一封信里他写道："陛下，如果你真的不想弄死一个已经相当不幸的人，那么你应该可怜我，留给我唯一的安慰，就是伊丽莎白·罗曼诺夫娜。这是在您统治的时代您做的慈悲的事情之一。但是，如果陛下要见我1分钟，那么这将是我最高的愿望。你卑微的仆人，彼得。"

随后他寄出了另一张便笺："我还请求陛下准许我这个方方面面听从您旨意的人带着最初向您请求的那些人去别的地方，期望您能宽宏大量地留给我足够的食物。"他反复地请求把女皇最痛恨的他的女朋友还给他，允许带着她一起去荷尔施坦因并且保证给他们足够的食物。彼得太天真了，对他的天真我们还可以有另一种解释，伊丽莎白是从合法皇帝——彼得大帝孙子手中夺走的政权，所以彼得绝对不能搬到荷尔施坦因，因为不能预见到他搬到那里之后可能造成的国内和国际影响，甚至还有伊丽莎白绝不让伊万·安东诺维奇出国并将其终身监禁的例子，是因为他 1 岁时就是皇帝了，虽然很快他就被罢黜了，没人想起他。

6 月 30 日彼得的另一封信送来了。他很任性：房间很小，他没地方可走，他，众所周知，就喜欢四处走走。除此之外，在囚犯方便的时候，看守军官不走开。这封信的结尾处他这样写道："陛下应该对我有信心，我不会去想也不会做反对您及您统治的事情。"不，叶卡捷琳娜不能相信像彼得这样的人，她必须想好下一步该怎么办。

我们没有任何资料证明叶卡捷琳娜下密令杀彼得。但是有理由认为她没有预防这出悲剧的发生，虽然她能这样做。1762 年 7 月 2 日到 6 日来自罗普沙的阿列克谢·奥尔洛夫来信证明了这一点。

7 月 2 日奥尔洛夫写道："母亲，慈悲的国君，您好，我们期盼您万岁。我们现在……万事顺遂。只是我们的囚犯彼得患病了，是意外的腹痛，我担心他今天晚上会死，更担心他活不下来。"然后阿列汗解释说前任皇帝康复的危险何在："第一个危险是，他总说胡话，我们对此很不高兴。另一个危险是，他对于我们所有人来说真的是危险的，他有时的反应就像从前的状态（即重获权力）。"

这其中暗藏着未来悲剧的起源：彼得是由那些参与密谋和推翻皇帝的人保卫着，并且阿列克谢·奥尔洛夫是整个事件的领导者之一。而这些人感兴趣之处在于避免可能的严重责任。他们通过新的罪行来实现这一目的，即杀害上一任皇帝。叶卡捷琳娜不能不明白这一点。奥尔洛夫 7 月 2 日的信，是谋杀的前 4 天的。尽管是公开的，但是女皇默不作声，并没有更换罗普沙的狱卒，一切保留原样。现在再来说彼得的健康问题。事实上，6 月 30 日彼得就生病了——神经性休克。但在 7 月 3 日和 4 日医生确认病人的情况有所改善。

7 月 6 日阿列汗给女皇寄了两封信。在第一封信里说："我们的母亲，仁慈的国君。我无限惶恐，担心陛下是否会生气地认为是我们的原因造成囚犯的死亡，认为我们无视俄国，甚至无视法律。现在被派到他身边干活的仆役马斯洛夫生病了。而他（即彼得——笔者注）自己也身染重病，我认为他不能挺过今晚，他已经不省人事了，我们只能向上帝祈祷，他能尽快解脱。这个马斯洛夫以及被派来的军官可以向陛下报告他现在是什么情况。"

结局是不可逆转的：早晨彼得三世的仆人马斯洛夫突然得病了，但是他被送去了圣彼得堡，目的是证实他主人意外生病并且很严重。令人生疑的是奥尔洛夫——这个医学方面的小专家，自己递交了"诊断"：病人活不到晚上，这个"诊断"更像是宣判书。

事情就这样发生了，晚上 6 点左右，奥尔洛夫那封著名的信函到了，是他满含热泪、亲笔书写的："母亲，仁慈的国君！我要如何解释、描述发生了什么事？您不相信自己忠实的仆人，但是就算是在上帝面前我也要说真话。母亲！我已经准备去死，但是我自己不知道，这场不幸怎么发生了。如果您不宽恕，我们就不苟活了。母亲，他死了！但是没有人想到我们是如何挽救他的！但是，女皇陛下，不幸已经发生了。我们喝醉了，他也一样。他和费奥多尔大公（巴里亚京斯基）在餐桌旁争论起来，我们来不及劝解他们，他就不行了。我们记不清做了什么，所有人都有错，都该死。向您低头认罪，没有任何借口。请您宽恕或者请您惩罚。"一部分历史学家怀疑奥尔洛夫这封信的可信度。但是，如果说这封信是奥尔洛夫的敌人们后来伪造的，那么奥尔洛夫之前的其他信件则证明了他已经筹备好了结局。

谋杀完成了。是何种情况无人知晓。毫无意外地，奥尔洛夫并没有要求就此事进行调查，因为他已经"低头认罪"了。没有任何调查。否则就必须解释奥尔洛夫 7 月 6 日两封信中的自相矛盾之处：第一封信里说，彼得生了重病"已经不省人事了"，而在第二封信里，这个似乎毫无希望的病人和看护自己的狱卒在喝酒，在餐桌旁陷入争吵，然后和巴里亚京斯基打架……叶卡捷琳娜清楚地看到了这些端倪，但是她思考的是其他内容：对于她而言最终的结果是重要的，而她取得了这一结果，即彼得死了，再没有问题了……

公开宣布的是前任皇帝死于"痔疮痛"。轻信的法国大使梅尔西·德·阿尔让托伯爵以拉伯雷的方式描述了在罗普沙发生的事件：被废黜的皇帝饮食无节制，患上严重的胃绞痛，仍继续酗酒，饮食无度加上豪饮引发炎症，24小时后病逝了。一句话，他死于暴饮暴食！罗普沙迄今依然存在。那里的园子一直荒废着，脏污的宫殿无人问津。那是曾经发生罪行的万恶的地方。犯下罪行以及杀人的那些人的名字人所共知。是的，奥尔洛夫写给叶卡捷琳娜："所有人都有错。"应当注意这一点，我们知道，1801 年彼得三世的儿子保罗一世是怎么死的。所有人扑过来，像一群狗，每个人都动手了，没有没干坏事的人，每个人的出手都是致命的，无人不知。

历史学家们逐个列出罗普沙这群坏人的名字：阿列克谢·格里戈里耶维奇·奥尔洛夫伯爵、费奥多尔·谢尔盖耶维奇·巴里亚京斯基大公——毫无疑问的两个杀戮者；御医卡尔·费奥多罗维奇·克鲁杰，下士格里戈里·亚历山大罗维奇·波将金，格里戈里·尼基金奇·奥尔洛夫，俄国话剧院创始人费奥多尔·格里戈里耶维奇·沃尔科夫……一共 14 人。不，这不是所有人！还需要公正地添加一个人的名字：叶卡捷琳娜二世。

王冠的重量

1763 年，加冕前夕，御用珠宝商伊·波吉耶制作了一个很大的王冠，如今作为俄国的珍宝保存在兵器馆中，该王冠足足有 5 俄磅重。但是叶卡捷琳娜对它非常满意并且对珠宝商说："在典礼的 4 到 5 个小时内，无论干什么，脑袋上都要承受这个重量。"的确，她承载这个重量不仅仅是在克里姆林宫内的圣母升天大教堂的加冕礼的 4 至 5 个小时内，而是 34 年，在她整个统治时期内。

她在自己执政的第一天，当她不得不决定她丈夫的命运时，她就感觉到了王冠的重量。这一天和她随后执政的每一天都向她证明了自负、功名在心中但手中无权的大公夫人和掌权女皇之间的巨大距离。1762 年 6 月 28 日那天，叶卡捷琳娜读着孟德斯鸠和塞维涅夫人的作品时，她意识到她完全不能像她想的那样做。

位于权力顶峰的人的世界是截然不同的，统治者的观点与普通人观点的出发视角也是不同的，统治者用普通人很少了解的追求、政治合理性认识、朝代、帝国、民族命运、巨大责任意识和许多其他情况去保持权力。"我在做可怕的事"，1763 年初叶卡捷琳娜写给乔夫琳女士的信中这样写道。稍后她对谢久尔说："在对自己最严格的君主的眼中，政治很少服从道德法则，利益控制他们的行为。"

在统治的最初时期，叶卡捷琳娜的情况是相当无力的。事实上她进行了国家的变革，推翻了根据自己姨母伊丽莎白·彼得罗夫娜女皇毫无争议的继承人的遗嘱和亲属关系树立的合法皇帝。"要遵从民意"，叶卡捷琳娜成为这个民族的俘虏，更准确地说是自己周围的人们和近卫军的俘虏。1762 年秋天，她写信给波兰的波尼亚托夫斯基："我必须非常小心行事，最后一个近卫军士兵，看着我自言自语：'我自己能做到！'"

最后一位士兵不仅仅这样想、这样说，还是这样要求的。甚至丰厚的授予和奖赏不能满足革命英雄中贪婪和厚颜无耻的人。布雷特里在 1762 年底写道："好奇地看到，宫廷里接待日当天女皇竭尽所能地使自己的臣民满意，大多数人举止随意，他们找女皇谈自己的事情、讲述自己的各种计划……她以惊人的温和客气地接纳这一切。她认为值得这样做，她应该做到这种程度，自己的行为是必需的！"

接下来他讲述了由流放地回来的阿·彼·别斯图热夫－柳明与女皇之间热烈的讨论。然后叶卡捷琳娜走向布雷特里问他是否看过抓兔子？听到他肯定的回答后，女皇说："您应该承认，相似的事情不会发生在我身上，因为到处有人盯着我、驱赶我，我努力去避免流言蜚语，它们不会影响正确的思想和坚定的信念。"她后来补充说："我碰巧要管理永远不可能满意的人们。"

从"6 月 28 日革命英雄"的束缚中挣脱出来是不容易的，女皇和"英雄们"被共同的命运紧紧地联系在一起，并且 1741 年之后近卫军们第一次重新感觉到自己的力量、推举和推翻皇帝的权力。女皇仍然要依靠他们，是因为一开始除了近卫军，她在社会上没有其他的依靠。布雷特里敏锐地注意到：在女皇的所有行为中可以明显感觉到她害怕丧失她成功获得的一切，任何一个有很弱影响力的人在她面前都可以感觉到自己的力量。但是叶卡捷琳娜没有绝望，即使在伊丽莎白时期和 1762 年政变之后，她都没有感到绝望，她开始为自己的自由而战，而更准确地说，是为自己完整的君主独裁而战。此时不要去抱怨任何人，面临着各种驱赶时，女皇必须是机智的、有忍耐力的和坚持不懈的。

布雷特里在叶卡捷琳娜统治的最初几个月对她进行了仔细观察，注意到被她控制的人们的情感变化。这里有思想上巨大的幸福感——她是女皇。没有因为法国大使嘲讽的目光而感到拘束，叶卡捷琳娜重复了 30 次："我的帝国如此强大。"她多次谈到自己以前雄心勃勃的计划，现在它们成功地实现了。与此同时，正如特使写的那样，她表现出了软弱和优柔寡断，而这些特点完全不是她的性格中的。当然，叶卡捷琳娜是刚刚掌权的统治者，在这方面没有任何的经验，在她面前，仅仅是打开了大政治的隐秘弹簧，但她是个聪明人，已经理解了她所要解决的问题的巨大性。在心里不知不觉地出现了恐惧和令她不习惯的不安：力量是否足够，能否驾驭，能不能控制？在她面前是一幅铺在地板上的宏图，从图上可以看到果戈理作品中的一位主人公说过的那些地方，很大的地方，走 3 年也走不到尽头的地方，俄国就是这样伟大！

和所有具有想象力的女人一样，叶卡捷琳娜很不习惯面对海洋、宇宙和深渊。当然，后来她便习惯了命运将她所抬到的这个高度，但是很多年之后，她对波将金说："俄国本身就是伟大的，而我就是倒入大海中的一滴水，什么也没有做。"女皇一边吹嘘着自己的成功和自己的地位，一边向布雷特里承认她的生活充满了恐慌：她脑袋里一直萦绕着一个意识，即自己是女皇，她既不安又激动。

好奇地阅读着叶卡捷琳娜 1761 年夏天之前写下的一些政治笔记，即登上王位 1 年之前写的。可以大胆地称呼这些笔记为博览群书、远离现实政治、但是渴望在王位上只做善事、在俄国废除专制、把农奴从压迫中解放出来的一个人的政治梦想。"自由，你是灵魂，没有了你，一切都没有生机！"她的一篇札记是这样开头的。"我希望人们遵从法律，但不要变成奴隶；我希望人们幸福，但不要有任何任性、古怪、强硬的行为。""没有人民信任的权力什么都不是。""必须归功于您，而不是您的宠臣。""我希望走入正轨，能对我说真话，不要阿谀奉承。""违背基督教信仰和公正性会把人们变成奴隶。所有人生下来都是自由的。"这些没有实现的口号在札记中有很多。

而在生活中一切都要比欧洲思想家们——叶卡捷琳娜的老师们所描写的更加复杂、矛盾、卑鄙下流百倍。她立即拒绝在国内尝试很小的政治变革。登上王位之后，叶卡捷琳娜收到了尼基塔·帕宁关于建立国家委员会和改革枢密院的方案。方案倾向于在俄国建立更高的代表机关。最初，叶卡捷琳娜赞成他的意见，但很快改变了主意，她把改革者所有的努力都集中在改善国家权力机器的行政改革上，而不是政治改革上，与此同时，她成为伟大的改革者。就像她的前辈和继承者一样，叶卡捷琳娜和科谢伊①一样，用不朽针保存鸡蛋，小心翼翼地守护专制制度的不可侵犯性。她在社会政治上也采取了这些思想。专制必须依靠贵族，应该赋予他们新的特权，这就是她统治初期的主张。这是叶卡捷琳娜对那些没读过伏尔泰或孟德斯鸠作品的前辈思想的直接继承。

施吕瑟尔堡的荒唐

在 1762 年 7 月初，米尼赫元帅郁闷地开着玩笑，说道，"我是没有机会

---

① 干瘪的瘦老头，俄国民间故事中拥有宝物和长生秘方的人物。

活到有 3 个沙皇一同存在的时候了：他们一个待在罗普沙，一个住在施吕瑟尔堡，还有一个执掌着冬宫。"7 月 6 日，元帅平静地去世，如果他现在还活着，可能已经习惯了 3 个沙皇并存的情况。女皇的囚徒——伊万·安东诺维奇，并没有被很愉快地交到伊丽莎白·彼得罗夫娜手中，包括彼得三世，甚至是叶卡捷琳娜。国内关于这个"不幸的伊万"的传言不胫而走，好像他是因为真挚的信仰而受难，许多人都在谈论他从女皇安娜·伊万诺夫娜手中继承王位的合法权利。叶卡捷琳娜在自己执政的第一年里就遇到了政治阴谋，政客们表现出对伊万·安东诺维奇的喜爱，甚至提议让他迎娶女皇，要知道在他的血液里流淌的是罗曼诺夫王朝的血。在圣彼得堡存放着许多暗中投送的信件，信中表达了大家对于在狱中囚禁的伊万的喜爱。女皇怀着不安并且带着极大的兴趣去了一趟俄国的"铁面具"，1762 年夏天访问了施吕瑟尔堡，在那里女皇见到了伊万·安东诺维奇。1764 年 8 月 17 日，在由女皇本人起草的关于伊凡六世死亡的公报中，对于自己的这次拜访，她是这样说的："我去监狱纯粹是为了看一看王子，了解他内心的本质、他的生活状态、他那与生俱来的品质以及所受过的教育……然后客观冷静地给予评价。"但彻底的失败让她领悟并确信，对于这个不幸的人来说，不可能给他任何的帮助，他已经丧失了理性，对他来说已经没有比待在监狱里更好的办法了。在离开施吕瑟尔堡的时候，叶卡捷琳娜写道："以免警卫队中的某些人是预谋犯，已经委派了一个可靠的警卫队来看管囚犯，警卫队的人永远不要为了自己的某些利益企图引起囚犯的惊慌或者是……引发暴动。"这进一步表明，作为警卫队军官的弗拉西里耶夫和切京，不可避免地要面对来自米罗维奇的死亡威胁。如果囚犯落入暴动者手中，他们在法律上就要承担责任，为了避免失职，"给彼此一个了断"，即处死伊万王子。

这条指令故意隐瞒了警卫队员严格地按照叶卡捷琳娜本人的秘密指示采取的行动。在女皇的秘密指令中直接表明，在有人企图释放解救伊万的时候，警卫队员必须要保证"处死囚犯，千万不能将其活生生地交到任何人手中。"

值得一提的是，叶卡捷琳娜秉持着仁慈的目的，想要改善这个贵族囚徒的生活状况，然而，在自己出访施吕瑟尔堡之后她并没有这样做，仍然将其置于以前的生活中。伊万生活在监狱极为糟糕的环境中：住在又阴又潮的房间里，受粗鲁的警卫监管，并且在生病的时候看医生也被叶卡捷琳娜禁止。想来，这种级别的囚徒是可以期待一下更好的生活条件的。

就像我极力想要证明的一样：伊万并不是疯子，只是患上了心理疾病。所有的这一切让人产生了某种想法：这是悲剧。这种悲剧在 1764 年 7 月 4 日晚上爆发，并且持续到 5 日。这个悲剧好像是一位有经验的导演提前设计好的一样，根据每个人的地位给所有的参演者分配好各自的戏份，并且已经确定好了他们在每一幕中的角色。或者，至少所有的细节构成了这出非常不幸的剧目，所以不可能有另一个结果。的确，已经很久没有出现过如此重要的演员了——他以一个神经质的、饱受屈辱的、虚荣心很强的少年形象出现，幻想着重塑公正、恢复自己的金钱和权力——这些被他的祖先强行夺走的东西。当他向自己颇具实力的同乡盖特曼基里尔·拉祖莫夫斯基寻求帮助的时候，得到的并不是资金方面的鼎力相助，而是口头上的劝导："你还非常年轻，要学会给自己铺路。努力去效仿别人，努力抓住命运，这样你就会成为像其他人那样的贵族。"而其他人所做的，就是伊万 1762 年 6 月 28 日亲眼看到的，他们如此轻而易举地、迅速地、没有流血冲突地完成了叶卡捷琳娜王朝的革命。

总之，唆使像米罗维奇这样的人做一些冒险的事情并不难。一些历史学家非常确信，这就是叶卡捷琳娜本人所做的。虽然对此还没有明确的证据，但是许多人都说在行刑前有点儿神经质的米罗维奇表现得异常平静，好像他坚信在下一刻他会被赦免。当然这并没有发生，但是仍有两个细节值得大家注意。

首先，存在很多尼基塔·帕宁伯爵写给弗拉西里耶夫和切京的信，伯爵是受女皇委托来管理施吕瑟尔堡方面事务的。在 1763 年 8 月 10 日的第一封信中，帕宁对警卫员坚决的请求——让他们摆脱这项艰难的工作，进行了回复，他写道："请诸位再拿出些耐心，并请你们放心，你们的职责……不会被遗忘，在这种情况下向你们保证，对你们的委托将会很快结束，并且不会存在没有任何奖赏将你们留在这儿的情况。"然而在同年 12 月 28 日的信中他给每个警卫都寄了 1 000 卢布（在当时这是一笔很大数目），再一次劝说他们忍耐一下："关于你们的那个决定（结束服务）最晚也不会拖到夏季的第一个月。"尼基塔·伊万诺维奇指的是不是将警卫们从那艰难的工作中解放出来，这我们就不知道了……

其次，当开始对米罗维奇进行审讯的时候，女皇坚决反对对其进行拷问，在关于国家罪行的审问中只是走了普通的程序。叶卡捷琳娜不允许对米罗维奇的弟弟进行审讯，对此，叶卡捷琳娜用了一个十分恰当的谚语："兄弟是我的，而智慧是自己的。"政治侦查中总是会怀疑这类谚语的正确性，这并不是相信亲属会犯罪，而是要在法律的基础上对国家犯罪进行调查。或许，这就见证了女皇的仁慈，也可能……是女皇不希望米罗维奇在拷问之下说出一些让她不悦的事情来。

叶卡捷琳娜和帕宁对发生在施吕瑟尔堡的悲剧的反应就算不是欣喜的，也是兴奋的。帕宁在告知女皇所发生的事件时这样写道："事情已经得到解决，十分顺利，这是天意！"叶卡捷琳娜怀着同样的心情回复到："上帝给予我的仁慈一个明显的征兆，最后事情顺利解决。"叶卡捷琳娜执政时一直信奉着这个金句："天助自助！"

不过，我们不会怀疑，要知道，对于叶卡捷琳娜来说，这些政界耀眼的星的确是可以圆满地安放到各处的。以至于两年之后，她的两个竞争者被她派去见了祖先：一个在罗普沙死于"痔疮痛"，而另一个则意外地牺牲于某个冒险家企图解救秘密囚犯的时候。

我就像一匹马一样工作

为了成为历史上的伟大女皇，叶卡捷琳娜学习了很多东西，并且非常努力，战胜了所有无聊的陈规陋习、例行琐事。彼得大帝之后，在俄国的王位宝座上没有出现过像她一样顽强能干的人。"我站起来，"叶卡捷琳娜给乔夫琳夫人讲述自己1764年的一天，"早上6点准时开始阅读和写作，一直到8点。然后我阅读不同的文件。总有人需要和我谈话，一个接一个。这样一直到11点甚至更晚的时间。然后，我穿好衣服。每逢星期日和节假日去祷告。在其他日子就去接待大厅，那里通常有很多人等着我，半小时或45分钟的交谈后，我坐到桌子旁。在桌子正对的出口处是令人讨厌的省长（伊·伊·别茨柯伊——笔者注），他审阅，而我做自己的事情。如果没有其他信件和干扰的话，我们各自的审阅会持续5个半小时。然后我去剧院，或者与某人聊天、游玩一直到晚饭的时候，直到11点才结束。然后我去睡觉，第二天重复同样的事情。"

在这里，叶卡捷琳娜说，醒过来后，她喝了一杯带有厚厚奶油的东方式咖啡（1磅咖啡分倒在5个杯子里!），非常浓，然后进行早上繁重的工作，即写作、法律和各种政府法令的校订，下午把大量的信件寄到国外。

对此，我们必须补充说，她早上与秘书一起进行繁忙的工作，每个秘书每周有一天就自己的工作进行报告，10点之后，女皇梳洗打扮好，开始听取枢密院检察长的报告，圣彼得堡警察局局长会报告各种社会动态，传达城里最重要的八卦和谣言。事情很多，他们不停歇地工作。"我就像一匹马一样工作。"女皇1788年这样写道。

与过去一样，没有书，她简直一天都不能活，她在延续自己青年时期的家庭大学的学习方式。"是的，先生，"1779年12月7日，她给格里姆写了一封关于刚刚读一本乔治·路易·勒克来克·布丰的书《自然史》的感想的信件，"这本书征服了我的大脑。"在这封信中，叶卡捷琳娜对格里姆说："您说，女皇和所有人都是一样的。她哪怕是一分钟属于自己的时间都没有。24小时是不够的。她要阅读，要写很多东西，她除了休息，就是工作，堆积如山的文件占满了书架。"

女皇很勤勉，这在当时的统治者中是非常罕见的，这引起了广泛的尊重。腓特烈二世嫉妒地谈论着叶卡捷琳娜的这个特点，并对游手好闲的君主表现出不满："在法国有4个部长，但都如此无所作为，以至于这个女人应当被列入伟人之列。"每一个受过教育的俄国人都知道杰尔查文·加夫里拉的《费丽察颂》这首特别献给女皇的诗。诗中诗人赞美女皇那一连串的工作所带给俄国的福祉：

> 从不珍视你自己片刻的宁静，
>
> 你在经台前读着，写着，
>
> 所有的一切均出自你的笔尖，
>
> 你用生命挥洒着快乐，
>
> 你好像从不用打牌来消遣，
>
> 就像我一样，从一个晨曦到另一个清晨。

像大多数伟人那样，叶卡捷琳娜也明显是一个写作狂。在这种情况下，我不会在言辞中灌注太多有损女皇尊严的想法，而仅仅是想要强调人们在纸上倾吐自己的想法、用笔尖在手中进行创作的这种无法抗拒的愿望。"我做不到冷眼旁观地对待新的笔尖：那一刻我已经开始微笑，并且感觉到了一种很强烈的诱惑，想要用它来写些东西。""然而当我看到桌台上摆放着纯正的墨、上好的笔以及雪白的纸的时候，我就无法忍受粗制滥造作品的作者们。正如谚语所说：'不要处置不当，也不要唆使小偷去犯罪。'""我感觉到，写作这个魔鬼掌控着我。"（摘自1770年的书信）

每一个文人对此都有这样的评价：女皇从来都没有体验过同别人作品相比较而产生的快乐，直到出现了一种力量，这种力量可以自由地在材料上发挥，可以流畅并准确地表达自己的观点，当一个想法紧接着另一个想法不断地涌现出来的时候，一堆纸都写不完你的欣喜和惊异，并且感觉到时间都不够用。抑或是"没有什么是绝对的，许多誊写，许多完成一半的手稿，一个题目接着另一个题目，数不清的从各处搜集来的素材已经准备好投入到写作中去了"（摘自 1779 年 12 月 7 日写给格里姆的信）。

在创作完著名的《谕告》后，对叶卡捷琳娜来说，最重要的事情就是在 1767 年确定好的委员会中进行立法。她将这种热情称为患了"立法狂热症"，此病经常"发作"，让女皇感到很吃惊，并且让她久久不能从桌边站起来，迫使她佯装哀叹："唉，可怜的女人！要么去死，要么就将事情进行到底。"在自己写给国外友人的信件中，叶卡捷琳娜经常详细地给他们描述她做了多少工作，她是如何了不起地完成那些"笨拙的写作"，"仓促地记录"公告和指令的。

当然，这里过于自吹自擂、过分吹嘘，都是因为想要得到赞扬！但是事情确实惊人地转向了另一面：在叶卡捷琳娜二世的办公室中保存着许多材料，18 世纪下半叶一些政府机关一致认为女皇有着不可思议的工作能力，她不仅对国家机器进行了改革，并且还创建了一个新的法律体系，实际上是根据自己的意愿创建了"我们的立法大楼"。她详细制定了一些新的法律法规，寻求的是在他们的思想上形成法律的统一性。针对这点，需要做很多的工作。保存下来的上百份叶卡捷琳娜的手稿，被装订成几大卷。这些都是女皇自己代替整个委员会立法的明证。女皇的事业一直持续到她生命的尽头，在叶卡捷琳娜统治的这些年，她几乎写了 10 000 封信，签署了 14 500 个不同的法令和指令！在这种情况下不用怀疑——她没有盲目地乱签任何一张纸……

"谕告"和库楚克－凯纳吉世界：距离荣耀还有两步

不过，尽管女皇勤恳快速地投入国家事务，但前期对她来说还是非常困难的，正如我们之前提到的。早在 1762 年秋，大臣别斯图热夫－柳明就建议过叶卡捷琳娜接受"国母"这一称号，叶卡捷琳娜回答：一切言之尚早，因为解释起来，这个词本身就是带着虚荣心的。当然，这种情况不是因为她害怕被贴上虚荣的标签，而是她清楚地知道，至少在当时，"国母"这个称号除了引起民众的嘲笑，并没有其他意义，毕竟这不是人民的呼声。在 1762 年底的一次招待会上，她指着朝臣们对一位法国特使说："我觉得他们还需要一些时日才能习惯于我。"另外，"关于我，至少再过 5 年才能下结论。如果要恢复秩序并且让我的劳动见效，这个过程是必需的"。

实验期的预计被评为精准，叶卡捷琳娜真正胜利正是 1767 年：7 月下旬开展了关于新法议文的委员会第一次会议，研究法律规范。这个委员会历经彼得大帝和伊拉莎白时代，但他们中任何一人的作为都不曾带来这样大的宣传效果。旧委员会悄然聚集，号召地方代表举行会议，重修完善旧法律，商定新法律。在叶卡捷琳娜时代，一切都变得不一样。超过 570 人盛装出席，有时十分壮观，从祖国各地聚在莫斯科的身着华服的人们构成了奇特的景象：因为早在 17 世纪全俄缙绅会议时期在首都就没有聚集过俄国各地的人们了。在莫斯科克里姆林宫方面的神圣传统下，本身就丰富多彩的委员会会议开幕式变得更加壮观，而有时候，由议员颁布的冗长的叶卡捷琳娜二世的《谕告》——"全体公民平等""自由""在法律的保护下""真理"等政治概念，看起来总是傲慢、高高在上，甚至逆乱的。最后，议员们谈论着政权意识，委员会的工作陷入了严肃和凝固的气氛。

虽然叶卡捷琳娜的《谕告》本身变成了相当普通的关于理想型国家建设原则的撰写（大部分来自《论法的精神》——孟德斯鸠），虽然议员们热情洋溢的谈话造成了议院自由的幻觉，但是他们持续了几个月的工作却是毫无意义的，尽管议会及其首倡者一直滔滔不绝地谈论着国家、世界。

外国人发现，委员会的活动增加了俄罗斯民族和人民的自豪感。是的，我们俄国人，尤其现在，经历了我们王朝的覆灭后，懂得在民族历史中，国家的羞耻与辉煌、屈辱与光荣意味着什么。委员会的活动让俄国人在人文领域中感受到了国家的屈辱与光荣。当然，所有这一切都是离不开叶卡捷琳娜的名字的，《谕告》念出时，议员们都是眼含热泪听取的。对自由、平等、教育和后来的共和的热烈维护，使俄国女皇的声誉在巴黎开始变坏。对叶卡捷琳娜来说，最好的宣传已经很难再出现了，因为这么多年她才断言：跟她的帝国相比，世界上再也没有更自由的国家了——要知道，在俄国没有人会禁止这个《谕告》。而且，确实，在俄国建议禁止独裁者的作品肯定是疯了。

1768 年年底，委员会变得毫无意义：全体会议再提不出新观点，委员会代表们的工作也没有实际成效，只是这些"立法者们"之间无休止地讨论，正如米·米·斯佩兰斯基所说的，这一切都是没有任何结果的。叶卡捷琳娜明白了，她的《谕告》里多是像平等、权利、自由这些充满理想化倾向的思想，它们和奴隶、老爷、贪污的法官、残暴的上级、没有权力的平民的现实生活之间存在着巨大的鸿沟，需要长期不懈的工作才能使俄国往好的方向改变。借着与土耳其的战争之名，叶卡捷琳娜解散了这个委员会。她开始巩固自己权力，发挥自己的作用。

进行这场战争的想法跟《谕告》和解散立法委员会的想法相近：荣耀需要胜利。众所周知，战争是土耳其人挑起的，鲜少人知道的是叶卡捷琳娜也很乐于有这场战争。那时的战争不会像现在一样，被认为是一场灾难，而是相反，它往往被视为巩固国家政权的一种可靠方式，可以给官员们带来一些军功和战利品。战争可以缓解内部问题产生的压力，解决原来被外部敌人妨碍的事情。就像空气一样，君王也需要胜利者的光荣。

值得惊奇，1768 年 10 月 20 日，叶卡捷琳娜激动地给车尔尼雪夫写了一行字："我发现，合约定下来后，你感觉自己从压抑自身幻想的重负中解脱出来了。要消除土耳其人的尖叫，需要无数的渴望、无数的设想和无数的无意义的蠢事。现在的我是冷静的，可以做自己想做的事，而俄国，您知道的，在相当大的程度上，叶卡捷琳娜二世，有时也在想象所有类型的西班牙宫殿（也就是西班牙之梦）。没有任何东西可以限制她，弄醒沉睡的猫咪，猫咪冲向老鼠，这就是您看到的，这就是我们讨论的，这就是……"话语杂乱无章、体裁不好，但正因为这样，此时的感受特别明显和直接。最后，展示我们实力的时间到了，让声音抵达傲慢的凡尔赛和虚伪的伦敦，让腓特烈为难地看着我们的胜利。在家里，在俄国，也会有人会咬着舌头……我们需要胜利，不仅是为了法律文献和英明的机构组成中对和平的追求，也是为了战斗的土地。前进！

胜利到来了，但不是一下子到来的。彼得·鲁缅采夫元帅一开始凭借天然屏障在里亚巴亚墓地附近，然后在拉多加河口，最后在卡古尔河河畔，打败了土耳其军，1769 年平淡无奇的军事行动在 1770 年演变成非同凡响的战役。土耳其的损失惨重，俄国军队的优势是压倒性的。在此前 1 个月，俄国舰队进行了一次地中海探险，在总司令阿列克谢·奥尔洛夫的领导下，俄国海军于 6 月 26 日焚烧了被困在切斯梅斯基海峡陷阱的土耳其舰队，从而保障了自己在爱琴海的制海权，并完成了对达达尼海峡的封锁。

在接下来的几年里，分别在 1773 年于图尔图凯和 1774 年于科兹卢贾打败土耳其的亚历山大·瓦西里耶维奇·苏沃洛夫的天赋开始闪耀起来。在 1774 年，他签署了库楚克 - 凯纳吉和平协定。对俄国来说，在俄土这么长的历史中还没有过这么卓越的战争。现在俄国船只不仅可以在黑海航行，而且可以在海峡之间穿行。俄国不仅得到了几经灾难的亚速海，在刻赤海峡稳固下来，而且更重要的是确定了其对摩尔多瓦和瓦拉几亚的保护国地位，克里米亚汗国逐步脱离奥斯曼帝国而独立（可以解读为：依附于俄国）。彼得大帝的梦想实现了——自己国家的国界线触到了黑海水。库楚克 - 凯纳吉世界被宣布 1769 年成为属于叶卡捷琳娜的土地——俄国的旗帜出现在了黑海里。

一群英雄中的女英雄

胜利是由人民创造的，不能不承认，叶卡捷琳娜王朝成为出众的政治和战争活动家、艺术家和作家显现的时代。在圣彼得堡著名的"长凳"纪念碑上，叶卡捷琳娜女皇的腿边坐着 9 个她的王朝杰出的活动家，她最亲近的战友：大元帅亚历山大·苏沃洛夫，元帅彼得·鲁缅采夫，特级公爵格里戈里·波将金，伯爵阿列克谢·奥尔洛夫，俄国科学院院长公爵夫人叶卡捷琳娜·塔施科娃，俄国师范教育创始人伊万·别茨柯伊，海军上将瓦西里·其恰科夫，大学副校长亚历山大·别兹博罗德佳，诗人加夫里拉·杰尔查文。这个"长凳"本应容纳更多的名人，像米哈伊拉·谢尔巴托夫大公、上将费奥多尔·乌沙科夫、活动家尼基塔·帕宁伯爵、建筑师瓦西里·巴热诺夫、诗人米哈伊尔·赫拉斯科夫和其他杰出的人们，实在是没有地方了。

毫无疑问，这众多的天才为叶卡捷琳娜做好了准备，她拥有罕见的挑选人才的能力，以高度信任把他们聚集在一起，让他们感激和无条件地报答她。很多次叶卡捷琳娜都想解释这是怎么形成的。在这个主题上，她所说的和所写的不都是真的，但事实就是事实，女皇走过历史时，确实被众多人才包围。

叶卡捷琳娜从来不抱怨人才的缺少："在我看来，任何国家都找得到人，没什么难找的，需要做什么事就会有什么样的人才在身边。经常有人说人才稀缺，尽管这样，事情还是做成了。彼得大帝手下也有不识字的人，但他还是成就了他的伟业。人才不会缺少的，人才总是有很多。"最好不要相信这种话，但是女皇确实能轻松地选到所需人才。在 1769 年，一位英国外交官写道，她选人是根据他们自身的能力以及她是否需要。女皇邀请了很多未来的官员来到她埃米塔什这样相对狭小的社交场合，在一个轻松的氛围中对他们的品行进行考量，区分出其中的傻瓜和坏蛋并永远弃之不用。"要对人们进行研究，"她警告后代，"努力地使人尽其才，但不要不加选择地相信他们。尽可能去发现他们的长处，大多数情况下，人们的长处都被隐藏起来了，不易被发现。高尚的品格不贪不躁，不会在人群中自行显现出来，而是等待着你们去发现。"

叶卡捷琳娜拥有让别人喜欢她的能力，能吸引他们，诱骗他们支持自己，把那些敌对的、冷漠的或是中立的人变成忠实的仆人、可靠的追随者和好朋友。史料中有大量记载是关于女皇这种罕见天赋的。1771 年她给忙碌的刻赤元帅多尔格鲁科夫公爵写道："我从您的信中读出您对我的爱恋愈发明显，由此我开始考虑，现在我能做些什么来回应您。"随着这个甜蜜的信函，叶卡捷琳娜给元帅寄去一个带有她的肖像的精美鼻烟壶，并要求他"随身带着这个鼻烟壶，因为这是我对您的心意"。

我认为，元帅的心一定会因为这位女统治者的温柔小意而得到安抚。同样得到安抚的还有法国外交官谢久尔伯爵的心，虽然他对叶卡捷琳娜心存好感，但也无法抗拒凡尔赛在 18 世纪 80 年代愈演愈烈的反俄政策。谢久尔回忆道，有一次，在听到从法国传来的坏消息之后，他坐在剧场，离女皇不远，沉浸在自己忧郁的思想里，"我正沉浸在自己的想法里，在我的耳边响起一个声音，是女皇俯身轻轻对我说：为什么伤心？这些忧郁的思想都是什么？你在干什么？只要想，你没有什么需要责备自己的"。

女家庭教师卡尔杰莉曾提醒小菲卡要经常使用"阁下"这样的词，要知道礼貌待人和理解他人是一个好人最重要的品质。叶卡捷琳娜很好地掌握了这一点。如果她得知朝臣殴打仆人，她就会非常生气。她用左手从鼻烟壶里拿烟，是因为客人们经常抱怨自己拿烟的右手烟味难闻。

有一个和胜利者瑞典上将其恰科夫有关的有趣的故事。叶卡捷琳娜想见英雄，周围的人都劝阻她：上将不是上流社会的人，讲脏话讲得厉害！女皇坚持己见，他们见面了，上将开始讲述自己在瑞典航空中队的胜利。一开始他很不好意思，说话笨拙，但渐渐地激动起来，忘乎所以，最后还对自己的敌人说出了自己习以为常的脏话。猛然惊醒后，他跪在叶卡捷琳娜脚边求饶，而她，就像什么都没发生一样，温和地说："没事，瓦西里·雅科夫列维奇！请继续，我不介意你的海上术语。"

正是在一次次私人秘密的会谈中，叶卡捷琳娜认识并征服了人们。她有倾听的能力，而不打断对方的发言——正像很多人做的一样，她开始被人们喜爱。正如我之前写过的那样，跟女皇交谈是轻松愉快的。格里姆男爵说过："女皇拥有如此罕见的我从未在谁身上发现的天赋：她确实总能抓住交谈者的思想，所以，从来不会责难不确切或者大胆新颖的言语，还有，当然，从来不会让人感到屈辱……有必要好好看看这个奇妙的头脑，这是天才和优雅的结合，奇思妙想不断地聚集，不断地碰撞，可以说是不断地涌现出来，就像瀑布纯净的水流。”

她最初是如何待人接物的，我们可以从女皇写给莫斯科驻军总司令兼总督彼得·谢苗诺维奇·萨尔蒂科夫元帅的长篇信件中看出些许。萨尔蒂科夫元帅 1770 年 11 月要在旧首都会见一位重要的外国客人——腓特烈二世的兄弟亨利王子。叶卡捷琳娜在这封信中不仅表现出对人们的深刻了解，同时也给了自己的高官中肯的建议，告诉他自己怎样接待客人，如何让客人高兴：“还要对您说一点，第一眼看上去，亨利王子是极其冷淡的，但是不要考虑这种冷淡，因为它是会融化的，只要他愿意。他非常聪明和开朗，他知道萨尔蒂科夫元帅也是开朗和客气的。您要尝试让王子不感到无聊。他很和蔼可亲，喜欢搜集各种消息。您安排一下，让他能看到所有值得注意的东西。最后，元帅先生，我希望您能告诉大家，礼貌和体贴从来不会伤害任何人，还会赢得别人的好感……我希望这位王子在回家的时候说：‘俄国人是如此有礼貌，所向无敌。’（萨尔蒂科夫率俄军在 1759 年 8 月著名的库勒斯道夫战役中打败腓特烈二世的普鲁士军队，因这次胜利被女皇伊丽莎白任命为陆军元帅——笔者注）您知道我对祖国的爱，我希望我们的人民以所有的军事和民事实力为荣。我们在各方面都优于其他人。”

粗鲁的萨尔蒂科夫是怎么采纳叶卡捷琳娜的建议的，我们不得而知，但是读完这封信以后，可以很确定地说，女皇是聪明伶俐的，懂得跟不同的人打交道，而且总是为了自身和俄国的利益着想。她不会在不可能的人身上要求什么，她还不止一次地重复自己最爱的一句谚语：“让自己活也让别人活。”叶卡捷琳娜善于从每个人身上获得他们能给的东西。“让一个受限，”她在 1794 年对格里姆写道，“其他的也要受限，但如果不是被君主限制将会看起来很愚蠢。”有一次有人向她报告说枢密院收到某省军政长官关于“日食”的报告并建议消灭无知的人。女皇拒绝这样做：“如果他是一个善良的人和好的法官呢？最好送他一个日历。”

相信女皇的官员，可以指望着她的全力支持。关于这点，1764 年叶卡捷琳娜在针对新检察长维亚泽姆斯基公爵的守则里最大限度地表述了自己的思想："您完全信任上帝和我，而我，看到了您让我很满意的行为。我不会出卖您的。"与此同时，在人际关系上，叶卡捷琳娜既不再多愁善感，也不再过分善良和忍气吞声——在不影响身体健康的情况下。她非常理性，如果她发现自己的高官有懒惰、卑劣、欺骗和不恰当的行为，她会非常愤怒，即使以前关系非常友好，女皇的怒火也不会平息。

长时间的友好态度把叶卡捷琳娜和诺夫哥罗德和普斯科夫省省长希维尔斯伯爵连在了一起。但是在 18 世纪 70 年代末，在和妻子离婚时，希维尔斯表现得十分不好，他拿走了孩子的抚养权，因为财产大打出手，不理睬仲裁员甚至是叶卡捷琳娜的亲自劝告。一开始她试着温和地说服他："希维尔斯先生，请尽快住手，给您最后一次机会停止这些致命的争吵，葡萄酒是双方共有的，把我认识了 15 年的省长尽快还给我。"

但希维尔斯已经听不进去了，女皇换了一种语气："很遗憾地看着一个人在短短几个星期里改变……您毁了您的美名，您毁了我对您的好评，您对我的建议表现出了不尊重……禁止您，在我不喜欢的威胁之下，在这里——我的府邸或其他地方——使用暴力。我命令您在这星期内启程回自己的省，以便平静您的情绪，您不需要回复我的这封信。"

这是被罢黜，是决裂，但人是有用的，得让他工作！在 1770 年，揭发了加加林公爵向司法委员会提交不实呈文的欺骗行为后，叶卡捷琳娜愤怒地写道："谢尔盖·瓦西里耶维奇公爵！在这件事上，我还是不能公然妨碍法律的程序……但是阁下，我和您说，谢尔盖·瓦西里耶维奇公爵的良心何在？……是的，真理要求我给您写信，因为我看到，正义被其他的情绪掩盖。如果我不是女皇，那么我，正如您所说的，就是反对您的主要证人。"

在前面援引的关于人才稀缺的信函中，她阐明了一个实质，即在与"人才"打交道的过程中最重要的是："只需让他们做需要做的事情，只要有这样的动力，一切就可以进行得很顺利。当你坐在一辆封闭的马车上时，你的车夫会怎么做？只要你愿意，所有的路都会畅通无阻！我们要让人们去做他们知道自己能做好并且一定会做得很好的事情。"这就是女皇在这封信里想要说的内容。在另一封信中，叶卡捷琳娜向格里姆直言："我对比我更了解事物的人更感兴趣，只是他们不要让我怀疑他们自命不凡和有贪念。"也许这种用人能力正是叶卡捷琳娜作为领导者的主要优势。不仅如此，叶卡捷琳娜本身也是一个有才能、勤奋和很懂得自己长处的人。她不害怕竞争，明白其他有才能的人的光彩不会变黯淡，只会增加她自己才华的光芒。她在给格里姆的信中写道："唉，他们以为谁有长处会让我感到惊慌，他们错得太离谱了。恰恰相反，我希望我身边的人都是英雄，我努力地向每个人灌输英雄主义，即使在他身上我只发现了很小的能力。"

1783 年，她的两个开国战友——格里戈里·奥尔洛夫和尼基塔·帕宁几乎同时去世了。哀悼他们离去的同时，叶卡捷琳娜跟格里姆分享了这样的思想："他们是完全不同的人，一点也不喜欢对方……这么多年他们两个都是我最亲近的谋臣。但是事情不等人，有时我不得不像亚历山大那样果断地处理棘手的问题，一起来商量有矛盾的意见。这两个人一个思想大胆、一个慎重理智，而我则尽可能缩小与他们的距离，跟上他们的脚步，这样的话，他们对特别重要的事情的态度才会转为温和。您问我'现在怎么样'，我回答：'尽我们所能。'在所有的国家里都有这样一些人，需要这些人做事情，正如世界上的一切都是由人们掌握的，人们才能驾驭好一切。"她能这样说，因为波将金的才能从这时起开始大放异彩。

与"热情澎湃的懒汉"的长久告别

在 18 世纪 70 年代初期，女皇的私生活中出现了严重的危机。与奥尔洛夫早在 1762 年变革前就开始的关系变成了她的负担。但一开始一切都是那样美好。最后，女皇似乎找到了她的幸福：在她身边的是一位真正的丈夫、骑士，他在像 6 月 28 日的革命这样危险的事情中出色地证明了自己，他是勇敢、强壮、帅气、忠诚的捍卫者和优胜者。

我不浪费笔墨来列举奥尔洛夫以自己少有的忠诚和男性魅力而得到的封号、勋章、头衔，也不列举财产、领地和房屋了，这份清单是没有尽头的（顺便说一句，这些奖赏当中还有加特契纳和罗普沙）。成为伟大政治家或者军事活动家的荣誉之路为这位命运的宠儿敞开着，但他没有走其中的任何一条。而且他在任大尉期间，总是纵酒作乐，经常胡闹，他很早就成为最高伯爵，然后是公爵，穿着将军的制服、戴着勋章。

叶卡捷琳娜和奥尔洛夫住在一起相当久——大约 11 年，一直到 1773 年。一些作者认为，叶卡捷琳娜除了生下大家都知道的博布林斯基伯爵，还生下了两个儿子和几个女儿。大约 1763 年在首都流传着关于奥尔洛夫和叶卡捷琳娜按宗教仪式结婚的打算的流言。这些流言是有依据的：在自己的英雄面前女皇是疯狂的，她是固执和没有耐心的。但是在某个瞬间神志清醒了，对因为这场君臣之间的婚姻丢脸的皇权的顾虑，占了上风。总是细心听取民众意见的叶卡捷琳娜不敢违背他们的意见。然而，这并不影响格里戈里在皇宫里像以前一样威风——至少 10 年，直到他不复强大。

叶卡捷琳娜在《真诚的自白》中在谈到奥尔洛夫时，对波将金写道："如果他自己不寂寞的话，就在那里待到世纪末吧。正是他从皇村离开去谈判（奥尔洛夫率领代表团参加了 1772 年夏天在福克沙尼进行的俄土和平谈判——笔者注）的那一天，我就知道（叛变——笔者注）并得出结论，我已经不再信任他，这个想法令我很痛苦，我必须（在绝望中——笔者注）做出艰难的选择，从那时一直到现在，我都伤心得无法言表，任何的劝慰都会让我泪流不止，我想这一年半是我出生以来哭得最厉害的一段时间。最初我以为我会习惯的，但是越来越糟糕……后来出现了一位勇士……"勇士——她在《真诚的自白》中这样称呼波将金。

叶卡捷琳娜因为这些而哭：跟奥尔洛夫的分手是这么痛苦，他的影响久久地绵延着。周围的人徒劳地劝说着格里戈里公爵离开女皇，他表面恭顺、愿意服从命运，突然开始纵酒、闹事、发脾气、大吵大闹、丑闻不断，女皇甚至还为自己担心——失宠的人行为变得那样疯狂，无法预料到后果。后来，双方平静下来，开始比赛般展示自己的"慷慨"。她送给他涅瓦河畔的大理石宫殿，而他回赠给她一颗巨大的纳狄尔沙钻石（现在和奥尔洛夫一样著名的钻石）——俄国最珍贵的宝石。后来他又开始了一些令人震惊的行为和愚蠢的举动。1772 年叶卡捷琳娜给伏尔泰写道：她渴望的只是平静。叶卡捷琳娜想要平静，她最终下定决心：不在一起。

分手有几个原因，其中之一是变心，叶卡捷琳娜在《真诚的自白》中指道。在 1773 年 5 月女皇委屈地向外交官秋兰说道，奥尔洛夫并不讲求爱情，就像他不讲究食物一样：卡尔梅克、芬兰女人和最优雅的御前女官对他来说都是无所谓的——"这就是他孤独的性格"。格里戈里的纵酒和不断的风流韵事——妓院和酒馆的姘妇，毫无疑问地伤害了作为女人的叶卡捷琳娜，破坏了她作为女皇的威信。但另一个原因也很重要：奥尔洛夫痛苦地把她与 1762 年六七月的事件联系在一起，他总是提醒着他们一起犯的错误，甚至不止一次利用它们。当然，叶卡捷琳娜很感激格里戈里和他的兄弟为她做的一切，但是众所周知的是，人的感激是有限度的，终于有一天叶卡捷琳娜达到了底线。

1773 年的春天，她对秋兰说，她清楚地记得，把什么归功于奥尔洛夫，并且永远不会忘记他们的功勋，但是最后她决定与格里戈里分手："我已经忍受了 11 年，我希望最后完全独立，按照我满意的方式生活。至于公爵，他可以做任何他想要做的事。他可以自由地去旅行，或者待在俄国，喝酒，打猎。他可以做以前做的事，也可以做新的事情。大自然让他成为俄国的男人，直到死他都会保持着这点。他总是对一些琐事感兴趣。尽管有时候，他从表面上看来在做一些认真的事情，但是他做这些事情毫无系统性可言，说到认真的事，他就陷入了矛盾中。他的观点表明，他的心理还很幼稚。他缺少教育，渴望名气，品位不高，经常一时兴起，做出莫名其妙的行为。"

前任情人的思想和行事风格在他们共同生活之初一度让女皇特别着迷，而现在则具有了破坏性的特征，这说明了一点：此一时彼一时。他们在一起时，打发时间的方式不同，接触的人不同，双方终将走向分手。格里戈里无忧无虑地度过这些年，只是偶尔胡闹，叶卡捷琳娜因此给他起了一个绰号"热情澎湃的懒汉"，而叶卡捷琳娜自己在这些年里由于自身的能力、勤勉、坚忍、善于学习而成为整个欧洲范围内的伟大活动家。作为一位开明的女君主、精明老练的政治家，她声名远扬。她一直埋头工作，而喝醉的炮兵上尉睡在旁边，打着呼噜，和 10 年前一样。当然，她明白，奥尔洛夫是用与她不一样的面团揉捏出来的。在女皇统治的前几个月，她把格里戈里介绍给外国外交官和旅行者，为了向他们证明自己选择的正确性，她极力赞美这位新宠臣的聪明才智，她以为时间会纠正一切。她对智慧和教育充满信心。就如贝克汉姆伯爵写道："在格里戈里·奥尔洛夫处于上升期的时候，女皇说过要亲自教导他和培养他。她教会了他思考和推断，但是他思考得不正确，推断得也不正确，因为大自然只带给他让他炫目的光亮，却没有为他指明道路。"

是老师失败了还是学生没有能力，我们不知道，但是奥尔洛夫没有成为一个伟大的国家活动家——这是事实。在此列举分手的第三个原因：奥尔洛夫的流氓气让叶卡捷琳娜觉得很累，她需要的是觉得疲惫时在国家事务上可以托付的战友、助手。1774 年春，英国事务代理人古宁写道，叶卡捷琳娜以前的客气和宽厚都不存在了，困境影响了她的健康和精神状态。土耳其的战争很困难，很多问题加上社会上的一些不满，使她需要一个助手。而波将金就在这时出现了，用自己宽厚的肩膀托起了俄国苍穹的重担。

随着波将金的出现，奥尔洛夫很久都没有从阴影中走出来，而如果把他从祖国推得更远，他就会在附近的某个地方胡作非为，让波将金难受。当然，叶卡捷琳娜那个时候有足够的精力派格里戈里去蛮荒之地，但事情的真相是她做不到。要知道提出与奥尔洛夫的分手不是由于反党或者仇恨，而首先是国家命运的需要。这个流氓已经成了她的亲人，他们很亲密地住在一起很久，她给了他热烈的爱。所有这些她永远都不会忘记，不会从心里拿出去！然后，直到最后叶卡捷琳娜都把目光放在头脑不清的最善良的公爵身上。

1776 年的夏天，奥尔洛夫突然生了重病，女皇不顾波将金的不满，扔下所有事情赶到他的床边，她很冲动，与她平时冷静的头脑和所受的多年教育完全不符。当 43 岁的奥尔洛夫让包括女皇在内的所有人感到意外，因爱而娶了 19 岁的宫中女官——自己的表妹卡佳·吉娜甫耶娃时，叶卡捷琳娜非常不高兴，要知道她认为，格里戈里会一辈子都纵酒，自己是他永远唯一的爱人，只有她才会让他平静下来，只有她才能让他快乐。但是一切都不一样了。

新婚夫妇去了欧洲，在那里很幸福。国外开始迅速传播一种严重的致命的疾病，公爵夫人也患上了，但是公爵不离不弃地守在心爱的妻子的床边。1782 年在丈夫的陪伴中她在瑞士静静地死去，后来大家都知道，格里戈里·格里戈里耶维奇去了俄国，因为悲痛他疯了。当叶卡捷琳娜去看他的时候，奥尔洛夫已经谁都不认识了。他，"北方最帅的男人"，变成了一个流口水的孩子。1783 年 4 月，疾病夺去了奥尔洛夫的生命，他死了，埋葬在自己的一个有着快乐的名字的庄园——"快乐"里。

不穿裤子的不可替代的独眼龙

格里戈里·亚历山大罗维奇·波将金只有一点和奥尔洛夫很像，就是他经常长时间地躺在沙发上，在其他方面与其他的宠臣没有什么区别，所有的维护者都赞扬他拥有深湛的智慧、非凡的记忆力、出众的才能、权威、力量以及深邃的思想，不能准确地说清为何众人对他有如此高的评价。

1773 年至 1774 年，他的人生轨迹充满了令人费解的曲折，他对此总是避而不谈。波将金出身于斯摩棱斯克贵族，1739 年出生（因而比叶卡捷琳娜小 10 岁），很早就离开故乡，在莫斯科大学学习了一段时间，之后放弃了学习，进入近卫骑兵团服役，在叶卡捷琳娜革命期间表现出众。叶卡捷琳娜在给波尼亚托夫斯基的信中写道：他是一个勇敢、智慧、精力充沛的士官。波将金出人意料地获得了奖励，被任命为议会检察长的助理。应该公正地对他进行评价：未来的元帅总是对神学以及教堂史感兴趣，他对于这些问题相当精通。除此以外，喜欢搬弄是非的人们认为，波将金的出众不是因为他的学识，不是因为他和平时期不知何故失去的一只眼睛，而是因为他惊人的模仿能力，他特别善于模仿高级官员的言行举止，这为他打通了接近叶卡捷琳娜圈子的道路，要知道叶卡捷琳娜是一个带有强烈幽默感的女人。但波将金真正的仕途始于 1774 年 3 月 1 日，女皇赐予他副将军头衔。同年 6 月 14 日叶卡捷琳娜给格里姆写信说："只是在当今的铁器时代所能遇见的最伟大、最有趣、最愉快的怪人"取代了"最无聊的公民"亚历山大·瓦西里奇科夫。她在另一封信中指出波将金是"诡诈的滑稽人"。

如果认为叶卡捷琳娜对他的器重只是因为他幽默风趣，那么就错了。波将金不是为了在宫殿中赢得别人的喜爱而卖弄。1769 年，当时还是近卫军中尉的他，主动请缨去战场与土耳其人作战，大概是为了改变自己滑稽的小丑和自学成才的神学家的角色，更多的是要对得起自己的才华，博得女皇的好感。在很大程度上他成功了，在战场上他很快地得到了升职，在福克沙尼、拉多加、卡古尔以及锡利斯特拉①等地作战时因为骁勇善战而获得叶卡捷琳娜的褒奖并且私下与她保持着通信。

1774 年，满腔热血的中尉被召回圣彼得堡。叶卡捷琳娜没有立刻接见波将金。在《真诚的自白》中她写道："我用一封信把他遣回到这里，自有打算，并不是盲目的一时冲动，我想看看他一路上的表现，并观察他是否具有我所期望的天赋。"波将金是有天赋的，他很快就步步高升。在叶卡捷琳娜和波将金的关系中有很多说不清道不明的地方。根据《俄国档案》的出版商别·伊·巴尔金涅夫的观点，他们在 1774 年秋天或者是 1775 年 1 月于圣彼得

---

① 锡利斯特拉：港口城市，位于保加利亚东北部的多瑙河畔，靠近罗马尼亚边境——译者注。

堡秘密举行了婚礼。1775 年春天至夏天期间他们在莫斯科度了蜜月，就在这时叶卡捷琳娜买了他们两个人都很喜欢的村庄黑格里亚兹（后来更名为察里津）。表现爱与忠诚的《真诚的自白》就属于这一时期，并且是为波将金所写的。此后发生了似乎不合逻辑的事情：1776 年叶卡捷琳娜身边出现了御前大臣彼得·扎瓦多夫斯基——她的新宠。1777 年佐里奇又取代了他，他作为女皇情人的时间也是不长久的。此时波将金没有表现出任何关心，就如一位外交官所描述的，他是那样地怡然自得。

不但如此，每个人都深信在女皇卧室里躺过的年轻宠臣们都通过了塔夫利大公——这是波将金的最高爵位——的严格考核。他选择了最愚蠢的对他不构成任何威胁的年轻人，他能通过自己信任的人对其进行经常的监视，能够对其进行控制。格里戈里·亚历山大罗维奇本人对叶卡捷琳娜并不让步，公开地与很多妙龄女子和别人妻子混迹在一起，不怕有人说他是"罪恶的格力沙特卡"。

女皇和波将金度过短暂的幸福后就开始了不断的争吵和互相不满，随后签订了一份独特的合作协议，双方就互相提供足够自由达成了共识，这可以从保存完好的叶卡捷琳娜与波将金的通信中看出来，信中充斥着大量来自"萨沙"或者"新宠"的问候。

在叶卡捷琳娜写给波将金的信中，有意思的是，波将金想通过任命一个情妇的丈夫为总监来赢得这个女人的好感，叶卡捷琳娜得知以后坚决反对这样的交易："听我说，他妻子是丑八怪，不值得为这样的人受拖累，这很快会成为你的负担。她如果很漂亮，追她可以，但是什么都不要做，不要和她有什么牵扯。这件事情很清楚，很多的亲戚都关注她的名誉。我的朋友，我之前习惯对你说真话，你甚至可以在发生意外的时候对我述说。做一些让我高兴的事情吧，为这个职位选择更适合的人、知道如何工作的人，这样的话，你的选择和我的决定才会得到公众和军队的赞赏。我喜欢做一些让你高兴的事情，我不喜欢拒绝你，但我还是希望在谈到任命类似职位的时候，所有的人都说这是很好的选择。"

谁也不能说，这是一个遭到背弃、感受到嫉妒所带来的痛苦的女人所写的信。正如我们所看到的，她感兴趣的是这对心中的"爱神"波将金的军队以及仕途是否会有不好的影响。随着时间的流逝，这些价值观确定了女皇与她的宠臣之间的关系。叶卡捷琳娜在 1787 年给波将金的信中简单明了地阐述了这一点："在你与我之间，我的朋友，简单地说，你为我效劳，我很感谢所有的这一切。"

奥地利皇帝约瑟夫二世非常熟悉叶卡捷琳娜和波将金，他说："他对她来说不仅仅是有用的，而且是很必要的。"这是非常准确的，约瑟夫似乎读完了 18 世纪 80 年代女皇写给波将金的所有信件。这些信件里满是对波将金健康的关心和忧虑，多年的通信中经常重复一个内容：保重身体，我和俄国需要它，"你现在不是一个随心所欲生活和做事情的小人物，你属于国家，你属于我，你应该保护你的健康，我命令你这样做。我应当这样做，因为国家的幸福、安全和荣耀都要你去照管，为了完成交给你的任务，你要保持身体和心灵的健康"。女皇在 1787 年这样写道，之前是这样写，之后也是这样写。

叶卡捷琳娜给波将金所写的信，是时代和人际关系的有趣的纪念碑。起初这是写给情人的信札，她开玩笑地称呼他为"异教徒、哥萨克人、莫斯科人"。之后随着时间的流逝他们的关系发生了变化。女皇的信件变成了尽心的女主人写给自己亲爱的主人的信，"爸爸""好爸爸""父亲"——里面有很多这样的爱称。他们的信有些像普希金写给妻子的信那样，有"哥哥"这样的称呼，自由而"友好的信"带有粗鲁和戏谑的风格，可以从中看出对收件人的完全信任，没有书信的美和"温柔"，有很多事务上的请求、委托和教导。

从 18 世纪 80 年代的信中可以看出，将波将金和叶卡捷琳娜联系在一起的是比"爱情"更重要、更严肃的事情，要知道他们两个人都需要花费大量精力去处理繁重的国家事务，而波将金是这些繁重事务中的顶梁柱。其余的都没有那么重要，而"女主人"对"父亲"在事务上的尽心竭力满怀感激之情："我的朋友，我不想对你说多么甜蜜的话语，你极富魅力，你一举拿下本德尔却没有一个人员的伤亡。"（1789 年的信）还有一个内容："不要担心，我不会忘记你，我不相信你的敌人，你充满威望，你的未来是一片坦途。"

有的读者会问，是不是波将金在权力统治中的伟大作用才使他变得独裁？是的，在数十年期间，从 1770 年到他去世的 1791 年，波将金是叶卡捷琳娜统治时期的关键人物。在很大的程度上多亏了波将金，这段时期的俄国才会如此杰出、所向无敌。现在我们来说说格里戈里·亚历山大罗维奇的个性。

毫无疑问，这是一个独一无二的人。"晚上 7 点左右，他的雪橇停在省长房子前，"一名游客回忆波将金在莫吉廖夫停留时的场景，"从里面走出只有一个眼睛、个头很高的非常英俊的男人。他穿着长袍，他那梳得整齐的长长的头发散落在他的脸上和肩上，这证明这个人不太关心自己的打扮。他从马车里出来的时候衣服有些乱了，他的衣服没有穿完整，有一部分他忘记穿了。他在莫吉廖夫期间，甚至在接待会上还一直穿着那件缺少一部分的衣服。"

波将金穿着缺少一部分的男装不能证明他有多么特别、他对莫吉廖夫上流社会多么心不在焉或者蔑视。他没有穿裤子就去迎接大使、宫廷官员和外国名人。公爵德林劝说对波将金感到很生气的波兰人："女皇不会因为这几日波将金大公没有穿裤子在伊丽莎白格勒接待了你们中的大多数人而影响与你们的友谊，认识大公的人会从他的角度出发理解他，这是信任。"

我们继续来看莫吉廖夫事件目击者的回忆："身高 5 英尺 10 英寸的英俊黑发男人 50 岁左右，他的脸本来看起来很温柔，但是当他坐在桌旁的时候，他心不在焉地看着周围的人，想着某些不开心的事，下颌骨靠在手背上，保持这个姿势不动，用他那唯一的眼睛看着周围，挤压变形的脸部显露出一种令人厌恶而残暴的表情。"

大公给很多人留下了双重印象，最鲜明的就是特别的文艺，德林公爵给我们描述了他在奥恰科夫见到波将金时的情形："我在那里看到了军队的首领，他似乎很懒，但工作时，把膝盖当书桌，把手指当木梳；他总躺着，但无论是白天还是晚上都不睡觉……总是对于危险感到惊慌和不安，当危险来临时，他又觉得娱乐活动很无聊，为幸福的短暂感到不幸。他厌烦一切，很快就会感到失望、阴郁、反复无常。这是一个妄自尊大的哲学家，这是一位精明的大臣，这是一个十几岁的孩子……他用一只手招呼自己喜欢的女人到自己面前，而另一只手则在进行重要的创作。"

德林重复他的好朋友谢久尔伯爵的话："无论是在宫廷，还是在政治舞台或者军事方面，这位杰出的行事大胆的大臣统帅表现出的是精明强干却不爱劳动、骁勇却犹豫不决。他具有最独特的个性，因为在他身上不可思议地混合了自大、气量小、懒惰、勤劳、勇敢和虚荣心……这个人在哪里都会被人们关注，因为他独特。这个男人可能变得富有强大，但是不可能是幸福的……他所拥有的一切让他厌烦，他得不到的东西又刺激着他的欲望。"

当时发生了很多的事情，但是鲜有证据帮助我们找到解开波将金矛盾个性之谜的关键。享乐主义，18 世纪的传统，他之前的生活轨迹，独特的心理特点，能让最普通的人发生巨大变化的无限的权力，这一切，可能还有其他的一些东西，导致了波将金这样的古怪行为和令人难堪的性格。但是，公平地说，格里戈里·亚历山大罗维奇·波将金被载入了俄国史，不是因为他是不穿裤子的怪人，而是因为他是女皇执掌国事的幕僚，在这方面他丝毫不逊色于彼得大帝。

受博斯普鲁斯①威胁的俄国

1774 年的库楚克－凯纳吉和约并没有维持很久，俄罗斯帝国只是接触到黑海沿岸，俄国和土耳其极力争夺的克里米亚是北方黑海沿岸的要地，不属于任何一方：土耳其对其的统治已经结束，俄国对其的影响还未得到承认。

---

① 指土耳其。

圣彼得堡没有人想到克里米亚可能是独立的，1774 年年底道拉特－格莱当上克里米亚汗国的汗，因为他支持克里米亚独立，而叶卡捷琳娜对此感到非常不高兴。

而接下来她的行动对于帝国政策而言是完全传统的：1776 年秋天，俄国军队穿过海峡冲入半岛，车上载着女皇在波尔塔瓦捕获的"正确的"汗沙金－格莱。1777 年秋天，他在友军庇护下登上王位。并借助这只友军很快镇压了新臣民的起义。1779 年土耳其很不情愿地承认了克里米亚独立，这意味着俄国对半岛的实际控制。

这时波将金脱颖而出，作为宠臣他拥有相当大的权力。从历史的角度来看可能不是十分正确，但从果戈理的作品《圣诞前夜》可见一斑：铁匠瓦库拉刚来到圣彼得堡，进了冬宫，当波将金出现时问旁边的人："这是沙皇?""这哪是沙皇，这就是波将金。"

但是关于女皇情人的一些情况，我们都是间接了解到的。波将金忙于宫廷倾轧的各种权术之争，实际上十分无聊。他的精力、虚荣心，还有他对权力的欲望让他变得贪得无厌。彼得没时间去波罗的海，而波将金很愿意去黑海沿岸。这里有原始的广阔的草原，远离宫廷的佞臣、奸党、善妒的人、暗中监视者，他能够随意地施展自己。

波将金的这个愿望得到了叶卡捷琳娜的大力支持。作为女皇，她对俄国在土耳其南部的扩张比在波兰西部的扩张更为感兴趣，南方为帝国开辟了无限的可能性，那里有她的未来。从个人的角度来说叶卡捷琳娜很了解波将金，要知道她 1777 年给格里姆写信不是偶然的："我热爱还未开垦的国家。相信我，它们真的是最好的。"新罗西亚①很快就要称作俄国的黑海沿岸地区了，这是完全未开垦的一片富饶的土地，可以施展拳脚做任何事情。波将金开始

----

① 18 世纪后半叶至 20 世纪初俄国南部和乌克兰西部的历史地区，位于黑海北岸草原地带。

思考并将这些设计付诸实际，他身后有"母亲"女皇和俄国人力和物力方面的支持，任谁都无法与之抗衡。

波将金做的第一件事情是加强自己的权力。他成为新罗西亚的省长以及周边省的省长，排挤南方行政领导人和军事领导人彼·亚·鲁缅采夫伯爵和阿·阿·普罗左洛夫斯基大公。加大自己手中的对外政策权力，同时将尼基塔·帕宁伯爵升职。波将金很快成为帝国南部独一无二的"副"皇帝。他被授予很大的权力，他充分利用着这一权力。亚·瓦·苏沃洛夫替他征战，于军事上不断成功，战功赫赫，使海上疆域的行政、经济和军事力量迅猛壮大。

这一切很像彼得一世时期沙皇改革的大刀阔斧、大规模、考虑不周、操之过急以及不可避免的牺牲。在光秃秃的草原上建起了一些城市，取了很响亮的希腊名称：赫尔松、塞瓦斯托波尔、梅利托波尔、敖德萨。成千上万的农民被赶到这里建设堡垒、运河、堤岸，建起了轻工厂、重工厂和造船厂，在这里种树。俄国和乌克兰的移民及德国殖民者蜂拥至新罗西亚，铲起南部草原最肥沃的黑土。在相当短的时间内，在空旷的地区建起黑海舰队，立即取得了对土耳其的胜利。

根据波将金的设想，新区域的中心应该是奢华的、绝不逊色于圣彼得堡、位于第聂伯河边的叶卡捷琳诺斯拉夫，那里有很大的教堂（比梵蒂冈的圣彼得大教堂要高一些）、大剧院、大学、博物馆、交易所、花房、花园和公园。让俄国驻维也纳大使与沃尔夫冈·阿玛多伊斯·莫扎特商量，说服他来指挥俄国剧院的乐队……如果莫扎特和波将金不是在 1791 年几乎同时去世，他们可能会遇见并且成为好朋友，要知道大公是敏锐的音乐迷，他的车上带的不只是情妇，还有乐器，他很重视音乐天才。

波将金的新观点也影响到军队。多亏了他，军队得到了改观，能够很轻松地在俄国人不熟悉的南部作战。元帅成为经战役检验的新战略战术的捍卫者，他鼓励普通士兵提建议，倡导军官的独立性。他考虑到军事作战中的气候因素，将紧身的半德式军装换成新式样的轻而舒服的制服，这受到几代士兵的赞扬。他禁止士兵编辫子、使用香粉，这对于士兵来说是真正的解脱。苏沃洛夫对于波将金的禁令有更简单易懂的诠释："梳头发，扑粉，编辫子，这是士兵应该做的事情么？他们没有自己的侍从，一溜溜卷发有什么用？所有的人都认同洗头和梳头就够了，没有必要扑粉、抹油、擦粉、别发卡。士兵的梳洗必须是这样的，起床即准备好一切。"

波将金有很多美好而奇特的计划被立即实施，1787 年他向来到南方的女皇展示了自己的功绩，而这些功绩绝大多数让人联想到声名狼藉的"波将金村"，虽然这些地方在一开始没有像黑海舰队那样做宣传。公平起见，我们想起叶卡捷琳娜同伴奥地利国王约瑟夫二世在南方的旅途中关于高价建设所说的一些话："如果挥金如土、不惜浪费人力的话，一切都是可能的。在德国或者法国，我们想都不敢想，而这里不费吹灰之力就能完成。"

但是波将金即使是在辽阔的新罗西亚也感到拥挤。他的一只眼睛敏锐地观察着雾霭中黑海上的伊斯坦布尔教堂的塔尖，俄国从 15 世纪到阿塔图尔克年间称伊斯坦布尔为君士坦丁堡。"希腊计划"得以实施很大程度上是因为波将金，这一计划要把土耳其人赶出博斯普鲁斯海峡并恢复希腊帝国——拜占庭。实际上，这是沿用十字军的想法，他们想从"阿尔加人①"那里夺回君士坦丁堡以及圣索菲亚大教堂——东正教的圣地。

国家宗教的梦想融入口号"圣索菲亚十字架！"，这困扰着很多人，但是只有叶卡捷琳娜依靠俄国武器在黑海获得了军事胜利，使这一梦想接近实现。伏尔泰也曾向女皇提出类似的想法。他于 1769 年愤然用干瘪的拳头砸自己舒适的办公室，要求叶卡列琳娜将土耳其人赶出欧洲，让君士坦丁堡成为俄国的首都。

1779 年 4 月叶卡捷琳娜有了第二个孙子，他们称他为康斯坦丁。这并不是偶然，孩子的名字是叶卡捷琳娜自己取的，并且她开玩笑宣称，想要邀请

---

① 古历史学家对阿拉伯游牧部族的称呼。

国王阿卜杜·噶密达做孩子的教父。任命一个希腊女人做孩子的乳母，为庆祝皇子的诞生铸造了带有圣索菲亚大教堂图像的奖章。当时已经成立了希腊士官武备学校①。

1787 年，与女皇一起来到赫尔松的高等外国客人们在看到宏伟的大门刻着"这里通向拜占庭"之后感到很震惊。当然，女皇知道实现帝王梦想并不容易。在 1789 年 10 月，她谈到 10 岁的康斯坦丁时说："康斯坦丁是个好孩子，30 年后他一定会从塞瓦斯托波尔来到君士坦丁堡。我们正在摧毁土耳其人的角，他们将被彻底摧毁，对他们来说这是最好的。"换句话说，叶卡捷琳娜设想，"希腊计划"将在 1820 年完成。有趣的是，1829 年叶卡捷琳娜二世的另一个孙子尼古拉一世的俄国军队打败了驻扎在埃迪尔内（阿德里安）的兵营，那是伊斯坦布尔的门户。但当时情况不同……

"希腊计划"产生于将土耳其人从博斯普鲁斯海峡驱赶出去的总计划，由于具体地缘政治特点而日渐完善。提出者是波将金。叶卡捷琳娜很想把约瑟夫二世也扯进这件事中，在写给他的信中说："一切一定会实现。"奥斯曼帝国的覆灭让女皇将俄国和奥地利之间的属地进行部分分配。而另一部分财产将用于创建两个新的国家：一个是首都为君士坦丁堡的拜占庭，君士坦丁三世将坐上君王的宝座（君士坦丁一世大帝是拜占庭帝国的创立人，君士坦丁十一世帕里奥洛格斯是拜占庭最后一位皇帝，1453 年奥斯曼人②攻占君士坦丁堡时死了），而另一个是达契亚国，位于于土耳其（摩尔达维亚，瓦拉和比萨拉比亚）所属的北部黑海境内。达契亚国建立起一个新王朝。虽然叶卡捷琳娜并没有明确说谁将是它的创立者，但对许多人来说是这一个公开的秘密：是雄心勃勃的大公。其实还有另一种选择：在土耳其亚洲的属地（高加索和里海地区）创建阿尔巴尼亚，王位也能够安排给波将金。

---

① 旧俄培养贵族子弟的中等军官学校。
② 旧称土耳其人。

叶卡捷琳娜在给约瑟夫二世的信中特别强调：新建的国家完全独立于俄国，虽然这很难令人相信。当南方捷报频传的时候，叶卡捷琳娜头脑中正思考着一些关于俄罗斯帝国命运的地缘政治的想法。她在 1795 年给格里姆写信，也就是在其去世前不久："从俄国的历史可以看出，住在国家北方的百姓更容易听从于住在南方的百姓。如果南方的居民被孤立，就会变弱，没有强大的力量，那么没有了南方的支持我们就能够轻松应对北方。"

很显然，在过去（甚至是现在），欧洲中心论的思想非常普遍，即只有欧洲人才是北方居民，他们善于创造文明、文化，他们去南方，去"野蛮的"亚洲人和非洲人居住的地区，是合乎规律的也是不可避免的。居住在北方的白人应该掌控南方、东方以及整个世界。由这一思想，叶卡捷琳娜得出另外一个结论：俄罗斯帝国的真正首都还没被找到。大概，她所面临的任务不是找到这个首都。她不确定哪里是"真正的首都"。这是她的继承人的事情，但是想到前不久和瑞典的战争，当时确实出现了圣彼得堡要被敌人占领的危险，她认为帝国首都位于边境非常危险，必须把首都迁至南方。

帝国的梦想使女皇陶醉。军队的捷报振奋着她的心，叶卡捷琳娜几乎可以毫不吹嘘地向格里姆写道："胜利对我们来说是一种习惯。"在塞瓦斯托波尔，平静的精于算计的约瑟夫二世望了一眼女皇，对法国大使说："我做了我能做的事情，但是您自己看吧：女皇陛下很入迷。"约瑟夫很清楚这个问题的实质，他看着她，犹如看着欧洲很大但并不和睦、充满猜忌的强国团体成员之一。奥地利皇帝对世界上如此重要的战略地区的现状已然被破坏毫不怀疑，像对俄国很重要的海峡。曾经在博斯普鲁斯海峡拥有本国利益的英国、法国和其他的国家，在任何情况下都不会允许俄国在这一地区单方面变强大。康斯坦丁还躺在摇篮里，所以希腊帝国和达契亚国从俄国独立只能是句空谈。奥地利自身如果把俄国及其附属国划为邻居也是无利可图的。约瑟夫说："对于维也纳，在任何情况下，裹着围巾的邻居要比戴着帽子的邻居更安全。"

这是真的。虽然扬·索别斯基和叶甫盖尼·萨沃斯基的功勋随着时间而被淡忘，但是土耳其人不再像以前一样。可以和他们进行谈判。但是约瑟夫对"希腊计划的家长们浇冷水"的态度收效甚微。波将金1791年秋季猝死严重破坏了对博斯普鲁斯的军事计划。在叶卡捷琳娜的一份遗嘱中这样写道："我的打算是让康斯坦丁·帕夫洛维奇登上希腊东帝国的王位。"

"危地马拉——崎岖小路"或者波兰的眼泪

叶卡捷琳娜二世是整个俄国史上最俄式的女皇。可以毫不夸张地说，以前的公爵夫人索菲亚·弗雷德里卡·奥古斯塔是俄国第一位民族解放运动者。不难理解为何这样说。她对国家有真诚的爱和感激，是这个国家使她成为伟大的女皇，这个国家成为她的第二个故乡，给她带来了不朽的名声。（"我希望，我愿意为国家造福，是上帝引领我来到这个国家。它的荣光使我光荣"）每一位曾经说俄国不好的人自动成为叶卡捷琳娜的私敌。怒气冲冲的女皇只是不说而已！

这里可以感觉到对俄国人的赞叹，在任何困境下，他们都如石墙般坚固（"俄国人在整个世界是特殊的，上帝赋予他们与众不同的秉性"）。最后，这个外国女人具有爱国的心理特点，她热忱地希望俄国人爱自己，并且成功达到了这一目的。"我认为，很少有国家能像俄国这样轻易地接受异国人。"

叶卡捷琳娜非常热爱俄语！她一生都保留着轻微的口音，但在用俄语进行演讲时词汇丰富、多样、鲜明。在俄国文学史上，她也占有着一席之地。要知道女皇是近十个话剧的作者。她最早将《伊利亚特》翻译成俄语。在叶卡捷琳娜的信件中经常可见俄国谚语，内容贴切，用词自然流畅。她完全掌握了当时的俄国俚语、骂人话最丰富的表现手法，在她的信件中可以体现这一点。

女皇喜爱各种昵称和外号。读她在瑞典战争期间（1788—1790年）写的信件不可能不笑，在信中她称瑞典海军司令久杰尔曼兰茨基公爵为"希多尔·叶尔莫拉耶维奇"，称呼普鲁士公使为"扣紧的赫兹"。女皇是真心相信

（对此她给伏尔泰写过信），俄语要比法语更为丰富，它能表达最微妙最复杂的政治和法律问题。

叶卡捷琳娜认为俄国是她"亲属关系"的主线，她不仅仅是彼得三世的遗孀，更是罗曼诺夫王朝成员的遗孀。如果女皇写"我已故的祖母"，不要认为她指的是阿尔波利金娜·弗雷德里卡·巴登－杜尔拉赫斯卡娅。不！这指的是叶卡捷琳娜一世。同样，当她话语中出现"我的祖先"这样的表达，不是指荷尔施坦因公爵，也不是安哈尔特公爵，而是罗曼诺夫家族。叶卡捷琳娜认为自己就是这个家族链上的一个环节，在这里，在丈夫的俄国祖先中有她的根。

波将金在波尔塔瓦对 1709 年的伟大战役进行了一次模拟演习，谢久尔伯爵回忆当时的女皇："叶卡捷琳娜的目光由于满意和自豪而变得灼热。好像彼得大帝的血液在她的血管中流淌。"难怪在那之后她不想让自己的德国亲戚们知道这一点，她不允许自己的亲兄弟来俄国，她的亲兄弟当然急切地想来到俄国分一杯羹。最后，在一份遗嘱中她写道："为了帝国的幸福……我建议让符腾堡①公爵们（玛莉亚·费奥多罗夫娜——保罗妻子的兄弟们——笔者注）远离各种事务和劝告……他们知道得越少越好……"而腓特烈二世在 1744 年曾经见过安哈尔特－采尔布斯特公主，当时她坐在桌旁，那样腼腆，那样谦逊。他一直想在政治上利用她，可是他即使在梦中也没有再见到她。多年以后，波将金在信中写道："唾弃那些普鲁士人吧，我们要狠狠地报复他们！"

叶卡捷琳娜的帝国意识是不可动摇的，原因在于她坚信俄国人的优越性不仅在其他斯拉夫民族之上，而且在这个星球的其他居民之上。她非常勤奋地学习地理、历史和语言，并且得出了结论，对其正确性坚信不疑：斯堪的纳维亚的神奥丁出生于顿河，斯拉夫人；斯基泰人——也是斯拉夫人，他们的外表自然美丽，性格真诚、仁爱；以前斯拉夫人居住的地方地理名是危地

---

① 德国城市。

马拉而不是"崎岖小路";傲慢的英国人直接从古罗斯给这块受到热捧的土地命名;等等。

如果她对英国人持有这种观点,那么谈到乌克兰、波兰和其他的民族时,又会说什么呢!1764年总检察长维亚泽姆斯基指出:"应该用最简单的方法把小俄罗斯①、利夫兰和芬兰俄国化,就像狼回森林一样。"彼·亚·鲁缅采夫在关于管理乌克兰时提出:这种"最简单的方法"将首先限制农民的迁徙自由,然后在他们中间实行农奴制,随后成功地做到了。在叶卡捷琳娜时期废除了盖特曼统治,以前自由的哥萨克的乌克兰成为俄国一个平常的省,既有农奴也有地主。1791年,女皇签署了一项关于确定后来著名的犹太人居住区的法令。

尽管如此,对于叶卡捷琳娜来说,世界上没有比波兰人更令人痛恨的民族。这种仇恨对女皇仁慈的性格来说具有不正常的性质。但是,我们已经谈到了国家道德和私人道德之间的差异。叶卡捷琳娜女皇讨厌波兰,因为这个民族热爱自由,有小贵族阶级的骄傲自尊以及民主的传统,这些与女皇独裁的世界观格格不入。

波兰在18世纪遭受的悲剧的原因,女皇解释为波兰人民不能独立生存,因为波兰人天生道德沦丧。出于某种内心自我审视的自然原则,我这个时刻记得俄国和波兰关系交恶(长达3个世纪)时的仇恨的冰山以及相互怨恨的俄国人,不愿意引用聪明的、灵巧的、思维敏捷的女人的手写下的关于波兰人的可耻的诗句。只是同情地指出,波兰悲剧的命运被俄国、奥地利和普鲁士这3个黑鹰撕扯得支离破碎,1772年,1776年,1793年,灾难不断,俄国在其中扮演了非常不光彩的角色。叶卡捷琳娜的帝国行为不仅是以地缘政治、帝国利益为前提的,而且也是因为女皇特别反感波兰人。我们知道在此之后导致的恶果还包括:苏沃洛夫起义,仇恨,血流成河。

---

① 历史资料中对乌克兰的称谓——译者注。

然而，当这一民族成为俄罗斯帝国的一部分时，女皇对其的愤怒立刻消失了。她坚信，波兰人应该庆幸丧失了独立，因为他们应该明白，"他们脱离了波兰共和国的无政府状态，是他们迈向幸福的第一步"。她对于两个法国浪荡公子哥感到很生气，即巴赫奇萨赖的两名外交官，叶卡捷琳娜在克里米亚逗留期间，这两个人偷看脱下面纱长衫的鞑靼人。"先生们，这一点非常不适合，可以作为一个坏榜样，"她责备他们，像责备小男孩，"我希望你们在被我的武器征服的人民中，能尊重他们的规律，尊重他们的信仰、风俗和习惯！"

北方之星的光辉

关于《叶卡捷琳娜和启蒙家们》这个题目，可以写上一整本书。那是因为有许多女皇和狄德罗、伏尔泰、达朗贝尔这些人常年的书信。这些书信的内容形形色色，十分有趣。叶卡捷琳娜在登上俄国王位不久便开始了和这些人的书信往来，伟大的伏尔泰成了女皇的第一批信友之一。根据法国历史学家兰波的观点，叶卡捷琳娜最开始写这些书信，就像一个正在学校里接受教育的年轻姑娘，在悄悄读了某位诗人的作品后，痴迷于他的个性，然后脑海里一直充满关于他的幻想，突然有机会能够写信给自己心中的英雄。

的确，女皇的第一批信件内容朴实、天真、坦率，她特别享受和无与伦比的伏尔泰通信的这种幸福，为伏尔泰给她回信而感到高兴。直至1778年伏尔泰去世的前夕，叶卡捷琳娜还像早年那样，和天才保持着书信往来的友谊，并且经常给伏尔泰寄一些内容为谦虚"学生"顺致敬意的信件，以寻求伟大老师的赞许。她高度评价伏尔泰的观点，并坚信正是这些见解赋予了她智慧。

当智者伏尔泰去世的时候，女皇极度伤心："那个时候我感到整个精神都垮了，并且轻视这个世界上的事物……我简直想大叫出来！"她给格里姆写信，请求给她买100本伏尔泰新出版的作品。"我想要大家去学习它，背会它，以它丰富智慧：这可以塑造出公民、天才、作家，甚至可以培养出成千上万名天才，让他们不再在黑暗中迷失方向。"多么漂亮的墓志铭！实际上，读者的这种反应是对伏尔泰学生的一种有意赞扬，格里姆并没有揭穿叶卡捷琳娜信中的秘密。

许多研究叶卡捷琳娜和伏尔泰书信的人一致认为，女皇有着非常实用的目的性——她想要获得欧洲社会的认可。对叶卡捷琳娜来说，这尤为重要。在她之前坐在俄国王位上的人没有一个像她这样如此看待国内外的舆论。从这个层面上来说，叶卡捷琳娜和哲学家们的通信和她在圣彼得堡以及莫斯科的大街上亲吻村妇具有同样的意义。这只是其一，其二，这可以带给她威望，让她处于一种必要的情形，以显示出她篡夺王位合理合法。所有妨碍这种威望，或者是轻视她的事物，都将导致女皇的盛怒。

谢久尔惊讶地指出，那个宽容、聪慧、稳重的叶卡捷琳娜在处理这些事情时完全变样了，她热切地倾听那些散布在欧洲的关于她追名逐利、贪图虚荣的谣言，阅读针对她的讽刺短诗，以及那些关于俄国财政衰败和女皇健康堪忧的可笑言论。对于这些"政治上的长舌妇"，她极力镇压他们。或者是以他人的名义在欧洲的报纸上发表声明，或者亲自给自己的信友写信。她从不怀疑那些善意的多嘴者，但叶卡捷琳娜也从不为自己的言辞感到羞愧，她的仇敌全部被她称呼为"败类""恶棍""下流无耻的东西""牲畜"。那么我们"宝座上的哲学家"又下达了哪些命令呢？就算可以堵住图书出版商的嘴，作者和记者的嘴巴也是堵不住的！"1763 年，因为看到一本讲推翻彼得三世那段历史的法国书，叶卡捷琳娜给俄国外交官下命令：不惜余力找出这本书的作者，要让他受到惩罚，没收其所有的书……禁止将这本书带到俄国。"

有一次，一篇刊登在英国报纸上的文章让女皇十分紧张。在沃龙佐夫递交的关于此事的报告上，女皇批示了 4 种"和作者沟通"的方法。"第一，强行将作者叫到某个便于施暴的地方揍他一顿；第二，以金钱为诱饵，迫使其停止写作；第三，直接干掉他；第四，让他在监督保障下写作，但在皇宫旁边又好像什么都做不了。方法由你们大臣自己来选择。"对于叶卡捷琳娜来说，和伏尔泰的通信显得弥足珍贵，在欧洲，除了那些廉洁的、真正独立于所有权力之外的人，就没有比像苛刻的伏尔泰这样更有威望的人了。当信奉都主教的普拉东责备女皇和亵渎神的无神论者通信时，女皇是这样回答的："难道还有比跟一位 80 岁的长者通信更好的方式吗？并且这位老者在自己畅销欧洲的作品中极力为俄国增光添彩，谴责俄国的敌人，制止自己同胞敌对的意见，要知道这些人已经准备好到处发泄对俄国的憎恨。他的确制止了这些事情的发生。从这个角度来说，我认为写给无神论者的那些信件，不会给国家或者是宗教带来任何损失。"

有许多事情可以将叶卡捷琳娜和伏尔泰团结起来：无神论、对待宗教和教堂厚颜无耻的态度、对法国元帅路易·约瑟夫·德·波旁的厌恶、对犹太人和波兰人的反感、对土耳其人的蔑视。他们双方都认为在博斯普鲁斯海峡不应该有朋友。然而，对于这个问题，伏尔泰给自己提出了疑问：一个民族是否有权力存在？贸然评判尤为不妥。而"学生"则不认可文学泰斗的观点。但是，他们双方都清楚，彼此的坦率直言、玩笑和认可都会在第二天成为所有欧洲读者的财富。对他们双方来说，这就是一个游戏，但是没有人能够在游戏中获胜。

特别要强调的是，这是一个信函游戏，当伏尔泰最终决定像年轻时那样动身去圣彼得堡的时候，叶卡捷琳娜坚决反对。当然不是因为路途艰辛，或是"老师"身体虚弱，叶卡捷琳娜的担心让人十分"感动"，她不愿意当面和一个以过人的智慧而著称的人结识，好像他能够在土地上方两俄尺的范围内洞穿一切。女皇完全不需要如此敏锐的洞察者，她更喜欢给伏尔泰这样的隐修士灌输一些自己准备好的信息。女皇给他寄一些显得精力充沛的信件，内容都是关于自己在战争中的显赫功勋，她稍微添枝加叶地夸大自己军队战利品的数量、降低自己军队损失的规模。这同样符合游戏规则，但我们确实不知道，伏尔泰是否相信这些书信的内容。

然而，伏尔泰完全有可能相信叶卡捷琳娜编的故事，她说在俄国没有不吃鸡肉的男人。有一段时间，比起叶卡捷琳娜，伏尔泰更喜欢火鸡肉。叶卡捷琳娜觉得让伏尔泰相信这些话完全没有必要，特别是她已经有了一些和哲学家——这个人便是狄德罗——打交道的经验。他 1775 年去了圣彼得堡，女皇觉得他是一个热情洋溢、多嘴多舌、容易轻信他人的人。所以在他面前女皇优越感油然而生，不费吹灰之力就把这个头脑简单的人引入了误区，女皇回答了他提出的所有关于俄国农奴制以及君主专制的"狡猾的"问题。然而，这就好比在指头旁边绕圈，哲学家还是十分严厉地评价了她那些著名的"政令"，当然，这让女皇非常伤心。

狄德罗自身的见解给女皇留下了十分不好的印象。"我和他谈了很久，"女皇跟谢久尔讲述自己和狄德罗的会面时说道，"与利益相比，我更多的是出于好奇。如果我相信他，那么就不得不对我的整个帝国进行改革，废除现有的宪法、政府、政治、财政，取而代之的则是一些无法实现的幻想。"女皇对狄德罗说："在您这些革新的计划中，您忽略了我们位置上的差异：您在纸上写东西，这张纸可以包含一切内容，您的幻想和您的笔尖不会遇到阻碍。但是像我这样一位可怜的女皇，是在有生命的人类间开展工作的，这是一项十分敏感却又不容小觑的工作。"还有一次，女皇取笑了著名的法律学家梅尔谢·德拉·里维耶尔。他被女皇的邀请吸引，带着自己的想法很突兀地来到俄国，企图在这个未开化的国家里根据自己的计划建立一个政权。叶卡捷琳娜对于一些有用建议给予奖赏后，便嘲笑着把他赶回去了。

应当说明，对于哲学和科学，女皇怀着一种很让人费解的态度。一方面，她多次强调哲学和科学的重要性，毫不犹豫地把自己交到著名医生狄姆斯塔利男爵手中，他在 1768 年的秋天为女皇和她的继承人接种过牛痘。另一方面，她认为所有的医生都是骗子，并且写了"医生代表了所有的蠢货"这句格言。对待医学，她有一种俄国人固有的蔑视态度，迷信地认为自己绝对可以给自己治病。

女皇完全不是因为对科学的信任才接种牛痘的，而是因为另一件事情。

叶卡捷琳娜天生就是一个爱冒险的人，有一次她说："如果我是一个男人，那么毫无疑问，在年轻的时候就已经牺牲了。"上帝赋予她独特的头脑，使她更有激情。这让叶卡捷琳娜下定决心：俄国女皇接种牛痘这一消息会使全欧洲对此热议不已，这值得冒患天花的风险去接种。在这之后，对于路易十五的死，女皇在1774年漫不经心地给格里姆写信，说道："在我看来，法国皇帝在18世纪死于天花，真让人羞愧，这是一种不文明的状态。"如果说所有人都有一个对待科学的态度，那么女皇在政治学这一领域已经堪称硕士了。

然而叶卡捷琳娜还有一种观点，认为科学、哲学完全是无益的。在和狄德罗、伏尔泰关系最为密切的时候，女皇写信给格里姆说："哲学家是一群很奇怪的人，我认为没有他们，大家都很清楚二二得四，而他们的存在就是为了让我们对此产生怀疑，让我们完全不知道二二得几了。"在这种情况下，女皇喜欢去思索"哲学行为"，并且一生都在照哲学行为的规则行事。从她的书信中可以很明显地看出，女皇所理解的"哲学行为"是斯多葛学派的，即对于危险处之泰然，很巧妙地隐藏自己的感觉，不让恐惧"有所行动"，不要太在意一些不必要的舒适、威望以及自己的健康，一句话，是第欧根尼的想法。

伟大的女皇对两点感到非常自卑，自卑的表现在与哲学家的来往书信以及和有学问的人的交流对话中尤其明显。首先女皇因为一知半解而感到自卑的痕迹在她认为哲学家是奇怪的人群这一见解中显而易见。在与农夫和农妇交谈之后，女皇坐在马车里，自以为是地和谢久尔说道："与平常百姓交流之后获得的讯息，远比与那些围绕着理论知识转，并虚伪地表现出愧疚和可笑的自信的科学家讨论那些根本没有什么意义的事情得到的多得多。我很同情这些可怜的科学家！他们从来不敢承认'我不知道'，而这几个字对我们来说再普通不过了，无知也经常把我们从危险的决策中拯救出来。当你怀疑真理时，什么都不做也比做蠢事好。"当然女皇说的很多都是对的，时至今日这样的科学家依旧屡见不鲜，然而任何时候科学都是依靠着那些不畏惧提出质疑，在现实的残酷考验下得出公认的真理的人而存在的。

叶卡捷琳娜在忽视科学发展的道路上并不孤单，当时普遍大家都向往卢梭式的以及类似的自然发展，所有的科学都被认为是束缚，"学问，" 1779 年女皇深刻地写道，"往往会磨灭人的天性。" 女皇的这些想法并无意于展现独创性，但她比周围的人明显要聪明，其中也包括带着无限质疑的科学家们。这个优势使叶卡捷琳娜的主张有时很绝对，然而，可惜不总是明智的。"我尊重你们所有科学家，" 她对法国特使说道，"但我更喜欢无知，因为我只要知道管理我的这片小农场时需要什么就够了。" 女皇俏皮地称呼这个被她掌控的俄罗斯帝国为"小农场"，不言而喻，最重要的并不是从索邦大学或牛津大学毕业。

"但因为我没在巴黎学习过，也没去过那里，" 1775 年叶卡捷琳娜给格里姆写道，"而且我既不聪明又无知，要是没有你们科学家，我都不知道需要学习什么，从哪里学。" 这就像上演了一场名叫"无知"的赤裸裸的讽刺剧，但是伟大的女皇假惺惺地在科学家面前低头摘帽，明显是为了让他们对自己的智慧和成就说恭维话。降低身份的目的是炫耀。

有趣的是，还有一段资料显示了女皇非常可笑的自卑——可以称之为"外乡人的自卑"。巴黎，这个世界的智慧之都，同时也是所有无论是想得到的还是想不到的时尚和娱乐的倡导者，它从来没有给女皇带来片刻安宁。女皇想要在任何一方面超过法国、巴黎、凡尔赛。"外乡人的自卑"在女皇于南方游历期间与谢久尔开的俏皮玩笑中有所体现："巴黎的美人、花花公子和科学家现在一定为您被迫在这样一个包围着大狗熊、野蛮人还有一个无聊的女皇的国家旅行感到深深惋惜。"

关于这件事情，她还给乔夫琳夫人写道："对您觉得我非常聪慧这件事，我感到非常吃惊。我经常听说，您只把到过巴黎的人称作有智慧的人。" 但这只是装腔作势：我们的"外乡人"已经确信只要把 100 副眼镜框送给所有巴黎的科学家、没有学问的太太，再算上他们的男伴，那么她赢定了："要是巴黎的太太们敢打扰我的生活，敬请期待，我会像小鸟一样，非常轻易地让他们不舒服。"叶卡捷琳娜如此向乔夫琳夫人说。

信件中提到的这位受人尊敬的夫人是巴黎文学沙龙的女主人,她与弗里德里希·梅里西奥尔·格里姆男爵也有多年的书信来往,这是她另一个特点。显然叶卡捷琳娜渴望得到的不仅仅是欧洲的荣誉,还有纯粹的友谊和参与其中。在给乔夫琳夫人的信的开头叶卡捷琳娜写道:"再次申明,我并不想祈求您,要知道朋友之间是不会这样做的。您如果喜欢我,那么请不要把我当成波斯国王一样对待。"

接着她又写了一些统治者的感慨,比如孤独、不被周围人所理解、周围人发自内心地不愿意成为掌权者的朋友,"相信我,世界上没有比身居高位更糟糕的事。当我走进房间,你们每个人都惊惶不安,真的,当看到美杜莎的头颅时,你们的表现非常不自然。有一次我被惹恼了,于是我对着一群鸟儿学老鹰叫。但必须承认,我以后绝对不会采用这样的方式,因为我越是一直喊,越感觉到你们的拘束……相反要是你们走进我的房间,我对你们说'过来坐下聊聊天吧',你们反而会坐在我对面的椅子上,我则坐在桌子的另一侧,然后开始聊聊这儿、聊聊那儿。闲聊我可是非常擅长。"很多年之后她给德林公爵书写自己的孤独:"我们是统治者,是这个社会中特殊的个体,当我走进房间的时候……"甚至在此 20 年前给乔夫琳夫人的信件中也有提及孤独。很明显这种感受、这种思想已经深深扎根于叶卡捷琳娜的内心,即使她一次又一次地克服。

说个题外话吧,书信在 18 世纪人类文化中发挥了巨大的作用。书信体在文学作品中是最常见的体裁之一,读者读到可怜的情侣之间的书信时会为他们流泪,对统帅朴实的风格表示赞赏,他们也欣赏哲学家有深度的信函。不要忘记那时的人们生活得比我们更平和,虽然他们的寿命与我们 70—80 岁的寿命相比短很多,然而时间却延展得非常漫长,不像我们一样时光飞逝。

18 世纪的人们生活在这样的世界里,他们的生活节奏是太阳升起便早早起床,城市的钟楼敲响钟声。邮车路经城市的日子是通信日,为了给这天做准备，应当哪儿都别着急去，在桌子旁坐下，点上新蜡烛，好好削尖鹅毛笔，将平一沓厚厚的黄色信纸，然后再一次开始给遥远的地方写信。这些人像你一样都急切地等待可以收到来自远方问候和新闻的通信日。不回信的人在当时被认为是不像话、不礼貌、不成体统的。

当时的人们都持有这种想法，也包括叶卡捷琳娜。我们再次注意到，她经常写信，带着特别实用的目的写信，当然，她在信件中会作假、说谎话，以赢得一些政治资本，她在读自己的信件时，仿佛身后还有一双旁观者的眼睛。但同时她变成了一个普普通通的、可爱的、善于交际的女人。她希望得到的不仅仅是捷报，还有来自那些她可以写生活琐事、平等愉快相处、互相分享想法、闲聊的亲爱的友人的问候信。有一天她决定：如果在这群朝廷谄媚者中没有一个朋友的话，那么就让远方的信友成为朋友吧。对叶卡捷琳娜来说，格里姆男爵就是这个人，他是一个作家，同时也是有关法国社会生活的手写报的出版商，这份报纸他给所有欧洲国家都分发过。

他是一个与众不同的思想家、深沉的科学家，甚至还是一个十分聪慧的交谈者，然而他的优点是认真和对俄国女皇盲目崇拜。这对叶卡捷琳娜来说完全足够了：第一个优点使格里姆成为一个非常有原则的记者。第二点则使他懂得剔除任何女皇自己都没发现的回答问题时可能引起嘲笑和暗算的污点。1778 年 3 月，叶卡捷琳娜写信给格里姆说，在她的办公桌上放着大量的没有回复的信件，有来自腓特烈二世、伏尔泰以及瑞典国王的，但她腾不出手来写回信。"可是他们对我来说并不亲近，要回复他们就必须要写信，而与你，我仿佛从来没有写信，感觉只是闲聊。因此我更愿意消遣一下，更愿意把意志交给我的手、鹅毛笔和头脑。"第二次她写道："再次提笔，我们聊一会儿吧！……"

与哲学家们的书信往来给叶卡捷琳娜带来了很多东西。他们带叶卡捷琳娜进入了欧洲知识分子的上层社会，国家事务让她获得荣誉，伏尔泰称她为"北方最耀眼的星"引起一波对她的赞美。在一连串的热情赞扬中很少有人留意到留利耶尔的意见："过分的奉承会使她骄纵，周围的人诱导她对真正伟大和造福百姓的方法产生错误的观念。她需要以我们这个时代的哲学家的想法作为有用的建议来意识到这种自私不仅是对自己，甚至对全人类都是有害的。但他们使她习惯其他人都只谈论她，教她在面对来自四面八方的溢美之词时开心。这个世界不关心她死后国家会怎么样，大家都只关心自己。"毫无争议，世界历史上，能经受住最艰难的考验，最终名垂青史的人微乎其微。而叶卡捷琳娜也并不在这一小部分伟人之列。

伟大的叶卡捷琳娜

叶卡捷琳娜骄傲地评价德林公爵故意讨好而犯下的可爱的语法错误："伟大的叶卡捷琳娜女皇"这一名号与"彼得大帝"一样响亮。女皇把自己和俄国改革者做比较，她几乎没有看出任何差距，她甚至认为在某些方面自己更具优势。叶卡捷琳娜女皇认为在欧洲甚至在全世界，自己要比玛莉亚·特里西亚更有优势，她梦想着超越路易十四的无上荣誉，此时她的心里是暗含妒忌和偏袒的。腓特烈二世是叶卡捷琳娜荣誉场上永远的竞争者，在他们之间那些相互客气的恭维话里有多少彼此的妒忌。说到这里不得不思考谢久尔伯爵回忆录中的一些内容，他这样写道：一个达到叶卡捷琳娜所达到荣誉高度的人，应当冷漠对待妒忌、嘲笑和不友善。但不是这样的！叶卡捷琳娜就像她的老师伏尔泰一样，尖锐和急躁地对待她不计其数的优点中的一丝丝不足。

从年轻时对荣誉的追逐就在她的血液中根深蒂固，从那时起，她总是感叹："要么称帝要么死去！"在和外国人的书信中她非常喜欢吹牛。"我的士兵去攻打野蛮人就像去参加婚礼一样"，这大概是她在给自己的友人描述和土耳其人残酷的战争。年复一年，她对自己越来越不幽默，她袒护所有人，自己把这叫作"叶卡捷琳娜式的庇护"，并且她变得非常喜欢被奉承，即使是最低级最愚蠢的。非常了解自己"善良母亲"的波将金这样建议新的英国公使："奉承她吧！这是在她那里得到任何东西的唯一方法，并且这个方法可以得到一切。不要和她讲道理，她不会听你的。把注意力集中到她的情感和渴望上。不要给她金银珠宝，也不要给她英国海军，这些她完全都不想要。她需要的只是赞美和奉承。给她她想要的，那么她会给您这个国家所有的权力。"谢久尔伯爵这样写道："迎合她对于荣誉的爱"能够将她推下王位。

当然，不需要把一切都看得过于简单：叶卡捷琳娜不会为了这些赞美就把自己国家的所有权力都给英国。从她统治的第一天到最后一天，叶卡捷琳娜的荣誉和俄国的荣誉就是不可分割的统一体。在 1761 年，关于俄国她这样写道："她的荣誉造就了我的荣誉。"毫无疑问，她与俄国荣辱与共，俄国的耻辱就像对她的羞辱一样。有一次，在南方游历时她和外国公使坐在同一驾马车里，她半梦半醒间听见他们关于热点话题的谈论：14 个美国的州变成了一个独立的国家，如果英国国王乔治三世与这种损失妥协，他是否会变得不轻松。叶卡捷琳娜一下子就清醒了并且快速说道，她要是落入了乔治三世的境地，她会立刻开枪自杀。

这位女皇不具备其他统治者的疯狂、统治世界的渴望。博斯普鲁斯占领地是她梦想的终点，并且在这里她感受到了实现自己"希腊计划"的困难。她拒绝支持俄国的美洲"新土地发现者们"，并且对商人伊万·戈利科夫关于为其公司提供资助与北美"野蛮人"顺利商贸往来要求的呈文做批复时不明智地写道："国王的资助是用于南方运动的，为了这项运动野蛮的美国人以及和他们的商贸往来都被他们自己的命运决定。"在侵略印度的方案中她也写过一些类似的事情："俄国地大物博，我们不需要去侵略印度。"

她理解许多同辈人在追求荣誉的过程中有难以获得的东西。因此，她完全不愿看见自己的纪念碑或者由一些宫廷的歌功颂德的史料研究家写的历史著作。这有什么意义！要知道现代人不能评价自己时代的国家活动家的真正意义。生活经验和历史知识使她变得更智慧，叶卡捷琳娜懂得今日廉价但不牢靠的声望和未来伟大不朽的荣誉之间的区别。况且，她甚至知道怎样才能永垂不朽。对于她来说，毫无疑问，世界上即使是胜利、建筑、和平谈判和纪念碑，也比不过天才所说的话语留给世人的影响更长久。

她在 1779 年 12 月给格里姆写道："我对您说，我正在考虑特申和约（俄国用此来保障奥地利和普鲁士之间的和平），它可以使我们声名远扬，在您看来，调解人需要荣誉。在我的生活中，我不会把荣誉归功于那些大喊大叫的事情。任何人喊叫或者沉默都是遵照自己的利益。这并不是那样的。我所喜欢的荣誉是最少宣扬的，它所产生的好处不仅仅是为了这个时代，还为了我们的未来，为了一代又一代直到永久。这种荣誉有时候仅仅产生于一句话、一个字母、一点补充的和漏掉的内容。甚至有学问的人打着灯笼去寻找它并且用鼻子碰撞它。不是能够说明这方面的天才的话，是无法理解的。"

现在读者明白了，为什么女皇大清早起床就急匆匆地走到书桌旁开始埋头于法律，她醉心于狂热的梦想，渴望拥有伟大立法者们——李库尔赫①、梭伦②、查斯丁尼③、雅罗斯拉夫④、彼得大帝的不朽英名。每天早晨她坚持着写自己的《叶卡捷琳娜法典》……应当公正地说，她在这个政治舞台的许多方面是成功的。叶卡捷琳娜的命运证明，人的意志和渴望可以变成现实以及历史上强大的因素，绝不次于几十艘多炮军舰和几千名士兵。叶卡捷琳娜女皇为自己成就了荣耀，这成为她强有力的武器和力量，正如一艘被命名为"叶卡捷琳娜荣耀"的军舰（我们顺便指出，女皇要求波将金给军舰这样改名，为了万一土耳其人攻占了这艘军舰，他们会因为拥有女皇的荣耀而不高兴）。法国外交官科尔伯龙在自己的报告中写道：女皇为自己成就的光荣、她果断的性格、她的能力极其成功地为自己聚拢了一批高明的国家官员和有经验的将军。

就是现在，200 年过去了，虽然又出现了几十位声名赫赫的人物，但我们

①　公元前 9 世纪至前 8 世纪斯巴达立法者。
②　古希腊时期雅典执政官。
③　拜占庭帝国皇帝。
④　基辅大公。

可以确信地说，女皇已经作为杰出的国家活动家被载入了俄国的历史，她统治的时代成为巨大变革和制定最重要立法的时代。当然，可以反驳说，女皇在这样一个最富有的国家里不难成为一位伟大的改革者。奥地利国王曾经说过："在所有的欧洲君主中，女皇真的很富有。她肆意花钱，但是没有债务，她可以随时发行几倍的纸币，如果她想的话，她能发行皮制的货币。"

但是，我们知道，如果她心中没有俄国，即使俄国再富有也会被毁之一旦。所幸的是，叶卡捷琳娜心里有俄国，摆在她面前的是现实的目标——巩固专制政体，进行必要的军事、行政和等级制度改革。她完成了这些目标，具有总体上的思想，即尽可能地促进当时"正规"国家的发展和完善，这个国家的基础还是彼得大帝奠定的。随着上层和中央机关的改革，在她统治期间，地方政权发生了彻底的变化。1775 年的"建省"为新制度奠定了基础，成为叶卡捷琳娜的胜利果实，她高兴地将这一消息通知给格里姆。这是 18 世纪一项最重要的改革。省管理委员会，省税务局，县贵族会议推选的首席贵族，县警察局局长，贵族监护机关，下层镇压机关，俄国小城的市长，总督，我们在俄国古典文学中是如此熟悉这些及其类似机构和职位，它们的出现是由于叶卡捷琳娜对立法的强化。

1785 年颁布的《俄国贵族的特权和自由权》对贵族命运具有巨大意义。从那时起俄国贵族要对着"女皇母亲"进行祈祷。特权证使贵族加强了特权：免除服役、缴税、住宿和体罚；可以垄断土地，可以进行精神上的统治；拥有自治性质的贵族机关的组织权。基本法《俄罗斯帝国城市的权利和利益公文》也是在 1785 年颁布的，为城市人提供了极大的自治权。

这些主要的立法与未公布的颁赐给国家农民享有某种特权的特权证构成了统一的法典。叶卡捷琳娜的立法与彼得大帝的主要法规在漫长的几十年期间成为俄国的基础。其实，可能功名心重的女皇——立法者梦想的就是这种结果。

具有人道主义特征的君主专制制度

叶卡捷琳娜在位时期的思想体系依靠于彼得大帝所奠定的基础。这些基础被启蒙时代的思想所更新，且思想被女皇所采用。正是因为如此，旧的君主专制制度在这种思想下成为启蒙时代的专制制度。这个由历史学家卡缅斯基命名的具有人道主义特征的君主专制体制的总体思想，规定了关心臣民的国家的无限权力，臣民必须绝对地服从国家。相应地，国王的权力很广泛，位于社会阶层顶端。国王以达到最高目的"共同幸福"，也就是说"臣民的安康及祖国的荣誉"（叶卡捷琳娜的话）为出发点，他认为自己有权规定臣民的生活，建立或者消灭阶层，作为唯一的掌权人确定他们的地位。

谈到启蒙时代的"君主专制制度"或者是它的"人道主义特征"，不应该想到在这些术语中运用挖苦或者讽刺。的确，叶卡捷琳娜时代与彼得大帝或安娜·伊万诺夫娜时代相比的特点是仁爱和宽容。然而叶卡捷琳娜不能与她的前辈相提并论，尤其是最近的前辈。有女皇认为的在国家中最重要的统治原则，这其中之一当今称为"法律制度"。在描述它时，叶卡捷琳娜写道："只有法律有无限的权力，而想专制统治的人将变成奴隶。"

在叶卡捷琳娜的意识中，这种原则与君主专制制度的原则共存着，她的思想认为君主专制制度的原则应当是坚定不移的，因为这对俄国是很重要的。像俄国这样的大国不能够没有君主专制制度，共和制不适合它：当今国家在不可避免的内部纠纷下坍塌并且不能反抗凶狠邻国的进攻。叶卡捷琳娜认为所有其他的证明是多余的。当然，她了解自己立场的薄弱之处，因此她常常将自己描述为"发自内心拥护共和政体"的女人、被迫的专制独裁者。但是怎么办呢？这是无法解决的矛盾。

在这种情况下，她没有成为狂热的君主主义者。关于恢复国王在法国的权力的相关措施记载中，她并不是立场坚定地支持重建像路易十四时期就有的专制制度。生活在改变，需要考虑性情和意识的改变，并且"不应该对人民大众的呼声充耳不闻"。甚至她还有一些体现其政治头脑的睿智想法:"议会是强大的杠杆,控制它的方向并且高明地利用它,能带来很大的益处。很多的家族及其成员与议会息息相关,这也是赢得他们对君主制的鼎力支持的方法。自由的愿望也可以满足明智的法律。"读到这些内容的时候,你会不由自主地想到"可惜的是,您当时不在尼古拉二世的位置上!如果有您,当时俄国可能不会发生 1917 年的事件"。

在叶卡捷琳娜看来,法国革命向所有人展现了庶民政治及冒险者和卑鄙者的暴行,是一个不好的示范。在俄国,那里的人民"生来不安、不知感恩而且多是告密者",从来都没有民主政治的经验,有的大概只是不理智。叶卡捷琳娜热爱俄国,从来都不走向不理智,甚至在心里是拥护共和政体者。(我顺便提醒一句,根据叶卡捷琳娜的观点,共和制对英国而言,是适合的君主制,权力被分给阶层代表!)"如果君主是不幸,那么这是必需的不幸,没有它就没有秩序,也没有平静",这是塔施科娃的话,毫不含糊地表达出了叶卡捷琳娜的想法。

类似情况正在发生,而且农奴制问题更加尖锐。叶卡捷琳娜坚决反对农奴制,但只是在心里。当然,农奴制是令人厌恶的,萨尔蒂科娃的事情暴露在所有人面前。谢久尔伯爵在克里米亚一直观察着,突然特别意料地接触到农奴制。一个女人迎面向他走来,与他留在圣彼得堡的妻子不可思议地相似,这让公使很震惊。波将金知道这件事,想取悦这个法国人,把这个女人给他。谢久尔明智地拒绝了这个建议,这一时激动的感觉可能对他的妻子显得不礼貌,这让欧洲人感到难堪。然而只要人道的女皇提到解放农奴,她立马就遭到谴责(她在回忆录中这样说)。

这是一种秩序,在叶卡捷琳娜时代破坏它是危险的,首先是对女皇危险。在 1773—1775 年普加乔夫猖獗时期可以看出,自由对于大多数人民而言不是平等、秩序及开放,而是血迹斑斑的带有残暴行为的无政府状态,是粗暴嘲笑没有自卫能力的老人、妇女及孩子,是破坏圣殿、掠夺平静的乡村及城市,在所有的道路上抢劫。毫不奇怪，农奴制关系体系中，地主是"父亲"，农奴是他的"孩子"，农奴制一开始就抑制了贫民的热情。农奴制是经济发展和贵族富裕的坚实基础，而苏马罗科夫朴直的问题，即农民解放之后贵族们到哪里为自己找仆人，在当时并不是天真的问题，更不要说地主们关于地租及劳役的简单想法了。

因此留下的希望只是演变之路：法律的完善、理智的规章、性情的缓和、在农民中普及教育——就和贵族们受的教育一样。"正确的思想、良好的秩序、安静而仁爱"都是叶卡捷琳娜所宣扬的。尽管血迹斑斑地镇压普加乔夫起义（似乎政权有另一种出路），叶卡捷琳娜的统治还是表现出足够的软弱。"如果我们不同意减少残暴及减缓对人们（农奴）的刁难，那么反对我们的那个力量（意志）早晚会出现。"这些具有远见卓识的话都出自她之口。

枢密院提议因农民们杀死了一个地主而要处决整个村庄的人，女皇的这种革命产生了："可以预言，如果为一个地主的性命处决整个村子的人，那么所有农民的暴乱将随之而来。"关于女皇的仁慈有一个说法：如果所有人都聚集起来，那么女皇就不能在她喜爱的皇村公园中散步了，因为在每一个灌木下坐着一个拿着禀帖的控诉人。然而叶卡捷琳娜禁止手下人拦截来自城里的写给她的信件，她阅读所有信件，然后给官员们下达相应的命令。在 1763 年4 月叶卡捷琳娜写给奥苏菲耶夫的信中称："亚历山大·瓦西里耶维奇，我认为，罗蒙诺索夫是贫苦的，和盖特曼（基里尔·拉祖莫夫斯基，科学院院长）谈好，不能让他退休并给我答复。"

叶卡捷琳娜总是声明自己不能容忍任何形式的暴力。1771 年春天她在宫中日志中写道："尽管我们从统治的一开始就禁止暴力，我们宫中任何仆役——无论其有何种职位，禁止打骂别人也禁止被别人打骂，但是现在我们查明——我们非常惊讶，宫廷中我们的要求并没有被好好执行，打骂仆役俨然成为一种习惯。我们极端厌恶各种严苛——无论是天生的还是无知造成的，我们严格禁止，在我们愤怒的担忧下，宫中任何仆役——无论其有何种职位，再也没有打骂别人也没有被别人打骂。"

叶卡捷琳娜很快学会了统领俄国。而且，女皇学会了同别人一起工作，她给自己定了一些皇家工作时的原则。其中一些是："我的话一旦说出就不能更改，因此，已经决定的事情，每天必须认真执行。每个人都要知道可以指望什么，不要白白焦虑。""伟大的事情总是不需要特殊的方式来完成。""应当有狼的牙齿以及狐狸的尾巴。"

她在关于法国恢复君主制的记载中表达了这些原则。她给屡受挫折的公爵们以及移民们上了印象深刻的一课："事情很伟大，一定要树立自己的目标，热爱它，增加自己的信心，一旦决定行动，就要连贯行动，不要停止，即使在忧虑时也要表现得很平静并且不要显露出任何不安、任何担心。"

当然，政治是不简单的事情，并且充满了肮脏。叶卡捷琳娜的政治也是这样的。很多文件里面谈到女皇背离人道主义精神，违背了自己一直宣扬和信奉的一些原则。女皇一边谈论她宽容地允许臣民们自由地表达思想，一边进行大范围暗中检查，严格追查对她的制度不满的人。在她统治的时期堵住臣民们的嘴的方法是最多种多样的。1766 年，女皇给莫斯科行政长官委派了秘密指令，她要求："亚历山大·瓦西里耶维奇·霍万斯基大公所犯下的过失简直是罄竹难书，让我所有的机构都围着他团团转，他现在已经完全站在我的对立面了。"叶卡捷琳娜要求转告霍万斯基，如果他继续传播那些"诽谤性的谣言"，那么就是他"把自己带到了那连乌鸦找不到骨头的世界尽头"。

暗中检查代替了让所有人害怕的秘密办公厅的检查，尽管检查是暗地里进行的，是不公开的，但足够高效。我们相信，伏尔泰或者是乔夫琳夫人从来不知道自己的开明女友下达过这样的秘密指示，按照这种秘密指示，1769 年迪纳堡要塞的司令奉命在要塞囚室中囚禁伊利亚·亚历山大，只为他留了一个小窗口，晚上则用铁链子锁住窗口。我们不知道，他们用什么杀死了伊丽莎白·彼得罗夫娜女儿的冒充者塔拉卡诺娃，她死在了彼得保罗要塞的监狱中。以我们国家的执政者所特有的方式，叶卡捷琳娜签署了关于禁止说出某个叫梅杰基的人名的命令，这个人是起义农民的领袖；关于在普加乔夫起义后将无辜的亚伊克河更名为乌拉尔河的命令；关于将起义者领袖的故乡齐莫维斯克更名为波将金村的命令。告密者和间谍受到了大力表彰，这些事情对于俄国是平常的……

自然的残酷玩笑

1791 年秋天波将金的意外之死不仅在叶卡捷琳娜的生命中是重要的阶段，而且在其统治史中也是重要的阶段：至今所有的统治任务落在了她一人身上。波将金的死是自然规律，即使对于最聪明、最有经验的政治家，生老病死也是不可避免的。经过上升期和繁荣期，他手中的权力逐渐走向腐败、衰退及灭亡。无论女皇多么聪颖及有远见，理性、意志及分寸感也会带给她一些改变。叶卡捷琳娜统治的最后时期，普拉东·祖波夫和瓦列利安·祖波夫兄弟在宫廷内可耻地霸权。他们的受宠时间比较久远，远在他们出生之前。

谢久尔伯爵是敏锐的深刻的观察者，他回忆道："这个不寻常的女人在自己的性格方面是我们男人所特有的力量及其女性天生的柔弱的奇妙混合。她有一颗不老的心，她很注重保养，看上去很年轻，但岁月还是让她的容颜变老了。"1789 年过去了，叶卡捷琳娜的 60 年过去了。对于她来说意料之外的是，她发现，她的宠臣萨沙，即 30 岁的亚历山大·马特维耶维奇－马莫诺夫，不像原来那样地忠诚于她了，马莫诺夫的背叛使女皇非常伤心，眼泪、歇斯底里、解释及指责接踵而至。是怎么一回事？如果这样的年轻人多如牛毛，女独裁者哭什么呢？伤心欲绝什么呢？

这就是我们提到的非常细小的一个方面。我觉得，叶卡捷琳娜的一生在爱情方面是不幸的。她家庭生活的伊始是没有爱的；同萨尔蒂科夫、波尼亚托夫斯基、奥尔洛夫、波将金的罗曼史因不同原因而失败，我们的女主人公的结局是悲伤的。但是她的生活不能没有爱，正巧在这里隐藏着她不幸的根源，她大量爱情失败的原因就在于此。在《真诚的自白》中她写道："不幸在于我的心中一分钟也不想没有爱。"此时我们想起亚历山大·普希金的诗句：

心重新燃烧着并且爱着，

因为它无法不爱。

从特定的时候开始，叶卡捷琳娜意识到，能够满足其极其严格的要求的人还没有出现在这个世界上。然而，假如这个人出现了，那么还要塑造他、培养他、教给他感受和爱。这是如此符合教育的启蒙思想，以及运用知识、善良、自由对人的天性进行重新锻造的启蒙思想。她已经有了一些教育经验，但是那些教育实验以失败告终：叶卡捷琳娜的第一位学生格里戈里·奥尔洛夫的思想是极其僵化和保守的。

她的另一个"新学生"是出现于 1778 年的伊万·科尔萨科夫。伊万·科尔萨科夫得到了一个亲昵的外号——比尔，并且，女皇对其非常痴迷："当比尔演奏小提琴时，"她这样对格里姆说道："小狗都在听他的演奏，小鸟都飞来聆听，好像是在倾听俄耳甫斯一般。比尔的所有状态、所有活动都是优雅的、华丽的。他像太阳般闪耀，他周围环绕着光辉。身上没有骄纵之气，他是一个好男人，是您无法想象出来的好男人。总而言之，他就是比尔，伊庇鲁斯国王。他身上的所有都那么和谐……"的确，"伊庇鲁斯国王"很快就退位了，他身上没有随机应变的能力及同情心，女皇却在她的新宠儿亚历山大·兰斯基身上找到了这些。他英俊、年轻（24 岁左右），叶卡捷琳娜认为他是"心灵教学"的理想人才。她对近卫重骑兵团士兵很满意，像约瑟夫一样。我不会用较多时间介绍兰斯基的真实优点，我认为，他有的不仅仅是谦虚。但是其中有一点是毫无疑问的，兰斯基是一流的见风使舵的人，就像是真正的男宠，知道"老太婆需要什么"，努力地迎合她。这就是他，为女皇创造欢乐，"像山羊一样地跳"，得到了叶卡捷琳娜喜爱的布丰①的信件，他立刻补充自己的知识，以便了解她的兴趣爱好。

---

① 1707—1788 年，法国博物学家。

而叶卡捷琳娜很幸福，因为使她难过的孤独消失了，而且出现了看似对感情和思想开放的亲人般的心灵，使她激动的、细腻的、温柔的、热切的心灵。"这个年轻人，"1782年6月叶卡捷琳娜写给格里姆，"在所有的智慧和才能的支撑下，很容易欣喜。同时他有一颗热烈的心。"引用阿列克谢·奥尔洛夫的话："您将看到，她把他培养成什么样的人。"叶卡捷琳娜补充道："在冬天他开始大量阅读诗歌和史诗，在第二个冬天，阅读大量的历史学家的作品。长篇小说使我们兴味索然，我们贪婪地阅读起阿尔迦罗蒂及其学生的作品。我们获得了大量知识而且喜爱接触最优秀的、最有教育意义的作品。除此之外，我们变得仁慈、乐观、老实正直而且心肠软。"

同年12月，她请求格里姆为兰斯基提供一份艺术家格勒兹①那样的工作并赞美"兰斯基会像山羊一样跳跃，他总是神采奕奕、表情丰富，他的眼睛就像是两团火焰，闪耀着火花"。还有一次，她通知兰斯基，格里姆还没有买好给他的雕刻宝石，兰斯基军官在得知这一消息时差点昏过去。但是所有这些安闲的生活延续了两年多，1784年6月25日兰斯基突然死于猩红热。

在绝望中叶卡捷琳娜写给格里姆："我的幸福没有开始。我认为，一周前我遭受到无法弥补的最好朋友的死讯的打击。我希望，他是我年老的支撑：他衷心地钻研我的教育，取得成功，他懂得我的品味。他是我培养的年轻人，他知恩、内心柔软、老实正直、分享我的痛苦及我的欢乐。"关于亲人般心灵的梦想又一次成了泡影……

叶卡捷琳娜的痛苦如此之深，以至于她把宠爱的兰斯基埋葬在了皇家花园，在他的骨灰旁洒下很多泪水，据她的医生维伊卡尔特所说，叶卡捷琳娜完全沉湎于"厌恶人类的想象"，甚至严肃地试图离开人世并且把自己关在比尔的庄园中，这个庄园是为她匆匆在涅瓦河畔多林地带建造的。

波将金非常不喜欢叶卡捷琳娜的想法，他认为她健忘之后就是"撒泼的

_____

① 1725—1805年，法国画家，感伤主义的代表。

母亲"。大公匆忙回到圣彼得堡，把女皇从独处中拉出来并立即寻找"萨沙"的接班人，一开始就是他安插的一个亲信。新人就是上面提到的不忠诚的马莫诺夫，绰号为"红外衣"。在1787年1月2日写给格里姆的信中我们读到一些熟悉的内容："红外衣先生是一个非常不同寻常的人。我们非常睿智，尽管我们从来没有刻意营造这种机智，我们谈吐不俗，并且拥有少有的欢乐，我们自身有魅力、真诚、礼貌以及智慧，一句话，我们不用自己的脸拍打污泥。"在4月2日的书信中叶卡捷琳娜继续写道："不过，这个红外衣是那样彬彬有礼、机智、乐观，这样的美男子，这样善良的、被接受的、亲近的、爱交谈的人，如果您在默默地爱他，您做得非常好。除此之外，他非常热爱音乐。"

值得惊奇的是，新的"萨沙"在世上最爱的是女皇心爱的宝石和奖章（"红外衣对宝石和奖章比我更痴迷"），以至于叶卡捷琳娜费很大劲儿把他从保存宝石和奖章的房间中拖出来。大概就是如此，当"老太婆"不在视线内时，马莫诺夫在房间里不时打个盹。当然，女皇害怕，"红外衣由于看到了自己订购来的奥尔良大公的宝石收藏高兴得失去了理智"。

1789年期间，"红外衣"不只对宝石感兴趣，还对年轻的大公小姐谢尔巴托娃感兴趣。叶卡捷琳娜表现得很豁达，虽然她很伤心，心情长久不能平复，但还是为年轻人举办了盛大的婚礼，并对波将金说新婚夫妇不和纯属谣言。波将金听说这件事也感到伤心，"以下流的手段给自己留了一个位置"。没等到波将金给马莫诺夫找到合适的替代人，在叶卡捷琳娜身边就出现了新的宠臣，近卫骑兵少尉普拉东·亚历山大罗维奇·祖波夫。关于他叶卡捷琳娜说了这样的话："我培养年轻人，给国家带来了不少好处。"

同时，恰好相反：每一个新的宠臣都给国家带来了巨大的损失，因为叶卡捷琳娜从不吝惜花钱买礼物及赏赐他们而且没有在宠臣退出后收回它们的习惯。下面是根据兰斯基的"地位"计算的要花在他身上的大致费用——由于他的早死，他本人并没有得到这笔钱：10万卢布用于服装、奖章及书、宫廷内的处所，30 万卢布用于 20 人的办公。所有亲戚得到的提升及奖赏，相应的俄军上将及陆军元帅官级，几乎都被"萨沙"收入囊中。3 年内他得到了 700 万卢布、数不尽的礼物、圣彼得堡的两栋房子、皇村的一栋房子以及价值 8 万卢布的阅兵服。所有这些数字加在一起的至少 7 倍，才是叶卡捷琳娜用于宠臣的大概花费。

普拉东·祖波夫，22 岁，一个游手好闲的人，很快就得到了老女皇的恩宠，而她开始给波将金写信谈论他，像谈论自己的"新学生"一样。1789 年 8 月 5 日，叶卡捷琳娜对大公宣布了一件有趣的事："普拉东有一个小弟弟瓦列利安，18 岁，现在在我这里，接替了普拉东以前的位置，他就是一个小孩子，在骑兵团做中尉，你帮我们把他培养成人吧……我健康又乐观，像苍蝇般活着……"应该理解为，"小弟弟"也成为女皇的"学生"。在 1 周后叶卡捷琳娜派信使传达给波将金关于他弟弟的一些事（我认为，是关于普拉东）："我很高兴，我的朋友，您对我及我的新学生感到满意；他是相当小的孩子：不愚蠢、有善良的心，而且我希望他不淘气顽皮。今天他用花体字给您写了一封信，您可以看出他的真性情。"

8 月 24 日女皇写道："我很满意他以及他弟弟的行为，这是无罪并且纯净的心对我的依恋。他们是非常机智的，而且是有趣的孩子。"在 9 月 6 日的书信中得知"孩子们"很快就被宠坏了："我们的孩子想去骠骑兵护卫队，你说说你是怎么想的……孩子 19 岁，你应该知道。但是我深深地爱着这个孩子，如果不让他去，他就像个孩子一样缠着我哭。"

9 月 17 日出现新的转变："我们的孩子，瓦列利安·亚历山大罗维奇，我让他以中校的职务参军了，他非常渴望去军队，不久就出发了。"紧急派遣"孩子兵"的原因是平淡无奇的，年长的哥哥嫉妒年轻的弟弟，这不是没有原因的。从那以后普拉东一个人留在宫廷里……

叶卡捷琳娜发生了什么事吗？是的，在年龄和身体不可避免的改变的影响下，在女皇的个人心理上，可以看出也发生着一些变化。但这不重要。她永远年轻的渴望爱情和温暖的心和她开了个玩笑。1779 年秋天在埃米塔什剧院发生了有趣的事。在这一年的 4 月叶卡捷琳娜在工作桌旁"庆祝"每一个女人的 50 岁。就是在这一天，10 月 12 日，她和所有人一起在院子里看莫里哀的戏剧。戏剧的主人公有一句台词："女人在 30 岁可能会恋爱，去吧！但是在 60 岁呢？是不能容忍的！"坐着看戏的叶卡捷琳娜立刻有了反应而且很尴尬。她急忙站起来说："真是愚蠢的东西，无聊！"匆匆离开大厅。演出中止。法国外交官科尔伯龙讲述这件事时没有任何解释。我们试着分析这件事。

舞台上的台词突然击中女皇，刺痛了 50 岁的女皇，她无论如何也不想容忍日益迫近的年老以及心里的空虚。男孩们本身需要她，从上面的通信可以看出，在她的意识中他们融合为某种统一体，具有已经不存在的优点：那些她想看到的在他们身上培养的优点，那些她需要的年轻人的支持、感受以及万世长存的爱。他们，这些少年，像是她花瓶中的花朵：尽管他们经常改变，但春天的芬芳保存着而且让人愉快。但是自然法则是不可改变的：物各有时，谁都不能止住春天的脚步，也无法阻挡年老的到来……

以前的鸭窝，现在的圣彼得堡

1777 年 11 月 25 日，叶卡捷琳娜在给格里姆的信中这样标注：她为这座带给她亲近感的城市而感到骄傲。叶卡捷琳娜在自己统治的这些年中，一直不惜余力地装扮着圣彼得堡。叶卡捷琳娜即位时，恰巧赶上一个新的艺术体系的到来，即古典主义。如果巴洛克式建筑风格中卷曲而又奇特的曲线、隐晦的寓意以及豪华的装饰物更适合留给冬宫的伊丽莎白女皇，那么皇村、彼得宫、斯莫尔尼教堂，这些特点鲜明的出自拉斯特列里之手的巴洛克式建筑，这鲜明的、和谐的贵族古典体系，便更与美学家叶卡捷琳娜二世相衬。逻辑性、简单性、自然性成为建筑的理念。

叶卡捷琳娜如此辛辣地嘲笑上个时代独具特色的教堂绝非偶然，她说"不知道这是什么样的魔鬼，所有这些可笑的、令人难以忍受的晦涩的建筑有如此庞大的规模，并且以异常的力量进行着一些毫无意义的事情"。同时她还写道，她憎恨那些"折磨"着水的喷泉，喷泉让水显得十分不自然。新的美学观点在建筑中好像总是能够找到自己主要的体现形式，关于这一点能够写上一整卷。18 世纪下半叶俄国建筑师的不求独创但求宏伟和奢华的建筑理念使得其建筑风格十分丰富。两位杰出的建筑师——巴热诺夫和卡扎科夫，似乎在建筑的古典性方面认识到了莫斯科建筑的发展方向，巴热诺夫的女皇宫殿、在莫霍瓦亚著名的帕什科夫宫都是毋庸置疑的艺术珍品。卡扎科夫改建了克里姆林宫（枢密院大楼），修建了莫斯科大学的主要建筑和彼得宫，元老院①这项建筑在我们国家的居民中特别受欢迎。更为著名的还有像带有圆柱的富丽堂皇的大厅一类的建筑群组。

放眼整个莫斯科，如果莫斯科的建筑还算不上是古典主义建筑，那么巴热诺夫和卡扎科夫的建筑则在原则上改变了北方首都的样子。到 18 世纪末，首都看起来就像一座新城，当然这座新城也有天才设计师们的补充，查理、安德烈扬·扎哈洛夫、奥古斯特·蒙费兰，还有其他的一些在我们当代之前的设计师。叶卡捷琳娜正如她所写的那样："不喜欢莫斯科，以及她那令人感到厌倦的喧嚣和恶臭。而圣彼得堡就完全不同了，她矜持规矩，是我的首都！"特别委员会给予克瓦索夫的石头建筑绝对的支持和无限的资金。委员会深入研究了改造首都中心这个有前景的计划，在改建街道方面此计划的实质是"使所有的房屋在一条街、一个连续的平面、一个高度建起来"。当然，类似的想法直接来源于彼得一世创办"警察"制度国家的主体思想。然而，多亏了天才的设计师，这次重建才没有把城市变成一个在一系列兵营厂房中间的无聊练兵场。

亚历山大·科科里诺夫是建筑行业公认的佼佼者，他在涅瓦河上建造了艺术研究院。瓦连－杰拉莫特·让·巴基斯特·米歇尔帮助过他，以超越拉

---

① 莫斯科克里姆林宫的建筑物，现今的工会大厦。

斯特列里的创作开启了自己的职业生涯，建造了古典形式的商场，而并不是巴洛克式。他是伊丽莎白时代的主要设计师。这个法国人是小埃米塔什（1764—1767 年）以及新荷兰（1770—1779 年）的建造者。叶卡捷琳娜时代的其他的设计师也同样具有异常的天赋：中国宫、奥拉宁鲍姆宫、加特契纳宫以及在圣彼得堡的大理石宫的设计者安东尼奥·利纳尔迪，斯塔罗夫的塔夫利宫（1783—1789 年）、圣三一教堂和亚历山大－涅夫斯基修道院的设计者伊万·斯塔罗夫，市邮政大楼的建造者——尼古拉·利沃夫。

作品多半出自 18 世纪八九十年代的德扎克莫·克瓦伦基，他也是不能忽略的天才建筑师。在皇村有很多他的建筑作品，此外，埃米塔什剧院、科学院、位于萨多沃伊的银行都是其古典主义的代表作。英国人卡梅隆的巴甫洛夫斯克宫、卡梅伦长廊，勃列娜的鲁缅采夫方尖碑，叶戈儿·索科洛夫的公共图书馆，这些所有的建筑让圣彼得堡成了古典主义的保护区。

尝试着在书中探索，我最终理解了尤里·马特维耶维奇·费里坚和他的建筑风格，如优雅的切斯梅斯基教堂以及夏宫中举世闻名的栅栏（1773—1784 年）。涅瓦河岸边的雄伟花岗岩建筑，圣彼得堡的水渠和河道，这些建筑方案都出自费里坚之手。最后，荒凉小河旁泥泞的河岸成为叶卡捷琳娜河道边优美的曲线，在有着华丽花边的铁质栅栏上，映出宽阔驳船闪烁的光。与此风格相同的石桥横跨河道，花岗岩的质地装衬了彼得保罗要塞的门面。然而，法尔科内在 1782 年的杰作青铜骑士，最终成为圣彼得堡钻石级别的艺术珍品。

叶卡捷琳娜在位时期，不仅建造了富丽堂皇的建筑群。女皇非常热爱自然和乡村。她厌恶彼得宫，不仅仅是因为 1762 年夏天那令人作呕的记忆，正如她所认为的那样，还有其傲慢的建筑风格，以及喷泉晦涩的形态营造出的不真实的美。皇村就完全不同了，它有公园、幽静的池塘、沙沙作响的树林，"你简直不能想象在一个温和的天气里去皇村有多么美好"，她在 1791 年 7 月给格里姆的信中这样写道。幸运的是，不同于格里姆，我们可以想象这美好的一切，女皇最喜爱的公园还在，并且如往常一样漂亮！

在 18 世纪后半叶出现了俄国庄园，我们在 19 世纪的文学作品中对它有了认识和了解。贵族古典风格的带有优美的门廊、壁柱、圆柱的宅邸取代了不同于农民房屋的、身形庞大而又不舒适的住房。它们分布在高地上，用花园和公园、零散却惹人注目的风景巧妙地装扮着自己。庄园映照着波澜不惊的河面，或者是平静的池塘，贵族府邸和蔼地注视着整个世界，使周边也显得平静祥和，好像人类的建筑成了自然的延续。

这样的庄园成为众多贵族最喜爱的居所并不奇怪，当在远处山坡上金属房子的圆柱闪着洁白耀眼的光，在公园中出现了镂空花纹的优美亭台，从树冠的缝隙中透出教堂的圆屋顶，贵族们便迫不及待地驾着自己的马车匆忙赶去。在叶卡捷琳娜时代埃米塔什是最为鲜明的现象。法国在僻静的树林中构造建筑——何种身份、官衔的人们都能够友好和睦交流的地方，这种构建教堂的思想在俄国衍变为另一种，在与冬宫相邻的地方建造出奢华的宫殿。人们迈过埃米塔什的门槛，就好像进入了另外一个不常见的世界、一个更美丽的王国：绘画、书籍、雕塑、音乐、歌谣、友好、平等以及善良。无论是绘画还是音乐，只要是用来装扮自己的埃米塔什，叶卡捷琳娜总是不惜重金。她认为埃米塔什在 1790 年应该至少有 40 万件画作、3.8 万本书籍、2 万件版画和石雕。要想列出是哪些著名的画家创作了这些绘画作品，一页纸绝对不够。穿过拉斐尔精准再现的作品，游人仿佛真的置身于意大利。在这里游人成为另一种样子：放松、快乐、纯粹，像在冬宫玻璃圆屋顶下尽情欢唱的鸟。这里的夏天永远不会结束。比起严格的彼得宫的行为准则，埃米塔什的行为标准则没有那么严厉。当然，不会强迫人们喝下像装满大高脚杯那样超乎寻常的一大杯酒，而仅仅是一小杯水或者是诵读特列加科夫斯基作品《忒勒马科斯历险记》中的整个章节，这是可怕的惩罚，但是对于健康而言不是致命的。

因此，埃米塔什以自己神话般的大厅、丰富的馆藏吸引了那些想和女皇共度闲暇时光的游客。严格意义上来说，根据游客的数量分析，埃米塔什有 3 处景点最吸引人：大埃米塔什、中间部分的埃米塔什、小埃米塔什。去最隐秘的小埃米塔什是所有游客的梦想。这是个特别体面的消遣，没有任何彼得大帝时代的那种狂欢纵饮，也没有安娜·伊万诺夫娜时代粗鄙庸俗的打架斗殴，只有被甄选出来的并且为此付出很多的听众才能来到这里，他们只是为了玩一会儿捉迷藏，和女皇本人玩一次方特游戏，和女皇一起唱一些她最喜欢的俄国民歌，不谈论幸福，仅仅是身着色彩鲜艳的萨拉凡和女皇围在一起跳圆圈舞。

众所周知，很少有身处要职的官员不被邀请去埃米塔什相亲。在这样一种简单纯粹的环境下，可以很透彻地看到一个人如何拼命地争取，如果他是一个傻瓜，那么一切就更一目了然了！在 18 世纪八九十年代埃米塔什的聚会显得尤为喧嚣和热闹。叶卡捷琳娜的孙辈也出现在这种聚会上……

关于"沉重的行李"，幸福就是祖母

有这么一个时期，在我们所有叙述中一提到女皇儿子的名字保罗，就会想起一个关于他身世的秘密。因为这个或是其他的什么原因，儿子和母亲的关系显然很不融洽。彻底冰冷疏远的关系取代了他们短暂的亲昵。在获权之后，叶卡捷琳娜立马与 8 岁的儿子形影不离。她把儿子带在身边，极度担心他的健康，小男孩儿在成长的过程中也确实十分虚弱，疾病不断。后来，叶卡捷琳娜将全部的精力投入国家政务和一些私人问题中，忽视了和儿子的接触。这个半大孩子和教导自己的尼基塔·帕宁伯爵关系十分亲近，伯爵虽然是叶卡捷琳娜的亲密战友，但他却是一个两面三刀的人，他会当面赞美叶卡捷琳娜的天赋和秉性，背后向保罗表达对叶卡捷琳娜的批判态度。可能是因为年轻，也可能是因为被帕宁灌输的伪善思想影响，保罗用自己老师的眼光看待母亲并且斥责她的诸多行为。

许多生活在叶卡捷琳娜时代的人见证了女皇和儿子之间疏远冷淡的关系，

大公有些害怕自己的母亲。法国人萨巴蒂埃在 1770 年 4 月写道：保罗害怕自己那个为了遵循礼节甘愿放弃一切、完全忽视自己儿子的母亲。她总是以女皇的姿态对待他。从保罗的角度来看，在她面前自己只是忠诚而恭顺的臣民。女皇对儿子表现出仅有的关心，很显然是出于某种需要。

1773 年秋，19 岁的大公迎娶了德国黑森州达姆施塔特的公主威廉明娜为妻，妻子在俄国更名为娜塔莉娅·阿列克谢耶夫娜。但未婚妻觉得不值得为叶卡捷琳娜做这个选择。她听不进去那些我们熟知的低层领导的建议——爱丈夫、爱人民、信任自己的婆婆，并且她在很多方面的行为都和大家背道而驰。与此同时，叶卡捷琳娜仿佛看到了一个自己的翻版，对于从德国来的年轻人，这种做法可能是唯一的出路。

1776 年，娜塔莉娅死于难产。她在极度痛苦中离世，留给自己的丈夫难以慰藉的悲伤。叶卡捷琳娜用一种残酷并受人鄙弃的方式来安慰自己的儿子：给他读已故亡妻和自己最好的朋友安德烈·拉祖莫夫斯基的情书。悲恸的情绪的确消散了，但是又带给了这个青年怎样的心灵创伤呢？保罗的第二个妻子也是叶卡捷琳娜从德国找来的，德国符腾堡的索菲亚公主，她被载入俄国历史是由于其最终成为玛莉亚·费奥多罗夫娜女皇——亚历山大一世和尼古拉一世的母亲。她的 8 个孩子中的两个继承了王位。1776 年秋，命运对叶卡捷琳娜来说是可喜可贺的，在她身上母性的光辉被再度唤起，这种感觉她已经许多年没有从儿子身上找到过了。与之前冰冷的关系不同，现在是另一番样子：她非常喜欢这对令人感动的年轻夫妇。女皇写的很多信件被保存下来，在信中她不同往常地亲切温和地给这对新婚夫妇写道："亲爱的儿子！昨天我平安地来到了这里（皇村）。你们不在这里显得有些空虚，装扮皇村使我感到满足，但当你们不在的时候，一切都显得索然无味。"在女皇寄往国外的信件中，丝毫不吝惜对玛莉亚的赞许："未婚妻是自然女神，是玫瑰，是百合。"随后母子关系出现了永远不会消失的裂痕，裂痕慢慢增长，直至关系跌入深渊。

一件十分令人高兴的事情在母子无法挽回的恶劣关系中起到了重要的作用，1777 年 12 月 12 日，这对年轻夫妇的长子亚历山大出世。但他的出世给父母带来了极大的痛苦，他被立刻带到了祖母的寝宫，从那之后远离父母，被教养在加特契纳。保罗的故事再次上演，祖母伊丽莎白·彼得罗夫娜从前同样从叶卡捷琳娜和彼得·费奥多罗维奇手中夺走了保罗。亚历山大的命运同样在 1779 年 4 月 27 日出生的康斯坦丁的身上上演，这是因为他们有意让他成为拜占庭的国王，下达了更高的指示。亚历山大注定是另一种宿命。

祖母奔赴克里米亚，但并没有和孙辈们分别太久，她为那些孙子的疾病感到极度伤心，这些孙子她又无法带在自己身边。随着亚历山大及康斯坦丁的出生，对于叶卡捷琳娜来说儿子和儿媳好像消失了一样。她觉得他们会打扰她和孙辈的亲昵。1785 年 6 月 20 日，在彼得宫中给格里姆写的信上这样说道："多想把我的孙辈叫到这里来，但沉重的行李运到这里最少要 26 天。""沉重的行李"（另一种说法是"冗长的车队"），这其实指的是孙子的父母，对于叶卡捷琳娜来说，他们是不方便的也是不需要的。

保罗在自己所处的情形中痛苦地煎熬着，有许多事情刺激、侮辱着他：极为难听的关于他身世的传言，铺天盖地的关于母亲不堪情史的言论——"学生"常常比他年轻。最终，长久的屈辱使他完全失控，他受够了关于母亲是"夜晚的统治者"的这种传言。这种尖锐的欺辱对于保罗来说特别痛苦。可是前途在哪里？在 18 世纪 90 年代中期，保罗已经 50 岁了！对生活在 18 世纪的人来说，生命已快接近尾声。大公、继承人保罗已经没有机会了。

起初，保罗迫切地想要进行一些有意义的活动，一些虽然不是很清晰，但却十分高尚的想法在他的脑海里翻涌着。一个宏伟的计划应运而生——将国家改造成善良、公正、平等的国家。他的理想得到了尼基塔·帕宁伯爵的支持，保罗和他热烈地讨论着自己的方案。然而叶卡捷琳娜忌妒地监视着儿子的一切，她一直把他当成自己的对手，担心他亲近民众，使大家对此刻正手握政权的统治者感到不满。因此，她不允许儿子着手那些涉及军事和公民的要务。当保罗请求加入国家委员会的时候，一系列带着托词和借口的拒绝接踵而来，委员会给出的答复说，他们不能不和女皇商量，最重要的是，大公的加入会产生一些不必要的法律问题。不能不说保罗是个闲人，随着时间的流逝，他的愿望也消失殆尽。他全身心地投入自己在加特契纳的微不足道的军事经济事务（格里戈里·奥尔洛夫死后赏赐给他的）中，对保罗来说，这成了挽救敌对世界的家园、国家和岛屿，这敌对的世界中还包括他的母亲。随着亚历山大渐渐地长大，特别是成了祖母最喜爱的孩子，保罗感觉到这种敌意越来越深。

教育亚历山大和康斯坦丁的内容均出自一本特殊的大纲，这本大纲由女皇本人亲自编写。当叶卡捷琳娜写这个大纲的时候，在她眼前出现了保罗的形象：羸弱多病的虚弱男孩儿，在心灵上被伊丽莎白·彼得罗夫娜祖母丑恶的教育教坏了，变成了一个优柔寡断、冲动易怒、猜疑心重的一无是处的人。而亚历山大应该是另一个样子：坚强，富有毅力，习惯在清新的空气中入睡，着轻便的衣裳，这个年轻的斯巴达人将会精神饱满地分配进行身体素质训练以及和智慧的教育家学习一些更为深入课程的时间。法国共和主义者拉阿尔普负起教育女皇孙子的重任。

在 20 世纪末，您读到叶卡捷琳娜在 1783 年春天写的《关于教育孙子的训诫》时，您会对教育家女皇那种有针对性的、深入的教育理念大为吃惊！其中包括孩子的健康、仁爱以及永恒的起源。以下是一些摘自女皇《关于教育孙子的训诫》中的片段："禁止他们做一些损害自己或是危害生活的事，因此不应当有当着他们面的打骂；不允许他们进行打、掐、辱骂别人或者是小动物的行为，以及任何会带来危害、造成伤痛的行为；不允许他们折磨、杀戮那些无辜的动物，比如小鸟、蝴蝶、苍蝇、小狗、小猫，不允许故意地损坏东西；让他们养成照顾自己的小狗、小鸟、松鼠或者其他小动物的习惯，及像上述那样能带给自己好处的习惯，比如浇花；无论对于孩子自己还是他们周围的人，谎言和欺骗应当被禁止，甚至在玩笑中也不应出现，要制止孩子们说谎……谎言呈现给他们的是不正派的事情，并且会导致所有人的蔑视和不信任；在口语、表述以及听力的教育中杜绝减少对善良的追寻、增加对恶习的认可这种言论……给孩子的训诫词中最大的闪光点应该是对亲近的人的爱（己所不欲勿施于人），总之，对社会要怀有厚意，对所有人心存善良，以温和宽容的态度对待所有人，要一直品行端正，有一颗真诚而高尚的心。消除心中空虚的救赎、胆小、猜疑。"

对于男孩子们来说，祖母成了最重要的人。他们和祖母一起背会了字母表，和祖母一起玩耍、旅游、散步。叶卡捷琳娜对亚历山大感到特别满意。"我离开了他就丧失了智慧，如果可以，我一生都愿待在这个小孙子旁边。"（来自 1779 年 5 月 30 日写给格里姆的信）此后，她不止一次地在给友人的信件中表达她对身心完美的亚历山大的喜爱，她把亚历山大称为"我们心灵上的愉悦"。渐渐地，众所周知的这种祖母对孙子的爱导致了许多事情，特别是引起了保罗和他的拥护者的恐慌。叶卡捷琳娜为 16 岁的皇孙迎娶了德国巴登 14 岁的公主路易莎（皈依东正教）为妻，便间接地证实了女皇打算忽略那个不讨喜的儿子，将王位直接传给孙子的传言。现在孙子已成为自己家庭中重要一员，是一个享有充分权力的男人。遗愿到现在也没能实现，但关于这件事情的传言迷雾却越来越浓，到现在老远地就能感觉出急迫的现实性。不过，除了废黜保罗这对亚历山大有利的传言外，还有一些女皇打算将王位传给长孙的间接的证明。

1792 年 8 月，她写信给格里姆，大概想要继续已经开始的交谈内容："听一听，应该给谁加冕呢？这不合我意。所罗门说，'各有其实'。我们给亚历山大娶妻，到时候我们和所有的君王一起为他加冕，为此将会有隆重的仪式，和所有的民众欢庆。一切都将会是闪光的、宏伟的、金碧辉煌的。啊！他自己将会感到幸福，并且和所有的这些一起感到幸福！"所有这些言论向欧洲传递一个信息，好像大公保罗早已"不在人世"了。1791 年 9 月，叶卡捷琳娜在给友人的信中说道，如果革命席卷了整个欧洲，那么将会出现一个可以征服她的霸主，"这个人不会是在我的王国里，我希望出现在亚历山大的王国中"。难道保罗一世的统治就不在计划中吗？

不过，关于保罗的命运，她也考虑过。我们可以看到叶卡捷琳娜做的一个标注，是关于彼得大帝和他儿子阿列克谢之间的悲剧冲突，父亲剥夺了阿列克谢继承王位的权利。好像这个历史的标注没有什么特别之处，但是叶卡捷琳娜越是对这个不幸的大公爱恨交织，越是坚信彼得大帝的做法是正确的。大公的行为让她感到羞耻！从大公的画像上，我们可以看到他的鼻子又短又翘。"应当承认这样的父亲是不幸的，他为了大业不得不与自己的后代划清界限。这里既有独裁统治也有父母的管束。因此我很敬仰沙皇彼得一世那毫无疑义的过人智慧，他因很多崇高的原因抛弃自己那不知感恩、桀骜不驯、没有才干的儿子。这样，心中满怀憎恨、仇恨、嫉妒的儿子同样反对他，企图从父亲有益的事业或是行为中找到那一点点的瑕疵。听信谗言，只相信自己听到的话，什么事情都不能让他满意，斥责辱骂他赫赫有名的父亲。他自己本就懒惰、怯懦、犹豫、严酷、胆小、嗜酒、倔强、伪善、没有礼貌，有着十分平庸的智慧和虚弱的身体。"

不过叶卡捷琳娜并不着急，为什么着急呢？未来还有那么多年和那么多事情，一切都还来得及。

皇村公园上空的秋季雷雨

在 1790 年中旬，惊恐不仅蔓延到了叶卡捷琳娜家门口，而且迈过了门槛。尽管叶卡捷琳娜乐观地对愉悦的生活抱有无限的愿望，但她还是感觉到了一个新时代的来临，并且她已经看不到了。18 世纪末，一些杰出的活动家在法国发起了一场又一场震惊世界的流血革命。1786 年伟大的腓特烈离世，他是叶卡捷琳娜在世界政坛中主要的敌对者。没有他，就不用和这些"恶棍"进行经常性的、尖锐的游戏。这样，女皇拉拢普鲁士国王就成为空谈。1790年，叶卡捷琳娜的故友奥地利国王约瑟夫二世离世，1791 年波将金离世，

1792 年 3 月 15 日在斯德哥尔摩的化装舞会上，瑞典国王古斯塔夫三世受了致命的伤。

叶卡捷琳娜和他有着很复杂的关系，1788 年古斯塔夫发动了反对自己的亲戚，即俄国女皇的战争。对瑞典人来说，这是个良机：俄国军队在南方作战，为了保卫首都，不得不紧急聚集所有的预备队，并且考虑武装市民。没有了波将金和苏沃洛夫，叶卡捷琳娜和一群才华平庸的将军待在首都，她毫不客气的称他们为"胆小鬼"。由于连日来的焦虑不安，叶卡捷琳娜变瘦了，不得不重新改缝所有的衣服。她的焦虑来源于：连续不断的战火轰鸣声已经敲响了冬宫那扇最高的窗户，在最近的戈格兰岛上已经进行了持续多日的海战。而西方又将战争的硝烟带到了首都，女皇给波将金写信，说自己就算是作为一个普通人都能闻到火药味儿。然后，在俄国人取得胜利后，在叶卡捷琳娜自己那一系列反法的政治主张中，又恢复了和古斯塔夫的友情。叶卡捷琳娜和自己的御前大臣这样说："我们和他们都有往塞纳河上放炮船的想法。"但这注定不能实现，在 1792 年宫廷化装舞会中，有人趁乱射杀了古斯塔夫。这段历史最终成为意大利作曲家威尔第《假面舞会》的创作来源。

最大的损失发生在 1793 年，不幸的路易十六国王被送上了格瓦拉广场的断头台，对于整个君主制的欧洲来说，这极为惊悚。一段时间后，革命者完成了新的举动——在同样的地方处死了路易十六的妻子，女皇玛丽·安托瓦内特。

叶卡捷琳娜周围的人都换了，她时常看见一些新面孔，一些不认识的年轻人偶尔出现在一些宫廷舞会上，以及在埃米塔什的庆祝活动中，这让她十分忧伤。只有老格里姆能理解女皇的忧伤，女皇在 1794 年 2 月给他的信中写道："我跟你说，首先，到 2 月 9 日星期四这天，距我和母亲来到俄国已满 50 年。又是 2 月 9 日星期四，因此，我居住在俄国已经有 50 年了，在这 50 年中，上帝赐予我恩惠，使我统治国家 32 年。其次，昨天在皇宫里同时举办了 3 场婚礼，你应该了解，这已经是在以前我见证过的那些人之后的第三代或者是第四代人了。是啊，我在想，能不能在圣彼得堡勉强找到 10 个还记得我的到来的人。首先找到了年老失明的别茨柯伊，他特别健谈，还问了年轻人很多问题，问他们知不知道彼得大帝。然后找到了昨天在婚礼上跳舞的 78 岁的马秋什金伯爵夫人。接着是高级司酒官纳雷什金和他的妻子，当时，他还是一个宫中的低级侍从。除此之外，还有他的哥哥，高级御马监（读者们还记得，他在里加的时候曾帮助哈哈大笑的菲卡把脚放进俄式雪橇里——笔者注）。然而他并不承认这件事，怕显得自己很老。接着找到了高级侍从舒瓦洛夫，他老得已经不能走出家门。最后是一个曾是我女仆的老太婆，她已经什么都不记得了。这些就是和我同时代的人！令人感到费解的是，剩下的其他人在年龄上不是我的孩子就是我的孙子。我已经是个老太婆了！我所知的一个家庭里，已经有第五代和第六代人了。所有的这一切都证明我老了！我自身的故事可能同样也证明着这件事，但是这又能怎么样呢？我毕竟老了，在神志不清前，就像一个 5 岁的孩子，喜欢看怎么玩儿捉迷藏，以及所有小孩儿的游戏。年轻人——我的孙子和孙女们常说，玩游戏的时候我一定得在那儿，比起没有我的时候，他们感觉到和我在一起更快乐、更自由！"

孩子们未必学会了阿谀谄媚地撒谎，佯装的欢愉欺骗不了他们，年轻的心向衰老的菲卡敞开，他们希望眼眸湛蓝的可爱祖母不要离开他们这喧闹的一群人。但是办公室里的一些事情等着她去处理，御前大臣的奏折不断呈上来，他们带来了从法国传回的不好的消息。那里血流成河，可以明显感觉到宗教战争的激烈势头，还有一个从未体验过的铁器时代的到来。光荣的 18 世纪并不习惯这种势头，生活在 18 世纪的人几乎不会使用我们所熟知的、残酷无情的词语"敌人"，而仅仅使用词义稍微严酷的"冤家对头"这个单词，仅仅是"友人"的反义词。叶卡捷琳娜紧密关注着法国的动态，他们没有直接触及俄国，所以女皇最初并没有看出这种从 1789 年在巴黎就开始发生的不祥预兆。女皇甚至还对军队的总体编制感到满意，并且认为，法国统帅波旁不明智的耗费最终会导致失败，因为他们终将面临没有资金这个显而易见的问题。但是之后事情的发展似乎超乎逻辑，一切变得非常清晰：在欧洲最大的国家，革命如瘟疫一般不断爆发。法兰西急剧地向人民战争的方向走去。

叶卡捷琳娜不愿承认自己那启蒙者朋友在所发生事件中的过错，他们的想法鼓舞了罗伯斯庇尔和丹东。1793 年 12 月 5 日她写信给格里姆："法国的哲学家是革命的筹划人。有一点他们错了，错在企图通过自己的宣传鼓吹获得人民的帮助，他们认为民众们心地善良、意志坚定。检察官、律师以及各种各样卑鄙的人不是真想运用这个学说，而是企图在这个学说的保护下实施可怕的犯罪。这些极端恶劣的歹徒可以做到。他们用自己的罪行使巴黎的民众服从他们，这些平民百姓还从来没有遭受过如现在这般的残酷、如此没有理智的折磨，但是他们却敢把这称为自由！饥饿和瘟疫使他们清醒，并且在那个时候，杀死国王的凶手们已互相消灭掉，所以在那时他们仅仅是希望有个更好的转变。"

尽管女皇在精神和物质上都对有亲王血统的法国移民表示支持，但她几乎也不隐藏自己的看法，认为正是因为淫乱的凡尔赛，潘多拉的盒子才被打开（好像彼得三世本身就是自己灭亡的罪人）。当然，在这个指责中能很明显地看出，一个发展日渐强大的外省人，对世界首都的不幸所表现出的不怀好意的态度。所以我们现在明白，法国人到最后什么也没学会，自己往自己的沙发下扔了手榴弹，平庸的政治理念最终导致了国家的灾难。

叶卡捷琳娜并没有对他们产生错觉（"治疗愚昧的药还没有找到，理性和正确的思想不是禁止接种天花"）。她认为，法国原来的那种专制政体已终结，应该承认议会的存在，给予民众一些固定的自由，总之，要生活在一个新的法国里。但这并不意味着俄国的君主就要遵从这种做法，她任何时候都不想把奉公守法并富有责任感的民众和那样一群无所顾忌、为所欲为的人联系在一起。她认为一定要经过一个不可避免的自我治疗和"精神统治"的阶段，法国才能回归到君主制的体系中来。

1791 年 1 月 13 日，她写信给格里姆，信中不可避免地出现了罗马皇帝以及他"清剿贼窝"的行动，而在 4 月 22 日写给格里姆的信中，没有幽默俏皮的话语，也没有以往的聪慧和敏锐，直接说"如果法国顺利成为共和国的话，你知不知道在法国将会发生什么？所有人期待的是君主制度！这使我相信，没有人不喜欢宫廷生活，包括那些共和主义者！"十分遗憾，女皇没有活到 1804 年拿破仑一世加冕的这天。她的预言在 13 年之后全部实现了！她认为革命的病原体会沿欧洲蔓延开来，果然残酷的成吉思汗和帖木儿①进驻欧洲，并且吞并了她。然后俄国出现了，解救了所有人。

众所周知，女皇并没有读过诺斯特拉达穆斯的作品，而是依靠经验、直觉和自己的力量。1790 年，她回复波将金对她赞许时说的话犹如铜器发出的声响。波将金夸她"勇敢无畏地刚毅"，她说"俄国的女皇庇佑着一万六千俄里的土地，军队在接下来的一个世纪中要习惯于胜利，统帅要有才干，军官和士兵要勇敢、忠诚，人格尊严不受到屈辱，不能不表现出勇敢无畏的坚毅"。

法国的事情让叶卡捷琳娜得出了一个非常重要的结论：为了不使革命的病原体侵入俄国，应当采取一切有效的措施。正是因为这样，在俄国出现了监察官。无辜的莫斯科共济会（18 世纪初产生于英国，并在欧洲及美国等得到传播的宗教道德运动）文章的出版者诺维科夫成了他们攻击和镇压的对象，不同于其他人，这并没有使这位出版者感到痛苦，反而给他带来了荣誉——俄国杰出的启蒙者。随着前途明朗的海关官员——普通作家亚历山大·拉吉舍夫的加入，这种启蒙运动在俄国经常发生，他在一系列"反对……"下，被流放到了西伯利亚。共济会会员开始慌张起来，秉持唯物主义的女皇一直瞧不起他们的事业，并且毫不留情地嘲笑他们的"秘密"。如果在以前，女皇可能还会宽容地对待批评，但是现在她从批评中看出了帝国大业根基的动摇。由于在科学院的印刷厂出版了科尼亚日宁的剧本《瓦季姆》，其中情节来自诺

---

① 1336—1405 年，中亚国务活动家、军事统帅、帖木儿帝国的创建人。

夫哥罗德的"共和"的故事，她斥责了科学院院长——大公夫人塔施科娃。院长像女皇一样，在出版之前从来没有读过这个剧本。女皇向院长抱屈地叫道："承认吧，这是不幸！他们想要阻碍我施善，我做这么多是为了个别的人，也是为了国家。我怎么知道他们是不是想在这里也进行那些我们在法国看到的可怕的活动呢？"我们不会忘了1793年6月在法国的皇宫中，议会在这个时候通过了一项极为残暴的反对投机分子的立法。他们分离了玛丽·安托瓦内特母子，开始他们仓促地说玛丽违反了这可耻的宪法，依据反常的理由判定母子有罪。所以我们能够理解女皇——发生在巴黎的革命同样由剧本和传单开始。

那么在俄国国内发生了什么呢？惊慌和骚乱并没有出现，一切都在按部就班地照常进行。俄国战胜了土耳其人、瑞典人和波兰人，尽情享受着世界，但是没有了波将金，已经没有了昔日的辉煌和有远见的政治主张。在很多方面，一切按照惯性随之而来。现在普拉东·祖波夫掌管一切事物，他受过教育，能连续不断地说一些深奥难懂的话，但这些话空洞而没有意义。他要模仿波将金，即便他竭尽全力，终究是徒劳无功。另一个"黑种草"是瓦列利安·祖波夫，他早先极力劝说思维正常的女皇任命他为军队统领，然后不切实际地甚至完全没有前景地远征印度，并且他还想要在里海沿岸要塞遭袭击处，部属大量的俄国士兵。当然，他没能到达印度。

因为，他上面还有普拉东·祖波夫。许多人都是君主制瓦解和衰败的见证者，叶卡捷琳娜同代人是这样描写最后一个宠臣的：随着女皇统治国家能力（包括行动和天赋）的丧失，他获得了很大的权力和财富。每天清晨家门口围满了络绎不绝的诌媚者，他们中有外来的，也有熟络的。一些老将军、达官贵人并不为做他卑微的走狗而感到羞愧。经常可以看到这些奴才们是怎样暴力地驱逐将军和军官的，这些聚集在门口的人，妨碍他们关门。普拉东·祖波夫悠闲地躺在圈椅里，衣衫不整，小拇指搭在鼻子上，眼睛漫无目的地望着天花板，这个年轻人面容冷峻而傲慢，勉强将注意力放在他周围人身上。他用自己猴子般的怪癖来寻开心，跳到一些无耻谄媚者的头上，或者和自己的小丑聊天；在这个时候，他成了在一些老者领导下的将士——多尔戈鲁基、戈利岑、萨尔蒂科夫，剩下的所有人则希望他能够降低自己的视线，以便能够再一次屈膝在他的脚边。这严重偏离了年轻时的叶卡捷琳娜关于统治国家的理想——真理、法制、公正和善心。女皇本人没有看到这些，也并不知道这些事情，如果知道的话，绝对不能原谅最爱的"孩子"和"黑种草"，她已经完全分不清他们谁是谁了！

又过了几年，叶卡捷琳娜不得不考虑面对死亡了。她经常像书中那样，浪漫地幻想着自己最后的时间。她留下遗言——把她埋葬在皇村兰斯基的墓旁，也就是在莫斯科的顿斯科依修道院，在射击场的旁边，即谢圣三一大修道院，一定要身穿白衣，头戴皇冠。她为自己拟撰了许多墓志铭，上面应该写道，她不因平凡而死。她幻想自己的死亡是特别的：美丽而又高雅。她写道："当我生命的钟声敲响的时候，仅让那颗久经考验的心和微笑着的脸停留在我最后的呼吸中。"但是事情的走向并不是那样美好而又庄重，甚至是朝着相反的方向发展……

在叶卡捷琳娜去世前不久，在 1796 年的秋天，发生了两件对女皇身心造成伤害的事情。9 月份，难以预料的丑闻在叶卡捷琳娜的皇宫中突然发生，普拉东·祖波夫和伯爵阿卡迪亚·马洛科夫笨拙的行动破坏了女皇那美丽动人的外孙女亚历山德拉·巴甫洛夫娜和年轻的瑞典皇帝古斯塔夫四世的婚礼。并且在订婚仪式的前夜还发生了这样的事情：女皇和未婚妻在金碧辉煌的金銮殿里白白等了年轻的国王好几个小时。叶卡捷琳娜对此十分震惊，就像当时的人描述的那样：由于震惊和愤怒，女皇张大了嘴巴，一直持续了好几分钟。随后，在盛怒之下两次用手杖敲打了马洛科夫和别兹博罗德科，长袍一挥，愤怒地离开了大厅。这件事之后女皇就病倒了，这并不费解，她从没受过这般屈辱。

第二件事情的发生昭示着不祥。好像是在一个晚上（女皇穿过她最喜爱的皇村）下了一场恐怖的大雷雨。这非常诡异，因为此时正值深秋。公园里在电闪雷鸣中呻吟的树林，全部是光秃秃的。在倾盆大雨之下，大地和人类都是多余的。叶卡捷琳娜不能不回想起 1761 年深秋的夜晚突发的大雷雨，随后伊丽莎白女皇便走向了死亡。同时代的人证实了这个不祥的预兆确实吓坏了叶卡捷琳娜——众所周知，她是一个勇敢而又绝望的女人。

死亡在 1796 年 11 月 5 日，星期三早上 9 点，在冬宫从办公室通往衣柜的狭窄走廊上等待着她。女皇像往常一样，在办公室的桌子旁处理完政务后，出门去换衣服。宫中侍役总管佐托夫打开衣柜的门后发现女皇没有意识地半卧在地上，那个地方十分狭窄并且门又是锁着的，所以她不可能摔倒在地板上。佐托夫将她的头微微抬起，发现她的眼睛是闭着的，脸色微红。他便叫来室内的仆人，几个强壮的男人费了好大劲儿才把女皇从走廊里拖出来，然后把她送回卧室。但是他们没法儿将她抬到床上去，叶卡捷琳娜晚年异常肥胖，然后他们将女皇放在了地上的羊皮褥子上，之后立马叫来了医生。他们第一时间通知了大公祖波夫，他一点儿也不惊慌，他不让值班医生给女皇输血，不过这也无所谓了。叶卡捷琳娜的私人医生罗热索娜的诊断还是严谨的："头部受到重创，已死亡。"

现在看来，叶卡捷琳娜的症状是典型的脑出血，在当今，医学可以挽救这样的病人。但在 1796 年的 11 月，医生对此的确没有办法。在没有意识的情况下女皇又活了一夜，11 月 6 日早上 7 点开始出现濒死症状："不断扭动身体，出现严重的抽搐，持续到晚上 9 点前，之后完全没有了生命体征。"俄国历史上的一个时代结束了……

女皇没有得到她幻想当中的死亡场景：四周围满了善良和勇敢的朋友。她躺在冰冷的地上，周围是号啕大哭的宫中女官。在伟大女皇四肢舒展的身体旁，新皇帝保罗·彼得罗维奇往返于办公室，铁皮靴踏出忙于政务的匆忙声，保罗和他的加特契纳人在书柜中翻寻，在写字台上查找。他们的时代来临了……

本书人物简介

阿拔斯三世，波斯萨非王朝国王（1732—1736）。

奥古斯特二世（强力王）（1670—1733），波兰国王（1697—1733），1694年起为萨克森选帝侯，彼得大帝与瑞典进行北方战争时的同盟者。

奥古斯特三世（1696—1763），波兰国王（1734—1763），萨克森选帝侯，奥古斯特二世的儿子。

亚历山大·巴甫洛维奇（亚历山大一世）（1777—1825），俄国皇帝（1801—1825），保罗一世和玛莉亚·费奥多罗夫娜的长子。

亚历山德拉·巴甫洛夫娜（1783—1801），公主，保罗一世的长女。

阿列克谢·安东诺维奇（1746—1787），安娜·列奥波利多夫娜和安东·乌尔里希的儿子。出生于霍尔莫戈雷，1780年之前一直在狱中生活，之后被流放至丹麦，死在那里。

阿列克谢·米哈伊洛维奇（1629—1676），俄国沙皇（1645—1676），罗曼诺夫王朝第一位沙皇米哈伊尔·费奥多罗维奇的儿子。第一次婚姻中与玛莉亚·伊利伊尼齐娜娅（米洛斯拉夫斯卡娅）育有13个孩子，包括费奥多尔（沙皇，1676—1682）、伊万（沙皇，1682—1696）和公主索菲亚。第二段婚姻中与娜塔莉娅·基里洛夫娜（纳雷什金娜）育有儿子彼得（彼得大帝）和女儿娜塔莉娅。

阿列克谢·彼得罗维奇（1690—1718），王子，彼得大帝和叶芙多基娅·费奥多罗夫娜（洛普辛娜）的儿子。1717年逃到国外，后来被遣返，判处死刑，在不明情况下死于彼得保罗要塞。

安娜·伊万诺夫娜（约安诺夫娜）（1693—1740），俄国皇后（1730—1740），1710年起为库尔兰大公夫人，伊凡五世和普拉斯科维亚·费奥多罗夫娜（萨尔蒂科娃）的女儿。

安娜·列奥波利多夫娜（伊丽莎白·叶卡捷琳娜·克里斯蒂娜）（1718—1746），伊凡六世（安东诺维奇）时期（1740—1741）的俄国女执政者，梅克伦公爵卡尔·列奥波德和叶卡捷琳娜·伊万诺夫娜公主的女儿，伊凡五世的孙女。

安娜·彼得罗夫娜（1708—1728），公主，彼得大帝和叶卡捷琳娜一世的女儿，1725年起为荷尔施坦因大公夫人，彼得三世的母亲。

安东·乌尔里希（1714—1776），不伦瑞克·贝文·吕讷堡公爵，大元帅（1740年），安娜·列奥波利多夫娜的丈夫，伊凡六世的父亲。1741年和家人被流放，死于狱中。

阿波斯同·丹尼尔·巴甫洛维奇（1654—1734），第聂伯河左岸的乌克兰地区最后一个被选出的盖特曼（从1727年起）。

阿普拉可辛·阿列克谢·彼得罗维奇，伯爵，安娜·伊万诺夫娜的侍从丑角。

阿普拉可辛·费奥多尔·马特维耶维奇（1661—1728），伯爵，俄国海军元帅，海军委员会主席，最高枢密院成员，皇后马尔法——沙皇费奥多尔·阿列克谢耶维奇的妻子的兄弟。

阿拉贾·弗朗西斯科（1709—1770），意大利作曲家。

巴热诺夫·瓦西里·伊万诺维奇（1737/1738—1799），建筑师，线条画家，建筑理论家，1765年任科学院院士，1799年任美术学院副院长。

拜尔·戈特利布·齐格菲（1694—1738），德国历史学家和语文学家，1725年任圣彼得堡科学院教授。

巴拉基列夫·伊万·阿列克谢耶维奇（1699—1763），宫中侍役总管，侍从丑角。1724 年因威利姆·蒙斯的事情被讯问，流放至罗格尔维克做苦役，1725 年被叶卡捷琳娜一世遣回。

巴尔克·马特莲娜（莫捷斯塔）·伊万诺夫娜，娘家姓蒙斯，将军夫人，叶卡捷琳娜一世的近侍女官。1724 年因兄弟威利姆·蒙斯的事情被流放至西伯利亚，1725 年被叶卡捷琳娜一世遣回。

巴谢维奇·盖宁格·弗列杰里科（1680—1749），伯爵，荷尔施坦因国家活动家，荷尔施坦因的卡尔·弗里德里希公爵的亲信，《彼得大帝时期俄国札记》的作者。

别列佐夫斯基·马克西姆·索左托维奇（1745—1777），作曲家。

别林格·维图斯·约纳森（1681—1741），丹麦人，俄国海军军官，海军准将。1725—1730 年和 1733—1741 年期间统领第一和第二堪察加远征军。

伯努利·丹尼尔（1700—1782），瑞士学者，物理学家和数学家，圣彼得堡科学院院士。

别尔赫格里茨·弗里德里希·威廉姆（1702—1767），荷尔施坦因的卡尔·弗里德里希公爵的低级侍从，彼得三世的总管家，1721—1725 年居留俄国期间所写日记的作者。

别斯图热夫 – 柳明·阿列克谢·彼得罗维奇（1693—1766），伯爵，著名外交官，驻丹麦大使（1734—1740），内阁大臣（1740 年），1741 年被安娜·列奥波利多夫娜流放。回到圣彼得堡之后，助推伊丽莎白·彼得罗夫娜登上王位，副首相，一等文官（1744—1758）。由于组织密谋帮助未来的女皇叶卡捷琳娜二世而被流放，1762 年女皇将其从流放地遣回，任陆军元帅。

别斯图热夫 – 柳明·米哈伊尔·彼得罗维奇（1688—1760），伯爵，外交官，阿·彼·别斯图热夫 – 柳明的兄弟，驻英国、瑞典、波兰、普鲁士、法国大使。

别斯图热夫 – 柳明·彼得·米哈伊洛维奇（1664—1742），伯爵，俄国驻库尔兰的代表，库尔兰大公夫人安娜·伊万诺夫娜的皇室总侍从长。阿·

彼·别斯图热夫 – 柳明和米·彼·别斯图热夫 – 柳明的父亲。

别赫捷耶夫·费奥多尔·德米特里耶维奇（卒于 1761 年），俄国驻法国外交官。

别茨柯伊·伊万·伊万诺维奇（1704—1799），国家活动家，叶卡捷琳娜二世最亲近老朋友之一。

彼彼科夫·亚历山大·伊里奇（1729—1774），叶卡捷琳娜二世时期的国家活动家，俄军上将。

比龙·比妮格娜·戈特利布（1703—1782），娘家姓冯·特罗塔 – 特列伊德，1737 年为库尔兰茨卡娅，恩·约·比龙的妻子，安娜·伊万诺夫娜的宫中女官。被推翻后比龙与她被流放，1763 年被叶卡捷琳娜二世遣回。

比龙·盖德维卡·伊丽莎白（1727—?），恩·约·比龙的女儿。安娜·列奥波利多夫娜时期与父母被流放至雅罗斯拉夫尔，转信东正教，嫁给男爵阿·伊·契尔卡索夫。

比龙·古斯塔夫（1700—1742），恩·约·比龙的弟弟，普列奥布拉任斯基军团少校，亚·亚·缅希科娃的丈夫，与其兄弟被流放至雅罗斯拉夫尔。

比龙·卡尔·马格努斯（1684—1746），恩·约·比龙的哥哥，俄军上将，莫斯科总督（1740 年），1740 年被流放至雅罗斯拉夫尔，后来回到自己的利夫兰领地。

比龙·卡尔·恩斯特（1728—1801），恩·约·比龙的小儿子，与其被流放至雅罗斯拉夫尔，1762 年被遣回，住在库尔兰。

比龙·彼得·恩斯特（1724—1800），恩·约·比龙的长子，库尔兰世袭公爵，1764 年自流放地被遣回，1769 年为库尔兰公爵，1795 年向叶卡捷琳娜二世出售自己的领地。

比龙·恩斯特·约翰（1690—1772），总管家，女皇安娜·伊万诺夫娜的宠臣，1737 年为库尔兰公爵，安娜·伊万诺夫娜死后任伊凡六世安东诺维奇的摄政。1740 年 11 月被推翻，与其家人被流放至雅罗斯拉夫尔。1762 年被叶卡捷琳娜二世自流放地遣回，管理库尔兰。

博布林斯基·阿列克谢·格里戈里耶维奇（1762—1813），伯爵，叶卡捷琳娜二世与格·格·奥尔洛夫的儿子。

博尔特尼安斯基·德米特里·斯捷潘诺维奇（1751—1825），作曲家。

波塔·奥多尔诺·安东尼（1693—1745），侯爵，安娜·伊万诺夫娜和伊丽莎白·彼得罗夫娜时期驻俄国宫廷的奥地利公使。

勃列娜·维亲措（1740—1820），建筑师，圣彼得堡鲁缅采夫方尖碑的创作者。

波鲁伊恩·科·德（1652—1727），荷兰艺术家，民族学家，作家，旅行家，1701—1703年和1707—1708年住在俄国，以日记形式书写了书籍《莫斯科游记》。

波柳斯·雅科夫·维利莫维奇（1670—1735），伯爵，陆军元帅，贝尔格手工业联合会会长，外交官，学者，同时以魔法师之名著称。

布热尼诺娃·阿芙多吉娅（叶芙多基娅）·伊万诺夫娜（死于1742年），安娜·伊万诺夫娜的侍从丑角，米·阿·戈利岑－克瓦斯尼克的第二任妻子。

布图尔林·亚历山大·鲍里斯维奇（1694—1767），彼得大帝的勤务兵，后来任陆军元帅，伊丽莎白·彼得罗夫娜的宠臣。

布图尔林·伊万·伊万诺维奇（1661—1738），俄军上将，谢苗诺夫斯基军团指挥官。

布图尔林·彼得·伊万诺维奇（死于1724年），大贵族，彼得大帝创建的弗谢比亚涅伊施丑角教堂的神父大公。

比尔芬格·乔治·别尔卡尔德（1693—1750），物理学家和哲学家，圣彼得堡科学院院士。

瓦连－杰拉莫特·让·巴基斯特·米歇尔（1729—1800），法国建筑师，1759—1775年在俄国工作。

维别尔·赫里斯季安·弗里德里希，1714—1719年驻俄国宫廷的不伦瑞克·贝文·吕讷堡驻扎官，《被改变的俄国》一书的作者。

维特布雷希特·约西亚（1702—1747），生理学家，圣彼得堡科学院院士。

维谢洛夫斯基·伊萨克·巴甫洛维奇（死于1754年左右），外交官，开始在外交衙门任职，1727年被流放。伊丽莎白·彼得罗夫娜时期为外交委员会成员。

威斯特法连·康斯·乔治，1722—1733年丹麦驻俄国公使。

威廉明娜·弗丽杰丽卡·索菲亚（1709—1758），伯爵夫人，普鲁士国王腓特烈一世的女儿，腓特烈二世的姐妹。与伏尔泰交好，保护文学和艺术。

沃尔科夫·费奥多尔·格里戈里耶维奇（1729—1763），演员，话剧院的创建人。

沃尔康斯基·尼基塔·费奥多罗维奇，公爵，安娜·伊万诺夫娜的侍从丑角。

伏尔泰（马利·弗朗梭阿·阿鲁埃）（1694—1778），哲学家，作家，叶卡捷琳娜二世的通信者。

沃伦斯基·阿尔杰米·彼得罗维奇（1689—1740），国家活动家，外交官，副官长，总狩猎官，1738年任安娜·伊万诺夫娜的内阁大臣，因密谋而被处决。

沃龙佐夫·米哈伊尔·伊拉里奥诺维奇（1714—1767），伯爵，一等文官（1758—1762），国家活动家。

弗拉季斯拉夫·卡尔·弗兰齐斯克，伯爵，1728—1733年奥地利驻俄国的公使。

爱尔维修·克洛德·阿德里安（1715—1771），法国哲学家。

乔治一世（1660—1727），英国国王（1714—1727），1698年汉诺威选帝侯。

盖尔曼·雅可波（伊奥科夫）（1678—1733），数学家，圣彼得堡科学院院士。

格列波夫·斯捷潘·博格达诺维奇（死于 1718 年），近卫军少校，因与叶芙多基娅·费奥多罗夫娜的关系而被处决。

格留克·爱尔涅斯特（死于 1705 年），马林堡的牧师，马尔塔·斯卡乌龙斯卡娅——未来的女皇叶卡捷琳娜一世的教育者。

格梅林·约翰·乔治（1709—1755），自然科学家，化学家，圣彼得堡科学院院士。

格甘戈利茨·尼古拉·谢巴斯基安，1720—1740 年奥地利驻俄国宫廷的驻扎官。

戈利岑·阿列克谢·德米特里耶维奇（1697—1768），公爵，枢密官，德·米·戈利岑的儿子。

戈利岑·瓦西里·瓦西里耶维奇（1643—1714），公爵，大贵族，索菲亚公主统治时期的政府首脑，1687 年和 1689 年克里米亚远征军的领导人。索菲亚被推翻后被彼得大帝流放。

戈利岑·德米特里·米哈伊洛维奇（1665—1737），公爵，1701 年驻伊斯坦布尔的特使，1711—1718 年任基辅省省长，1718 年任委员会主席，枢密官，最高枢密院成员（1726—1730），1730 年限制专制制度的发起人，1736 年被审判，死于施吕瑟尔堡。

戈利岑·米哈伊尔·米哈伊洛维奇（1675—1730），公爵，陆军元帅，杰出的统帅。德·米·戈利岑的兄弟。1687 年开始任职，1714 年任俄军上将，1728—1730 年为军事委员会主席，最高枢密院成员。

戈利岑娜·娜斯塔西娅·彼得罗夫娜（1655—1729），叶卡捷琳娜一世的近侍女官，彼得大帝和叶卡捷琳娜一世的宫廷侍从丑角，弗谢比亚涅伊施丑角教堂的公爵，女修道院院长。

戈利岑 - 克瓦斯尼克·米哈伊尔·阿列克谢耶维奇（1688—1775），公爵，安娜·伊万诺夫娜的侍从丑角。

戈利岑们，出身于立陶宛大公格季明在俄国的家族。

戈洛夫金·亚历山大·加夫里洛维奇（死于1760年），伯爵，外交官，一等文官加·伊·戈洛夫金的儿子。

戈洛夫金·加夫里拉·伊万诺维奇（1660—1734），伯爵，1709年任一等文官，外交衙门和办公室长官，外交委员会主席，最高枢密院成员。

戈洛夫金·米哈伊尔·加夫里洛维奇（1705—1775），伯爵，副首相（1740—1741），加·伊·戈洛夫金的儿子。

克利德巴赫·赫里斯季安（1690—1764），数学家，科学院院士，第一会议秘书和圣彼得堡科学院顾问。

科尔捷耶夫·费奥多尔·科尔捷耶维奇（1744—1810），雕刻家。

格里姆·弗里德里希·梅里西奥尔，男爵（1723—1807），文学家，手写杂志《文学报道》的出版者，其订户多为欧洲君主。曾经与百科全书编纂者们很接近。在22年内与叶卡捷琳娜二世保持通信。

古斯塔夫三世（1746—1792），瑞典国王（1772—1792）。

古斯塔夫四世·阿道夫（1778—1837），瑞典国王（1792—1809）。

德'阿科斯塔·扬，安娜·伊万诺夫娜的侍从丑角。

塔施科娃·叶卡捷琳娜·罗曼诺夫娜（1743—1810），公爵夫人，娘家姓沃龙佐娃，叶卡捷琳娜二世宫廷近侍女官，科学院院长。

德维尔·安东·马努伊洛维奇（埃马努伊洛维奇）（1674？—1745），伯爵，副官长。1718年任圣彼得堡警察总长。1727年被亚·丹·缅希科夫流放至西伯利亚，1743年被伊丽莎白·彼得罗夫娜遣回。

德利尔·约瑟夫·尼古拉（1688—1768），天文学家，圣彼得堡科学院院士。

杰尔查文·加夫里拉·罗曼诺维奇（1743—1816），诗人，国家活动家。

季德罗·杰尼（1712—1784），科学、艺术和手艺百科全书出版者。

德米特里耶夫－马莫诺夫·亚历山大·马特维耶维奇（1758—1803），

1786—1789 年叶卡捷琳娜二世的宠臣。

德米特里耶夫 – 马莫诺夫·伊万·伊里奇（1680？—1730），俄军上将，枢密官，普拉斯科维亚·伊万诺夫娜公主的庶民配偶。

多尔戈鲁卡娅·叶卡捷琳娜·阿列克谢耶夫娜（1712—1745），公爵小姐，阿·格·多尔戈鲁基的女儿，彼得二世的未婚妻，安娜·伊万诺夫娜时期与其亲人被流放到别廖佐夫，后来被监禁在托木斯克的阿列克谢耶夫斯基修道院。被伊丽莎白·彼得罗夫娜遣回，成为宫中女官。

多尔戈鲁卡娅·娜塔莉娅·鲍里斯夫娜（1714—1771），公爵夫人，娘家姓谢列梅捷娃，伊·阿·多尔戈鲁基公爵的妻子。1730 年与丈夫一起被流放到别廖佐夫，在丈夫死后被遣回。1758 年出家为尼。

多尔戈鲁基·阿列克谢·格里戈里耶维奇（死于 1734 年），公爵，枢密官，皇室侍从长，最高枢密院成员，1730 年与家人一起被流放到别廖佐夫，死在那里。

多尔戈鲁基·瓦西里·弗拉基米罗维奇（1667—1746），公爵，陆军元帅，1726 年任里海沿岸地区总司令，最高枢密院成员。1718 年因王子阿列克谢的事情被流放，1724 年被遣回，安娜·伊万诺夫娜时期再次被流放，1742 年被伊丽莎白·彼得罗夫娜遣回，成为军事委员会主席。

多尔戈鲁基·瓦西里·卢基奇（1670—1739），公爵，三等文官，外交官，最高枢密院成员，1730 年限制专制制度发起人之一，被安娜·伊万诺夫娜流放到索洛维茨基，1739 年在诺夫哥罗德被处决。

多尔戈鲁基·伊万·阿列克谢耶维奇（1708—1739），公爵，阿·格·多尔戈鲁基的儿子，近卫军少校，宫廷士官生，后任总管家，彼得二世的宠臣，娜·鲍·多尔戈鲁卡娅（谢列梅捷娃）的丈夫。1730 年被流放到别廖佐夫，1739 年在诺夫哥罗德被处决

久巴里·玛莉亚·让娜（1746—1793），公爵夫人，路易十五的情人。

久维尔努阿·约翰·乔治（1691—1759），解剖学家，医生，动物学家，

圣彼得堡科学院院士。

叶芙多基娅·费奥多罗夫娜（1669—1731），皇后，娘家姓洛普辛娜，彼得大帝的第一任妻子（1689 年），1698 年被丈夫流放到苏兹达里圣母修道院，1699 年在那里以叶连娜的名字剃度为尼。在苏兹达里调查事件之后被流放到拉多加圣母升天修道院，然后去了施吕瑟尔堡（1725 年）。1727 年被转到位于莫斯科的新圣母升天修道院，去世并葬于那里。

叶卡捷琳娜一世·阿列克谢耶夫娜（马尔塔·斯卡乌龙斯卡娅）（1684—1727），俄国女皇（1725—1727），彼得大帝的第二任妻子。

叶卡捷琳娜二世·阿列克谢耶夫娜（索菲亚·弗雷德里卡·奥古斯塔·安哈尔特－采尔布茨卡娅）（1729—1796），俄国女皇（1762—1796），彼得三世的妻子。

叶卡捷琳娜·安东诺夫娜（1741—1807），安娜·列奥波利多夫娜和安东·乌尔里希的女儿，伊凡六世的姐姐。1741 年与其父母兄弟被流放，1780 年之前一直在狱中生活，后来被送到丹麦，去世并葬于那里。

叶卡捷琳娜·伊万诺夫娜（1691—1733），公主，伊凡五世和普拉斯科维亚·费奥多罗夫娜（萨尔蒂科娃）的女儿，1716 年为梅克伦公爵夫人，安娜·列奥波利多夫娜的母亲。

叶拉金·伊万·别尔费耶维奇（1725—1794），叶卡捷琳娜二世的御前大臣，文学家。

伊丽莎白·阿列克谢耶夫娜（路易莎·玛莉亚·奥古斯塔公爵夫人，巴登－巴登斯卡娅）（1779—1826），亚历山大一世的妻子（自 1793 年）。

伊丽莎白·安东诺夫娜（1743—1782），安娜·列奥波利多夫娜和安东·乌尔里希的女儿，伊凡六世的姐姐。生于迪纳明德要塞，一生在狱中生活，1780 年被送到丹麦，死在那里。

伊丽莎白·彼得罗夫娜（1709—1761），俄国女皇（1741—1761），彼得大帝和叶卡捷琳娜一世的女儿。

伊丽莎白·克里斯蒂娜，皇后，普鲁士国王腓特烈二世的妻子，安东·乌尔里希的姐姐。

叶罗普金·彼得·米哈伊洛维奇（1698—1740），建筑师，在意大利学习过，领导圣彼得堡建筑委员会。与阿·彼·沃伦斯基一起因密谋反对安娜·伊万诺夫娜女皇而被处决。

扎哈罗夫·安德烈扬·德米特里耶维奇（1761—1811），建筑师，海军部大厦的创造者。

杰姆佐夫·米哈伊尔·格里戈里耶维奇（1688—1743），建筑师，领导圣彼得堡的建设，任总警察局建筑师一职。

佐托夫·尼基塔·蒙伊谢耶维奇（1644—1718），杜马书记，17世纪80年代初期是彼得大帝的老师。1701年管理近臣会议和印刷命令。1710年为伯爵。神父，弗谢比亚涅伊施丑角教堂宗主教。

祖波夫·瓦列利安·亚历山大罗维奇（1771—1804），叶卡捷琳娜二世宠臣普拉东·祖波夫的兄弟，俄军上将，1793年指挥在波兰的讨伐队，1796—1797年为波斯远征军的总司令，1801年密谋反对保罗一世的参与者。

祖波夫·普拉东·亚历山大罗维奇（1767—1822），叶卡捷琳娜二世的最后一个宠臣，1789年出现在叶卡捷琳娜二世身边，1791年格·亚·波将金死后掌控大部分权力，1801年参与杀害保罗一世。

伊凡五世·阿列克谢耶维奇（1666—1696），俄国沙皇，1682—1689年彼得大帝的共同执政者，沙皇阿列克谢·米哈伊洛维奇和玛莉亚·伊利伊尼齐娜娅（米洛斯拉夫斯卡娅）的儿子。

伊凡（约安）六世·安东诺维奇（1740—1764），俄国皇帝（1740—1741），被伊丽莎白·彼得罗夫娜推翻，与其父母（安娜·列奥波利多夫娜和安东·乌尔里希）一起被流放，后来与他们分开，被转送到施吕瑟尔堡。在少尉瓦·雅·米罗维奇试图解救他时被看守打死。

约翰娜·伊丽莎白（1712—1760），娘家姓荷尔施坦因斯卡娅，1712年为安哈尔特－采尔布茨卡娅公爵夫人，叶卡捷琳娜二世的母亲。

约瑟夫二世（1741—1790），奥地利皇帝（1765—1790），玛莉亚·特里西亚的儿子和共同执政者。

该隐·万卡（1718？—18世纪60年代之后），莫斯科的小偷和强盗。

卡梅隆·查尔斯（1730—1812），古典主义时期的建筑师。

康普乐顿·让·雅克，18世纪20年代上半叶法国驻俄国的公使。

卡尔杰莉·芭贝特，索菲亚·弗雷德里卡·奥古斯塔——未来的叶卡捷琳娜二世的家庭女教师。

查理六世（1685—1740），奥地利大公和神圣罗马帝国盖尔曼王朝的皇帝（1711—1740）。

查理十二（1682—1718），瑞典国王（1697—1718）。

卡尔·列奥波德（死于1747年），梅克伦公爵，叶卡捷琳娜·伊万诺夫娜的丈夫，安娜·列奥波利多夫娜的父亲。1736年失去公爵爵位，被捕，死于杰姆尼茨城堡。

卡尔·彼得·乌尔里希，荷尔施坦因公爵。

卡尔·弗里德里希（1700—1739），荷尔施坦因公爵，查理十二的外甥，安娜·彼得罗夫娜的丈夫，彼得三世的父亲。叶卡捷琳娜一世时期在俄国宫廷里影响很大，进入枢密院。叶卡捷琳娜一世死后在亚·丹·缅希科夫的坚持下不得不和妻子一起回国。

克瓦伦基·德扎克莫（1744—1817），建筑师，斯莫尔尼宫和皇村亚历山大宫的创建者。

凯泽林·乔治·约翰·盖波卡尔特，冯伯爵（死于1711年），普鲁士驻俄国的公使。

科尼克森（死于1703年），驻俄国的萨克森－波兰公使，安娜·蒙斯的情人。

基京·亚历山大·瓦西里耶维奇（死于1718年），彼得大帝的勤务兵，曾在荷兰学习，1707 年管理圣彼得堡海军部大厦，1712 年任海军部大厦顾问。因阿列克谢王子的事情被处决。他在圣彼得堡的一处房子基京宫保存至今，那里有一个珍品陈列馆。

科科里诺夫·亚历山大·菲利普维奇（1726—1772），建筑师，圣彼得堡美术学院的建设者。

康斯坦丁·帕夫洛维奇（1779—1831），皇太子，保罗一世的第二个儿子。

罗波夫·伊万·库吉米奇（1700/1701—1747），建筑师，早期巴洛克建筑的代表。

克拉夫特·乔治·沃利夫坎格（1701—1754），物理学家和数学家，圣彼得堡科学院院士。

古拉金·鲍里斯·伊万诺维奇（1676—1727），公爵，三等文官，外交官，驻欧洲国家的大使。

兰斯基·亚历山大·德米特里耶维奇（1754—1784），副官长，叶卡捷琳娜二世的宠臣。

拉西·彼得·彼得罗维奇（1678—1751），陆军元帅。

列瓦肖夫·瓦西里·雅科夫列维奇（1667—1751），俄军上将，枢密官，俄国军队在波斯的总司令。

列文沃尔德·卡尔·古斯塔夫（死于 1735 年），伯爵，安娜·伊万诺夫娜宫廷御马总监。

列文沃尔德·莱因高尔德·古斯塔夫（1693—1758），叶卡捷琳娜一世的高级宫廷侍从，她的宠臣，总宫廷事务大臣。被伊丽莎白·彼得罗夫娜流放到索利卡姆斯克。

列斯托克·约翰·盖尔曼（1692—1767），伯爵，伊丽莎白·彼得罗夫娜的御医，1741 年宫廷政变的参与者，帮助伊丽莎白·彼得罗夫娜登上王位。1750 年被流放到乌格利奇，1762 年被彼得三世赦免。

列夫尔特·约安，1730—1734 年驻俄国的萨克森－波兰公使，弗朗茨·列夫尔特的外甥。

列夫尔特·弗朗茨·雅科夫列维奇（1656—1699），俄国海军元帅，彼得大帝的朋友。1675 年在俄国参加了克里米亚和亚速海远征，管理大使馆。

利纳尔·卡尔·莫里茨，伯爵，驻俄国的萨克森公使，安娜·列奥波利多夫娜的宠臣。

林·沙尔利·若杰夫·捷（1735—1814），比利时公爵，完成了 18 世纪 80 年代约瑟夫二世在俄国的外交委任。

利里阿·菲茨杰伊姆斯·斯久阿尔特，德公爵（1695—1733），1727—1730 年西班牙驻俄国公使，俄国宫廷回忆录的作者。

罗蒙诺索夫·米哈伊尔·瓦西里耶维奇（1711—1765），物理学家，化学家，诗人，圣彼得堡科学院院士。

洛先科·安东·巴甫洛维奇（1737—1773），艺术家，古典主义的代表。

路易十五（1710—1774），波旁王朝时期的法国国王（1715—1774）。

路易十六（1754—1793），法国国王（1774—1792），被议会审判并被处决。

马泽帕·伊万·斯捷潘诺维奇（1644—1709），1687—1708 年第聂伯河左岸乌克兰地区的盖特曼。1708 年 10 月在瑞典军队侵入俄国之后投向查理十二一方。1709 年在波尔塔瓦战役之后跑到本德尔的土耳其城堡，死在那里。

马卡洛夫·阿列克谢·瓦西里耶维奇（1674—1740），彼得大帝的办公厅秘书长，1727 年任国家税收及经济部部长。

曼施泰因·赫里斯托福尔·盖尔曼（1711—1757），将军，伯·克·米尼赫的副官，《俄国札礼》作者。

马尔德费尔特·阿克谢利，男爵，1728—1746 年普鲁士驻俄国的公使。

马列施·约翰·安东（1719—1794），音乐家，号角乐队的发明人。

玛莉亚（1703—1768），娘家姓列琴斯卡娅，法国皇后，路易十五的妻子，波兰国王斯坦尼斯瓦夫一世的女儿。

玛莉亚·阿列克谢耶夫娜（1660—1723），公主，沙皇阿列克谢·米哈伊洛维奇和玛莉亚·伊利伊尼齐娜娅（米洛斯拉夫斯卡娅）的女儿。

玛莉亚·特里西亚（1717—1780），奥地利女皇（1740—1780），1765年之前她的共同执政者是其丈夫弗朗茨·斯蒂芬·拉塔林格斯基（弗朗茨一世），1765年她的共同执政者是其儿子约瑟夫二世。法国皇后玛丽·安托瓦内特——路易十六妻子的母亲。

玛莉亚·费奥多罗夫娜（索菲亚·多罗西亚·奥古斯塔·路易莎）（1759—1828），皇后（1796年起），保罗一世的第二任妻子（1776年起），亚历山大一世、尼古拉一世和皇太子康斯坦丁的母亲。

马尔法·阿列克谢耶夫娜（1652—1707），公主，阿列克谢·米哈伊洛维奇和玛莉亚·伊利伊尼齐娜娅（米洛斯拉夫斯卡娅）的女儿。

马尔法·马特维耶夫娜（1664—1715），娘家姓阿普拉可辛娜，皇后，沙皇费奥多尔·阿列克谢耶维奇的妻子，费·马·阿普拉可辛的妹妹。

梅尔古诺夫·阿列克谢·彼得罗维奇（1722—1788），中将，彼得三世的亲信，雅罗斯拉夫尔省的地方长官，著名文化活动家和学术、文艺的庇护人。

门戈金，男爵，高级宫廷侍从，恩·约·比龙的亲信，商业委员会主席，恩斯特·米尼赫的岳父，被伊丽莎白·彼得罗夫娜流放到西伯利亚。

门戈金·尤利娅（1719—1786），宫中女官，安娜·列奥波利多夫娜最亲近的女友，被伊丽莎白·彼得罗夫娜流放，由叶卡捷琳娜二世赦免。

门戈金·雅科碧娜，尤利娅·门戈金的姐姐，1741年与不伦瑞克全家人一起被流放。

缅希科夫·亚历山大·亚历山大罗维奇（1714—1764），特级公爵，亚·丹·缅希科夫的儿子，彼得大帝的总管家。1727年与父亲一起被流放到别廖佐夫，1730年被安娜·伊万诺夫娜遣回，伊丽莎白·彼得罗夫娜时期任中将，叶卡捷琳娜二世时期任俄军上将。

缅希科夫·亚历山大·丹尼洛维奇（1673—1729），特级公爵，伊若拉公爵，大元帅（1727 年），枢密官，军事委员会主席，最高枢密院成员，彼得大帝和叶卡捷琳娜一世最亲近的老战友和朋友。1727 年被彼得二世流放到别廖佐夫，死在那里。

缅希科娃·亚历山德拉·亚历山大罗夫娜（1712—1735），公爵小姐，亚·丹·缅希科夫的小女儿。与其父亲一起被流放到别廖佐夫，1731 年被安娜·伊万诺夫娜遣回，任宫中女官，嫁给宠臣古斯塔夫·比龙的兄弟，死于分娩。

缅希科娃·玛莉亚·亚历山大罗夫娜（1711—1729），公爵小姐，亚·丹·缅希科夫的长女，彼得二世的未婚妻，1727 年与其父亲被流放到别廖佐夫，死在那里。

梅谢利耶尔，德拉伯爵（1710—1777），法国外交官。

梅谢尔施密特·丹尼尔·戈特利布（1685—1735），德国自然科学家，西伯利亚的研究者，1716 年被彼得大帝邀请到俄国，1720—1727 年应其委托完成了西伯利亚游览。

米勒·杰拉德·弗里德里希（1705—1783），历史学家和古文献学家，圣彼得堡科学院成员。

米尼赫·伯克哈特·克里斯托弗（1683—1767），伯爵，陆军元帅，安娜·伊万诺夫娜统治时期任军事委员会主席，1740 年 11 月推翻比龙统治的组织者，伊丽莎白·彼得罗夫娜时期被流放到西伯利亚，被彼得三世遣回。

米尼赫·恩斯特（1707—1788），伯爵，伯·克·米尼赫的儿子，伊凡六世的高级侍从，皇室侍从长，后来任安娜·列奥波利多夫娜的总宫廷事务大臣，《随笔》的作者。

米罗维奇·瓦西里·雅科夫列维奇（1740—1764），斯摩棱斯克步兵团少尉，1764 年夏天未能将前皇帝伊凡六世自施吕瑟尔堡解救出来的行动的发起人。1764 年 9 月在圣彼得堡被处决。

米哈伊尔·费奥多罗维奇（1596—1645），俄国沙皇（1613—1645），罗曼诺夫王朝的创始人。

蒙斯·安娜（死于1714年），彼得大帝1692—1703年的情人。

蒙斯·威利姆·伊万诺维奇（1688—1724），安娜·蒙斯的弟弟，1711年任彼得大帝的私人副官。1716年任叶卡捷琳娜一世宫廷低级侍从，管理世袭办公处，1724年5月任高级宫廷侍从。叶卡捷琳娜一世的宠臣。1724年11月16日因受贿行为被处决。

孟德斯鸠·查理·路易（1689—1755），法国哲学家，《论法的精神》一书的作者。

莫里茨·萨克森（1696—1750），伯爵，波兰国王奥古斯特二世和伯爵夫人阿芙乐尔·盖尼格斯马尔克的儿子。去法国任职后，在为奥地利遗产而战的战斗中取得一系列辉煌的胜利，获得法国元帅称号。

穆欣-普希金·普拉东·伊万诺维奇，伯爵，枢密官，1740年与阿·彼·沃伦斯基一起被捕，被用鞭子抽打，被送去流放。

纳狄尔沙·阿夫沙尔（1688—1747），波斯阿夫沙尔王朝国王（1736—1747），1726年在国王达赫马斯普二世身边任职。领导与阿富汗占领者作战，1732年推翻达赫马斯普二世并宣布其年幼的儿子阿巴斯三世为国王，期间担任摄政王。1736年宣布自己为国王。在波斯霍拉桑被阴谋家们打死。

纳尔托夫·安德烈·康斯坦丁诺维奇（1693—1754），机械师，彼得大帝的私人车工，后来任圣彼得堡科学院办公室顾问，《关于彼得大帝值得记忆的故事》的作者。

纳雷什金·列夫·亚历山大罗维奇（1733—1799），宫廷御马总监。

纳雷什金娜·娜塔莉娅·费奥多罗夫娜，伊丽莎白·彼得罗夫娜的宫中女官。

娜塔莉娅·阿列克谢耶夫娜（1673—1716），公主，沙皇阿列克谢·米哈伊洛维奇和娜塔莉娅·基里洛夫娜（纳雷什金娜）的女儿，彼得大帝的妹妹。

娜塔莉娅·阿列克谢耶夫娜（1714—1728），公主，王子阿列克谢·彼得罗维奇的女儿，彼得二世的姐姐。

娜塔莉娅·阿列克谢耶夫娜（奥古斯塔·威廉明娜）（1755—1776），保罗一世的第一任妻子，分娩时去世。

娜塔莉娅·基里洛夫娜（1651—1694），皇后，娘家姓纳雷什金娜，阿列克谢·米哈伊洛维奇的第二任妻子，彼得大帝的母亲。

娜塔莉娅·彼得罗夫娜（1718—1725），公主，彼得大帝和叶卡捷琳娜一世的小女儿。

诺尔肯·埃利克·马佳斯，伊凡六世时期的瑞典大使。

奥尔洛夫·格里戈里·格里戈里耶维奇（1734—1783），特级公爵，炮兵总督，高级宫廷侍从，叶卡捷琳娜二世的宠臣。

奥尔洛夫－切斯梅斯基·阿列克谢·格里戈里耶维奇（1737—1807），伯爵，俄军上将，军事和国家活动家，格·格·奥尔洛夫的兄弟。

奥斯特曼·安德烈·伊万诺维奇（盖里赫·约安·弗里德里希）（1686—1747），伯爵（1730年），出生于（德国）威斯特法伦，1708年在俄国任职。1723年任外交委员会副主席，三等文官。叶卡捷琳娜一世时期任副首相，最高枢密院成员，彼得大帝的总宫廷事务大臣，安娜·伊万诺夫娜时期内阁副首相、俄国海军元帅（1740年）。伊丽莎白·彼得罗夫娜时期被流放到西伯利亚，死在流放地。

保罗一世·彼得罗维奇（1754—1801），俄国皇帝（1796—1801），彼得三世和叶卡捷琳娜二世的儿子。

帕宁·尼基塔·伊万诺维奇（1718—1783），伯爵，外交官，皇室侍从长和大公保罗·彼得罗维奇的教育者，国家活动家，外交官。

彼得大帝（1672—1725），1682年为俄国沙皇（从1689年起开始独立统治），第一位俄国皇帝（1721—1725），沙皇阿列克谢·米哈伊洛维奇和娜塔莉娅·基里洛夫娜（纳雷什金娜）的小儿子。

彼得二世·阿列克谢耶维奇（1715—1730），俄国皇帝（1727—1730），王子阿列克谢·彼得罗维奇和太子妃沃尔冯比特尔——夏洛特·克里斯蒂娜·索菲亚的儿子。

彼得三世·费奥多罗维奇（卡尔·彼得·乌尔里希）（1728—1762），俄国皇帝（1761—1762），安娜·彼得罗夫娜和荷尔施坦因公爵卡尔·弗里德里希的儿子，叶卡捷琳娜二世的丈夫。被她从王位推翻，在罗普沙（彼得宫附近）被囚禁时被打死。

彼得·安东诺维奇（1745—1798），安娜·列奥波利多夫娜和安东·乌尔里希的儿子，刚一出生就与其父母在狱中生活，1780 年被送到丹麦，死在那里。

彼得·彼得罗维奇（1715—1719），王子，彼得大帝和叶卡捷琳娜一世的儿子。1718 年被宣布为王位继承人。

波吉耶·伊耶列米亚（1716—1779），俄国皇后们的珠宝商。

波姆帕杜尔·让娜·安托瓦内特·布阿索，德侯爵（1721—1764），路易十五的情人。

波尼亚托夫斯基·斯坦尼斯瓦夫·奥古斯特（1732—1798），叶卡捷琳娜二世的宠臣，最后一位波兰国王（1764—1795）。

波波夫斯基·尼古拉·尼基金奇（1730—1760），莫斯科大学教授。

波将金·格里戈里·亚历山大罗维奇（1739—1791），塔夫利特级公爵，陆军元帅，叶卡捷琳娜二世的宠臣和老战友。

普拉斯科维亚·伊万诺夫娜（1694—1731），公主，伊凡五世和普拉斯科维亚·费奥多罗夫娜的女儿。

普拉斯科维亚·费奥多罗夫娜（1664—1723），娘家姓萨尔蒂科娃，皇后，伊凡五世的妻子，公主叶卡捷琳娜、安娜、普拉斯科维亚的母亲。

拉祖莫夫斯基·阿列克谢·格里戈里耶维奇（1709—1771），伯爵，陆军元帅，1742 年与伊丽莎白·彼得罗夫娜的庶民配偶。

拉祖莫夫斯基·基里尔·格里戈里耶维奇（1728—1803），伯爵，乌克兰盖特曼，圣彼得堡科学院院长，陆军元帅，阿·格·拉祖莫夫斯基的兄弟。

拉斯特列里·巴尔托洛梅奥·卡尔洛（1675—1744），雕刻家，建筑师。

拉斯特列里·弗朗西斯科·巴尔托洛梅奥（1700—1771），建筑师，巴·卡·拉斯特列里的儿子。

列普宁·阿尼基塔·伊万诺维奇（1668—1726），公爵，陆军元帅，1724—1725年任军事委员会主席，里加省长。

利纳尔迪·安东尼奥（约1710—1794），古典主义时期建筑师，圣彼得堡大理石宫和加特契纳宫的创建者。

罗曼诺夫，贵族氏族，1613年为沙皇王朝，而从1721年起为俄国皇帝王朝。

罗莫达诺沃斯基·费多尔·尤里耶维奇（约1640—1717），公爵，从1686年为普列奥布拉任斯基法令机构负责人，从1718年起管理秘密办公厅的事务，弗谢比亚涅伊施丑角教堂的神父。

隆多夫人（1699—1783），英国驻圣彼得堡的驻扎官的妻子克拉夫季娅·隆多。

鲁缅采夫－扎杜那伊斯基·彼得·亚历山大罗维奇（1725—1796），伯爵，陆军元帅，统帅和国家活动家，1764年为小俄罗斯委员会主席。

萨尔蒂科夫·瓦西里·费奥多罗维奇（1675—1755），圣彼得堡将军，警察局长，枢密官，俄军上将，皇后普拉斯科维亚·费奥多罗夫娜的兄弟。

萨尔蒂科夫·彼得·谢苗诺维奇（1700—1772），陆军元帅，1759年将腓特烈二世拘禁在库勒斯道夫，1764—1771年任莫斯科总督。

萨尔蒂科夫·谢苗·安德烈耶维奇（1672—1742），伯爵，枢密官，俄军上将，莫斯科总司令。

萨尔蒂科夫·谢尔盖·瓦西里耶维奇，高级宫廷侍从，外交官，叶卡捷琳娜二世的宠臣。

萨尔蒂科娃·达利亚·尼古拉耶夫娜（1730—1801），女地主，极残忍的女人。

萨贝加·彼得，伯爵，玛·亚·缅希科娃的未婚夫，后来是高级宫廷侍从和叶卡捷琳娜一世的宠臣，叶卡捷琳娜一世侄女索菲亚·斯卡乌龙斯卡娅的丈夫。

谢久尔·路易·菲利普，德伯爵（1753—1830），1785年3月至1789年10月为法国驻俄国的代表。《谢久尔伯爵关于叶卡捷琳娜二世统治时期（1785—1789）的俄国札记》的作者。

辛克莱·马尔科姆（死于1739），男爵，瑞典少校。

斯科尔尼亚科夫－皮萨列夫·格里戈里·格里戈里耶维奇，将军，少校，枢密院总检察长，1727年被亚·丹·缅希科夫流放到西伯利亚。

索伊莫诺夫·费奥多尔·伊万诺维奇（1692—1780），国家活动家，学者，枢密院总检察长，海军委员会副主席。1740年与阿·彼·沃伦斯基一起被捕，被用鞭子抽打并送去流放。1742年被遣回。1757—1766年任西伯利亚省省长。

索菲亚·阿列克谢耶夫娜（1657—1704），公主，沙皇阿列克谢·米哈伊洛维奇和玛莉亚·伊利伊尼齐娜娅（米洛斯拉夫斯卡娅）的女儿。1682年起为俄国女执政者。1689年被囚禁于新圣母修道院，后改名为苏娜娜，剃度为尼，死于并葬于莫斯科新圣母修道院。

斯坦尼斯瓦夫一世（列琴斯基）（1677—1766），波兰国王（1704—1711和1733—1734），路易十五的岳父。

斯塔罗夫·伊万·耶格洛维奇（1745—1808），建筑师，圣三一教堂、亚历山大－涅夫斯基修道院和塔夫利宫的创建者。

苏沃洛夫·亚历山大·瓦西里耶维奇（1729—1800），意大利公爵，大元帅（1799年），杰出的统帅。

苏达·让（伊万）·杰利亚，外交委员会秘书，1740年与阿·彼·沃伦斯基一起被捕，被流放到西伯利亚。

苏马罗科夫·亚历山大·彼得罗维奇（1717—1777），作家，剧作家。

塔季谢夫·瓦西里·尼基金奇（1686—1750），历史学家，《俄国古代史》的作者，1720—1722 年和 1734—1737 年负责乌拉尔的国家工厂，1741—1745 年任阿斯特拉罕省省长。

达赫马斯普二世，萨非王朝的波斯国王（1722—1732）。

托尔斯泰·彼得·安德烈耶维奇（1653/1654—1729），伯爵，三等文官，枢密官，外交官，秘密办公厅负责人，最高枢密院成员，彼得大帝最亲近的老战友之一。1727 年春天因密谋反对叶卡捷琳娜一世和亚·丹·缅希科夫而被捕，被流放到索洛维茨修道院，死在那里。

特列季阿科夫斯基·瓦西里·基里尔洛维奇（1703—1768），诗人，语文学家，圣彼得堡科学院院士。

特列吉尼·多梅尼克·安德烈（约 1670—1734），建筑师，工程师，来自瑞士。1703 年被邀请来到俄国，设计并建设了圣彼得堡的亚历山大 – 涅夫斯基修道院、彼得保罗大教堂，建造了十二委员会大厦。

乌沙科夫·安德烈·伊万诺维奇（1672—1747），伯爵，俄军上将，秘密办公厅负责人，1730 年为枢密官。

法尔科内·艾吉耶恩·毛利斯（1716—1791），法国雕刻家，彼得大帝在圣彼得堡的纪念碑青铜骑士的创造者。

费奥多尔·阿列克谢耶维奇（1661—1682），俄国沙皇（1676—1682），阿列克谢·米哈伊洛维奇和玛莉亚·伊利伊尼齐娜娅（米洛斯拉夫斯卡娅）的长子。

费里坚·尤里·马特维耶维奇（1730/1732—1801），建筑师，圣彼得堡夏宫栅栏的设计者。

费奥多西（杨诺夫斯基）（死于 1726），诺夫哥罗德大主教，主教公会副主席。

费奥凡·普罗科波维奇（1681—1736），普斯科夫大主教，主教公会副主席，神学家，历史学家，文学家，彼得大帝宗教政策的组织者和传播者之一。

弗里德里希·奥古斯特（1734—1793），具有世袭统治权的公爵安哈尔特－采尔布斯特，叶卡捷琳娜二世的兄弟。

腓特烈二世（1712—1786），又称弗里德里希二世，普鲁士国王（1740—1786）。

弗里德里希·威廉姆一世（1688—1740），普鲁士国王（1713—1740）。

弗里德里希·威廉姆（死于1711年），库尔兰公爵，安娜·伊万诺夫娜的丈夫。

克里斯蒂安·奥古斯特（1690—1747），安哈尔特－采尔布斯特公爵，叶卡捷琳娜二世的父亲。

车尔尼雪夫·阿列克谢·米哈伊洛维奇（1680—1742），公爵，枢密官，安娜·伊万诺夫娜时期内阁一等文官。

车尔尼雪夫·伊万·格里戈里耶维奇（1726—1797），伯爵，陆军元帅，外交官。

其恰科夫·瓦西里·雅科夫列维奇（1726—1809），海军上将，舰队司令和航海家。

夏洛特·克里斯蒂娜·索菲亚（1694—1715），沃尔冯比特尔太子妃，王子阿列克谢·彼得罗维奇的妻子，沙皇彼得的母亲。

沙菲洛夫·彼得·巴甫洛维奇（1669—1739），男爵，枢密官，外交官，副首相。1723年被彼得大帝流放，被叶卡捷琳娜一世遣回。

沙霍夫斯科伊·尤里·费奥多罗维奇，彼得大帝的侍从丑角。

沙霍夫斯科伊·雅科夫·彼得罗维奇（1705—1777），公爵，枢密院总检察长。

舒瓦洛娃·马夫拉·叶格罗夫娜（1708—1759），伊丽莎白·彼得罗夫娜的近侍女官，彼·伊·舒瓦洛夫的妻子。

谢列梅捷夫·鲍里斯·彼得罗维奇（1652—1719），大贵族，1706 年为伯爵，陆军元帅，俄国北方战争军队司令。

施戴林·雅各布（雅科夫·雅科夫列维奇）（1709—1785），语文学家，艺术家，雕刻家，圣彼得堡科学院院士。

施杰列尔·乔治·威廉姆（1709—1746），自然科学家和旅行家，圣彼得堡科学院见习研究人员。

舒宾·费多特·伊万诺维奇（1740—1805），雕刻家，叶卡捷琳娜时期活动家们的建筑肖像的创作者。

舒瓦洛夫·亚历山大·伊万诺维奇（1710—1771），伯爵，秘密办公厅负责人，陆军元帅（1760 年）。

舒瓦洛夫·伊万·伊万诺维奇（1727—1797），高级宫廷侍从，伊丽莎白·彼得罗夫娜的宠臣，学术和文艺的庇护人。

舒瓦洛夫·彼得·伊万诺维奇（1710—1762），伯爵，陆军元帅（1761 年），国家活动家。

舒马赫尔·伊万·达尼洛维奇（1690—1761），圣彼得堡科学院图书管理员。

谢尔巴托夫·米哈伊尔·米哈伊洛维奇（1737—1790），公爵，历史学家。

欧拉·莱昂哈德（1707—1783），数学家，机械师，物理学家，天文学家，瑞士人，圣彼得堡科学院院士。

艾克勒·约翰，安娜·伊万诺夫娜内阁秘书，1740 年因阿·彼·沃伦斯基的事而被捕，被鞭打并流放受苦役。

雅古京斯基·巴维尔·伊万诺维奇（1683—1736），伯爵（1731 年），俄军上将，枢密院总检察长，1718—1734 年驻奥地利、波兰、普鲁士大使，然后是安娜·伊万诺夫娜内阁大臣。

参考文献

［1］安德烈耶夫·符. 叶卡捷琳娜一世//十八世纪出版社. 莫斯科，1869.

［2］阿尼西莫夫·叶·维. 没有彼得的俄国. 圣彼得堡，1994.

［3］阿尼西莫夫·叶·维. 安娜·伊万诺夫娜. 莫斯科，2002.

［4］阿尼西莫夫·叶·维. 伊丽莎白·彼得罗夫娜. 莫斯科，2002

［5］阿尔谢耶夫·康·伊. 叶卡捷琳娜一世的统治. 圣彼得堡，1856.

［6］巴谢维奇·盖·弗. 彼得大帝时期俄国札记. 莫斯科，1866.

［7］别拉杰尔丝卡娅·娜·亚. 叶卡捷琳娜一世的出身//历史通报，卷87.
圣彼得堡，1902.

［8］别尔赫格里茨·弗·威. 低级侍从的日志，第4部分. 莫斯科，1903.

［9］比利巴索夫·瓦·阿. 叶卡捷琳娜二世史，卷1－2. 圣彼得堡，
1890—1891.

［10］伯里克涅耳·阿·格. 女皇叶卡捷琳娜一世（1725—1727年）//欧洲
通报，卷1. 1894.

［11］伯里克涅耳·阿·格. 彼得大帝史，卷1－2. 圣彼得堡，1882.

［12］伯里克涅耳·阿·格. 波将金. 圣彼得堡，1891.

［13］保存在国家外交部档案中的女皇叶卡捷琳娜二世的公文，卷1－3. 圣彼
得堡，1871—1874.

［14］巴利舍夫斯基·卡. 彼得大帝的女儿. 莫斯科，1990.

［15］格尔金·雅·阿. 奴隶与自由之间：1730年11月9日—2月25日. 圣彼

得堡，1994.

[16] 塔施科娃·叶·罗. 札记. 1985.

[17] 多尔格鲁科夫·彼·弗. 彼得大帝与女皇安娜·伊万诺夫娜时期. 莫斯科，1909.

[18] 叶卡捷琳娜二世. 札记. 莫斯科，1989.

[19] 叶卡捷琳娜二世. 全集，卷1-12. 圣彼得堡，1901—1907.

[20] 叶卡捷琳娜二世. 写给男爵弗·梅·格里姆的信件//俄国档案，1878，卷3；俄国历史社会汇编（法语），卷23. 1878.

[21] 叶希波夫·格·瓦. 皇后叶芙多基娅·费奥多罗夫娜. 莫斯科，1863.

[22] 叶舍夫斯基·斯·瓦. 伊丽莎白·彼得罗夫娜统治随笔//文集，卷2. 莫斯科，1870.

[23] 关于皇后叶卡捷琳娜·阿列克谢耶夫娜死亡以及彼得·阿列克谢耶维奇1727年登位的记录，第2版. 圣彼得堡，1913.

[24] 卡缅斯基·亚·鲍. 在叶卡捷琳娜的庇佑下：18世纪下半叶. 圣彼得堡，1992.

[25] 克柳切夫斯基·瓦·奥. 俄国史教程，第4-5部分//文集，卷9. 莫斯科，1989—1990.

[26] 科尔萨科夫·德·亚. 女皇安娜·伊万诺夫娜掌权. 喀山，1880.

[27] 古鲁金·伊·弗. 宫廷动荡时期//彼得大帝之后俄国政治史随笔，1725—1762年. 梁赞，2003.

[28] 古鲁金·伊·弗. 比龙. 莫斯科，2006.

[29] 利里阿·德. 札记. 莫斯科，1845.

[30] 曼施泰因·赫·盖. 俄国札记. 圣彼得堡，1875.

[31] 米尼赫·伯·克. 概括俄帝国统治形态的随笔//社会萧条和一时得势的人：关于《宫廷变革时期》的回忆录（18世纪20年代—60年代）. 1991.

[32] 米尼赫·艾. 札记//社会萧条和一时得势的人. 1991.

[33] 巴甫连科·尼·伊. 彼得大帝. 莫斯科，1990.

[34] 巴甫连科·尼·伊. 拥有一半最高权力的统治者. 莫斯科，1988.

[35] 彼得大帝与叶卡捷琳娜·阿列克谢耶夫娜的通信//俄国皇帝们和其他皇室家族的信函. 莫斯科，1861.

[36] 比萨连科·康·阿. 伊丽莎白·彼得罗夫娜统治时期俄国皇宫中的日常生活. 莫斯科，2003.

[37] 叶卡捷琳娜二世写给格·亚·波将金的信件. 纳·雅·艾伊杰里曼序言//历史问题. 1989.

[38] 普希金·亚·谢. 18 世纪俄国史杂记//文集第 10 卷，第 4 版，卷 8. 1978.

[39] 普希金·亚·谢. 彼得大帝史. 准备文章//文集第 10 卷，第 4 版，卷 9. 1979.

[40] 罗恩多. 在俄国生活几年的女士寄给她在英国女友的信件//社会萧条和一时得势的人. 1991.

[41] 罗斯托普辛·费·瓦. 女皇叶卡捷琳娜二世生命中的最后一天和保罗一世统治的第一天//俄国史上的帝国社会，卷 2. 1864.

[42] 元帅鲍里斯·彼得罗维奇·谢列梅捷夫伯爵女儿 – 公爵夫人娜塔莉娅·鲍里斯夫娜·杜尔戈卢卡娅的亲笔札记//社会萧条和一时得势的人. 1991.

[43] 谢久尔·路·菲. 谢久尔伯爵关于叶卡捷琳娜二世统治时期（1785—1789 年）的俄国札记. 圣彼得堡，1865.

[44] 谢梅夫斯基·米·伊. 皇后叶卡捷琳娜·阿列克谢耶夫娜，安娜·蒙斯和威利姆·蒙斯：18 世纪俄国史随笔. 圣彼得堡，1884.

[45] 谢梅夫斯基·米·伊. 皇后普拉斯科维亚（1664—1723 年）. 圣彼得堡，1883.

［46］索罗维耶夫·谢·米. 古代俄国史, 书籍 10 – 13, 卷 19 – 26. 莫斯科, 1993—1994.

［47］斯特罗耶夫·维. 比龙苛政和内阁. 莫斯科, 1909.

［48］费奥凡·普罗科波维奇. 专制君主彼得大帝之死简述//彼得大帝（俄国国家活动家和现代人的见证）. 莫斯科, 圣彼得堡, 1993.

［49］费奥凡·普罗科波维奇. 彼得大帝的葬礼//彼得大帝. 莫斯科, 圣彼得堡, 1993.

［50］赫拉波维茨基·亚·瓦. 1793 年 1 月 18 日至 9 月 17 日日志. 莫斯科, 1901.

［51］切尔尼科娃·塔·瓦. 安娜·伊万诺夫娜时期的国家大事//苏联史, 卷 5. 1989.

［52］施姆尔拉·叶·弗. 彼得大帝去世和叶卡捷琳娜一世登上王位. 喀山, 1913.

［53］艾伊杰里曼·纳·雅. 世纪之交. 莫斯科, 1986.

［54］艾伊杰里曼·纳·雅. 光荣瞬间来临……1789 年. 1989.

［55］艾伊杰里曼·纳·雅. 你的 18 世纪. 莫斯科, 1986.

［56］马尔科伯爵夫人威廉明娜·巴依列茨卡娅在其回忆录中讲述的彼得大帝出访柏林的片段//彼得大帝. 莫斯科, 圣彼得堡, 1993.